國家社科基金
GUOJIA SHEKE JJIN HOUQI ZIZHU XIANGMU
後期資助項目

楊維楨全集校箋 （三）

Notes and Commentary on the Complete Works of
Yang Weizhen

【明】楊維楨 著

孫小力 校箋

上海古籍出版社

卷二十七　鐵崖先生詩集甲集

卷二十七　鐵崖先生詩集甲集

寄張伯雨①〔一〕

　　句曲先生非隱淪,苦嫌近②市客來頻〔二〕。每瞻湖上青烏去〔三〕,不覺山中白兔馴〔四〕。古洞神瓜圓似斗〔五〕,空林老茯長如人③〔六〕。金鍾玉几我所愛,鶴氅烏巾許卜鄰〔七〕。

【校】

① 鐵崖先生詩集十集,佚名輯,清鈔本,南京圖書館藏。董康誦芬室叢刊本據以刊印。今以誦芬室刊本爲底本,主要校本爲明佚名鈔楊維楨詩集不分卷本、清順治九年毛氏汲古閣刊列朝詩集本、清初印溪草堂鈔東維子集十六卷本、康熙顧氏秀野草堂刊元詩選本、乾隆三十九年聯桂堂刊樓卜瀍注鐵崖逸編注八卷本、清愛日精廬張氏鈔鐵崖楊先生詩集二卷本。本詩又載永樂大典卷一萬四千三百八十一、詩淵、印溪草堂鈔東維子集卷七、元詩選初集辛集、樓氏鐵崖逸編注卷七,據以校勘。永樂大典本、詩淵本皆題爲寄句曲先生詩,且録詩兩首,本詩爲第二首,第一首即鐵崖先生詩集癸集所載寄句曲外史。又,永樂大典本注曰録自麗則遺音,不知何故。麗則遺音爲賦集,疑其著録有誤。元詩選本注曰録自鐵崖詩。
② 近:樓氏鐵崖逸編注本、元詩選本作“城”。
③ 人:原本作“神”,據永樂大典本、詩淵本改。

【箋注】

〔一〕詩當撰於元至正三年(一三四三)前後,其時鐵崖攜妻兒寓居杭州,補官不成,授學爲生,與張雨等游山玩水,唱和頗多。參見本卷四月十六日偕句曲先生過福真飲趙伯容所句曲出石室銘因賦是詩并簡太樸檢討先生。張伯雨:名雨,號句曲外史。參見東維子文集卷七郊韶詩序。
〔二〕“苦嫌近市”句:意爲張雨隱居杭州南山。劉基撰句曲外史張伯雨墓志銘:“先葬其冠劍於南山,而辭宮事,但飲酒賦詩。或焚香終日,坐密室,不以世事接耳目。後八年,卒於宮之齋居。”(載明朱存理編珊瑚木難卷

五。)按:張雨至正十年秋謝世,上推八年,當於至正三年前後擺脱道觀事
務,隱居杭州南山。

〔三〕湖:指杭州西湖。青鳥去:相傳西王母以青鳥爲使。參見鐵崖先生古樂
府卷二三青鳥。

〔四〕白兔馴:意爲百獸馴服,乃張雨法力所致。咸淳臨安志卷八十三寺觀九
臨安縣徑山能仁禪院:“初,(法欽)師之來是山也,猛獸不搏,鷙鳥不擊,
山下之民不漁不獵。有白兔二,拜跪於杖履間。”

〔五〕神瓜:漢武帝内傳:“(西王母謂上元夫人曰:)後造朱火丹陵,食靈瓜,其
味甚好。憶此味久,而已七千歲矣。”

〔六〕老茯:淮南子説山訓:“千年之松,下有茯苓,上有兔絲。”

〔七〕鶴氅烏巾:道士、隱士所服。新五代史唐臣傳盧程:“程戴華陽巾,衣鶴
氅,據几決事。”杜甫奉陪鄭駙馬韋曲:“何時占叢竹,頭戴小烏巾。”

送敏無機歸吳淞〔一〕

　　道人快游①雲間路〔二〕,滿眼看來都是春。鐵錫影翻驚醉客,玉簫
聲斷越愁人。雲沐九峰開翡翠〔三〕,浪飛三泖出麒麟〔四〕。何當清夜攜
明月,我亦乘槎一問津。

【校】

① 本詩又載印溪草堂鈔東維子詩集卷七,據以校勘。游:印溪草堂鈔本
　作“進”。

【箋注】

〔一〕詩當作於元至正八年(一三四八)以前。繫年理由:據“道人快游雲間路,
　滿眼看來都是春”兩句,知當時爲太平年景。又據“何當清夜攜明月,我亦
　乘槎一問津”兩句,知鐵崖尚未到過松江,故必在至正九年春受聘於吕良
　佐,教授璜溪書舍之前。敏無機:道敏,字無機。元末松江普照講寺住
　持。按正德松江府志卷十八寺觀上,普照講寺位於華亭縣城西,元季毀于
　兵,“僧道敏重建佛殿”。吳淞:江名,又稱蘇州河。此借指松江府。

〔二〕雲間:松江別名。

〔三〕九峰：泛指松江山巒，蓋因"松之山三十有二，而九峰特著"。參見崇禎松
　　　江府志卷四山。

〔四〕三泖：嘉慶松江府志卷八山川志水："三泖在府西三十五里，其源出華亭
　　　谷……朱伯原續吳郡圖經曰，泖在華亭境，泖有上中下之名。"

送羅太初北游①〔一〕

聚散何如水上漚，君行朔②漠我東州。三年風雨同爲客，一日江
湖各問舟。古木殘陽栖短景，清琴涼月照高秋。燕山驛路四千里，歸
夢還能到此不？

【校】

① 本詩又載印溪草堂鈔東維子詩集卷七、元詩選初集辛集、樓氏鐵崖逸編注卷
　 七，據以校勘。元詩選本注曰録自鐵崖詩。

② 朔：印溪草堂鈔本作"沙"。

【箋注】

〔一〕詩爲送羅太初遠赴燕北而作。其時鐵崖周游江浙一帶，授學爲生。羅太
　　　初：生平事迹不詳。按：據東維子文集卷七蕉囱律選序、同卷釋安撰鐵雅
　　　先生拗律序，元至正九、十年間，鐵崖授學於松江吕氏塾，其時有從學者曰
　　　太初生，未知是否即羅太初。

送人歸江東〔一〕

三年吳越喜相從，明日秦淮恨不同〔二〕。采石雲生仙冢在〔三〕，烏
江木落霸祠空〔四〕。還家有約催行鵒，吊古無詩惜便鴻。四海從游如
未許，寸心千里寄秋風。

【箋注】

〔一〕詩作於元至正八年(一三四八)前後，其時鐵崖浪迹杭州、湖州、蘇州等地，

授學爲生。繫年依據: 據本詩首句"三年吳越喜相從"推斷。

〔二〕秦淮: 河名,位於南京(今屬江蘇)。

〔三〕采石: 即采石磯,位於今安徽馬鞍山市西南長江岸邊。相傳李白於此跳江捉月而死,有太白墓。參見江南通志卷三十五輿地志古迹六太平府。

〔四〕烏江: 位於今安徽和縣。霸祠: 指西楚霸王廟。方輿勝覽卷四十九和州: "西楚霸王廟在烏江縣東南二里,號靈惠廟。"

送康副使〔一〕

帝遣新來蒼水使〔二〕,東吳垂土有時乾。雲濤初鎖支祈穴〔三〕,金沙已浮灕鴻灘〔四〕。兔穎秋清霜簡白,馬毛雪重錦幛(障,平聲。見太白詩①。)寒〔五〕。太平未了平猺策,何術能令側子安〔六〕!(光武紀曰:"令反側子自安。")

【校】

① 本詩又載印溪草堂鈔東維子詩集卷七,據以校勘。幛: 印溪草堂鈔本作"障"。"障,平聲"三字,原本無,據印溪草堂鈔本增補。又,此小字注原置詩末,徑移於此。

【箋注】

〔一〕詩作於元至正七年(一三四七)冬,當時鐵崖寓居姑蘇,授學爲生。繫年依據: 本詩爲都水庸田司副使康若泰送行,當在其轉官湖南憲使之際。康副使: 指康若泰,字魯瞻,鐵崖同年進士。東維子文集卷二十九送康司業詩序: "至正七年秋,天子以成均司業之乏,山東康公若泰以憲僉事轉是職。未幾,臺評奪職,副庸田司使。不三月,轉湖南憲使。"又據本詩"兔穎秋清霜簡白,馬毛雪重錦幛寒"兩句,康若泰當於至正七年冬奉命調任湖南。(按: 康若泰實未真正赴湖南就任憲使,詳見送康司業詩序。)又據東維子文集卷十二新建都水庸田使司記,都水庸田使司置於平江(今江蘇蘇州)。

〔二〕蒼水使: 傳説中仙人的使者,此指主管水利的官員。吳越春秋越王無餘外傳: "(禹)登衡嶽……夢見赤繡衣男子,自稱玄夷蒼水使者,聞帝使文命于斯,故來候之。"

〔三〕支祈：即巫支祁。相傳爲淮渦水神，被大禹鎖住。詳見太平廣記卷四百

　　六十七李湯。

〔四〕“金沙”句：唐康駢劇談録御史灘：“河南府尹闕前臨大溪，每僚佐有入臺

　　者，則水中沙有小灘漲出，石礫金沙，澄澈可愛。牛相國爲縣尉，一旦忽報

　　灘出。翌日，宰邑與同僚列筵於亭上觀之，因召老宿備詢其事。有老吏

　　云：‘此必分司御史，非西臺之命，若是西臺，灘上當有鸂鶒雙立，前後居人

　　以此爲則。’相國潛揣縣僚無出己者，因舉杯曰：‘既能有灘，何惜鸂鶒？’宴

　　未終，俄有一雙飛下。不旬日拜西臺監察御史。”（載太平御覽卷九百二十

　　五羽族部十二鸂鶒。）

〔五〕錦幛：遮蔽泥水所用。李白白鼻騧：“銀鞍白鼻騧，緑地障泥錦。”

〔六〕令側子安：後漢書光武帝紀：“拔其城，誅王郎。收文書，得吏人與郎交關

　　謗毀者數千章。光武不省，會諸將軍燒之，曰：‘令反側子自安。’”

送時彦舉青陽縣學教諭 己亥年〔一〕

　　時郎去作青陽教〔二〕，青陽官舍小如船。三朝國史編司馬〔三〕，一代
才名屬鄭虔〔四〕。玉鏡潭深花似雪〔五〕，青蓮峰遠樹如烟〔六〕。校書天禄
慚揚子，白首歸來草太玄〔七〕。

【箋注】

〔一〕詩作於元至正十九年己亥（一三五九）冬，其時鐵崖歸隱松江不久。繫年

　　依據：鐵崖賦詩送時彦舉赴青陽縣學任職，蓋因二人有師生之誼。時彦

　　舉當爲至正十九年江浙行省鄉試考生，而鐵崖當時寓居杭州，任主考官。

　　參見東維子文集卷五鄉闈紀録序。又據本詩末“校書天禄慚揚子，白首歸

　　來草太玄”兩句，知賦詩之時，鐵崖已離開杭州，在松江府學任職，故必爲

　　至正十九年己亥冬。又按元史選舉志：“惟（科舉）已廢復興之後，其法始

　　變，下第者悉授以路府學正及書院山長。又增取鄉試備榜，亦授以郡學録

　　及縣教諭。”據此推之：時彦舉蓋爲至正十九年江浙行省鄉試備榜進士，

　　故授予青陽縣學教諭之職。又，彦舉當爲其字，其名及籍貫皆不詳。

〔二〕青陽：按元史地理志，青陽（今屬安徽）隸屬於江浙行省池州路，爲下縣。

〔三〕三朝國史：宋人王旦、呂夷簡等相繼編撰太祖、太宗、真宗朝史，命名爲三

　　朝國史。此則借指本朝人修本朝正史。司馬：司馬遷。借指時彦舉。

〔四〕鄭虔：鄭州滎陽（今屬河南）人。才學出衆。天寶初爲協律郎，以私撰當
代史而謫官。善畫山水，其詩書畫人稱“三絶”。生平事迹詳見新唐書鄭
虔傳。蓋時彦舉有志編撰當代史，且才學出衆。

〔五〕玉鏡潭：李白命名，位於池州府城西南七十里。詳見清王琦注李太白全
集卷二十與周剛清溪玉鏡潭宴別。

〔六〕青蓮峰：指九華山。乾隆池州府志卷八山川志：“九華山在青陽縣西南四
十里，高數千仞，延袤百八十里，峰之有名者九十有九。舊名九子，唐李白
以山有九峰，如蓮華，易今名。”

〔七〕“校書天禄”二句：揚子，揚雄。西漢揚雄曾校書於天禄閣上，詳見漢書揚
雄傳。此乃鐵崖自述退隱後之心境。至正十八年歲末，鐵崖被任命爲江
西等處儒學提舉，但未赴任。在杭州逗留將近一年之後，次年十月，應松
江府同知顧逖邀請，受聘於松江府學，遂攜妻兒由杭州重返松江。賦詩時
蓋抵達松江不久。太玄經，漢揚雄撰。

游開元寺憩緑陰堂 爲開元寺長老秀石公賦①〔一〕

韋郎句中尋畫寂〔二〕，劫灰不盡緑層層②。鴻文重紀青城客〔三〕，内
典新傳瀑布僧〔四〕。石佛浮江輕似葉，神珠照鉢隱如燈〔五〕。杪欏樹子
風前落，吹滿③恩公舊毻毹〔六〕（音“毺登”。西域毛席，大牀前小榻以上牀④
者）。

【校】

① 本詩又載列朝詩集甲集前編第七上、印溪草堂鈔東維子詩集卷七、元詩選初
集辛集、樓氏鐵崖逸編注卷七、劉世珩影元刊十八卷本玉山草堂雅集卷二，
據以校勘。題下小字注“爲開元寺長老秀石公賦”，原本無，據列朝詩集本、
元詩選本、樓氏鐵崖逸編注本增補。玉山草堂雅集本題作緑陰堂爲開元寺
長老秀石公賦。

② 層層：玉山草堂雅集本作“曾曾”。

③ 滿：列朝詩集本作“傍”。元詩選本、樓氏鐵崖逸編注本於“滿”字下注：“一
作‘傍’。”

④ 牀：元詩選本、樓氏鐵崖逸編注本作“香”。

【箋注】

〔一〕詩作於元至正八年(一三四八)三月,鐵崖游姑蘇開元寺時所賦。繫年依據參見鐵崖文集卷五跋虞先生別光上人説。秀石公:不詳。郭翼有詩送秀石芝上人請龍門禪老住奉聖寺(載元詩選卷十九),疑芝上人即開元寺長老秀石。

〔二〕"韋郎"句:吳都文粹續集卷二十九載明胡纘宗開元寺聞鐘詩,其自跋曰:"開元寺在盤門内,有石像石鉢,鉢近燬。紹興間,守臣洪邁作戒壇。元至治間,寺燬,僧光雪窗、恩斷江重建,取韋詩'綠陰生晝寂'之句,作綠陰堂。虞集爲文。國朝永樂間重修。"韋郎即唐詩人韋應物。韋應物游開元精舍:"綠陰生晝寂,孤花表春餘。"

〔三〕青城客:指虞集。吳都文粹續集卷二十九載虞集綠陰堂記:"至治壬戌,集始游吳,斷江恩公住開元,光公雪窗客予所,同往見焉。是時斯堂始成,樹陰四合,三人者清坐良久,共歎韋蘇州'綠陰生晝寂'之句,有心解神釋而不可名言者。恩公曰:'子爲吾記之乎?'予曰:'諾。'……元統乙亥四月蜀人虞集記。"按:蜀州又名青城。

〔四〕瀑布僧:庚溪詩話卷上:"唐宣宗微時,以武宗忌之,遁迹爲僧。一日游方,偶黃蘗禪師同行,因觀瀑布。黃蘗曰:'我詠此得一聯,而下韻不接。'宣宗曰:'當爲續成之。'黃蘗云:'千巖萬壑不辭勞,遠看方知出處高。'宣宗續云:'溪澗豈能留得住,終歸大海作波濤。'其後宣宗竟踐位,志先見於此詩矣。"按:此以"瀑布僧"借指斷江恩公、開元寺長老秀石公等。

〔五〕"石佛"二句:宋朱長文吳郡圖經續記卷中寺院:"報恩寺在長洲縣西北一里半,在古爲通玄寺……晉建興二年,滬瀆漁者見神光照水徹天,旦而觀之,乃二石像浮水上,或曰水神也,以三牲巫祝迎之,像泛流而去。時吳人率僧尼輩迎於海濱,入城,置於通玄寺,光明七晝夜不絕,號其殿曰二尊。建興八年,漁者於滬瀆沙上獲帝青石鉢,初,以爲臼類,舁而用焉,俄有佛像見于外,漁者異之,知其爲二像之遺祥也,乃以供佛……唐天后遣使致珊瑚鑑一鉢一,供於像前。"參見唐皮日休開元寺佛鉢詩序。

〔六〕恩公:指斷江禪師覺恩。按:鐵崖與斷江結交於元至正初年。參見東維子文集卷七兩浙作者序。

贈相士孫電眼①〔一〕

揚子十年官不調〔二〕,昇州相士論②升沉〔三〕。玉堂未署③春秋筆〔四〕,鐵笛自④知天地心。奇字可曾⑤投禄閣〔五〕,新詩往已到⑥雞林〔六〕。他時若見華陽子⑦〔七〕,相約⑧移家近積金〔八〕。

【校】

① 本詩又載印溪草堂鈔東維子詩集卷七、清鈔鐵崖楊先生詩集卷上,據以校勘。"電眼"之"電",原本作"雷",據印溪草堂鈔本改。清鈔鐵崖楊先生詩集本題作寄黄子肅魯子量三首,本詩爲第三首。

② 論:鐵崖楊先生詩集本作"問"。

③ 未署:印溪草堂鈔本作"未著",鐵崖楊先生詩集本作"不自"。

④ 自:鐵崖楊先生詩集本作"誰"。

⑤ 可曾:鐵崖楊先生詩集本作"萬能"。

⑥ 往已到:鐵崖楊先生詩集本作"枉往列"。

⑦ "他時"句:鐵崖楊先生詩集本作"華山處士如相問"。

⑧ 相約:鐵崖楊先生詩集本作"亦欲"。

【箋注】

〔一〕詩作於元至正九年(一三四九)五月,其時鐵崖授學於松江璜溪吕氏塾。繫年依據:至正九年五月十四日,鐵崖撰序文贈予孫德昭,本詩蓋同時之作。又,詩中曰"揚子十年官不調",亦可據以推知本詩撰期。孫電眼:其名德昭,松江人。參見東維子文集卷十一贈相士孫德昭序。

〔二〕十年官不調:鐵崖丁憂去職,服闋之後補官不成。至正九年孫德昭到訪時,鐵崖失官已有十年。

〔三〕昇州:即金陵。唐代曾改稱金陵爲昇州。孫德昭曾"於金陵山中得異人相術",故此稱昇州相士。參見東維子文集卷十一贈相士孫德昭序。

〔四〕"玉堂"句:鐵崖專修春秋經,精通史學。至正初年曾撰三史正統辨,奏上朝廷,希冀擢爲史官。未果,故耿耿於懷。

〔五〕禄閣:即天禄閣。西漢揚雄曾於天禄閣校書。

〔六〕"新詩"句:自詡詩名頗著,如同當年白居易名聞東夷。雞林,指百濟。唐高宗龍朔元年,以百濟國爲雞林州大都督府。參見新唐書東夷傳。詩林廣記卷十引元稹撰白氏長慶集序云:"予始與樂天同校秘書,多以詩章相贈答。而二十年間,禁省、觀寺、郵堠墻壁之上無不書……又云:雞林賈人求市頗切,自云本國宰相每以百金換一篇。"

〔七〕華陽子:蓋指張雨。張雨學道於茅山,茅山又稱華陽洞天。參見東維子文集卷七郊韶詩序。

〔八〕積金:山峰名,在茅山大茅峰和中茅峰之間,南梁陶弘景所居。參見景定建康志卷十七山阜。

贈溧陽馬閒雲鍊師〔一〕

閒雲隱者一區宅,相直芝山半面①開〔二〕。劍氣上天看北斗〔三〕,鶴人作語過蓬萊〔四〕。樵柯石爛圍棋在〔五〕,梅洞雲深採藥回〔六〕。相約丹陽尋祖武〔七〕,三花髻子市中來〔八〕。

【校】

① 本詩又載印溪草堂鈔東維子詩集卷七、元詩選初集辛集、樓氏鐵崖逸編注卷七,據以校勘。面:原本作"向",據印溪草堂鈔本、元詩選本、樓氏鐵崖逸編注本改。

【箋注】

〔一〕溧陽:州名。按元史地理志,溧陽州隸屬於江浙行省集慶路。今爲江蘇省溧陽市。馬閒雲:疑其名瑞,號閒雲。溧陽人。元末道士,隱居家鄉。按:馬閒雲與鐵崖及其友人邵亨貞、錢應庚等皆有交往,且善詩。邵亨貞有詩瑞閒雲開士雲深處(載蟻術詩選卷一)、乙酉歲人日閒雲瑞師過訪得唐復齋錢南金賢大愚各以倡和之詩見寄因就韻各答一章以當新春問訊首答閒雲(載蟻術詩選卷六)。

〔二〕芝山:嘉慶溧陽縣志卷一山水:"起正西至正北,爲山之又一宗,其山首曰芝山,舊名小茅山。在縣治西八十一里,是多洞天。"

〔三〕劍氣上天:指雷煥於豐城得龍泉、太阿寶劍故事。參見鐵崖先生古樂府卷四古憤注。

〔四〕鶴人作語:指遼東丁令威學道化鶴故事。參見鐵崖先生古樂府卷十小游仙之十注。

〔五〕樵柯石爛圍棋：指晉樵者王質入山砍柴，觀童子圍棋而爛柯。參見鐵崖先
　　　生古樂府卷三張公洞注。

〔六〕“梅洞”句：蓋指劉晨、阮肇入天台山採藥故事。參見鐵崖先生古樂府卷
　　　三苔山水歌注。

〔七〕丹陽：即鎮江。按元史地理志，唐代潤州改爲丹陽郡，元初升爲鎮江路，
　　　下轄丹徒、丹陽、金壇三縣。今屬江蘇。

〔八〕三花髻子：頭梳三髻，道士一種髮髻形式。元虞集靈惠沖虛通妙真君王
　　　侍宸記：“其客於予者，頂分三髻，一劍自隨，練衣短裙，危坐終日。”

題吳彦傑水竹軒[一]

矮李先生讀書處[二]，（唐李紳字公垂，爲人短小，精於詩，號矮李。）草
堂復得延陵生[三]。階頭日長琅玕節，竇底潛通金錫精[四]。雨過碧雲
春煮茗，酒醒涼月夜吹笙。錯刀有筆西窗客[五]，百頃林塘落硯泓。

【箋注】

〔一〕吳彦傑：據本詩，爲無錫（今屬江蘇）人，元季在世。擅長書畫。於唐人李
　　　紳故居處建草堂，取名水竹軒。

〔二〕矮李先生：指唐李紳。按舊唐書李紳傳，李氏爲“潤州無錫人”。

〔三〕延陵：指吳季札。季札不肯爲君，赴延陵，世稱延陵季子。事見史記吳太
　　　伯世家。此以延陵生稱吳彦傑，以切其姓。元和郡縣圖志卷二十五江南
　　　道一潤州：“延陵縣，晉太康二年分曲阿之延陵鄉置延陵縣，蓋因季子以立
　　　名也。又，漢地里志：季子所居在今毗陵，本名延陵，至漢始改。”。

〔四〕金錫精：光緒七年刊無錫金匱縣志卷二山水：“錫山在（無錫）縣西五里，
　　　惠山之支隴也……後漢有樵客於山下得銘，云：‘有錫兵，天下爭。無錫
　　　寧，天下清。有錫沴，天下弊。無錫乂，天下濟。’此錫山之名所由始。”

〔五〕錯刀：即金錯刀，一種書畫筆法。相傳爲南唐李煜所創，初爲書法用筆。
　　　西窗客：出自李商隱詩夜雨寄北“何當共剪西窗燭，卻話巴山夜雨時”，此
　　　處蓋指吳彦傑知友。

題夏伯和自怡悦手卷〔一〕

道人家住在雲間，日日賴雲相破顏。曉風不作巫峽雨，玉氣渾似藍田山〔二〕。中岳外史見圖畫〔三〕，三茅仙人應往還〔四〕。我亦掛冠神武去〔五〕，草堂歸扣五雲關〔六〕。

【箋注】

〔一〕本詩撰期不遲於元至正十七年（一三五七）。繫年依據：詩末二句曰“我亦掛冠神武去，草堂歸扣五雲關”，可見其時鐵崖尚有官職在身，不得遲於任職建德理官之時。夏庭芝字伯和，松江華亭人。相傳楊鐵崖曾爲其西賓，入明後尚存於世。酷愛藏書，且多手鈔。其生平事迹參見今人吳曉鈴青樓集撰人姓名考辨、孫楷第元曲家考略。録鬼簿續編有其小傳，曰：“夏伯和號雪簑釣隱，松江人。喬木故家。一生黄金買笑，風流蘊藉。文章妍麗，樂府、隱語極多。有青樓集行於世。楊廉夫先生，其西賓也。世以孔北海、陳孟公擬之。”自怡悦：夏庭芝齋名。元張仲深子淵詩集卷一有詩題淞江夏伯和自怡悦齋。按：“自怡悦”一語，摘自陶弘景詩，參見東維子文集卷十八怡雲山房記。

〔二〕藍田山：大明一統志卷三十二陝西布政司：“藍田山，在藍田縣東南三十里。山出玉英，因名藍田，又名玉山。形如覆車，亦名覆車山。”

〔三〕中岳外史：宋米芾別號。

〔四〕三茅仙人：即三茅真君，指茅盈、茅固、茅衷兄弟。參見鐵崖先生古樂府卷三張公洞。

〔五〕掛冠神武：陶弘景故事。南史陶弘景傳：“永明十年，脱朝服挂神武門，上表辭禄，詔許之。”

〔六〕五雲關：光緒重修茅山志卷十：“又東北則五雲峰，積金東南對山。昔三茅君各乘飛雲，現於斯峰，藩鎮上聞，有詔曰：‘卿雲焕爛，仙相分明，能均五色之光，遍覆三茅之頂。’”

叔温席上和王憲道韻〔一〕

清河公子玳筵開〔二〕，鐵笛道人江上來〔三〕。伶官善傳紅葉句〔四〕，上客盡覆白蓮杯。春風象管清歌遶,夜雨檀槽急板催。明日送^①。

【校】

① "送"字下原注"缺"。

【箋注】

〔一〕本詩當撰於元至正九年(一三四九)前後,其時鐵崖游寓姑蘇、松江等地, 授學爲生。繫年依據:至正八、九年間,鐵崖與叔溫交往頗多。叔溫:姓 張,其時華亭縣令張德昭之子。參見東維子文集卷十九素行齋記。王憲 道:名字生平不詳。

〔二〕清河公子:指張叔溫,其爲清河縣人。按:鐵崖曾於素行齋記中稱張叔溫 爲"邢臺"人。清河縣在元代隸屬於中書省大名路,今屬河北邢臺市。

〔三〕鐵笛道人:鐵崖自稱。

〔四〕紅葉句:參見鐵雅先生復古詩集卷四宮詞之十注。

正月十日寄東崑郭吕兩才子并簡玉山主人^{①〔一〕}

東風入户已十日,江上可人殊未來。西吕小書鈎鐵鎖^{②〔二〕},東郭 新詩到玉臺^{〔三〕}。向人好月垂垂滿,繞屋名花故故^③開。多情分付東 婁^④水,桃葉桃根共載回^{〔四〕}。

【校】

① 本詩又載明佚名鈔本楊維禎詩集、印溪草堂鈔東維子詩集卷七、劉世珩影元 刊十八卷本玉山草堂雅集卷二、清鈔玉山名勝外集,據以校勘。明鈔楊維禎 詩集本題作正月十日寄婁東吕郭二秀才,玉山草堂雅集本題作立春十日試 老溫筆寄郭吕二才子并東艸堂,玉山名勝外集本題作立春十日試老溫筆懷 郭吕兩才子并東玉山主人,印溪草堂鈔本題作正月十日寄東崑郭吕二才子 并簡片玉山人希仲敬夫仲瑛。按:印溪草堂鈔本詩題有誤,"希仲、敬夫、仲 瑛"當作小字注,分別指郭翼、吕誠、顧瑛。

② 鈎鐵鎖:玉山草堂雅集本作"藏鐵瑣",玉山名勝外集本作"藏鐵鏁"。

③ 繞:玉山草堂雅集本,玉山名勝外集本作"顥"。故故:印溪草堂鈔本作

“放放”。

④ 分付：<u>玉山名勝外集</u>本作“多付”。<u>東婁</u>：<u>玉山草堂雅集</u>本作“婁東”，<u>玉山名勝外集</u>本作“婁江”。

【箋注】

〔一〕詩撰於<u>元</u>至正九年（一三四九）正月，其時<u>鐵崖</u>游寓<u>姑蘇</u>、<u>崑山</u>等地，授學爲生。繫年依據：其一，<u>至正</u>七、八年間，<u>鐵崖</u>寓居<u>姑蘇</u>，廣交朋友，游山玩水，并不時應邀游寓<u>崑山</u>、<u>太倉</u>。<u>郭</u>、<u>吕</u>及<u>玉山主人</u>，皆<u>崑山</u>人。其二，<u>鐵崖</u>作客<u>玉山草堂</u>，以<u>至正</u>八年最爲頻繁，且<u>玉山主人</u>允諾爲<u>鐵崖</u>買妾，本詩所謂“江上可人殊未來”、“<u>桃葉桃根</u>共載回”等等，或與買妾一事有關。參見<u>鐵崖先生詩集丙集顧仲瑛爲鐵心子買妾歌</u>。<u>郭</u>、<u>吕</u>：即詩中所謂“東郭”、“西吕”。<u>玉山主人</u>：指<u>崑山</u><u>顧瑛</u>。<u>顧瑛</u>家有<u>玉山草堂</u>，故<u>玉山草堂雅集</u>本所録詩題稱之爲“艸堂”。

〔二〕<u>西吕</u>：指<u>吕誠</u>。<u>至正</u>初年從學於<u>鐵崖</u>，擅長書法，尤以<u>唐</u>楷著稱，故此稱“小書鈎鐵鎖”。參見<u>鐵崖文集</u>卷四題<u>吕敬夫</u>詩稿。鈎鐵鎖，即鐵鎖鈎，又稱鐵鈎鎖，<u>南唐後主</u><u>李煜</u>畫竹所創筆法。

〔三〕<u>東郭</u>：指<u>郭翼</u>。<u>至正</u>初年從學於<u>鐵崖</u>。參見<u>東維子文集</u>卷七<u>郭羲仲詩集序</u>。

〔四〕<u>桃葉</u>、<u>桃根</u>：<u>晉</u><u>王獻之</u>愛妾，此蓋借指<u>顧瑛</u>爲<u>鐵崖</u>所買妾。參見<u>鐵崖先生古樂府</u>卷九<u>玉蹄驪</u>、<u>鐵崖先生詩集丙集顧仲瑛爲鐵心子買妾歌</u>注。

五月廿日予偕客姑胥鄭華卿秦溪施彦昭嘉禾趙彦良雲間馮淵如吕希顔蕭臯韓旬①之適製錦村訪梅月老人老人二子皆由鄉貢出仕於時矣老人在堂壽而康時時引客弄孫徜徉乎泖南峴北之間殆老人之②樂土也其孫炫把酒之餘且出紙索詩爲賦一解呈老人云姓朱〔一〕

<u>考亭</u>七葉諸孫在，家住<u>錦村</u> <u>黃鶴磯</u>。太極老人梅共壽，青雲有子鶴雙飛。青③峴書牀松下具，滄江釣艇月中歸。近聞太史占星象，奎

壁清光射少微〔二〕。

【校】

① 本詩又載印溪草堂鈔東維子詩集卷七,據以校勘。旬:印溪草堂鈔本作"旬"。

② 殆:原本無,據印溪草堂鈔本增補。之:印溪草堂鈔本無。

③ 青:印溪草堂鈔本作"花"。

【箋注】

〔一〕詩當作於元至正九年(一三四九)或十年之五月二十日,其時鐵崖在松江璜溪呂氏塾授學。又,詩題中所列數人,皆爲其時鐵崖弟子。

鄭華卿:姑胥(今江蘇蘇州)人。

秦溪:或指海鹽秦溪(今屬浙江),蓋爲施氏原籍。按本卷題施彥昭小三山樓有句曰:"何幸蓬萊割左腹,雲間亦有小三山。"又,唐蕭有詩送施彥昭修宗廟雅器,題下注曰:"元初乃祖寔造之。"(載丹崖集卷三。)又,陶凱有詩贈琴士施彥昭(載明詩綜卷六)。綜上所述,施彥昭原籍海鹽秦溪,徙家雲間。家中有樓,取名小三山。承祖業,以擅長樂器著稱。

趙彥良:同治湖州府志卷七十二人物傳:"(明代)趙彥良,字明善,歸安人。官劍川州判,興除中竅,州人悦服。洪武十七年,以人才陞大理府通判,剛介有爲。修大理志要。"未知與本詩"嘉禾趙彥良"是否爲同一人。

馮淵如:名濬,松江璜溪人。參見東維子文集卷十七東阿所記。

呂希顔:松江璜溪人。參見東維子文集卷二十二心樂齋志。

蕭皋、韓旬之:皆松江人,鐵崖弟子。

梅月老人:指朱焕章。按式古堂書畫匯考卷十四載鐵崖於至正二十年十月八日所撰朱文公與侄六十郎帖跋,曰:"余記十年前與焕章氏題先譜,推其六世祖爲考亭夫子。家藏夫子手澤甚富,約至其家閲之。今年冬,予始至橫溪,焕章仲子垢出示夫子與其侄六十秀才書一紙。"又據本詩"考亭七葉諸孫在"一句,知朱焕章即梅月老人,鐵崖爲之題先譜,當在至正九、十年間,本詩當即作於此時。又,元季松江橫溪有朱熙,或與朱焕章有關。嘉慶松江府志卷五十一古今人傳三明:"朱熙,華亭人。以詩名。爲玉峰顧仲瑛社長。官廣西郎中。"又,弘治上海志卷五建設志:"玩芳亭,橫溪朱熙園亭。"又,朱熙有詩劭農晚步寫似茂林上人,載玉山倡和卷上。

〔二〕奎壁:皆星宿名,代表文章之府。奎、壁間有光,預示文運將興。參見明章

書："廷藩西有隋星五，曰少微，士大夫。"索隱："春秋合誠圖云'少微，處
士位'。又，天官占云'少微一名處土星'也。"正義："占以明大黄潤，則賢
士舉；不明，反是。"

五月廿①日余偕姑胥鄭華卿吳興宇文叔方雲
間馮淵如吕希顔柳仲渠②過泖環訪讀易齋主
人觴客於清暉堂上笙歌之餘給紙札以觴詠爲
樂余忝右客遂爲首唱率坐客各和之捧硯者珠
簾氏也〔一〕

今日樂事不可當，主人讌客清暉堂。鳴雞吠犬仙家静，語燕呼鶯
春晝長。半捲湘簾山雨過，一聲鐵笛海風涼。他時更約純陽老〔二〕，
（吕仙名純陽子③。）太乙蓮開錦繡鄉〔三〕。

【校】

① 本詩又載印溪草堂鈔東維子詩集卷七，據以校勘。廿：印溪草堂鈔本作
　　"廿一"。

② 渠：印溪草堂鈔本作"榘"。

③ 小字注"吕仙名純陽子"六字原本無，據印溪草堂鈔本增補，且自詩末徑移
　　於此。

【箋注】

〔一〕詩亦作於元至正九年（一三四九）或十年之五月。繫年依據：本詩題所述
　　出游時間爲"五月廿日"，或作"五月廿一日"；同游五人之中，鄭華卿、馮
　　淵如、吕希顔三人亦見於本卷上一首詩，故疑爲同年同月之游。
　　宇文叔方：吳興（今浙江湖州）人。按：疑宇文叔方即宇文仲美。鐵崖有
　　詩寄小蓬萊主者聞梅澗并簡沈元方宇文仲美賢主賓（載列朝詩集甲集前
　　編卷七上）。
　　柳仲渠：松江人。生平不詳。
　　清暉堂：當爲讀易齋主人家中宴客之堂。按：松江隱者陳衡乃鐵崖友，世

家泖環之西,其宅園小桃源中有堂名清暉,與本詩序所謂"過泖環訪讀易齋"、"觴客於清暉堂"比較接近,故疑陳衡即讀易齋主人。參見東維子文集卷十七小桃源記。

珠簾氏:妓女,善舞,至正八、九年間,常陪同鐵崖等人游賞。參見本書佚文編游汾湖記。

〔二〕純陽老:指呂洞賓,呂洞賓人稱純陽老仙。此借指當時鐵崖東家呂良佐。參見東維子文集卷二十四故義士呂公墓志銘。

〔三〕太乙蓮:指太乙真人所乘蓮葉舟。參見鐵崖先生古樂府卷十小游仙之六注。

六月十三日與朱涇毛宰金華洪廣文飲散三槐陰下德常有作示余遂率毛洪共和之余作草草如左〔一〕

老人手植三槐樹,來德高堂①道義尊〔二〕。散袂②牙籤雲上几,酒殘銀燭月當軒。西池蟠桃方結子,東家玉樹早添孫。旁人錯比揚雄宅〔三〕,不用先生五柳門〔四〕。

【校】

① 本詩又載印溪草堂鈔東維子詩集卷七,據以校勘。來德高堂:原本作"采□堂高",據印溪草堂鈔本改。

② 散袂:印溪草堂鈔本作"袂散"。

【箋注】

〔一〕詩作於元至正九年(一三四九)或十年之六月十三日,其時鐵崖寓居松江,受聘於呂良佐,在其璜溪私塾授學。繫年依據:其一,本詩題所謂"德常",指鐵崖弟子呂恒。至正九、十年間,呂恒兄弟從學於鐵崖。其二,詩中"老人手植三槐樹,來德高堂道義尊"二句,當指德常之父來德堂主人呂良佐。據此詩推斷,當時呂良佐尚存於世,故當爲鐵崖初次寓居松江期間。

毛宰:松江朱涇(今屬上海)人,曾官縣令。嘉慶松江府志卷二疆域志:

“朱涇,在(金山縣)四保,府西南三十里,一名珠溪。胥浦鄉之里。元置大盈務於此。”

洪廣文:名恕,金華(今屬浙江)人。光緒金山縣志卷二十七游寓傳:“洪恕,字主敬,金華人。性至孝,尚氣節。能詩,善行草書。以講授終。與呂德常友善。嘗至呂巷,同楊維禎、毛宰等相倡和(顧志)。”按:洪恕至正九年前後曾任學官。三槐:寓“三槐王氏”之典。參見東維子文集卷十五槐陰亭記。

德常:呂恒字德常,來德堂主人呂良佐長子,其時從鐵崖受學。參見東維子文集卷十七賓月軒記。

〔二〕來德高堂:蓋指松江璜溪呂良佐之來德堂。參見鐵崖撰來德堂記(載佚文編)。

〔三〕揚雄宅:指草玄亭。晉左思詠史:“寂寂揚子宅,門無卿相輿。”

〔四〕五柳:指陶淵明。陶淵明撰有五柳先生傳以自況。

四月四日偕蜀郡袁景文大梁程沖霄益都張翔遠雲間呂德厚會稽胡時敏汝南殷大章同游錢氏別墅飲於菊亭僧舍賦此書於壁〔一〕

山公今日飲何處?爲愛東池似習池〔二〕。喬木尚傳錢相宅〔三〕,蒼苔已上岳公碑〔四〕。井蟇或從雙劍起①〔五〕,石人夜逐五丁移〔六〕。中天艮嶽爲平地〔七〕,可但平泉草木悲〔八〕。

【校】

① 本詩又載列朝詩集甲集前編第七上、印溪草堂鈔東維子詩集卷七、元詩選初集辛集、樓氏鐵崖逸編注卷七,據以校勘。起:列朝詩集本、印溪草堂鈔本作“出”,元詩選本、樓氏鐵崖逸編注本於“起”字下注“一作出”。

【箋注】

〔一〕詩蓋鐵崖攜弟子數人游覽杭州山水時所作,其撰期當爲元至正十年(一三五〇)四月四日。繫年依據:同游諸人皆鐵崖友生,其中袁景文、呂德厚,乃至正九年春,即鐵崖受聘松江璜溪書舍之後結識。故鐵崖率上述諸人同游,當在授學松江呂氏塾期間,即至正九、十年間。然至正九年四月四日,鐵崖在松江做客華亭縣尹張德昭居所。參見東維子文集卷四送孔漢臣之邵武經歷序。

袁景文:名凱。與鐵崖始交於元至正九年。參見東維子文集卷十九改過齋記。

程沖霄:疑其名翼,大梁人。參見鐵崖撰游汾湖記。

張翔遠:當於至正初年從學於鐵崖。生平不詳。

呂德厚:名恂。呂良佐次子。參見東維子文集卷十四內觀齋記。

胡時敏:會稽(今浙江紹興)人。

殷大章:名奎,字大章,或作孝章。元至正八年始從學於鐵崖。參見東維子文集卷二十二木齋志。錢氏別墅:蓋指錢惟演別墅。

菊亭:當爲其時接待僧人之別號。

〔二〕山公:指山簡。此處鐵崖藉以自稱。南朝宋劉義慶世說新語任誕:"山季倫爲荊州,時出酣暢,人爲之歌曰:'山公時一醉,徑造高陽池,日莫倒載歸,茗芋無所知……'高陽池在襄陽。"劉孝標注引襄陽記曰:"漢侍中習郁,於峴山南依范蠡養魚法作魚池。池邊有高隄,種竹及長楸、芙蓉、菱茨覆水,是游燕名處也。山簡每臨此池,未嘗不大醉而還,曰:'此是我高陽池也。'襄陽小兒歌之。"

〔三〕錢相:指錢鏐之孫、錢俶之子錢惟演。錢惟演曾任北宋宰相。康熙錢塘縣志卷三十三古迹下北山:"來鵲樓,宋錢惟演別墅。"

〔四〕岳公碑:即岳飛之碑。在杭州岳飛故宅旁忠佑廟。明田汝成西湖游覽志卷二十一北山分脈城內勝迹:"忠佑廟在按察司左。宋紹興十三年,以岳飛故宅改爲太學。學中時時相驚,以岳將軍見。孝宗朝,詔復其官,追諡武穆,建廟學左,曰忠佑。"

〔五〕井羵:國語魯語下:"季桓子穿井,獲如土缶,其中有羊焉。使問之仲尼曰:'吾穿井而獲狗,何也?'對曰:'以丘之所聞,羊也。丘聞之:……土之怪曰羵羊。'"雙劍起:相傳豐城令雷煥掘地得龍泉、太阿寶劍。詳見晉書張華傳。

〔六〕石人:咸淳臨安志卷二十七山川六:"石人嶺,一名馮公嶺。在靈隱寺西,極高峻。有石人臥路旁,故名。"五丁:太平寰宇記卷八十四劍南東道三劍州:"隱劍泉,在(梓潼)縣北十二里五丁力士廟西一十步。古老相傳云:'五丁開劍路,迎秦女拔蛇,山摧,五丁與秦女俱斃於此,餘劍隱在路傍,忽生一泉。'又云:'此劍庚申日見。'"按:有關五丁傳說,詳見晉常璩撰華陽國志卷三蜀志。

〔七〕艮嶽：北宋徽宗建於汴京（今河南開封）之宮苑，金兵南侵時被毁。參見
　　陳善學序刊楊鐵崖先生文集卷五吳山謠注。又，明田汝成西湖游覽志卷
　　十三南山分脈城内勝迹：“艮山者，南山之盡脈也，高不逾尋丈，今已
　　陵夷。”

〔八〕平泉：即平泉山莊，唐李德裕所建私園，以廣羅奇木珍卉怪石而著稱。
　　按：李德裕曾撰文告誡子孫，望世代寶惜傳承。但世事難料，其實李德裕
　　自身亦未能夠享用此園，故鐵崖曰“草木悲”。參見李衛公别集卷九平泉
　　山居戒子孫記、唐康駢劇談録卷下李相國宅。

追和鮮于公寄山齋先生釣石詩〔一〕

　　星灘分得小雙臺〔二〕，不染東華半點埃。爽氣時從仙掌出〔三〕，青天
忽見嶽蓮開〔四〕。雲根遠帶桐江水〔五〕，夜雨新生海眼苔〔六〕。（杜詩石筍
行：“古來相傳是海眼，苔蘚蝕盡波濤痕①。”）九朵峰前成屢憶〔七〕，不隨霜
鶴②寄詩來〔八〕。

【校】

① 本詩又載印溪草堂鈔東維子詩集卷七、元詩選初集辛集、樓氏鐵崖逸編注卷
　　七，據以校勘。此小字注原本置於詩末，徑移於此。元詩選本無此注。蝕盡
　　波濤痕：原本作“食盡波濤花”，據印溪草堂鈔本改。
② 鶴：印溪草堂鈔本作“鷠”。

【箋注】

〔一〕詩當撰於元至正九年（一三四九）三月之後。繫年依據：本詩乃追和鮮于
　　樞寄贈衛山齋之詩，而據東維子文集卷十九敬聚齋記，鐵崖結識衛山齋子
　　孫，在至正九年季春受聘於松江吕氏，授學璜溪書舍之後。鮮于公：名
　　樞，字伯機，漁陽人。元世祖至元年間以材選爲浙東宣慰司經歷，改江浙
　　行省都事。自號困學民，又號直寄老人。大德六年卒。工詩，尤擅長鑒定
　　書畫器物。其生平詳見元詩選二集卷六鮮于太常樞。山齋：華亭衛謙别
　　號。衛謙官至永嘉别駕，其孫子剛從學於鐵崖。參見東維子文集卷十九

敬聚齋記、卷七衛子剛詩録序、卷二十六尚絅先生墓銘。

〔二〕星灘：蓋以光武帝與嚴子陵同床共卧而客星犯御座故事命名。參見鐵崖先生古樂府卷八覽古之十五。小雙臺：蓋模仿富春江畔嚴子陵釣臺取名。嚴子陵釣臺有雙臺。參見東維子文集卷七富春八景詩序。

〔三〕爽氣：南朝宋劉義慶世説新語簡傲："王子猷作桓車騎參軍。桓謂王曰：'卿在府久，比當相料理。'初不答，直高視，以手版拄頰云：'西山朝來，致有爽氣。'"仙掌，華山峯名。

〔四〕嶽蓮：見陳善學序刊楊鐵崖先生文集卷八玉蓮曲爲金陵張氏妓賦注。

〔五〕桐江：富春江之上游，或統稱爲富春江。

〔六〕海眼：宋許尚華亭百詠石幢序云："望雲橋南，此地昔有湧泉，云是海眼，立幢於上以鎮之。"

〔七〕九朵峰：喻指松江九峰。

〔八〕霜鶴：按元陸友仁撰研北雜志卷上，鮮于樞構堂名霜鶴。故此以"霜鶴"代指鮮于樞。

寄上李孟幽穄①中丞〔一〕

近報相臣親奉詔〔二〕，吾皇今是中興年。江東鄴下無三國，嶺北湖南共一天〔三〕。諸葛出師機未失〔四〕，子儀入虜信猶②堅〔五〕。老臣欲借食前箸，更與君王籌③萬全〔六〕。

【校】

① 本詩又載列朝詩集甲集前編第七上、印溪草堂鈔東維子詩集卷七，據以校勘。列朝詩集本題作聞詔有感。幽穄：原本及印溪草堂鈔本皆作"賓繡"。按：李繡字子威，元至正十二年戰殁，平生未嘗任官中丞。"李孟賓繡"，當爲"李孟幽穄"之誤，故此徑爲改正。參見本文注釋。

② 入虜信猶：列朝詩集本作"見虜信應"。

③ 更：列朝詩集本作"願"。籌：列朝詩集本、印溪草堂鈔本作"策"。

【箋注】

〔一〕本詩約撰於元至正十七年（一三五七）秋冬，其時鐵崖任建德路總管府理

官。繫年依據：按元史順帝本紀，至正十七年七月“戊子，以李稷爲御史
中丞”。又，詩中既曰“近報相臣親奉詔”，知本詩撰於李稷任御史中丞之
後不久。又，中丞李稷乃鐵崖同年友。元史李稷傳：“李稷字孟豳，滕州
人。……泰定四年中進士第。……（至正）十二年，從丞相脱脱出師征徐
州……又爲中書參知政事。俄升資善大夫、御史中丞，尋特加榮禄大夫。
至正十九年丁母憂。兩起復，爲陝西行省左丞。”

〔二〕相臣親奉詔：指李稷受命爲御史中丞。

〔三〕“江東鄴下”二句：鐵崖希望李稷等輔佐皇上重整山河，南北一統。江東、
鄴下，分別指三國時孫吳與曹魏二國。

〔四〕諸葛：諸葛亮。

〔五〕子儀：唐代大將郭子儀。參見陳善學序刊楊鐵崖先生文集卷三免冑行注。

〔六〕“老臣欲借”二句：張良曾借食箸爲劉邦出謀劃策，鐵崖有意效仿。參見
陳善學序刊楊鐵崖先生文集卷四鐵笛行注。

賦墨龍圖　僧畫

上人軒轅之古鼎〔一〕，鼎湖龍在墨池頭〔二〕。祇陀樹老三千劫，優鉢
花開五百秋。臺上天香吹作雪，空中蜃氣結成樓。蓬萊清淺眼中見，
知是神仙第幾籌〔三〕。

【箋注】

〔一〕軒轅：即黄帝。

〔二〕鼎湖龍：相傳有龍於鼎湖接引黄帝升天。參見鐵崖先生古樂府卷一湘靈
操注。

〔三〕“蓬萊清淺”二句：指麻姑自稱三見東海變桑田，又見蓬萊水面深淺變化。
參見鐵崖先生古樂府卷三夢游滄海歌注。

贈姚子華筆工①〔一〕

虎頭將軍能愛客〔二〕，水西爲架②草玄臺〔三〕。鵝囊送酒五斗大〔四〕，

羯鼓催花頃刻開〔五〕。書約麻姑憑鶴去〔六〕,簫吹太乙③抱蟾來〔七〕。道人行年七十近,醉舞顛歌心尚孩④。

【校】

① 本詩又載印溪草堂鈔東維子詩集卷七,據以校勘。按:本詩原題當作草玄閣,參見注釋。

② 架:印溪草堂鈔本作"筑"。

③ 太乙:印溪草堂鈔本作"太一"。

④ 印溪草堂鈔本於詩末有小字注:"此詩與題未合。"

【箋注】

〔一〕詩當作於元至正二十三年癸卯(一三六三),其時鐵崖寓居松江,於松江府學"主文之席"。繫年依據:元詩選癸集載有多首次韻草玄閣詩,皆步本詩詩韻,作者爲陳善、林靜、陳元善、張程、張稷、沈雍,可見所謂贈姚子華筆工,實即鐵崖草玄閣詩。又,大觀錄卷九下楊廉夫草玄閣諸名家和韻大冊:"詩俱七言律,凡二十一幅。張經、書巢生張樞、巢松翁陸居仁、曲阜魯淵、龔顯忠、瑣溪呂恒、沈欽、海上張宰(按:平生壯觀卷四草玄閣詩册作張寧)。諸生林靜,門生貝闕、門生陳元善、諸生張程、門生陳璧(按:平生壯觀本作陳璧)、諸生張稷、擊壤生沈雍、容城生陳善、諸生三山林世濟、學生呂恂。"按:以上所録皆爲唱和草玄閣詩者名號,其中多爲鐵崖晚年弟子。又,石渠寶笈卷二十八和楊維楨草玄閣詩録有張樞款識,謂其詩賦於"癸卯清明後五日"。又,元詩選癸集於陳善次韻草玄閣詩一首之後,又録其同韻詩兩首,題爲"奉和東維提學先生春日同闓帥韓侯、太守王公宴集草玄閣席上'孩'字韻兩作,聊以塞責,録呈同坐諸公發一笑云"。所謂"孩字韻"詩,亦指本詩。太守王公,指松江知府王雍(參見鐵崖先生集卷二淞泮燕集序)。鐵崖詩中既稱"行年七十近",且王雍於至正二十三年始任松江太守。合上述資料可以推知,本詩作於至正二十三年癸卯,并非專門爲姚子華而作,書贈而已,原詩名或當作草玄閣寄韓大帥。(參見後注。)姚子華:製筆工匠。生平不詳。

〔二〕虎頭將軍:當指松江韓大帥。楊維禎擬之爲韓擒虎,故有此稱。按:元至正二十三年三月草玄臺落成,韓大帥與太守王公邀集友朋齊聚新樓慶賀,酒宴上楊維禎賦此詩致謝。友人龔顯宗次韻詩題曰"次韻廉夫先生寄韓大帥筑草玄臺律詩就簡夢梅節判",可見草玄臺乃韓大帥專門爲楊維禎修建。又，其時陸居仁次韻詩曰：“禽虎將軍勞築室。”（元詩選三集次韻贈鐵崖二首之二。）張樞次韻詩曰：“元帥功高隋柱國，先生名震越王臺。龍韜屢奏江東捷，虎榜曾從日下開。”（詩載木雁齋書畫鑒賞筆記書法三。）張詩一、三兩句，分明指韓大帥。所謂“隋柱國”，即“禽虎將軍”，本指隋初開國名將韓擒虎。韓擒虎率軍滅陳後，“進位上柱國”。隋書有傳。本詩所謂“虎頭將軍”韓大帥，當爲張士誠屬下，元末松江地區最高軍事長官。或稱之爲“閫帥韓侯”（見前注），或稱韓松江（見東維子文集卷九風月福人序）。其生平不詳。

〔三〕草玄臺：鐵崖晚年松江寓所之一。嘉慶松江府志卷七十八名迹志：“草玄閣。楊維楨自題：‘會稽楊鐵崖會兵亂，攜家隱於松城迎仙橋河西，構草玄閣以自居。’”按：楊維楨自題齋名草玄閣，約始於至正二十年。然其時所謂草玄閣，如同其七者寮，隨處命名。韓大帥所建草玄臺，亦稱草玄閣，乃爲至正二十三年三月落成於松城迎仙橋河西之樓房。

〔四〕鵝囊送酒：寓王羲之寫經換鵝故事。

〔五〕羯鼓催花：指唐明皇與高力士等羯鼓開花之傳説，參見鐵崖先生古樂府卷二崔小燕嫁辭注。

〔六〕麻姑：女仙名。參見鐵崖先生古樂府卷十小游仙之五注。

〔七〕太乙抱蟾：明萬民英撰星學大成卷二十六殿駕五星碧玉真經：“太乙抱蟾，官必顯達。”按：太乙指孛星，蟾指月亮。

題黃子久畫青山隱居圖爲劉青山題①〔一〕

大痴道人有山癖，寫以劉阮②入畫屏〔二〕。鼎湖龍去芝房紫③〔三〕，巫峽猿啼松④樹青〔四〕。猩猩過橋時脱屐⑤〔五〕，燕燕落泥曾⑥污經。海上呼龍須有約，鏌鎁笛子許君聽⑦。

辛丑冬十一月廿有二日鐵笛道人在吳氏桂隱堂試劉士先經貢墨書⑧〔六〕。

【校】

① 本詩又載印溪草堂鈔東維子詩集卷七、明趙琦美編趙氏鐵網珊瑚卷十四、式古堂書畫彙考卷四十八、清鈔鐵崖楊先生詩集卷上，據以校勘。趙氏鐵網珊

瑚本、式古堂書畫彙考本題爲黄大癡畫，鐵崖楊先生詩集本題作劉青山煉師
所藏黄一峰高士詩卷。

② 以：趙氏鐵網珊瑚本、式古堂書畫彙考本作“似”。劉阮：原本作“劉元”，鐵
崖楊先生詩集本作“劉原”，據趙氏鐵網珊瑚本改。

③ 紫：鐵崖楊先生詩集本作“赤”。

④ 松：趙氏鐵網珊瑚本、式古堂書畫彙考本、鐵崖楊先生詩集本作“楓”。

⑤ 時脱屐：鐵崖楊先生詩集本作“不脱履”。

⑥ 泥：趙氏鐵網珊瑚本、式古堂書畫彙考本作“紙”。曾：鐵崖楊先生詩集本
作“時”。

⑦ “海上呼龍”二句：鐵崖楊先生詩集本作“一髮中原青未了，有人北望泣
新亭”。

⑧ 此跋原本無，據趙氏鐵網珊瑚本、式古堂書畫彙考本增補。

【箋注】

〔一〕詩作於元至正二十一年辛丑（一三六一）十一月二十二日，當時鐵崖自杭
　　州歸隱松江已兩年有餘。黄子久：名公望，號大癡。參見東維子文集卷
　　二十八跋君山吹笛圖。又，趙氏鐵網珊瑚本、式古堂書畫彙考本於黄大癡
　　畫詩題下，本詩以外，依次録有元人王逢、趙鎮、錢鼒詩各一首，其中王逢、
　　趙鎮詩與本詩同韻，且王逢詩曰“近得老楊長鐵笛”，當爲一時之作。劉青
　　山：元季道士，黄公望此畫之收藏者，生平事迹不詳。參見校勘記。

〔二〕劉阮：指漢人劉晨、阮肇。劉、阮入天台山采藥而遇女仙。參見鐵崖先生
　　古樂府卷三苕山水歌注。

〔三〕鼎湖龍去：指黄帝於鼎湖飛升。參見鐵崖先生古樂府卷一湘靈操注。

〔四〕巫峽猿啼：酈道元水經注江水：“常有高猿長嘯，屬引淒異，空谷傳響，哀
　　轉久絶。故漁者歌曰：‘巴東三峽巫峽長，猿鳴三聲淚沾裳。’”

〔五〕“猩猩”句：唐李肇唐國史補卷下：“猩猩者好酒與屐，人有取之者，置二物
　　以誘之……俄傾俱醉，其足皆絆於屐，因遂獲之。”後因以猩猩脱屐指不受
　　俗務羈絆。

〔六〕吳氏桂隱堂：或位於松江顧莊。至正十九年十月四日，鐵崖退隱松江之
　　初，即攜伴造訪，并聯句題詩。參見東維子文集卷二十九聯句書桂隱主人
　　齋壁。劉士先：宋代製墨高手，嘗造緝熙殿墨。參見元陶宗儀南村輟耕
　　録卷二十九墨、清姜紹書撰韻石齋筆談卷下墨考。

送錢思復之永嘉山長〔一〕

　　湖頭送客綵舟移,青雀飛來花滿枝。進士舊傳羅刹賦〔二〕,佳人新唱竹枝詞〔三〕。黃桐①錦樹秋風早,青奧紅雲海日遲。思遠樓前約相見〔四〕,西山烟雨畫新眉。

【校】

① 本詩又載印溪草堂鈔東維子詩集卷七、元詩選初集辛集、樓氏鐵崖逸編注卷七,據以校勘。黃桐:印溪草堂鈔本作"黃柑"。

【箋注】

〔一〕詩送別錢思復而作,撰於元至正四年(一三四四)九月,即當年江浙鄉試之後不久。其時鐵崖寓居杭州,授學爲生。按:據本詩題,當時錢思復受職永嘉書院山長,然具體時間未見永嘉縣志記載,今結合數種史料推斷,當爲至正四年鄉試之後。理由如下:其一,至正元年江浙行省鄉試,錢思復曾以浙江賦名噪一時。本詩則曰"進士舊傳羅刹賦",羅刹,指羅刹江,即浙江。可見送行之時,距離至正元年已有一段時日。其二,據元史選舉志,元順帝於至正元年恢復科舉之後,"其法始變,下第者悉授以路府學正及書院山長"。且當時對於考中鄉試兩次以上者,有所優待,尤其中鄉試備榜者,多授予書院山長一職。故疑錢思復再次赴考,即至正四年江浙鄉試,中備榜。其三,鐵崖於至正四年十一月赴湖州授學,送別錢思復當在離杭之前。錢思復:名惟善。至正初年鐵崖寓居杭州,二人交往唱和頗多。參見東維子文集卷九風月福人序。永嘉:縣名,元代隸屬於溫州路。

〔二〕羅刹賦:明史錢惟善傳:"至正元年,省試羅刹江賦,時鎖院三千人,獨惟善據枚乘七發辨錢塘江爲曲江,由是得名,號曲江居士。"

〔三〕新唱竹枝詞:鐵崖於至正初年首倡西湖竹枝詞,錢惟善有和詞,曰:"阿姊住近段家橋,山妨蛾眉柳妨腰。東山井頭黑雲起,早回家去怕風潮。"參見明田汝成撰西湖游覽志餘卷十一才情雅致。

〔四〕思遠樓:借指錢惟善即將赴任之地永嘉。方輿勝覽卷九瑞安府樓觀:"思遠樓,劉述建。對西山群峰,瞰會昌湖,里人於此觀競渡。"

送費夢臣北上并簡十八丈[一]

桃花新水漲湖頭,今日南風起柁①樓。雲近紫臺龍虎氣,春回青海鳳麟游。簫韶美頌從容上,光範長書次第投②[二]。爲問湖南名③奉使,繡④衣驄馬正風流。

【校】

① 本詩又載印溪草堂鈔東維子詩集卷七、元詩選初集辛集、樓氏鐵崖逸編注卷七、玉山草堂雅集卷一,據以校勘。柁:樓氏鐵崖逸編注本、元詩選本作"戍"。草堂雅集本作"舵"。
② 投:印溪草堂鈔本作"收"。
③ 名:草堂雅集本作"應"。
④ 繡:樓氏鐵崖逸編注本、元詩選本、草堂雅集本皆作"綠"。

【箋注】

〔一〕詩撰於元至正十六年(一三五六)春,其時鐵崖在杭州任稅務官。繫年依據:詩中曰"光範長書次第投",指至正十五年冬鐵崖有奏章呈交江浙行省,參見後注〔二〕。本詩又曰"桃花新水漲湖頭",故當在至正十六年春。費夢臣:未詳。十八丈:姓名未詳,據詩末"爲問湖南名奉使,繡衣驄馬正風流"兩句,當時蓋任湖南御史。
〔二〕光範:韓愈上宰相書曰:"前鄉貢進士韓愈謹伏光範門下,再拜獻書相公閣下。"按:光範門通中書省。在此鐵崖以"光範長書"借指自己投於江浙行省之奏章。元至正十五年冬,鐵崖撰人心論、巨室論及長篇奏章,投於江浙行省丞相達識帖睦邇。參見鐵崖和盧養元書事二首(載列朝詩集甲集前編第七上)。

送强仲賢大使北游①[一]

江南燕燕作春聲,送客津頭夢已驚。北闕書來朝②待詔,西湖客散夜吹笙。天門看榜星辰聚,春仗隨班雨露榮③。芸④閣故人應問訊,揚雄將老太玄經〔二〕。

【校】

① 本詩又載明鈔楊維禎詩集、印溪草堂鈔東維子詩集卷七、十六卷本玉山草堂雅集卷一，據以校勘。明鈔楊維禎詩集本題作送强仲賢北上。

② 來：明鈔楊維禎詩集本作“藏”。來朝：印溪草堂鈔本作“成新”。

③ 雨露榮：明鈔楊維禎詩集本作“日月明”。

④ 芸：草堂雅集本作“芝”。

【箋注】

〔一〕强仲賢：其名不詳。大使：爲主管倉庫、鹽場的事務官。强於元至正初年曾以布衣身份北上京師。與江浙文人交往頗多，曾赴廣東帥府任職，吳當、王禕皆有詩送行。參見存復齋文集卷四送强仲賢之京師序、學言稿卷五强仲賢赴廣東師帥幕、王忠文集卷二奉贈强仲賢之官廣東帥府。

〔二〕“揚雄”句：揚雄晚年改弦更張，棄寫賦頌文而撰太玄經。鐵崖在此以揚雄自比。

游橫澤顧氏園題霽月亭①〔一〕

月洲最愛小壺蓬②〔二〕，金沙塔西湖水東。夜静笙簫來海③鶴，秋清棧閣泊晴虹。石鯨鱗甲斑斑④雨〔三〕，香柏皮毛細細風。安用鴟夷浮艇去〔四〕，五湖别有水晶⑤宫〔五〕。

【校】

① 本詩又載詩淵、印溪草堂鈔東維子詩集卷七、劉世珩影元刊十八卷本玉山草堂雅集卷二，據以校勘。詩淵本題作浮月橋亭，玉山草堂雅集本題作橫澤顧園浮月亭上作。

② 壺蓬：玉山草堂雅集本作“方蓬”，詩淵本作“壺華”。

③ 海：詩淵本、玉山草堂雅集本作“過”。

④ 斑斑：印溪草堂鈔本作“班班”。

⑤ 水晶：印溪草堂鈔本作“水精”。

【箋注】

〔一〕元至正七年(一三四七)三月五日,鐵崖結伴游橫澤顧氏園,本詩即應園主顧仲仁之請而作,并題於霽月亭。當時鐵崖寓居姑蘇,授學爲生。繫年依據參見鐵崖撰游橫澤記(載本書佚文編)。橫澤:又稱橫塘,位於今蘇州木瀆以東。顧氏園:建於長洲苑舊址。霽月亭:“霽”又作“濟”,參見鐵崖撰游橫澤記。又,元陶宗儀南村輟耕録卷二十六浙西園苑:“浙西園苑之勝,惟松江下砂瞿氏爲最古。……次則平江福山之曹、橫澤之顧。又其次則嘉興魏塘之陳……荐遭兵燹,今無一存者。福山、橫澤、下砂,皆無有久矣,可勝嘆哉!”可見橫澤顧氏園毀於元末兵火。

〔二〕小壺蓬:當指壺中林壑亭。游橫澤記:“復挈酒度橋,至壺中林壑亭。六出結頂,頂製工甚,扁書米元暉。主人云是吕保相舊池亭,從蜀來者是也。”

〔三〕石鯨:三輔黄圖池沼:“(昆明池)中有豫章臺及石鯨,刻石爲鯨魚,長三丈,每至雷雨,常鳴吼,鬐尾皆動。”

〔四〕鴟夷:史記越王勾踐世家:“范蠡浮海出齊,變姓名,自謂鴟夷子皮,耕於海畔。”

〔五〕五湖:太湖別名。或曰太湖中有貢湖、游湖、胥湖等,故謂五湖。或曰周五百里,故稱五湖。

紀游[一]

　　橫澤園池吴下甲,五湖山水照清光。喜聞娃館有越白[二],及見名花①開御黄[三]。春色②難耽千日醉,老懷争挽十年狂。主人高義③解留客,可是當年顧辟疆④[四]!

【校】

① 本詩又載印溪草堂鈔東維子詩集卷七,據以校勘。花:原本空闕一字,據印溪草堂鈔本補。

② 色:印溪草堂鈔本作“日”。

③ 義:印溪草堂鈔本作“意”。

④ 印溪草堂鈔本詩末有小字注："晉人名園也。"

【箋注】

〔一〕詩作於元至正七年(一三四七)三月五日,即鐵崖結伴游横澤顧氏園之際。
　　繫年依據參見上篇。

〔二〕娃館:即館娃宫,相傳吴王專門爲西施構建。越白:杜甫壯游:"越女天下
　　白,鑒湖五月涼。"

〔三〕御黄:本指宋代姚氏所育名貴黄牡丹,爲進貢珍品。宋李格非撰洛陽名
　　園記天王院花園子:"姚黄魏紫,一枝千錢,姚黄無賣者。"此指顧氏園中
　　"木芍藥有半開者,曰'御愛黄'"者。參見鐵崖撰游横澤記。

〔四〕"主人高義"二句:以"顧辟疆"借指横澤顧氏園主人顧仲仁。參見鐵崖撰
　　游横澤記。晉書王獻之傳:"嘗經吴郡,聞顧辟疆有名園,先不相識,乘平
　　肩輿徑入。時辟疆方集賓友,而獻之游歷既畢,傍若無人。辟疆勃然數之
　　曰:'傲主人,非禮也。以貴驕士,非道也。失是二者,不足齒之傖耳。'便
　　驅出門。"

分得和字韻^{①〔一〕}

　　三月三日復四日^②,天氣渾如晉永和^{〔二〕}。無賴游絲隨去馬,儘教
飛羽送回波。臙脂塘裏花光合^{〔三〕},罨畫橋頭柳色多^{〔四〕}。日暮相逢蓮
葉艇,爲予解唱館娃歌^{〔五〕}。

【校】

① 本詩又載印溪草堂鈔東維子詩集卷七,據以校勘。印溪草堂鈔本題作分韻
　　得和字。

② 四日之"日",原本誤作"月",據印溪草堂鈔本改。按:至正七年丁亥三月一
　　日至三日陰雨,四日放晴,次日鐵崖等方始出游。參見本書佚文編游横
　　澤記。

【箋注】

〔一〕詩作於元至正七年(一三四七)三月五日,即鐵崖結伴游横澤顧氏園之後,

分韻而作。按鐵崖撰游横澤記:"下山,日已暮,(張)景雲再治酒舟中,命小娃秦聲行酒令,用'是日也,天朗氣清,惠風和暢'分十一韻,各卷紙鬮韻。"按:鐵崖所撰記文曰同游者十一人分韻賦詩,然未言各人所鬮何韻。據本詩可知,鐵崖當時拈得"和"字。

〔二〕晉永和:指王羲之等蘭亭集會之時。晉穆帝永和九年三月三日,王羲之與家人友人共計四十一人,修被禊於山陰之蘭亭,飲酒賦詩,并留下著名蘭亭集序。按:鐵崖等人分韻所用"是日也"三句,亦出自王羲之蘭亭集序。

〔三〕臙脂塘:指香水溪。參見鐵崖先生古樂府卷十吴下竹枝歌之二注。

〔四〕罨畫:罨畫溪,在湖州。此代指蘇州河流。宋范成大撰吴郡志卷十七橋梁:"唐白居易詩曰'紅欄三百九十橋',本朝楊備詩亦云'畫橋四百',則吴門橋梁之盛,自昔固然。"

〔五〕館娃:宫名。相傳春秋時吴王爲西施修建。參見鐵崖先生古樂府卷十冶春口號注。

錢唐懷古率堵無傲同賦①〔一〕

天山乳鳳飛來小,南渡衣冠②又六朝〔二〕。劫火自焚③楊璉塔〔三〕,箭鋒猶敵伍員④潮〔四〕。燐光夜附山精出,龍氣秋⑤隨海霧消。惟⑥有宫人斜畔月〔五〕,夜深猶⑦自照吹簫。

【校】

① 本詩又載明鈔楊維禎詩集、列朝詩集甲集前編第七上、印溪草堂鈔東維子詩集卷七、元詩選初集辛集、清鈔鐵崖楊先生詩集卷上、劉世珩影元刊十八卷本玉山草堂雅集卷二,據以校勘。明鈔楊維禎詩集本、玉山草堂雅集本題作錢塘懷古,列朝詩集本、鐵崖楊先生詩集本題作詠白塔。堵:原本誤作"諸",據印溪草堂鈔東維子詩集本改正。

② 南:列朝詩集本、鐵崖楊先生詩集本作"東"。衣冠:玉山草堂雅集本作"君臣"。

③ 自焚:鐵崖楊先生詩集本作"不焚",玉山草堂雅集本作"獨存"。

④ 敵伍員:列朝詩集本、印溪草堂鈔本、元詩選本、鐵崖楊先生詩集本作"抵伍胥",玉山草堂雅集本作"敵伍胥"。

⑤ 秋：列朝詩集本、鐵崖楊先生詩集本作“春”。

⑥ 惟：列朝詩集本、鐵崖楊先生詩集本作“獨”，玉山草堂雅集本作“只”。

⑦ 夜深猶：列朝詩集本作“多情猶”，印溪草堂鈔本、元詩選本作“多情還”。

【箋注】

〔一〕詩撰於元至正三年（一三四三）前後，即鐵崖首倡西湖竹枝詞之際，其時鐵
　　崖寓居杭州，等候補官。繫年依據：其一，鐵崖與堵無傲結交於至正初年，
　　曾邀和西湖竹枝詞，而堵無傲死於至正十六年，故本詩必作於至正初年至
　　十六年之間。其二，堵無傲生前曾任陝西省宣使、江浙行省檢校官等職，
　　而本詩未署其官職，西湖竹枝集載堵無傲詩及其小傳，亦未提及官職。
　　又，本詩曰“錢塘懷古”，故當爲至正初年鐵崖寓居杭州、首倡西湖竹枝詞
　　之際。堵無傲：名簡。康熙金壇縣志卷九人物志元：“堵簡（？——一三
　　五六），字無傲。閏之孫。幼治尚書，長而敏達，補陝西省宣使，舉監修國
　　史掾史，調江浙行省檢校官。張士誠陷松江，平章慶童擊之，署簡檢校官，
　　部從以行。被執，不屈，遂遇害。有葉萬户爲興尸歸葬焉。”按：堵簡爲金
　　壇人，西湖竹枝詞則謂“京口人”，蓋因金壇縣隸屬於鎮江府，鎮江古稱
　　京口。

〔二〕“天山乳鳳飛來小”二句：意爲南宋皇帝建都臨安，割據南方，猶如六朝
　　（三國吳、東晉以及宋、齊、梁、陳）定都金陵一般。天山：指天目山。元劉
　　一清編錢塘遺事卷一天目山讖：“臨安都城，其山肇自天目。讖云：‘天目
　　山垂兩乳長，龍飛鳳舞到錢塘。海門一點巽山小，五百年間出帝王。’錢氏
　　有國，世臣事中朝，不欲其説之著，更其末，云‘異姓王以遷就之’。高宗駐
　　蹕，其説始驗……至於咸淳甲戌，天目山崩，則百年王氣亦終於此矣。”

〔三〕楊璉塔：指楊璉真珈所建塔。元陶宗儀南村輟耕録卷四發宋陵寢：“歲戊
　　寅，有總江南浮屠者楊璉真珈……十二月十有二日，帥徒役頓蕭山，發趙
　　氏諸陵寢，至斷殘支體，攫珠襦玉柙，焚其骴，棄骨草莽間……越七日，總
　　浮屠下令哀陵骨，雜置牛馬枯骼中，築一塔壓之，名曰鎮南。”

〔四〕伍員潮：指錢塘江潮。咸淳臨安志卷三十一浙江：“吳王賜伍子胥死，乃
　　取其尸，盛以鴟夷之革，浮之江中。子胥因隨流揚波，依潮來往，蕩激堤
　　岸。”吳越備史卷一武肅王：“（天祐四年）八月，始築捍海塘。王因江濤衝
　　激，命強弩以射濤頭，遂定其基。復建候潮、通江等城門。”

〔五〕宮人斜：葬埋宮人之所，即宮人墳。參見鐵崖先生古樂府卷一胭脂井注。

題清涼寺①〔一〕

大千沙界本清涼,獨見標名在上方。磵竹有聲常裊裊,山松無雨亦蒼蒼。不須移簞透②林遠,自愛披襟坐日長。老倒指南多古意,更將甘露灑禪牀。

【校】

① 本詩又載印溪草堂鈔東維子詩集卷七,據以校勘。印溪草堂鈔本題作題清涼亭。

② 透:印溪草堂鈔本作“穿”。

【箋注】

〔一〕清涼寺:或即清涼庵。參見本卷下一首詩題柳灣清涼庵壁。

題柳灣清涼庵壁〔一〕

東來一雙朱雀船,健如駿馬奔如①川。小船春風雙飛燕,大船②瀛洲十八仙〔二〕。水晶宮中碧香酒〔三〕,太乙池頭白玉蓮〔四〕。醉歸直待明月上,鐵笛一聲淩紫烟。

【校】

① 本詩又載印溪草堂鈔東維子詩集卷七,據以校勘。如:印溪草堂鈔本作“平”。

② 船:原本作“如”,據印溪草堂鈔本改。

【箋注】

〔一〕柳灣清涼庵:未詳。按江南通志卷四十五寺觀志,松江府西二十七里有清涼庵,南宋咸淳年間建。未知是此柳灣清涼庵否。

〔二〕瀛洲十八仙:指唐代房玄齡等十八學士“登瀛洲”。事載新唐書褚亮傳,參見鐵崖賦稿卷上玉筍班賦。

〔三〕水晶宫：指湖州。參見鐵崖先生古樂府卷六壽岩老人歌注。碧香酒：即
　　　碧香清酒。清沈自南撰藝林彙考飲食篇卷六酒醴類下引吳興掌故：“湖人
　　　好飲白酒，暑中煮熟，或入竹葉，或荷葉，名爲‘碧香清’。東坡有送碧香酒
　　　詩云：‘碧香近出帝子家，鵝兒破殼酥流盎。’”
〔四〕“太乙”句：用太乙真人以蓮爲舟典。參見鐵崖先生古樂府卷十小游仙之
　　　六注。

訪倪元鎮不遇〔一〕

　　霜滿船篷月滿天，飄①零孤客不成眠。居山久慕陶弘景〔二〕，蹈海
深慚魯仲連〔三〕。萬里乾坤秋似水，一窗燈火夜如年。白頭未遂終焉
計，猶欠蘇門二頃田〔四〕。

【校】

① 本詩又載列朝詩集甲集前編第七上、印溪草堂鈔東維子詩集卷七、元詩選初
　　集辛集、樓氏鐵崖逸編注卷七，據以校勘。飄：印溪草堂鈔本作“漂”。

【箋注】

〔一〕本詩蓋撰於元至正七、八年間，其時鐵崖游寓姑蘇。繫年依據：據“霜滿
　　　船篷月滿天，飄零孤客不成眠”二句，其時鐵崖漂泊江湖，當爲失官時期；
　　　又據“白頭未遂終焉計，猶欠蘇門二頃田”二句，其時尚未決心歸隱，故當
　　　爲浪迹姑蘇一帶，授學爲生時期。倪元鎮：名瓚。至正初年始與鐵崖交
　　　往。參見東維子文集卷七郯韶詩序。
〔二〕陶弘景：參見陳善學序刊楊鐵崖先生文集卷二外兵子注。
〔三〕魯仲連：參見陳善學序刊楊鐵崖先生文集卷一天下士注。
〔四〕蘇門：史記蘇秦列傳：“蘇秦爲從約長，并相六國……蘇秦笑謂其嫂曰：
　　　‘何前倨而後恭也？’……蘇秦喟然嘆曰：‘此一人之身，富貴則親戚畏懼
　　　之，貧賤則輕易之，況衆人乎！且使我有雒陽負郭田二頃，吾豈能佩六國
　　　相印乎！’”

富春夜泊寄張伯雨〔一〕

　　春江①大汛潮水長,布帆一日上桐廬。客星門巷赤松底〔二〕,野市江郷②净雪初。柱③宿雞籠山頂鶴〔三〕,斗量鮆網沙④頭魚。來青草閣望林末⑤,故人張燈修夜書〔四〕。

【校】

① 本詩又載列朝詩集甲集前編第七上、印溪草堂鈔東維子詩集卷七、句曲外史貞居先生詩集七卷附録卷二,據以校勘。春江:印溪草堂鈔本作"長江",句曲外史貞居先生詩集本作"春水"。

② 郷:列朝詩集本、句曲外史貞居先生詩集本作"郊"。

③ 柱:句曲外史貞居先生詩集有小字注曰"一作'掛'"。

④ 沙:列朝詩集本、句曲外史貞居先生詩集本作"壩"。又有小字注曰"一作'沙'"。

⑤ 草閣望林末:列朝詩集本作"小閣在林表",印溪草堂鈔本作"草閣望林表",句曲外史貞居先生詩集本作"小閣望林表"。

【箋注】

〔一〕詩當撰於元至正三年(一三四三)前後,其時鐵崖寓居杭州,應友人馮正卿之邀,舟游富春,夜宿其家,賦此詩寄張雨。繫年依據:至正初年鐵崖居杭州時,與張雨、馮正卿兄弟交往甚多,曾舟游富春。參見鐵崖先生古樂府卷四風日好寄馮來青、鐵崖先生詩集丙集醉歌行寄馮正卿。張伯雨:名雨。參見鐵崖先生古樂府卷二奔月扈歌。

〔二〕客星:指東漢嚴光。參見鐵崖先生古樂府卷八覽古之十五注。

〔三〕雞籠山:萬曆嚴州府志卷二山川:"雞籠山,在(桐廬)縣西北四十五里,俯瞰溪水。下有石洞,小舟可通,又名靈雞洞。對岸有金雞石,相傳有金雞鳴於石上。"

〔四〕"來青草閣"二句:意爲鐵崖受邀寓居來青閣,夜晚寫信問候張雨。來青:讀書樓名,位於富春馮正卿家中,馮氏先輩所建。參見鐵崖先生古樂府卷四風日好注。

四月十六日偕句曲先生過福真①飲趙伯容所
句曲出石室銘因賦是詩并簡太樸檢討先生[一]

　　句曲道人懶談玄，自言迂俗是②神仙。因尋舊日方丈地，便是前身五十年。海上安期親寄棗[二]，湖③中太乙舊乘蓮[三]。近銘石室藏書劍，道在先天訖後天。

【校】

① 本詩又載印溪草堂鈔東維子詩集卷七、句曲外史貞居先生詩集七卷附録卷二，據以校勘。福真：原本作“彩真”，據印溪草堂鈔本、句曲外史貞居先生詩集本改。
② 俗：句曲外史貞居先生詩集本作“曲”。是：原本脱，據印溪草堂鈔本、句曲外史貞居先生詩集本補。
③ 湖：句曲外史貞居先生詩集本作“湘”。

【箋注】

[一] 本詩當撰於元至正四年(一三四四)四月十六日。繫年依據：其一，詩題曰“句曲出石室銘”，張雨石室建於至正三年癸未，故本詩當賦於至正三年或稍後。(參見句曲外史集卷下石室銘。)其二，爲搜集南宋史史料，危素於至正四年赴浙采書，與鐵崖結交於錢唐。危素字太樸，生平參見東維子文集卷二十四改危素桂先生碑。據宋濂撰危素碑銘(載宋學士文集卷五十九)，自元至正元年至五年，危素入經筵任檢討。又按危太樸集卷七鄞江送別圖序、卷八馬蘭橋毛氏族譜序，至正四年，危素“以經筵檢討承詔修宋史，奉使求遺書於東南”。鐵崖與危素結識於錢塘，必始於此時。
　　福真：道觀名。福真觀位於杭州西湖。張雨曾受命提點此觀，鐵崖曾客居於此。參見楊鐵崖先生文集全録卷二五湖賓友志。
　　趙伯容：宋福王孫。龍虎山道士，居杭州孤山附近。虞集、黃溍等亦與之有交往。參見元黃溍撰文獻集卷二題趙伯容鶴巢、明袁華撰耕學齋詩集卷三鶴巢爲龍虎趙伯容賦。
　　石室銘：句曲外史集卷下石室銘：“遷南峰靈石澗，所著老氏經集傳、茅山志，幽文玄史與其詩若干卷，藏龍井之石室。解所服劍，代其形合藏焉，以示道之不可傳者……大元癸未吴郡張雨造記。”按：此“癸未”即元至正三年。

〔二〕安期：即安期生。參見鐵崖先生古樂府卷二大難日注。

〔三〕太乙真人：又稱太一真人、泰一真人。據陶弘景撰真靈位業圖，太乙處於玉清三元宫右位，有“號令群真”之威權。又，鐵崖友人唐肅撰太乙真人畫像跋曰：“吴郡張渥畫太乙真人像……按：渥白描法宗李公麟。……予憶幼時於翰林待制申屠駟家見公麟真迹，太乙手執書卷，所乘舟乃荷葉，非花瓣也。”（載丹崖集卷八。）按：張渥、唐肅皆鐵崖友人，至正年間交往頻繁。參見鐵崖先生古樂府卷十小游仙之六注。

碧桃溪詩送句曲張先生東歸①〔一〕

道人接羅花下迷〔二〕，仕籍②不復通金閨〔三〕。山中十③日酒已熟，江上二月草初齊。吹簫懶引雙成鳳〔四〕，照字猶煩太乙藜〔五〕。坐閱鴻飛④南北度，又隨漁者碧桃溪〔六〕。

【校】

① 本詩又載詩淵、印溪草堂鈔東維子詩集卷七、劉世珩影元刊十八卷本玉山草堂雅集卷二，據以校勘。玉山草堂雅集本題作碧桃溪詩送句曲先生東歸，詩淵本題作寄伯雨歸京師。按：後者顯然有誤。

② 仕籍：詩淵本、玉山草堂雅集本作“姓字”。

③ 十：印溪草堂鈔本、玉山草堂雅集本作“千”。

④ 鴻飛：詩淵本作“蚩鴻”，印溪草堂鈔本、玉山草堂雅集本作“飛鴻”。

【箋注】

〔一〕詩蓋於元至正八年（一三四八）二月，其時鐵崖等人應邀在崑山顧瑛私園聚會。繫年依據：據本詩，碧桃溪乃崑山地名，鐵崖在崑山爲張雨送行，時爲某年二月（本詩曰“江上二月草初齊”）。又據鐵崖於至正八年三月一日所撰桃源雅集圖志，是年二月十九日，顧瑛、鐵崖、郯韶、張渥、姚文奐、于立等主客十人在顧瑛私園小桃源聚會，其時受邀而未至者，就有張雨。疑張雨後至而又未作滯留，故鐵崖在崑山爲之送行。

〔二〕接羅：一種氈帽。參見鐵崖先生古樂府卷十漫興七首之二注。

〔三〕通金閨：即“通金閨籍”，指入仕。詳見文選卷三十謝朓始出尚書省詩
及注。

〔四〕雙成：指西王母侍女董雙成。參見鐵崖先生古樂府卷二周郎玉笙謠注。

〔五〕“照字”句：相傳西漢劉向校書天禄閣，太乙老父吹青藜杖爲之照明。事
載三輔黃圖卷六閣，參見麗則遺音卷四杖賦。

〔六〕碧桃溪：在崑山。按玉山名勝集載鐵崖次永嘉曹睿詩，曰：“重過碧桃溪
上路，西枝樹長繫魚舫。”

西湖

西湖風景開圖畫，墨客騷人入詠嗟。扇底魚龍①吹日影，鏡中鴻②
燕老年華。蘇堤物換前朝柳〔一〕，葛嶺人耕故相家〔二〕。今古③消沉一
杯水，兩峰長照夕陽斜〔三〕。

【校】

① 本詩又載列朝詩集甲集前編第七上、印溪草堂鈔東維子詩集卷七、元詩選初
集辛集、樓氏鐵崖逸編注卷七、清鈔鐵崖楊先生詩集卷上，據以校勘。魚龍：
列朝詩集本作“龍魚”。

② 鴻：列朝詩集本、元詩選本、樓氏鐵崖逸編注本作“鶯”。

③ 古：列朝詩集本作“日”。元詩選本、樓氏鐵崖逸編注本於“古”字下注“一
作日”。

【箋注】

〔一〕蘇堤：又稱蘇公堤。北宋元祐年間，蘇軾於西湖上築堤，自孤山抵北山，
夾道植柳。參見方輿勝覽卷一臨安府。

〔二〕葛嶺：咸淳臨安志卷二十八嶺：“葛嶺，在西湖之西。葛仙翁嘗煉丹於此，
有初陽臺。高宗皇帝即其地創集芳御園，理宗皇帝以賜今太傅平章賈魏
公，建第宅家廟。蓋魏公元有別墅在。”按：賈魏公即賈似道，詩中所謂
“故相”。

〔三〕兩峰：指南高峰與北高峰。參見鐵崖先生古樂府卷十西湖竹枝歌之四注。

留別語溪諸友①〔一〕

　　語②溪長揖向蘭溪〔二〕,偶及高秋欲半時。明月不分天遠近,故人相望浙東西。青山木落千檣③立,滄海潮來萬馬馳。倚棹隱④闌離思作,今宵風雨⑤倍淒淒〔三〕。

【校】

① 本詩又載印溪草堂鈔東維子詩集卷七、元詩選初集辛集、樓氏鐵崖逸編注卷七,據以校勘。語溪:原本作"清溪",印溪草堂鈔本、元詩選本、樓氏鐵崖逸編注本作"浯溪",據詩内語改。
② 語:印溪草堂鈔本、元詩選本、樓氏鐵崖逸編注作"浯"。
③ 檣:原本爲墨丁,印溪草堂鈔本作"桂",據元詩選本、樓氏鐵崖逸編注補。
④ 隱:印溪草堂鈔本、元詩選本、樓氏鐵崖逸編注作"歌"。
⑤ 今宵風雨:印溪草堂鈔本作"今年風物"。

【箋注】

〔一〕本詩爲鐵崖告別語溪諸友而作,撰期不詳。語溪:位於今浙江桐鄉崇福鎮。至元嘉禾志卷五崇德縣:"語兒中涇,一名語溪,自縣東五十里達嘉興南谷湖⋯⋯今俗多稱語兒溪。"
〔二〕蘭溪:方輿勝覽卷七婺州:"蘭溪,在(義烏)縣南七里,一名瀫水。出于衢,會于婺。二水類羅紋,岸多蘭茝,故名。"
〔三〕"今宵"句:用詩鄭風風雨句:"風雨淒淒,雞鳴喈喈。"詩序云:"思君子也。"

一峰道人入吳不相見約見於夏義門
倥侗子歸松附是詩達之①〔一〕

　　道人之年八十開,雪色②滿頂顔如孩。襄陽耆舊幾人在〔二〕,剡曲風流竟夜回〔三〕。虹光虛③射豐城劍〔四〕,駿骨不上黄金臺〔五〕。賞④月樓頭定相見,聽汝鐵龍吹怒雷。

【校】

① 本詩又載印溪草堂鈔東維子詩集卷七、清鈔鐵崖楊先生詩集卷上、句曲外史貞居先生詩集七卷附録卷二,據以校勘。詩題原作歸松附章遠伯雨,印溪草堂鈔本、句曲外史貞居先生詩集本作歸淞附是章達伯雨,今題據鐵崖楊先生詩集本著録。

② 色:鐵崖楊先生詩集本作“花”,印溪草堂鈔本、句曲外史貞居先生詩集本作“毛”。

③ 虛:鐵崖楊先生詩集本作“曾”。

④ 賞:印溪草堂鈔本、鐵崖楊先生詩集本、句曲外史貞居先生詩集本作“量”。

【箋注】

〔一〕詩撰於元至正十一年(一三五一),或稍後,其時鐵崖在杭州任四務提舉。繫年依據:其一,詩中曰“道人之年八十開”,故本詩必撰於黃公望八十一歲以後,去世之前,即至正十年至十四年之間。其二,詩題曰“一峰道人入吳,不相見……倥侗子歸松,附是詩達之”,可見鐵崖已離開松江,當爲其就職杭州四務提舉之初。一峰道人:指黃公望。參見東維子文集卷二十八跋君山吹笛圖。夏義門:疑指夏庭芝。參見本集題夏伯和自怡悦手卷。倥侗子:即貞州道人鄭崆峒。參見陳善學序刊楊鐵崖先生文集卷六崆峒子渾淪歌。

〔二〕襄陽者舊幾人在:源於晉人羊祜之感慨。晉書羊祜傳:“祜樂山水,每風景,必造峴山,置酒言詠,終日不倦。嘗慨然歎息,顧謂從事中郎鄒湛等曰:‘自有宇宙,便有此山。由來賢達勝士登此遠望,如我與卿者多矣,皆湮滅無聞,使人悲傷。如百歲後有知,魂魄猶應登此也。’”又,溫庭筠贈袁司録:“記得襄陽者舊語,不堪風景峴山碑。”

〔三〕“剡曲風流”句:王子猷大雪之夜忽思戴安道,立刻乘舟前往,卻又不見而歸。參見明鈔楊維禎詩集卷中聽雪注。

〔四〕豐城劍:豐城令雷焕觀天象而得寶劍。參見鐵崖先生古樂府卷四古憤注。

〔五〕黃金臺:相傳戰國時燕昭王置千金於臺上招賢。參見鐵崖先生古樂府卷一金臺篇注。

予與野航老人既登婁之玉峰應上人招①憩來
青閣且②乞詩爲賦是章率野航共作〔一〕

　　鬼公沓石層雲梯③，片玉峰山海樹低〔二〕。三嶼晴烟寒雪後〔三〕，五湖春草夕陽西〔四〕。禪君或騎玄虎過，仙客曾同青鳥栖。但醉題詩在文筆(文筆山④)〔五〕，何須姓字在金閨〔六〕。

【校】

① 本詩又載印溪草堂鈔東維子詩集卷七，據以校勘。招：原本作“松”，據印溪草堂鈔本改。

② 且：原本作“見”，據印溪草堂鈔本改。

③ 鬼公：似當作“鬼工”。

④ 醉：印溪草堂鈔本作“解”。小字注“文筆山”三字原本無，據印溪草堂鈔本補，且自詩末逕移於此。

【箋注】

〔一〕本詩作於元至正八年(一三四八)二月二十一日，當時同游數人，除野航老人之外，又有顧瑛、張渥等。繫年依據參見鐵崖先生詩集丙集游玉峰與崑山顧仲瑛京兆姚子章淮海張叔厚匡廬于彦成吳興郯九成聯句。野航老人：指姚文奐。玉山草堂雅集卷八：“姚文奐字子章，崑山人。聰敏好學，過目即成誦。博涉經史，搢紳先生咸加推重。辟浙東帥閫掾，雖公事旁午，不廢吟咏，把酒論詩，意氣豁如。每過予草堂，必有新作，多爲録出。家有書聲齋、野航亭，自號婁東生云。”按：姚文奐之“奐”，或作“渙”。參見鐵崖先生詩集庚集書聲齋。玉峰：即崑山之馬鞍山，又稱片玉山。參見淳祐玉峰志卷上山。

上人：蓋指崑山慧聚寺“西廡僧”。參見鐵崖先生詩集丙集游玉峰與崑山顧仲瑛京兆姚子章淮海張叔厚匡廬于彦成吳興郯九成聯句。來青閣：位於崑山慧聚寺西。參見玉山名勝外集袁華所撰游崑山聯句詩序。

〔二〕片玉峰：蓋即崑山玉峰別名。顧瑛別號片玉山人，源於此山。

〔三〕三嶼：蓋指所謂東海三神山蓬萊、方丈、瀛洲。

〔四〕五湖：即太湖。

〔五〕文筆：山峰名。明王鏊姑蘇志卷九山下：“馬鞍山在崑山縣西北，廣袤三
　　里，高七十丈，一名崑山，實因華亭之崑山而名。縣境連接湖海，而孤峰特
　　秀。上有浮圖，其陽有慧聚寺，東偏有山神祠，西有文筆峰。”又，嘉靖崑山
　　縣志卷三山：“文筆峰在馬鞍山西南。山多佳勝，此峰尤爲奇絶。”

〔六〕姓字在金閨：即“通金閨籍”。參見本卷碧桃溪詩送句曲張先生東歸。
　　按：“但醉”二句意爲不求中舉入仕，實爲文筆峰之傳說而發。嘉靖崑山
　　縣志卷三山於文筆峰有注，曰：“宋孝宗時魁星見於此，衛涇遂魁天下。”

次韻黃大癡豔體^{①〔一〕}

　　千枝燭樹玉青驄^②，緑紗照人^③江霧空。銀甲辟弦^④斜雁柱，薰花
撲被^⑤熱鴛籠。仙人掌重初承露，燕子腰輕欲受風。閒寫^⑥惱公詩已
就^{〔二〕}，花房自擣守宮紅。

【校】

① 本詩又載列朝詩集甲集前編第七上、印溪草堂鈔東維子詩集卷七、元詩選初
　　集辛集、樓氏鐵崖逸編注卷七、清鈔本玉山名勝外集，據以校勘。玉山名勝
　　外集本録詩兩首，無此詩題，本詩爲第一首，參見注釋。
② 驄：校本皆作“蔥”。
③ 紗：列朝詩集本、印溪草堂鈔本作“沙”。照人：玉山名勝外集本作“人静”。
④ 辟弦：玉山名勝外集本作“擘絲”。
⑤ 撲被：印溪草堂鈔本作“樸板”。
⑤ 閒寫：玉山名勝外集本作“寒食”。

【箋注】

〔一〕詩撰於元至正九、十年間，乃與黃公望唱和而作。其時鐵崖授學於松江呂
　　氏塾，黃公望亦寄居松江。繫年依據：玉山名勝外集録有當時所作同韻
　　詩兩首，題作大癡仙四和予籠字韻，自謂效鐵仙艷體。予首作蓋未艷也，
　　再依韻用義山無題補艷體，且馳寄果育老人，老人腸胃有五色繡文者也，
　　必不嗽癡仙菜肚子句。一笑。兼柬玉山主客，自當爭一籌耳，可參看。黃
　　大癡：即黃公望。參見東維子文集卷二十八跋君山吹笛圖。

〔二〕惱公：李賀所作五言長詩，爲艷情游戲詩代表作。詩云："宋玉愁空斷，嬌嬈粉自紅。歌聲春草露，門掩杏花叢。注口櫻桃小，添眉桂葉濃。曉匣妝秀靨，夜帳減香筒……月明中婦覺，應笑畫堂空。"

寄衛叔剛①〔一〕

其一

二月豔春②如酒濃，好懷每與故③人同。杏花城郭青旗雨〔二〕，燕子樓臺玉笛風〔三〕。錦帳將軍烽火外，鳳池仙客碧雲中。憑誰解釋春風恨④，只有江南盛小叢〔四〕。

其二

月波樓下水連空，鴛鴦湖頭春色濃〔五〕。氅裘半⑤披青殺瘷，小冠高捲玉芙蓉。江東夜半化孤鶴，遼海明月⑥騎毒龍。惆悵相思不相見，一溝流水自溶溶。

【校】

① 本組詩又載印溪草堂鈔東維子詩集卷七，第一首又載列朝詩集甲集前編第七上、元詩選初集辛集、樓氏鐵崖逸編注卷七，據以校勘。元詩選本注曰録自鐵崖詩。印溪草堂鈔本題作寄衛叔剛三首，本組詩爲其中第一、第二兩首。按：印溪草堂鈔本所録寄衛叔剛三首之三，又題作大癡仙四和予籠字韻，自謂效鐵仙艷體。予首作蓋未艷也，再依韻用義山無題補艷體，且馳寄果育老人。老人腸胃有五色繡文者也，必不斁癡仙菜肚子句。一笑。兼柬玉山主客，自當争一籌耳，載玉山名勝外集。

② 豔春：列朝詩集本、元詩選本、樓氏鐵崖逸編注本作"春光"。

③ 故：列朝詩集本作"可"。元詩選本於"故"字下注"一作'可'"。

④ 風恨：列朝詩集本作"情重"。元詩選本、樓氏鐵崖逸編注本小字注"一作'情重'"。

⑤ 半：印溪草堂鈔本作"中"。又，第二首詩列朝詩集本、元詩選本、樓氏鐵崖逸編注本均未收録。

⑥ 明月：印溪草堂鈔本作"月明"。

【箋注】

〔一〕本組詩撰於元至正九、十年間，其時鐵崖在松江呂氏塾授學。繫年依據：
　　至正九年春鐵崖受聘于松江呂良佐，此後直至次年歲末，鐵崖寓居松江，
　　衛叔剛亦從之受學。衛叔剛：即衛仁近，松江人。參見東維子文集卷七
　　衛子剛詩録序。

〔二〕"杏花"句：杜牧清明："借問酒家何處有，牧童遥指杏花村。"青旗，即青
　　帘，酒家標志。

〔三〕燕子樓：唐妓盼盼所居，白居易曾爲賦詩。參見鐵崖先生古樂府卷十燕子
　　辭之四。

〔四〕盛小叢：唐代歌妓。參見鐵崖先生古樂府卷十冶春口號之二注。

〔五〕"月波樓下"二句：蓋追憶往事。月波樓，又名月波亭、書畫船亭，在姑蘇
　　城中。此樓傍水而立，故名。元至正七、八年間，鐵崖攜家人暫住於此。
　　句曲外史集卷中鐵笛道人新居曰書畫船亭作詩以贈："蘇州去訪楊雄宅，
　　近水樓居似月波。"又，鐵崖先生詩集癸集自題月波亭："新卜樓居俯曲阿，
　　臨階下馬飲清波。"鴛鴦湖，南湖（位於今浙江嘉興市）别稱，又名鴛湖。
　　參見東維子文集卷二十二藏六窩志。

七夕〔一〕

館娃宮中客再來〔二〕，主家近水得樓臺。風高河漢初飛鵲〔三〕，雨過
淮吳進晚①梅。玉臼無聲弦月竪〔四〕，金針有喜彩星回〔五〕。開筵重感
新翻曲，舊日曲江曹善才〔六〕。

【校】

① 本詩又載印溪草堂鈔東維子詩集卷七，據以校勘。進晚：印溪草堂鈔本作
　　"盡脱"。

【箋注】

〔一〕詩撰於元至正七年或八年之七夕，其時鐵崖寓居姑蘇，授學爲生。繫年依
　　據：詩中有"館娃宮中客再來，主家近水得樓臺"兩句，當指鐵崖姑蘇寓所

月波樓。參見本卷上一首寄衛叔剛詩注。

〔二〕館娃宮：相傳吳王專門爲西施構建。參見鐵崖賦稿卷上姑蘇臺賦之一。
按：吳王館娃宮不存，此非實指。

〔三〕近水得樓臺：宋俞文豹清夜録：“范文正公鎮錢唐，兵官皆得薦，獨巡檢蘇
麟不見録，乃獻詩云：‘近水樓臺先得月，向陽光木易爲春。’”

〔四〕玉臼：傳月中有玉兔擣藥。晉傅咸擬天問：“月中何有？玉兔擣藥。”

〔五〕金針：荊楚歲時記：“七月七日，爲牽牛織女聚會之夜……是夕，人家婦人
結綵縷，穿七孔針，或以金銀鍮石爲針，陳瓜果於庭中以乞巧。”

〔六〕曹善才：唐代樂工。唐李紳悲善才：“余守郡日，有客游者善彈琵琶，問其
所傳，乃善才所授。頃在内庭日，別承恩顧，賜宴曲江，勅善才等二十人備
樂。自余經播遷，善才已没，因追感前事，爲悲善才……穆王夜幸蓬池曲，
金鑾殿開高秉燭。東頭弟子曹善才，琵琶請進新翻曲。”按：至正七、八年
間，鐵崖在姑蘇以擅長鐵笛著稱，其時與杜寬、張猩猩等南游樂師交往頗
多。此所謂“曲江曹善才”當有所指，或借指宮廷琴師張猩猩。參見鐵崖
先生古樂府卷二篳篥吟、張猩猩胡琴引。

題陳仲美山水

錢唐處士陳仲美〔一〕，十年林下寫烟霞。白雲英英積似雪，老樹葉
葉丹如花。風雨薜蘿樵子擔，金銀樓閣梵王家。靈壁何時尋舊隱〔二〕，
紀①題鳥篆一行斜。

【校】

① 本詩又載印溪草堂鈔東維子詩集卷七，據以校勘。紀：印溪草堂鈔本作
“記”。

【箋注】

〔一〕陳仲美：名琳，元代畫師。圖繪寶鑑卷五元朝：“陳琳字仲美，珏之次子。
善山水人物花鳥，俱師古人，無不臻妙。見畫臨模，咄咄逼真，蓋得趙魏公
相與講明，多所資益，故其畫不俗。論者謂宋南渡二百年工人無此手也。”
按：陳琳爲錢塘人，參見萬曆杭州府志卷九十一人物二十五方技。

〔二〕靈壁尋舊隱：意爲欲隱居於靈壁張園。蘇軾靈壁張氏園亭記："道京師而
　　東……凡八百里，始得靈壁張氏之園於汴之陽。其外修竹森然以高，喬木
　　翁然以深；其中因汴之餘浸以爲陂池，取山之怪石以爲巖阜。蒲葦蓮芡，
　　有江湖之思；椅桐檜柏，有山林之氣；奇花美草，有京洛之態；華堂厦屋，有
　　吴蜀之巧。其深可以隱，其富可以養，果蔬可以飽隣里，魚鼈筍茹可以餽
　　四方之賓客。"

題張玄①伯白雲小隱

前溪溪上②張徵士〔一〕，渾似山中宰相家〔二〕。卧挾③白雲生海島，
不隨霖雨到天涯。讀書夜照青藜杖〔三〕，採藥時歸白鹿車〔四〕。傳語漢
庭滑稽子〔五〕，金門大隱不須誇〔六〕。

【校】

① 本詩又載印溪草堂鈔東維子詩集卷七，據以校勘。玄：印溪草堂鈔本作
　　"聲"。
② 前溪溪上：印溪草堂鈔本作"荇溪溪下"。
③ 挾：印溪草堂鈔本作"看"。

【箋注】

〔一〕張玄伯：或作張聲伯，白雲小隱蓋其齋名。按：詩中稱張玄伯爲"徵士"，
　　蓋曾辭召。
〔二〕山中宰相：指陶弘景。參見東維子文集卷十八怡雲山房記。
〔三〕夜照青藜杖：參見本卷碧桃溪詩送句曲張先生東歸注。
〔四〕白鹿車：神仙傳卷三沈羲："沈羲者，吴郡人也。學道於蜀中，但能消災治
　　病，救濟百姓，而不知服食藥物。功德感於天，天神識之。羲與妻賈氏共
　　載，詣子婦卓孔寧家。道次忽逢白鹿車一乘、青龍車一乘、白虎車一
　　乘……問羲曰：'君見沈道士乎？'羲愕然曰：'不知何人耶？'又曰：'沈
　　羲。'答曰：'是某也，何爲問之？'騎吏曰：'羲有功於民，心不忘道，從少已
　　來，履行無過，壽命不長，算禄將盡。黄老愍之，今遣仙官來下迎之。'"
〔五〕漢庭滑稽子：指東方朔。參見鐵崖先生古樂府卷三五湖游注。

〔六〕金門大隱：指“隱於朝”。金門，即金馬門，此指朝廷。晉 王康琚 反招隱
　　詩：“小隱隱陵藪，大隱隱朝市。”

題胡師善具慶堂①〔一〕

　　胡家二②皓壽齊眉，南番③皇恩拜彩絲。小兒百里負禄米〔二〕，大兒
六十戲嬰兒〔三〕。冰溪鯉魚斫銀膾〔四〕，書屋春風生紫④芝。雙錦有堂
吾已⑤老，十年淚灑蓼莪詩〔五〕。

【校】

① 本詩又載印溪草堂鈔東維子詩集卷七、清鈔鐵崖楊先生詩集卷上，據以校
　　勘。鐵崖楊先生詩集本題作胡師善具慶堂。
② 二：鐵崖楊先生詩集本作“三”。
③ 南番：印溪草堂鈔本作“兩番”，鐵崖楊先生詩集本作“兩兩”。
④ 紫：印溪草堂鈔本、鐵崖楊先生詩集本作“玉”。
⑤ 已：鐵崖楊先生詩集本作“亦”。

【箋注】

〔一〕詩撰於元 至正八、九年間，其時鐵崖攜妻兒游寓姑蘇、松江一帶，授學爲
　　　生。繫年理由：據“十年淚洒蓼莪詩”一句，本詩約作於鐵崖父親去世十
　　　年之後，而鐵崖父病逝於後至元五年（一三三九）。胡師善：名存道，字師
　　　善，諸暨（今屬浙江）人。泰定進士胡弌中從弟。通春秋、禮經。游吳二十
　　　年，元 至正十五年冬，僉憲趙承禧出使松江，知其賢，命知府崔思誠聘爲松
　　　江府學訓導。次年春，爲護校遭楊完者苗軍殺害。正德 松江府志卷二十
　　　三宦迹上載其小傳。具慶：父母健在。
〔二〕負米：孔子家語致思：“子路見於孔子曰：……昔由也，事二親之時，常食
　　　藜藿之食，爲親負米百里之外。”
〔三〕戲嬰兒：用老萊子年七十著五色衣作嬰兒戲事。見藝文類聚卷二十引列
　　　女傳。
〔四〕冰溪鯉魚：孝子王祥故事。參見陳善學序刊楊鐵崖先生文集卷二王孝子
　　　祥注。

〔五〕"雙錦有堂吾已老"二句：鐵崖由胡氏聯想自身，父親病故之時，自己在錢清鹽場任職，"不得終養"，故有此嘆。詩小雅蓼莪序："蓼莪，刺幽王也。民人勞苦，孝子不得終養爾。"箋："不得終養者，二親病亡之時，時在役所，不得見也。"

題施彦昭小三山樓〔一〕

何幸蓬萊割左腹①，雲間亦有小三山。薰②風池館花飛盡，長日簾櫳燕未還。舍東舍西風俗古，水南水北漁樵閒。五雲樓外仙凡隔，應許崖仙一叩③關〔二〕。

【校】

① 本詩又載印溪草堂鈔東維子詩集卷七，據以校勘。腹：印溪草堂鈔本作"股"。

② 薰：印溪草堂鈔本作"熏"。

③ 叩：印溪草堂鈔本作"扣"。

【箋注】

〔一〕本詩當作於元至正九、十年間，其時鐵崖在松江吕氏璜溪書院授學。繫年依據：施彦昭乃秦溪人，至正九、十年間鐵崖授學松江之時，跟從游學。本詩或撰於此時。參見本卷五月廿日予偕客姑胥鄭華卿，秦溪施彦昭，嘉禾趙彦良，雲間馮淵如、吕希顔、蕭皋、韓旬之適製錦村訪梅月老人注。

〔二〕崖仙：鐵崖自稱。

題馬文璧山水〔一〕

剡中山水①連赤城〔二〕，五色之素開丹青。愛看雙門三株②樹〔三〕，正對諸峰九疊屏〔四〕。雜雨瀑去秋漾漾③，到天石色秋冥冥。憶爲④飛步東華頂〔五〕，手把仙人九節藤〔六〕。

【校】

① 本詩又載印溪草堂鈔東維子詩集卷七,據以校勘。山水:印溪草堂鈔本作"萬山"。

② 門:印溪草堂鈔本作"闕"。株:印溪草堂鈔本作"珠"。

③ 瀑去秋漾漾:印溪草堂鈔本作"瀑聲春渌渌"。

④ 爲:印溪草堂鈔本作"曾"。

【箋注】

〔一〕馬文璧:名琬,鐵崖弟子兼學友,擅長繪畫。參見東維子文集卷十七光霽堂記。

〔二〕剡中:今浙江嵊州一帶。赤城:山名。位於浙江天台。

〔三〕三株樹:"株"或作"珠"。山海經海外南經:"三株樹在厭火北,生赤水上。其爲樹如栢,葉皆爲珠。一曰其爲樹若彗。"

〔四〕九疊屏:李白廬山謡寄盧侍御虛舟:"屏風九疊雲錦張,影落明湖青黛光。"

〔五〕東華:臺名,相傳東華臺在東海方諸山上,青童君常於丁卯日登臺。參見真誥卷九。

〔六〕九節藤:參見鐵崖先生古樂府卷三璚臺曲注。

題吴中①陳氏壽椿堂〔一〕

老人手植漆園樹〔二〕,歲閲八百高千尋②。宜男開花白日静〔三〕,慈烏引子青春深。瑶池日月蟠桃會,錦水風烟古柏心。老人他年如老竇,丹桂五枝芳滿林〔四〕。

【校】

① 本詩又載印溪草堂鈔東維子詩集卷七,據以校勘。吴中:原本無,據印溪草堂鈔本增補。

② "歲閲"句:原本作"歲見八百高千層",據印溪草堂鈔本改。

【箋注】

〔一〕詩撰於元至正七、八年間,其時鐵崖寓居姑蘇,授學爲生。繫年依據:印
溪草堂鈔本題作題吴中陳氏壽椿堂,可見陳氏爲吴人。又據詩末"老人他
年如老寶,丹桂五枝芳滿林"兩句推之,其時尚爲太平年景,故對科舉抱有
期望,當爲楊維禎授學姑蘇期間。

〔二〕漆園樹:指莊子所云壽椿。莊子逍遥游:"上古有大椿者,以八千歲爲春,
八千歲爲秋。"

〔三〕宜男:草名,即萱草,又名忘憂草。

〔四〕"老人"二句:老寶指五代時人寶禹鈞。宋史寶儀傳:"儀學問優博,
風度峻整。弟儼、侃、偁、僖,皆相繼登科。馮道與(儀父)禹鈞有舊,
嘗贈詩,有'靈椿一株老,丹桂五枝芳'之句,縉紳多諷誦之,當時號爲
寶氏五龍。"

用貝仲琚韻寄邵文伯〔一〕

時過青門故①侯宅〔二〕,醉歸不怕今②將軍〔三〕。山童掃簟拾蒼雪,
溪女書裙洗③白雲。荷花菱葉光相亂,雁子鳬雛動作群。夜夢玄裳游
赤壁,一聲長嘯笛中聞〔四〕。

【校】

① 本詩又載印溪草堂鈔東維子詩集卷七,據以校勘。故:原本作"胡",據印溪
草堂鈔本改。

② 今:印溪草堂鈔本作"李"。

③ 書裙:原本脱,據印溪草堂鈔本補。洗:原本作"浩",據印溪草堂鈔本改。

【箋注】

〔一〕詩蓋作於元至正二十年(一三六〇)之後,即鐵崖晚年退居松江時期。繫
年依據:鐵崖用貝瓊詩韻賦詩贈予松江友人邵文伯,且詩中曰"時過青門
故侯宅"云云,可見當時三人皆居松江。貝瓊乃鐵崖友,鐵崖退隱松江之
後,貝瓊亦受聘於松江府學,當時二人交往頗多。貝仲琚:名瓊,鐵崖弟

子兼學友。參見東維子文集卷二十二讀書齋志。邵文伯：即邵煥。邵煥字文伯，一作文博。松江大戶，家有園亭甚美，取名滄洲一曲。貝瓊與邵文伯交往，始於至正初年，當時應邀至其家授學，教其子邵麟。參見貝瓊清江文集卷四拱翠堂記、卷二十六滄洲一曲志、東維子文集卷二十六雪溪處士邵公墓志銘。

〔二〕青門故侯：本指漢初隱士邵平，此處借指松江邵文伯。宋祝穆撰古今事文類聚後集卷二十六東陵種瓜：“邵平，故秦東陵侯。秦滅後爲布衣，種瓜長安城東。種瓜有五色，甚美，故世謂之東陵瓜，又云青門瓜。青門，即東陵也。”

〔三〕“醉歸”句：用李廣事。史記李將軍列傳：李廣夜飲歸，“還至霸陵亭，霸陵尉醉，呵止廣。廣騎曰：‘故李將軍。’尉曰：‘今將軍尚不得夜行，何乃故也！’”

〔四〕“夜夢玄裳”二句：蘇軾後赤壁賦：“時夜將半，四顧寂寥。適有孤鶴，橫江東來。翅如車輪，玄裳縞衣，戛然長鳴，掠予舟而西也。”玄裳，喻指鶴。

玄霜臺爲吕希顔賦①〔一〕

仙家樓閣②有玄霜，無奈今宵月色涼。露下金莖仙掌白，光生玉兔③雪眉蒼。道人醉寫榴皮字〔二〕，仙客饞分寶④屑糧〔三〕。老⑤我西闌吹鐵笛，碧雲千里雁飛長。

【校】

① 本詩又載印溪草堂鈔東維子詩集卷七、元詩選初集辛集、樓氏鐵崖逸編注卷七，據以校勘。元詩選本注曰録自鐵崖詩。

② 閣：元詩選本、樓氏鐵崖逸編注本作“若”。

③ 玉兔：印溪草堂鈔本作“玉臼”。

④ 寶：印溪草堂鈔本作“玉”。

⑤ 老：元詩選本、樓氏鐵崖逸編注本作“愛”。

【箋注】

〔一〕詩當作於元至正九、十年間，其時鐵崖在松江吕氏璜溪書院授學。繫年依

據：呂希顏爲松江人，且詩中所述爲太平景象，故當爲鐵崖初次寓居松江
期間所作。呂希顏：參見東維子文集卷二十二心樂齋志。按：鐵崖素雲
引爲玄霜公子賦（原載列朝詩集甲集前編第七下）題下原注：“玄霜，璜溪
呂氏臺名也。”

〔二〕榴皮字：元辛文房撰唐才子傳卷十呂巖：“（呂洞賓）又宿湖州沈東老家，
白酒滿甕，恣意拍浮，臨去，以石榴皮畫壁間云：‘西隣已富憂不足，東老雖
貧樂有餘。白酒釀來因好客，黃金散盡爲收書。’”又，蘇軾有詩，題曰：“回
先生過湖州東林沈氏，飲醉，以石榴皮書其家東老庵之壁云：……西蜀和
仲聞而次其韻三首。東老，沈氏之老自謂也。湖人因以名之。”按：“回先
生”即呂洞賓。

〔三〕寶屑：唐段成式酉陽雜俎前集卷一天咫：“太和中，鄭仁本表弟，不記姓
名，嘗與一王秀才游嵩山，捫蘿越澗，境極幽复，遂迷歸路。將暮，不知所
之。徙倚間，忽覺叢中鼾睡聲，披蓁窺之，見一人，……二人因就之，且問
其所自。其人笑曰：‘君知月乃七寶合成乎？月勢如丸，其影，日爍其凸處
也。常有八萬二千戶修之，予即一數。’因開襆，有斤鑿數事，玉屑飯兩裹。
授與二人，曰：‘分食此，雖不足長生，可一生無疾耳。’”

六月淫雨漫成口號①〔一〕

　　南州氣候久不定，可是無關廊廟謀。入梅出梅不斷雨，五月六月
渾如秋。江村潦水欲浮屋，海島颶風時折②舟。稚子無憂把釣③去，走
報雙魚上釣鈎。

【校】

① 本詩又載印溪草堂鈔東維子詩集卷七、清鈔鐵崖楊先生詩集卷上，據以校
　　勘。鐵崖楊先生詩集本題作六月淫雨。

② 島：原本脱，據印溪草堂鈔本、鐵崖楊先生詩集本補。折：鐵崖楊先生詩集
　　本作“析”。

③ 釣：印溪草堂鈔本、鐵崖楊先生詩集本作“竿”。

【箋注】

〔一〕詩撰於元至正七年（一三四七）六月，其時鐵崖寓居蘇州，授學爲生。繫年

依據：詩題曰“六月淫雨”，詩中又説“稚子無憂把釣去”，當在戰亂之前。或即元至正七年夏秋時節，此年“夏淫雨，秋大水”。參見楊鐵崖先生文集全録卷一松江府重建譙樓記。

泛泖和吕希顔堆字韻①〔一〕

大環泖中水如雪②〔二〕，十里竹西③歌吹回〔三〕。蓮葉箭深香霧④捲，桃花扇小緑雲開。九朵芙蓉當面起⑤〔四〕，一雙瀲灔近⑥人來。老夫於此興不淺，玉笛能吹鸚灔堆⑦〔五〕。

【校】

① 本詩又載詩淵、明鈔楊維禎詩集、印溪草堂鈔東維子詩集卷七、明趙琦美編趙氏鐵網珊瑚卷十四、光緒嘉興府志卷十三山川二東泖，據以校勘。明鈔楊維禎詩集本題作泛泖，詩淵本題作舟中作，趙氏鐵網珊瑚本題作盛叔章畫，光緒嘉興府志本無題。

② “大環”句：明鈔楊維禎詩集本、光緒嘉興府志本作“天環泖東水如雪”，趙氏鐵網珊瑚本作“春波門前水如酒”。

③ 西：詩淵本作“歌”。

④ 霧：明鈔楊維禎詩集本、印溪草堂鈔本作“露”。箭深香霧：詩淵本作“筒香清露”。

⑤ 起：詩淵本作“落”，趙氏鐵網珊瑚本作“立”。

⑥ 近：光緒嘉興府志本作“對”。

⑦ 能：趙氏鐵網珊瑚本作“時”，光緒嘉興府志本作“横”。鸚灔堆：趙氏鐵網珊瑚本作“阿灔堆”，光緒嘉興府志本作“鸚浪來”。

【箋注】

〔一〕詩當作於元至正九、十年間，其時鐵崖在松江吕氏璜溪書院授學。繫年依據參見本卷玄霜臺爲吕希顔賦。

〔二〕大環泖：據光緒嘉興府志卷十三山川二東泖，此泖與平湖縣（今屬浙江嘉興市）交界，在平湖縣東北三十里、當湖東北，“爲三泖之長流”，又名東泖、長泖或谷泖。

〔三〕竹西歌吹：唐杜牧題揚州禪智寺："誰知竹西路，歌吹是揚州。"

〔四〕九朵芙蓉：喻指松江九峰。

〔五〕鷁灆堆：笛曲名。"鷁"或作"阿"。南唐尉遲偓纂中朝故事："驪山多飛禽，名'阿灆堆'。明皇帝御玉笛，採其聲翻爲曲子，名焉。左右皆傳唱之，播於遠近，人競以笛效吹。故詞人張祜詩曰：'紅樹蕭蕭閣半開，玉皇曾幸此宮來。至今風俗驪山下，村笛猶吹阿灆堆。'"

和貝仲琚詩韻　仲琚乃藏之葛公婿〔一〕

雙璜溪女①七里灘〔二〕，丈人釣隱儘相安。草肥五月烟光合，地薄三吴海氣寒。韓子遺文知有婿〔三〕，揚雄執戟漫爲官〔四〕。沙棠艇子便來往〔五〕，秋水新添又幾竿。

【校】

① 本詩又載印溪草堂鈔東維子詩集卷七，據以校勘。女：印溪草堂鈔本作"如"。

【箋注】

〔一〕貝仲琚：名瓊。參見東維子文集卷二十二讀書齋志。葛藏之：藏之當爲其字，其名不詳，嘉興（今屬浙江）人。元季鐵崖主持嘉興聚桂文會時，葛藏之受聘參與評議裁決。參見東維子文集卷六聚桂文會序。

〔二〕雙璜溪：又稱璜溪（位於今上海市金山區吕巷鎮）。相傳吕望於此釣得璜，故名。參見東維子文集卷二十四故義士吕公墓志銘。按：此云"雙璜溪女"，當指貝瓊妻。疑葛藏之原籍雙璜溪，故貝瓊早年至松江授學。參見清江詩集卷一懷舊賦序。七里灘：在浙江桐廬西，一名嚴陵瀨，相傳爲東漢嚴光垂釣處。參見大明一統志卷四十一嚴州府。

〔三〕"韓子遺文"句：韓愈殁，其女婿李漢爲收集整理詩文，使"遺文無所失墜"。參見東雅堂昌黎集注卷首昌黎先生集序。

〔四〕揚雄執戟：西漢揚雄奏羽獵賦，除爲郎，給事黄門。郎皆持戟。

〔五〕沙棠：山海經校注卷二西山經："（崑崙之丘）有木焉，其狀如棠，華黄赤實，其味如李而無核，名曰沙棠，可以禦水，食之使人不溺。郭璞注：'言體浮輕也。沙棠爲木,不可得沉。'"

和吕希顔來詩二首一以謝希顔酒事一
以寄充之見懷①〔一〕

其一

雨過長江五月秋,主家讌客林塘幽。苦無奇字從人問,賴有清尊②消我憂〔二〕。道士舊游尋赤壁〔三〕,美人相見憶羅浮〔四〕。休官便擬璜溪住,蓴菜鱸魚不外求〔五〕。

其二③

不見可人三閲秋,清江一曲抱深幽〔六〕。孤高懷抱寡與合,孝弟④家聲百不憂。水上輕漚⑤晴葉墮,沙頭丈⑥甲夜星浮。大泖灣西好月色,扁舟乘興即相求〔七〕。

【校】

① 本組詩又載印溪草堂鈔東維子詩集卷七,其中第一首又見於元詩選初集辛集、樓氏鐵崖逸編注卷七,據以校勘。元詩選本、樓氏鐵崖逸編注本僅録第一首,題作和吕希顔。

② 尊:印溪草堂鈔本作"樽"。

③ 此第二首與寄吕輔之東道(載本書佚詩編)近似,或爲一詩二題。

④ 孝弟:印溪草堂鈔本作"孝友"。

⑤ 漚:印溪草堂鈔本作"鷗"。

⑥ 丈:印溪草堂鈔本作"文"。

【箋注】

〔一〕本組詩當作於元至正九、十年間,其時鐵崖在松江吕氏璜溪書院授學。繫年依據參見本卷玄霜臺爲吕希顔賦。充之:當爲其字,姓名生平皆不詳。

〔二〕"苦無"二句:用揚雄事。元至正九、十年間,鐵崖授學松江璜溪吕氏塾,常應邀至吕希顔玄霜臺,聚飲唱和,儼然盟主。玉山草堂雅集卷十二載衛仁近詩奉寄楊鐵崖:"白髮揚雄三泖上,樓船日日載青娥。驪珠泣月夜光冷,象管叫雲秋思多。問字諸生頻載酒,購書道士爲籠鵝。玄霜臺上涼如水,好著吾儂拍手歌。"

〔三〕"道士"句:蘇軾後赤壁賦:"夢一道士,羽衣翩躚,過臨皋之下,揖予而言曰:'赤壁之游樂乎?'問其姓名,俯而不答。'嗚呼噫嘻,我知之矣。疇昔之夜,飛鳴而過我者,非子也耶?'道士顧笑。"

〔四〕"美人"句:參見鐵崖先生古樂府卷三羅浮美人注。

〔五〕蓴菜鱸魚:晉書文苑傳張翰:"翰因見秋風起,乃思吳中菰菜、蓴羹、鱸魚膾,曰:'人生貴得適志,何能羈宦數千里以要名爵乎!'遂命駕而歸。"

〔六〕"清江"句:杜甫江村:"清江一曲抱村流,長夏江村事事幽。"

〔七〕扁舟乘興:用王子猷事。參見楊鐵崖先生文集全録卷二卧雪窩志。

天蟾子詩一首持贈清庵老師①西歸〔一〕

老蟾謫世三千載,乃是周喬西度關〔二〕。故山騎虎走石壁,新秋乘鶴過天壇。壺中貯月長不死〔三〕,丸裏旋天只大還。狂夫夜斫②吳質樹〔四〕,照見寒光八字丹〔五〕。

【校】

① 本詩又載印溪草堂鈔東維子詩集卷七,據以校勘。清庵老師:印溪草堂鈔本作"靖庵老仙"。

② 斫:原本作"听",據印溪草堂鈔本改。

【箋注】

〔一〕清庵老師:不詳。按:元代道士李道純號清庵,頗著名。道光重修儀徵縣志卷四十一人物志方外:"元李道純,字元素,都梁人。號瑩蟾子,亦曰清庵。住長生觀。遇異人指授,得道飛昇,故又號其觀曰昇仙。所著有中和集六卷,道德經注一卷。號所居曰中和庵,作中和圖説。"又,錢大昕元史藝文志卷三、卷四著録李道純所撰書籍九種,稱之爲"臨濠人"。又,四庫全書總目著録李道純所撰中和集三卷後集三卷,曰:"(書)前有大德丙午杜道堅序,蓋世祖時人也。"假若四庫館臣推斷不誤,本詩所謂"清庵老師"當非李道純。然鐵崖友人薩都剌有李清庵見過詩(載元詩選初集戊集天錫雁門集),詩中有句曰"何人更有八十歲",則鐵崖與李道純交往,似又不無可能。俟考。

〔二〕周喬：指周靈王太子晉,世稱王子喬。參見鐵崖先生古樂府卷二周郎玉笙謠注。

〔三〕壺中貯月：雲笈七籤卷二十八二十四治下八治第一雲臺山治：“張申爲雲臺治官,常懸一壺,如五升器大,變化爲天地,中有日月如世間。夜宿其内,自號壺天,人謂曰壺公。”

〔四〕吳質：又稱吳剛,相傳於月亮斫桂。參見鐵崖先生集卷三夢桂軒記。

〔五〕八字丹：蟾名。相傳八字丹蟾能滅劇毒。參見赤雅卷三短狐。

餞王伯仁歸青龍鎮〔一〕

王郎讀書不出户,過我三日只①言歸。海通秦望潮②初伏〔二〕,江入禹門魚欲飛〔三〕。吹簫解賦千年劍,把酒時淋五色衣。春後春前須有約,泖南泖北莫③來稀。

【校】

① 本詩又載印溪草堂鈔東維子詩集卷七,據以校勘。只：印溪草堂鈔本作“即”。

② 潮：印溪草堂鈔本作“蛟”。

③ 莫：原本作“去”,據印溪草堂鈔本改。

【箋注】

〔一〕本詩蓋撰於元至正九、十年間,其時鐵崖在松江吕氏璜溪書院授學。繫年依據：據詩題“歸青龍鎮”及詩中“泖南泖北”等語,其時鐵崖寓居松江。又據“江入禹門魚欲飛”一句推之,其時王伯仁讀書冀幸登科,故當爲鐵崖初次寓居松江期間。光緒青浦縣志卷十九人物三文苑傳：“王士顯字伯仁,居青龍江上。洪武初,擢堂邑令,三載,調長山。以禮義化其民,民用不犯,囹圄爲空。官至德州同知,致仕歸。生平好學不倦,所著詩文皆清新拔俗。”又,王士顯別號安湖老人,著有王伯仁詩文集十卷。參見元詩選癸集王士顯、光緒青浦縣志卷二十七藝文。青龍鎮：位於今上海青浦,唐末以後爲大港,日益興盛。

〔二〕秦望：會稽山之别稱。參見鐵崖先生古樂府卷九小臨海曲注。

〔三〕禹門：即龍門。相傳魚躍禹門即化爲龍。參見鐵崖先生古樂府卷七龍
　　虎辭。

寄張貞居先生 并序〔一〕

　　夏初，鄭生自白水塘來〔二〕，承手札知老師出山，泊有雲高
處〔三〕。僕①時在淞上，繼欲造請②，而烟駕已在西山③之西矣〔四〕。
今因覺海師回靈壁④，賦⑤詩一首〔五〕。伐涸興處前日會夏老⑥、黃
公〔六〕，問訊老師，相約秋深同上謁也，故末句及之⑦。

　　老學先生老未休，尚聞黃素寫蠅頭〔七〕。鶴裝或到⑧青雲社，詩卷
多留黃篋樓〔八〕。白楊梅熟⑨長當暑，紅杜鵑開不識秋。老夏黃公頭未
皓，相期吹笛過玄丘〔九〕。

【校】

① 本詩又載印溪草堂鈔東維子詩集卷七、句曲外史貞居先生詩集七卷附録卷
　　二，據以校勘。僕：原本無，據印溪草堂鈔本增補。
② 請：原本作“讀”，據句曲外史貞居先生詩集本改。
③ 西山：原本作“西湖”，據句曲外史貞居先生詩集本改。
④ 回靈壁：原本作“同靈壁”，據印溪草堂鈔本、句曲外史貞居先生詩集本改。
⑤ 賦：印溪草堂鈔本作“附”。
⑥ 伐涸興：印溪草堂鈔本作“代詷興”，句曲外史貞居先生詩集本作“代詷與”。
　　夏老：印溪草堂鈔本、句曲外史貞居先生詩集本作“夏邸老”。
⑦ 句：原本無，據印溪草堂鈔本增補。及之：印溪草堂鈔本作“及云”。
⑧ 鶴：印溪草堂鈔本作“鸖”。到：原本作“外”，據印溪草堂鈔本、句曲外史貞
　　居先生詩集本改。
⑨ 梅熟：原本作“柳□”，據印溪草堂鈔本、句曲外史貞居先生詩集本改補。

【箋注】

〔一〕詩當作於元至正九年（一三四九）初秋。繫年依據：其一，至正十年秋，張
　　雨謝世於杭州，本詩當作於其去世之前。其二，鐵崖作此詩時寓居“淞
　　上”，當爲至正九、十年間，即鐵崖授學松江吕氏塾時期。本詩既曰張雨夏

初出山,又曰"烟駕已在西山之西",可見其時張雨周游各地,健康狀況尚可,故當爲至正九年。

〔二〕白水塘:或指檇李白水川。參見鐵崖先生集卷三夢桂軒記。

〔三〕有雲高處:不詳。疑有雲高處之"有",或爲"青"之訛寫。青雲高處爲檇李李觀復宅樓,由張雨題匾。參見東維子文集卷十九青雲高處記。

〔四〕西山:蓋指洞庭西山。

〔五〕覺海師:鐵崖友僧覺海有二,一爲僧明覺海;一爲會稽僧人方舟,泰不華曾賜以覺海弘慈廣濟之號,故稱。未詳確指。參見鐵崖先生詩集丙集白雲窩爲僧明覺海賦、東維子文集卷十送奎法師住持集慶寺詩序注釋。

〔六〕伐涸興:未詳。疑爲僧人或道士姓名。夏老:疑指夏庭芝。參見本卷題夏伯和自怡悦手卷注。黄公:指黄公望。

〔七〕黄素:黄絹。晋葛洪神仙傳陰長生:"能知神丹,久視長安。於是陰君裂黄素,寫丹經。"蠅頭:小字。

〔八〕黄篾樓:張雨晚年住所,位於杭州赤山埠浴鵠灣。參見浙江通志卷四十古迹二杭州府。

〔九〕玄丘:傳説中神仙所居。唐儲光羲題辛道士房:"先生秀衡嶽,玉立居玄丘。"

五月五①日潤齋吕老仙開宴於樂餘閒堂時坐客爲蜀郡袁凱洪都陳忠京兆范惠②益都張□③老仙之弟輔之猶子心仁志道嬌客夏淵也而會稽楊維禎忝居右客酒半老仙索詩維禎遂爲首唱而率諸客共④和之〔一〕

孔雀屏開香霧濃,老人眉宇見仙風。翠娥輕似雙飛燕,白鶴高於五尺童。玄霜落杵胡麻飯〔二〕,清露流杯碧葉箈〔三〕。痛飲不須招楚客,反騷今日有揚雄〔四〕。

【校】

① 本詩又載印溪草堂鈔東維子詩集卷七、清鈔鐵崖楊先生詩集卷上,據以校勘。五日之"五",印溪草堂鈔本作"四"。鐵崖楊先生詩集本題作五月四日

席上賦。

② 惠：原本無，據印溪草堂鈔本增補。

③ 張□：印溪草堂鈔本作“張某”。

④ 而：印溪草堂鈔本作“且”。共：原本無，據印溪草堂鈔本增補。

【箋注】

〔一〕詩作於元至正九年或十年之五月五日，其時鐵崖受聘於松江璜溪吕輔之，爲其二子授學。繫年理由：據本詩題，潤齋吕老仙乃鐵崖東家吕輔之兄，且當時其兄弟皆在酒席宴上，故當爲鐵崖初次寓居松江期間，因爲吕輔之病逝於鐵崖再返松江之前。

吕潤齋：吕良佐兄，潤齋當爲其別號，又號橘隱。潤齋夫婦皆虔誠向佛，與獅子林天如和尚交好。潤齋妻號了心居士。夫妻先後去世，天如曾爲了心居士撰祭文。參見東維子文集卷十二華亭胥浦義冢記、釋惟則撰祭了心居士（載天如惟則禪師語録卷八）。

袁凱先世由錦城遷徙松江，故此稱蜀郡袁凱。參見東維子文集卷十九改過齋記。

陳忠：洪都（今江西南昌）人。生平不詳。

范惠：京兆人。生平不詳。

益都張□：原本脱一字，故不知其名，其字蓋爲翔遠。參見本集四月四日偕蜀郡袁景文、大梁程沖霄、益都張翔遠、雲間吕德厚、會稽胡時敏、汝南殷大章同游錢氏別墅，飲於菊亭僧舍，賦此書於壁。

吕良佐：字輔之，松江吕港人。曾聘鐵崖至其家塾授學兩年。參見東維子文集卷二十四故義士吕公墓志銘。

心仁、志道：吕潤齋侄子之名，生平不詳。按東維子文集卷二十九十月六日席上與同座客陸宅之夏士文及主人吕希尚希遠聯句，疑吕希尚即心仁，吕希遠即志道，蓋字與名能吻合。

夏淵：即夏景淵，松江人。吕潤齋婿。家有清潤堂，故號清潤處士。樂善好施，曾捐千金助貧士而無吝色。參見東維子文集卷十二華亭胥浦義冢記、卷十七夏氏清潤堂記。

〔二〕玄霜落杵：用裴航事。參見鐵崖先生古樂府卷三璚臺曲注。胡麻飯：用劉晨、阮肇事。參見鐵崖先生古樂府卷三苕山水歌注。

〔三〕碧筩：唐段成式酉陽雜俎前集卷七酒食：“歷城北有使君林，魏正始中，鄭公慤三伏之際，每率賓僚避暑於此，取大蓮葉置硯格上，盛酒三升，以簪刺葉,令與柄通,屈莖上輪菌如象鼻,傳吸之,名爲碧筩杯。歷下斆之,言酒味雜蓮氣,香冷勝於水。"

〔四〕反騷:即反離騷。漢書揚雄傳:"先是時,蜀有司馬相如,作賦甚弘麗温雅,雄心壯之,每作賦,常擬之以爲式。又怪屈原文過相如,至不容,作離騷,自投江而死,悲其文,讀之未嘗不流涕也。以爲君子得時則大行,不得時則龍蛇,遇不遇命也,何必湛身哉!乃作書,往往摭離騷文而反之,自岷山投諸江流以吊屈原,名曰反離騷。"

卷二十八　鐵崖先生詩集乙集

卷二十八　鐵崖先生詩集乙集

題邊魯生所畫便面[一]

水清石齒齒，風定柳枝枝。幽禽不可語，溪禽鳴向誰？

【箋注】

〔一〕本詩撰期，蓋不早於元至正二年（一三四二）。繫年依據：至正初年鐵崖服喪期滿後移居杭州，始與邊魯生結識。邊魯生：即邊魯。元詩選癸集邊管勾魯：“魯一名魯生，字至愚，北庭人，家於宣城。天才秀發，善古樂府詩。以南臺宣使奉臺命西諭，竟以不屈死，朝廷追贈南臺管勾。魯生善寫水墨花鳥樹石，而尤精於鉤勒顚擎之勢，則有得於李後主云。”北庭，位於今新疆吉木薩爾一帶。又，圖繪寶鑑卷五元朝：“邊魯字至愚，號魯生。善畫墨戲花鳥。”又，陶宗儀書史會要補遺則謂邊魯“鄴下人，工古文奇字”。按：邊魯於至正初年從鐵崖學春秋經，唱和西湖竹枝，鐵崖稱之爲白馬生。元季，邊魯曾任職於淮南樞幕，又“以南臺宣使奉臺命西諭”，不屈而死。死後鐵崖追述其事迹，并邀王逢題詩，王逢詩贊曰：“齊城竟蹈酈生轍，土花尚碧萇弘血。”參見梧溪集卷六邊至愚竹雊圖歌小引、陳善學序刊楊鐵崖先生文集卷六白馬生、西湖竹枝集詩人小傳。又，天津市藝術博物館收藏有邊魯起居平安圖軸。便面：見鐵崖先生古樂府卷二蹋踘篇注。

題李息齋竹石①[一]

平灘溪水急，古木著秋雨。山深人不來，風篁夜相語。

【校】

① 本詩又載十六卷本玉山草堂雅集卷一。

【箋注】

〔一〕李息齋：指李衎。圖繪寶鑑卷五元朝：“李衎字仲賓，號息齋道人，薊丘人。官至<u>江</u>浙行省平章政事致仕,封<u>薊國公</u>,謚<u>文簡</u>。善畫竹石枯槎。始學<u>王澹游</u>,後學<u>文湖州</u>,著色者師<u>李頗</u>,馳譽當世。"

題唐子華畫^{〔一〕}

青山黃鶴斷磯頭,渾似<u>坡仙</u> <u>赤壁</u>游①。鐵笛一聲江上起,羽衣纔過便回舟^{〔二〕}。

【校】

① 本詩又載<u>清</u>初<u>印溪草堂</u>鈔本<u>東維子集</u>卷九、清鈔十六卷本<u>玉山草堂雅集</u>卷一、<u>劉世珩</u>影元刊十八卷本<u>玉山草堂雅集</u>卷二,據以校勘。游:<u>印溪草堂</u>鈔本、<u>玉山草堂雅集</u>十八卷本作"秋"。

【箋注】

〔一〕<u>唐棣</u>(一二九七——一三六五):字<u>子華</u>,先世<u>錢塘</u>,徙居<u>吳興</u>。曾追隨<u>趙孟頫</u>學畫。郡守<u>馬德昌</u>薦予<u>仁宗</u>,詔繪<u>嘉禧殿</u>御屏,稱賞,待詔<u>集賢院</u>。後歷官<u>嘉興路</u>照磨、<u>徽州路</u> <u>休寧縣</u>尹。在<u>休寧</u>五年,政平人和,以老去官,進<u>平江路</u> <u>吳江</u>知州致仕。卒於元末戰亂之時,年六十有九。好讀書,善畫山水,師<u>郭熙</u>。對客談詩,終日不倦,<u>至正</u>初年參與唱和<u>西湖竹枝</u>。著有<u>休寧稿</u>、<u>味外味集</u>,前者<u>虞集</u>撰序,後者<u>黃潛</u>序。參見<u>圖繪寶鑑</u>卷五<u>唐棣</u>傳、<u>西湖竹枝詞</u> <u>唐棣</u>傳。按:<u>唐棣</u>生卒年迄今未有定論,今按<u>趙汸</u>於元 <u>至正</u>二十一年十一月所撰<u>唐吳江生壙記</u>(載<u>全元文</u>第五十四冊),謂<u>唐棣</u>"今年纔六十有五",知其生於元成宗 <u>元貞</u>三年丁酉;又據<u>張羽</u>撰<u>奉訓大夫平江路知州致仕子華唐君墓碣</u>(載<u>吳興藝文補</u>卷三十),謂<u>唐棣</u>卒年六十有九,知謝世於<u>至正</u>二十五年。

〔二〕"渾似<u>坡仙</u>"三句:謂<u>唐子華</u>所畫乃<u>東坡</u>賦中景象。參見上卷<u>用貝仲琚韻寄邵文伯</u>注。

題柏子庭蘭^{〔一〕}

騷國同芳本同譜,<u>涪翁</u>品題殊未真^{〔二〕}。<u>柏公</u>①落筆開生面,一時賴有兩玉②人。

【校】

① 本詩又載清初印溪草堂鈔本東維子集卷九,據以校勘。柏公:原本作"相公",據印溪草堂鈔本改。

② 賴有兩玉:印溪草堂鈔本作"頓有兩三"。

【箋注】

〔一〕柏子庭:佩文齋書畫譜卷五十四元畫家傳引弘秀集:"釋柏子庭,嘉定人。嘗講台教於赤城。性好浪迹雲游,乞食村落,對人不作長語,間雜諧謔。喜畫石菖蒲,題句甚多。"又,圖繪寶鑑卷五元朝:"僧明雪窗畫蘭,柏子庭畫枯木菖蒲,止可施之僧坊,不足爲文房清玩。"

〔二〕"涪翁品題"句:意爲黄庭堅蘭蕙迥異之論并不確切。豫章黄先生文集卷二十五書幽芳亭:"士之才德蓋一國,則曰國士;女之色蓋一國,則曰國色;蘭之香蓋一國,則曰國香。自古人知貴蘭,不待楚之逐臣而後貴之也。蘭蓋甚似乎君子。⋯⋯然蘭蕙之才德不同,世罕能别之。予放浪江湖之日久,乃盡知其族姓。蓋蘭似君子,蕙似士。大概山林中十蕙而一蘭也。楚辭曰'予既滋蘭之九畹,又樹蕙之百畝',以是知不獨今,楚人賤蕙而貴蘭久矣。蘭蕙叢生,初不殊也,至其發華,一榦一華而香有餘者,蘭;一榦五七華而香不足者,蕙。"又,山谷集外集卷九題公卷小屏:"蕙之九華,不如蘭之一花。花光作蕙而不作蘭,當以其寂漠故耳。"

題犬戲貓畫圖①

警偷捕鼠各有職,如何兩兩未忘機。小貙應妬花②褢坐〔一〕,鬥得奴狸③作虎威〔二〕。

【校】

① 本詩又載清初印溪草堂鈔本東維子集卷九,據以校勘。印溪草堂鈔本題作題犬戲貓圖。

② 妬花:原本脱闕二字,據印溪草堂鈔本補。

③ 奴狸：印溪草堂鈔本作“狸奴”。

【箋注】

〔一〕小獹：小狗。
〔二〕奴狸：狸奴，指貓。

題任月山鸂㶉手卷〔一〕

　　碧水池塘花霧乾，錦衣秋净浴晴①寒。道人已有西臺意②〔二〕，喜見一雙飛下灘。

【校】

① 本詩又載清初印溪草堂鈔本東維子集卷九，據以校勘。晴：印溪草堂鈔本作“清”。
② 意：原本脱闕一字，據印溪草堂鈔本補。

【箋注】

〔一〕詩撰書於元至正九年（一三四九）九月，其時鐵崖受聘於松江吕輔之，授學爲生。繫年依據：至正九年九月十八日，鐵崖作客任子文家，爲其家藏任月山馬圖題詩，本詩或一時題卷之作。任月山：松江任仁發。任仁發以擅長畫馬著稱。鐵崖與其子子文、子昭，孫輝等皆有交往。參見鐵崖先生詩集丙集題任月山所畫唐馬卷、東維子文集卷二十隆福寺重修寶塔并復田記、鐵崖文集卷五東白説。
〔二〕西臺：西臺御史。用唐牛僧孺事。參見上卷送康副使注。

題四鼠盜蔬菓圖

　　東畔畦蔬帶葉青，西園生菓①壓枝生。無人説與秦丞相〔一〕，何不②官倉免厠驚〔二〕？

【校】

① 本詩又載清初印溪草堂鈔本東維子集卷九,據以校勘。生菓:印溪草堂鈔本作"新果"。

② 何不:印溪草堂鈔本作"何必"。

【箋注】

〔一〕秦丞相:指李斯。

〔二〕官倉免厠驚:即所謂倉鼠與厠鼠之辨。參見陳善學序刊楊鐵崖先生文集卷一厠中鼠注。

題楊竹西所藏陳仲美山鵲〔一〕

揚雄宅前載酒亭〔二〕,山花①如繡照江明。多情山鵲噪②求友,不作鵓鳩啼雨聲〔三〕。

【校】

① 本詩又載清初印溪草堂鈔本東維子集卷九,據以校勘。山花:原本作"山衣",據印溪草堂鈔本改。

② 噪:原本作"嘆",據印溪草堂鈔本改。

【箋注】

〔一〕詩撰書於元至正九年(一三四九)春,其時鐵崖受聘於松江吕輔之,抵達松江不久。繫年依據:至正九年春,鐵崖造訪張溪楊竹西宅居,本詩蓋當時題其藏畫所作。楊竹西:名謙。參見東維子文集卷十九不礙雲山樓記。陳仲美:名琳。參見鐵崖先生詩集甲集題陳仲美山水。

〔二〕"揚雄宅前"句:揚雄素貧而嗜酒,故時常有人載酒肴從學。後人遂於揚雄宅内建載酒亭。參見大明一統志卷六十七成都府宫室錦樓。

〔三〕鵓鳩啼雨:參見鐵崖先生古樂府卷七兩鵓鴣注。

題馬文璧天台雁宕圖〔一〕

老夫昨夜夢天姥〔二〕,到天石色連天台。手持一幅吳淞水,剪取天台雁宕①來〔三〕。

【校】

① 本詩又載清初印溪草堂鈔本東維子集卷九,據以校勘。雁宕:印溪草堂鈔本作"雁蕩"。

【箋注】

〔一〕馬文璧:名琬。參見東維子文集卷十七光霽堂記。
〔二〕天姥:李太白全集卷二十五夢游天姥吟留別題下注:"太平寰宇記:天姥山,在越州剡縣南八十里。……一統志:天姥峰,在台州天台縣西北,與天台山相對。其峰孤峭,下臨嵊縣,仰望如在天表。"
〔三〕雁宕:即雁蕩山。大明一統志卷四十八溫州府山川:"雁蕩山,在樂清縣東九十里。此山天下奇秀,谷邃峰叠,行者不能遍。"以上二句化用杜甫戲題畫山水歌:"焉得并州快剪刀,剪取吳松半江水。"

題任子文青山白雲①圖〔一〕

山中之雲汝②白衣,山中之人望雲飛。白衣出山變蒼狗〔二〕,山中之人何③時歸?

【校】

① 本詩又載清初印溪草堂鈔本東維子集卷九,據以校勘。印溪草堂鈔本題作題任子文青山白雲。
② 汝:印溪草堂鈔本作"如"。
③ 何:印溪草堂鈔本作"幾"。

【箋注】

〔一〕詩撰書於元至正九年(一三四九)九月十八日,其時鐵崖寓居松江,授學爲

生。繫年依據：<u>至正</u>九年九月十八日，<u>鐵崖</u>作客<u>任子文</u>家，曾爲其家藏<u>任
月山馬圖</u>題詩，本詩或一時題卷之作。參見<u>鐵崖先生詩集丙集題任月山
所畫唐馬卷</u>。<u>任子文</u>：名<u>賢才</u>，<u>任月山</u>子。參見<u>鐵崖文集</u>卷五東白説。

〔二〕"白衣"句：<u>杜甫可歎</u>："天上浮雲如白衣，斯須改變如蒼狗。"

題趙仲穆畫山水漁父圖〔一〕

直鈎單爲釣公侯〔二〕，紅葉①蒼崖古渡頭。釣得公侯猶顧②我，莫教
人喚曲如鈎〔三〕。

【校】

① 本詩又載<u>清</u>初<u>印溪草堂</u>鈔本<u>東維子集</u>卷九，據以校勘。葉：<u>印溪草堂</u>鈔本
作"樹"。

② 原本"顧"字旁有校記作"故"。

【箋注】

〔一〕<u>趙仲穆</u>：名<u>雍</u>，<u>趙孟頫</u>次子。參見<u>東維子文集</u>卷十六野亭記。

〔二〕釣公侯：相傳<u>吕尚</u>於<u>磻溪</u>垂釣，魚鈎爲直鈎。參見<u>麗則遺音</u>卷三太公璜。

〔三〕曲如鈎：喻指爲人圓滑，人品卑劣。<u>後漢書五行志</u>一："順帝之末，京都童
謡曰：'直如弦，死道邊。曲如鈎，反封侯。'案<u>順帝</u>即位，<u>孝質</u>短祚，大將軍
<u>梁冀</u>貪樹疏幼，以爲己功，專國號令，以贍其私。大尉<u>李固</u>以爲<u>清河王雅</u>
性聰明，敦詩悦禮，加又屬親，立長則順，置善則固。而<u>冀</u>建白太后，策免
<u>固</u>，徵蠡吾侯，遂即至尊。<u>固</u>是日幽斃于獄，暴尸道路，而太尉<u>胡廣</u>封<u>安樂
鄉侯</u>、司徒<u>趙戒</u>厨亭侯、司空<u>袁湯</u>安國亭侯云。"

題擦癢馬圖

玉龍不愛①麻姑爪〔一〕，何處輕摩八尺身〔二〕？紫薇花開正怕癢〔三〕，
莫教風雨動搖春。

【校】

① 本詩又載清初印溪草堂鈔本東維子集卷九、十六卷本玉山草堂雅集卷一,據
　　以校勘。玉:原本作"土",據印溪草堂鈔本、玉山草堂雅集本改。愛:印溪
　　草堂鈔本作"受"。

【箋注】

〔一〕麻姑爪:參見鐵崖先生古樂府卷十小游仙之五注。
〔二〕八尺:指馬。周禮夏官圉人:"馬八尺以上爲龍。"
〔三〕"紫薇"句:明方以智撰物理小識卷九草木類:"世傳紫薇花畏搔癢,蓋其
　　枝易動也。"

題春江漁父圖①

　　一片青天白鷺前,桃花水泛住家船。呼兒去換城中酒,新得槎頭
縮頸②鯿〔一〕。

【校】

① 本詩又載清初印溪草堂鈔本東維子集卷九、元詩選初集辛集、樓氏鐵崖逸編
　　注卷八,據以校勘。元詩選本注曰録自鐵崖詩。
② 頸:樓氏鐵崖逸編注本作"項"。

【箋注】

〔一〕槎頭縮頸鯿:杜詩詳注卷十七解悶之六:"即今耆舊無新語,漫釣槎頭縮
　　頸鯿。"注:"習鑿齒襄陽耆舊傳云:'峴山下漢水中出鯿魚,味極肥而美,
　　襄陽人採捕,遂以槎斷水,因謂之槎頭縮項鯿。'"

題水仙手卷二首①〔一〕

其一

憶別瀟湘帝子家〔二〕,相逢銀漢駕仙②槎。江梅孤甚山礬俗,只合

瓊花定等差^{〔三〕}。（右雪中花^③）

其二

玉質生香殘雪後，冰魂無夢^④月明中。生怕麗娟輕欲舉^{〔四〕}，桃花扇底唱^⑤迴風。（右風）

鐵篴道人在七者寮效玉臺新體^{〔五〕}，試龍香寶劑^{〔六〕}。時丙午秋八月十日也^⑥。

【校】

① 本組詩又載清初印溪草堂鈔本東維子集卷九、其中第一首重複出現，又見於印溪草堂鈔本東維子集卷十二，第二首又見於石渠寶笈續編淳化軒藏四、清高士奇撰江村銷夏録卷二，據以校勘。印溪草堂鈔東維子集卷十二本題作水仙花，石渠寶笈續編本題作趙孟堅白描水仙，江村銷夏録本題作趙子固白描水仙卷。

② 仙：印溪草堂鈔東維子集卷九本作“星”。

③ 詩末注“右雪中花”四字原本無，據印溪草堂鈔東維子集卷九本增補。下同。

④ 無夢：石渠寶笈續編本作“夢斷”。

⑤ 唱：石渠寶笈續編本、江村銷夏録本作“舞”。

⑥ 詩末跋文原本無，據石渠寶笈續編本、江村銷夏録本增補。其中“七者寮”，江村銷夏録本作“七星寮”。“玉臺新體”，江村銷夏録本作“玉臺體”。“丙午”，石渠寶笈續編本作“景午”。又，石渠寶笈續編本於跋文之末著録曰：“鈐印二：‘白雲蒼石佳處’、‘楊廉夫’。”

【箋注】

〔一〕本組詩蓋撰於元至正二十六年丙午（一三六六）八月，其時鐵崖退隱松江已有七年。繫年依據：至正二十六年八月十日，楊維禎曾將第二首詩題於趙子固水仙圖。據此推之，二詩或一時之作。

〔二〕瀟湘帝子：文選謝朓新亭渚別范零陵詩：“洞庭張樂地，瀟湘帝子游。”李善注：“山海經曰：洞庭之山，帝之二女居之，是常游於江淵、澧、沅，風交瀟、湘之川。郭璞曰：言二女游戲江之淵府，則能鼓動五江，令風波之氣共相交通，言其靈響也。楚辭湘君曰：‘帝子降兮北渚。’王逸曰：帝謂堯也。娥皇、女英隨於湘水，因爲湘夫人。”

〔三〕“江梅”二句：宋黄庭堅王充道送水仙花五十枝欣然會心爲之作詠有“山礬是弟梅是兄”句，楊詩即從此翻出。

〔四〕麗娟：漢武帝時宮女。洞冥記卷四：“帝所幸宮人麗娟，年十四，玉膚柔
　　軟，吹氣勝蘭。不欲衣縷拂之，恐體痕也。每歌，李延年和之，於芝生殿唱
　　回風之曲，庭中花皆翻落。置麗娟於明離之帳，恐塵垢污其體也。帝常以
　　衣帶縛麗娟之袂，閉於重幕中，恐隨風而去也。”

〔五〕七者寮：鐵崖齋名。參見鐵崖文集卷一七客者志。

〔六〕龍香寶劑：唐玄宗御用墨。參見鐵崖先生詩集壬集題柯丹丘竹。

題李息齋孤竹 吳中路義道家藏①〔一〕

國初畫竹李薊丘，風骨有似文湖州〔二〕。一竿欲拂珊瑚樹，浦雨江
風獨自秋。

【校】

① 本詩又載清初印溪草堂鈔本東維子集卷九，據以校勘。印溪草堂鈔本小字
　注以下還有“李衎字仲賓號息齋”八字。

【箋注】

〔一〕本詩爲路義道藏畫而作，撰書於元至正七、八年間，其時鐵崖寓居姑蘇，授
　　學爲生。繫年依據：鐵崖寓居姑蘇期間，與路義道交好，屢赴路義道家
　　宴，本詩蓋當時所題。參見鐵崖先生詩集癸集璚花珠月二名姬。李息齋：
　　即李衎。參見本集題李息齋竹石注。路義道：毘陵人。按：此謂“吳中路
　　義道”，蓋因路義道家居姑蘇。參見東維子文集卷十八蒼筠亭記。

〔二〕文湖州：名同。文同字與可，梓州人。工詩文，書畫尤精。生平事迹見宋
　　史文苑傳。

題鄭熙之春雨①釣艇圖〔一〕

越上好山是我居，白雲如海護林盧。鑑湖新漲桃花水〔二〕，起坐船
頭學釣魚。

【校】

① 本詩又載清初印溪草堂鈔本東維子集卷九,據以校勘。春雨:印溪草堂鈔本題作"春江"。

【箋注】

〔一〕鄭熙之:名禧。圖繪寶鑑卷五元朝:"鄭禧字熙之,吴郡人。善畫山水,學董源筆法,用墨清潤可愛。畫墨竹禽鳥,法趙文敏。惜乎夭折。"

〔二〕鑑湖:又稱鏡湖,位於今浙江紹興。太平寰宇記卷九十六越州:"按輿地志,云山陰南湖縈帶郊郭,白水翠岩,互相映發,若圖畫,故王逸少云'山陰路上行,如在鏡中游'。"

郭天錫春山圖①〔一〕

不見朱方老郭髯〔二〕,大江秋色滿疏簾。醉傾一斗金壺汁〔三〕,貌②得江心兩玉尖。

【校】

① 本詩又載清初印溪草堂鈔本東維子集卷九、元詩選初集辛集、樓氏鐵崖逸編注卷八,據以校勘。元詩選本注曰録自鐵崖詩。

② 貌:原本爲墨丁,據印溪草堂鈔本、元詩選本、樓氏鐵崖逸編注本補。

【箋注】

〔一〕郭天錫:郭畀(一二八〇——一三三五),字天錫,號雲山,晚號退思,丹徒(今江蘇鎮江)人。曾任鎮江路儒學學録。北赴大都,累舉不第,任鄱江書院山長。調吴江儒學教授,未赴,江浙行省辟充掾史。美鬚髯,人呼爲郭髯。畫學米南宮,師事高房山,得其筆法。嘗往來錫山,與倪瓚交好。圖繪寶鑑卷五元朝載郭畀小傳,謂郭畀爲"京口人,畫竹石窠木"。又,光緒丹徒縣志卷三十四人物志十一書畫謂:"(郭畀)世家京口,故其畫全仿米南宮,最爲得法。書學趙孟頫,嘗爲寫松雪集,孟頫跋其後,稱述備至。"按:明、清以來,多將郭天錫混同爲郭祐之,包括元詩選。詳見翁同文撰郭界非郭祐之考（載藝林叢考，聯經出版事業公司一九七七年出版）。

〔二〕朱方：春秋時吳國地名，此指丹徒。太平寰宇記卷八十九江南東道一潤
　　州：“丹徒縣，春秋吳朱方之邑。漢爲丹徒縣地。”

〔三〕金壺汁：晉王嘉撰拾遺記卷三：“浮提之國，獻神通善書二人，乍老乍少，
　　隱形則出影，聞聲則藏形。出肘間金壺四寸，上有五龍之檢，封以青泥。
　　壺中有黑汁如淳漆，灑地及石，皆成篆隸科斗之字……及金壺汁盡，二人
　　刳心瀝血，以代墨焉。”

春日雜詠二首〔一〕

其一

二月南塘春正好，青青馬色連芳草。碧雲佳人來不來〔二〕？官楊
已掃吹笙道〔三〕。

其二

東門柳色青洋洋，短歌柳枝能斷腸。相見郎君朱繡襦〔四〕（通沃切。
詩：繡衣朱襮。黼領，刺爲斧也①），折花賣眼過橫塘〔五〕。

【校】

① 本詩又載清初印溪草堂鈔本東維子集卷九，據以校勘。小字注“通沃切”三
　　字，原本無，據印溪草堂鈔本增補。“詩繡衣朱襮黼領刺爲斧也”凡十一字，
　　原本置於詩末，作“詩繡表襮黼頸刺爲斧也”十字，據印溪草堂鈔本改補，且
　　自詩末徑移於此。

【箋注】

〔一〕詩當撰於元至正七、八年間。其時鐵崖浪迹姑蘇一帶，授學爲生。繫年依
　　據：詩中描述爲吳中風光，且爲太平景象，當爲至正初年鐵崖寓居姑蘇
　　期間。

〔二〕碧雲佳人：沿用江淹詩語。宋吳曾能改齋漫録卷八沿襲：“江文通有擬湯
　　惠休詩云：‘日暮碧雲合，佳人殊未來。’蓋用魏文帝秋胡行云：‘朝與佳人
　　期，日夕殊不來。’梁武帝鼓角橫吹曲云：‘日落登雍臺，佳人殊未來。’梁
　　沈約洛陽道云：‘佳人殊未來，薄暮空徙倚。’二人所用，又襲江也。江，

齊人。"

〔三〕"官楊"句: 李賀感諷六首之六: "蝶飛紅粉臺,柳掃吹笙道。"

〔四〕朱繡襮: 毛詩正義唐風揚之水: "揚之水,白石鑿鑿。素衣朱襮,從子于
沃。"正義: "以素爲衣,丹朱爲緣,綃黼爲領,此諸侯之中衣也……綃上刺
黼以爲衣領,然後名之爲襮。"

〔五〕折花賣眼: 沿用李白詩語。李白越女詞五首之二: "吳兒多白晳,好爲蕩
舟劇。賣眼擲春心,折花調行客。"橫塘: 明王鏊撰姑蘇志卷十水: "胥口
之水,自胥口橋東行九里,轉入東、西醋坊橋,曰木瀆,香水溪在焉。又東
入跨塘橋,與越來溪會,曰橫塘。"

劍池①〔一〕

新鑄干將斫石頭〔二〕,剛風吹落海峰秋〔三〕。不如②越貢湛盧劍〔四〕,
自逐飛龍海上③游。

【校】

① 本詩又載清初印溪草堂鈔本東維子集卷九、劉世珩影元刊十八卷本玉山草
堂雅集卷二,據以校勘。玉山草堂雅集本題作游虎丘偕倪元鎮張仲簡顧仲
英賦,載詩兩首,本詩爲第二首。

② 如: 玉山草堂雅集本作"知"。

③ 海上: 玉山草堂雅集本作"漢水"。

【箋注】

〔一〕詩撰於元至正七年(一三四七)或八年暮春,其時鐵崖寓居姑蘇,授學爲
生。繫年依據: 本詩描述劍池,乃蘇州名勝。鐵崖浪迹姑蘇一帶時,與顧
瑛、張簡、倪瓚等交往頻繁,偕游湖山,詩酒唱和,本詩蓋其時游覽之作。
劍池: 位於姑蘇虎丘。參見鐵崖先生古樂府卷四虎丘篇。

〔二〕干將: 寶劍名,參見鐵崖先生古樂府卷四赤董篇注。

〔三〕海峰: 虎丘。虎丘又名海湧山。參見鐵崖賦稿卷上姑蘇臺賦之二。

〔四〕湛盧: 吳越春秋卷四闔閭内傳: "楚昭王卧而寤,得吳王湛盧之劍於牀,昭
王不知其故,乃召風湖子而問……風湖子曰: '臣聞越王元常使歐冶子造
劍五枚,以示薛燭,燭對曰: "……一名湛盧,五金之英,太陽之精,寄氣託

靈,出之有神,服之有威,可以折衝拒敵。然人君有逆理之謀,其劍即出,故去無道以就有道。”’”

觀濤同張伯雨賦①〔一〕

海上②推江江倒流,豪魚欲穴鳳凰洲〔二〕。錢唐③鐵箭化爲土〔三〕,白馬神人從上游〔四〕。

【校】

① 本詩又載清初印溪草堂鈔本東維子集卷九、劉世珩影元刊十八卷本玉山草堂雅集卷二,據以校勘。印溪草堂鈔本題作觀潮同張伯雨賦,玉山草堂雅集本題作觀潮詩同勾曲外史賦。

② 海上:印溪草堂鈔本、玉山草堂雅集本作“海門”。

③ 錢唐:印溪草堂鈔本、玉山草堂雅集本作“錢王”。

【箋注】

〔一〕詩撰於元至正三年(一三四三)前後,其時鐵崖移居杭州不久,補官不成,授學爲生。繫年依據:其一,張伯雨卒於至正十年,本詩當撰於至正十年以前。其二,據詩題詩意,本詩乃觀錢塘江潮而作,故當時二人必同居杭州一帶。至正初年,鐵崖、張伯雨皆居錢塘,共同游覽山湖名勝,唱和頗多,本詩當作於此時。張伯雨:即張雨。參見東維子文集卷七郊韶詩序。

〔二〕鳳凰洲:未詳確指。海寧有鳳凰山,鳳凰洲或據此山杜撰。

〔三〕錢唐鐵箭:參見麗則遺音卷三鐵箭。

〔四〕白馬神人:太平廣記卷二百九十一伍子胥云,子胥死後爲潮神,潮“朝暮再來,其聲震怒,雷奔電走百餘里,時有見子胥乘素車白馬在潮頭之中”。

玉山中作①〔一〕

玉山有如海上洲②,仙舟③長憶玉山游。人家④隱隱盡臨水,高橋橫掛⑤如牽牛〔二〕。

【校】

① 本詩又載清初印溪草堂鈔本東維子集卷九、清鈔玉山名勝外集、劉世珩影元刊十八卷本玉山草堂雅集卷二,據以校勘。玉山名勝外集本題作玉山齋中題。

② 洲:玉山名勝外集本作"舟"。

③ 仙舟:原本作"仙丹",玉山名勝外集本作"年來"。據印溪草堂鈔本、玉山草堂雅集本改。

④ 人家:玉山名勝外集本作"樓臺"。

⑤ 掛:玉山名勝外集本作"臥"。

【箋注】

〔一〕詩作於元至正七、八年間,其時鐵崖游寓姑蘇一帶,授學爲生。繫年依據:鐵崖寓居姑蘇其間,顧瑛常邀之赴崑山小住,本詩題所謂"玉山中作",當指作於顧瑛宅園之中。玉山:即崑山之馬鞍山。明王鏊撰姑蘇志卷九山下:"馬鞍山在崑山縣西北,廣袤三里,高七十丈,一名崑山,實因華亭之崑山而名。縣境連接湖海,而孤峰特秀。"

〔二〕"高橋"句:語出南朝梁蕭貫長安道詩:"前登灞陵岸,還瞻渭水流。城形類北斗,橋勢似牽牛。"

甕天詩爲蕭漢卿賦①〔一〕

海西蕭郎九尺長,手提玉笙吹鳳凰〔二〕。夜來起舞踏破甕,星斗滿天無處藏〔三〕。

【校】

① 本詩又載清初印溪草堂鈔本東維子集卷九,清鈔十六卷本玉山草堂雅集卷一、劉世珩影元刊十八卷本玉山草堂雅集卷二,據以校勘,無異文。

【箋注】

〔一〕蕭漢卿:即詩中所謂"海西蕭郎",漢卿當爲其字,生平不詳。詩稱其爲海西蕭郎，按元史，元以女真之地置海西遼東道。蕭漢卿或爲女真人。又據本詩，蕭漢卿當爲道士，擅長吹笙。

〔二〕玉笙吹鳳凰：參見陳善學序刊楊鐵崖先生文集卷一鳳凰曲。

〔三〕“夜來起舞”二句：描摹詩題所謂“甕天”景象。參見陳善學刊本卷一真仙謡注。

自遣

無賴春愁猶上眉，下階自拗木香枝〔一〕。嗅花心口還相語，不許墻東野蝶知。

【箋注】

〔一〕木香：宋陳敬撰陳氏香譜卷一木香：“本草云：一名蜜香。從外國舶上來。葉似薯蕷而根大，花紫色。”

吳詠十章用韻復正宗架閣①〔一〕

其一
館娃宮裏落花多〔二〕，春色撩人可奈何？南省風流文②架閣，宮③才解賦館娃歌。

其二
曾侍虛皇第二筵〔三〕，鐵仙輕脱故依然。江洲④坐上初相見，還識人中孟萬年〔四〕。

其三
杜牧尋春苦未遲〔五〕，水晶宮裏舊題詩〔六〕。小鬟莫訝腰如束，善唱白家楊柳枝〔七〕。

其四
馬上郎君出帝城，璚林宴裏記相迎。吳水吳山⑤新迎送，學唱陽關第四聲〔八〕。

其五

淮南八月雁初過，奉使槎⑥回烏鵲河〔九〕。十里揚州花底散，五陵年少已無多〔十〕。

其六

夏駕湖頭朱雀舟〔十一〕，湖光山色不勝秋。丘中不見金銀氣〔十二〕，臺上閒看麋鹿游〔十三〕。

其七

江上⑦梅花鐵石心〔十四〕，江南腸斷越人吟。南垣閣老多情甚〔十五〕，纔見梅花便抱琴。

其八

鴟夷仙去五湖船〔十六〕，故國何人憶計然〔十七〕？昨夜洞庭秋水長〔十八〕，夢聞廣樂下鈞天〔十九〕。

其九

黃菊初花⑧客未歸，登高自試苧蘿衣。真娘墓上⑨好紅葉〔二十〕，伍相⑩祠前多翠微〔二十一〕。

其十

地行仙子羊權家，曾降山中萼綠華〔二十二〕。三百⑪六橋明月夜〔二十三〕，姑蘇城内⑫有瓊花〔二十四〕。（官妓名瓊花⑬，新自揚州來姑蘇⑭。）

【校】

① 本組詩又載列朝詩集甲集前編第七上、清初印溪草堂鈔本東維子集卷九、元詩選初集辛集、劉世珩刊十八卷本玉山草堂雅集卷二、樓氏鐵崖逸編注卷八，據以校勘。閣：原本無，據列朝詩集本、元詩選本、玉山草堂雅集本、樓氏鐵崖逸編注本補。

② 文：元詩選本、樓氏鐵崖逸編注本作"又"。

③ 宫：樓氏鐵崖逸編注本作"官"。

④ 洲：諸校本皆作"州"。

⑤ 吳水吳山：諸校本皆本作"吳山吳水"。

⑥ 槎：玉山草堂雅集本作"楂"。

⑦ 上：玉山草堂雅集本作"口"。

⑧ 花：玉山草堂雅集本作"華"。

⑨ 上：列朝詩集本、玉山草堂雅集本作"下"。

⑩ 伍相：印溪草堂鈔本作“五王”，玉山草堂雅集本作“五主”。

⑪ 百：列朝詩集本、元詩選本、樓氏鐵崖逸編注本皆誤作“十”。按：明楊循吉蘇談顧阿瑛豪侈曰：“顧阿瑛在元末爲崑山大家，其亭館蓋有三十六處。”後人遂將吳詠十章誤本“三十六橋”與顧瑛亭館混爲一談，例如清姚之駰所撰元明事類鈔卷二十九橋。鐵崖弟子袁華天香詞亦曰：“三百六橋春色，二十四番花信。”故知原本不誤。

⑫ 姑蘇城内：列朝詩集本、印溪草堂鈔本、玉山草堂雅集本作“蘇州城裏”。

⑬ 名：樓氏鐵崖逸編注本作“有”。瓊花：原本作“瓊花宴者”，據印溪草堂鈔本删。

⑭ 揚州來姑蘇：玉山草堂雅集本、樓氏鐵崖逸編注本作“維揚來蘇州”。

【箋注】

〔一〕本組詩當作於元至正八年（一三四八）春。其時鐵崖寓居姑蘇，授學爲生。繫年依據：其一，詩題曰“吳詠”，故當作於至正七、八年間，即鐵崖寓居蘇州時期。其二，組詩第十首附作者自注，曰官妓瓊花“新自揚州來姑蘇”。而至正八年正月，瓊花陪侍鐵崖、路義道、顧瑛等人於酒宴，鐵崖、顧瑛皆曾賦詩讚美。故本組詩撰期，不得遲於元至正八年春日。參見鐵崖先生詩集癸集瓊花珠月二名姬、瓊花宴。正宗架閣：正宗當爲其字，姓名生平未詳。按：組詩第一首稱之爲“文架閣”，所謂“文”，可指其姓，亦可作“文雅”解。待考。又，架閣爲中書省屬官，然御史臺、行御史臺亦設架閣庫。元史百官志一：“架閣庫管勾二員，正八品。掌庋藏省府籍帳案牘，凡備稽考之文，即掌故之任。至元三年，始置三員，其後增置員數不一。至順初，爲定二員，典吏十人。”本組詩之七有句曰：“南垣閣老多情甚，纔見梅花便抱琴。”據以推之，此“正宗架閣”乃江南行御史臺屬官，擅長彈琴，故與鐵崖投緣。

〔二〕館娃宮：相傳春秋時吳王爲西施修建。參見鐵崖先生古樂府卷十冶春口號之二注。

〔三〕虛皇：道教神名。南朝梁陶弘景許長史舊館壇碑：“結號虛皇，筌法正覺。”

〔四〕孟萬年：指晉人孟嘉。晉書孟嘉傳：“孟嘉字萬年。……褚裒時爲豫章太守，正旦朝（太尉庾）亮，裒有器識，亮大會州府人士，嘉坐次甚遠。裒問亮：‘聞江州有孟嘉，其人何在？’亮曰：‘在坐，卿但自覓。’裒歷觀，指嘉謂亮曰：‘此君小異，將無是乎？’亮欣然而笑，喜裒得嘉，奇嘉爲裒所得，乃益器焉。”

〔五〕杜牧尋春：蘇軾詩集卷八將之湖州戲贈莘老：“亦知謝公到郡久，應怪杜牧尋春遲。”注：“杜牧佐宣城幕，聞湖州多奇麗，往游之。刺史崔君張水嬉，使州人畢觀，令杜牧閲之。因見一女姝，期之曰：‘吾不十年來守此郡，不來，從所適。’洎牧守湖州，女已從人三年矣。牧因賦詩曰：‘自是尋春去較遲，不須惆悵怨芳時。’”

〔六〕水晶宮：指湖州。參見鐵崖先生古樂府卷六壽岩老人歌注。

〔七〕白家：指白居易。宋王灼撰碧雞漫志卷五：“樂府雜録云‘白傅作楊柳枝’。予考樂天晚年與劉夢得唱和此詞，白云：‘古歌舊曲君休聽，聽取新翻楊柳枝。’又作楊柳枝二十韻，云：‘樂童翻怨調，才子與妍詞。’注云：‘洛下新聲也。’劉夢得亦云：‘請君莫奏前朝曲，聽唱新翻楊柳枝。’蓋後來始變新聲，而所謂樂天作楊柳枝者，稱其別創詞也。”

〔八〕陽關第四聲：白居易對酒五首之四：“相逢且莫推辭醉，聽唱陽關第四聲。”自注：“第四聲：勸君更盡一杯酒，西出陽關無故人。”

〔九〕烏鵲河：位于姑蘇城内。白居易正月三日閑行：“黄鸝巷口鶯初語，烏鵲河頭冰欲消。（黄鸝，坊名。烏鵲，河名。）緑浪東西南北水，紅欄三百九十橋。（蘇之官橋大數。）”按：注語爲白居易自注。

〔十〕五陵年少：泛指豪富子弟、風流少年。五陵本指漢代五位皇帝陵墓，位於長安附近，爲當時豪族富貴聚居地。李白少年行之二：“五陵年少金市東，銀鞍白馬度春風。”

〔十一〕夏駕湖：在吴縣西城下，吴王壽夢避暑駕游於此，故名。參見宋范成大吴郡志卷十八川。

〔十二〕丘：指虎丘。參見鐵崖先生古樂府卷四虎丘篇。

〔十三〕臺：指姑蘇臺，吴王夫差構筑。參見鐵崖賦稿卷上姑蘇臺賦。

〔十四〕梅花鐵石心：宋張邦基墨莊漫録卷三：“人疑宋開府鐵石心腸，及爲梅花賦，清艷殆不類其爲人。”

〔十五〕南垣：當指江南行御史臺。設於金陵。

〔十六〕鴟夷仙：指范蠡。五湖：指太湖。史記越王勾踐世家：“范蠡浮海出齊，變姓名，自謂鴟夷子皮，耕於海畔。”

〔十七〕計然：春秋時越人。史記貨殖列傳：“昔者越王勾踐困於會稽之上，乃用范蠡、計然。”集解：“范子曰：‘計然者，葵丘濮上人，姓辛氏，字文子，其先晉之公子。南游越，范蠡事之。’”

〔十八〕洞庭：指太湖。

〔十九〕廣樂下鈞天：春秋時，趙簡子曾夢游天帝之所，與百神游於鈞天。廣樂
　　　　九奏萬舞，不類三代之樂。參見鐵崖先生古樂府卷二内人吹篘詞注。

〔二十〕真娘墓：位於蘇州虎丘寺側。宋范成大吳郡志卷三十九冢墓引雲溪友
　　　　議：“吳門女郎真娘，死葬虎丘山，時人比之蘇小小，行客題墓甚多。”

〔二十一〕伍相：指伍子胥。范成大吳郡志卷四十八考證：“胥山在太湖口，上
　　　　有伍子胥廟，舟行自此入太湖，故名。”

〔二十二〕“地行仙子”二句：參見鐵崖先生復古詩集卷四宫詞之七注。地行
　　　　仙，本指佛典中長壽神仙。楞嚴經卷八：“堅固服餌，而不休息，食道
　　　　圓成，名地行仙。”後多指高壽閒逸之人。蘇軾樂全先生生日以鐵拄
　　　　杖爲壽：“先生真是地行仙，住世因循五百年。”

〔二十三〕三百六橋：指姑蘇橋梁數。參見校勘記。

〔二十四〕瓊花：或作璚英，妓女名。自揚州來到姑蘇，至正八年前後顧瑛、張
　　　　雨、鐵崖等游宴，多邀作陪。參見鐵崖先生古樂府卷三花游曲。

飛絮①

　　春風門巷欲無花，絮起晴風落又斜。飛入畫簾空惹恨，不知楊柳
在誰家。

【校】

① 本詩又載列朝詩集甲集前編第七上、清初印溪草堂鈔本東維子集卷九、元詩
選初集辛集、樓氏鐵崖逸編注卷八。

郊行三首①

其一
　　漠漠烟光麥隴斜，竹林西去有人家。一聲牧笛歸來晚，隔岸風吹
紫棟花〔一〕。

其二
　　八九人家住竹籬，水邊無數野薔薇。酒旗斜落東風裏，燕子楊花

撲面飛。

其三

幾家茅屋竹籬西,山雨初晴叫竹雞〔二〕。一點動人心在眼,紅妝人立採桑梯。

【校】

① 本組詩又載清初印溪草堂鈔本東維子集卷九、十六卷本玉山草堂雅集卷一。

【箋注】

〔一〕紫楝花:紫楝花開,爲暮春初夏。
〔二〕竹雞:本草綱目卷四十八禽之二竹雞:"(時珍曰:)蜀人呼爲雞頭鶻。南人呼爲'泥滑滑',因其聲也。"

游虎丘偕倪元鎮張仲簡顧仲瑛賦①〔一〕

金精②夜伏觸孤游,東國山川霸氣收。閒倚真娘墓③上樹〔二〕,落花飛上④闔閭丘〔三〕。

【校】

① 本詩又載清初印溪草堂鈔本東維子集卷九、劉世珩影元刊十八卷本玉山草堂雅集卷之後二,據以校勘。印溪草堂鈔本題作虎丘。玉山草堂雅集本載詩兩首,本詩爲第一首,第二首同本集劍池詩。
② 精:印溪草堂鈔本作"睛"。觸:玉山草堂雅集本作"觸"。
③ 墓:印溪草堂鈔本、玉山草堂雅集本作"墳"。
④ 上:印溪草堂鈔本、玉山草堂雅集本作"滿"。

【箋注】

〔一〕詩當撰於元至正七年(一三四七)或八年暮春,其時鐵崖寓居姑蘇,授學爲生。繫年依據:至正七、八年間,鐵崖浪迹姑蘇一帶,與顧瑛、張簡、倪瓚等交往頻繁,本詩當撰於此時。
〔二〕真娘墓:參見本集吳詠十章用韻復正宗架閣注。

〔三〕闔閭丘：即虎丘。

題松雪雙松圖〔一〕

水精之宮明月輝〔二〕，王孫何處抱琴歸〔三〕？墨池夜半風雨作，驚起蛟龍出匣飛。

【箋注】

〔一〕松雪：指趙孟頫。圖繪寶鑑卷五元朝："趙孟頫字子昂，號松雪道人，宋宗室，居吳興。官至翰林學士承旨，贈江浙行省平章政事，封魏國公，謚文敏。榮際五朝，名滿四海。書法二王，畫法晉、唐，俱入神品。"

〔二〕水精之宮：指湖州。參見鐵崖先生古樂府卷六壽岩老人歌注。

〔三〕抱琴歸：指樂於歸隱。用榮啓期事，參見鐵崖先生古樂府卷四七哀詩注。

卷二十九　鐵崖先生詩集丙集

卷二十九　鐵崖先生詩集丙集

題二喬觀書圖①〔一〕

喬家二女雙芙蓉②，一代國色江之東。亂離唯恐埋百草，豈料一日俱乘龍〔二〕。江東子弟孫郎策，同住周郎道南宅。弟兄不減骨肉親，喜作喬家兩嬌客〔三〕。明年符死鏡中妖，銅雀春深愁大喬〔四〕。自是阿瑜能了事，黃星一道隨烟銷〔五〕。小喬初嫁有如此〔六〕，天下三分從此始。風流顧曲本多才〔七〕，風雨雞鳴戒君子〔八〕。喬家教女善書詩③，豈比小姑持刃爲〔九〕。帳中草檄名漢賊，已知事屬方頤兒〔十〕。君不見阿瞞晚④贖蔡文姬〔十一〕，博學才辯何所施，天下羞誦胡笳詞⑤〔十二〕。

【校】

① 本詩又載清初印溪草堂鈔本東維子詩集卷二、元詩選初集辛集、劉世珩影元刊十八卷本玉山草堂雅集卷二、樓氏鐵崖逸編注卷五，據以校勘。印溪草堂鈔本題作題二喬讀書圖二首，本詩爲第一首。玉山草堂雅集本題作二喬讀書圖，鐵崖逸編注本題作二喬觀書圖。

② 二女：玉山草堂雅集本作“女兒”。

③ 喬家：印溪草堂鈔本、玉山草堂雅集本作“喬公”。書詩：元詩選本、鐵崖逸編注本作“詩書”。

④ 晚：印溪草堂鈔本、元詩選本、鐵崖逸編注本作“老”。

⑤ 詞：鐵崖逸編注本作“詩”。

【箋注】

〔一〕二喬：即大喬、小喬。參見陳善學序刊楊鐵崖先生文集卷二喬家婿注。

〔二〕乘龍：宋程大昌撰演繁露續集卷四婿乘龍：“桓焉兩女嫁李元禮、孫雋，時人謂桓氏兩女俱乘龍，言得婿如龍也。”

〔三〕“江東子弟”四句：謂孫策與周瑜居相鄰，且友善，同爲喬家女婿。三國志吳書周瑜傳：“瑜長壯有姿貌。初，孫堅興義兵討董卓，徙家於舒。堅子策與瑜同年，獨相友善，瑜推道南大宅以舍策，升堂拜母，有無通共。”

〔四〕“明年”二句：意爲孫策中道士于吉法術而死，大喬爲即將因於銅雀臺而發愁。搜神記卷一：“（孫）策既殺（瑯邪道士于）吉，每獨坐，彷彿見吉在左右。意深惡之，頗有失常。後治瘡方差，而引鏡自照，見吉在鏡中，顧而弗見。如是再三。撲鏡大叫，瘡皆崩裂，須臾而死。”又，相傳曹操筑銅雀臺，爲藏二喬。唐人杜牧詩赤壁：“東風不與周郎便，銅雀春深鎖二喬。”

〔五〕“自是”二句：指周瑜火燒赤壁破曹。黃星：即所謂“黃星小兒”，指曹操。事載三國志魏書武帝紀，參見東維子文集卷十七賓月軒記。

〔六〕小喬初嫁：用蘇軾念奴嬌赤壁懷古：“遥想公瑾當年，小喬初嫁了，雄姿英發。”

〔七〕風流顧曲：指周瑜精通音樂。三國志吳書周瑜傳：“瑜少精意於音樂，雖三爵之後，其有闕誤，瑜必知之，知之必顧，故時人謡曰：‘曲有誤，周郎顧。’”

〔八〕“風雨”句：詩鄭風風雨序：“風雨，思君子也。亂世則思君子，不改其度焉。”詩云：“風雨如晦，雞鳴不已。既見君子，云胡不喜？”

〔九〕小姑：指孫權妹，乃劉備妻子。三國志蜀書法正傳：“初，孫權以妹妻先主，妹才捷剛猛，有諸兄之風，侍婢百餘人，皆親執刀侍立，先主每入，衷心常凛凛。”

〔十〕方頤兒：指孫權。三國志吳書吳主傳注引江表傳曰：“堅爲下邳丞時，權生，方頤大口，目有精光。堅異之，以爲有貴象。”

〔十一〕“君不見”句：阿瞞，曹操小名。後漢書董祀妻：“陳留董祀妻者，同郡蔡邕之女也，名琰，字文姬。博學有才辯，又妙於音律。適河東衛仲道。夫亡無子，歸寧于家。興平中，天下喪亂，文姬爲胡騎所獲，没於南匈奴左賢王，在胡中十二年，生二子。曹操素與邕善，痛其無嗣，乃遣使者以金璧贖之，而重嫁於祀。”

〔十二〕胡笳詞：即胡笳十八拍，相傳蔡琰創製。參見鐵崖先生古樂府卷十吳下竹枝歌之五注。

題陶①淵明漉酒圖〔一〕

羲熙老人羲上人〔二〕，一生嗜酒見天真。山中今日新酒熟，漉酒不知頭上巾。酒醒亂髮吹騷屑，架上烏紗洗糟糵。客來忽怪頭不巾②，巾冠豈爲我輩設〔三〕？故人設具在道南〔四〕，老人一笑猩猩貪〔五〕。

東林法師非酒社[六]，攢眉入社吾何堪[七]？家貧不食檀公肉[八]，肯食劉家天子禄[九]？頹然徑醉卧坦腹，笑爾阿弘來捧③足[十]。

【校】

① 本詩又載列朝詩集甲集前編第七上、元詩選初集辛集、劉世珩影元刊十八卷本玉山草堂雅集卷二、樓氏鐵崖逸編注卷五，據以校勘。玉山草堂雅集本題作淵明漉酒圖。

② 忽：列朝詩集本作"休"，玉山草堂雅集本作"勿"，元詩選本、樓氏鐵崖逸編注本於"忽"字下注"一作休"。巾：列朝詩集本、元詩選本、樓氏鐵崖逸編注本作"冠"。

③ 捧：諸校本皆作"奉"。

【箋注】

〔一〕漉酒：宋書陶潛傳："貴賤造之者，有酒輒設，潛若先醉，便語客：'我醉欲眠，卿可去。'其真率如此。郡將候潛，值其酒熟，取頭上葛巾漉酒，畢，還復著之。"

〔二〕義熙老人：指陶淵明。義熙爲東晉安帝司馬德宗年號。晉滅後，陶淵明不用新朝年號，所作惟書干支，故此稱其爲"義熙老人"。義熙二年（四〇六），陶淵明辭去彭澤縣令之職，返歸故里，賦歸去來辭。羲上人：即羲皇上人。晉書陶潛傳："嘗言夏月虛閑，高卧北窗之下，清風颯至，自謂羲皇上人。"

〔三〕"巾冠"句：套用南朝宋劉義慶世説新語任誕："阮籍嫂嘗還家，籍見與别。或譏之，籍曰：'禮豈爲我輩設也？'"

〔四〕故人：龐通之。宋書陶潛傳："義熙末，徵著作佐郎，不就。江州刺史王弘欲識之，不能致也。潛嘗往廬山，弘令潛故人龐通之齎酒具於半道栗里要之，潛有脚疾，使一門生二兒轝籃輿，既至，欣然便共飲酌，俄頃弘至，亦無忤也。"

〔五〕猩猩貪：猩猩貪酒。參見鐵崖先生詩集甲集題黃子久畫青山隱居圖注。

〔六〕東林法師：即惠遠，當時於廬山結白蓮社。

〔七〕"攢眉"句：元釋念常撰佛祖歷代通載卷七東晉："（陶潛）居柴桑，與廬山相近，時訪遠公。遠愛其曠達，招之入社，陶性嗜酒，謂許飲即來，遠許之。陶入山，久之，以無酒攢眉而去。"

〔八〕檀公：指江州刺史檀道濟。南史陶潛傳："親老家貧，起爲州祭酒，不堪吏職,少日自解而歸。州召主簿,不就,躬耕自資,遂抱贏疾。<u>江州</u>刺史<u>檀道濟</u>往候之,偃卧瘠餒有日矣,<u>道濟</u>謂曰:'夫賢者處世,天下無道則隱,有道則至。今子生文明之世,奈何自苦如此?'對曰:'<u>潛</u>也何敢望賢,志不及也。'<u>道濟</u>饋以粱肉,麾而去之。"

〔九〕<u>劉家天子</u>:指<u>南朝</u><u>劉宋</u>皇帝。

〔十〕<u>阿弘</u>:指<u>江州</u>刺史<u>王弘</u>。

題瀛洲學士圖①〔一〕

西洲水涸<u>龍鱗渠</u>,十六女仙清夜徂〔二〕。真人天策開上府〔三〕,十八學士游方壺〔四〕。鰲山鳳沼宮西邸,房謀杜斷天所啓〔五〕。就中恩數誰最榮? <u>薛</u>家叔姪<u>顔</u>家弟〔六〕。<u>秦王</u>朝謁夜談經〔七〕,河汾諸子相太平〔八〕。猶嫌冰鑑雜<u>蘇</u><u>許</u>〔九〕,未有東朝臣<u>魏徵</u>〔十〕。天王仁義開皇極,共喜②良臣有<u>皋</u><u>稷</u>〔十一〕。<u>瀛洲</u>之水比<u>河</u>清,未爲君臣洗慚德。我思九官十六子〔十二〕,堂上都俞堂下治〔十三〕。鳳麟只在廉陛前,萬世清風隔弱水。嗚呼,<u>瀛洲</u>已逐凌烟墟〔十四〕,後世猶傳立本圖〔十五〕。<u>褚</u><u>虞</u><u>姚</u><u>李</u>③何足數〔十六〕,只今<u>蓬萊</u>册府自有仙人居。

【校】

① <u>劉世珩影元刊十八卷本</u><u>玉山草堂雅集</u>卷二亦載此詩,據以校勘。<u>玉山草堂雅集</u>本題作瀛洲學士圖。又,<u>玉山草堂雅集</u>本題下有小字注"揭學士命題商學士畫卷"十字。

② 喜: <u>玉山草堂雅集</u>本作"羨"。

③ 李: 原本作"宋",據<u>玉山草堂雅集</u>本改。

【箋注】

〔一〕<u>瀛洲學士</u>:指<u>唐</u>初<u>房玄齡</u>等文學館學士。<u>資治通鑑</u>卷一百八十九<u>唐紀</u>五:"(<u>高祖武德</u>四年十月)<u>世民</u>以海内浸平,乃開館於宮西,延四方文學之士,出教以王府屬<u>杜如晦</u>,記室<u>房玄齡</u>、<u>虞世南</u>,文學<u>褚亮</u>、<u>姚思廉</u>,主簿<u>李玄道</u>,参軍<u>蔡允恭</u>、<u>薛元敬</u>、<u>顔相時</u>,諮議典籤<u>蘇勗</u>,天策府從事中郎<u>于志寧</u>,軍諮祭酒<u>蘇世長</u>,記室<u>薛收</u>,倉曹<u>李守素</u>,國子助教<u>陸德明</u>、<u>孔穎達</u>,信

都蓋文達,宋州總管府户曹許敬宗,并以本官兼文學館學士……世民朝謁
公事之暇,輒至館中,引諸學士討論文籍,或夜分乃寢。又使庫直閻立本
圖像,褚亮爲贊,號‘十八學士’。士大夫得預其選者,時人謂之‘登瀛
洲’。”

〔二〕“西洲水涸”二句:概述隋煬帝豪奢之游。資治通鑑卷一百八十隋紀四煬
帝大業元年:“五月,築西苑,周二百里。其内爲海,周十餘里。爲蓬萊、方
丈、瀛洲諸山,高出水百餘尺,臺觀殿閣,羅絡山上,向背如神。北有龍鱗
渠,縈紆注海内。緣渠作十六院,門皆臨渠,每院以四品夫人主之……上
好以月夜從宫女數千騎游西苑,作清夜游曲,於馬上奏之。”

〔三〕天策開上府:武德四年十月,唐高祖以秦王李世民功高,特置天策上將官
職,位在王公之上,授予李世民。并開天策府,置官屬。

〔四〕十八學士:即詩題所謂“瀛洲學士”。方壺:相傳爲東海三神山之一,方丈
之别名。

〔五〕房:指房玄齡。杜:指杜如晦。舊唐書房玄齡杜如晦傳論:“世傳太宗嘗
與文昭圖事,則曰:‘非如晦莫能籌之。’及如晦至焉,竟從玄齡之策也。蓋
房知杜之能斷大事,杜知房之善建嘉謀。”

〔六〕薛家叔姪:指薛收、薛元敬。參軍薛元敬乃記室薛收從父兄子,叔姪均得
唐太宗褒寵。詳見舊唐書薛收傳。顔家弟:指參軍顔相時,乃顔師古
之弟。

〔七〕秦王:指李世民。

〔八〕河、汾諸子:指王通弟子杜如晦、房玄齡、魏徵等。隋末大儒王通在黄河、
汾水之間設館授徒,故稱之爲“河汾”,杜如晦、房玄齡、魏徵等皆曾師
從之。

〔九〕“猶嫌冰鑑”句:意爲蘇世長、許敬宗人品不佳而混入十八學士之中。舊
唐書蘇世長傳:“世長機辯有學,博涉而簡率,嗜酒無威儀。初在陝州,部
内多犯法,世長莫能禁,乃責躬引咎,自撻於都街。伍伯嫉其詭,鞭之見
血,世長不勝痛,大呼而走,觀者咸以爲笑,議者方稱其詐。”許敬宗,新唐
書納入奸臣傳。

〔十〕魏徵:兩唐書皆有傳。未入十八學士之選。

〔十一〕皋、稷:指皋陶、后稷。

〔十二〕九官十六子:明葉山葉八白易傳卷四:“堯、舜之世,九官十二牧十六相
同於朝,普天之下率土之濱同於野。”九官,詳見漢書劉向傳“舜命九
官”顔師古注。十六子,又稱十六相、十六族,即八愷八元,詳見史記五

帝本紀。

〔十三〕都俞：皆語氣詞。喻指上古君臣問答默契，關係融洽。尚書益稷："禹曰：'都！帝，慎乃在位。'帝曰：'俞！'"

〔十四〕凌烟：閣名。唐貞觀年間，於凌烟閣畫贊功臣。參見舊唐書閻立本傳。

〔十五〕立本：指閻立本。圖繪寶鑒卷二唐朝："閻立本，總章元年以司平太常伯拜右相，有文學，尤善應務。與兄立德以善畫齊名，嘗寫秦府十八學士、凌烟閣功臣等，悉皆輝映前古，時人咸稱其妙。"

〔十六〕褚、虞、姚、李：分别指褚亮、虞世南、姚思廉、李守素。兩唐書皆有傳。

題①陶弘景移居圖〔一〕

大奴擔簦挈壺飱②，小奴籠雞約孤豘。雪斑鹿前雙婉孌，水雲牯背三温馨③。中有玉立而長身，幅巾野服爲何人？云是永明之隱君〔二〕，身有黑子七星文〔三〕。自從夜讀葛洪傳〔四〕，便覺白日生青雲。解冠竟④掛神武門，蜜蘦尚拜君王恩〔五〕。句容洞天元第八，茅家弟兄⑤遁秦臘〔六〕。蜚宫三⑥接十二樓〔七〕，下聽華陽海聲狹。三朝人物半凋零，水丑木中文已成〔八〕。金牛脱絡⑦誰得箠，（畫牛以金籠頭絡之〔九〕。）枯龜受灼寧生靈。金沙丹飯饑可餉，山中猶嫌呼宰相。從此移家金積東〔十〕，滿谷桃花隔秦壤〔十一〕。畫工何處訪靈⑧踪，修眉明⑨目射方瞳〔十二〕。可無雞狗⑩逐牛豖？栗橘葛樞皆家僮。鐵崖浮家妻子從〔十三〕，名山亦欲尋赤松〔十四〕。華陽禮⑪郎或相逢，清風唤起十八公〔十五〕，乞以玉笙雙鳳鳴⑫雌雄〔十六〕。

【校】

① 本詩又載列朝詩集甲集前編第七上、元詩選初集辛集、劉世珩影元刊十八卷本玉山草堂雅集卷二、樓氏鐵崖逸編注卷五，據以校勘。玉山草堂雅集本無"題"字。

② 飱：列朝詩集本作"餐"。

③ 馨：諸校本皆作"㸌"。

④ 竟：諸校本皆作"徑"。

⑤ 弟兄：元詩選本、鐵崖逸編注本作"兄弟"。

⑥ 蜚宮三：列朝詩集本作"飛宮三"，鐵崖逸編注本作"飛宮上"。

⑦ 絡：原本作"落"，據諸校本改。

⑧ 靈：列朝詩集本、元詩選本、鐵崖逸編注本作"仙"。

⑨ 明：玉山草堂雅集本作"朗"。

⑩ 狗：列朝詩集本、元詩選本、鐵崖逸編注本作"犬"。

⑪ 元詩選本、鐵崖逸編注本於"禮"字下注曰"一作祀"。

⑫ 鳴：諸校本皆作"吹"。

【箋注】

〔一〕本詩撰期不遲於元至正十年（一三五〇）。繫年依據：詩中曰"鐵崖浮家妻子從，名山亦欲尋赤松"，可見其時鐵崖無官職在身，攜妻兒浪迹江湖，必爲至正初年授學爲生期間。當時鐵崖游走於杭州、湖州、蘇州、松江等地，直至至正十一年任杭州四務提舉。陶弘景：生平載南史隱逸傳。參見東維子文集卷十八怡雲山房記。

〔二〕永明之隱君：指陶弘景。永明，南朝齊武帝年號，公元四八三至四九三年。

〔三〕"身有"句：南史陶弘景傳："身長七尺七寸，神儀明秀，朗目疎眉，細形長額聳耳，耳孔各有十餘毛出外二寸許，右膝有數十黑子作七星文。"

〔四〕葛洪傳：指葛洪所作神仙傳。

〔五〕"解冠"二句：謂陶弘景辭官入山，獲皇帝蜜藥賞賜。南史陶弘景傳："永明十年，脱朝服挂神武門，上表辭禄。詔許之，賜以束帛，敕所在月給伏苓五斤、白蜜二升，以供服餌。"

〔六〕"句容洞天"二句：述漢人三茅君遁隱句曲山事。南史陶弘景傳："於是止于句容之句曲山，恒曰：'此山下是第八洞宫，名金壇華陽之天，周回一百五十里。昔漢有咸陽三茅君得道來掌此山，故謂之茅山。'乃中山立館，自號華陽陶隱居。人間書札，即以'隱居'代名。"

〔七〕"蜚宮"句：南史陶弘景傳："永元初，更築三層樓，弘景處其上，弟子居其中，賓客至其下。與物遂絕，唯一家僮得至其所。本便馬善射，晚皆不爲，唯聽吹笙而已。"十二樓，相傳仙人所居。參見本卷湖光山色樓。

〔八〕"水丑木"句：南史陶弘景傳："齊末爲歌曰'水丑木'，爲'梁'字。及梁武兵至新林，遣弟子戴猛之假道奉表。及聞議禪代，弘景援引圖讖，數處皆成'梁'字，令弟子進之。武帝既早與之游，及即位後，恩禮愈篤，書問不絕，冠蓋相望。"

〔九〕"金牛"句：謂陶弘景畫牛以示不願受拘束。南史陶弘景傳："帝手敕招之，錫以鹿皮巾。後屢加禮聘，并不出，唯畫作兩牛，一牛散放水草之間，一牛著金籠頭，有人執绳，以杖驅之。武帝笑曰：'此人無所不作，欲斅曳尾之龜，豈有可致之理！'"

〔十〕金積：即積金山，指茅山積金峰。事載南史陶弘景傳，參見東維子文集卷十八怡雲山房記。

〔十一〕"滿谷"句：喻示桃花源。

〔十二〕方瞳：指陶弘景長壽之相。參見陳善學序刊楊鐵崖先生文集卷二外兵子注。

〔十三〕"鐵崖浮家"句：鐵崖於元順帝至元年間丁父憂而還家，不久母親亦去世。服闋之後，攜妻兒離家，田宅盡留與兄弟。至正初年補官不成，遂浪迹錢塘、吴興、姑蘇、松江一帶。

〔十四〕尋赤松：指效仿西漢張良晚年學道求仙之行爲。

〔十五〕十八公："松"之拆字。

〔十六〕玉笙雙鳳鳴雌雄：蓋指王子喬傳説，以及秦穆公女弄玉嫁蕭史而成仙，隨鳳凰飛去故事。參見鐵崖先生古樂府卷二周郎玉笙謡、卷十小游仙之二注。

唐玄宗按樂圖①

大唐天子梨園師〔一〕，金湯重付軋犖②兒〔二〕。何人端坐閲樂籍，三萬纏頭不足支〔三〕。龜年③檀板阿蠻舞〔四〕，花奴手中花④如雨〔五〕。鈞天供奉真天人，上亦親撾⑤汝陽鼓。玉奴檀槽倦無力〔六〕，忽竊寧哥手中笛〔七〕。邊風吹入新貢簫，銅池⑥夜夢雙飛翼〔八〕。大臣廷奏塞黈聽⑦，耳譜更傳⑧明月宫〔九〕。漁陽一震萬竅聾〔十〕，簫琶羯鼓擲如土⑨，惟有舞馬傷春風〔十一〕。

【校】

① 本詩又載列朝詩集甲集前編第七上、清初印溪草堂鈔本東維子詩集卷二、元詩選初集辛集、劉世珩影元刊十八卷本玉山草堂雅集卷二、樓氏鐵崖逸編注卷五，據以校勘。印溪草堂鈔本題作唐玄宗按樂圖二首，本詩爲第一首。列

朝詩集本、玉山草堂雅集本題作明皇按樂圖,前者亦録兩首,詩同印溪草堂鈔本。

② 元詩選本、樓氏 鐵崖逸編注本於"湯"字下注曰"一作城"。軋犖:原本作"緑衣",據列朝詩集本、元詩選本、樓氏 鐵崖逸編注本改。後二本又有注曰"一作緑衣"。

③ 龜年:印溪草堂鈔本作"龜兹"。元詩選本、樓氏 鐵崖逸編注本於"年"字下注曰"一作兹"。

④ 手中花:原本作"頂花手",據列朝詩集本、元詩選本、樓氏 鐵崖逸編注本改。

⑤ 搥:印溪草堂鈔本作"搯"。元詩選本、樓氏 鐵崖逸編注本於"搥"字下注曰"一作搯"。

⑥ 銅池:玉山草堂雅集本作"銅樓"。

⑦ 大臣廷:列朝詩集本、元詩選本、樓氏 鐵崖逸編注本作"閣門邊",後二本又有注曰"一作大臣廷"。聽:列朝詩集本、元詩選本、玉山草堂雅集本、樓氏 鐵崖逸編注本作"聰"。

⑧ 更傳:印溪草堂鈔本作"便傳",列朝詩集本、元詩選本、樓氏 鐵崖逸編注本作"更訪",後二本又有注曰"一作傳"。

⑨ 簫琶羯鼓擲如土:列朝詩集本、元詩選本、樓氏 鐵崖逸編注本作"梨園弟子散如雨"。後二本又有注曰"一作簫琶羯鼓擲如土",簫,原本作"蕭",因據改。

【箋注】

〔一〕"大唐天子"句:指唐玄宗設梨園、教法曲,參見鐵崖先生古樂府卷二内人吹篴詞。

〔二〕軋犖兒:指安禄山。安禄山"雜種胡人也,本無姓氏,名軋犖山"。參見舊唐書安禄山傳。

〔三〕三萬:實指"三百萬"。宋曾慥編類説卷一楊妃外傳:"新豐進女伶謝阿蠻善舞,上就按於清元殿,寧王吹笛,上羯鼓,妃琵琶,馬仙期方響,李龜年觱栗,張野狐箜篌,賀懷智拍,秦國夫人端坐觀之。上戲曰:'阿瞞樂籍,今日幸得供養夫人,請一纏頭。'對曰:'豈有大唐天子阿姨無錢用耶?'遂出三百萬爲一局。"

〔四〕龜年:即李龜年。阿瞞:唐玄宗小名。參見前注。

〔五〕花奴:指汝陽王李璡,寧王之子。宋王十朋撰東坡詩集注卷二十七虢國夫人夜游圖:"宮中羯鼓催花柳,玉奴弦索花奴手。"注:"汝陽王名璡,小名花奴,尤善羯鼓。帝嘗謂侍官曰:'召花奴將羯鼓來,爲我解穢。'"

〔六〕玉奴：楊貴妃小名。

〔七〕寧哥：即寧王，睿宗長子，玄宗兄。竊笛事，參見陳善學序刊楊鐵崖先生文集卷三五王毬歌注。

〔八〕銅池：西漢函德殿，此借指宮苑。參見漢書宣帝紀。夢雙飛翼：憶與楊貴妃游苑之樂。參見杜詩詳注卷四哀江頭中“一笑正墜雙飛翼”注語。

〔九〕“耳譜”句：唐鄭棨開天傳信記：“（上曰：）吾昨夜夢游月宮，諸仙娛予以上清之樂，寥亮清越，殆非人間所聞也……其曲淒楚動人，杳杳在耳。吾回，以玉笛尋之，盡得之矣……曲名紫雲回。”又，楊太真外傳：羅公遠攜玄宗游月宮，聞仙女奏霓裳羽衣曲，“上密記其聲調”，歸諭伶官作之。

〔十〕漁陽一震：喻指安禄山起兵造反。

〔十一〕舞馬：文獻通考卷一百四十五傾杯舞：“唐明皇常令教舞馬，百駟分爲左右部。時塞外亦以善馬來貢，上俾之教習，無不曲盡其妙，因命衣以文繡，絡金鈴飾其鬣間，雜以珠玉，其曲謂之傾杯樂，凡數十疊。奮首鼓尾，縱橫應節。又施三層板牀，乘馬而上，抃轉如飛。或命壯士舉榻，馬舞其上。樂工數十環立，皆衣以淡黃衫，文玉帶，必求妙齡姿美者充之。每遇千秋節，大宴勤政樓，奏立坐二部伎畢，則自内廐引出舞之。其後明皇幸蜀，而舞馬散在民間，禄山頗心愛之，自是以數十匹置之范陽。後爲田承嗣所得，而雜於戰馬。”

題孟浩然還山圖〔一〕 三章章三句①

其一

老翁瘦如霜下鵠，寒風吹驢驢僕速，忽尋故人到金屋。

其二

阿閣重重宿丹鳳，老鵠蕭然②無與共〔二〕，南山③一夜生清夢。

其三

南山之南田十雙，蔗生在田魚在江，襄陽歸伴鹿門龐〔三〕。

【校】

① 本詩又載清鈔十六卷本玉山草堂雅集卷一、劉世珩影元刊十八卷本玉山草堂雅集卷二，據以校勘。玉山草堂雅集十八卷本無“題”字。題下注“三章章

三句”,原本無,據玉山草堂雅集十六卷本增補,且徑改大字爲小字注。以下
　　“其一”“其二”“其三”爲校注者徑添。

② 蕭然:玉山草堂雅集十八卷本作“飄蕭”。

③ 山:原本作“北”,據玉山草堂雅集兩本改。

【箋注】

〔一〕還山:指返歸襄陽鹿門山。舊唐書孟浩然傳:“孟浩然,隱鹿門山,以詩自
　　　適。年四十來游京師,應進士不第,還襄陽。”

〔二〕“阿閣”三句:新唐書孟浩然傳:“年四十,乃游京師。嘗於太學賦詩,一座
　　　嗟伏,無敢抗。張九齡、王維雅稱道之。維私邀入内署,俄而玄宗至,浩然
　　　匿牀下。維以實對,帝喜曰:‘朕聞其人而未見也,何懼而匿?’詔浩然出。
　　　帝問其詩,浩然再拜,自誦所爲,至‘不才明主棄’之句,帝曰:‘卿不求仕,
　　　而朕未嘗棄卿,奈何誣我?’因放還。採訪使韓朝宗約浩然偕至京師,欲薦
　　　諸朝。會故人至,劇飲歡甚,或曰:‘君與韓公有期。’浩然叱曰:‘業已飲,
　　　遑恤他!’卒不赴。朝宗怒,辭行,浩然不悔也。”南山,孟浩然歲暮歸南山:
　　　“北闕休上書,南山歸敝廬。”

〔三〕鹿門龐:指漢末隱居鹿門山之龐德公。參見後漢書龐公傳。

題①青蓮居士像〔一〕

　　天人騎龍禹餘天〔二〕,一念下謫三千年。長庚之光光照地〔三〕,醉飲
玉兔之液生青蓮。烏紗白苧見天子〔四〕,天子見之如老耳〔五〕,萬言倚馬
急傳宣〔六〕。銀筆生花金井水,宮中美人憐天才〔七〕。酒酣誤觸玻瓈杯,
青蠅飛上太陽側〔八〕,洗天風雨何時來。金鑾坡,夜郎道〔九〕。去住②身
輕俱草草,稽山久已無賀老〔十〕。湖州司馬不相識,金粟如來宮錦
襖〔十一〕。舒州杓,力士鐺〔十二〕,百年未盡三萬場〔十三〕,翩③然騎兔長庚
傍。自非瓊樓十二貯神采,人間何處金馬容④東方〔十四〕!（風俗通以東
方朔、老子皆太白星精。）

【校】

① 清鈔十六卷本玉山草堂雅集卷一、劉世珩影元刊十八卷本玉山草堂雅集卷

二亦載此詩,據以校勘。玉山草堂雅集十八卷本題作青蓮居士像。

② 住:玉山草堂雅集十八卷本作"往"。

③ 翩:玉山草堂雅集十六卷本作"飄"。

④ 容:玉山草堂雅集兩本皆作"客"。

【箋注】

〔一〕青蓮居士:指李白。明楊慎撰丹鉛續録卷三考證:"李白生於彰明縣之青蓮鄉,其詩云'青蓮居士謫仙人'是也。"

〔二〕禹餘天:指上清境界。宋楊齊賢集注元蕭士贇補注李太白集分類補注卷十五別山僧:"騰身轉覺三天近,舉足迴看萬嶺低。(注)道書:自初一氣而分二氣,是爲三天。一氣:大羅天。三氣:清微天、禹餘天、太赤天,即乙清、上清、太清之三境也。"

〔三〕長庚:星名。元辛文房唐才子傳卷二李白:"白字太白,山東人。母夢長庚星而誕,因以命之。十歲通五經,夜夢筆頭生花,後天才贍逸……天寶初,自蜀至長安,道未振,以所業投賀知章。讀至蜀道難,歎曰:'子謫仙人也。'"

〔四〕"烏紗"句:後山詩注補箋卷十二和饒節詠周昉畫李白真:"烏紗白苧真天人,不用更著山巖裏。"

〔五〕老耳:指老子。老子姓李名耳。

〔六〕萬言倚馬:李白與韓荊州朝宗書:"必若接之以高宴,縱之以清談,請日試萬言,倚馬可待。"

〔七〕"宮中美人"句:相傳楊貴妃爲李白捧硯。

〔八〕"酒酣"二句:謂李白遭高力士讒言而遭排擠。玻瓈杯,指楊貴妃所持玻瓈七寶盞。青蠅,借指邪佞之人。參見鐵崖先生古樂府卷二麗人行注。太平廣記卷二百四李龜年:"開元中,禁中初重木芍藥,即今牡丹也……遂命龜年持金花牋宣賜李白,立進清平調辭三章。白欣然承旨,猶苦宿酲未解,因援筆賦之,辭曰:'……借問漢宮誰得似?可憐飛燕倚新粧……'龜年遽以辭進。上命梨園弟子約略調撫絲竹,遂促龜年以歌。太真妃持玻瓈七寶盞,酌西涼州蒲桃酒,笑領歌意甚厚……上自是顧李翰林,尤異於他學士。會高力士終以脱靴爲深恥,異日,太真妃重吟前詞,力士戲曰:'此爲妃子怨李白,深入骨髓,何反拳拳如是?'太真因驚曰:'何翰林學士能辱人如斯!'力士曰:'以飛燕指妃子,是賤之甚矣。'太真頗深然之。上嘗三欲命李白官,卒爲宮中所捍而止。"

〔九〕夜郎道：李白自漢陽病酒歸寄王明府："去歲左遷夜郎道，琉璃硯水長
　　枯槁。"

〔十〕稽山：指會稽山。賀老：指賀知章。賀乃會稽人。李白重憶一首："欲向
　　江東去。定將誰舉杯。稽山無賀老，却棹酒船回。"

〔十一〕"湖州司馬"二句：李白答湖州迦葉司馬問白是何人："青蓮居士謫仙
　　人，酒肆藏名三十春。湖州司馬何須問，金粟如來是後身。"

〔十二〕"舒州杓"二句：李太白全集卷七襄陽歌："舒州杓，力士鐺，李白與爾同
　　死生。"注："新唐書地理志：舒州同安郡，隸淮南道，土貢酒器鐵器。又
　　韋堅傳有豫章力士甆飲器、茗鐺、釜。"

〔十三〕"百年"句：李白襄陽歌："百年三萬六千日，一日須傾三百杯。"

〔十四〕金馬：即金馬門。東方：指東方朔。東方朔以滑稽善諫著稱，曾待詔金
　　馬門，傳其爲太白星下凡。

題①浣花老人圖〔一〕

　　同谷口〔二〕，飯山頭〔三〕，笠子白日午，短衣風雨秋。亂離弟妹隔中
州，老人不爲兒女愁。平生三賦動天子〔四〕，嗚呼七歌使人淚〔五〕。只知
壯士中夜心，不道明朝②有封事。西望岐陽眼穿血，面帶愁胡笳皷
咽〔六〕。青蛾矉殺豈無情③，可憐明④夜鄜州月〔七〕。老人新居浣花
所〔八〕，成都故人喜⑤開府。親駕柴⑥荊辟工部，遑郵升牀故人怒〔九〕。
黄頭蟆⑦兒戲龍穴，野鶻翻飛天柱折〔十〕。老人遑遑憂轉切，再拜杜鵑
涕流血〔十一〕。涕流血⑧，蜀道傍⑨，何時鳳凰⑩鳴高岡。嗚呼，何時鳳凰
鳴高岡，坐令至德之世爲陶唐！

【校】

① 本詩又載清鈔十六卷本玉山草堂雅集卷一、劉世珩影元刊十八卷本玉山草
　　堂雅集卷二，據以校勘。玉山草堂雅集十八卷本題作浣花老人圖。

② 朝：玉山草堂雅集十六卷本作"時"。

③ 情：玉山草堂雅集十六卷本作"人"。

④ 明：玉山草堂雅集十八卷本作"今"。

⑤ 喜：玉山草堂雅集十六卷本作"已"。

⑥ 駕柴：玉山草堂雅集十八卷本作"架紫"。

⑦ 蟆：原本作"嫫"，據玉山草堂雅集十八卷本改。

⑧ 此重複"涕流血"三字原本無，據玉山草堂雅集十八卷本補。

⑨ 玉山草堂雅集十八卷本於"傍"字下有小字注"一作長"。

⑩ 鳳凰：玉山草堂雅集十八卷本作"鳳鳥"。下同。

【箋注】

〔一〕浣花老人：指杜甫。杜甫曾居浣花溪，故稱。

〔二〕同谷：位於今甘肅東南成縣。杜甫發同谷縣（乾元二年十二月一日自隴右赴劍南紀行）："賢有不黔突，聖有不暖席。況我飢愚人，焉能尚安宅。"

〔三〕飯山：即飯顆山。相傳位於唐代長安附近。李白戲贈杜甫："飯顆山頭逢杜甫，頭戴笠子日卓午。借問別來太瘦生，總爲從前作詩苦。"

〔四〕三賦動天子：杜甫於天寶九年進三大禮賦，唐玄宗奇之，次年，命待制集賢院召試文章。詳見宋黃希撰、黃鶴補注補注杜詩附録年譜辨疑。

〔五〕七歌：指杜甫乾元中寓居同谷縣作七首。其一曰："有客有客字子美，白頭亂髮垂過耳。"其三曰："有弟有弟在遠方，三人各瘦何人強。生別展轉不相見，胡塵暗天道路長。"其四曰："有妹有妹在鍾離，良人早歿諸孤癡。"

〔六〕"西望"二句：杜甫喜達行在所之一："西憶岐陽信，無人遂却回。眼穿當落日，心死著寒灰。"之二："愁思胡笳夕，淒涼漢苑春。"

〔七〕"可憐"句：杜甫月夜："今夜鄜州月，閨中只獨看。遥憐小兒女，未解憶長安。"

〔八〕新居浣花所：上元元年，成都尹裴冕爲杜甫卜築草堂於浣花溪。新唐書杜甫傳："時所在寇奪，甫家寓鄜，彌年艱窶，孺弱至餓死，因許甫自往省視。從還京師，出爲華州司功參軍。關輔饑，輒棄官去，客秦州，負薪採橡栗自給。流落劍南，結廬成都西郭。"

〔九〕"成都故人"三句：新唐書杜甫傳："召補京兆功曹參軍，不至。會嚴武節度劍南東、西川，往依焉。武再帥劍南，表爲參謀，檢校工部員外郎。武以世舊，待甫甚善，親入其家。甫見之，或時不巾，而性褊躁傲誕，嘗醉登武牀，瞪視曰：'嚴挺之乃有此兒！'武亦暴猛，外若不爲忤，中銜之。一日欲殺甫及梓州刺史章彝，集吏於門。武將出，冠鉤於簾三，左右白其母，奔救得止。"

〔十〕"黃頭"二句：指安禄山軍直指首都，大唐政權幾乎傾覆。黃頭蟆兒：指安禄山屬下各部。參見鐵崖先生古樂府卷五花門行注。

〔十一〕“再拜”句：<u>杜甫</u><u>杜鵑</u>：“杜鵑暮春至，哀哀叫其間。我見常再拜，重是古帝魂。”杜鵑，相傳<u>蜀</u>主<u>杜宇</u>精魂所化。<u>韻語陽秋</u>卷十六：“<u>成都記</u>：<u>杜宇</u>又曰<u>杜主</u>，自天而降，稱<u>望帝</u>。好稼穡，治<u>郫城</u>。後<u>望帝</u>死，其魂化爲鳥，名曰杜鵑。”

題^①王鐵鎗像〔一〕

鐵鎗兒，<u>五代</u>傑，<u>滑</u>中歸來義猶^②烈〔二〕。捷聞三日破<u>南城</u>〔三〕，鐵鎗奇兵果奇絶。鐵鎗折，<u>河北</u>裂^③，<u>唐</u>家又移<u>梁</u>日月。<u>阿巗</u>雞犬^④何足尤〔四〕，虎豹一死皮須留〔五〕。嗚呼，癡頑老魅老不死，（<u>五代史</u>：<u>馮道</u>自云無才無德癡頑^⑤老子。）朝<u>梁</u>暮<u>晉</u>復^⑥歸<u>周</u>〔六〕，誰復拔劍知相仇。

【校】

① 本詩又載<u>清鈔鐵崖楊先生詩集</u>卷下、<u>清鈔十六卷本玉山草堂雅集</u>卷一、<u>劉世珩影元刊十八卷本玉山草堂雅集</u>卷二、<u>乾坤清氣集</u>卷五，據以校勘。<u>鐵崖楊先生詩集</u>本、<u>玉山草堂雅集十八卷</u>本題作<u>王鐵鎗象</u>。

② 義猶：<u>鐵崖楊先生詩集</u>本作“尤義”，<u>玉山草堂雅集</u>本、<u>乾坤清氣集</u>本作“義尤”。

③ 裂：原本作“烈”，據<u>鐵崖楊先生詩集</u>本、<u>玉山草堂雅集十八卷</u>本改。

④ 犬：<u>玉山草堂雅集十八卷</u>本、<u>乾坤清氣集</u>本作“狗”。

⑤ 癡頑：<u>玉山草堂雅集十六卷</u>本作“頑癡”。

⑥ 復：<u>玉山草堂雅集十六卷</u>本作“須”。

【箋注】

〔一〕<u>王鐵鎗</u>：指<u>王彥章</u>。原本題下有注：“<u>五代</u>死節臣，名<u>彥章</u>，字<u>子明</u>。”參見<u>陳善學序刊楊鐵崖先生文集</u>卷四<u>王鐵鎗</u>注。

〔二〕滑中歸來：指<u>王彥章</u><u>滑州</u>大捷。詳見<u>新五代史</u><u>王彥章傳</u>。

〔三〕“捷聞”句：參見<u>陳善學</u>刊本卷四<u>王鐵鎗</u>注。

〔四〕<u>阿巗</u>：指權臣<u>趙巗</u>。<u>王彥章</u>曾遭<u>趙巗</u>、<u>張漢傑</u>等排擠。參見<u>陳善學序刊楊鐵崖先生文集</u>卷四<u>王鐵鎗</u>注。

〔五〕“虎豹”句：<u>新五代史</u>死節傳<u>王彥章</u>：“<u>彥章</u>武人不知書，常爲俚語謂人曰：

'豹死留皮,人死留名。'其於忠義,蓋天性也。"

〔六〕"癡頑老魅"二句：指馮道。新五代史馮道傳："道相明宗十餘年,明宗崩,相愍帝。潞王反於鳳翔,愍帝出奔衛州,道率百官迎潞王入,是爲廢帝,遂相之……晉滅唐,道又事晉。……契丹滅晉,道又事契丹,朝耶律德光於京師。德光責道事晉無狀,道不能對。又問曰：'何以來朝?'對曰：'無城無兵,安敢不來?'德光誚之曰：'爾是何等老子?'對曰：'無才無德,癡頑老子。'德光喜,以道爲太傅。德光北歸,從至常山。漢高祖立,乃歸漢,以太師奉朝請。周滅漢,道又事周,周太祖拜道太師,兼中書令。"

題儋州禿翁圖①〔一〕

儋州之禿列仙儒,前身自是盧浮圖②〔二〕。十年讀盡人間書,人間游戲隨所如。玉堂雪堂兩蓬廬〔三〕,夢中赤脚③騎鯨魚〔四〕。蜑鄉敢欺牧羊奴〔五〕,作詩曾彈臺上烏〔六〕。黎家生兒殊不麄,舊雨萊人今在途〔七〕。異俗就④借東家驢,野人一笑來挽鬚,田家雨具儂豈拘。君不見,冠鐵豸〔八〕,鳥青鳧〔九〕,觸藩罦網胡用渠〔十〕。不如篛頂兩木趺,長作識字耕田夫。何物老嫗相胡盧,異鄉老穉皆吾徒。嗚呼,麒麟冠劍粉墨疏,村中笠屐千金摹,乃知儋州之禿絶代無。絶代無,天子何不唤取歸清都!

【校】

① 劉世珩影元刊十八卷本玉山草堂雅集卷二載此詩,據以校勘。原本題下有注："一作東坡笠屐圖。"玉山草堂雅集本題作儋州禿翁圖。
② 是盧浮圖：玉山草堂雅集本作"云盧浮屠"。
③ 赤脚：玉山草堂雅集本作"赤壁"。
④ 就：玉山草堂雅集本作"執"。

【箋注】

〔一〕儋州禿翁圖：儋州禿翁,指蘇軾。儋州,漢爲儋耳郡,位於今海南省西北,蘇軾曾貶謫於此。宋費袞梁谿漫志卷四東坡戴笠："東坡在儋耳,一日過黎子雲,遇雨,乃從農家借篛笠戴之,著屐而歸。婦人小兒相隨争笑,邑犬群吠。<u>竹坡</u> <u>周少隱</u>有詩云：‘持節休誇海上<u>蘇</u>，前身便是牧羊奴……憑誰喚起<u>王摩詰</u>，畫作<u>東坡</u>戴笠圖。’今時亦有畫此者，然多俗筆也。”

〔二〕<u>盧浮圖</u>：指<u>戒禪師</u>。<u>宋</u> <u>釋惠洪</u> <u>冷齋夜話</u>卷七<u>夢迎五祖戒禪師</u>：“<u>坡</u>曰：‘<u>軾</u>年八九歲時，嘗夢其身是僧，往來<u>陝右</u>。又先妣方孕時，夢一僧來託宿，記其頎然而眇一目。’<u>雲庵</u>驚曰：‘<u>戒</u>，<u>陝右</u>人，而失一目。暮年棄<u>五祖</u>來游<u>高安</u>，終於<u>大愚</u>。逆數蓋五十年。’而<u>東坡</u>時年四十九矣。後<u>東坡</u>復以書抵<u>雲庵</u>，其略曰：‘<u>戒和尚</u>不識人嫌，强顔復出，真可笑矣……’自是常衣衲衣。”

〔三〕<u>玉堂</u>：指翰林院。<u>雪堂</u>：<u>蘇軾</u>貶謫後居所。<u>宋神宗</u> <u>元豐</u>五年，<u>東坡</u>四十七歲，其時貶居<u>黃州</u>。得廢圃於<u>東坡</u>，遂築<u>雪堂</u>，自號<u>東坡居士</u>，書“<u>東坡雪堂</u>”四字以榜之。參見<u>東坡全集</u>卷首<u>東坡先生年譜</u>。

〔四〕“夢中”句：俗傳<u>李白</u>醉騎鯨魚。又常作游仙典。<u>陸游</u> <u>長歌行</u>：“人生不作<u>安期生</u>，醉入<u>東海</u>騎長鯨。”

〔五〕牧羊奴：指<u>蘇軾</u>。參見前注。

〔六〕彈臺上烏：意爲彈劾御史。<u>宋</u> <u>蔡正孫</u>編<u>詩林廣記</u>後集卷四<u>蘇東坡</u> <u>烏臺詩案</u>：“年譜云，‘<u>元豐</u>二年己未（先生四十四歲。）七月，太子中允權監察御史<u>何大正</u>、<u>舒亶</u>，諫議大夫<u>李定</u>，言公作爲詩文，謗訕朝政及中外臣僚，無所畏憚。國子博士<u>李宜之</u>狀亦上。七月二日奉聖旨送御史臺根勘。’”

〔七〕“舊雨”句：<u>集注分類東坡先生詩</u>卷二<u>庚辰歲人日作詩聞黃河已復故流老臣舊數論此今斯言乃驗</u>：“舊雨來人不到門。”次公注：“<u>杜子美</u> <u>秋述</u>：<u>杜子</u>臥病<u>長安</u>旅次，多雨生魚，青苔及榻。常時車馬之客，舊雨來，今雨不來。”

〔八〕鐵豸：鐵豸冠，御史所戴。

〔九〕青鳧：<u>後漢書</u> <u>方術傳</u> <u>王喬</u>：“<u>王喬</u>者，<u>河東</u>人也。<u>顯宗</u>世，爲<u>葉</u>令。<u>喬</u>有神術，每月朔望，常自縣詣臺朝……其臨至，輒有雙鳧從東南飛來。於是候鳧至，舉羅張之，但得一隻舄焉。乃詔尚方診視，則四年中所賜尚書官屬履也。”

〔十〕觸藩：藩，同“藩”。<u>易</u> <u>大壯</u>：“羝羊觸藩，羸其角。”

自題鐵笛道人像①〔一〕

道人鍊鐵如鍊雪，丹爐②火花飛列缺〔二〕。神焦鬼爛愁鏌鋣③〔三〕，精魂夜語<u>吳</u>鈎血〔四〕。居然躍冶作龍吟〔五〕，三尺笛成如竹截。道人天聲閟天竅,媧皇上天補天裂[六]。淮南張渥人中傑[七],愛畫道人吹怒鐵。道人與笛同死生,直上方壺觀日月。

　　鐵笛謠爲鐵崖仙賦　雲間錢鼏(德鉉)

　　鐵崖仙人冠鐵冠,錦袍不著衣褐寬。棄官流蕩山水窟,胸中奇氣蛟龍蟠。手持鐵笛竅有九,錚錚三尺青琅玕。吹之奇聲絶人世,抑揚悲壯凌雲端。鐵崖山高高百尺,片片吹落梅花寒。太湖老漁狎唱清江歌,仙人側臥吹回波。七十二峰翠鷺舞,大雷小雷走深渦。君山弄,最奇絶,一聲草木摧,兩聲山石裂。三聲蚖蜒躍波起,四聲捲海作飛雪。五聲山岳盡動搖,六聲百鳥皆嘍舌。七聲吐氣成虹霓,榑桑枝上金雞啼。八聲凝光射牛斗,丹桂枝邊玉蟾吼。九聲十聲近銀河,鬼神股慄天嵯峨。河鼓報瓊蚌,天孫停玉梭。九重震疊開蕩蕩,帝閽驚動忘撝訶。鈞天大人側耳聽,口勑仙吏旁搜羅。分甘吹笛樂吾樂,芒屨懶上金鑾坡。仙人仙人鐵石腸,引喉噴鐵金琅璫。中通外竅直以剛,鏌鋣善鳴愁鳳凰,底須截竹崐崤岡。願將鐵崖壽鐵笛,後天不老凋三光。(此謠頗爲先生所取,故附録於鐵笛像後云。)

【校】

① 本詩又載元詩選初集辛集,樓氏鐵崖逸編注卷五,清鈔玉山草堂雅集十六卷本卷一、劉世珩影元刊十八卷本玉山草堂雅集卷二,據以校勘。玉山草堂雅集十八卷本題作自題鐵篴象。

② 爐:樓氏鐵崖逸編注本作"鐵"。

③ 鏌鋣:十八卷本玉山草堂雅集本作"莫邪"。

【箋注】

〔一〕詩蓋撰書於元至正八年(一三四八)前後,其時鐵崖寓居姑蘇,授學爲生。繫年依據:其一,鐵崖得鐵笛并自稱鐵笛道人,約在至正四年春。而本詩後所附錢鼏詩,又曰"七十二峰翠鷺舞,大雷小雷走深渦",故必在鐵崖授學湖州之際,或稍後。其二,據本詩,鐵笛道人像爲張渥所畫,而鐵崖與張渥結識并交往,不遲於至正八年,尤其在顧瑛玉山草堂宴集較多。參見鐵崖撰桃源雅集圖志(載本書佚文編)、鐵崖先生古樂府卷六冶師行。

〔二〕列缺:閃電。司馬相如大人賦:"貫列缺之倒景兮,涉豐隆之澇沛。"

〔三〕鏌鋣:寶劍名,楚人莫邪爲楚王鑄造,三年乃成。參見鐵崖先生古樂府卷四赤堇篇注。

〔四〕吳鈎血:參見鐵崖先生古樂府卷一吳鈎行注。

〔五〕"居然"句：莊子大宗師："今大冶鑄金,金踊躍曰:'我且必爲鏌鋣。'大冶必以爲不祥之金。"

〔六〕媧皇：指女媧。

〔七〕張渥：參見鐵崖文集卷五夢鶴幻仙像贊。

題安人方廣羅漢①〔一〕

十六羅漢方廣住,洗鉢星河盛瀑布。貝多花發靈鷲飛〔二〕,木瓜蒂脱神蛇護。石餅荒寒石橋折〔三〕,胡僧幻影金壺雪。碧水秋開玉井蓮〔四〕,青天夜轉丹臺月。

【校】

① 本詩又載清鈔玉山草堂雅集卷一。

【箋注】

〔一〕方廣：佛寺名。嘉定赤城志卷二十一山："石橋在(天台)縣北五十里,即五百應真之境,相傳爲方廣寺。有石梁架兩崖間,龍形龜背,廣不盈咫。其上雙澗合流,洩爲瀑布,西流出剡中。"

〔二〕貝多：指佛陀在下成道之菩提樹。佛説自誓三昧經："昔吾出家,以汝爲證;詣貝多樹,汝復爲證。"靈鷲：指如來講法華經之靈鷲山之鷲。

〔三〕石餅：俗稱蒸餅峰,位於天台山中。參見鐵崖先生古樂府卷三石橋篇注。

〔四〕玉井蓮：參見鐵崖先生詩集庚集泊穆溪注。

稼父圖　爲陳學稼賦①〔一〕

山中古稼父,人事不一曉。有餘不知多,不足不知少。但知種必穫,渴飲食則飽。春去而夏來,自幼以及老。世上有通人,能事號百了。昨日事未往,明朝思又蚤。機心夜不息〔二〕,叢生如宿草。交戰至蓋棺,始得了白皂。乃知稼父愚,稼父自得道。

【校】

① 本詩又載劉世珩影元刊十八卷本玉山草堂雅集卷二。

【箋注】

〔一〕詩撰於鐵崖晚年退隱松江之後,約爲元至正二十年至二十六年之間。繫年依據:本詩題下有小字注“爲陳學稼賦”,鐵崖曾爲陳學稼撰有記文,本詩蓋同時之作。陳學稼:指隱士陳敬。陳敬字德輿,松江人。自幼志向遠大,外出求學。元末戰亂,歸隱松江八曲村,耕田養家,自號學稼子。參見楊鐵崖先生文集全録卷二學稼子志。

〔二〕機心:莊子天地:“有機械者必有機事,有機事者必有機心。機心存於胸中,則純白不備;純白不備,則神生不定;神生不定者,道之所不載也。”

題王叔明畫渡水僧圖①〔一〕

後溪水淺不可艁,前谿水深不可涉。溪頭兩衲夫,赤脚龐眉睫,頭上單包裹須捷。傭奴有似黄帽郎〔二〕,挽引波心仍負笈,水深泥渾波浹渫,水聲亂耳口語囁②。傭奴笑汝大悾怯,只解長廊步虛廡。須臾到岸解驚憎,前村酒家相噲餂。却愁故步復輪回,隔水西山青雉堞,吁嗟凌競相蹀躞。何似葱山提履公〔三〕,横絶西江蹋蘆葉〔四〕。王侯前朝駙馬孫〔五〕,能畫愁心千萬疊。更將天思窮僻深,貌得山人古鬚鬣。我有③瀛海圖,飛鳶下跕跕〔六〕。請侯添隻履,桃葉渡頭不用楫〔七〕,彈指一度千千劫。

【校】

① 本詩又載劉世珩影元刊十八卷本玉山草堂雅集卷二,據以校勘。玉山草堂雅集本題作王叔明度水僧圖。
② 囁:玉山草堂雅集本作“聶”。
③ 有:玉山草堂雅集本作“在”。

【箋注】

〔一〕王叔明:名蒙。原本於題下有注:“叔明乃松雪外孫。國器,松雪婿。”圖繪寶鑑卷五元朝：“王蒙（？——一三八五）字叔明，吳興人。趙文敏甥。畫山水師巨然，甚得用墨法，秀潤可喜。亦善人物。”按：此“甥”字指“外孫”，王蒙父爲趙孟頫女婿王國器。又，列朝詩集甲集前編第八黃鶴山樵王蒙：“畫山水師巨然，得外氏法，然不求妍於時。爲文章不尚矩度，頃刻數千言可就。隱於黃鶴山，自號黃鶴山樵，人以此稱之。元末，官理問。洪武初，爲泰安州知州。陶九成弔王黃鶴詩序云：‘洪武乙丑九月初十日，卒於秋官獄。’考清教録，僧知聰招云‘十二年正月，往胡丞相府，見王叔明、郭傅、華克勤在彼喫茶看畫’云云。則知叔明坐罪，亦以胡黨也。”按：錢謙益所謂王蒙遭胡黨牽連純屬揣測，并無根據。洪武十八年乙丑九月，距離胡惟庸案發已五年有餘，而胡案廣泛株連實在洪武二十年之後。又，鐵崖晚年歸隱松江後，與王蒙來往酬唱不少，參見清鈔鐵崖楊先生詩集卷上送理問王叔明、贈王蒙。

〔二〕黃帽郎：指艄公或船夫。宋楊萬里後苦寒歌：“絶憐紅船黃帽郎，緑蓑青蒻牽牙檣。”

〔三〕葱山提履公：指禪宗第二十八代祖師菩提達摩。佛祖歷代通載卷九梁：“初祖菩提達磨大師，天竺南印度國香至王第三子也……端坐而寂，門人奉全身葬熊耳山定林寺。明年，魏使宋雲西域回，遇師于葱嶺，手攜隻履翩翩獨邁。雲問：‘師今何往？’曰：‘西天去。’及雲歸朝，具言其事，門人啟壙，唯空棺隻履存焉。梁武帝聞師顯化始末如此，遂親撰碑，刻石于鍾山。”

〔四〕“橫絶西江”句：相傳達摩曾脚踏蘆葦渡過長江。

〔五〕駙馬孫：當指王蒙。據此推之，王蒙祖父（即王國器之父）似爲駙馬。王德璉字國器，號雲庵叟。趙孟頫婿。參見鐵雅先生復古詩集卷五香奩八題。

〔六〕“飛鳶”句：後漢書馬援傳：“當吾在浪泊、西里間，虜未滅之時，下潦上霧，毒氣重蒸，仰視飛鳶跕跕墮水中。”

〔七〕桃葉渡：在金陵秦淮口。參見金陵圖詠桃渡臨流。

白雲窩爲僧明覺海賦 效陰鏗①〔一〕

相尋白雲衲，還疑白雲扉。虛踪開十地〔二〕，幻影入三衣〔三〕。慘舒忘世諦，動静悟天機。高情香欲染，澹韻□相依。晴隨香象去〔四〕，濕帶毒龍歸〔五〕。宴坐起長嘯,遼海鶴回飛〔六〕。

【校】

① 陰鏗之"鏗",原本作"鏘",逕改。

【箋注】

〔一〕本詩撰期蓋不遲於元至正二年壬午(一三四二)七月。繫年依據:僧明覺海,或指杭州上天竺湛堂法師。若此假設不誤,本詩當撰於湛堂辭世之前。釋性澄(一二六五——一三四二),字湛堂,號越溪,紹興(今屬浙江)人。俗姓孫。元世祖至元丙子出家。"以秘密教不傳於東土,因禀戒法於膽巴上師。既入其室,而受覺海圓明之號"。元英宗時"進號佛海大師,一時文學侍從之臣皆賦詩以美之……端坐書偈,置筆而逝,至正壬午八月二日也。春秋七十有八,夏六十有四"。參見黃溍撰上天竺湛堂法師塔銘(載金華黃先生文集卷四十一)。陰鏗:字子堅,南朝陳人。以五言詩著稱。陳書有傳。

〔二〕十地:佛教稱菩薩修行所得,程度有所不同,分爲十等。詳見法苑珠林卷六十五十地部。

〔三〕三衣:佛教僧人於不同場合所穿三種衣服,一曰僧伽梨,二曰鬱多羅僧,三曰安陀會。參見宋元照芝園集卷下送衣鉢書。

〔四〕香象:大唐西域記卷九摩揭陀國下:"菩提樹東渡尼連禪那河,大林中有窣堵波,其北有池,香象侍母處也。如來在昔修菩薩行,爲香象子,居北山中,游此池側。"

〔五〕毒龍:洛陽伽藍記卷五城北:"三日至不可依山。其處甚寒,冬夏積雪。山中有池,毒龍居之。昔有商人止宿池側,值龍忿怒,汎煞商人。盤陀王聞之,捨位與子,向烏塲國學婆羅門咒,四年之中,盡得其術。還復王位,復咒池龍。龍變爲人,悔過向王。即徙之葱嶺山,去此池二千餘里。"

〔六〕遼海鶴:指丁令威故事。參見鐵崖先生古樂府卷十小游仙之十注。

題仙山圖　爲人慶壽

海中神嶠其名三,方壺員島天蔚藍〔一〕。其中蓬萊一山地隔弱水九萬里，其窮範，六千丈，實與閬風、玄圃交相參〔二〕。帝遣力士有夸士〔三〕，一旦負至濮水之上吳鄉南。神仙之居五樓十二閣，朝夕瑞靄噓祥嵐。庭有八千歲之椿〔四〕，兩兩共根幹。階有三千歲之葚〔五〕，日日豐而甘。藍田玉子種落落〔六〕，琪林花蕊吹毿毿。白鹿明麒食芝草，黃鶴之舞鳴兩驂。仙儔莫作九老杖〔七〕，朝飲蟻，夕陶湯，翠簧六六叶嶰竹〔八〕，緪綜五十摻冰蠶〔九〕。蓬萊紅雪三萬六千斛，一飲不數流霞酣〔十〕。玉文果設王母宴〔十一〕，洞庭春熟羅公柑〔十二〕。前有老萊之子戲綵袖〔十三〕，文光百丈稱奇男。呼奴捧我謫仙硯①，天香一道來西邯〔十四〕。大書仙歌祝仙壽，人間儻有真彭聃〔十五〕。

【校】

① 謫仙：原作“摘仙”，徑改。

【箋注】

〔一〕按：東海三神山，多指蓬萊、方丈、瀛洲。參見史記秦始皇本紀。或稱“三壺”，即蓬壺、方壺、瀛壺。參見拾遺記卷一。或稱海外仙山有方壺、員嶠，後者即本詩所謂“員島”。參見列子湯問。

〔二〕閬風：仙山名，在崑崙之上。參見楚辭離騷王逸注。玄圃：相傳位於崑崙山上，仙人所居。參見漢書郊祀志下引應劭注。

〔三〕夸士：蓋指夸父。見山海經。

〔四〕八千歲之椿：莊子逍遙游：“上古有大椿者，以八千歲爲春，八千歲爲秋。”

〔五〕葚：金樓子卷五志怪篇：“秦始皇聞鬼谷先生言，因遣徐福入海，求金萊玉蔬，并一寸葚。秦王遣徐福求桑椹於碧海之中，海中止有扶桑樹，長數千丈，樹兩根同生，更相依倚，是名扶桑。仙人食其椹而體作金光，飛騰元宮也。”

〔六〕藍田：山名。又稱驪山。其山南多出寶玉。參見太平寰宇記卷二十七關西道三。

〔七〕九老：即道家所謂九仙。

〔八〕嶰竹：指嶰谷之竹。參見鐵崖先生古樂府卷十春俠雜詞之五注。

〔九〕五十：即五十弦。指古瑟。參見鐵崖先生詩集辛集題履元陳君萬松圖。冰蠶：傳其吐絲入水不濡，入火不燎。見晉王嘉拾遺記員嶠山。此指琴弦。

〔十〕流霞：論衡道虛：“（項曼都）曰：‘有仙人數人，將我上天……口饑欲食，仙
　　人輒飲我以流霞一杯，每飲一杯，數月不饑。’”

〔十一〕玉文果：蓋即所謂“靈瓜”。王母：指西王母。詳見漢武帝内傳。

〔十二〕羅公：指唐代道士羅公遠。山堂肆考卷二百六果品公遠嗅柑：“唐明皇
　　食柑千餘枚，皆缺一瓣。問進柑使者，云中途有道士嗅之。蓋羅公遠
　　也。”參見鐵崖先生古樂府卷二奔月卮歌注。

〔十三〕老萊：參見鐵崖先生詩集甲集題胡師善具慶堂注。

〔十四〕西邨：邨川之西，位於廓州化陰縣東。今屬青海省。參見後漢書馬武
　　傳“東、西邨”注。

〔十五〕彭、聃：指以長壽著稱之彭祖和老聃。

題張師夔縣尉歸思圖送柏公東歸就用師夔高韻以賦①〔一〕

齊州九點烟縹緲〔二〕，天目山前青未了〔三〕。張公畫山天目來，拂紙
憑軒瞰歸鳥〔四〕。越山吳水②江兩涯，戲看雪屋捲銀沙。但知梅福是仙
尉〔五〕，那識李家爲鬼叉〔六〕。（李全交御史號鬼面夜叉③。）柏公鐵樹已開
花〔七〕，游戲劍草雄須牙。張公見之一傾倒，童顛便欲冠巾加。相思一
夜寒山子〔八〕，飄然東歸手提履〔九〕。人間萬事同一屨④，江山信美非吾
里〔十〕。張公畫山山萬疊，目送青天鳶跕跕〔十一〕。只見南山秋正高，不
知仕宦千歧捷〔十二〕。越南倦客倦未歸〔十三〕，爲我寰瀛添一葉。

【校】

① 劉世珩影元刊十八卷本玉山草堂雅集卷二載此詩，據以校勘。玉山草堂雅
　　集本題作張師夔縣尉歸思圖送柏公東歸就用師夔韻題圖上。

② 水：玉山草堂雅集本作“山”。

③ 李家之“李”以及此小字注或有誤，李全交并非“鬼面夜叉”，參見注釋。

④ 屨：玉山草堂雅集本作“屍”。

【箋注】

〔一〕詩送柏子庭東歸而作，題於張舜咨所畫歸思圖。玉山草堂雅集卷八：“張
　　舜咨，字師夔，錢塘人。由行省宣使調休寧簿，居官有能稱。政事之暇，焚

香閉閣,哦詩對卷,翛然無塵想,修潔可知也。"同卷録有張舜咨詩送子庭柏上人東歸詩:"賀公吴語尚清狂,上疏黄冠乞故鄉。柏也東歸何所有?畫圖詩卷滿奚囊。"與本詩并非同韻。蓋當時送柏子庭東歸,張舜咨賦詩數首。按:張舜咨又名義上,號櫟里、櫟里子,又號輒醉翁,善畫山水。享年八十以上。參見圖繪寶鑑卷五張義上小傳、明林弼撰送酒一壺與張櫟里、書張師夔枯木圖(分别載林登州集卷六、卷二十三)、袁華詩張師夔關山行旅圖(載耕學齋詩集)、石渠寶笈續編寧壽宫藏十二張舜咨畫樹石。柏公:即柏子庭。元季駐錫於四明。參見鐵崖先生詩集乙集題柏子庭蘭。

〔二〕"齊州"句:李賀夢天詩:"遥望齊州九點烟,一泓海水杯中瀉。"

〔三〕天目山前:蓋指杭州。

〔四〕瞰歸鳥:用陶淵明歸去來兮辭:"策扶老以流憩,時矯首而遐觀。雲無心以出岫,鳥倦飛而知還。"

〔五〕梅福:參見陳善學序刊楊鐵崖先生文集卷一兩仙公注。

〔六〕鬼叉:唐張鷟朝野僉載卷二:"監察御史李全交素以羅織酷虐爲業,臺中號爲'人頭羅刹';殿中王旭號爲'鬼面夜叉'。"

〔七〕鐵樹開花:五燈會元卷二十焦山師體禪師:"逮夜半書偈辭衆曰:鐵樹開花,雄雞生卵,七十二年,摇籃繩斷。"

〔八〕寒山子:宋釋贊寧宋高僧傳卷十九感通篇第六之二:"寒山子者,世謂爲貧子,風狂之士,弗可恒度推之。隱天台始豐縣西七十里,號爲寒、暗二巖,每於寒巖幽窟中居之,以爲定止。時來國清寺。"

〔九〕東歸手提履:指菩提達磨。參見本集題王叔明畫渡水僧圖。

〔十〕"江山"句:漢王粲登樓賦:"雖信美而非吾土兮,曾何足以少留。"

〔十一〕鳶跕跕:見本卷王叔明畫渡水僧圖注。

〔十二〕"只見南山"二句:意爲願學陶淵明隱逸,無意效仿終南捷徑。

〔十三〕越南倦客:鐵崖自稱。

題趙仲穆臨黄筌秋山圖〔一〕

成都畫師稱要叔,不獨錦雞兼畫①竹〔二〕。李昇筆法最稱神,萬里雲山出西蜀〔三〕。重巒叠嶂金碧堆,丹崖楓樹如花開。銀河著地可望不可到,上有仙家十二之瓊臺。峨眉玉壘天邊落〔四〕,萬雉金城連劍閣〔五〕。雪山西蜀爲武擔②,石鏡清輝纏井絡〔六〕。江邊黑牯似沉犀,水怪不敢湍金堤〔七〕。支機石在嚴真觀〔八〕,浣花水落少陵溪〔九〕。蜀王宮殿牛羊下,鼓吹却入雞豚社。雪飛水磨舊敲茶〔十〕,春釀郫筒荷熟煮〔十一〕。草田麥壠烟光薄,交鹿呦呦雉角角。何處山僧赤脚歸,空林野水日欲落。吴興小趙精天機,出入内府閲秘奇〔十二〕。親摹此本第一幅,閉户三月忘朝饑。老夫平生有山癖,草玄庭③前雙眼碧。江上④何處未歸來,黃鶴樓高⑤吹鐵笛。

【校】

① 本詩又載十六卷本玉山草堂雅集卷一、元詩選初集辛集、樓氏鐵崖逸編注卷五,據以校勘。畫:玉山草堂雅集本、元詩選本、樓氏鐵崖逸編注本皆作"寫"。

② 擔:原本作"檐",據玉山草堂雅集本、元詩選本、樓氏鐵崖逸編注本改。

③ 庭:玉山草堂雅集本、元詩選本、樓氏鐵崖逸編注本作"亭"。

④ 上:玉山草堂雅集本作"村"。

⑤ 樓高:元詩選本、樓氏鐵崖逸編注本作"高樓"。

【箋注】

〔一〕據本詩"草玄庭前雙眼碧"一句推之,本詩當作於鐵崖晚年歸隱松江時期,且草玄閣業已構建,當爲元至正二十三年(一三六三)三月之後。參見鐵崖先生詩集甲集贈姚子華筆工。趙仲穆:名雍,趙孟頫次子。參見東維子文集卷十六野亭記。

〔二〕"成都畫師"二句:謂黃筌繪畫首屈一指,不僅錦雞和竹聞名。黃筌:字要叔,成都人。以善畫早得名,年十七,事前蜀後主爲待詔。畫山水爲時所稱,松石學孫位,山水學李昇,皆過之。參見宋劉道醇撰宋朝名畫評卷二黃筌、清吴任臣撰十國春秋卷五十六後蜀列傳。

〔三〕李昇:宋黃休復益州名畫録卷中李昇:"李昇者,成都人也,小字錦奴。年纔弱冠,志攻山水,天縱生知,不從師學。初得張藻員外山水一軸,玩之數日,云:'未盡妙矣。'遂出意寫蜀境山川平遠,心思造化,意出先賢。數年之中,創成一家之能,俱盡山水之妙。"

〔四〕峨眉、玉壘:元和郡縣圖志卷三十一劍南道上:"峨眉大山,在(峨眉)縣西七里。"同書卷三十二劍南道中:"玉壘山,在(汶川)縣東北四里。"

〔五〕金城：太平寰宇記卷一百三十九山南西道七蓬州："金城山,在(儀隴)縣
北。上平下聳。"

〔六〕"雪山"二句：太平寰宇記卷七十二劍南西道一益州："武擔山,在府西北
一百二十步,一名武都山。蜀記云：'武都山精,化爲女子,美而艷。蜀王
納爲妃,不習水土,欲去,王必留之,作東平之歌以悦之。無幾,物故。蜀
王乃遣五丁於武都山擔土爲冢,蓋地數畝,高七丈。上有一石,厚五寸,徑
五尺,瑩徹,號曰石鏡。王見,悲悼,遂作臾邪之歌、龍歸之曲。'今都内及
毗橋側有一折石,長丈許,云是五丁擔土擔也。"又,明曹學佺撰蜀中廣記
卷三名勝記第三川西道成都府三："路史曰：開明妃墓,今武擔山也。有
二石闕石鏡。武陵王蕭紀掘之,得玉石棺,中美女容貌如生,體如冰。掩
之,而寺其上。鏡周三丈五尺。"方輿勝覽卷五十五永康軍(即灌口)："上
應井絡,外控夷詔,正控西山。"注："河圖括地象云：岷山之地云云,下奠
坤維。今岷山實在永康,其星分上應東井明矣。"

〔七〕"江邊"二句：太平寰宇記卷七十四劍南西道三嘉州："沈犀山,在(犍爲)
縣南五里。昔有犀牛渡到此沈水,一名沈犀灘。"按：相傳秦李冰沉犀牛
于此壓水怪。參見清一統志卷三百七嘉定府沈犀山。

〔八〕"支機石"句：蜀中廣記卷一名勝記第一川西道成都府一："南門之勝如石
室、石犀、嚴真觀、江瀆池、七星橋、昭烈武侯祠,其最著者。"同卷："錦里耆
舊傳曰：嚴君平宅、卜肆之井,猶存,今爲嚴真觀。道教靈驗記云：成都卜
肆支機石,即海客攜來,自天河所得,織女令問嚴君平者也。"

〔九〕浣花：溪名。杜甫草堂所在地,位於今四川成都。

〔十〕"雪飛"句：太平寰宇記卷一百三十九山南西道七巴州："按廣雅云：'荆、
巴間採茶作餅成,以米膏出之,欲煮餅,先炙令色赤,擣末置瓷器中,以湯
澆覆之,用葱薑芼之,即茶始説也。'"又,明謝肇淛五雜組卷十一物部三：
"古人造茶,多舂令細,末而蒸之,唐詩'家僮隔竹敲茶臼'是也。至宋,始
用碾。揉而焙之,則自本朝始也。但揉者,恐不若細末之耐藏耳。"

〔十一〕郫筒：蜀中廣記卷六十五方物記第七酒譜："古郫志：縣人刳大竹,傾春
釀其中,號'郫筒酒'。相傳山濤爲郫令,用筼管釀茶蘪作酒,兼旬方開,
香聞百步。"

〔十二〕"吴興小趙"二句：謂趙雍繪畫入神,蓋因曾任翰林院待制,得以飽覽宫
中秘藏。

題朱澤民山水①〔一〕

雞林道人落筆奇〔二〕,筆迹遠過李咸熙〔三〕。不畫②射洪雪織絲〔四〕,澄心一疋光琉璃〔五〕。丹崖碧嶂開參差,古木麻立交樛枝。崩流千尺晝夜飛,練帶不受山風吹。仰見招提出林薄,俯瞰略彴橫彎碕〔六〕。碧桃洞深花落處,長松樹杪雲生時。便從天姥發夜夢〔七〕,況復曲水招春嬉〔八〕。苦無澆筆酒千甌,忽落曉窗神坐馳。吁嗟我家③山陰政如此,山陰道上歸何遲〔九〕。

【校】

① 本詩又載清鈔十六卷本玉山草堂雅集卷一、劉世珩影元刊十八卷本玉山草堂雅集卷二,據以校勘。玉山草堂雅集十八卷本題作朱澤民山水。

② 畫:原本誤作"盡",據玉山草堂雅集本改。

③ 家:玉山草堂雅集十八卷本作"來"。

【箋注】

〔一〕朱澤民:明王鏊姑蘇志卷五十一人物九名臣:"朱德潤(一二九四——一三六五),字澤民,崑山人。幼誦讀,一過能記。壯攻詩文,間得許道寧畫,試加塗抹,遂臻其妙。延祐末,游燕京,趙孟頫薦之。召見,命爲編修。明年,授鎮東儒學提舉以歸……至正中,浙省辟爲參謀,後攝守長興,招徠流離。尋以病免,卒。有存復齋藳十卷。"又,式古堂書畫彙考卷五十三畫二十二元:"(德潤)其先睢陽人,占籍崑山……工畫山水,有古作者風……虞伯生云:'澤民文章典雅,惜以繪事掩其名。'然識者不厭其多能也。"參見存復齋集卷末周伯琦撰有元儒學提舉朱府君墓志銘、今人羅鷺撰元詩選與元詩文獻研究第五章元詩選詩人傳記訂誤。

〔二〕雞林道人:此處稱朱德潤,蓋以朱德潤比擬白居易。據新唐書白居易傳,白詩"當時士人爭傳,雞林行賈售其國相,率篇易一金"。按:雞林,唐代州名,由新羅王任都督。

〔三〕李咸熙:圖畫見聞志卷三紀藝中:"李成字咸熙,其先唐宗室,避地營丘,因家焉。祖、父皆以儒學吏事,聞於時。至成,志尚沖寂,高謝榮進。博涉經史外,尤善畫山水寒林,神化精靈,絕人遠甚。開寶中,都下王公貴戚屢馳書延請,成多不答。學不爲人,自娱而已。後游淮陽,以疾終於乾德五年。”

〔四〕射洪雪織絲:鐵崖題履元陳君萬松圖:“安得射洪好絹百尺强,令渲陰森移疊嶂。”(載鐵崖先生詩集辛集。)按太平寰宇記卷八十二,射洪縣隷屬劍南東道梓州,盛産綾綿。

〔五〕澄心:元費著箋紙譜:“澄心堂紙,取李氏澄心堂樣製也,蓋表光之所輕脆而精絶者。”

〔六〕略彴:小石橋。顔師古注漢書武帝紀之“椎”字曰:“椎者,步渡橋。爾雅謂之石杠,今之略彴是也。”

〔七〕“便從”句:謂如李白夢游天姥吟留别詩所述山水奇景。

〔八〕“况復”句:謂如杜甫曲江詩所咏春景。

〔九〕“吁嗟”二句:按:山陰爲今紹興,鐵崖家鄉諸暨亦屬其管轄之地,故此稱“我家山陰”。南朝宋劉義慶世説新語言語:“王子敬云:‘從山陰道上行,山川自相映發,使人應接不暇。’”

湖光山色樓①〔一〕

仙家十二樓〔二〕,俯瞰芙蓉渚。象田耕玉烟〔三〕,龍氣生珠雨。鳳麟遠水隔②空濛,小瀛夜折蓬萊股。蘭臺美人能楚語,十三雁急彩③鸞舞〔四〕。仙人醉騎黄鶴來〔五〕,醉④揮落日使倒回〔六〕。剪取瓊田一稜歸,滿天鐵笛走春雷。

【校】

① 本詩又載清鈔不分卷本玉山名勝集,文淵閣四庫全書本玉山名勝集卷三、樓氏鐵崖逸編注卷四,據以校勘。原本題作水光山色,玉山名勝集兩本皆無詩題,據樓氏鐵崖逸編注本改。

② 隔:玉山名勝集本、樓氏鐵崖逸編注本作“接”。

③ 彩:玉山名勝集本、樓氏鐵崖逸編注本作“孤”。

④ 醉:玉山名勝集本、樓氏鐵崖逸編注本作“酣”。

【箋注】

〔一〕本詩實題於顧瑛玉山草堂之湖光山色樓,故又載於玉山名勝集。玉山草堂始建於元至正八年，大致完成於次年。故本詩當作於元至正八年（一三四八）或稍後。參見東維子文集卷十七碧梧翠竹堂記、卷十八小桃源記。

〔二〕十二樓：漢書郊祀志下：“方士有言黃帝時爲五城十二樓，以候神人於執期，名曰迎年。”注：“應劭曰：‘昆侖玄圃五城十二樓，仙人之所常居。’”

〔三〕“象田”句：左思吳都賦：“象耕鳥耘，此之自與。”

〔四〕十三雁：指箏。箏弦十三、箏柱排列如雁行，故名。參見元熊朋來撰瑟譜卷六瑟譜後録。

〔五〕騎黃鶴：傳仙人子安曾騎黃鶴過黃鶴樓，見南齊書州郡志。一說爲蜀費褘事，見太平寰宇記卷一一二。

〔六〕揮落日：用魯陽公揮戈日反三舍典，見淮南子覽冥訓。

富春圖爲馮正卿賦①〔一〕

江上亂山青束筍，平沙樹草②望不盡。大江入海來滾滾，吐雨吞雲雜③蛟蜃。中有欲落不落之高臺，光射客星寒萬仞④〔二〕。江山⑤傳舍觀英雄，英雄盡説孫江東〔三〕。自從得地雙鶴翁⑥〔四〕，紫髯一拂豚犬空〔五〕。石田黍實⑦秋屢豐〔六〕，歸耕自羨羊裘翁⑧〔七〕。

【校】

① 本詩又載清鈔鐵崖楊先生詩集卷下、清鈔十六卷本玉山草堂雅集卷一、劉世珩影元刊十八卷本玉山草堂雅集卷二，據以校勘。鐵崖楊先生詩集本題作歸富春山圖，劉世珩刊玉山草堂雅集十八卷本題作題馮正卿富春圖。按：元詩選二集卷七載鄧文原李昭道春江圖，本詩與之近似，詳情待考。

② 樹草：諸校本皆作“草樹”。

③ 雜：玉山草堂雅集十六卷本作“離”。

④“中有”二句：劉世珩刊玉山草堂雅集十八卷本無。

⑤ 江山：劉世珩刊玉山草堂雅集十八卷本作“江上”。

⑥ 雙鶴：似當作“三鶴”，參見注釋。翁：鐵崖楊先生詩集本作“紅”。“英雄盡説”二句：劉世珩刊玉山草堂雅集十八卷本無。

⑦ 黍實：鐵崖楊先生詩集本作“菰谷”，劉世珩刊玉山草堂雅集十八卷本作“垂穀”。

⑧ 自：鐵崖楊先生詩集本作“猶”，劉世珩刊玉山草堂雅集十八卷本作“獨”。

翁：鐵崖楊先生詩集本、玉山草堂雅集十八卷本作"公"。

【箋注】

〔一〕馮正卿：名士頤。鐵崖好友。參見東維子文集卷七富春八景詩序。

〔二〕"中有"二句：指嚴子陵釣臺，寓東漢高士嚴光與光武帝劉秀故事。參見
　　　鐵崖先生古樂府卷八覽古之十五注。

〔三〕孫江東：指三國時吳國孫策。

〔四〕雙鶴翁：當作"三鶴翁"，指孫權祖父孫鍾。幽明録："孫鍾，富春人。與母
　　　居，至孝篤信，種瓜爲業。或有三年少來乞瓜，爲鍾定墓地，出門悉化爲白
　　　鶴。"（録自藝文類聚卷八十七果部下瓜。）

〔五〕紫髯：喻指孫權。孫權人稱紫髯將軍。參見三國志吳書卷二孫權注。豚
　　　犬：參見陳善學序刊楊鐵崖先生文集卷二秦川公子注。

〔六〕石田秀實：楊伯雍故事。晉干寶搜神記卷十一："楊公伯雍，雒陽縣人也。
　　　本以儈賣爲業。性篤孝。父母亡，葬無終山，遂家焉。山高八十里，上無
　　　水，公汲水作義漿於坂頭，行者皆飲之。三年，有一人就飲，以一斗石子與
　　　之，使至高平好地有石處種之，云：'玉當生其中。'楊公未娶，又語云：'汝
　　　後當得好婦。'語畢不見。乃種其石。數歲，時時往視，見玉子生石上。"

〔七〕羊裘翁：指東漢初年隱士嚴光。參見鐵崖先生古樂府卷八覽古之十五注。

游陳氏園有感

陳家園〔一〕，野塘基。千金花錦地，千年子孫期。歷歲未①半百，池
臺生櫖（音旅，木自生也②。）葵〔二〕。紅樓在西家，無址遥相移。主公規
戒石，草中字離離。妾流廡養婦，客散屠沽兒。尚有庭中樹，高蔓女
蘿枝。飛來雙燕子，豈識春風悲。嗟我陳家園，盛衰固有時。我聞陳
主公，義俠猶見推。揮金周所急，解佩酬己③知。君不見西家齷齪子，
生女恃④門楣。嬌客滅門户，重令後人嗤。

【校】

① 本詩又載汲古閣刊鐵崖先生古樂府補卷四，據以校勘。未：原本作"木"，據
　 汲古閣刊鐵崖先生古樂府補本改。

② 此小字注原本無,據汲古閣刊鐵崖先生古樂府補本增補。

③ 酬己:汲古閣刊鐵崖先生古樂府補本作"酧相"。

④ 恃:汲古閣刊鐵崖先生古樂府補本作"侍"。

【箋注】

〔一〕陳家園:指元季嘉興魏塘陳愛山之園池。元陶宗儀南村輟耕録卷二十六浙西園苑:"浙西園苑之勝,惟松江下砂瞿氏爲最古……次則平江福山之曹、橫澤之顧。又其次則嘉興魏塘之陳。當愛山全盛時,春一、二月間,游人如織。後其卒,未及數月,花木一空,廢弛之速,未有若此者……荐遭兵燹,今無一存者。福山、橫澤、下砂,皆無有久矣,可勝嘆哉!"又,同書卷二十七買假山:"陳愛山買顧氏廢族石假山一所,移置家園。一日,邀淵白觀之,指而謂曰:'此公族中之物。'淵白笑答曰:'東搬西倒。'陳嘿然。"

〔二〕"櫖"字下原注:"音旅。木自生也。"

題錢選畫①長江萬里圖〔一〕

神禹劃天塹,橫分南北州。秖今天不限南北,一葦航之如丈②溝〔二〕。洪源橫發③瞿塘口,嶮峽中擘争黄牛〔三〕。括漢包④湘會沅澧〔四〕,二妃風浪兼天浮〔五〕。青山何罪受秦赭〔六〕,翠黛依然生遠愁。洞庭微波木葉脱〔七〕,有客起登黄鶴樓。老瞞橫槊處〔八〕,釃酒澆江流。江東數豪傑,乃是孫與周。東風一信江上發,從此鼎國孫曹劉⑤。吳南魏北後,倏忽⑥開六朝(叶。音"稠"。)。江南龍虎地,山水清相繆。渡頭龍馬王氣歇〔九〕,洲邊鸚鵡才名留〔十〕。新亭風景豈有異〔十一〕,長江不洗諸公羞。宫中金蓮步方曉〔十二〕,後庭玉樹聲已秋〔十三〕。何如一杯酒,錦袍仙人月下舟〔十四〕。解道澄江淨⑦如練,醉呼小謝開青眸〔十五〕。鐵崖散人⑧萬里鷗,拙迹今似林中鳩。不如大賈舶,江山足勝游。腰纏只跨揚州⑨鶴〔十六〕,樓船不問⑩蓬萊丘。平生此志苦未酬,眼明萬里移滄州。嗚呼,楚水尾,吳山⑪頭,山河一髮瞻神州,孰使我户不出兮囚山囚〔十七〕。

【校】

① 本詩又載列朝詩集甲集前編第七上、元詩選初集辛集、劉世珩影元刊十八卷

本玉山草堂雅集卷二、樓氏鐵崖逸編注卷五,據以校勘。畫:原本無,據列朝詩集本、元詩選本、樓氏鐵崖逸編注本增補。玉山草堂雅集本題作長江萬里圖。

② 航:列朝詩集本、玉山草堂雅集本作"絶"。丈:元詩選本、樓氏鐵崖逸編注本作"大"。

③ 横發:諸校本皆作"發從"。

④ 包:列朝詩集本作"甲"。元詩選本、樓氏鐵崖逸編注本於"包"字下注曰"一作甲"。

⑤ 孫曹劉:列朝詩集本、元詩選本、樓氏鐵崖逸編注本作"曹孫劉"。

⑥ 元詩選本於"倏忽"下注曰"一作忽聞",樓氏鐵崖逸編注本注"一作忽間"。

⑦ 浄:列朝詩集本、玉山草堂雅集本、元詩選本、樓氏鐵崖逸編注本作"靚",後二本又有注曰"一作浄"。

⑧ 元詩選本、樓氏鐵崖逸編注本於"散人"下注曰"一作瀟散"。

⑨ 只:列朝詩集本、元詩選本、樓氏鐵崖逸編注本作"足"。揚州:玉山草堂雅集本作"揚子"。

⑩ 問:列朝詩集本、元詩選本、樓氏鐵崖逸編注本作"用"。後二本又有注曰"一作問"。

⑪ 山:列朝詩集本、元詩選本、樓氏鐵崖逸編注本作"淞",玉山草堂雅集本作"江"。

【箋注】

〔一〕錢選:參見鐵崖文集卷四跋楊妃病齒圖注。

〔二〕一葦航:詩衛風河廣:"誰謂河廣,一葦杭之。"後因以稱小船。三國志吳志賀邵傳:"長江之限不可久恃,苟我不守,一葦可航也。"

〔三〕黄牛:太平寰宇記卷一百四十七山南東道六峽州:"黄牛山。盛弘之荆州記云:'南岸重嶺疊起,最大高崖間有石色,如人負刀牽牛,人黑牛黄,成就分明。此巖既高,加以汙湍紆迴,雖塗經宿信,猶望見之。行者歌曰:朝發黄牛,暮宿黄牛,三日三暮,黄牛如故。'"

〔四〕漢、湘、沅、澧:皆水名。漢江乃長江最大支流,發源於陝西漢中,流經江漢平原。湘江乃長江中段重要支流,今湖南境内最大河流。沅江、澧江皆屬洞庭湖水系,沅江主要流經今貴州、湖南,澧江在湖南境内。

〔五〕二妃:即列仙傳所謂江妃二女。

〔六〕受秦赭:史記秦始皇本紀:"乃西南渡淮水,之衡山、南郡。浮江,至湘山祠。逢大風,幾不得渡。上問博士曰:'湘君何神?'博士對曰:'聞之,堯女,舜之妻,而葬此。'於是始皇大怒,使刑徒三千人皆伐湘山樹,赭其山。"

〔七〕"洞庭"句:楚辭 九歌 湘夫人:"嫋嫋兮秋風,洞庭波兮木葉下。"

〔八〕老瞞:曹操。元稹 唐檢校工部員外郎杜君墓係銘:"曹氏父子鞍馬間爲文,往往橫槊賦詩。"蘇軾 赤壁賦:"方其破荊州,下江陵,順流而東也,舳艫千里,旌旗蔽空,釃酒臨江,橫槊賦詩,固一世之雄也。"

〔九〕"渡頭"句:唐許嵩 建康實録卷五中宗元皇帝:"(西晉)懷帝 永嘉元年,始渡江,鎮建鄴。初,惠帝 太安之際,童謠云:'五馬浮渡江,一馬化爲龍。'及是帝與西陽王、汝南王、南頓王、彭城王等獲濟,而帝竟登大位。"

〔十〕"洲邊"句:方輿勝覽卷二十八鄂州:"鸚鵡洲,在江中。黃祖殺禰衡處。衡賦鸚鵡,故名。初,孔融薦衡於操,操不能容,送與劉表。表不能容,送與江夏太守黃祖。祖善待焉。祖長子射尤善於衡。時大會賓客,人有獻鸚鵡者,請賦以娱嘉賓。衡攬筆而作,文不加點。後以言不遜,祖竟殺之。"

〔十一〕"新亭"句:宋張敦頤 六朝事迹編類卷上新亭:"晉初,元帝渡江,僕射周顗與群臣游宴,坐中歎云:'雖風土不殊,舉目有江山之異。'因而流涕。王導曰:'諸公當須戮力中原,以壯王室,何爲作楚囚悲邪?'衆皆肅然整容。宋孝武即位于新亭,僕射王僧達改爲中興亭。城南十五里,俯近江渚。"

〔十二〕金蓮:六朝事迹編類卷上廢帝東昏侯:"明帝第二子,諱寶卷,字智藏。永泰元年七月己酉,以皇太子即帝位。帝惑于潘妃,爲神仙等殿,極奢麗。又鑿金爲蓮花以帖地,令潘妃行其上,曰:'此步步生蓮花也。'"

〔十三〕後庭玉樹:即玉樹後庭花,陳後主令宮女習唱之曲,用以讚譽張貴妃、孔貴嬪容色。詳見陳書後主張貴妃傳。

〔十四〕錦袍仙人:指李白。李白曾穿宮錦袍,夜游采石江上。下句即用李白金陵城西樓月下吟詩:"解道澄江浄如練,令人長憶謝玄暉。"

〔十五〕小謝:指謝朓。謝朓晚登三山還望京邑:"餘霞散成綺,澄江浄如練。"

〔十六〕"腰纏"句:殷芸小説:"有客相從,各言所志。或願爲揚州刺史,或願多資財,或願騎鶴上昇。其一人曰:'腰纏十萬貫,騎鶴上揚州。'欲兼三者。"

〔十七〕囚山囚:柳宗元集囚山賦:"聖日以理兮,賢日以進,誰使吾山之囚吾兮滔滔?"題下自注曰:"宗元謫南海久,厭山不可得而出,懷朝市不可得而復,丘壑草木之可愛者,皆陷阱也,故賦囚山。"按:鐵崖於此反其意而述山水之樂。

漁莊詩爲玉山人賦^{①〔一〕}

君不見裴家之莊在子午^{〔二〕}，池臺^②已作張家墅^{〔三〕}。又不見李家之莊在平泉^{〔四〕}，花石亦入^③陶家園^{〔五〕}。不如^④漁莊在崑之所，官不得奪，人不得取。或言投長竿，躋會稽^{〔六〕}，釣嚴灘^{〔七〕}，隱磻溪^{〔八〕}。彼數子者，逃名而名至，孰若^⑤索我於東溪之東、西山之西。春江冥冥，春水瀰瀰。桃花亂流，跳魴與鯉。會稽丈^⑥人本釣徒^{〔九〕}，釣竿手投珊瑚株^⑦。浩歌小海入東去^{〔十〕}，大魚鱗鱗來滕予。魚即我，我即魚^⑧，濠梁之樂樂有餘^{〔十一〕}。

【校】

① 本詩又載清鈔不分卷本玉山名勝集漁莊、文淵閣四庫全書本玉山名勝集卷六，據以校勘。玉山名勝集兩本皆無詩題。

② 池臺：玉山名勝集兩本皆作"臺池"。

③ 入：文淵閣四庫全書本玉山名勝集作"在"。

④ 如：原本作"入"，據玉山名勝集本改。

⑤ 孰若：玉山名勝集兩本皆作"誰能"。

⑥ 丈：原本作"文"，據玉山名勝集本改。

⑦ 手投：清鈔不分卷本玉山名勝集作"水拂"，文淵閣四庫全書本玉山名勝集作"手拂"。株：清鈔不分卷本玉山名勝集作"枝"。

⑧ "魚即我，我即魚"二句：玉山名勝集兩本皆作"子知我，我知魚"。

【箋注】

〔一〕漁莊：乃玉山人顧瑛宅園一景。鐵崖奉顧瑛之命爲此景點題詩，當作於元至正八年（一三四八），或稍後。繫年依據：顧瑛玉山草堂始建於至正八年七月，景觀建築次第落成。參見東維子文集卷十七碧梧翠竹堂記、卷十八小桃源記。漁莊：崑山顧瑛玉山草堂園東一景，泰不華題匾。詳見玉山名勝集卷六柯九思撰漁莊記。

〔二〕裴家之莊：指唐人裴度別墅。裴度於午橋莊造園，築山穿池，遍植奇花珍木。詳見舊唐書裴度傳。

〔三〕裴度午橋莊園林,後爲宋人張齊賢所得。參見宋史張齊賢傳。

〔四〕李家之莊:指唐人李德裕平泉山莊。

〔五〕"花石"句:野客叢書卷十五逍遥谿愚谿:"李衛公平泉山居戒子孫曰:'鬻平泉者,非吾子孫也。以平泉一樹一石與人者,非佳士也。'諄戒非不切至,然平泉怪石名品,幾爲洛陽大族有力者取去。嗚呼,兹豈告戒所及哉!"又,天中記卷八:"唐莊宗時,張全義爲四鎮節度。有監軍嘗得平泉醒酒石,德裕孫延古託全義復求之。監軍忿然曰:'自黃巢亂後,洛陽園宅無復能守,豈獨平泉一石哉!'"

〔六〕蹐會稽:指任公子以五十犗爲餌,蹲乎會稽,投竿東海以釣事。參見鐵崖先生古樂府卷三望洞庭注。

〔七〕釣嚴灘:指東漢初年隱士嚴光。參見鐵崖先生古樂府卷八覽古之十五注。

〔八〕隱磻溪:指姜太公吕望。參見麗則遺音卷三太公璜注。

〔九〕會稽丈人:鐵崖自稱。

〔十〕小海:即小海唱,古代吴人悼念伍子胥之歌。

〔十一〕濠梁之樂:指莊子與惠施於濠梁辯人魚之樂。詳見莊子秋水篇。

讀弁山隱者詩鈔殊有感發賦長歌一首歸之①〔一〕

　　爾祖文潔稱鴻儒〔二〕,屢持使節誅奸諛。至今子孫有英氣,筆力尚足雄千夫。弁山先生非隱者,讀盡遺書窮在野。文章及見五百年,正聲不落齊梁下。爾祖日鈔善譏評,嚴如太史重如經。先生意戚盡向詩中鳴,和如金石清如冰。有時紀事書所見,鼠虎馬□②傷世變〔三〕。巢中彈弓彈野雁③,堂上④持竿逐娟燕。先生之才温且剛,不使侍從出入在明光〔四〕。須知李杜光燄在,五緯萬古同寒芒。鐵心道人前進士〔五〕,棄官歸來隱喜⑤市〔六〕。作詩每⑥刺美未忘,竊比開元杜家史〔七〕。先生未識已神交,聲詩到耳如弦匏。淵明述酒痛疾惡⑦〔八〕,子雲反騷羞解嘲〔九〕。嗚呼,我持神羊之毫〔十〕,製作董狐之筆〔十一〕,三史綱辯聲高聲〔十二〕,乞與先生相貶褒。鳳凰不必在阿閣〔十三〕,麒麟不必窮西郊〔十四〕。

【校】

① 本詩又載十六卷本玉山草堂雅集卷一,據以校勘。"殊有感發賦長歌一首歸

之”十一字,原本爲小字,據玉山草堂雅集本改。

② □:玉山草堂雅集本作“葵”。

③ 彈弓:玉山草堂雅集本作“彎弓”。雁:玉山草堂雅集本作“鷹”。

④ 上:玉山草堂雅集本作“中”。

⑤ 喜:玉山草堂雅集本作“吴”。

⑥ 每:玉山草堂雅集本作“美”。

⑦ 惡:玉山草堂雅集本作“惡”。

【箋注】

〔一〕詩當撰於元至正五年(一三四五),或稍前,其時鐵崖受聘於湖州長興蔣
氏東湖書院,授學爲生。繫年依據:弁山隱者,指黄玠。黄玠有弁山小隱
吟録二卷傳世,實即本詩題所謂“弁山隱者詩鈔”。據弁山小隱吟録卷首
黄玠自序,此書於元至正五年十二月結集。鐵崖既稱“弁山隱者詩鈔”,不
提弁山小隱吟録,可見此書當時并未定稿,當在至正五年十二月之前。成
化湖州府志卷二十隱逸傳:“元黄玠,字伯成,號弁山小隱,其先慈溪人。
曾祖震,宋文天祥榜進士,世傳黄氏日抄,即其所著也。玠生於嘉興之魏
塘。爲人清苦力學,無所不通。周游西浙,雖數至空匱,而不以爲意。嘗
樂吴興山水,因卜居弁山,爲吴興人。與趙文敏公游,文敏極稱許之,謂平
生第四友也。錢塘學者請爲西湖書院山長,力辭不就,請者益勤,不得已
居數日而罷。玠有弁山集、唐詩選纂、韻録等集行於世。”

〔二〕文潔:指黄玠曾祖黄震。宋元學案卷八十六文潔黄於越先生震:“黄震,
字東發,慈溪人,學者稱爲於越先生。寶祐四年登第。度宗時,爲史館檢
閲,與修寧宗、理宗兩朝國史、實録。輪對,言當時之大弊……帝怒,批降
三秩,即出國門。用諫官言,得寢。出通判廣德軍。郡守賈蕃世以權相從
子驕縱不法,先生數與爭論是非,蕃世積不堪,疏先生撓政,坐解官。尋通
判紹興府,獲海寇,僇之。撫州饑起,先生知其州,多善政。詔增秩,遂陞
提舉常平……所著日鈔一百卷。宋亡,餓于寶幢而卒,門人私謚曰文潔先
生。”按:黄玠父名正孫,字長孺,號尚絅翁;祖父名夢斡,字祖勉,爲黄震
長子。鐵崖弱冠出游時傾囊所購名著,即黄震黄氏日鈔、黄氏紀聞。參見
鐵崖文集卷二先考山陰公實録。

〔三〕鼠虎:比喻失勢與得勢。東方朔答客難:“抗之則在青雲之上,抑之則在
深淵之下。用之則爲虎,不用則爲鼠。”

〔四〕明光:宫名。漢武帝太初四年秋構建,在長樂宫後,南與長樂宫相連屬。

此借指宮廷。參見三輔黄圖卷三。

〔五〕鐵心道人：鐵崖自稱。

〔六〕"棄官歸來"句：有所虚飾。鐵崖於錢清鹽場司令任上返鄉丁憂，服喪期滿，攜妻兒赴杭，試圖補官。補官未果，乃浪迹杭州、吳興一帶，授學爲生。

〔七〕開元杜家：指杜甫。

〔八〕"淵明"句：陶淵明述酒："流淚抱中歎，傾耳聽司晨。"

〔九〕"子雲"句：參見鐵崖先生詩集甲集五月五日……注。又，揚雄作有解嘲。

〔十〕神羊：又名獬豸，相傳能辨是非。參見麗則遺音卷四神羊。

〔十一〕董狐：春秋晉國太史，以秉筆直書著稱於世。

〔十二〕三史綱辯：指鐵崖元至正四年所撰三史正統辯。

〔十三〕"鳳凰"句：文選古詩西北有高樓李善注引尚書中候："昔黄帝軒轅，鳳凰巢阿閣。"

〔十四〕"麒麟"句：史記儒林列傳："西狩獲麟，（孔子）曰：'吾道窮矣。'"

任元樸新創園池予名其東西樓
一曰來青一曰覽輝且爲賦詩①〔一〕

大江如龍入海口，青山似鳳來雲間。任家高閣東西起，左江右海南青山。鯨②魚燒尾春前化〔二〕，黄鶴③傳書天上還〔三〕。老子胡牀一橫笛，雙成飛珮響④珊珊〔四〕。

【校】

① 本詩又載明佚名鈔本楊維楨詩集、清初印溪草堂鈔本東維子集卷七、弘治上海志卷五建設志、十八卷本玉山草堂雅集卷後二，據以校勘。明鈔楊維楨詩集本題作來青覽暉二樓，印溪草堂鈔本題作青龍任氏來青覽暉二樓，弘治上海志本無題，玉山草堂雅集本題作來青覽輝樓詩爲青龍任元樸題二首，本詩爲第一首。

② 鯨：印溪草堂鈔本、弘治上海志本、玉山草堂雅集本作"錦"。

③ 鶴：印溪草堂鈔本作"雀"。

④ 飛：弘治上海志本、明鈔楊維楨詩集本、印溪草堂鈔本、玉山草堂雅集本作"仙"。響：玉山草堂雅集本作"夜"。

【箋注】

〔一〕詩當作於元至正九、十年間,當時鐵崖在松江吕輔之私塾授學。任元樸:
　　　名璞,松江人,任仁發之孫。與馬琬爲友。家有光霽堂,鐵崖曾爲撰記。
　　　參見東維子文集卷十七光霽堂記。又按弘治上海志卷五建設志:"來青
　　　樓、覽暉樓,在青龍江上。元都水監任仁發建爲娛賓之所。"與本詩所述不
　　　合。弘治上海志所言有誤,來青、覽暉二樓乃任元樸所創。
〔二〕鯨魚燒尾:相傳魚躍龍門,雷燒尾而化爲龍。參見鐵崖先生古樂府卷七龍
　　　虎辭注。
〔三〕黄鶴傳書:李商隱碧城三首之一"閬苑有書多附鶴",道源注引錦帶:"仙
　　　家以鶴傳書,白雲傳信。"
〔四〕雙成:指西王母侍女董雙成。參見鐵崖先生古樂府卷二周郎玉笙謠注。

瑶池〔一〕 爲玉山人北堂壽①

　　　瑶池春緑②通銀浦〔二〕,翠溢寒光濕河鼓。琉璃影裏崑崙浮,海水
一杯葉荷③舞〔三〕。玉蓮淺江照④鯉魚,絳兒吹笛青兒⑤歙。上元夫人
進金籙〔四〕,騎來老鶴黄如菊⑥。

【校】

① 本詩又載清鈔十六卷本玉山草堂雅集卷一、劉世珩影元刊十八卷本玉山草
　　堂雅集卷二,據以校勘。玉山草堂雅集二本皆題作瑶池曲爲玉山人北堂壽。
② 緑:玉山草堂雅集十六卷本作"深",十八卷本作"渌"。
③ 葉荷:玉山草堂雅集二本皆作"荷葉"。
④ 玉蓮淺江照:玉山草堂雅集十六卷本作"玉蓮淺照紅",十八卷本作"玉連錢
　　照紅"。
⑤ 兒:原本作"光",據玉山草堂雅集二本改。
⑥ 菊:玉山草堂雅集十八卷本作"鞠"。

【箋注】

〔一〕詩當撰於元至正七、八年間,鐵崖做客玉山草堂之時。玉山人北堂:指顧

瑛母親。按：顧瑛母死於至正十六年。元至正十六年春，張士誠軍隊攻佔吳中，苗軍楊完者部借剿匪之名，燒殺擄掠，顧瑛奉母避至吳興商溪，路途勞頓，其母病死他鄉。顧瑛"奉函骨歸，祔葬於綽墩之先隴"，斷髮廬墓，誦大乘經以報母。詳見鄭元祐撰白雲海記(載僑吳集卷十)。

〔二〕銀浦：銀河。李賀天上謠："天河夜轉漂迴星，銀浦流雲學水聲。"

〔三〕海水一杯：李賀夢天："遙望齊州九點烟，一泓海水杯中瀉。"

〔四〕上元夫人：相傳爲三天真皇之母。參見鐵崖先生古樂府卷三上元夫人注。

題馮推官祖塋圖①〔一〕

君不見霍家冢象祁連山〔二〕，殯宮無主犁農田。又不見秦家闕旌雙石馬，墓祭無人火燒野②。馮家古阡③在定州〔三〕，幾年麥飯缺春秋。慈孫馳傳忽下馬，訪我七祖纍纍丘。西風淚枯原上草，尚識劉村話遺老〔四〕。百年華表鶴西來〔五〕，一丈豐碑屹神道。江南寒食飛落花④，白楊樹上啼慈鴉⑤。馬醫夏畦各上冢〔六〕，而況百年喬木家。大馮諸孫須念祖，記得遺文麗牲柱。便同五世返塋丘⑥〔七〕，不用荒衢尋五父〔八〕。讀書許下起高堂〔九〕，更置義田千畝莊。看爾曾孫拜家慶，天上姓名傳馬涼〔十〕。(見太白詩注。)

【校】

① 本詩又載清鈔十六卷本玉山草堂雅集卷一、劉世珩影元刊十八卷本玉山草堂雅集卷二，據以校勘。圖：原本作"圖"，據玉山草堂雅集本改。玉山草堂雅集十八卷本題作馮推官祖塋圖。

② 火燒野：原本作"焦野火"，據玉山草堂雅集十六卷本改。

③ 阡：玉山草堂雅集十六卷本作"陌"。

④ 花：玉山草堂雅集十八卷本作"華"。

⑤ 樹上：玉山草堂雅集十八卷本作"樹樹"。鴉：玉山草堂雅集十八卷本作"雅"。

⑥ 返：玉山草堂雅集十八卷本作"反"。塋丘：原本作"塋邱"，據玉山草堂雅集十八卷本改。

【箋注】

〔一〕馮推官：指馮夢弼。馮夢弼於泰定初年任江浙行省理問所理問，故此稱之爲“推官”。馮夢弼字士啓，許昌（今屬河南）人。歷任八蕃雲南宣慰司吏、江浙行省理問、湖南道宣慰副使、靜江路總管等，官至禮部尚書，以嘉議大夫、吏部尚書致仕。參見鄭元祐僑吳集卷十一許昌馮氏先塋碑、南村輟耕録卷十馬判及遂昌雜録。

〔二〕霍家冢：漢書霍去病傳：“爲冢象祁連山。”顔師古注：“在茂陵旁。冢上有竪石，冢前有石人馬者是也。”司馬貞索隱：“崔浩云：‘（霍）去病破昆邪於此山，故令爲冢象之以旌功也。’”

〔三〕定州：據太平寰宇記，定州隸屬於河北道。位於今河北保定一帶。

〔四〕劉村：鄭元祐許昌馮氏先塋碑：“夢周向嘗馳傳至京師……所謂欒城劉村者，得高曾以上墟壟。”

〔五〕華表鶴西來：指丁令威歸鄉故事。參見鐵崖先生古樂府卷十小游仙之十六注。

〔六〕馬醫夏畦：柳宗元答許京兆孟容書：“每遇寒食，則北向長號，馬醫夏畦之鬼，無不受子孫追養者。”

〔七〕五世返營丘：齊太公姜尚故事。禮記正義卷七檀弓上：“大公封於營丘，比及五世，皆反葬於周。”注：“齊大公受封，留爲大師，死葬於周。子孫生焉，不忍離也。五世之後，乃葬於齊。齊曰營丘。”

〔八〕五父：街巷名。禮記檀弓上：“孔子少孤，不知其墓。殯於五父之衢，人之見之者，皆以爲葬也。其慎也，蓋殯也。問於耶曼父之母，然後得合葬於防。”

〔九〕許下：指許昌。鄭元祐許昌馮氏先塋碑：“昔晉之亡，河北受兵禍慘，其民多南徙圖避，而馮氏遂來許。處士諱聚與其配師夫人之居許也，生子男四人。”

〔十〕馬涼：新唐書李白傳：“李白字太白，興聖皇帝九世孫。”按：興聖皇帝，即西涼武昭王。詳見李白送舍弟詩“吾家白馬駒”一句注釋。（載宋楊齊賢集注、元蕭士贇補注李太白集分類補注卷十八。）

題柳風芙月①亭詩卷〔一〕

予尋柳風芙月於三泖之鄉〔二〕，大抵不失於漁農之野，則失於亭臺之俗。一日,與客泛舟於澱之湖[三],湖②之東,謝伯理氏世家焉,始得柳風芙月於其浣花之莊。漁農相接而未嘗失於野也,亭臺相錯而未嘗失於俗也。客爲盛懋者[四],用無聲詩意貌其景於卷[五]。伯理且③裝潢之,請予題。故爲賦詩一解,書卷首云。

主家池館西龍塘④,龍塘華國參差芳。秋輪軋露春雲熱,水風楊柳芙蓉月。星橋高掛東西虹,宮花小隊燭⑤花紅。金絲拂鞍長袖舞,夜静水涼神欲語。草池⑥夢落西堂客,吟詩一夜東方白[六]。

【校】

① 本詩又載清初印溪草堂鈔本東維子詩集卷二、元詩選初集辛集、樓氏鐵崖逸編注卷五,據以校勘。芙月:印溪草堂鈔本作"蓉月"。下同。此詩序元詩選本、樓氏鐵崖逸編注本皆無。
② 湖:原本無,據印溪草堂鈔本增補。
③ 且:原本無,據印溪草堂鈔本增補。
④ 塘:樓氏鐵崖逸編注本作"堂",下同。
⑤ 燭:元詩選本、樓氏鐵崖逸編注本作"烟"。
⑥ 池:印溪草堂鈔本作"堂"。

【箋注】

〔一〕柳風芙月亭:元末松江別駕謝伯理宅園中建築。謝伯理:參見東維子文集卷十三知止堂記。
〔二〕三泖之鄉:指松江。
〔三〕澱之湖:即澱山湖。位于今上海青浦。
〔四〕盛懋:元末畫家。參見東維子文集卷十六松月寮記注。
〔五〕無聲詩:畫。宋黄庭堅次韻子瞻子由題憩寂圖:"李侯有句不肯吐,淡墨寫出無聲詩。"
〔六〕"草池"二句:鐵崖自詡如同謝靈運般苦吟。西堂客:喻指謝靈運一類詩人。按:謝靈運登池上樓詩頗爲著名,此詩作於永嘉西堂,故又稱西堂詩。

次韻跋任月山緑竹卷[一]

蜿蜿青龍水[二],嫋嫋青龍枝。任公釣江海[三],世人不識之。至今一竿玉,室影照清漪。自非月屋老,何以發神奇。

　　　　鐵笛道人觀於璜溪,遂用韻書卷。

【箋注】

〔一〕詩當作於元至正九、十年間。其時鐵崖在松江璜溪吕氏塾授學。繫年依
　　據:詩跋曰"鐵笛道人觀於璜溪"。鐵笛道人爲至正前期鐵崖常用别號。
　　任月山:即任仁發。參見東維子文集卷二十隆福寺重修寶塔并復田
　　記注。

〔二〕青龍:崇禎松江府志卷五水:"青龍江西吞大盈,東接顧會,而洩於滬瀆以
　　入海。元、宋以前浩瀚無涯……其上爲巨鎮,海舶百貨交集,置市舶司,設
　　鎮學。梵宇亭臺,極一時之盛。江上龍舟奪錦,冠於江南,時稱小杭州。"
　　按:任仁發世居青龍鎮(位於今上海青浦)。

〔三〕任公:任公子,曾釣海大魚。參見鐵崖先生古樂府卷三望洞庭注。

題①張溪雲畫竹〔一〕

　　長史未畫竹,畫竹②造物初。長史畫竹時,竹在篆籀餘〔二〕。枝枝
與葉葉,可能一一摹? 居然與竹化,見竹不見書。自笑形似竹,玉立
生長鬚。吾形亦有因③,何知④此心虚。

【校】

① 本詩又載劉世珩影元刊十八卷本玉山草堂雅集卷二,據以校勘。玉山草堂
　　雅集本題作張溪雲畫竹。

② 畫竹:玉山草堂雅集本作"竹在"。

③ 有因:玉山草堂雅集本作"何有"。

④ 何知:玉山草堂雅集本作"因之"。

【箋注】

〔一〕張溪雲:圖繪寶鑑卷五元朝:"張遜字仲敏,號溪雲,吳郡人。善畫竹,
　　作鈎勒法,妙絶當世。山水學巨然,則不逮竹。"又,元詩選三集張
　　(闕)遜:"……其先南陽人,寓居吳。博學善屬文,精書畫。初從黄冠,與

息齋李衎同畫墨竹,一旦自以爲不及,即棄墨竹,而用勾勒法,妙絶當世。郭義仲贈詩云:'好竹每懷張仲敏,泠泠風骨水爲神。'"

〔二〕"竹在"句:意爲張溪雲畫竹,擅長書法用筆。

梅竹雙清圖①

竹外一枝斜更好〔一〕,自有此詩無此畫。承平②公子翰墨林,寫影圖香戲春夜。分明簸弄明月珠,賈胡不識千金價。

【校】

① 本詩又載清初印溪草堂鈔本東維子詩集卷四,據以校勘。按:此詩作者有兩說,原本題下有注:"此詩又見張伯雨集中,未詳孰是。"今按文淵閣四庫全書本草堂雅集卷五張雨詩中,録有此篇;然上海圖書館藏清鈔十六卷本玉山草堂雅集卷七所録張雨詩中則未見。姑存俟考。

② 承平:原本及印溪草堂鈔本皆作"水平",據文淵閣四庫全書本草堂雅集改。

【箋注】

〔一〕"竹外"句:蘇軾和秦太虛梅花:"江頭千樹春欲闇,竹外一枝斜更好。"

贈陸術士子輝〔一〕

雲間一鶴何飄飄〔二〕,鶴背老人駕扶搖。游吴入洛過河橋〔三〕,雪風吹頷毛蕭蕭。歸來手種昌陽苗〔四〕,陽苗作花三千朝,再拜願我欲作昌陽謡。鐵仙食歗①顔如瑶〔五〕,疾生毛羽凌青霄。安期生,在何處〔六〕?手提玉舄遥相招。左洪崖〔七〕,右王喬〔八〕,上取天薤十有二節朝神堯〔九〕。

【校】

① 歗:原本誤作"歄",徑改。

【箋注】

〔一〕據本詩,陸子輝乃松江人。

〔二〕雲間一鶴:用晉陸雲事以切陸姓。陸雲曾對人自稱"雲間陸士龍",見世説新語排調。又,陸機、陸雲由吳入洛,世説新語尤悔:"陸平原河橋敗,爲盧志所讒,被誅。臨刑歎曰:'欲聞華亭鶴唳,可復得乎!'"

〔三〕河橋:又稱河陽橋。位於今河南孟縣南。

〔四〕昌陽:即菖蒲。南史梁文獻張皇后傳:"方孕,忽見庭前菖蒲花,光采非常,驚報,侍者皆云不見。后曰:'常聞見菖蒲花者當富貴。'因取吞之,是月生武帝。"

〔五〕歇:菖蒲,一名菖歇。

〔六〕安期生:參見鐵崖先生古樂府卷二大難日注。

〔七〕洪崖:參見鐵崖賦稿卷上伏蛟臺賦。

〔八〕王喬:即王子喬。參見鐵崖先生古樂府卷二周郎玉笙謠注。

〔九〕天蓏:唐張籍寄菖蒲:"石上生菖蒲,一寸十二節。仙人勸我食,令我頭青面如雪。"按:石菖蒲又名堯時蓏。

醉歌行寄馮正卿〔一〕

楊子結交交有道,錢塘市兒俱草草〔二〕。平生懷抱向誰開?最與馮家兄弟好。馮家兄弟仲最奇,荀家之龍馬家眉〔三〕。文采由來故家後,經濟自是英雄姿。錢塘江頭春水發,百斛樓船載賓客。棹歌①中流雜短簫,氣酣江水金杯窄。青山如龍江水洄,吊古落日嚴陵臺〔四〕。大馮先生讀書處〔五〕,隔江樓閣迎青來〔六〕。中堂開筵擊鼉鼓,十五胡姬大娘舞。錦茵絕席尊上賓,羊羹親炰②勞主婦。別來索處西長城〔七〕,故人令我思馮卿。豈無東家百壺酒,安得快意輸生平?昨日③劉郎遠相訪,問訊君家喜無恙。轉首湘雲何處飛,盡情楚月長相向。(湘雲、楚月,吾命兩妓者名〔八〕。)擊唾壺〔九〕,解金魚,劉郎爲我勸清酤。歸來未釣江上鱸,明朝寄與馮卿書,古來管鮑無時無〔十〕,嗚呼,古來管鮑無時無。

【校】

① 劉世珩影元刊十八卷本玉山草堂雅集卷二載此詩，據以校勘。歌：玉山草堂雅集本作“哥”。

② 象：玉山草堂雅集本作“庖”。

③ 日：玉山草堂雅集本作“者”。

【箋注】

〔一〕詩當作於元至正五年（一三四五），或稍後。繫年依據：詩中曰“別來索處西長城”，所謂“西長城”，指湖州長興。據此推之，必爲至正五、六年間，鐵崖授學於長興東湖書院時期。馮士頤，字正卿，富春人。參見東維子文集卷七富春八景詩序。

〔二〕“楊子結交”二句：元至正初年，馮士頤兄弟在杭州與鐵崖交往頻繁。

〔三〕荀家之龍：指荀淑子。資治通鑑卷五十三漢紀四十五桓帝建和三年：“（荀）淑少博學有高行，當世名賢李固、李膺皆師宗之。在朗陵，涖事明治，稱爲神君。有子八人：儉、緄、靖、燾、汪、爽、肅、專，并有名稱，時人謂之‘八龍’。”馬家眉：指馬良。三國志蜀書馬良傳：“馬良字季常，襄陽宜城人也。兄弟五人并有才名，鄉里爲之諺曰：‘馬氏五常，白眉最良。’良眉中有白毛，故以稱之。”

〔四〕嚴陵臺：嚴子陵釣臺。參見東維子文集卷七富春八景詩序。

〔五〕大馮先生：指正卿兄馮士升。馮士升以舉子業爲俗學，棄之，布衣終身。通律令圖籍及九丘之書。參見東維子文集卷二十五馮進卿墓志銘。

〔六〕隔江樓閣迎青來：指馮氏來青閣。參見鐵崖先生古樂府卷四風日好寄馮來青注。

〔七〕西長城：指湖州長興縣夫概城。按：元至正四年十一月，吳興蔣克明專程赴杭聘請，鐵崖遂往湖州，授學於蔣氏東湖書院。

〔八〕湘雲、楚月：蓋鐵崖於至正初年游寓馮正卿家時，馮家所邀陪侍妓女，當時鐵崖爲之取名。

〔九〕擊唾壺：南朝宋劉義慶世說新語豪爽：“王處仲每酒後輒詠：‘老驥伏櫪，志在千里。烈士暮年，壯心不已。’以如意打唾壺，壺口盡缺。”

〔十〕管鮑：指管仲、鮑叔牙。

錦箏曲謝倪元鎮所惠古製箏①〔一〕

　　神弦泣斷三千年，秦聲錚錚十三弦〔二〕。莫憑小姜寫哀烈〔三〕，中有長城窟水鳴嗚咽(平)。長城將軍製猶昨，何處孤桐有遺斲〔四〕？祇陀②丈人聰五音〔五〕，律應黃鐘度叶③朔。道人十五吹叢霄④，挑⑤心起舞玉女腰。丈人好事持寄似⑥，秦⑦臺一夜啼春嬌。拂丹弦，促⑧冰柱，請君更張爲君鼓。迴風一陣散瓊花，(瓊花，維揚妓名，曾以箏侍予及元鎮宴者也。)玉雁飛來鳳凰語。君不見功名盛極謝東山〔六〕，髯伊柱上淚斑斑〔七〕。

【校】

① 本詩又載清初印溪草堂鈔本東維子集卷十、劉世珩影元刊十八卷本玉山草堂雅集卷二、清閟閣全集卷十一外紀上，據以校勘。清閟閣全集本題作謝元鎮惠古製箏。

② 祇陀：原本作“騎駝”，據印溪草堂鈔本、清閟閣全集本改。

③ 叶：清閟閣全集本作“協”。

④ 霄：清閟閣全集本作“簫”，當從。

⑤ 挑：玉山草堂雅集本作“桃”。

⑥ 似：原本作“侶”，實爲“佀”之訛寫，據玉山草堂雅集本、清閟閣全集本改。

⑦ 秦：印溪草堂鈔本、玉山草堂雅集本、清閟閣全集本作“琴”。

⑧ 促：玉山草堂雅集本作“趣”。

【箋注】

〔一〕按：詩中提及維揚妓瓊花，故當作於元至正八年(一三四八)。參見鐵崖先生詩集乙集吳詠十章用韻復正宗架閣。倪元鎮：倪瓚。

〔二〕十三弦：元史禮樂志：“箏，如瑟。兩頭微垂，有柱，十三弦。”

〔三〕小姜：指孟姜女。

〔四〕孤桐：書禹貢：“嶧陽孤桐。”孔傳：“孤，特也。嶧山之陽，特生桐，中琴瑟。”

〔五〕祇陀丈人：指倪瓚。參見清鈔鐵崖楊先生詩集卷上和倪雲林所畫。按：據此可知，倪瓚精通樂理。

〔六〕謝東山：指謝安。謝安字安石，晉書有傳。

〔七〕犐伊：指桓伊。參見鐵崖先生古樂府卷二鳴箏曲注。

顧仲瑛爲鐵心子買妾歌①〔一〕

　　鐵心子，好吹簫，似簫史②〔二〕，自憐垂鶯之伴今老矣。笛聲③忽起藍橋津〔三〕，鐵心一寸柔如水。明朝萼綠華〔四〕，還過玉山家。羞澀黃④初暖，韶嫩月新牙。三臺爲我歌催⑤酒，山香爲我舞巾花。玉山人，鐵心友。左芙蓉，右楊柳。綠花⑥今年當十九〔五〕，一笑千金呼不售。肯爲羊家⑦奉箕帚，爲君不惜珠量斗。玉山人，下鏡臺〔六〕，解木難。（木難，珠名。色黃，生東夷。）輕財如土，重義如丘山。娶妻遺牧犢子〔七〕，奪妾向沙吒蠻〔八〕。鐵心子，結習纏，苦無官家勅賜錢，五雲下覆韋郎箋〔九〕。香蘭一夜驚夢天〔十〕，玉山種璧三千年〔十一〕。

【校】

① 清鈔十六卷本玉山草堂雅集卷一、劉世珩影元刊十八卷本玉山草堂雅集卷二，清鈔玉山名勝外集亦載此詩，據以校勘。清鈔玉山名勝外集本題作鐵心子買妾歌。玉山草堂雅集兩本皆題作玉山人爲鐵心子買妾歌，然十六卷本低一格著録此詩，題下小字注曰：“附録顧瑛作也。”今按詩中“玉山人，下鏡臺，解木難。”等語，乃鐵崖褒揚顧瑛，當屬鐵崖詩作。

② “鐵心子”三句：玉山草堂雅集十六卷本作“鐵心吹簫似簫史”一句。簫史：玉山草堂雅集十八卷本作“蕭史”。

③ 聲：玉山草堂雅集十六卷本作“歌”。

④ 黃：清鈔玉山名勝外集本、玉山草堂雅集十六卷本、十八卷本皆作“簧”。

⑤ 三臺：清鈔玉山名勝外集本作“玉臺”。催：清鈔玉山名勝外集本作“嗺”。

⑥ 綠花：清鈔玉山名勝外集本作“綠華”。

⑦ 羊家：清鈔玉山名勝外集本作“楊家”，玉山草堂雅集十六卷本作“楊柳”。

【箋注】

〔一〕詩當撰於元至正七、八年間，其時鐵崖寓居姑蘇，授學爲生。繫年依據：
　　　其一，詩中曰“鐵心子，結習纏，苦無官家勅賜錢”，“鐵心子”乃鐵崖自稱，可見當時鐵崖没有俸禄,應屬<u>至正</u>初年"失官"期間。其二,<u>至正</u>七、八年間,<u>鐵崖</u>游寓<u>姑蘇</u>,以授學爲生。當時與<u>顧瑛</u>結識,交往甚多,<u>顧瑛</u>爲之買妾,必在此時。

〔二〕<u>簫史</u>:用<u>蕭史</u>、<u>弄玉</u>吹簫騎鳳事,參見<u>鐵崖先生古樂府</u>卷十<u>小游仙</u>之二注。

〔三〕<u>藍橋</u>:驛名,<u>唐</u>落第秀才<u>裴航</u>於此遇見仙女<u>雲英</u>。參見<u>鐵崖先生古樂府</u>卷三<u>瑶臺曲</u>注。

〔四〕萼緑華:參見<u>鐵雅先生復古詩集</u>卷四<u>宫詞</u>之七注。

〔五〕<u>芙蓉</u>、<u>楊柳</u>、<u>緑花</u>:蓋皆當時陪宴侍女之名。

〔六〕下鏡臺:用<u>温嶠</u>玉鏡臺典,參見<u>鐵崖先生古樂府</u>卷九<u>玉鏡臺</u>注。

〔七〕牧犢子:參見<u>鐵崖先生古樂府</u>卷一<u>雉朝飛</u>注。

〔八〕"奪妾"句:<u>宋</u><u>計敏夫</u>撰<u>唐詩紀事</u>卷三十<u>韓翃</u>:"世傳<u>翃</u>有寵姬<u>柳</u>氏,<u>翃</u>成名,從辟<u>淄青</u>,置之都下數歲。寄詩曰:'<u>章臺柳</u>,顏色青青今在否?縱使長條似舊垂,也應攀折他人手。'<u>柳</u>答曰:'楊柳枝,芳菲節,可恨年年贈離別。一葉隨風息報秋,縱使君來豈堪折。'後果爲蕃將<u>沙吒利</u>所劫。……有虞候將<u>許俊</u>以義烈自許,即詐取得之,以授<u>韓</u>。"

〔九〕<u>韋郎</u>篆:<u>苕溪漁隱叢話</u>後集卷十八<u>羅隱</u>:"(<u>高駢</u>)又以五彩箋寫<u>太白陰經</u>十道,置於神座之側;又於夫人帳中,塑一緑衣年少,謂之<u>韋郎</u>。故<u>羅隱</u>詩有'<u>韋郎</u>年少今何在?端坐思量<u>太白經</u>'之語。"

〔十〕香蘭一夢:<u>左傳</u><u>宣公</u>三年載,<u>鄭文公</u>妾<u>燕姞</u>夢天使與己蘭,後生<u>穆公</u>。

〔十一〕玉山種璧:用<u>楊伯雍</u>種玉典,參見本卷<u>富春圖爲馮正卿賦</u>注。

謝<u>吕敬夫</u>紅牙管歌^①〔一〕

<u>吕</u>云:"度<u>廟</u>老宫人所傳物也^{〔二〕}。"<u>滄江</u><u>泰娘</u>^{〔三〕},蓋<u>敬夫</u>席上善倚歌以和予天忽雷者^{〔四〕}。故詩中及之。

<u>鐵心道人</u>吹鐵笛,大^②雷怒裂<u>龍門</u>石^{〔五〕}。<u>滄江</u>一夜風雨^③湍,水族千頭嘯悲激。樓頭<u>阿泰</u>聚雙蛾,手持紫檀不敢歌。<u>吕</u>家律吕慘不和,換以紅牙尺八^④之冰柯。五絲同心繋^⑤龍首,曾把<u>昭陽</u>玉人手^{〔六〕}。只今流落已百年,不省^⑥愁中折楊柳^{〔七〕}。道人吹春哀<u>北征</u>,宫人斜上^⑦草青青^{〔八〕}。<u>吴</u>兒木石悍不驚,<u>泰娘</u>苦獨多春情。多春情^⑧,爲君清淚滴紅冰^{〔九〕}。

【校】

① 本詩又載列朝詩集甲集前編第七上、元詩選初集辛集、劉世珩影元刊十八卷本玉山草堂雅集卷二、樓氏鐵崖逸編注卷四，據以校勘。元詩選本注曰録自鐵崖詩。玉山草堂雅集本題作謝吕公子紅牙筊歌，無詩前小引。

② 大：原本作“天”，據諸校本改。

③ 風雨：玉山草堂雅集本作“風水”。

④ 尺八：原本作“八尺”，據諸校本改。

⑤ 繫：列朝詩集本、玉山草堂雅集本、元詩選本、鐵崖逸編注本作“結”。後二本又有注曰“一作繫”。

⑥ 省：玉山草堂雅集本作“識”。

⑦ 上：玉山草堂雅集本作“畔”。

⑧ 多春情：此三字原本無，據玉山草堂雅集本增補。

【箋注】

〔一〕詩當作於元至正七、八年間，其時鐵崖寓居姑蘇，常應邀至崑山、太倉等地，與當地文人聚飲唱和。吕敬夫：名誠，崑山人。參見鐵崖文集卷四題吕敬夫詩稿。

〔二〕度廟：指南宋度宗。

〔三〕滄江：當指東滄（今江蘇太倉）。

〔四〕天忽雷：疑“天”當作“大”，大忽雷爲唐代名琴。宋錢易南部新書壬集：“韓晉公在朝，奉使入蜀。至駱谷，山椒巨樹，聳茂可愛，烏鳥之聲皆異。下馬，以探弓射其巔，杪柯墜於下，響震山谷，有金石之韻。使還，戒縣尹募樵夫伐之，取其幹載以歸。召良工斲之，亦不知其名，堅緻如紫石，復金色綫交結其間。匠曰：‘爲胡琴槽，他木不可并。’遂爲二琴，名大者曰大忽雷，小者曰小忽雷。因便殿德皇言樂，遂獻大忽雷及禁中所有。小忽雷在親仁里。”按：據以下“五絲同心繫龍首”一句，大忽雷當爲五弦琵琶。

〔五〕龍門：位於今山西河津西北、陝西韓城東北。黄河經此，兩岸峭壁對峙如門，故名。

〔六〕昭陽玉人：指趙飛燕妹，飛燕妹曾居昭陽殿。詳見漢書孝成趙皇后傳。此指宋宫。

〔七〕折楊柳：笛曲。參見鐵崖先生古樂府卷二篳篥吟注。

〔八〕宮人斜：指宫女冢。參見鐵崖先生古樂府卷一胭脂井注。

〔九〕紅冰：淚。參見鐵崖先生古樂府卷二琵琶怨注。

紅酒歌謝同年智同知作^①〔一〕

　　楊子渴如馬文園〔二〕，宰官特賜桃花源。桃花源頭釀春酒，滴滴真珠紅欲然〔三〕。左官忽落東海邊〔四〕，渴心鹽井生炎烟。相呼西子湖上船，蓮花博士飲中仙〔五〕。如銀酒色未^②爲貴，令人長憶桃花泉。膠州判官玉牒賢，憶昔同醉瓊林筵。別來南北^③不通問，夜夢玉樹春風前〔六〕。朝來五馬過陋廛，贈我同袍五色線^④，副以五鳳樓頭牋〔七〕。何以澆我磊落抑塞之感慨，桃花美酒斗十千〔八〕。垂虹橋下水連^⑤天，虹光散作真珠涎。吳娃鬥色櫻在口，不放白雪盈人顚。我有文園渴，苦無曲奏鴛鴦弦。預恐沙頭雙玉盡，力醉未與長瓶眠。迴當乘^⑥虹去，虹量吸^⑦百川〔九〕。我歌君扣舷，一斗不惜詩百篇〔十〕。

【校】

① 本詩又載列朝詩集甲集前編第七上、元詩選初集辛集、劉世珩影元刊十八卷本玉山草堂雅集卷二、樓氏鐵崖逸編注卷四，據以校勘。元詩選本、樓氏鐵崖逸編注本題爲紅酒歌，“謝同年智同知作”爲小字注文。

② 未：列朝詩集本作“不”；元詩選本、樓氏鐵崖逸編注本於“未”字下注曰“一作不”。

③ 南北：玉山草堂雅集本作“北南”。

④ 我同袍：列朝詩集本作“我胸中”；元詩選本、樓氏鐵崖逸編注本作“以同袍”，又有注曰“一作我胸中”。線：元詩選本、樓氏鐵崖逸編注本作“彩”，又有注曰“一作線”。

⑤ 連：列朝詩集本、樓氏鐵崖逸編注本作“拍”。

⑥ 乘：諸校本皆作“垂”。

⑦ 虹量吸：列朝詩集本作“此興吞”；元詩選本、樓氏鐵崖逸編注本作“鯨量吸”，又有注曰“一作此興吞”。

【箋注】

〔一〕據詩中“左官忽落東海邊，渴心鹽井生炎烟”、“相呼西子湖上船”等句，本詩當作於鐵崖初任錢清鹽場司令之時,即元順帝元統二年(一三三四)。
智同知:與鐵崖同爲泰定四年進士,生平不詳。據詩中所述,曾任膠州判
官。詩題又稱之爲"同知",蓋爲當時新任官職。

〔二〕馬文園:指司馬相如。司馬相如曾任孝文園令。史記司馬相如列傳:"相
如口吃而善著書,常有消渴疾。"

〔三〕真珠紅:李賀將進酒:"琉璃鍾,琥珀濃,小槽酒滴真珠紅。"

〔四〕左官:按元史卷九十一百官志七,各鹽場司令均爲從七品。鐵崖由七品承
事郎天台縣令轉官鹽場,故稱"左官"。又,錢清鹽場隸屬紹興路,濱臨
東海

〔五〕蓮花博士:宋魏慶之詩人玉屑卷十九陸放翁:"嘉泰壬戌九月,陸放翁夢
一故人相語曰:'我爲蓮花博士,鏡湖新置官也。我且去矣,君能暫爲之
乎!月得酒千壺,亦不惡也。'遂以詩記之,曰:'白首歸修汗簡書,每因囊
粟歎侏儒。不知月給千壺酒,得似蓮花博士無?'"

〔六〕玉樹:美稱智同知。南朝宋劉義慶世說新語容止:"魏明帝使后弟毛曾與
夏侯玄共坐,時人謂'蒹葭依玉樹'。"

〔七〕五鳳樓:唐代洛陽樓名。按:後喻文章巨匠爲造五鳳樓手,見宋曾慥類說
卷五十三引談藪。此用以贊智同知詩文出衆。

〔八〕美酒斗十千:曹植名都篇:"我歸宴平樂,美酒斗十千。"

〔九〕吸百川:杜甫飲中八仙歌:"左相日興費萬錢,飲如長鯨吸百川。"

〔十〕"一斗"句:杜甫飲中八仙歌:"李白斗酒詩百篇,長安市上酒家眠。"

紀夢中作書遺報復元①〔一〕

　　丁亥重九日,游石湖回〔二〕,夜夢一神僧命"三"字韻爲紀詠。
予爲賦十韻,凡十八句。僧走筆和詩,又自作長短句爲予歌之。
問其姓名,不言也。明旦巫起,追書七韻,餘則忘之而再補。神
僧所和,絶不能記已。復元上人游洞庭〔三〕,遂書以遺之,且俾補
神僧曲也②。

　　九月九如三月三,五湖山水盡清酣。西瞻林屋三天近〔四〕,南上風
飈一日貪。潮蹴灧堆青不動,雨懸花洞氣長谽(火含切,斫空谷也③)。
月中簫鼓神君殿,雲下龍鸞帝子驂。猛虎護林依董奉〔五〕,毒蛇避井施

蘇耽[六]。胭脂④塘暗清塵起[七]，縹緲峰高碧落參[八]。落日大堤花杲杲，西風茂苑草毿毿[九]。越人仕倦秋思棗，吳女情多夜擘柑。自是仁王⑤僧好伴[十]，爲予善唱望江南。

【校】

① 本詩又載清初印溪草堂鈔本東維子集卷九、清鈔十六卷本玉山草堂雅集卷一、劉世珩影元刊十八卷本玉山草堂雅集卷二、元詩選初集辛集、樓氏鐵崖逸編注卷七，據以校勘。印溪草堂鈔本詩題下有小字注，曰“鐵崖七言排律尤高”。

② 原本與印溪草堂鈔本、元詩選本、樓氏鐵崖逸編注本皆無此詩序，據玉山草堂雅集十六卷本、十八卷本增補。

③ 此小字注原本無，據印溪草堂鈔本增補。

④ 胭脂：玉山草堂雅集十六卷本、十八卷本作“燕支”。

⑤ 仁王：玉山草堂雅集十六卷本、元詩選本、樓氏鐵崖逸編注本皆誤作“王仁”。

【箋注】

〔一〕詩乃作者於元至正七年丁亥（一三四七）九月九日紀夜夢中所作，其時鐵崖攜家寓居姑蘇，授學爲生。釋福報，字復元，台之臨海人。俗姓方。幼即從學浮屠氏，元叟禪師頗爲器重。後住慈溪廬山、越州東山、四明智門。至正初年在杭州與鐵崖結交，傳鐵崖詩爲方外別派。明洪武初，以有道徵。賜還，卒，享年八十四。參見西湖竹枝集詩人小傳、東維子文集卷十冷齋詩集序、補續高僧傳卷十四。

〔二〕石湖：位於姑蘇。參見鐵崖至正七年三月十八日所撰游石湖記（載本書佚文編）。

〔三〕洞庭：指太湖，即詩中所謂五湖。

〔四〕林屋：即林屋洞天，在洞庭西山，以幽邃奇絕著稱。參見唐陸廣微撰吳地記後集。

〔五〕“猛虎”句：晉葛洪神仙傳卷十董奉：“（董奉）於杏林下作箪倉，語時人曰，欲買杏者，不須來報，逕自取之，得將穀一器置倉中，即自往取一器杏云。每有一穀少而取杏多者，即有三四頭虎噬逐之……不敢有欺者。”

〔六〕蘇耽：參見鐵崖先生古樂府卷六醫師行贈袁煉師注。

〔七〕胭脂塘：蓋指脂粉塘，又名香水溪。參見鐵崖先生古樂府卷十吳下竹枝歌之二注。

〔八〕縹緲峰: 明王鏊姑蘇志卷九山:"洞庭山在太湖中,一名包山,以四面水包之故名……其諸峰皆秀異,而縹緲峰最高,登其顛則吳、越諸山隱隱在目。"

〔九〕茂苑: 又名長洲苑,在長洲縣太湖北岸,乃吳王闔閭游獵處。參見江南通志卷三十一輿地志古迹。

〔十〕"自是"二句: 宋劉克莊後村詩話後集卷一:"福州仁王寺有僧喜唱望江南詞,一日忽題壁曰:'不嫌夫婿醜,亦勿厭深村。但得一回嫁,全勝不出門。'或誚之曰:'此僧欲出世矣。'言於當路,延主一刹。未久,若有不樂者,又題云:'當初只欲轉頭銜,轉得頭銜轉不堪。何似仁王高閣裏,倚闌閒唱望江南。'李内翰元善每稱此二絕,倦游輒曰:'吾欲唱望江南矣!'"

題任月山所畫唐馬卷 爲任希孟作〔一〕

泰①階平,黄河清,渥洼水躍房星精〔二〕。天皇于②比穆天子,八駿驅馳日千里〔三〕。風塵净洗群龍姿,詔謂圉人開崑池。七十二蹄攢玉立,露滋③雲蒸氣猶濕。一馬斑斑撒豆文,一馬濯濯④五花雲。三馬昂頭驚欲顧,四馬騈首如相語。最後一匹照夜白〔四〕,渴飲蒼⑤虹秋水窄。中有一匹天門龍,銀鬃拂地生秋風。云是滎河負圖者〔五〕,神驅直列丹墀下。大任公子筆如神,前身恐是曹將軍〔六〕。橘隱軒前拂霜楮〔七〕,霹靂一聲池上雨。任公子,文且武。請寫先帝驄⑥,配我古樂府,孟家王孫何足數〔八〕!

　　至正九年九月十八日,會稽鐵笛道人楊維禎題於子文老仙橘飲⑦所〔九〕。

【校】

① 本詩又載十六卷本玉山草堂雅集卷一。泰:原本作"秦",據玉山草堂雅集本改。

② 于: 玉山草堂雅集本作"不"。

③ 露滋: 玉山草堂雅集本作"霧瀁"。

④ 濯濯: 玉山草堂雅集本作"躍躍"。

⑤ 蒼：玉山草堂雅集本作“花”。

⑥ 驄：原本爲墨丁,據玉山草堂雅集本補。

⑦ 飲：玉山草堂雅集本作“隱”。

【箋注】

〔一〕元至正九年(一三四九)九月十八日,本詩題於任子文居所,其時鐵崖受聘於松江璜溪吕氏,爲其子授學。任月山即任仁發。任希孟或即月山之孫任暉。參見鐵崖文集卷五東白説。

〔二〕“渥洼”句：漢書武帝紀：“(元鼎四年)六月,得寶鼎后土祠旁。秋,馬生渥洼水中。作寶鼎、天馬之歌。”又,清高士奇編珠卷四補遺房精震象：“瑞應圖曰：‘馬爲房星之精。’又曰：‘龍馬者,神馬河水之精也。’”

〔三〕“天皇”二句：穆天子傳卷一：“天子之駿：赤驥、盜驪、白義、逾輪、山子、渠黄、華騮、緑耳。”

〔四〕照夜白：唐玄宗座騎。曹霸有照夜白圖。參見宋董逌撰廣川畫跋卷四書曹將軍照夜白圖。

〔五〕滎河負圖：指龍馬。參見麗則遺音卷四些馬。

〔六〕曹將軍：指曹霸。圖繪寶鑑卷二唐朝：“曹霸,髦之後。髦以畫稱於魏。霸在開元中畫已得名,天寶末詔寫御馬及功臣像,筆墨沈著,神彩生動。官至左武衛大將軍。”

〔七〕橘隱軒：即本詩跋文所謂“橘飲所”,乃任子文齋居。

〔八〕孟家王孫：家,似當作“字”。孟字王孫,指趙孟頫。鐵崖詩題趙文敏公自作小像(載明佚名鈔本楊維禎詩集)有句曰：“三身寫影不離禪,孟字王孫有像賢。”

〔九〕子文：任賢才,字子文,松江上海人。仁發長子。泰定二年任秘書監辨驗書畫直長。參見徐邦達著歷代書畫家傳記考辨任仁發父子事略。

題①月山公九馬圖手卷 爲任伯温賦〔一〕

　　右任公月山九馬圖一卷。馬官控而立者二,渴飲者二,赴飲者一,共櫪秣者二,立而昂首回顧者二。昔韓幹善畫馬〔二〕,實出曹將軍霸〔三〕,唐之畫馬稱曹、韓,而杜子美評曰：“幹惟畫肉不畫骨〔四〕。”則幹猶未暇入曹將軍室也。今公所畫,法備而神完,使在開元間,未知與霸孰先後,豈獨方駕幹而已哉！其孫士珪出卷求予言,故爲賦卷末②。

任公一生多馬癖,松雪畫馬稱同時〔五〕。已知筆意有獨得,天育萬騎皆吾師。房精夜墮池水黑〔六〕,龍出池中飛霹靂。圖中九馬氣俱王,都護青③驄尤第一〔七〕。一馬飲水水有聲,兩馬齕草風雨生。其餘五馬盡奇骨,蠻烟洗盡桃花明。君不見佛郎獻馬七度洋〔八〕,朝發流沙夕明光〔九〕。任公承旨寫神駿〔十〕,妙筆不數江都王〔十一〕。任公一化那可復,後生畫馬空多肉。此圖此馬無人看,黄金臺高春④草緑〔十二〕。

李黼榜第二甲進士會稽楊維禎書〔十三〕。時捧硯者,蘇臺常氏繡簾也。

【校】

① 本詩又載列朝詩集甲集前編第七上、玉山草堂雅集卷一、元詩選初集辛集、樓氏鐵崖逸編注卷五,據以校勘。題:原本作"題跋",據元詩選本删"跋"字。

② 末:玉山草堂雅集本、元詩選本作"尾"。又,此序玉山草堂雅集本作爲跋文置於詩末。

③ 青:原本作"清",據列朝詩集本、玉山草堂雅集本、元詩選本改。

④ 春:玉山草堂雅集本作"青"。

【箋注】

〔一〕詩當撰書於元至正九、十年間,其時鐵崖授學璜溪書院,闔家寓居松江。繫年依據:本詩乃題任月山畫迹而作,鐵崖與月山後人交往,多在初次寓居松江期間。月山公:即任仁發。據本詩,任伯温爲仁發孫,名士珪。生平不詳。

〔二〕韓幹:圖繪寶鑑卷二唐朝:"韓幹,長安人。王維一見其畫,遂推獎之。天寶初,入爲供奉。陳閎畫馬,榮遇一時,明皇令師之,幹不奉詔,曰:'臣自有師,今陛下内厩馬,皆臣師也。'明皇益奇之。後師曹霸,畫馬得骨肉停匀法,傅染入縑素。"

〔三〕曹霸:參見本集題任月山所畫唐馬卷注。

〔四〕"幹惟"句:杜甫丹青引贈曹將軍霸:"弟子韓幹早入室,亦能畫馬窮殊相。幹唯畫肉不畫骨,忍使驊騮氣凋喪。"

〔五〕松雪:指趙孟頫。元史有傳。

〔六〕房精：即房星精。參見本集題任月山所畫唐馬卷。

〔七〕都護青驄：杜甫高都護驄馬行：“安西都護胡青驄，聲價歘然來向東。”

〔八〕佛郎獻馬：在元至正二年七月。參見鐵崖先生古樂府卷七佛郎國進天馬歌注。

〔九〕流沙：在敦煌西。參見漢書地理志。明光：殿名，漢高祖修建。此借指元朝宮廷。

〔十〕“任公”句：任月山嘗奉旨進宮畫渥洼天馬圖。

〔十一〕江都王：指李緒。歷代名畫記卷十唐朝下：“江都王緒，霍王元軌之子，太宗皇帝猶子也。多才藝，善書畫，鞍馬擅名。垂拱中官至金州刺史。”又，杜甫韋諷録事宅觀曹將軍霸畫馬圖：“國初已來畫鞍馬，神妙獨數江都王。”

〔十二〕黃金臺：參見鐵崖先生古樂府卷一金臺篇注。

〔十三〕李黼：生平見元史忠義傳，參見東維子文集卷十五虛舟記注。

袞馬圖

　　唐家内廄三萬匹〔一〕，畫史縑緗都熟識。綠蛇蟬蜷骨初蛻，一團旋風五花色〔二〕。濕雲乍洗烏龍池，金索掣①斷愁欲飛。奚官獨立柳陰下，手把玉鞭將贈誰？

【校】

① 本詩又載列朝詩集甲集前編第七上、元詩選初集辛集、劉世珩影元刊十八卷本玉山草堂雅集卷二、樓氏鐵崖逸編注卷五。

【箋注】

〔一〕“唐家”句：杜甫韋諷録事宅觀曹將軍霸畫馬圖：“憶昔巡幸新豐宮，翠華拂天來向東。騰驤磊落三萬匹，皆與此圖筋骨同。”

〔二〕“一團”句：岑參衛尚書赤驃馬歌：“君家赤驃畫不得，一團旋風桃花色。”

飲馬圖

　　佛郎新來雙象龍〔一〕，鼻端生火耳生風〔二〕。臨流飲水如飲虹，波心^①倒吸王良宮〔三〕。吁嗟青海頭,白磧尾〔四〕,渴烏一失金井水〔五〕,長城窟遠腥風起〔六〕。

【校】

① 本詩又載列朝詩集甲集前編第七上、元詩選初集辛集、樓氏鐵崖逸編注卷五、劉世珩影元刊十八卷本玉山草堂雅集卷二,據以校勘。心:諸校本皆作"光"。

【箋注】

〔一〕佛郎:參見鐵崖先生古樂府卷七佛郎國進天馬歌。

〔二〕"鼻端"句:南史曹景宗傳:"我昔在鄉里,騎快馬如龍……覺耳後生風,鼻頭出火。"

〔三〕王良:史記天官書:"漢中四星,曰天駟。旁一星,曰王良。王良策馬,車騎滿野。"索隱:"春秋合誠圖云:'王良主天馬也。'"

〔四〕白磧:唐張籍涼州詞三首之二:"古鎮城門白磧開,胡兵往往傍沙堆。"

〔五〕渴烏:古代吸水用的曲筒。參後漢書宦者傳張讓。

〔六〕長城窟:文選卷二十七樂府上飲馬長城窟行解題:"酈善長水經曰:'余至長城,其下往往有泉窟,可飲馬。'古詩飲馬長城窟行,信不虛也。然長城蒙恬所築也,言征戍之客,至於長城而飲其馬,婦思之,故爲長城窟行。"

正面黃

鼎湖乘黃忽已仙〔一〕,龍池霹靂起^①青天。玉臺萬里在足下,青絲挽住春風前。巖^②如長鶴靜不騫,仗下肯受庸奴^③鞭? 主恩一顧百金重〔二〕,不辭正面當君憐。

【校】

① 本詩又載列朝詩集甲集前編第七上、元詩選初集辛集、樓氏鐵崖逸編注卷五、劉世珩影元刊十八卷本玉山草堂雅集卷二,據以校勘。起:諸校本皆作"飛"。

② 巖:玉山草堂雅集本作"嶽"。

③ 奴：玉山草堂雅集本作“駑”。

【箋注】

〔一〕“鼎湖”句：文選司馬相如封禪文：“招翠黃乘龍於沼。”注：“漢書音義曰：‘翠黃，乘黃也，龍翼馬身，黃帝乘之而仙。言見乘黃而招呼之也。’禮樂志曰：‘訾黃其何不來下。余吾渥洼水中出神馬，故言乘龍於沼。’”又，相傳黃帝在鼎湖，有龍垂髯接之升天。參見鐵崖先生古樂府卷一湘靈操注。

〔二〕一顧：戰國策燕二：“人有賣駿馬者，比三旦立市，人莫之知。往見伯樂曰：‘臣有駿馬，欲賣之，比三旦立於市，人莫與言，願子還而視之，去而顧之，臣請獻一朝之賈。’伯樂乃還而視之，去而顧之，一旦而馬價十倍。”

背立驪

首昂渴烏胯①山崎，拂階一把銀絲委。金羈脱兔勢無前，蹄鐵盤攢忽如掎〔一〕。淺髖大脰方爭塗，忍使驪龍老垂耳〔二〕。倚風背立非背恩，駄錦秋高爲君起。

【校】

① 本詩又載列朝詩集甲集前編第七上、元詩選初集辛集、樓氏鐵崖逸編注卷五、劉世珩影元刊十八卷本玉山草堂雅集卷二，據以校勘。胯：原本作“跨”，據諸校本改。

【箋注】

〔一〕“蹄鐵”句：杜詩詳注卷二高都護驄馬行：“腕促蹄高如蹄鐵。”注：“相馬經：‘馬腕欲促，促則健。蹄欲高，高耐險峻。’齊民要術：‘馬腕欲促而大，其間纔容靽。蹄欲得厚二三寸，硬如石。’”

〔二〕“淺髖”二句：齊民要術卷六：“凡相馬之法，先除三羸五駑，乃相其餘。大頭小頸，一羸。弱脊大腹，二羸。小頸大蹄，三羸。大頭緩耳，一駑。長頸不折，二駑。短上長下，三駑。大骼短脅，四駑。淺髖薄髀，五駑。”

所翁墨龍圖爲華學士賦①〔一〕

夜來狂風不作海,底事海水俄飛翻。嶄然頭角開生面,照見海天珠火殿。雷霆列缺俱入室,乃是南州所翁之戲筆。書生云是華家兒,虎榜題名②今第一。

【校】

① 本詩又載清鈔十六卷本玉山草堂雅集卷一、劉世珩影元刊十八卷本玉山草堂雅集卷後二,據以校勘。玉山草堂雅集十六卷本題作所翁墨龍圖爲學士華本生賦,十八卷本題作所翁龍頭,題下小字注"爲華學生賦"。

② 題名:玉山草堂雅集十六卷本作"名標"。

【箋注】

〔一〕所翁:指南宋陳容。圖繪寶鑑卷四宋(南渡後):"陳容字公儲,自號所翁,福堂人。端平二年進士,歷郡文學,倅臨江,入爲國子監主簿,出守莆田。賈秋壑招致賓幕,無何,醉輒狎侮之,賈不爲忤。詩文豪壯。善畫龍,得變化之意,潑墨成雲,噀水成霧。醉餘大叫,脱巾濡墨,信手塗抹,然後以筆成之。或全體,或一臂一首,隱約而不可名狀者,曾不經意而得,皆神妙。"華學士:玉山草堂雅集本作"學士華本生",蓋華學士字本生。又,詩中曰"虎榜題名今第一",當指鄉試第一名,故當爲鄉貢進士。詳情待考。

梅石橋畫龍①

道人案頭一泓水,中有峨眉西來之長江②長萬里。老梅老如鐵石梁,化作蜿蜒定中起〔一〕。居然一劍飛上空,海水拔立真珠宫。自非五百尊中雄〔二〕,誰敢夜光輪手中。

【校】

① 本詩又載清鈔十六卷本玉山草堂雅集卷一、劉世珩影元刊十八卷本玉山草堂雅集卷二,據以校勘。玉山草堂雅集十六卷本題作題梅石橋畫龍。

② 長江：玉山草堂雅集十八卷本作“□江”，十六卷本作“江”。

【箋注】

〔一〕“老梅”二句：方輿勝覽卷六紹興府：“梅梁，在禹廟中……禹廟之梁，張僧
　　　繇畫龍於其上，夜或風雨，飛入鏡湖，與龍鬭。後人見梁上水淋漓而萍藻
　　　滿焉，始駭異之，乃以鐵索鎖于柱。”

〔二〕五百尊中雄：指憍陳如，或作阿若憍陳如，佛陀弟子，爲五百羅漢之一。佛
　　　陀曾對憍陳如等説轉法輪經。

雷公鞭龍圖爲張煉師賦①〔一〕

　　道人夜檄驪龍宮，前驅列缺後豐隆〔二〕。急急律令不少容，雙劍水
底鳴雌雄〔三〕。不須白額鬥珠頷〔四〕，六丁運斧生剛風〔五〕。目②光射海
海水從，須臾捲雨③來從東。吁嗟洞庭之雨工，年年爲人作年豐。如
何今年驕且慵，尚煩箠楚嗔雷公。畫工④真如畫葉龍〔六〕，明年不用檄⑤
龍子，張公點目龍騰空〔七〕。

【校】

① 本詩又載清鈔十六卷本玉山草堂雅集卷一、劉世珩影元刊十八卷本玉山草
　　堂雅集卷二，據以校勘。“爲張煉師賦”本爲小字注，據玉山草堂雅集十六卷
　　本改爲大字。

② 目：玉山草堂雅集十六卷本作“月”。

③ 雨：玉山草堂雅集十六卷本作“水”。

④ 工：玉山草堂雅集十六卷本作“公”。

⑤ 檄：原本誤作“樹”，據玉山草堂雅集兩本改。

【箋注】

〔一〕張鍊師：方士。生平不詳。

〔二〕列缺：指閃電。豐隆：相傳爲雲師之名。參見廣雅卷九異祥。

〔三〕“雙劍”句：參見鐵崖先生古樂府卷四古憤注。

〔四〕白額鬥珠頷：用晉周處殺白額虎及蛟事，見世説新語自新。珠頷，莊子列

　　禦寇：“夫千金之珠，必在九重之淵，而驪龍頷下。”

〔五〕六丁運斧：參見鐵崖先生古樂府卷十小游仙之八。

〔六〕葉龍：新序卷五雜事：“葉公子高好龍，鈎以寫龍，鑿以寫龍，屋室雕文以寫龍，於是天龍聞而下之，窺頭於牖，拖尾於堂。”

〔七〕張公：指張僧繇。歷代名畫記卷七梁：“張僧繇，吳中人也。天監中爲武陵王國侍郎，直秘閣，知畫事，歷右軍將軍，吳興太守。武帝崇飾佛寺，多命僧繇畫之……又金陵安樂寺四白龍，不點眼睛，每云‘點睛即飛去’。人以爲妄誕，固請點之，須臾雷電破壁，兩龍乘雲騰去上天，二龍未點眼者見在。”

毛寓軒考牧圖①〔一〕

　　寓軒作考牧圖，又作夢豐卅②詠，皆幻也。余有牧者之説，將告夫在位者。寓軒持卷請之，遂爲賦詩圖上曰③：汝牛不服箱〔二〕，汝牧不求芻。時鼓雷鳴腹，高歌夢維魚〔三〕。考牧久④已廢，古意今何如？掛⑤書志勝廣〔四〕，扣角悲唐虞〔五〕。外物一入舍，飯牛何時蘇？我有善牧道，施鞭不用蒲〔六〕。上牧牧問喘〔七〕，下牧牧坦途。沃土牛不材⑥，瘠草牛自腴。所以牧犢子，能作多牛夫。（寓軒居鰥後，自稱牧犢子云⑦。）

【校】

① 本詩又載清鈔十六卷本玉山草堂雅集卷一、劉世珩影元刊十八卷本玉山草堂雅集卷二，據以校勘。玉山草堂雅集十六卷本題作題毛寓軒考牧圖。

② 卅：玉山草堂雅集十六卷本作“州”。

③ 圖：玉山草堂雅集十六卷本作“其”。曰：原本無，據玉山草堂雅集十八卷本增補。

④ 久：玉山草堂雅集十六卷本作“今”。

⑤ 掛：玉山草堂雅集十六卷本作“揖”。

⑥ 材：玉山草堂雅集十六卷本作“才”。

⑦ 玉山草堂雅集十六卷本於此詩後附録果齋鄭季明所作考牧圖詩，參見鐵崖先生詩集辛集題牧牛圖。

【箋注】

〔一〕毛寓軒：據本詩，毛寓軒喪妻之後自號牧犢子。寓軒蓋其別號。能詩善畫。考牧：詩小雅無羊序："無羊，宣王考牧也。"鄭玄箋："厲王之時，牧人之職廢。宣王始興而復之，至此而成，謂復先王牛羊之數。"

〔二〕服箱：駕車。詩小雅大東："睆彼牽牛，不以服箱。"

〔三〕"高歌"句：詩小雅無羊："牧人乃夢，衆維魚矣，旐維旟矣。大人占之：衆維魚矣，實維豐年。"箋云："牧人乃夢見人衆相與捕魚，又夢見旐與旟。占夢之官得而獻之於宣王，將以占國事也……陰陽和則魚衆多矣。魚者，庶人之所以養也。今人衆相與捕魚，則是歲熟相供養之祥也。"

〔四〕"掛書志勝廣"句：指隋末瓦崗軍首領李密。李密年少時以漢書掛於牛角，邊行邊讀。參見新唐書李密傳。勝、廣：指陳勝、吳廣。

〔五〕"扣角悲唐虞"句：指春秋時人寧戚。唐李瀚撰宋徐子光注蒙求集注卷下寧戚扣角："三齊略記：齊桓公夜出迎客，寧戚疾擊其牛角，高歌曰：'南山矸，白石爛。生不逢堯與舜禪，短布單衣適至骬。從昏飯牛薄夜半，長夜漫漫何時旦！'桓公召與語，說之，以爲大夫。"

〔六〕蒲：蒲草。後漢書劉寬傳："吏人有過，但用蒲鞭罰之，示辱而已。"

〔七〕問喘：西漢丙吉故事，參見鐵崖先生古樂府卷五沙堤行注。

篤御史黃金鶚圖①〔一〕

西方有鳥金之精，金晶②爲眸劍爲翎。高堂老樹霜葉盡，日光射草生寒星。皂鵰使君貞且武，勁氣相逢金石沮。嗚呼，草中雊兔何足誅，九尾妖狐化豺虎。

【校】

① 本詩又載清鈔十六卷本玉山草堂雅集卷一、劉世珩影元刊十八卷本玉山草堂雅集卷二，據以校勘。玉山草堂雅集十六卷本題作題篤御史黃金鶚圖。

② 晶：玉山草堂雅集十六卷本作"晶"。

【箋注】

〔一〕詩撰於元至正十一年（一三五一）前後。篤御史：篤滿帖穆。繫年依據：

據至正十三年五月鐵崖所撰紹興新城記(載東維子文集卷十二),篤滿帖穆曾任江南行御史臺監察御史,“折獄辨訟,扶樹名理,嚴嚴有丰采云”。大約於至正十二年九月,轉任浙東海右道肅政廉訪司僉事。而鐵崖此詩稱之爲“篤御史”,必在至正十二年九月以前。

趙大年鵝圖①〔一〕

鏡湖湖上春波明〔二〕,灣②碕樹樹鵝黄青。上有金衣弄簧舌,下有紅掌浮繡翎。春鉏一白能自好,(春鉏,鷺也。)尚嫌性帶鸕鷀腥。眼明見此群鸂鶒,不與匹鳥争春情③。大年筆法如蘭亭〔三〕,宛頸箇箇由天成。艮宮流落二百載〔四〕,胡賈不厭千金争。卻恨會稽内史無此筆〔五〕,爲人辛苦書黄庭〔六〕。

【校】

① 本詩又載元詩選初集辛集,樓氏鐵崖逸編注卷五,清鈔十六卷本玉山草堂雅集卷一、劉世珩影元刊十八卷本玉山草堂雅集卷二,據以校勘。玉山草堂雅集十六卷本題作題大年鵝圖。

② 灣:玉山草堂雅集十八卷本作“彎”。

③ 情:元詩選本、樓氏鐵崖逸編本、玉山草堂雅集十六卷本作“晴”。

【箋注】

〔一〕趙大年:圖繪寶鑑卷三宋朝:“趙令穰字大年,宋宗室。游心經史,戲弄翰墨,尤得于丹青之妙。所作甚清麗,雪景類王維筆,汀渚水鳥有江湖意。又學東坡作小山藂竹,思致殊佳。但筆意柔嫩,實少年好奇耳。”

〔二〕鏡湖:又稱鑑湖。參見鐵崖先生詩集乙集題鄭熙之春雨釣艇圖注。

〔三〕大年筆法如蘭亭:謂趙大年作畫,書法用筆。筆法如王羲之蘭亭序。

〔四〕艮宮:指艮嶽,北宋徽宗時創建於汴京(今河南開封)。此借指北宋皇宮。

〔五〕會稽内史:指王羲之。

〔六〕書黄庭:白孔六帖卷九十五鵝白書換鵝:“右軍王羲之嘗見山陰道士有群鵝,求之。乃邀右軍書黄庭經以換,遂書之。”

書畫舫席上姬素雲行椰子酒與玉山聯句①〔一〕

龍門上客下驄馬（玉山②），洛水③佳人上水簾〔二〕。瑪瑙瓶中椰蜜酒（鐵笛④），赤瑛盤內水精鹽。晴雲帶雨沾香炧（玉山），涼吹飛花脫帽簷。寶帶圍腰星萬點（鐵笛），黃柑傳指玉雙尖。平分好句才無劣（玉山），百罰深杯令⑤不厭〔三〕。書出撥鐙侵蠆帖⑥（鐵笛）〔四〕，詩成奪錦鬥香奩〔五〕。臂韝條脫初擎硯（玉山）〔六〕，袍袖⑦弓彎屢拂髯。期似梭星秋易隔（鐵笛），愁如錦水夜重添。勸君更覆金杯⑧掌〔七〕（玉山），莫放春情似漆黏（鐵笛）。

【校】

① 本詩又載清初印溪草堂鈔本東維子集卷九、元詩選初集卷六十四,清鈔十六卷本玉山草堂雅集卷一、劉世珩影元刊十八卷本玉山草堂雅集卷二,據以校勘。印溪草堂鈔本、玉山草堂雅集十六卷本題作書畫舫席上與玉山人聯句,十八卷本題作書畫船席上與玉山人聯句。元詩選本題作書畫舫聯句,題下小字注曰:"三月三日與楊鐵崖飲于書畫舫,侍姬素雲行椰子酒,遂成聯句如左。"

② 玉山:元詩選本作"瑛"。下同。

③ 水:諸校本皆作"浦"。

④ 鐵笛:元詩選本作"維楨"。下同。

⑤ 令:玉山草堂雅集十六卷本作"今"。

⑥ 帖:印溪草堂鈔本、玉山草堂雅集十六卷本作"紙"。

⑦ 袍袖:玉山草堂雅集十八卷本作"袖袍"。

⑧ 杯:元詩選本、玉山草堂雅集十八卷本作"蓮"。

【箋注】

〔一〕顧瑛玉山璞稿亦載此詩,詩題爲三月三日楊鐵崖顧瑛飲於書畫舫侍姬素雲行椰子酒遂聯句,詩末顧瑛跋曰:"聯句終,鐵崖乘興奏鐵龍之笛,復命素雲行椰子酒……時至正八年上巳日。玉山人顧瑛識於書畫舫。"按:書畫舫乃玉山草堂中建築。可見本詩作於元至正八年(一三四八)三月三日,其時鐵崖作客顧瑛玉山草堂。參見東維子文集卷十八書畫舫記。

〔二〕洛水佳人：洛神。借指侍姬素雲。

〔三〕百罰深杯：杜甫樂游園歌：“數莖白髮那抛得，百罰深杯亦不辭。”

〔四〕撥鐙：書史會要卷六宋：“李煜字重光，南唐主景第六子，嗣位稱後主。……又謂善書有筆法五字：擪、押、鈎、格、抵，用筆雙鈎，則點畫遒勁而盡善，謂之撥鐙書。煜得此法，復增二字曰導、送。”

〔五〕奪錦：新唐書宋之問傳：“武后游洛南龍門，詔從臣賦詩，左史東方虬詩先成，后賜錦袍，之問俄頃獻，后覽之嗟賞，更奪袍以賜。”

〔六〕條脱：宋吳曾能改齋漫録卷三條脱爲臂飾：“唐盧氏雜説：文宗問宰臣：‘條脱是何物？’宰臣未對，上曰：‘真誥言安妃有金條脱爲臂飾，即金釧也。又真誥：萼緑華贈羊權金玉條脱各一枚。’”

〔七〕金杯：或作“金蓮”（參見校勘記），指金蓮杯。元陶宗儀南村輟耕録卷二十三金蓮杯：“楊鐵崖耽好聲色，每於筵間見歌兒舞女有纏足纖小者，則脱其鞋，載盞以行酒，謂之‘金蓮杯’。”

游玉峰與崑山顧仲瑛京兆姚子章淮海張叔厚匡廬于彦成吳興郯九成共六人聯句①〔一〕

至正八年春二月十又九日，崑山顧君仲瑛以書來招致，予明日即顧君所。又明日，命百華舫集賓客，自予而次凡六人。朝發自界溪〔二〕，出津義浦，過九里庵，轉金溪。午，泊舟駟馬橋下，換輿騎，入慧聚寺〔三〕。寺主僧然叟出肅客〔四〕。上神運殿，見石礱壁，其工出天成。然云：“此嚮禪師開山時〔五〕，鬼工所運也。”遂登玉山。山首印脊凹，狀類馬鞍，故俗名馬鞍山〔六〕。其昂立石幢與雙蘇塗相角者，又號文筆云〔七〕。東見滄海，溔溔然無崖②，水與天相涵。北海樹中見孤嶼隱起，蒼蒼然，然云：“此虞山也〔八〕。泰伯之仲③所居〔九〕，故名。”已而大風動石，聲如大波濤，衣帽掀舞，瘁④然不可立。然叟領客憩翠微軒閣〔十〕，呼山丁作茗供，觀嚮師虎化石〔十一〕。下山，讀唐孟郊、張祜〔十二〕，宋王安石詩于東壁⑤〔十三〕。然作合掌禮云：“地由玉峰勝，玉峰又由人而勝。自孟、張、王詩後，絶響久矣，願吾子有⑥繼焉！”予諾之。西廡僧應又招憩來青閣〔十四〕，盛出佳楮墨求詩，予遂書玉峰詩云〔十五〕：“大風動落日，人立玉峰頭。禪將風虎伏，鬼運石羊愁。地平山北顧，天斷海東流。颷車在何處？我欲過瀛洲⑦。"諸客各和詩。又復聯句，用"江"字窄韵，推予首倡，諸客以次分韵，予又叠尾韻，成若干句畢。顧君録詩，請序，且將刻石壁左方。昔王逸少登烏山〔十六〕，顧諸客語曰："百年後，安知王逸少與諸卿至此乎？"吁，此羊叔氏峴山之感也〔十七〕。今吾五六人俯仰之餘，倘無紀述，百年後又安知玉峰之游有吾五六人也？遂序。客曰：京兆姚文奐〔十八〕、淮海張渥〔十九〕、吳興郊韶〔二十〕、匡廬于立〔二十一〕、會稽楊維禎也。

二月之廿⑧日，樓船下婁江。破浪擊天櫨（楊⑨），驚飆簸高杠。海峰搖古色（姚），石樹鳴悲腔。躡磴屐齒齒（張），登堂鼓逢逢。地險立孤柱（郊），天垂開八窗。烏升海光浴（于），鳶騫風力降。番賦夾閩估⑩（顧），越謡雜吳哤。仙樵椎結崒（姚），胡佛凹眉龐。婆律噴獅鼎〔二十二〕（楊），（坡詩"旃檀婆律海外芬"注："出波斯國之香。"）琉璃照龍釭。層軒坐疊浪（郊），落筆飛流淙。愛此韞玉石（于⑪），豈曰取火矼？文脈貫琬琰（顧），蜜⑫韻含罌缸。驅羊欲成萬（楊），種璧得無雙。多今文章伯（張），萃此禮義邦。龍駒夸⑬識陸（姚）〔二十三〕，鳳雛亦知龐〔二十四〕。翠筓掉吾舌⑭（顧），茜衲折幔幢。敏思抽連繭（郊⑮），雄心鬥孤縱。勾神躍冶劍（于⑯）〔二十五〕，才捷下水艭〔二十六〕。磬聲重寡和（張⑰），鼎力輕舉⑱扛。崑渠詩已就（顧⑲），誰誚⑳隴頭瀧〔二十七〕（楊）。

【校】

① 本詩又載明萬曆刻本玉山紀游、清鈔十六卷本玉山草堂雅集卷一、劉世珩影元刊十八卷本玉山草堂雅集卷二，文淵閣四庫全書本玉山逸稿卷三，據以校勘。共六人：原本無，據玉山草堂雅集十六卷本增補。玉山紀游本、玉山逸稿本題爲游崑山聯句。又，以下序文據玉山紀游本增補，校以玉山逸稿本。原本及玉山草堂雅集十六卷本、十八卷本皆不載。按：此序文又載陶宗儀所輯游志續編，題爲游玉峰詩序，然無聯句詩。

② 崖：玉山逸稿本作"際"。

③ 泰伯之仲：原本作"泰伯、虞仲"，據玉山逸稿本改。

④ 瘁：玉山逸稿本作"愀"。

⑤ 東壁：玉山逸稿本作“東石壁”。

⑥ 有：原本無，據玉山逸稿本增補。

⑦ 瀛洲：玉山逸稿本作“滄洲”。

⑧ 之廿：玉山紀游本、玉山逸稿本作“廿二”。

⑨ 天櫨：玉山紀游本、玉山草堂雅集十六卷本作“長櫨”，玉山草堂雅集十八卷本作“長艣”。又，小字注聯句者姓氏，玉山紀游本則注其名。下同。

⑩ 估：玉山草堂雅集十六卷本作“貢”。

⑪ 于：原本無，據玉山草堂雅集十六卷本增補。玉山紀游本作“立”。

⑫ 蜜：原本作“密”，據玉山紀游本、玉山草堂雅集十六卷本改。

⑬ 夸：玉山紀游本、玉山草堂雅集十八卷本作“幸”。

⑭ 吾舌：玉山草堂雅集十六卷本作“文亏”，十八卷本作“文舌”。

⑮ 郊：原本無，據玉山草堂雅集十六卷本增補。

⑯ 于：原本無，據玉山草堂雅集十六卷本增補。

⑰ 張：原本無，據玉山草堂雅集十六卷本增補。

⑱ 舉：玉山草堂雅集十八卷本作“群”。

⑲ 顧：原本無，據玉山草堂雅集十六卷本增補。

⑳ 誚：玉山紀游本作“笑”。

【箋注】

〔一〕詩作於元至正八年(一三四八)二月二十一日。其時鐵崖應邀由姑蘇赴崑山，與顧瑛等六人游玉山，遂聯句，并作詩序。

〔二〕界溪：位於崑山西，顧瑛世居之地，玉山草堂亦建於此。參見東維子文集卷十八玉山佳處記。

〔三〕慧聚寺：嘉靖崑山縣志卷四寺觀：“慧聚寺在馬鞍山下，梁天監十年，吳興沙門惠嚮建，以山神助工事聞，因賜今額，仍賜鐵爐繡佛，敕張僧繇繪龍於四柱。唐會昌中，寺廢。大中間，復興，賜金書字牌銅鐘。淳熙中寺毀，自唐以來名賢題詠碑刻，及殿柱雷火篆書、楊惠之天王像、李後主所書扁榜悉燼。端平、至正間，凡再毀。”

〔四〕據本詩，釋然乃至正初年崑山慧聚寺住持。

〔五〕嚮禪師：指慧嚮。宋朱長文吳郡圖經續記卷中寺院慧聚寺：“昔高僧慧嚮，梁武帝之師，宴坐此山，二虎爲侍，感致神人，願致工力，乃請師之暱縣。是夜風雷暴作，喑嗚之聲人皆聞之，遲明，殿基成矣，延袤十七丈，高丈有二尺，巨石矗然，其直如矢，非人力所能成。縣令以聞，武帝命建寺。”

又,康熙崑山縣志稿卷十寺觀之慧聚教寺:“相傳(惠)嚮從吳興來,寓山之石室,二虎侍側……元至正二十二年再毀。内有遠緑軒,楊維楨爲記。明洪武初,移建城隍廟於此。”按:楊維禎所撰遠緑軒記似已不存,其撰寫時間蓋即至正八年鐵崖初游崑山之際,或至正二十年前後再游崑山之時。

〔六〕馬鞍山:嘉靖崑山縣志卷三山:“馬鞍山在縣治西北,廣袤三里,高七十丈。舊多名區傑搆,又得張、孟、荆公諸詩,尤爲絶倡。今雖不逮往昔,然自郡城以東,平疇沃野,而兹山特起其中,天然秀拔,映帶湖海,寔一方之奇觀也。”

〔七〕文筆:嘉靖崑山縣志卷三山:“文筆峰在馬鞍山西南,山多佳勝,此峰尤爲奇絶。”

〔八〕虞山:相傳虞仲葬於此山,故名。位於今江蘇常熟。

〔九〕泰伯之仲:指吳泰伯弟虞仲。參見史記吳太伯世家。

〔十〕翠微閣:萬曆重修崑山縣志卷二園亭:“翠微閣,在馬鞍山中。宋詩僧沖邈所居,邑人戴珣重建。”

〔十一〕嚮師虎化石:蓋以神僧慧嚮傳説得名。參見前注。

〔十二〕按:孟郊詩名馬鞍山上方,張祜詩名馬鞍山慧聚寺。詳見鐵崖撰題慧聚寺追和孟郊詩、題慧聚寺追和張祜詩箋注(載佚詩編)。

〔十三〕按:王安石題和孟郊張祜詩,參見鐵崖撰題慧聚寺追和孟郊詩注。

〔十四〕西廡僧應:名松。參見鐵崖先生詩集甲集予與野航老人既登婁之玉峰應上人招憩來青閣且乞詩爲賦是章率野航共作。來青閣:據玉山名勝外集載袁華撰游崑山聯句詩序,來青閣位於慧聚寺西。

〔十五〕玉峰詩:即登玉峰與玉山人同作詩。詩載十八卷本玉山草堂雅集卷二,可參看。

〔十六〕烏山:又名昇山。太平寰宇記卷九十四江南東道六湖州:“昇山,在(烏程)縣東二十里。一名烏山,一名歐餘山,一名歐亭山。吳均入東記云,王羲之爲太守,常游踐,嘗昇此山,顧謂賓客曰:‘百年之後,誰知王逸少與諸卿游此乎!’因有昇山之號,立烏亭於山上。”

〔十七〕羊叔氏峴山之感:參見鐵崖先生詩集甲集一峰道人人吳注。

〔十八〕姚文奂:參見鐵崖先生詩集甲集予與野航老人既登婁之玉峰應上人招憩來青閣且乞詩爲賦是章率野航共作注。

〔十九〕張渥:參見鐵崖文集卷五夢鶴幻仙像贊注。

〔二十〕郯韶:參見東維子文集卷七郯韶詩序注。

〔二十一〕于立：參見鐵崖先生古樂府卷三龍王嫁女辭注。

〔二十二〕“婆律”句：蘇軾子由生日以檀香觀音像及新合印香銀篆盤爲壽：“旃
　　　　　檀婆律海外芬，西山老臍柏所薰。”

〔二十三〕陸：指陸機、陸雲兄弟。晉書陸雲傳：“雲字士龍，六歲能屬文，性清
　　　　　正，有才理。少與兄機齊名，雖文章不及機，而持論過之，號曰‘二
　　　　　陸’。幼時吳尚書廣陵閔鴻見而奇之，曰：‘此兒若非龍駒，當是鳳
　　　　　雛。’後舉雲賢良，時年十六。”

〔二十四〕龐：指龐士元。龐德公、司馬徽以龐士元爲鳳雛，參見陳善學序刊楊
　　　　　鐵崖先生文集卷二鳳雛行。

〔二十五〕勾神躍冶劍：勾指吳鈎。參見鐵崖先生古樂府卷一吳鈎行。

〔二十六〕下水艫：五代王定保唐摭言敏捷：“裴廷裕乾寧中在内廷，文書敏捷，
　　　　　號下水船。”

〔二十七〕“崑渠”二句：源自韓愈詩。崑渠，指崑崙渠。韓昌黎詩繫年集釋卷
　　　　　一病中贈張十八：“君乃崑崙渠，籍乃嶺頭瀧。”顧嗣立注：“爾雅：‘河
　　　　　出崑崙墟，色白。所渠并千七百一川，色黄。’魏本引樊汝霖曰：‘瀧，
　　　　　音雙，水名，在嶺南。又閒江切，奔湍也。南人謂湍爲瀧。’”又，蘇軾
　　　　　寒食日答李公擇三絶次韻之一：“從來蘇李得名雙，只恐全齊笑陋邦。
　　　　　詩似懸河供不辦，故欺張籍隴頭瀧。”

卷三十　鐵崖先生詩集己集

卷三十　鐵崖先生詩集己集

雲山圖爲鳳凰山人題是日偕陸宅之會於德彰千户水竹居山人時年八十二①〔一〕

油油白雲,宛宛青山。念彼道人,遨游其間。亦有芝草,可采可餐。再瞻高風,邈不可攀。

【校】

① 本詩又載十六卷本玉山草堂雅集卷一。

【箋注】

〔一〕鳳凰山人:未詳,蓋居松江鳳凰山。崇禎松江府志卷四山:"鳳凰山在郡城之北。圖經云,山之鎮曰鳳凰,以其據九峰之首,延頸舒翼,宛若鳳翥,故名。東枕通波,西連玉屏,山形修峻。循覽其下,孤起無附。陟半嶺,則外山拱揖,如奧區焉……古來名流多寓隱焉。"陸宅之:名居仁,華亭人。與鐵崖同爲泰定三年江浙行省鄉貢進士。參見鐵崖先生集卷二淞泮燕集序。德彰千户:不詳,當爲水竹居主人。"千户"爲軍職,隸屬於萬户。

陳希夷畫像〔一〕

宮中夜未央,百鳥未爲長。能悟邯鄲道〔二〕,仙鄉只醉鄉。

【箋注】

〔一〕陳希夷:名摶,北宋初年高士。參見陳善學序刊楊鐵崖先生文集卷四華山隱者歌注。

〔二〕邯鄲道:指黃粱夢醒所悟道理。相傳道士吕翁得神仙術,游邯鄲。道中遇少年盧生,以囊中枕授之。盧生枕之而夢一生榮辱。及寤,黃粱尚未熟。

詳見唐沈既濟枕中記。

東山攜妓圖〔一〕

　　謝安劉夫人帷諸妓作樂，太傅暫見，便下帷。太傅索開，夫人云："恐傷盛德〔二〕。"
老傅挾青娥，山靈不敢訶。夜深歸來晚，困姥□人多。

【箋注】

〔一〕東山：東晉謝安曾攜妓隱居東山。晉書有傳。
〔二〕"謝安"六句：所云劉夫人帷妓作樂，及其與謝安對話，詳見世說新語賢媛。

漁翁圖〔一〕

　　畫幅剪淞江，桃花水自香。四腮鱸正美，何必釣雙璜〔二〕。

【箋注】

〔一〕詩當作於元至正九、十年間，鐵崖授學松江璜溪之時。
〔二〕"四腮鱸正美"二句：參見鐵崖先生詩集甲集和吕希顏來詩注。釣雙璜：此語雙關。一指吕望。相傳吕望釣得玉璜，刻曰"姬受命，吕佐旌"，遂輔佐周室。二指鐵崖自身。元至正九、十年間，楊維禎授學於松江璜溪，十分愜意，故甘願隱居於此。按：璜溪又稱雙璜溪，即松江吕港（今屬上海市金山區）。參見鐵崖先生詩集甲集和貝仲琚詩韻。

雙女投壺圖〔一〕

　　大婉連珠箭，驚穿兩耳空。小嬌能中的，一笑啓天公〔二〕。

【箋注】

〔一〕投壺：原爲古代一種禮儀，後爲游藝，或博弈。西京雜記卷五："武帝時，郭舍人善投壺，以竹爲矢，不用棘也。古之投壺，取中而不求還，故實小豆於中，惡其矢躍而出也。郭舍人則激矢令還，一矢百餘反，謂之爲驍。言如博之擊梟於掌中，爲驍傑也。每爲武帝投壺，輒賜金帛。"

〔二〕"一笑"句：東方朔神異經東荒經："東荒山中有大石室，東王公居焉……恒與一玉女投壺，每投千二百矯……矯出而脱悮不接者，天爲之笑。"

月梅①

天上清虚府，人間香影家。阿剛斫桂斧〔一〕，只合種梅花。

【校】

① 本詩又載元詩選初集辛集、樓氏鐵崖逸編注卷六。

【箋注】

〔一〕阿剛：即吴剛。吴剛斫桂，參見鐵崖先生古樂府卷三道人歌注。

雨竹

倚石添新笋①，争妍個個添。佳人聽春雨，笑隔水晶簾。

【校】

① 本詩又載元詩選初集辛集、樓氏鐵崖逸編注卷六，據以校勘。笋：樓氏鐵崖逸編注本作"竹"。

風竹二首

其一
聲動琅玕樹,寒生翡翠林。道人深夢底[一],一夜玉龍吟[二]。

其二
夢醒湘筠簟,寒生翡翠簾。東風嫌太惡,吹折玉龍尖。

【箋注】

〔一〕道人:鐵崖自稱。
〔二〕玉龍:喻指竹。

晴竹

渭水秋聲動[一],湘皋暮色歸[二]。西池今夜月,清影鳳飛飛。

【箋注】

〔一〕"渭水"句:指秋風吹動千畝渭竹。史記貨殖列傳曰:"渭川千畝竹。"
〔二〕"湘皋"句:描摹日暮之瀟湘竹。

雨竹二首

其一
娟娟兩娥緑,蒼梧雲正深[一]。欲問斑斑淚,思君豈有心。

其二
秋落蒼梧冷,雲深帝子迷。只應枝上雨,尚帶淚痕啼。

【箋注】

〔一〕"娟娟"二句:梁任昉述異記卷上:"湘水去岸三十里許,有相思宫、望帝臺。昔舜南巡,而葬於蒼梧之野,堯之二女娥皇、女英追之不及,相與協哭,淚下沾竹,竹文上爲之班班然。”

雪竹

南雪一尺深,寒生翡翠林。道人起清聽,寫作老龍吟〔一〕。

【箋注】

〔一〕“道人”二句:當指鐵崖起床聽雪,吹奏鐵笛。鐵崖先生詩集庚集洞庭吹笛圖:“道人吹笛水龍吟。”

秋江晚渡圖①

船泊大江口,行人與馬爭。不如漁艇子,高卧待潮平。

【校】

① 本詩又載元詩選初集辛集、樓氏鐵崖逸編注卷六。

雪山圖

老石蹲鹽虎〔一〕,寒崖擁玉屏。酒船清興極,相見在茅亭。

【箋注】

〔一〕鹽虎:李商隱詩歌集解 殘雪:“刻獸摧鹽虎,爲山倒玉人。”程注:“左傳:‘王使周公閱來聘,饗有昌歜、白黑、形鹽。辭曰:“國君,文足昭也,武可畏也,則有備物之饗,以象其德;薦五味、羞嘉穀、鹽虎形,以獻其功,吾何以堪之?”’”

詠海棠

貯得黃金屋〔一〕,羞將錦障圍。好春風日足,睡熟太真妃〔二〕。

【箋注】

〔一〕貯黃金屋:西漢阿嬌故事。參見鐵崖先生古樂府卷五貧婦謠。

〔二〕太真妃:指楊貴妃。宋王楙野客叢書卷二十四二花睡足:"楊妃外傳載:
　　明皇登沉香亭,召太真,時太真卯酒醉未醒,侍兒扶而至,明皇曰:'是豈妃
　　子醉邪? 海棠睡未足耳!'故東坡海棠詩曰:'祇恐夜深花睡去,高燒銀燭
　　照紅妝。'用此事也。"

詠石榴花①

密幄千重碧,疎巾一桫紅。花時隨早晚,不必嫁春風〔一〕。

【校】

① 本詩又載元詩選初集辛集、樓氏鐵崖逸編注卷六。

【箋注】

〔一〕嫁春風:宋張先一叢花:"沈恨細思,不如桃杏,猶解嫁東風。"

秋雁圖①

野水江湖遠,秋風蘆葉黃。南飛舊兄弟,一一自成行。

【校】

① 本詩又載元詩選初集辛集、樓氏鐵崖逸編注卷六。

金人馬圖

草滿鴛鴦浦,花明鵁鶄樓[一]。錦韉初搭上,何處作春游。

【箋注】

〔一〕鵁鶄樓:宋楊齊賢集注、元蕭士贇補注李太白集分類補注卷二十一挂席
江上待月有懷:"耿耿金波裏,空瞻鵁鶄樓。"注:"齊賢曰:'漢書注:鵁鶄
觀在雲陽甘泉宮。'士贇曰:'按此詩亦身在江海、心存魏闕之意乎?'"

春景人物亭院畫圖① 六言

楊柳東風裊裊,桃花流水差差。曳杖先生奚往? 抱琴童子何之?

【校】

① 本詩又載清初印溪草堂鈔本東維子集卷九。

織錦圖二首①

其一
秋深未寄衣,絡緯上寒機[一]。斷織曾相戒②,夫君不用歸[二]。
其二
蠶婦奉姑嫜,鳴機不下堂。金梭拋擲處,折齒謝家郎[三]。

【校】

① 本組詩第一首又載元詩選初集辛集、樓氏鐵崖逸編注卷六,詩題皆作織錦
圖,無"二首"兩字。
② 戒:樓氏鐵崖逸編注本作"解"。

【箋注】

〔一〕絡緯：蟋蟀別名。參見鐵崖先生古樂府卷九吳子夜四時歌。

〔二〕“斷織”二句：後漢書列女傳：“河南樂羊子之妻者，不知何氏之女也……（樂羊子）遠尋師學，一年來歸，妻跪問其故。羊子曰：‘久行懷思，無它異也。’妻乃引刀趨機而言曰：‘此織生自蠶繭，成於機杼，一絲而累，以至於寸，累寸不已，遂成丈匹。今若斷斯織也，則捐失成功，稽廢時月。夫子積學，當日知其所亡，以就懿德。若中道而歸，何異斷斯織乎？’羊子感其言，復還終業，遂七年不返。”

〔三〕折齒：唐李瀚撰宋徐子光注蒙求集注卷下謝鯤折齒：“晉書：謝鯤字幼輿，陳國陽夏人。少知名，通簡有高識，不修威儀，東海王越辟爲掾，任達不拘，坐除名。鯤清歌鼓琴，不以屑意。鄰家高氏女有美色，鯤嘗挑之，女投梭，折其兩齒。時人爲之語曰：‘任達不已，幼輿折齒。’”

題用上人山水圖三首〔一〕

其一
樹頭丹葉脱，水痕霜降初。三高亭下路〔二〕，最憶好鱸魚〔三〕。
其二
萬樹水光底，千峰雲氣中。散人釣魚去，江上一絲風。
其三
坡陀六七尺，喬木兩三章。大厦欲傾覆，南山老棟梁。

【箋注】

〔一〕元至正七、八年間，鐵崖寓居姑蘇，與用上人交往，本組詩或題於此時。用上人：指釋必才（一二九二——一三五九），字大用，四明人。參見東維子文集卷十送用上人西游序。

〔二〕三高亭：宋龔明之撰中吳紀聞卷三三高亭：“越上將軍范蠡、江東步兵張翰、贈右補闕陸龜蒙，各有畫像在吳江鱸鄉亭旁。東坡先生嘗有吳江三賢畫像詩。後易其名曰‘三高’，且更爲塑像。矑庵主人王文孺獻其地雪灘，因遷之。今在長橋之北，與垂虹亭相望，石湖居士爲之記。”

〔三〕最憶好鱸魚：指張翰。參見鐵崖先生詩集甲集和吕希顔來詩注。

題清味齋圖三首①

其一
日供惟三韮〔一〕，春盤共五辛〔二〕。與君評肉食〔三〕，食肉正愁人。
其二
我無食肉相〔四〕，蔬笋味相宜。請續冰壺傳〔五〕，同參玉版師〔六〕。
其三
苜蓿吾素味〔七〕，肉食汝何謀？未必先生案，無關饘食憂。

【校】

① 本組詩又載十六卷本玉山草堂雅集卷一。

【箋注】

〔一〕三韮：宋王觀國撰學林卷五鮭：“類篇曰：‘吳人謂魚菜之總稱曰鮭。’故南史庾杲之傳曰：杲之清貧自業，食唯有韭菹瀹韭生韭。任昉嘗戲之曰：‘誰謂庾郎貧，食鮭常有二十七種。’昉以三韭寓意於二十七之數，託此以戲杲之也。”

〔二〕五辛：清李光地等撰月令輯要卷五正月令五辛盤：“五辛菜，乃元旦立春以葱蒜韭蓼蒿芥辛辣之菜雜和食之，取迎新之義。”

〔三〕肉食：肉食者，指官員。左傳莊公十年：“肉食者鄙，未能遠謀。”

〔四〕食肉相：後漢書班超傳：“相者指曰：‘生燕頷虎頸，飛而食肉，此萬里侯相也。’”

〔五〕冰壺傳：即鐵崖所撰冰壺先生傳，載東維子文集卷二十八。冰壺，喻指蔓菁。

〔六〕玉版師：指竹笋。宋釋惠洪冷齋夜話卷七東坡戲作偈語：“嘗要劉器之同參玉版和尚，器之每倦山行，聞見玉版，欣然從之。至廉泉寺，燒笋而食。器之覺笋味勝，問：‘此笋何名？’東坡曰：‘即玉版也。此老師善説法要，能令人得禪悦之味。’于是器之乃悟其戲，爲大笑。東坡亦悦，作偈曰：‘叢林真百丈，嗣法有橫枝。不怕石頭路，來參玉版師……’”

〔七〕“苜蓿”句：用唐薛令之自悼詩：“朝日上團團，照見先生盤。盤中何所有，
　　苜蓿長闌干。”

題蘇昌齡集芳圖〔一〕 松竹蘭水仙共幅

　　睠彼蒼官，托交青土。嗟爾水仙，亦配君子。地位不同，氣味
則似。

【箋注】

〔一〕蘇昌齡：蘇大年，字昌齡，以字行。善畫竹石松木。鐵崖晚年與之交往頗
　　多。參見東維子文集卷二十六蘇先生挽者辭叙。

題米芾小景〔一〕

　　烟霞①林梢出，蒼翠望中分。山溜雜人語，溪雲亂鶴群。石梁逢
釋子，巖屋隱徵君。皴散誰家筆〔二〕，披圖有篆文。

【校】

① 本詩又載元詩選初集辛集、清鈔十六卷本玉山草堂雅集卷一、樓氏鐵崖逸編
　　注卷六，據以校勘。霞：玉山草堂雅集本作“霧”。

【箋注】

〔一〕米芾：字元章。參見東維子文集卷十一圖繪寶鑑序。
〔二〕皴散：繪畫皴染技法。原本有小字注曰：“散：七迹反，皮細也。米元章有
　　皴散畫法。”

雙燕圖

　　誰家雙燕燕，曉語出雕梁。舊主幾回見，新雛還自將。漲溝香水

膩,佛殿水風涼。欲問烏衣國[一],烏衣幾夕陽。

【箋注】

〔一〕烏衣國：宋吳曾能改齋漫録卷四辯誤王謝燕："近世小説尤可笑者,莫如劉斧摭遺集所載烏衣傳。因劉禹錫詩'朱雀橋邊野草花,烏衣巷口夕陽斜。舊時王謝堂前燕,飛入尋常百姓家',遂以唐朝金陵人姓王名謝,因海舶入燕子國。其意以爲烏衣爲燕子國也,其説甚詳。殊不知'王'者,王導等人也;'謝'者,謝鯤之徒也。余按世説:'諸王、諸謝,世居烏衣巷。'丹陽記曰:'烏衣之起,吳時烏衣營處所也。江左初立,瑯琊諸王所居。'審此,則名營以烏衣,蓋軍兵所衣之服,因此得名。"又,宋周應合景定建康志卷十六鎮市:"烏衣巷,在秦淮南。晉南渡王、謝諸名族居此,時謂其子弟爲烏衣諸郎。今城南長干寺北有小巷曰烏衣,去朱雀橋不遠。"

題扇寄謝生[一]

樵風溪上路[二],還是若耶非[三]。水通河漢出,山作鳳凰飛。人烟天際出,蓮女月中歸。清秋詩句好,祇憶謝玄暉[四]。

【箋注】

〔一〕本詩題贈謝生。謝生當爲鐵崖弟子,名字生平不詳。據詩末"清秋詩句好,祇憶謝玄暉"二句,蓋擅長吟詩。

〔二〕樵風溪：位於今浙江紹興。劍南詩稿校注卷五十七出行湖山間雜賦之四:"魚市樵風口,茶村穀雨前。"注:"樵風溪,港名。"

〔三〕若耶：溪名,在紹興。參見鐵崖先生古樂府卷十吳下竹枝詞注。

〔四〕謝玄暉：即謝朓。李白金陵城西樓月下吟:"解道澄江净如練,令人長憶謝玄暉。"按：此以謝玄暉借指"謝生"。

留題毗山松風竹月亭①[一]

蕩②舟北郭外,華表見新亭。水作游龍勢,山爲偃月形。怪松蟠水赤,高竹上山青。一束生芻意^[二],千秋地下靈。

【校】

① 本詩又載元詩選初集辛集、樓氏鐵崖逸編注卷六,據以校勘。亭:原本作
"圖",據元詩選本、樓氏鐵崖逸編注本改。

② 蕩:原本作"簜",據元詩選本、樓氏鐵崖逸編注本改。

【箋注】

〔一〕詩作於元至正五、六年間,其時楊維禎授學長興蔣氏東湖書院,常結伴游
山玩水。繫年依據:詩題既曰"留題",其時鐵崖當游寓於此。方輿勝覽
卷四安吉州:"毗山,在烏程縣東北九里。"

〔二〕"一束"句:後漢書徐穉傳:"及(郭)林宗有母憂,穉往吊之,置生芻一束於
廬前而去。眾怪,不知其故。林宗曰:'此必南州高士徐孺子也。詩不云
乎:"生芻一束,其人如玉。"吾無德以堪之。'"

題邊魯生梨花雙燕圖^{①〔一〕}

燕燕兩于飛,璚樓暮雨微。春風歌白雪^[二],夜月夢烏衣^[三]。對語
寄宮樹,營巢接禁闈。江南花事晚,疑是苦思歸。

【校】

① 本詩又載元詩選初集辛集、樓氏鐵崖逸編注卷六。

【箋注】

〔一〕邊魯生:名魯。參見鐵崖先生詩集乙集題邊魯生所畫便面注。

〔二〕白雪:參見鐵崖先生古樂府卷二湖中女注。

〔三〕夢烏衣:參見本集雙燕圖注。

送李五峰先生召著作^{①〔一〕} 季和

聖主徵遺逸,郎星老謫仙^[二]。青山藏古史,金馬得時賢^[三]。吾道

推先路,恩光照晚年。宣文忙視草,銀燭賜金蓮[四]。

【校】

① 本詩又載劉世珩影元刊十八卷本玉山草堂雅集卷二,據以校勘。玉山草堂雅集本題作送五峰召著作。

【箋注】

〔一〕詩作於元至正八年(一三四八)二月,其時鐵崖作客崑山顧瑛家,與李孝光、張雨等聚飲,并爲李孝光送行。元史順帝本記:"(至正七年)秋七月甲寅,召隱士完者圖、執禮哈琅爲翰林待制,張樞、董立爲翰林修撰,李孝光爲著作郎。"李孝光:字季和,號五峰。參見東維子文集卷七郊韶詩序。按:李孝光動身赴京,實在至正八年二月,當時途經崑山、太倉一帶,鐵崖得以偕友人門生爲之送行。

李孝光何時應徵赴京,存有異説,尚需辨正。孝光婿陳德永撰李五峰行狀曰:"天子詔丞相,徵起海内遺逸士四人於朝,其一爲永嘉李孝光,此至正三年癸未歲十有二月事也。於是公年五十有九矣。明年夏四月,公始至京師,天子御明仁之殿召見,授著作郎。"(文載永嘉詩人祠堂叢刻本五峰集補遺。)陳德永謂李孝光於至正四年四月應徵抵京任著作郎,與元史所述不合。然此説不實。至正四年七月,李孝光與楊維禎、張雨皆爲"在野"之人,尚在杭州祭奠揭傒斯。見鐵崖文集卷五祭揭曼碩先生文。又,楊維禎桃源雅集圖志(載本書佚文編)謂至正八年二月十九日玉山雅集,顧瑛嘗邀張雨與"永嘉徵君李孝光",可見至正八年二月,李孝光仍然客居崑山一帶,且爲"徵君",陳文之誤明矣。又,式古堂書畫匯考卷二十載至正四年十二月孝光撰送瞿慧夫上青龍鎮學官詩序,後附其跋云:"往年客婁縣,適瞿君慧夫將上青龍鎮博士,諸君皆賦新詩以送之。使予爲序。後四年復過婁,視所爲文,但覺蕪陋耳。至正八年二月廿五日孝光題。"文中所謂"過婁",蓋指其時應徵赴京,因走海道,故途經崑山、婁東一帶。又,袁華可傳集載李五峰伯雨廉夫希仲夜集來鶴亭詩,來鶴亭乃楊維禎學生吕誠婁東居所,李孝光、張雨、楊維禎、郭翼、吕誠等人此番宴集,蓋亦爲李孝光送行。綜上所述,朝廷徵召李孝光,在至正七年七月,而李孝光動身赴京,則在次年。楊維禎、張雨等人在婁東爲之送行,蓋即至正八年二月廿五日前後。

〔二〕"聖主"二句:蓋以李孝光比附"謫仙人"李白。郎星,郎官星。後漢書明帝紀:"郎官上應列宿,出宰百里。"

〔三〕金馬:即金馬門。借指朝廷。

〔四〕"銀燭"句:唐裴庭裕撰東觀奏記卷上:"上將命令狐綯爲相,夜半幸含春
　　亭召對,盡蠟燭一炬,方許歸學士院,乃賜金蓮花燭送之。院吏忽見,驚報
　　院中曰:'駕來!'俄而趙公至。吏謂趙公曰:'金蓮花乃引駕燭,學士用
　　之,莫折事否?'頃刻而聞傳説之命。"

題唐本初春還軒〔一〕

東風開户牖,旭日照書牀。宿草俄生夢〔二〕,寒花盡向陽。野騎停
西觀,瑶琴上北堂。主人曾送客,折柳記橫塘〔三〕。

【箋注】

〔一〕詩或作於元至正七、八年間,其時楊維禎寓居姑蘇,授學爲生。玉山草堂
　　雅集卷十:"唐元字本初,姑蘇人。讀書博雅,有船號'一葦杭',圖書古
　　玩,列離左右,浮游江湖,日哦詩其中,自號葦杭子。每過予溪上,必繫舟
　　柳下,終日譚笑。"按:唐元春還軒當在其姑蘇家中。

〔二〕"宿草"句:南史謝惠連傳:"族兄靈運加賞之,云'每有篇章,對惠連輒得
　　佳語'。嘗於永嘉西堂思詩,竟日不就,忽夢見惠連,即得'池塘生春草',
　　大以爲工,常云'此語有神功,非吾語也'。"

〔三〕"主人"二句:蓋鐵崖曾造訪春還軒,回返時,唐元送至橫塘。三輔黄圖卷
　　六橋:"霸橋在長安東,跨水作橋。漢人送客至此橋,折柳贈别。"橫塘:在
　　蘇州吳縣西南。參見鐵崖先生詩集乙集春日雜詠之二注。

卷三十一 鐵崖先生詩集庚集

卷三十一　鐵崖先生詩集庚集

瀛洲詩〔一〕

三山縹緲不可到〔二〕，人間還有小瀛洲。洞庭仙橘大如斗〔三〕，下若清酤①滑似油〔四〕。玉龍耕春一萬頃，藍田種玉②三千秋〔五〕。諸郎他日清都近，十八仙人紀勝游〔六〕。

【校】

① 本詩又載清初印溪草堂鈔本東維子集卷七，據以校勘。酤：原本作"蛄"，據印溪草堂鈔本改。

② 玉：原本作"子"，據印溪草堂鈔本改。

【箋注】

〔一〕元至正十年（一三五〇）冬十一月，鐵崖客游湖州，曾爲吳興褚壽之撰小瀛洲記，本詩蓋一時之作。參見東維子文集卷十四小瀛洲記。

〔二〕"三山"句：相傳海中有三神山，名曰蓬萊、方丈、瀛洲。參見史記秦始皇本紀。

〔三〕洞庭：指太湖。大如斗：參見鐵崖先生古樂府卷三夢游滄海歌注。

〔四〕下若：宋葉廷珪海録碎事卷六飲食器用部下若酒："若溪在長興縣南。興地志云：'南曰上若，北曰下若。'下若水釀酒醇美。"

〔五〕藍田：山名，今屬陝西，以盛産美玉聞名。李商隱錦瑟："滄海月明珠有淚，藍田日暖玉生烟。"種玉：參見鐵崖先生詩集丙集富春圖爲馮正卿賦注。

〔六〕十八仙人：指所謂"瀛洲十八學士"。參見鐵崖先生詩集丙集題瀛洲學士圖注。

題小閬苑圖①

水清山碧相因依，境入閬苑②天下稀。雲安縣前船上瀨〔一〕，海棠

洲上閣當磯〔二〕。山頭高石③如人立,峽口行雲作雨歸。安得移家秋色
裏,一雙白鳥向④人飛。

【校】

① 本詩又載清初印溪草堂鈔本東維子集卷七、劉世珩影元刊十八卷本玉山草
　堂雅集卷二,據以校勘。玉山草堂雅集本題作小閬圖。
② 閬苑:印溪草堂鈔本、玉山草堂雅集本作“閬州”。
③ 山頭高石:印溪草堂鈔本作“山高頭石”。
④ 向:玉山草堂雅集本作“面”。

【箋注】

〔一〕“雲安”句:宋黃希原本黃鶴補注補注杜詩卷二十七十二月一日三首之
　一:“今朝臘月春意動,雲安縣前江可憐。一聲何處送春雁,百丈誰家上瀨
　船。(注)鄭曰:‘十道志:雲安在夔州,本漢朐腮縣也。’”按元史地理志,
　雲安縣在元代升格爲雲陽州,隸屬於夔州路。
〔二〕海棠洲:人稱三蜀最佳處。參見宋李曾伯撰可齋雜稿卷三十三水調歌頭
　代壽昌州守叔祖。

題林屋仙隱圖〔一〕

我欲蓬萊一問津,蓬萊淺處①已揚塵〔二〕。桃花流水寧無路,木②葉
空山尚有人。時見青禽解迎③客〔三〕,忽看黃石祇④疑神〔四〕。棋邊甲子
容易過⑤,遲爾山中七日春〔五〕。

【校】

① 本詩又載清初印溪草堂鈔本東維子集卷七、劉世珩影元刊十八卷本玉山草
　堂雅集卷二、吳都文粹續集卷二十五。處:諸校本皆作“去”。
② 木:玉山草堂雅集本、吳都文粹續集本作“落”。
③ 迎:吳都文粹續集本作“近”。
④ 看:玉山草堂雅集本作“逢”,吳都文粹續集本作“聞”。祇:原本作“抵”,據
　玉山草堂雅集本、吳都文粹續集本改。

⑤ 容易過：吳都文粹續集本作“過容易”。

【箋注】

〔一〕本詩乃鐵崖爲黃雲卿林屋先塋圖所作題畫詩，或作於元至正七、八年間游寓崑山之時。按：本詩亦見於明錢穀編吳都文粹續集卷二十五，於本詩之後録有釋良琦題黃雲卿林屋先塋圖詩一首，題下注曰：“雲卿祖居洞庭，後遷婁東，懷其祖父，寫圖以自慰。楊鐵崖曾題其卷云。”又，元詩選癸集著録黃雲卿題林屋佳城圖詩，又有其小傳曰：“原隆字雲卿。其先世居於具區林屋山，父伯川始遷崑山。嘗謂原隆曰：‘揚州之藪爲具區，其川爲三江，其浸爲五湖，其龐厚融淑之氣，皆環乎林屋之趾。吾嘗隱几而得三者之勝，心甚悦之。得歸葬於彼，無遺恨矣。’伯川葬後，原隆命倪宏繪林屋佳城圖，置之壁間。昆陽鄭東爲之記。”

〔二〕“蓬萊”句：參見鐵崖先生古樂府卷三夢游滄海歌注。

〔三〕青禽：據山海經西山經，西王母有三青鳥，爲其使者。參見鐵崖先生古樂府卷二三青鳥。

〔四〕黃石：借指漢初張良所見黃石老人。詳見史記留侯世家。

〔五〕“棋邊甲子”二句：即觀棋爛柯故事。參見鐵崖先生古樂府卷三張公洞注。

題朱鋭溪山晚渡圖①〔一〕

何處溪山如畫好，晚空忽覺②生烟霏。雙泉急似秋雨落，小艇輕於野③鴨飛。楊柳灣頭鷗鳥④下，桃花水口鱸⑤魚肥。溪翁出市歸未⑥急，古渡行人燈火稀。

【校】

① 本詩又載清初印溪草堂鈔本東維子集卷七、清愛日精廬鈔本鐵崖楊先生詩集卷上、劉世珩影元刊十八卷本玉山草堂雅集卷二，據以校勘。清鈔鐵崖楊先生詩集本題作溪山晚渡圖，玉山草堂雅集本題作朱鋭溪山晚渡圖。

② 覺：印溪草堂鈔本、鐵崖楊先生詩集本作“爾”。晚空忽覺：玉山草堂雅集本作“曉窗忽爾”。

③ 於野：鐵崖楊先生詩集本、玉山草堂雅集本作"如水"。

④ 灣頭：鐵崖楊先生詩集本、玉山草堂雅集本作"陰中"。鷗鳥：原本脱"鳥"
　字，玉山草堂雅集本作"漚鳥"，鐵崖楊先生詩集本作"鷗鷺"，據印溪草堂鈔
　本補。

⑤ 鱸：印溪草堂鈔本、鐵崖楊先生詩集本、玉山草堂雅集本作"鱖"。

⑥ 未：印溪草堂鈔本作"來"，鐵崖楊先生詩集本、玉山草堂雅集本作"何"。

【箋注】

〔一〕朱鋭：圖繪寶鑑卷四宋南渡後："朱鋭，河北人。宣和畫院待詔。紹興間
　　復職，授迪功郎，賜金帶。工畫山水人物，師王維。尤好寫驛綱、雪獵、盤
　　車等圖，形容布置，曲盡其妙。筆法類張敦禮。"

題潘謹言茂松清漪①圖〔一〕

　　白頭②潘郎尚讀書，結廬猶③向浣花居〔二〕。清陰蓋屋雲長合，碧溜
穿④階玉不如。盤谷山川歸隱後〔三〕，蘭亭賓客暮春初〔四〕。隱君甘作
松泉主，誰復移文到畫圖。

【校】

① 本詩又載清初印溪草堂鈔本東維子集卷七，據以校勘。印溪草堂鈔本題作
　題潘菫言茂松清泉圖。

② 頭：印溪草堂鈔本作"首"。

③ 猶：印溪草堂鈔本作"獨"。

④ 穿：印溪草堂鈔本作"循"。

【箋注】

〔一〕潘謹言：據本詩，潘謹言元季在世，其時年老隱居，或結伴雅集。

〔二〕浣花居：杜甫寓居之地。故址在今四川成都。此借指潘謹言隱居處。

〔三〕盤谷：位于太行山南，唐代韓愈友人李愿隱居地。韓愈有送李愿歸盤
　　谷序。

〔四〕"蘭亭賓客"句：指暮春三月，王羲之等於蘭亭雅集。

題松隱圖 朱顯卿所藏吴仲圭畫〔一〕

誰家松樹大十圍，主者亦是朱桃椎①〔二〕。兔絲上屋作華蓋②，琥珀迸崖流玉脂。東山大夫鄮封號〔三〕，柴桑處士同襟期〔四〕。老仙有約滄肪去，準擬空山快雪時〔五〕。

【校】

① 本詩又載清初印溪草堂鈔本東維子集卷七，據以校勘。朱桃椎之"椎"，原本誤作"推"，據印溪草堂鈔本改。

② 蓋：原本作"屋"，據印溪草堂鈔本改。

【箋注】

〔一〕朱顯卿：生平不詳。吴仲圭：名鎮。圖繪寶鑑卷五元朝："吴鎮，字仲圭，號梅花道人，嘉興魏塘鎮人。畫山水，師巨然，其臨模與合作者絶佳，而往往傳于世者皆不專志，故極率略。亦能墨竹墨花。"

〔二〕朱桃椎：新唐書隱逸傳："朱桃椎，益州成都人。澹泊絶俗，被裘曳索，人莫能測其爲。長史竇軌見之，遺以衣服、鹿幘、麂鞾，逼署鄉正。委之地，不肯服。更結廬山中，夏則臝，冬緝木皮葉自蔽，贈遺無所受。嘗織十芒屩置道上，見者曰：'居士屩也。'爲鬻米茗易之，置其處，輒取去，終不與人接。"

〔三〕東山大夫：秦始皇封禪泰山，避雨松下，封松爲五大夫。見史記秦始皇本紀。

〔四〕柴桑處士：指陶淵明。陶淵明歸去來兮辭："景翳翳以將入，撫孤松而盤桓。"

〔五〕快雪：王羲之快雪時晴帖："快雪時晴，佳想安善，未果爲結，力不次。"（載米芾書史。）

竹泉詩 爲沈子厚賦①〔一〕

東林②道人居有竹〔二〕，竹底泉淵③小淇澳〔三〕。千竿蒼④翠飛鳳凰，萬斛珠璣⑤落琴筑。山童敲臼煮團團〔四〕,溪女洗尊流曲曲。壺公莫遣⑥投葛龍〔五〕,一夜秋風破茅屋〔六〕。

【校】

① 本詩又載清初印溪草堂鈔本東維子集卷七、清愛日精廬鈔本鐵崖楊先生詩集卷上,據以校勘。鐵崖楊先生詩集本題作沈氏竹泉。
② 東林:鐵崖楊先生詩集本作"東鄰"。
③ 泉淵:印溪草堂鈔本、鐵崖楊先生詩集本作"淵泉"。
④ 千竿蒼:鐵崖楊先生詩集本作"竿竿掃"。
⑤ 珠璣:鐵崖楊先生詩集本作"跳珠"。
⑥ 壺公莫遣:鐵崖楊先生詩集本作"莫遣壺公"。

【箋注】

〔一〕鐵崖曾於元至正十三年(一三五三)四月爲沈子厚撰沈氏今樂府序,本詩或一時之作。沈子厚:吳興人。通文史,擅長元曲。元至正十年前後與鐵崖交往頗多。參見東維子文集卷十一沈氏今樂府序。
〔二〕居有竹:蘇軾於潛僧綠筠軒:"可使食無肉,不可使居無竹。無肉令人瘦,無竹令人俗。"
〔三〕"竹底"句:淇澳詩衛風淇奧:"瞻彼淇奧,綠竹猗猗。"
〔四〕煮團團:即煮團茶。參見楊鐵崖先生文集全錄卷四綠筠軒志、鐵崖先生詩集丙集題趙仲穆臨黃筌秋山圖。
〔五〕"壺公莫遣"句:東漢費長房故事。參見鐵崖先生古樂府卷二簫杖歌注。
〔六〕"一夜"句:杜甫有茅屋爲秋風所破歌。

書聲齋爲野航老人賦①〔一〕

野航老②人老學經,擁鼻尚作伊吾③聲〔二〕。彈琴每爲④金石奏,破屋不知風雨生。古文漆簡千年在,太乙青藜午⑤夜明〔三〕。可⑥是流傳洛生咏,朝陽遲子鳳凰鳴〔四〕。

【校】

① 本詩又載清初印溪草堂鈔本東維子集卷七、清愛日精廬鈔本鐵崖楊先生詩

集卷上、劉世珩影元刊十八卷本玉山草堂雅集卷二,據以校勘。原本"爲野航老人賦"爲題下小字注,據玉山草堂雅集本改。鐵崖楊先生詩集本題作書聲齋爲野航道人賦。

② 老:鐵崖楊先生詩集本作"道"。

③ 伊吾:鐵崖楊先生詩集本作"吾伊"。

④ 每爲:鐵崖楊先生詩集本作"間似",玉山草堂雅集本作"間以"。

⑤ 午:鐵崖楊先生詩集本、玉山草堂雅集本作"五"。

⑥ 可:原本作"所",據鐵崖楊先生詩集本、玉山草堂雅集本改。

【箋注】

〔一〕野航老人:指姚文奐。書聲齋爲姚文奐書齋名。參見鐵崖先生詩集甲集予與野航老人既登婁之玉峰應上人招憩來青閣且乞詩爲賦是章。

〔二〕"擁鼻"句:晉書謝安傳:"安本能爲洛下書生詠,有鼻疾,故其音濁。名流愛其詠而弗能及,或手掩鼻以敩之。"

〔三〕太乙青藜:參見鐵崖先生詩集甲集碧桃溪詩送句曲張先生東歸注。

〔四〕"朝陽"句:詩大雅卷阿:"鳳凰鳴矣,于彼高岡;梧桐生矣,于彼朝陽。"南朝宋劉義慶世説新語賞譽:"君兄弟龍躍雲津,顧彦先鳳鳴朝陽。"

芝軒席上 爲十歲孫童晉賦①〔一〕

馬家小兒青瞳眸〔二〕,紫羅囊珮珊瑚鉤。健筆能扛萬②斛鼎,澹墨掃出千峰秋。卿雲出世見鸑鷟③〔三〕,房星墮地爲驊騮〔四〕。芝軒道人④有餘慶,積善衮衮⑤生公侯〔五〕。

【校】

① 本詩又載清初印溪草堂鈔本東維子集卷七、劉世珩影元刊十八卷本玉山草堂雅集卷二,據以校勘。原本題作芝軒席上,題下小字注作"爲孫童晉賦",據玉山草堂雅集本改補。

② 萬:印溪草堂鈔本、玉山草堂雅集本作"百"。

③ 鸑鷟:印溪草堂鈔本作"鷟鷟"。

④ 道人:玉山草堂雅集本作"老人"。

⑤ 衮衮: 印溪草堂鈔本作"滾滾"。

【箋注】

〔一〕童晉: 據詩題及"馬家小兒青瞳眸"等詩句,其姓爲馬,當時年僅十歲,善
　　書畫。其祖父別號芝軒道人。

〔二〕青瞳眸: 指神仙之人。太平廣記卷六神仙六東方朔:"朔以元封中游鴻濛
　　之澤,忽遇母採桑於白海之濱。俄而有黃眉翁指母以語朔曰:'昔爲我妻,
　　托形爲太白之精,今汝亦此星之精也。吾却食呑氣已九千餘年,目中童子
　　皆有青光,能見幽隱之物,三千年一返骨洗髓,二千年一剥皮伐毛,吾生來
　　已三洗髓五伐毛矣。'"

〔三〕卿雲: 史記天官書:"若烟非烟,若雲非雲,郁郁紛紛,蕭索輪困,是謂卿
　　雲。卿雲,喜氣也。"鸑鷟: 後漢書賈逵傳:"時有神雀集宫殿官府,冠羽有
　　五采色,帝異之,以問臨邑侯劉復,復不能對,薦逵博物多識,帝乃召見逵,
　　問之。對曰:'昔武王終父之業,鸑鷟在岐。'"注:"鸑鷟,鳳之別名也。周
　　大夫内史過對周惠王曰:'周之興也,鸑鷟鳴于岐山。'事見國語也。"

〔四〕房星: 相傳龍爲天馬,房星乃天駟,故馬之先祖爲龍,亦是房星。參見鐵崖
　　先生詩集丙集題任月山所畫唐馬卷注。

〔五〕"芝軒"二句: 易坤:"積善之家,必有餘慶。"

玉山草堂題卷率婁東郭羲仲同作①〔一〕

　　玉山丈人美無度,前度虎頭金粟身〔二〕。未識②囊中飡玉法〔三〕,
時③有坐上索花人。銀魚學士真成隱④〔四〕,錦里先生擬⑤卜鄰〔五〕。自
是君家時節好,桃源風⑥日洞庭春〔六〕。

【校】

① 本詩又載詩淵、清初印溪草堂鈔本東維子集卷七、清愛日精廬鈔本鐵崖楊先
　　生詩集卷上、劉世珩影元刊十八卷本玉山草堂雅集卷二、文淵閣四庫全書本
　　玉山名勝集卷二,據以校勘。詩淵本題作玉山草堂,鐵崖楊先生詩集本題作
　　玉山草堂卷,玉山草堂雅集本題作玉山草堂題卷率姚婁東郭羲仲同作,玉山
　　名勝集本無題,皆載詩兩首,此爲第一首。印溪草堂鈔本題作玉山草堂題卷

率夔東郭希仲同作,録詩僅此一首。

② 識：諸校本皆作“試”。

③ 時：詩淵本作“食”。

④ 隱：原本作“德”,據詩淵本、玉山草堂雅集本、玉山名勝集本改。

⑤ 擬：詩淵本、玉山草堂雅集本、玉山名勝集本作“許”。

⑥ 風：詩淵本作“春”。

【箋注】

〔一〕詩當作於元至正七、八年間,鐵崖應顧瑛之邀,寓居玉山草堂之時。郭義
　　仲：名翼,崑山人。參見東維子文集卷七郭義仲詩集序。

〔二〕“玉山丈人”二句：意爲顧瑛儀表不俗,乃顧愷之、如來佛之後身。東晉顧
　　愷之小字虎頭。其生平參見歷代名畫記卷五。又,李白答湖州迦葉司馬
　　問白是何人：“青蓮居士謫仙人,酒肆藏名三十春。湖州司馬何須問,金粟
　　如來是後身。”

〔三〕湌玉法：魏書李先傳：“每羨古人餐玉之法,乃採訪藍田,躬往攻掘。”

〔四〕銀魚：學士所佩之章。

〔五〕錦里先生：杜甫南鄰：“錦里先生烏角巾,園收芋栗不全貧。慣看賓客兒
　　童喜,得食階除鳥雀馴。”

〔六〕桃源：顧瑛玉山草堂原名小桃源。參見東維子文集卷十八小桃源記。

玉山草堂宴後作①〔一〕

我嘗②被酒玉山堂,風物宜③人引興長。銀絲菇薦野鴨段④〔二〕,金
粟瓜取西陽⑤莊。山頭佳⑥氣或成虎,溪上野人多訝⑦羊〔三〕。何處行
春柘枝鼓〔四〕,閬州⑧竹枝歌女郎〔五〕。

【校】

① 本詩又載清初印溪草堂鈔本東維子集卷七、元詩選初集辛集、樓氏鐵崖逸編
　　注卷七、劉世珩影元刊十八卷本玉山草堂雅集卷二、文淵閣四庫全書本玉山
　　名勝集卷二,據以校勘。元詩選本、樓氏鐵崖逸編注本題作玉山草堂雅集又
　　題,玉山草堂雅集本題作玉山草堂燕後作,玉山名勝集本無題。

② 嘗：印溪草堂鈔本、玉山名勝集本、樓氏 鐵崖逸編注本作"常"。

③ 宜：元詩選本、玉山草堂雅集本、玉山名勝集本、樓氏 鐵崖逸編注本作"於"。

④ 菰：玉山草堂雅集本、樓氏 鐵崖逸編注本作"蓴"。段：元詩選本、玉山名勝集本、樓氏 鐵崖逸編注本作"炙"。

⑤ 陽：諸校本皆作"楊"。

⑥ 佳：元詩選本、玉山名勝集本、樓氏 鐵崖逸編注本作"雲"。

⑦ 野：元詩選本、玉山名勝集本、樓氏 鐵崖逸編注本作"仙"。訝：印溪草堂鈔本作"迓"。

⑧ 閬州：玉山草堂雅集本作"朗州"。

【箋注】

〔一〕詩當與上首同時作。

〔二〕野鴨段：當爲崑山地名，位於崑山清真觀附近。參見本集璧水池上作。

〔三〕多訝羊：蓋指驚訝於皇初平叱石爲羊。參見鐵崖先生古樂府卷六壽岩老人歌。

〔四〕柘枝：舞曲名。元郝天挺注唐詩鼓吹箋注卷六杜牧奉送中丞姊夫儔自大理卿出鎮江西："滕王閣上柘枝鼓。"注："樂苑曰：'羽調有柘枝曲，商調有掘柘枝。此曲因舞得名，用二女童，鮮衣帽，帽施金鈴，抃轉有聲。其來也，於二蓮花中藏之，花拆而後見，舞中之雅妙者也。'詩云柘枝鼓者，即舞此曲也。按：此曲本出於拓拔氏，後人誤傳，因名柘枝。"

〔五〕閬州竹枝：閬州當依校本作"朗州"。唐劉禹錫貶朗州司馬，作竹枝新辭九章，見劉禹錫竹枝詩序。

夜宴范氏莊①〔一〕

　　南弁山間②多翠微〔二〕，池塘③處處涵清暉。丹泉釀酒名千日〔三〕，花樹成窠大④十圍。童子單衣碧鶴立，美人兩袖彩鸞飛。臨分更作嬉春約，賸載紅⑤船白苧衣。

【校】

① 本詩又載清初印溪草堂鈔本東維子集卷七、元詩選初集辛集、樓氏 鐵崖逸編

注卷七、清愛日精廬鈔本鐵崖楊先生詩集卷上,據以校勘。鐵崖楊先生詩集本題作夜飲范氏堂。

② 間: 鐵崖楊先生詩集本作"頭"。

③ 塘: 鐵崖楊先生詩集本作"臺"。

④ 窠大: 鐵崖楊先生詩集本作"巢影"。

⑤ 紅: 印溪草堂鈔本作"江"。

【箋注】

〔一〕詩當作於元至正四、五年間,其時鐵崖在吳興蔣氏東湖書院授學。范氏莊: 蓋指范叔豹苕溪草堂。乾隆烏程縣志卷三古迹:"苕溪草堂在城南。唐時創,元范叔豹重建。"按: 范元質,字叔豹,爲吳興世家大户。張雨、郯韶、黃玠皆有詩詠其苕溪草堂。參見東山存稿卷五范叔豹字説、東維子文集卷八送韓奕游吳興序。

〔二〕"南弁"句: 參見本書卷四弁峰七十二注。

〔三〕千日: 傳古中山人狄希能造千日酒,飲後醉千日。見晉張華博物志卷五。

陽春堂〔一〕

春雨堂西春水渾①,清都處士接芳鄰〔二〕。千竿修竹不受暑,四季好花能駐春。既有雄文黃石老(晉卿作此記②)〔三〕,可無佳句鐵仙人(廉夫也)。洞庭春色昨夜熟〔四〕,脱落淵明頭上巾〔五〕。

【校】

① 本詩又載清初印溪草堂鈔本東維子集卷七,據以校勘。渾: 印溪草堂鈔本作"津"。

② 此小字注原本無,據印溪草堂鈔本增補。下同。

【箋注】

〔一〕詩當作於元至正七、八年間,其時鐵崖游寓姑蘇。明王鏊姑蘇志卷二十二官署中:"御書堂在春雨堂西。淳祐中,史宅之以思賢故址奉理宗書'家有膏雨,户有陽春'八字及春雨堂額、獎諭敕書,徐鹿卿亦以御筆奉安其内。"

又:“春雨堂在後池北。初,池光亭圮,淳祐二年重建堂成,史宅之乃以理宗書額揭之,以俟君賜。”按:據本詩“春雨堂西春水渾”一句,陽春堂或即原御書堂。

〔二〕清都:宋朱敦儒鷗鴣天:“本是清都山水郎,天教懶慢帶疎狂。”

〔三〕黄石老:漢初張良之師。詳見史記留侯世家。按:此處以黄石老借指黄溍。據小字注“晉卿作此記”,黄溍(其字晉卿)曾爲陽春堂撰文。

〔四〕洞庭春色:指洞庭柑橘酒。宋范成大撰吳郡志卷三十土物下:“真柑出洞庭東、西山。柑雖橘類,而其品特高,芳香超勝,爲天下第一。浙東、江西及蜀果州,皆有柑,香氣標格悉出洞庭下。土人亦甚珍貴之。其木畏霜雪,又不宜旱,故不能多植。及持久,方結實,時一顆至直百錢,猶是常品。稍大者,倍價。并枝葉剪之,釘盤時,金碧璀璨,已可人矣。安定郡王以釀酒,名洞庭春色。”又,蘇軾洞庭春色引:“安定郡王以黄柑釀酒,謂之‘洞庭春色’,色香味三絶。”

〔五〕“脱落”句:指陶淵明以頭巾漉酒。參見鐵崖先生詩集丙集題陶淵明漉酒圖注。

題孟珍玉澗畫岳陽小景①〔一〕

岳陽樓上望君山〔二〕,山色蒼凉十二鬟〔三〕。劍氣拂雲連翠黛②,珮聲挑月過蒼③灣。洞庭水落漁船④上,雲夢秋深獵客還。最憶老仙⑤吹鐵笛〔四〕,馭風時復往來間。

【校】

① 本詩又載清初印溪草堂鈔本東維子集卷七、元詩選初集辛集、清鈔鐵崖楊先生詩集卷下、劉世珩影元刊十八卷本玉山草堂雅集卷二,據以校勘。鐵崖楊先生詩集本題作岳陽小景玢玉澗,玉山草堂雅集本題作岳陽小景玢玉澗畫。元詩選本注曰録自鐵笛詩。

② 黛:玉山草堂雅集本作“岱”。

③ 蒼:印溪草堂鈔本、元詩選本作“滄”。珮聲挑月過蒼:玉山草堂雅集本作“佩聲搖月過滄”。

④ 漁船:印溪草堂鈔本、鐵崖楊先生詩集本、玉山草堂雅集本作“游龍”。

⑤ 仙:鐵崖楊先生詩集本、玉山草堂雅集本作“玢”。

【箋注】

〔一〕孟珍：乾隆烏程縣志卷七方技元：“孟玉澗，字季生，號天澤，烏程人。與胡欽亮同學。善花鳥翎毛，爲世珍重。尤長山水。”又，佩文齋書畫譜卷五十四元畫家傳有注曰：“（孟玉澗）名珍。楊鐵崖有題孟珍玉澗畫岳陽小景詩。”

〔二〕岳陽樓：方輿勝覽卷二十九岳州樓閣：“岳陽樓，在郡治西南。西面洞庭，左顧君山，不知創始爲誰。唐開元四年，中書令張説出守是邦，日與才士登臨賦詠，自爾名著。”君山：在洞庭湖。參見陳善學序刊楊鐵崖先生文集卷五湖龍姑曲注。

〔三〕十二鬟：指君山狀如十二螺髻。參見鐵崖先生古樂府卷九陽臺曲注。

〔四〕老仙吹鐵笛：指傳説中君山老父吹奏神笛故事。參見鐵崖撰湘竹龍詞贈杜清（載佚文編）。

李子雲南湖草堂〔一〕

得接芳鄰兩①謝家〔二〕，草堂十畝築新沙。南莊北莊借耕具，西溝東溝②理釣車。雙蔕攢林洞庭橘，五色滿地青門瓜〔三〕。時從野老可泥飲〔四〕，春酒盈缸不③用賒。

【校】

① 本詩又載清初印溪草堂鈔本東維子集卷七，據以校勘。得接：印溪草堂鈔本作“接得”。兩：印溪草堂鈔本作“二”。

② 西溝東溝：印溪草堂鈔本作“東溝西溝”。

③ 不：印溪草堂鈔本作“無”。

【箋注】

〔一〕李子雲：圖繪寶鑑卷五元朝：“李叔字子雲，號紫篔生，濠梁人。畫墨竹，亦能窠石平遠。”按：李子雲元季多與江浙書畫家交往合作。明鬱續霏雪録卷上：“姑蘇太平橋張茂卿家有故元諸名公合手作文會圖一巨軸，實奇物也。盛子昭畫松，邊伯京畫墨竹，張叔厚畫人物，王若水畫鶴，倪元鎮畫遠山,<u>趙仲穆</u>作小序,<u>李子雲</u>書。”

〔二〕“得接”句：<u>王勃</u>秋日登洪府滕王閣餞別序：“非<u>謝</u>家之寶樹,接<u>孟</u>氏之芳鄰。”句或從此化出。

〔三〕<u>青門</u>瓜：參見鐵崖先生詩集甲集用貝仲琚韻寄邵文伯注。

〔四〕泥飲：盛情留客飲酒。杜詩詳注卷十一遭田父泥飲美嚴中丞題下注曰：“柔言索物曰泥。飲,謂强留使飲,即詩所云‘欲起時被肘’也。”

題耕釣軒〔一〕

何處一聲吹鐵龍,道人清興與誰同。南滄①北滄潮上下,東溝西溝花自②紅。樓閣乍收梅子雨,旌旗初起鯉魚風。扁舟夜泊耕釣所,喜見客星來海東〔二〕。

【校】

① 本詩又載<u>清</u>初<u>印溪草堂</u>鈔本<u>東維子集</u>卷七,據以校勘。滄：<u>印溪草堂</u>鈔本作“蹌”。下同。

② 自：<u>印溪草堂</u>鈔本作“白”。

【箋注】

〔一〕耕釣軒：其主人不詳。

〔二〕客星：本指<u>東漢</u>隱士<u>嚴光</u>,此爲鐵崖自擬。參見鐵崖先生古樂府卷八覽古之十五注。

題徐檢校西湖水閣與鄭九成同賦①〔一〕

<u>鳳凰城</u>②西湖水黄〔二〕,湖邊退食小軒窗。每懷草閣垂綸地,渾似詩人濯錦江〔三〕。楊柳芙蓉生楚楚,鴛鶒屬玉③下雙雙。客來賴爾湖山主,賸買花枝照玉⑤缸。

【校】

① 本詩又載<u>詩淵</u>、<u>清</u>初<u>印溪草堂</u>鈔本<u>東維子集</u>卷七、<u>清</u>愛日精廬鈔本鐵崖楊先

生詩集卷上、清鈔十六卷本玉山草堂雅集卷一、劉世珩影元刊十八卷本玉山草堂雅集卷二,據以校勘。與郊九成同賦:原本無,據玉山草堂雅集十六卷本增補。詩淵本、玉山草堂雅集十八卷本題作徐檢校水閣,後者“與郊九成同賦”爲題下小字注;鐵崖楊先生詩集本題作玉山草堂二首主者徐都事。又,詩淵本、鐵崖楊先生詩集本、玉山草堂雅集十八卷本皆載詩兩首,此爲第一首。

② 城:鐵崖楊先生詩集本作“橋”。

③ 鴗鵒:玉山草堂雅集十八卷本作“交青”。

④ 爾:詩淵本作“是”。

⑤ 膬:玉山草堂雅集十六卷本作“勝”。照玉:印溪草堂鈔本、鐵崖楊先生詩集本作“照酒”,玉山草堂雅集十六卷本作“酒滿”。

【箋注】

〔一〕本詩與郊九成同賦,蓋撰於元至正七、八年間。其時楊維楨寓居姑蘇,授學爲生,與郊九成唱和頗多。徐檢校:當爲江浙行省檢校官。按:元吳師道撰吳禮部文集卷三送徐檢校之浙省并簡前政王止善:“皇朝樹藩垣,江浙天下最。豈惟財賦强,政體亦宏大。群僚極高選,吉士多藹藹。贊參每從容,勾檢尤倚賴。徐卿世名家,踐歷振風裁。運籌佐漕輓,遺聲滿吳會……”貢奎撰雲林集卷六亦有寄徐檢校詩。可見徐檢校與吳師道、貢奎等皆有交往,與西湖水閣主人當爲同一人。郊九成:名韶。參見東維子文集卷七郊韶詩序。

〔二〕鳳凰城:杭州別名。杭州城内有鳳凰山,山下有鳳凰門,故名。

〔三〕詩人:指杜甫。濯錦江:又稱蜀江,位於今四川成都。相傳錦濯其中則鮮潤,故名。參見太平寰宇記卷七十二濯錦江。

題承天閣 與魯瞻副使同登,用魯瞻韻①〔一〕。

荆棘荒涼繞②故宫,梵樓③突兀畫圖中。地連滄海何曾④斷?月墜⑤青天不離空。蠨蛺著⑥簷秋易雨,蒲牢吼屋夜還風〔二〕。越南羈旅⑦登臨倦,尚賦囚山⑧日月籠〔三〕。

【校】

① 本詩又載清初印溪草堂鈔本東維子集卷七、元詩選初集辛集、清鈔鐵崖楊先生詩集卷上、劉世珩影元刊十八卷本玉山草堂雅集卷二、吳都文粹續集卷二十九寺院，據以校勘。玉山草堂雅集本、印溪草堂鈔本、元詩選本、鐵崖楊先生詩集本及吳都文粹續集本皆題作承天閣，後四本無題下小字注。

② 繞：鐵崖楊先生詩集本、玉山草堂雅集本作"失"，吳都文粹續集本作"吳"。

③ 樓：吳都文粹續集本作"王"。

④ 曾：印溪草堂鈔本、樓氏鐵崖逸編注本作"由"。

⑤ 墜：玉山草堂雅集本作"墮"。

⑥ 蠨蛛：玉山草堂雅集本作"蝵蛛"。著：鐵崖楊先生詩集本作"在"，玉山草堂雅集本作"有"，吳都文粹續集本作"掛"。

⑦ 旅：鐵崖楊先生詩集本、玉山草堂雅集本作"客"。

⑧ 尚賦囚山：印溪草堂鈔本作"書賦囚山"，樓氏鐵崖逸編注本作"書賦囚人"，鐵崖楊先生詩集本作"尚付西山"。

【箋注】

〔一〕詩撰於元至正七年（一三四七）秋，鐵崖與都水庸田司副使康若泰游覽姑蘇承天寺而題詩。魯瞻副使：指康若泰，若泰字魯瞻。按：都水庸田使司設於平江（今江蘇蘇州），康若泰於元至正七年秋任庸田司副使，未滿三月即轉官湖南憲使。參見鐵崖先生詩集甲集送康副使、東維子文集卷十二新建都水庸田使司記、卷二十九送康司業詩。承天閣：當指蘇州承天寺萬佛閣。吳都文粹續集卷二十九寺院："承天能仁禪寺，在府治北甘節坊，梁衛尉卿陸僧瓚捨宅建。初名廣德通玄寺，宋改承天，宣和中禁稱天、聖、皇、王等字，遂改能仁。寺前有二土阜，內有無量壽佛銅像及盤溝祠、靈祐廟、萬佛閣。寺屢煨，至元間僧悅南楚重建，黃溍、鄭元祐記。"又，元陶宗儀南村輟耕錄卷十一承天閣："平江承天寺初畜大木，將造千佛閣，會浙省災，責有司籍所在木植，官酬以價。寺一點僧於閣木上皆鑿'萬歲閣'三字，於是有司不敢取。及閣成，其字固在。"

〔二〕蒲牢：神獸名，傳說爲龍王之子，以善吼著稱。文選班固東都賦："於是發鯨魚，鏗華鐘。"注："薛綜西京賦注曰：海中有大魚曰鯨，海邊又有獸名蒲牢。蒲牢素畏鯨，鯨魚擊蒲牢，輒大鳴。凡鐘欲令聲大者，故作蒲牢於上，所以撞之者，爲鯨魚。"

〔三〕"尚賦囚山"句：出自柳宗元所撰囚山賦。參見鐵崖先生詩集丙集題錢選
　　畫長江萬里圖注。

素華堂 上清日臺①名與揭學士同賦〔一〕

　　素華臺上月如雪②，獨披鶴氅立③清秋。人間只有黄金屋，天上應
無白玉樓④。龍劍歸來天北鄉⑤，鳳簫吹斷⑥海西流。唐家三郎⑦不識
此〔二〕，只識⑧羅公一幻游〔三〕。

【校】

① 本詩又載永樂大典卷二六〇四素華臺、詩淵、清初印溪草堂鈔本東維子集卷
　　七、清愛日精盧鈔本鐵崖楊先生詩集卷上、劉世珩影元刊十八卷本玉山草堂
　　雅集卷二，據以校勘。永樂大典本題作題張真人素華臺，有注曰録自元楊鐵
　　崖集；詩淵本題作蘇華臺，詩中"蘇華"則作"素華"；鐵崖楊先生詩集本題作
　　素花臺；印溪草堂鈔本、玉山草堂雅集本題作素華臺，前者無題下小字注，後
　　者有小字注，然"日臺"之"日"，作"月"。
② 雪：永樂大典本作"水"。
③ 獨披鶴氅立：永樂大典本作"仙人鶴氅坐"。
④ 詩淵本至此結束，無以下四句。
⑤ 鄉：鐵崖楊先生詩集本作"響"，玉山草堂雅集本作"嚮"。又，此句永樂大典
　　本作"寶劍飛來天北拱"。
⑥ 斷：永樂大典本作"徹"。
⑦ 三郎：永樂大典本、印溪草堂鈔本作"天子"。
⑧ 識：印溪草堂鈔本作"得"。

【箋注】

〔一〕素華臺：在貴溪龍虎山下。元張雨、陳旅皆有題詩。又，龍虎山有上清
　　宫。參見大明一統志卷五十一廣信府。又，元詩選初集卷六十六載張雨
　　素華臺："素華臺榭壓崑丘，況近仙家十二樓。白裹深蟠龍虎氣，空中遥接
　　鳳凰游。瑠璃研水偏盛月，雲母屏風不隔秋。姑射山中有冰雪，神人願與
　　國同休。"與本詩同韻，或同時之作。揭學士：指揭侯斯。參見鐵崖文集

卷五祭揭曼碩先生文。

〔二〕唐家三郎：唐玄宗。

〔三〕"羅公"句：相傳羅公遠擲桂枝而化銀橋，玄宗得以登月宫。參見鐵崖先生古樂府卷二奔月卮歌注。

題西湖静者扇　忻用和①〔一〕

道人羽扇衣黄裙，瀟洒有似華陽君〔二〕。不知世上走紅霧，但見山中生②白雲〔三〕。秋風橘柚已半熟，茅屋雞犬如相聞。我欲從之此中隱，匡廬泰華何由分。

【校】

① 本詩又載清初印溪草堂鈔本東維子集卷七、清愛日精廬鈔本鐵崖楊先生詩集卷上，據以校勘。題下小字注"忻用和"三字，原本無，據印溪草堂鈔本增補。鐵崖楊先生詩集本題作西湖静者欣用和韻。

② 生：鐵崖楊先生詩集本作"無"。

【箋注】

〔一〕忻用和：名忻，字用和，即所謂"西湖静者"，當爲杭州道士。

〔二〕華陽君：泛指得道高士。茅山有華陽洞，相傳漢代茅盈、茅衷、茅固兄弟三人自咸陽來此，在此洞得道。陶弘景亦隱居於此。故華陽洞爲道教發祥地。

〔三〕山中白雲：參見東維子文集卷十八怡雲山房記。

游龍井　用張伯雨韻①〔一〕

淮海先生泉有記〔二〕，西湖從此媿靈湫。池中水②鯉時時出，嶺上風篁箇箇秋。未説③三賢殊位置，只誇二老共風流〔三〕。爲泉作主定何日，已有靈④山石點頭〔四〕。

【校】

① 本詩又載清初印溪草堂鈔本東維子集卷七、劉世珩影元刊十八卷本玉山草堂雅集卷二、舊鈔本句曲外史貞居先生詩集七卷附録卷二，據以校勘。玉山草堂雅集本題作游龍井次張貞居韻。

② 水：玉山草堂雅集本作“冰”。

③ 説：玉山草堂雅集本作“議”，印溪草堂鈔本、句曲外史貞居先生詩集本作“擬”。

④ 靈：印溪草堂鈔本、句曲外史貞居先生詩集本作“雲”。

【箋注】

〔一〕詩當作於元至正四年（一三四四）前後，其時鐵崖試圖補官，暫居杭州，與張雨、錢惟善等唱和頗多。龍井：位於杭州西湖之西，相傳有龍居之，故名。淮海集卷三十八龍井記：“余自淮南如越省親，過錢塘，訪（辨才）法師於山中。法師策杖送余於風篁嶺之上，指龍井曰：‘此泉之德，至矣！美如西湖，不能淫之使遷；壯如浙江，不能威之使屈。受天地之中，資陰陽之和，以養其源。推其緒餘，以澤於萬物。雖古有道之士，又何以加於此！’”張伯雨：即張雨。參見東維子文集卷七郊韶詩序。

〔二〕淮海先生：指北宋秦觀。秦觀有龍井記、龍井題名記，載淮海集卷三十八。

〔三〕二老：指北宋道人參寥、法師辨才。參見秦觀龍井題名記。

〔四〕石點頭：用生公説法，頑石點頭事。參見鐵崖先生古樂府卷四虎丘篇注。

玉京山〔一〕

上界縣來①足官府，玉京移得在人間。赤龍②飛動霞當户，銀漢下垂星滿壇〔二〕。石户③忽聞人語答，鳳笙時逐鶴飛④還〔三〕。宰官喜在⑤神仙窟，何必更尋勾漏丹〔四〕。

【校】

① 本詩又載清初印溪草堂鈔本東維子集卷七、清愛日精廬鈔本鐵崖楊先生詩

集卷上、劉世珩影元刊十八卷本玉山草堂雅集卷二、天台勝迹録卷二,據以校勘。來:印溪草堂鈔本作“聞”。

② 龍:印溪草堂鈔本、鐵崖楊先生詩集本、玉山草堂雅集本作“城”,當從。

③ 石户:玉山草堂雅集本、天台勝迹録本作“響石”。

④ 鳳笙:天台勝迹録本作“鳳聲”。鶴飛:玉山草堂雅集本、天台勝迹録本作“鶴聲”。時逐鶴飛:鐵崖楊先生詩集本作“吹逐鶴群”。

⑤ 在:鐵崖楊先生詩集本作“得”。

【箋注】

〔一〕據“宰官喜在神仙窟,何必更尋勾漏丹”兩句,本詩當撰於鐵崖就職天台縣令時,即元天曆元年(一三二八)至三年之間。大明一統志卷四十七台州府:“玉京洞在赤城山。道書十大洞天之第六。”又,雲笈七籤卷二十一天地部總叙天:“玉京山經曰:‘玉京山冠於八方諸大羅天,列世比地之樞上中央矣。山有七寶城,城有七寶宫,宫有七寶玄臺。其山自然生七寶之樹,一株乃彌覆一天,八樹彌覆八方大羅天矣。即太上無極虚皇大道君之所治也。’”

〔二〕“赤龍”二句:文選孫綽游天台山賦:“赤城霞起而建標,瀑布飛流以界道。”

〔三〕“鳳笙”句:王子喬故事。參見鐵崖先生古樂府卷二周郎玉笙謡注。

〔四〕勾漏丹:晉書葛洪傳:“(葛洪)以年老,欲煉丹以祈遐壽,聞交阯出丹,求爲句漏令。帝以洪資高,不許。洪曰:‘非欲爲榮,以有丹耳。’帝從之。”

登戴山絶頂留山房①〔一〕

大戴先生讀書處〔二〕,削峰平地割蓬丘。鶴尊②仙酒醉東老〔三〕,山房③古篆題滄洲〔四〕。東庭 西庭月色白〔五〕,大雷 小雷龍④氣浮〔六〕。劃然長嘯下山去,阿施⑤共載鴟夷舟〔七〕。

【校】

① 本詩又載清初印溪草堂鈔本東維子集卷七、乾隆烏程縣志卷二山川,據以校勘。乾隆烏程縣志本題作登戴山望太湖,注曰録自東維子集。

② 鶴尊：印溪草堂鈔本作"窪樽"，乾隆烏程縣志本作"窪尊"。

③ 房：乾隆烏程縣志本作"居"。

④ 龍：乾隆烏程縣志本作"雲"。

⑤ 阿施：原本誤作"河絕"，據印溪草堂鈔本、乾隆烏程縣志本改。

【箋注】

〔一〕詩作於元至正五、六年間，其時鐵崖授學於長興東湖書院，時常結伴游山玩水。乾隆烏程縣志卷二山川："戴山，在烏程縣東北十八里。譙郡戴仲若游居，三吳衣冠之士與游者，隨其所至，筑室居之。太守張邵素與之善，爲築於此，因名焉。"

〔二〕大戴先生：指戴顒。戴顒字仲若，生平詳見南史隱逸傳。乾隆烏程縣志卷三古迹："戴仲若宅，在縣東北戴山。"

〔三〕醉東老：指呂洞賓曾經夜宿湖州沈東老家，且酣飲。參見鐵崖先生詩集甲集玄霜臺爲呂希顏賦注。

〔四〕古篆題滄洲：疑指朱芾古篆題字。朱芾爲鐵崖弟子，號滄洲生，以金石書法著稱。參見東維子文集卷九送朱生芾蒲溪授徒序。

〔五〕東庭、西庭：指東洞庭與西洞庭。

〔六〕大雷、小雷：參見鐵崖先生古樂府卷四送客洞庭西注。

〔七〕"阿施"句：相傳西施、范蠡遁游於太湖。參見鐵崖先生古樂府卷二昭君曲之二注。

泊穆溪

穆溪南下七十里〔一〕，大宅溪臨①二百年。雨氣入雲寒蜃過，天光著水大星懸。萬株②樹影沙堤柳，千丈花莖③玉井蓮〔二〕。更欲溪④西來避地，鴟夷何必五湖船〔三〕。

【校】

① 本詩又載清初印溪草堂鈔本東維子集卷七，據以校勘。溪臨：印溪草堂鈔本作"臨溪"。

② 株：印溪草堂鈔本作"枝"。

③ 千丈花莖：印溪草堂鈔本作“十丈花枝”。

④ 更欲溪：印溪草堂鈔本作“便欲瀼”。

【箋注】

〔一〕穆溪：又稱穆河溪。弘治嘉興府志卷十一秀水縣山川：“穆河溪在縣東北
　　四里，水接上谷湖，入太湖。水中多龍骨。”

〔二〕玉井蓮：韓愈古意：“太華峰頭玉井蓮，開花十丈藕如船。”自注：“華山記
　　云：山頂有池，生千葉蓮花，服之羽化，因曰華山。”

〔三〕鴟夷：指范蠡攜西施隱逸。參見鐵崖先生古樂府卷三五湖游注。

題馮淵如高士彈琴圖〔一〕

　　家住千峰紫翠園①，秋來竹日净暉暉②。銀河一道峽中落，白鶴千
頭嶺上飛。玉杵丁丁丹藥臼，瑶琴歷歷紫金徽。寄書天上張公子，相
約吹笙③月下歸〔二〕。

【校】

① 本詩又載清初印溪草堂鈔本東維子集卷七，據以校勘。園：印溪草堂鈔本
　　作“圍”。

② 暉暉：印溪草堂鈔本作“清暉”。

③ 笙：印溪草堂鈔本作“簫”。

【箋注】

〔一〕馮淵如：即馮瀋，松江璜溪人。鐵崖弟子。參見東維子文集卷十七東阿
　　所記。

〔二〕“寄書天上”二句：杜甫贈翰林張四學士：“翰林逼華蓋，鯨力破滄溟。天
　　上張公子，宮中漢客星。”

題廣生堂詩卷①

　　杭上醫師金肅氏〔一〕，聲名②籍甚廣生堂。青燈黄卷時時習，玉札③

丹砂世世藏。石田種玉三花發〔二〕,橘井流泉萬顆④香〔三〕。活得千人永封⑤後,知君世澤未渠央。

【校】

① 本詩又載清初印溪草堂鈔本東維子集卷七、清愛日精廬鈔本鐵崖楊先生詩集卷上,據以校勘。鐵崖楊先生詩集本題作廣生堂卷。
② 聲名:印溪草堂鈔本作"名聲"。
③ 札:鐵崖楊先生詩集本作"丸"。
④ 流泉萬顆:鐵崖楊先生詩集本作"流甘萬實"。
⑤ 永封:印溪草堂鈔本作"必有",鐵崖楊先生詩集本作"必傳"。

【箋注】

〔一〕金肅:據本詩,金肅爲杭州醫師。診所取名廣生堂,元季頗著名。
〔二〕石田種玉:楊伯雍(或曰羊公)故事。參見鐵崖先生古樂府卷六艾師行贈黄中子注。
〔三〕橘井:指蘇耽故事。參見鐵崖先生古樂府卷六醫師行贈袁煉師注。

題張長年雪篷〔一〕

故人今在雪之濱〔二〕,風雪孤篷未苦貧。二載溪頭見安道〔三〕,一簑江上覓玄真〔四〕。風清①菰米香生夜,月白②蘆花夢遠春。莫説江都錦帆事〔五〕,蕪城烟雨正愁人〔六〕。

【校】

① 本詩又載清初印溪草堂鈔本東維子集卷八、元詩選初集辛集、清鈔十六卷本玉山草堂雅集卷一、樓氏鐵崖逸編注卷七,據以校勘。風清:印溪草堂鈔本、玉山草堂雅集本、元詩選本、樓氏鐵崖逸編注本作"飯烝"。元詩選本又有注曰:"一作風清。"
② 月白:印溪草堂鈔本、玉山草堂雅集本、元詩選本、樓氏鐵崖逸編注本作"被擁"。元詩選本又有注曰:"一作月白。"

【箋注】

〔一〕張長年:指張天永。萬曆嘉定縣志卷十三人物考下流寓元:"張天永字長

年,淮南人。元季奉其母避地嘉定。君子稱其有江革之孝。母喪後,累辟
不就。所著有雪蓬行稿、溝亭集。”元詩選癸集張都事天永:“(天永)秦郵
之兩伍村人。父官建康教授。至正末,天永奉其母避兵嘉定。授徒養母,
母卒,葬之蔡原。屢辟不就。張氏據吳,强起授江浙行省都事。號雪蓬。
所著有雪蓬行稿、溝亭集、兩伍張氏家乘云。長年早年見賞於余忠宣公,
謂其文當水涌而山出,詩沖豪清麗,比之韋蘇州云。”

〔二〕按:至正二十年歲末,鐵崖初識張長年。當時鐵崖游嘉定,張長年請鐵崖
撰文,即哀辭敍(載楊鐵崖先生文集全録卷四)。至正二十年之後,張長年
又自嘉定移居“霅之濱”。霅:溪名。在湖州烏程。

〔三〕見安道:指王子猷雪夜訪戴安道,不見而返。詳見世說新語任誕。

〔四〕玄真:唐張志和,自號玄真子。參見東維子文集卷二十一五湖宅記。

〔五〕江都錦帆:指隋煬帝乘龍舟幸江都。

〔六〕“蕪城烟雨”句:蓋指當時揚州一帶戰事緊張。蕪城,揚州別稱。參見太
平寰宇記卷一百二十三淮南道一揚州。

贈王德謙相士[一]

大蠢道人大不蠢,一雙英眸利秋隼。老崖休官朝市隱,不滿道人
蜘蛛哂[二]。鶴翎氅子鹿皮冠,手中九節青琅玕[三]。自言昨夜花鳥
使[四],又報弱水蓬萊乾[五],不須引上鮎魚竿①[六]。

【校】

① 本詩又載清初印溪草堂鈔本東維子詩集卷二,據以校勘。“又報弱水蓬萊
乾”二句十四字,原本脫闕七字,今據印溪草堂鈔本增補。

【箋注】

〔一〕詩撰於元至正七年(一三四七)前後,其時鐵崖浪迹湖州、姑蘇、松江等地,
授學爲生。繫年依據:其一,詩中曰“休官朝市隱”,則當賦於至正初年,
因失官而居市鎮教學期間。其二,詩中作者自稱“老崖”,而至正七年徙居
姑蘇授學時,鐵崖五十二歲。王德謙:別號大蠢道人。蓋以相面卜卦謀
生,至正年間游走於東南市鎮。生平不詳。

〔二〕"不滿"句：金樓子卷六雜記篇下："楚國龔舍，初隨楚王朝，宿未央宫，見蜘蛛焉。有赤蜘蛛，大如栗，四面縈羅網，有蟲觸之而死者，退而不能得出焉。舍乃嘆曰：'吾生亦如是矣。仕宦者，人之羅網也，豈可淹歲？'於是掛冠而退。時人笑之，謂舍爲蜘蛛之隱。"

〔三〕九節青琅玕：參見鐵崖先生古樂府卷三璚臺曲注。

〔四〕花鳥使：當指王母所使青鳥。參見鐵崖先生古樂府卷二三青鳥注。

〔五〕弱水蓬萊乾：指神仙麻姑自稱曾見蓬萊水面深淺變化。詳見鐵崖先生古樂府卷三夢游滄海歌注。

〔六〕鮎魚竿：爾雅翼釋魚："（鮎魚）善登竹，以口銜葉而躍於竹上，大抵能登高。"此句意爲請相士不必談自己仕宦事。歐陽修歸田録卷二載梅聖俞妻嘲聖俞："君於仕宦，亦何異鮎魚上竹竿耶？"

寄康子中①〔一〕

梅子雨來啼鵜鴣，梅子雨歇啼胡廬〔二〕。綸巾羽扇人如畫，青雀黄龍水滿湖。銀瓶酒出阿剌吉〔三〕，銅斗絲傾斛律珠〔四〕。老翁嬉春春輒醉，玉山倒地蛾眉扶〔五〕。

【校】

① 本詩又載清初印溪草堂鈔本東維子集卷八、十六卷本玉山草堂雅集卷一。

【箋注】

〔一〕康子中：或即康里巎巎，字子中，曾任江浙行省平章政事，楊維禎曾上書給巎巎，希望引薦。

〔二〕胡廬：鳥名，又稱提胡盧。參見鐵崖先生古樂府卷七五禽言之二注。

〔三〕阿剌吉：又稱阿吉。一種燒酒。參見鐵崖先生古樂府卷十春俠雜詞之十二注。

〔四〕斛律珠：胡琴名。參見鐵崖文集卷一七客者志注。

〔五〕玉山倒地：南朝宋劉義慶世説新語容止："嵇叔夜之爲人也，巖巖若孤松之獨立；其醉也，傀俄若玉山之將崩。"

寄鹿皮子 陳樵號也^{①〔一〕}

　　鹿皮老人顏色好,山中讀書已得道。木客入^②市與吟哦^{〔二〕},麻姑過家^③當灑掃^{〔三〕}。岩前春草定中生^④,洞口仙羊奕^⑤時老^{〔四〕}。須君解作懸輪梯,直上烟蘿^⑥拾瑤草。

【校】

① 本詩又載清初印溪草堂鈔本東維子集卷八、清愛日精廬鈔本鐵崖楊先生詩集卷上、劉世珩影元刊十八卷本玉山草堂雅集卷二,據以校勘。題下小字注"陳樵號也"四字,原本無,據印溪草堂鈔本增補。鐵崖楊先生詩集本題作寄鹿皮子圓谷陳先生,玉山草堂雅集本題作寄鹿皮子,題下附小字注"隱東陽圓谷"。

② 入:印溪草堂鈔本、玉山草堂雅集本作"出"。

③ 過家:鐵崖楊先生詩集本作"到門"。

④ "岩前"句:鐵崖楊先生詩集本作"山間春草定中長",玉山草堂雅集本作"山前春草定中長"。

⑤ 仙羊:鐵崖楊先生詩集本作"羊仙"。奕:當作"弈"。

⑥ 直上烟蘿:鐵崖楊先生詩集本作"梯我蘿烟",玉山草堂雅集本作"梯上蘿烟"。

【箋注】

〔一〕詩當撰於元至正九年(一三四九)前後,與鹿皮子文集序蓋同時之作。鹿皮子:指陳樵。參見東維子文集卷六鹿皮子文集序。

〔二〕木客:指山中隱士。

〔三〕麻姑:仙女名。參見鐵崖先生古樂府卷三夢游滄海歌注。

〔四〕洞口仙羊:指皇初平叱石爲羊。參見鐵崖先生古樂府卷六壽岩老人歌注。奕時老:蓋指王質觀棋爛柯故事。參見鐵崖先生古樂府卷三張公洞注。

寄丁仲容 復有檜亭集^{①〔一〕}

　　帝王州^②裏丁令子^{〔二〕},一時才氣獨^③無前。空勞^④太史觀星象,未

向<u>金陵</u>起⑤酒仙〔三〕。獨唱斗南詩似錦，醉歸月下馬如船。封書已寄<u>茅</u>⑥家鶴〔四〕，共上<u>揚州</u>十萬纏〔五〕。

【校】

① 本詩又載<u>明</u>佚名鈔<u>楊維禎詩集</u>、<u>清</u>初<u>印溪草堂</u>鈔本<u>東維子集</u>卷八、<u>清愛日精廬</u>鈔本<u>鐵崖楊先生詩集</u>卷上、<u>劉世珩</u>影元刊十八卷本<u>玉山草堂雅集</u>卷二、<u>文淵閣四庫全書</u>本<u>元音</u>卷十二，據以校勘。題下小字注"復有檜亭集"五字，原本無，據<u>印溪草堂</u>鈔本增補。<u>鐵崖楊先生詩集</u>本題爲寄<u>丁仲庸</u>，誤。

② 州：原本作"洲"，據<u>印溪草堂</u>鈔本、<u>玉山草堂雅集</u>本改。

③ 獨：<u>元音</u>本、<u>鐵崖楊先生詩集</u>本、<u>玉山草堂雅集</u>本作"絶"。

④ 勞：<u>印溪草堂</u>鈔本作"令"。

⑤ 未：<u>元音</u>本、<u>鐵崖楊先生詩集</u>本作"不"。起：<u>元音</u>本作"捉"。

⑥ 已：<u>鐵崖楊先生詩集</u>本作"遠"。茅：原本作"毛"，據<u>元音</u>本、<u>鐵崖楊先生詩集</u>本、<u>玉山草堂雅集</u>本改。

【箋注】

〔一〕<u>丁仲容</u>：名<u>復</u>。參見<u>東維子文集</u>卷七<u>李仲虞詩序</u>。

〔二〕<u>丁令子</u>：即<u>丁令威</u>，此借指<u>丁復</u>。參見<u>鐵崖先生古樂府</u>卷十<u>小游仙</u>之十注。又，<u>丁復</u>常年授學於<u>金陵</u>學宫，<u>金陵</u>爲六朝古都，故此稱"帝王州里"。語出<u>南朝齊謝朓入朝曲</u>："<u>江南</u>佳麗地，<u>金陵</u>帝王州。"

〔三〕酒仙：<u>元</u>人<u>楊翻</u>曰："<u>仲容</u>詩必因酒而作，引觴揮毫，若不經意而語率高絶。蓋<u>仲容</u>胸次夷曠，生平有隱君子之趣，而以酒自託。故當時論詩者，亦以<u>太白</u>方之。"（見<u>元詩選</u>二集<u>丁處士復</u>。）

〔四〕茅家鶴：指<u>茅山</u> 三茅兄弟之鶴。

〔五〕"共上<u>揚州</u>"句：參見<u>鐵崖先生詩集</u>丙集<u>題錢選畫長江萬里圖</u>注。

贈張貞居 伯雨〔一〕

三月三日，<u>句曲先生</u>來，手出小<u>臨海</u>和章一十首〔二〕，飄飄然有飛出六合之意。酣暢詩酒，突梯滑稽，以游戲人間世者，是豈人世癡仙人也耶！余賦詩一解，先生書而和之，坐客藏去，以比榴皮之傳寶〔三〕。予詩曰①：

句曲先生不受呼，侵晨開戶墮雙鳧〔四〕。戲談奇字②譏獮豝〔五〕，醉揮如意擊珊瑚〔六〕。天③上神仙元嗜酒，座④中玉女解投壺〔七〕。只應老鐵狂更甚，時從吹笛過玄都〔八〕。

【校】

① 本詩又載清初印溪草堂鈔本東維子集卷八、清愛日精廬鈔本鐵崖楊先生詩集卷上、劉世珩影元刊十八卷本玉山草堂雅集卷二，據以校勘。題下小字注"伯雨"二字，原本無，據印溪草堂鈔本增補。鐵崖楊先生詩集本題作贈張伯雨。又，"三月三日"以下至"予詩曰"原本無，乃玉山草堂雅集本詩題，徑改作小序，置於詩前。

② 字：鐵崖楊先生詩集本作"事"。

③ 天：玉山草堂雅集本作"海"。

④ 座：印溪草堂鈔本作"坐"。

【箋注】

〔一〕本詩當作於元至正六年（一三四六），或稍後之三月三日，其時鐵崖游寓杭州、湖州、蘇州等地，授學爲生。繫年依據：詩前小序謂張雨"手出小臨海和章一十首"，所謂"小臨海"，指鐵崖所作小臨海曲，約撰於至正五、六年間鐵崖授學湖州時期。張雨和詩必作於此後不久。張貞居：即張雨，又稱句曲先生。參見東維子文集卷七郊韶詩序。

〔二〕小臨海和章：指張雨追和鐵崖詩作小臨海曲。按：鐵崖授學湖州時期，曾作小臨海曲十首，又稱洞庭曲，詩載鐵崖先生古樂府卷九。張雨和詩未見，蓋已失傳。

〔三〕比榴皮之傳寶：謂將張雨書迹比作呂洞賓墨寶。參見鐵崖先生詩集甲集玄霜臺爲呂希顔賦注。

〔四〕雙鳧：參見鐵崖先生詩集丙集題儋州禿翁圖注。

〔五〕譏獮豝：參見鐵崖賦稿卷上柱後惠文冠賦注。

〔六〕擊珊瑚：石崇事。參見鐵崖先生古樂府卷三夢游滄海歌注。

〔七〕投壺：參見上卷天女投壺圖注。

〔八〕玄都：蓋指玄都壇。杜甫玄都壇歌寄元逸人："屋前太古玄都壇，青石漠漠松風寒。"

曹拙隱見遺之作并簡玉淵①進士〔一〕

曹謝同經雙合璧,才高端可價連城。兔園青春挾②大册,虎榜白日懸高名〔二〕。從知風雲待時運,肯與桃李爭春榮。扁舟乘③興過江口,蓴菜鱸魚正④可羹〔三〕。

【校】

① 本詩又載清初印溪草堂鈔本東維子集卷八,據以校勘。印溪草堂鈔本題作曹拙隱見貽之什并簡玉困進士。按:"困"乃"淵"之古字。
② 挾:原本作"拱",據印溪草堂鈔本改。
③ 乘:印溪草堂鈔本作"來"。
④ 正:印溪草堂鈔本作"政"。

【箋注】

〔一〕曹拙隱:生平不詳。拙隱蓋其別號。玉淵進士:指江浙行省鄉貢進士謝玉淵。謝玉淵:嘉禾(今浙江嘉興)人。曾從鐵崖學春秋經。按:元至正十三年(一三五三)七月,鐵崖爲謝玉淵撰堂記,其時尚未言及"進士",本詩當撰於此後。參見東維子文集卷十四生春堂記。
〔二〕"曹、謝同經"四句:蓋曹拙隱、謝玉淵皆從鐵崖學春秋,且以春秋經考中江浙行省鄉貢進士。
〔三〕蓴菜鱸魚:參見鐵崖先生詩集甲集和吕希顏來詩注。

送窩哲臺會試京師① 甲甲科〔一〕

公子才名玉牒賢,鄉書屢薦許推②先。可無大對三千字〔二〕,獨抱遺經二十年。曉日天門金字榜,春風官馬錦花韉③。鳳凰臺下④泥金帖,早報瓊林第一仙。

【校】

① 本詩又載明佚名鈔本楊維禎詩集、清初印溪草堂鈔本東維子集卷八、清愛日

精廬鈔本鐵崖楊先生詩集卷上、文淵閣四庫全書本元音卷十二、清鈔玉山草堂雅集十六卷本卷一、劉世珩影元刊十八卷本玉山草堂雅集卷二,據以校勘。"京師"兩字原本無,據鐵崖楊先生詩集本、玉山草堂雅集本增補。又,明鈔楊維禎詩集本、元音本題作送窩舜臣會試。

② 屢:明鈔楊維禎詩集本作"累"。推:原本作"誰",據印溪草堂鈔本、鐵崖楊先生詩集本改。

③ 轡:鐵崖楊先生詩集本作"鞭"。

④ 下:明鈔楊維禎詩集本、元音本、鐵崖楊先生詩集本、玉山草堂雅集十八卷本作"上"。

【箋注】

〔一〕詩當作於元至正四年甲申(一三四四)冬季,即此年江浙行省鄉試結束以後,窩哲臺赴京參與次年會試之前。其時鐵崖寓居杭州,等待補官。窩哲臺:字舜臣。曾陪侍其父爲官慈溪(今屬浙江),從學於馮彦思,與忻都爲同門好友。元統三年、至正四年皆參與江浙鄉試,兩冠右榜。詳見程端禮送馮彦思序(載畏齋集卷四)。

〔二〕"可無"句:據元史選舉志一,漢人、南人會試"第三場,策一道,經史時務內出題,不矜浮藻,惟務直述,限一千字以上"。今按新刊類編歷舉三場文選所録延祐甲寅年江浙鄉試方希愿、黄潘對策,皆一千餘字。本詩則謂"大對三千字",或元代後期制度有所變化,策文字數標準有所增加;或鐵崖沿用宋代科舉舊制,并非實指。宋代科舉考試曾規定試策論三道,以三千字以上爲准。故夏竦應廷試詩曰:"縱橫禮樂三千字,獨對丹墀日未斜。"(載宋詩紀事卷九。)待考。

送昂吉會試京師①〔一〕

西涼家世東甌②學〔二〕,公子才名久擅場。天府興賢周禮樂,大廷奏③對漢文章。春回玉海晴波暖,月照金臺夜色涼。第一仙人曾自許,瓊林獨拜賜衣香。

【校】

① 本詩又載清初印溪草堂鈔本東維子集卷八、清愛日精廬鈔本鐵崖楊先生詩

集卷下、劉世珩影元刊十八卷本玉山草堂雅集卷二、元詩選三集昂吉小傳,
據以校勘。"京師"兩字原本無,據鐵崖楊先生詩集本、玉山草堂雅集本
增補。

② 甌:原本作"甄",據印溪草堂鈔本、元詩選三集本、鐵崖楊先生詩集本、玉山
草堂雅集本改。

③ 廷:印溪草堂鈔本作"庭"。奏:玉山草堂雅集本作"奉"。

【箋注】

〔一〕詩當作於元至正七年(一三四七)冬日,即此年江浙鄉試之後,其時鐵崖游
寓姑蘇,授學爲生。元詩選三集録事昂吉:"昂吉,字啟文,本唐兀氏,世居
西夏。昂吉留吳中。舉至正七年鄉薦,明年登張秦榜進士。授紹興録事
參軍,遷池州録事。爲人廉謹,寡言笑,時往來玉山,唱和爲多。"按:啟
文,或作起文,漢姓高。顧瑛玉山草堂雅集卷九録其詩,讚譽曰:"非獨述
作可稱,其行尤足尚也。"按:其時江浙一帶鄉貢進士赴京參與下年春季
會試,多於冬季動身。參見東維子文集卷八送鄒生奕會試京師序。又,至
正七、八年間,高啟文在姑蘇與鐵崖交往頗多。參見本書佚文編游石
湖記。

〔二〕東甌:今浙江台州一帶。

送鄒弘道會試〔一〕　名奕蘇人江浙試中①

爾②祖傳經如傳寶〔二〕,冢孫十歲早能③詩。姓名一百黃金榜〔三〕,
禮樂三千白玉墀。宮女剪花④開雨露,侍臣合仗引旌旗。閶闔城裏⑤
癡兒女,始識千金重聘師⑥〔四〕。

【校】

① 本詩又載清初印溪草堂鈔本東維子集卷八、清愛日精廬鈔本鐵崖楊先生詩
集卷下、劉世珩影元刊十八卷本玉山草堂雅集卷二,據以校勘。印溪草堂鈔
本題下小字注僅"江浙試中"四字,詩末又有"鄒奕,蘇人也"五字注。鐵崖楊
先生詩集本、玉山草堂雅集本題作送鄒奕會試京師,無題下小字注。

② 爾:玉山草堂雅集本作"而"。

③ 早能：玉山草堂雅集本作"蚤通"。

④ 剪花：玉山草堂雅集本作"翦華"。

⑤ 裏：鐵崖楊先生詩集本作"外"。

⑥ 聘師：鐵崖楊先生詩集本作"睋詩"。

【箋注】

〔一〕元至正七年（一三四七）十一月一日，鐵崖撰文送鄒奕赴京會試，本詩當爲
　　同時之作。鄒弘道：名奕。參見東維子文集卷八送鄒生奕會試京師序。

〔二〕"爾祖"句：鄒奕祖父鄒士表與鐵崖交好。參見東維子文集卷八送鄒生奕
　　會試京師序。

〔三〕姓名一百：按：元代歷科録取進士名額，通常爲數十人，唯有元統癸酉科
　　廷試進士，"復增名額，以及百人之數"。參見元史選舉志科目。

〔四〕"闔閭城"二句：謂當時姑蘇豪富重金聘鐵崖教授其子弟。明�續霏雪録
　　卷下："蔣氏，姑蘇巨家也。有子甫八齡，欲爲求師。慕鄭明德先生，具禮
　　延之，先生不屑往。蔣亦跌宕者，遂厚延鐵崖楊先生，具道鄭不就之意。
　　時先生居吳淞，放情山水。日攜賓客妓女，以文酒爲樂。謂蔣曰：'能從三
　　事則可，幣不足計也。一無拘日課，二資行樂費，三須卜別墅以貯家人。'
　　蔣欣然從之，鐵崖竟留三年。後其子亦有名於時。"闔閭城，即姑蘇城。

詩餉鶴山何諒①秀才行風水吳越間道過吳中見
松鶴巢及片玉田者皆吾山水交中公子也可以②
吾詩似之當爲汝賦詩繼吾遺響回杭見予③西湖
上徵予言之不妄海上作者有奇製更請多録以
示我蓋予之尋詩不如爾④之尋龍也〔一〕

　海國風⑤烟變古今，三高亭下一行⑥吟〔二〕。南山千古奇形在⑦，東
越諸陵王氣沉。龍角黃沙春草長，馬蹄白日暮雲⑧深。一丘欲待重⑨
來鶴，萬壑千峰⑩何處尋。

【校】

① 本詩又載清初印溪草堂鈔本東維子集卷八、清愛日精廬鈔本鐵崖楊先生詩

集卷上,據以校勘。何諒:印溪草堂鈔本作"何伯諒"。鐵崖楊先生詩集本題
作何氏秀松鶴巢。

② 以:原本無,據印溪草堂鈔本增補。

③ 予:印溪草堂鈔本作"余"。下同。

④ 不如爾:印溪草堂鈔本作"不殊汝"。

⑤ 國風:鐵崖楊先生詩集本作"風吹"。

⑥ 行:印溪草堂鈔本作"得",鐵崖楊先生詩集本作"沉"。

⑦ "南山"句:鐵崖楊先生詩集本作"南朝六代英雄盡"。

⑧ 日暮雲:鐵崖楊先生詩集本作"石暮泥"。

⑨ 待重:印溪草堂鈔本作"待東",鐵崖楊先生詩集本作"問飛"。

⑩ 峰:鐵崖楊先生詩集本作"山"。

【箋注】

〔一〕詩當作於元至正十一年(一三五一)之後,即鐵崖由松江返回杭州任四務
提舉時期。繫年依據:本詩序中,作者自稱在杭州"西湖上";且述及邾
經、顧瑛以及"海上作者"等等,又皆爲至正十年以前游寓崑山、松江等地
所交。何諒:或作何伯諒,當爲風水師。
松鶴巢:蓋指邾經,邾經號鶴巢。參見東維子文集卷十五借巢記。片玉
田:指顧瑛。西湖竹枝集顧瑛小傳稱之爲片玉山人。

〔二〕三高亭:參見鐵崖先生詩集己集題用上人山水圖三首之一。

題①叔明畫〔一〕

青山白雲如白衣,青天瀑布玉龍飛。道人手持白羽扇,松風石上
坐忘機。

【校】

① 本詩又載清初印溪草堂鈔本東維子集卷九,據以校勘。印溪草堂鈔本題作
題王叔明畫。

【箋注】

〔一〕叔明:指王蒙。參見鐵崖先生詩集丙集題王叔明畫渡水僧圖。

瀑布圖

　　前山後山雲氣連，峨^①眉松在石臺邊。道人舊日題詩處，一派銀河落九天〔一〕。

【校】

① 本詩又載清初印溪草堂鈔本東維子集卷九，據以校勘。峨：印溪草堂鈔本作“蛾”。

【箋注】

〔一〕“一派銀河”句：襲自李白詩望廬山瀑布。

題大癡山水^{①〔一〕}

　　前山後山青不了，大樹小樹枝相樛。老癡胸中有丘壑，貌得江南一幅秋。

【校】

① 本詩又載清初印溪草堂鈔本東維子集卷九，據以校勘。印溪草堂鈔本題作題黃大癡山水。

【箋注】

〔一〕大癡：指黃公望，黃公望自號大癡，人稱大癡道人。參見東維子文集卷二十八跋君山吹笛圖注。

題^①朱澤民畫^{〔一〕}

　　白雲白如太古雪，青山青^②似佛頭青〔二〕。何時約客山頭去^③，春日題詩錦繡屏。

【校】

① 本詩又載清初印溪草堂鈔本東維子集卷九、明朱存理編珊瑚木難卷七,據以校勘。題:原本無,據珊瑚木難本補。

② 青:印溪草堂鈔本作"濃"。

③ 去:珊瑚木難本作"寺"。

【箋注】

〔一〕詩作於元至正四年(一三四四)前後,其時鐵崖寓居錢塘,等候補官。繫年依據:珊瑚木難卷七依次録有本詩以及張伯雨、李季和詩各一首,三詩同韻,顯然爲一時步韻唱和之作。而至正四年,鐵崖與張雨、李孝光皆居錢塘,交游唱和頗多,本詩或即當時所作。朱澤民:名德潤。參見鐵崖先生詩集丙集題朱澤民山水。

〔二〕佛頭青:宋林逋西湖:"春水净於僧眼碧,晚山濃似佛頭青。"

題大癡秀嵐疊嶂圖①〔一〕

　　千山萬山青入空,大樹小樹如飛②龍。井西道人出神手③〔二〕,貌得蓬萊第一峰。

【校】

① 本詩又載清初印溪草堂鈔本東維子集卷九,據以校勘。印溪草堂鈔本題作題大癡山水秀嵐疊嶂。又,本詩有日本京都小栗秋堂藏墨迹本,中國歷代題畫詩著録,題作淺絳山水横幅。

② 飛:墨迹本作"游"。

③ 手:印溪草堂鈔本作"去"。

【箋注】

〔一〕大癡:指黃公望。參見東維子文集卷二十八跋君山吹笛圖注。

〔二〕井西道人:黃公望別號。

題尹楚皋山水①〔一〕

有客抱琴來楚皋，江山愁思不勝騷。烽烟不上黃妃塔〔二〕，猶與兩峰南北高〔三〕。

【校】

① 本詩又載清初印溪草堂鈔本東維子集卷九。

【箋注】

〔一〕尹楚皋：其名不詳，字安卿，別號楚皋，覃懷（今河南沁陽、溫縣一帶）人。元末在世，以繪畫爲業。元邵亨貞野處集卷二送畫者尹楚皋序：“覃懷尹安卿，非楚産也，而能慕騷人風度，始援筆寫蘭蕙，即有成趣。既又歷覽江漢勝概，萃其所尤，以爲圖畫，志可尚也。縉紳之士嘉其能，爲詩文以勖之，有曰：‘是宜號楚皋，則爲無負所學。’及觀其畫，皆瀟灑縱逸可喜，於是益信其於山川奇偉秀絶者果有得也。”

〔二〕黃妃塔：位於杭州西湖雷峰頂，吳越王時修建。參見南巡盛典卷八十六名勝。

〔三〕南北高：指杭州南高峰與北高峰。參見鐵崖先生古樂府卷十西湖竹枝歌之四注。

題善長趙公山水①〔一〕

青山葉葉金翡翠，白雲朵朵玉芙蓉。绿華仙子情緣重〔二〕，知在神樓第幾重。

【校】

① 本詩又載清初印溪草堂鈔本東維子集卷九。

【箋注】

〔一〕趙公：圖繪寶鑑卷五元：“趙元，字善長，山東人。畫山水師董源。”

〔二〕綠華仙子：指萼綠華。參見鐵雅先生復古詩集卷之四宮詞之七注。

溪山濯足圖

濯足清溪①水已寒，青山猶有此衣冠。黃塵三尺烏靴底，誰與歸來把釣竿。

【校】

① 本詩又載清初印溪草堂鈔本東維子集卷九，據以校勘。清溪：印溪草堂鈔本作"溪清"。

題山居圖①

千澗澐澐一徑通，長松盡入白雲中。徵君更在山深處，滿谷桃花爛熳紅。

【校】

① 本詩又載清初印溪草堂鈔本東維子集卷九、元詩選初集辛集、樓氏鐵崖逸編注卷八。

題赤壁圖①〔一〕

千載清風赤壁船，獨憐簫客不名傳〔二〕。只應昨夜橫江鶴〔三〕，定是東歸鐵笛仙。

【校】

① 本詩又載清初印溪草堂鈔本東維子集卷九。

【箋注】

〔一〕據詩末“定是東歸鐵笛仙”一句,本詩當作於鐵崖晚年歸隱松江時期,即元
　　至正二十年(一三六〇)以後。

〔二〕簫客: 蘇軾 赤壁賦:“客有吹洞簫者,倚歌而和之。”

〔三〕橫江鶴: 蘇軾 後赤壁賦:“適有孤鶴,橫江東來,翅如車輪,玄裳縞衣,戛然
　　長鳴,掠予舟而西也。”

雨霽①雲林圖

溪雲載山②山欲行,橋頭雨餘春水生。便須借榻雲林館〔一〕,臥聽
仙家③雞犬聲。

【校】

① 本詩又載清初印溪草堂鈔本東維子集卷九、元詩選初集辛集、樓氏鐵崖逸編
　　注卷八、清閟閣全集卷十二,據以校勘。霽: 印溪草堂鈔本、清閟閣全集本、
　　元詩選本、樓氏鐵崖逸編注本皆作“後”。

② 溪: 印溪草堂鈔本作“浮”。載: 當爲“戴”之誤。

③ 仙家: 印溪草堂鈔本作“雲林”。

【箋注】

〔一〕雲林: 指倪瓚。參見東維子文集卷七鄭韶詩序注。

題①青山白雲圖

仙家雞犬空青外,春日湖山罨畫中。今日襆琴何處去,美人只在
斷橋東〔一〕。

【校】

① 本詩又載清初印溪草堂鈔本東維子集卷九,據以校勘。印溪草堂鈔本題作

青山白雲圖。

【箋注】

〔一〕斷橋：參見鐵崖先生古樂府卷十西湖竹枝歌之五注。

狼山晚晴圖①

樵東風雪夜無邊，一別狼山已幾年〔一〕。今日江南攜畫看，玉峰十二倚青天。

【校】

① 本詩又載清初印溪草堂鈔本東維子集卷九、元詩選初集辛集、樓氏鐵崖逸編注卷八。

【箋注】

〔一〕"一別狼山"句：蓋指距離北上京城赴進士考，已時隔多年。按：狼山非止一二，然此當指河北昌平之狼山。鐵崖平生游歷多在江南，北渡長江僅一次，即泰定四年赴京趕考。據大明一統志卷一順天府山川，狼山"在昌平州西北四十里"。

璧水池上作 崑山清真觀①〔一〕

野鴨潭②西秋水塘〔二〕，芙蓉花開一丈長。道人折花大如掌③，自寫冰壺玉④色漿。

【校】

① 本詩又載詩淵、清初印溪草堂鈔本東維子集卷九、劉世珩影元刊十八卷本玉山草堂雅集卷二，據以校勘。璧水：詩淵本作"璧上"，印溪草堂鈔本作"璧水"。題下小字注"崑山清真觀"原本無，據玉山草堂雅集本增補。
② 潭：印溪草堂鈔本、玉山草堂雅集本作"段"。

③ 折：詩淵木作“摘”。掌：印溪草堂鈔本作“斗”。

④ 寫：詩淵本、玉山草堂雅集本作“瀉”。玉：印溪草堂鈔本作“五”。

【箋注】

〔一〕本詩作於崑山清真觀，元季崑山清真觀道士余善爲鐵崖詩友。參見鐵崖
　　先生詩集辛集續青天歌。

〔二〕野鴨潭：或作野鴨段，當爲崑山地名，位於崑山清真觀附近。

聚白雲上人①白雲山居〔一〕

　　大空道人尚有癖〔二〕，愛山如愛傾城姝（音樞②）。每看圖畫一絶
倒，玄圃青③雲知有無〔三〕。

【校】

① 本詩又載清初印溪草堂鈔本東維子集卷九、據以校勘。人：原本無，據印溪
　　草堂鈔本增補。

② 小字注“音樞”二字，原本無，據印溪草堂鈔本增補。

③ 青：印溪草堂鈔本作“白”。

【箋注】

〔一〕白雲上人：元詩選初集白雲上人英：“英字實存，錢塘人。唐詩人厲玄之
　　後也，素有能詩名。歷走閩海、江、淮、燕、汴。一日登徑山，聞鐘聲，有省，
　　遂棄官爲浮屠，結茅天目山中。數年遍參諸方有道尊宿，皆印可之，故其
　　詩有超然出世間趣。別號白雲，即以名其詩集。牟巘翁、趙松雪、胡長孺、
　　林石田、趙春洲輩皆爲之序云。”又，元成廷珪居竹軒詩集卷二白雲上人悼
　　章：“八十七翁如古佛，山房只共白雲居。一聞東土傳來法，三校西天譯後
　　書。劫火不燒紅舍利，冰池重長碧芙蕖。青城今夜白眉月，似汝招搖出大
　　虚。”疑成廷珪詩所謂“白雲上人”，即白雲上人英，其卒年爲八十七。

〔二〕大空道人：疑爲鐵崖自號。

〔三〕玄圃：相傳位於崑崙山上，仙人所居。參見漢書郊祀志下引應劭注。

題列子御風圖^{①〔一〕}

先生狡獪御風行，未信飛昇蛻羽輕。若比大鵬搏九萬，定應斥鷃笑先生^{〔二〕}。

【校】

① 本詩又載清初印溪草堂鈔本東維子集卷九。

【箋注】

〔一〕 列子：即列禦寇。莊子逍遥游：“夫列子御風而行，泠然善也。”

〔二〕 “若比大鵬”二句：見莊子逍遥游。

題李白問月圖^①

或住金鑾或夜郎^{〔一〕}，人間寵辱兩相忘。舉杯問月月無語^{〔二〕}，三萬六千今幾場^{〔三〕}？

【校】

① 本詩又載清初印溪草堂鈔本東維子集卷九，據以校勘。印溪草堂鈔本所載爲組詩，題作題李白問月圖二首，本詩爲第一首。

【箋注】

〔一〕 夜郎：西南夷國。參見漢書董仲舒傳顔師古注。按：李白曾被流放夜郎，未至而赦回。

〔二〕 “舉杯”句：李白月下獨酌四首之一：“花間一壺酒，獨酌無相親。舉杯邀明月，對影成三人。”

〔三〕 “三萬”句：李白襄陽歌：“鸕鷀杓，鸚鵡杯，百年三萬六千日，一日須傾三百杯。”又，古風之二十三：“三萬六千日，夜夜當秉燭。”

杜子美浣花醉歸圖①〔一〕

老人漫興瀼西東〔二〕,黃四娘家花正紅〔三〕。尋得醉鄉韋曲處〔四〕,不知茅屋破秋風〔五〕。

【校】

① 本詩又載清初印溪草堂鈔本東維子集卷九。

【箋注】

〔一〕杜子美：即杜甫。杜甫寓居之地有浣花居,故址在今四川成都。
〔二〕瀼西：據杜工部年譜,大曆二年三月,杜甫遷居瀼西。是年秋,遷東屯。未幾,復自東屯歸瀼西。
〔三〕"黃四娘"句：杜甫江畔獨步尋花七絕句之六："黃四娘家花滿蹊,千朵萬朵壓枝低。"
〔四〕韋曲：杜詩詳注卷三奉陪鄭駙馬韋曲二首之一："韋曲花無賴,家家惱殺人。"注："杜臆：'韋曲,在京城三十里,貴家園亭、侯王別墅多在於此,乃行樂之勝地。'"
〔五〕茅屋破秋風：杜甫有茅屋爲秋風所破歌。

題李杜醉歸圖①

二老風流百世無,醉來驢背要人扶。江東渭北相思後〔一〕,却得春風共入圖。

【校】

① 本詩又載清初印溪草堂鈔本東維子集卷九。

【箋注】

〔一〕"江東"句：杜甫春日憶李白："渭北春天樹,江東日暮雲。何時一樽酒,重與細論文。"

題①康子文掃門圖〔一〕

　　早起柴關②對竹開，梅花如雪③落蒼苔。青衣掃地净如鏡，知是鐵仙騎鶴來〔二〕。

【校】

① 本詩又載清初印溪草堂鈔本東維子集卷九、十六卷本玉山草堂雅集卷一，據以校勘。題：原本無，據印溪草堂鈔本增補。
② 柴關：印溪草堂鈔本作“柴門”。
③ 梅：印溪草堂鈔本、玉山草堂雅集本作“松”。雪：印溪草堂鈔本作“粉”。

【箋注】

〔一〕康子文：不詳。
〔二〕鐵仙：鐵崖自稱。

青林讀書圖

　　我愛青林鐵石株，崢嶸老氣雪霜餘。道人手把羲文易〔一〕，參到先天未畫圖①〔二〕。

【校】

① 本詩又載清初印溪草堂鈔本東維子集卷九，據以校勘。圖：印溪草堂鈔本作“初”。

【箋注】

〔一〕羲文易：相傳周易乃伏羲與周文王合作而成，伏羲畫八卦，文王作卦辭。參見後漢書班固傳中“講羲、文之易”注。
〔二〕先天：伏羲之易。宋羅泌路史論三易：“伏羲氏之先天，神農易之爲中天。”

清溪弄笛圖

君向清溪舟乍艤，我於曲岸笛初横。相知正在無言去，何必將①鬚彈玉箏〔一〕。

【校】

① 本詩又載清初印溪草堂鈔本東維子集卷九。將：當爲"捋"之誤。

【箋注】

〔一〕將鬚彈玉箏：指桓伊彈箏歌怨詩，謝安傷感而捋其鬚。參見鐵崖先生古樂
　　府卷二鳴箏曲注。

洞庭吹笛圖〔一〕

洞庭仙窟碧波心〔二〕，道人吹笛水龍吟。山如香象①踏秋海〔三〕，石似毒虎眠秋②林。

【校】

① 本詩又載清初印溪草堂鈔本東維子集卷九，據以校勘。象：原本作"篆"，據
　　印溪草堂鈔本改。
② 秋：印溪草堂鈔本作"春"。

【箋注】

〔一〕洞庭吹笛圖：此圖所繪，當爲君山老父吹神笛故事。參見東維子文集卷二
　　十八跋君山吹笛圖。
〔二〕洞庭：湖名。位於今湖南省北部，長江南岸。
〔三〕香象：優婆塞戒經卷一："如恒河水，三獸俱渡，兔、馬、香象。兔不至底，
　　浮水而過；馬或至底，或不至底；象則盡底。"

釣魚圖①

　　一葉輕如太乙蓮〔一〕,清江把釣不知年。船頭高似雙臺石〔二〕,昨夜飛花水拍天。

【校】

① 本詩又載清初印溪草堂鈔本東維子集卷九。

【箋注】

〔一〕太乙蓮:參見鐵崖先生古樂府卷十小游仙之六注。

〔二〕雙臺石:指富春江畔嚴子陵釣臺。元詩選二集卷十九徐舫釣臺:"子陵何爲隱,漢爵不肯受……迨今雙臺石,高風清宇宙。"

村落圖

　　老稚移家楊柳陰,將①雞帶犬更籠禽。過山有客登磽确,來聽林中快活吟〔一〕。

【校】

① 本詩又載清初印溪草堂鈔本東維子集卷九,據以校勘。將:原本脱闕,據印溪草堂鈔本補。

【箋注】

〔一〕快活吟:指鳥鳴叫聲。宋王十朋撰東坡詩集注卷三十五禽言五首之三:"豐年無象何處尋,聽取林間快活吟。"注:"此鳥聲云:'麥飯熟,即快活。'"

高士讀書圖①

　　草色上衣書帶青,草廬渾似草玄亭〔一〕。異書不許人間見,昨夜風雷下六丁〔二〕。

【校】

① 本詩又載清初印溪草堂鈔本東維子集卷九。

【箋注】

〔一〕草玄亭：西漢揚雄宅。太平寰宇記卷七十二劍南西道一益州：“子雲宅，
在少城西南角。一名草玄堂。”按：鐵崖晚年松江宅居取名草玄閣。

〔二〕“風雷”句：參見鐵崖先生古樂府卷十小游仙之八注。

摘阮圖〔一〕

罷却檀槽摘阮絲，君王不爾嫁明妃〔二〕。秋聲又慘孤飛雁，零落斷
雲何處飛。

【箋注】

〔一〕摘阮：彈奏阮琴。新唐書元澹傳：“有人破古冢得銅器似琵琶，身正圓，人
莫能辨。行沖曰：‘此阮咸所作器也。’命易以木，弦之，其聲亮雅，樂家遂
謂之‘阮咸’。”

〔二〕明妃：即王昭君。

題明皇合樂①圖

錦棚兒戲按梁州〔一〕，十拍②同心樂未休。誰信馬嵬生死別〔二〕，不
如雙鳳跨秦樓〔三〕。

【校】

① 本詩又載清初印溪草堂鈔本東維子詩集卷十二，據以校勘。印溪草堂鈔本
題作題明皇合笛圖。

② 拍：印溪草堂鈔本作“指”。

【箋注】

〔一〕錦綳：指安禄山。參見陳善學序刊楊鐵崖先生文集卷三點籌郎注。梁州：樂曲名。宋洪邁容齋隨筆卷十四大曲伊涼："今樂府所傳大曲，皆出於唐，而以州名者五：伊、涼、熙、石、渭也。涼州今轉爲梁州，唐人已多誤用，其實從西涼府來也。凡此諸曲，唯伊、涼最著……'霓裳奏罷唱梁州，紅袖斜翻翠黛愁。'"

〔二〕馬嵬生死别：參見鐵崖先生古樂府卷二琵琶怨注。

〔三〕"雙鳳"句：用蕭史、弄玉事。參見鐵崖先生古樂府卷十小游仙之二注。

題趙仲穆畫凌波仙①〔一〕

蒼梧雲斷天東頭〔二〕，嫩人飛珮湘之洲。飄然一去浮漚白，不踏水心蓮葉舟。

【校】

① 本詩又載清初印溪草堂鈔本東維子詩集卷十二，據以校勘。印溪草堂鈔本載詩兩首，題作題趙仲穆畫凌波仙二首，本詩爲第一首。

【箋注】

〔一〕趙仲穆：名雍，趙孟頫次子。參見東維子文集卷十六野亭記。

〔二〕"蒼梧"句：參見鐵崖先生古樂府卷一湘靈操注。

題芭蕉美人圖①

鬢雲淺露月牙灣②，獨立西風意自閑。書破緑蕉雙鳳尾〔一〕，不隨紅葉到人間〔二〕。

【校】

① 本詩又載清初印溪草堂鈔本東維子詩集卷十二、元詩選初集辛集、樓氏鐵崖

逸編注卷八,據以校勘。<u>印溪草堂</u>鈔本題作題美人圖二首,本詩爲第一首。

② 灣: <u>元詩選</u>本、<u>樓氏</u>鐵崖逸編注本作"彎"。

【箋注】

〔一〕"書破"句: <u>唐</u>僧<u>懷素</u>學書,以芭蕉葉代紙。又,<u>宋</u> <u>陶穀</u> <u>清異録</u>卷上<u>扇子仙</u>:"<u>南海</u>城中<u>蘇氏</u>園,幽勝第一。<u>廣主</u>嘗與幸姬<u>李蟾</u>妃微至此,憇酌緑蕉林,<u>廣主</u>命筆大書蕉葉曰'扇子仙'。<u>蘇氏</u>於<u>廣主</u>草宴之所起<u>扇子亭</u>。"

〔二〕"紅葉"句: 參見鐵崖先生古樂府卷四宮詞之十五注。

修竹美人圖

剔指風情色不嬌,秋波只許此君招〔一〕。豈無玉樹肩相并,自愛天寒倚翠翹〔二〕。

【箋注】

〔一〕此君: <u>晉書</u> <u>王徽之</u>傳:"嘗寄居空宅中,便令種竹。或問其故,<u>徽之</u>但嘯詠指竹曰:'何可一日無此君邪!'"後因以"此君"代指竹。

〔二〕"自愛"句: 用<u>杜甫</u> <u>佳人</u>:"絶代有佳人,幽居在空谷……天寒翠袖薄,日暮倚修竹。"

題仲穆凌波仙①〔一〕

嬝人綽約如驚鴻,翩然飛下明月宫。<u>洛浦</u>歸來誰可遺②,手拈一朵玉芙蓉。

【校】

① 本詩又載<u>清</u>初<u>印溪草堂</u>鈔本<u>東維子</u>詩集卷十二,據以校勘。<u>印溪草堂</u>鈔本載詩兩首,題作題<u>趙仲穆</u>畫凌波仙二首,本詩爲第二首。

② 遺: <u>印溪草堂</u>鈔本作"遺"。

【箋注】

〔一〕仲穆：指趙雍。參見東維子文集卷十六野亭記。凌波仙：指洛神宓妃。
　　曹植撰洛神賦：“其形也，翩若驚鴻，婉如游龍……凌波微步，羅襪生塵。”

題凌波仙圖①

帝子乘風下九疑〔一〕，含情欲去更遲遲。獨憐江草年年長，曾見凌
波解珮時〔二〕。

【校】

① 本詩又載元詩選初集辛集、樓氏鐵崖逸編注卷八。

【箋注】

〔一〕九疑：山名，相傳舜葬於此地。參見方輿勝覽卷二十四湖南路道州。
〔二〕凌波解佩：用鄭交甫遇漢水女子解珮相贈事。參見鐵崖先生古樂府卷十
　　小游仙之十七注。

題抱琴才女圖

夜夢湘靈鼓瑟希〔一〕，朱弦移案十三徽。使君未洗琵琶耳，撲得焦
桐月下歸〔二〕。

【箋注】

〔一〕湘靈：舜妃。溺於湘水，或稱湘夫人。楚辭遠游：“使湘靈鼓瑟兮，令海若
　　舞馮夷。”
〔二〕焦桐：指焦尾琴。參見鐵崖先生古樂府卷四焦尾辭注。

題撚花仕女圖①

寫罷桃花扇底詩〔一〕，木香手撚小枝枝。靈犀一點春心密〔二〕，不許牆東野蝶知。

【校】

① 本詩又載元詩選初集辛集、樓氏鐵崖逸編注卷八。

【箋注】

〔一〕桃花扇：宋晏幾道鷓鴣天："舞低楊柳樓心月，歌盡桃花扇底風。"
〔二〕靈犀一點：唐李商隱無題："身無彩鳳雙飛翼，心有靈犀一點通。"

題美人圖①

門外羊車去不迴〔一〕，久無飛夢到②陽臺〔二〕。長門三月春如水〔三〕，落日看花獨自來。

【校】

① 本詩又載清初印溪草堂鈔本東維子詩集卷十二，據以校勘。印溪草堂鈔本題作題美人圖二首，本詩爲第二首。
② 飛夢到：印溪草堂鈔本作"天夢過"。

【箋注】

〔一〕羊車：帝王入後宮時所乘。晉書后妃傳胡貴嬪："時帝多内寵，平吳之後，復納孫皓宮人數千，自此掖庭殆將萬人。而并寵者甚衆，帝莫知所適，常乘羊車，恣其所之，至便宴寢。宮人乃取竹葉插户，以鹽汁灑地，而引帝車。"
〔二〕陽臺：參見鐵崖先生古樂府卷九陽臺曲注。
〔三〕長門：宮名，漢武帝陳皇后所居。參見鐵雅先生復古詩集卷四班婕妤注。

題蘇小小像〔一〕

檀板輕敲歌正好，顰入眉尖苦相惱。春風著去便情深，爲誰獨插宜男草〔二〕。

【箋注】

〔一〕蘇小小：南齊時錢塘名妓。參見鐵崖先生古樂府卷十西湖竹枝歌之一。

〔二〕宜男草：參見鐵崖先生古樂府卷六春草軒辭注。

題欠伸美人圖

丹青自寫卷中人，難寫青山兩點顰〔一〕。燕子日長春困重，起揎衣袖學申申①〔二〕。

【校】

① 本詩又載十六卷本玉山草堂雅集卷一，據以校勘。衣袖學申申：玉山草堂雅集本作“長袖學熊申”。

【箋注】

〔一〕青山兩點顰：指皺眉狀。

〔二〕“起揎”句：原本有小字注曰：“揎，音‘宣’，手發衣也。”申申，論語述而：“子之燕居，申申如也，夭夭如也。”注：“馬曰：申申、夭夭，和舒之貌。”

天台二女廟二首①〔一〕

其一

兩婿無②非薄倖郎，仙姬徒③識姓名香。催歸不是鵑聲切④，自念⑤糟糠不下堂〔二〕。

其二

長笑桃花不是媒，又隨流水送郎回。山中假使終靈匹[三]，更恐吹簫引鳳來[四]。

【校】

① 本組詩又載清初印溪草堂鈔本東維子詩集卷十二，其中第一首又見於劉世珩影元刊玉山草堂雅集卷二，據以校勘。玉山草堂雅集本題作題玉山家藏劉阮圖。

② 無：印溪草堂鈔本、玉山草堂雅集本作"元"。

③ 徒：印溪草堂鈔本、玉山草堂雅集本作"已"。

④ "催歸"句：印溪草堂鈔本、玉山草堂雅集本作"問渠何事歸來早"。

⑤ 自念：印溪草堂鈔本、玉山草堂雅集本作"白首"。

【箋注】

〔一〕天台二女：指漢明帝時，剡縣劉晨、阮肇入天台山採藥時所遇女仙。參見鐵崖先生古樂府卷三苕山水歌注。

〔二〕糟糠：參見鐵崖先生古樂府卷二荆釵曲注。

〔三〕靈匹：神仙佳偶。南朝宋謝惠連七月七日夜詠牛女："雲漢有靈匹，彌年闕相從。"

〔四〕吹簫引鳳：秦穆公女弄玉故事。參見鐵崖先生古樂府卷十小游仙之二注。

題觀音像①[一]

鸚鵡净瓶無著處，善財龍女不相隨[二]。寥寥獨立虛空表，正是眾生盡②界時[三]。

【校】

① 按：本詩與元季天如惟則禪師詩獨坐觀音近似，或爲誤入，俟考。天如詩載師子林天如和尚語録卷五。天如禪師：參見東維子文集卷十一漚集序。

② 盡：原本誤作"畫"。天如獨坐觀音詩此句作"政是眾生界盡時"，據以改正。參見注釋。

【箋注】

〔一〕觀音：又稱觀世音菩薩。唐代以後多塑造成貴婦人形象。

〔二〕善財：又稱善財童子。相傳曾拜謁觀音而受教。其塑像常置於禪宗寺廟山門閣上，位於觀音像左。

〔三〕"正是"句：五燈會元卷二嵩嶽元圭禪師："（元圭曰：）佛能空一切相，成萬法智，而不能即滅定業；佛能知群有性，窮億劫事，而不能化導無緣；佛能度無量有情，而不能盡衆生界。是爲三不能也。"

張處士畫像二首

其一

處士翩翩鶴氅衣，瑤琴未鼓白雲飛。夷陵山下青陵泊〔一〕，採得溪毛薦蕨薇。

其二

拏舟曾過沙湖曲〔二〕，處士當年未白頭。却向山中説人事，採芝常伴赤松游〔三〕。

【箋注】

〔一〕夷陵山：方輿勝覽卷二十九峽州山川："夷陵山，一名西陵峽，在夷陵縣西北二十五里。"

〔二〕沙湖：非止一二，未詳確指。蘇州東沙湖又名金沙湖。參見東維子文集卷二十五故鄒元銘妻金氏墓碣銘。

〔三〕赤松：參見鐵崖先生古樂府卷六傅道人歌注。

題子昂畫蘭〔一〕

長葉短葉亂如翎，一花兩花間斷零。南國王孫芳草恨〔二〕，春風吹起大夫醒〔三〕。

【箋注】

〔一〕子昂：趙孟頫字。參見鐵崖先生詩集乙集題松雪雙松圖。
〔二〕南國王孫：指趙孟頫。
〔三〕大夫：指楚國大夫屈原。

題著色蘭

草發江南二月時，美人洧上獨相思〔一〕。紅香翠艷今如昔，蛺蝶多情渾未知。

【箋注】

〔一〕"草發"二句：史記 鄭世家："晉悼公伐鄭，兵於洧上。"正義："括地志云：'洧水在鄭州 新鄭縣北三里，古新鄭城南。'韓詩外傳云：'鄭俗，二月桃花水出時，會於溱、洧水上，以自祓除。'"詩 鄭風 溱洧："溱與洧，方渙渙兮。士與女，方秉蕑兮。"蕑，亦名蘭。

題墨萱草

金花翠葉澹忘憂〔一〕，影落清池玉鏡秋。尚憶錢唐 蘇小小〔二〕，一枝倒插鳳釵頭〔三〕。

【箋注】

〔一〕忘憂：萱草別名。
〔二〕蘇小小：南齊時錢塘名妓。參見鐵崖先生古樂府卷十西湖竹枝歌之一注。
〔三〕"一枝倒插"句：元陶宗儀南村輟耕錄卷十七黄金縷："蘇小小見諸古今吟咏者多矣……余嘗記虞美人長短句云：'槐陰別院宜清晝，入坐春風秀。美人圖子阿誰留，都是宣和名筆內家收。鶯鶯燕燕分飛後，粉淡梨花瘦。只除蘇小不風流，斜插一枝萱草鳳釵頭。'亦蘊藉可喜，乃元遺山先生所作也。"

墨芙蓉圖

落盡玄霜月滿天,美人秋水影娟娟〔一〕。相逢顔色風塵外,搴得微芳也自憐。

【箋注】

〔一〕美人秋水:詩秦風蒹葭:"蒹葭蒼蒼,白露爲霜。所謂伊人,在水一方。"

水墨四香圖①〔一〕

玉龍聲嘶五更了〔二〕,緑衣倒挂榑桑曉〔三〕。道人衝寒酒未醒,梨花零落春雲小。

【校】

① 本詩又載元詩選初集辛集、樓氏鐵崖逸編注卷八,二本皆題作水墨四香畫。按:本詩又見於鐵崖文三友堂記(載東維子文集卷十三),文字稍有不同。

【箋注】

〔一〕四香:指荼蘼、芙蕖、木犀、梅。意爲上述四種花樹分別飄香於春夏秋冬四季。參見明彭大翼山堂肆考卷一百七十二四香亭引永嘉何希琛語。

〔二〕玉龍聲嘶:表示滴漏將盡。其時爲五更天,天欲破曉。玉龍:蓋指裝飾有玉龍的滴漏計時器。

〔三〕"緑衣"句:源自東坡詩。蘇軾詩集卷三十八再用(十一月二十六日松風亭下梅花盛開)前韻:"緑衣倒挂扶桑暾。"蘇軾自注:"嶺南珍禽。有倒挂子,緑衣,紅喙,如鸚鵡而小,自東海來,非塵埃中物也。"

題墨菊

東籬昨夜有玄霜,深得金錢帶墨香〔一〕。醒醉君前來送酒〔二〕,認花應誤白衣郎。

【箋注】

〔一〕金錢：菊名。宋史鑄撰百菊集譜卷一："金錢菊出西京。深黄，雙紋，重葉，似大金菊，而花形圓齊，頗類滴滴金。"
〔二〕"醒醉"二句：用陶淵明事。參見鐵崖先生古樂府卷八覽古之二十六注。

萱草

萱草吹花點翠帷，更從何處答春暉[一]。白雲滿地堂陰静，尚憶花前五色衣[二]。

【箋注】

〔一〕答春暉：寓孟郊游子吟"誰言寸草心，報得三春暉"之意。
〔二〕"花前"句：寓老萊子舞斑衣以娱親之典。參見鐵崖先生詩集甲集題胡師善具慶堂注。

萱草①圖

黄鵠觜②開黑蜩翼，誰將點染春池墨。東家少婦首如蓬，對爾忘憂忘不得。

【校】

① 本詩又載清初印溪草堂鈔本東維子詩集卷十二，據以校勘。印溪草堂鈔本題作萱花圖。
② 觜：印溪草堂鈔本作"嘴"。

蘭花

一把冰鬚執寄將，殷勤楚珮結成纕。王孫去後秋狼籍，誰向三湘問國香。

瑞香花①〔一〕

一團華蓋翠亭亭〔二〕,萬箇丁香露欲零〔三〕。日炙錦薰眠不得,玉人扶起酒初醒。

【校】

① 本詩又載元詩選初集辛集、樓氏鐵崖逸編注卷八。

【箋注】

〔一〕瑞香花:遵生八箋卷十六瑞香花四種:"有紫花,名紫丁香。有粉紅者,名瑞香。有白瑞香。有緑葉黄邊者,名金邊瑞香。惟紫花葉厚者香甚。"

〔二〕"一團"句:謂瑞香花大如傘蓋。墨莊漫録卷二:"瑞(或作"睡")香花,其香清婉在餘花上,窠株少見大者。襄陽唐表舅家一株,面闊一丈二三尺,婆娑如蓋,下可坐胡牀。"

〔三〕萬箇丁香:當即指瑞香花。又,或稱雞舌香爲丁香。夢溪筆談卷二十六藥議:"按齊民要術云:雞舌香,世以其似丁子,故一名丁子香。即今丁香是也。"

牡丹①

俗李凡桃俱掃迹,仙姿遲遲殿春色。密情想見在無言,不須解語傾人國〔一〕。

【校】

① 本詩又載明佚名鈔本楊維楨詩集。

【箋注】

〔一〕解語:五代王仁裕开元天寶遺事解語花:"太液池有千葉白蓮數枝盛開,

帝與貴戚宴賞焉。左右皆歎羨,久之,帝指貴妃示於左右曰:‘争如我解語花?’”

玉茶

肌膚綽約如冰雪〔一〕,芳心不受緇塵涅。時人莫笑不嫁春,要與梅花共寒冽。

【箋注】

〔一〕“肌膚”句:莊子逍遥游:“藐姑射之山,有神人居焉,肌膚若冰雪,綽約如處子。”

芙蓉花

楊柳池塘老秋景,何處紅顏酒初醒。水邊窺見弄珠人〔一〕,玉鈎倒插東林頂。

【箋注】

〔一〕弄珠:漢張衡南都賦:“游女弄珠於漢皋之曲。”參見鐵崖先生古樂府卷十小游仙之十七注。

黄葵花

美人懶住胭脂國,玉冠自染薔薇色。朝來沆瀣許誰傾,獨立不知金盞側〔一〕。

【箋注】

〔一〕金盞:菊名。宋史鑄百菊集譜補遺:“黄金盞菊。千葉黄花,大如折二錢,細葉相比,頗類笑靨兒,但中陷而外突耳。"

山茶水墨圖

畫圖常向帷屏見,兒女花中羞自銜。相逢不似靚粧紅,一夜霜風吹鐵面。

三香圖〔一〕

秋水爲神玉爲骨〔二〕,山礬是弟梅是兄。剪紙招魂招不得,凌波微步暗塵生〔三〕。

【箋注】

〔一〕三香:按此當題三香之一水仙。
〔二〕"秋水爲神"句:杜甫 徐卿二子歌:"大兒九齡色清澈,秋水爲神玉爲骨。"
〔三〕"山礬"三句:黃庭堅 王充道送水仙花五十枝欣然會心爲之作詠:"凌波仙子生塵襪,水上輕盈步微月。是誰招此斷腸魂,種作寒花寄愁絶。含香體素欲傾城,山礬是弟梅是兄。"又,杜甫 彭衙行:"煖湯濯我足,剪紙招我魂。"

題趙①子昂竹〔一〕

瀛洲仙客錦宮袍〔二〕,醉墨淋漓灑鳳毛。最愛此君清絶處〔三〕,天寒翠袖倚湘皋。

【校】

① 本詩又載清初印溪草堂鈔本東維子詩集卷十二,據以校勘。印溪草堂鈔本題作題子昂竹。

【箋注】

〔一〕趙子昂：即趙孟頫。參見鐵崖先生詩集乙集題松雪雙松圖。
〔二〕瀛洲仙客：指趙孟頫。喻以瀛洲十八仙。
〔三〕“最愛”二句：參見本卷脩竹美人圖注。

題雲林①竹〔一〕

瑟瑟清風響翠濤，青鸞飛影下江②皋。何人吹斷參差玉，滿地月明金錯刀〔二〕。

【校】

① 本詩又載清閟閣全集卷十二外紀下，據以校勘。雲林：原本無，據清閟閣全集本增補。又，清閟閣全集本著録本詩作者爲鐵笛道人。
② 江：清閟閣全集本作“亭”。

【箋注】

〔一〕雲林：指倪瓚。參見東維子文集卷七郯韶詩序。
〔二〕金錯刀：南唐後主李煜所創書法用筆。參見鐵崖先生詩集甲集題吳彥傑水竹軒注。

題柯敬仲竹木①〔一〕

洞庭秋盡水增波，光動珊瑚碧樹柯。夜半仙人騎紫鳳，滿天清影月明多。

【校】

① 本詩又載元詩選初集辛集、樓氏鐵崖逸編注卷八。

【箋注】

〔一〕柯敬仲：名九思。參見東維子文集卷二十四亡兄雙溪書院山長墓志銘。

題鈎勒竹

瀟湘水闊暮雲稠,葉葉風生瑟瑟秋。金錯經毫傳得法[一],滿江秋影落銀鈎[二]。

【箋注】

〔一〕金錯：即金錯刀,參見鐵崖先生詩集甲集題吳彥傑水竹軒注。
〔二〕落銀鈎：指以書法筆勢畫竹。索靖草書勢：“婉若銀鈎,漂若驚鸞。”

題和靖觀梅圖[一]

南山北山一尺雪[二],小姑開到最南枝[三]。道人覓句伊吾底[四],只許山前凍鶴知。

【箋注】

〔一〕和靖：指北宋林逋。林逋謚號“和靖先生”,生平見宋史隱逸傳。
〔二〕南山北山：指杭州西湖邊之南高峰與北高峰。
〔三〕小姑：蓋指杭州西湖之孤山,林逋隱居於此。
〔四〕伊吾：形容吟詩聲。

題梨花折枝

洛陽城裏一枝春,不與凡桃俗李群。春雨樓頭人睡起,一簾香雪落玄雲。

題畫梅

羅浮美人光奪月[一],素衣不受緇塵涅。道人醉把鐵笛吹,五月江城落飛雪〔二〕。

【箋注】

〔一〕羅浮美人：參見鐵崖先生古樂府卷三羅浮美人注。

〔二〕“五月”句：李白與史郎中欽聽黃鶴樓上吹笛：“黃鶴樓中吹玉笛，江城五月落梅花。”

題王元章畫梅①〔一〕

舊時月色有誰歌？拔劍王郎鬢已皤〔二〕。惆悵東風舊詞筆，南枝香少北枝多〔三〕。

【校】

① 本詩又載清初印溪草堂鈔本東維子詩集卷十二、元詩選初集辛集、樓氏鐵崖逸編注卷八，據以校勘。按：元詩選本將本詩納入鐵崖名下，然於詩末注曰：“此詩玉山雅集作鄭元祐。”今按文淵閣四庫全書本草堂雅集，卷三所錄鄭元祐詩中確有此作。然清鈔十六卷本玉山草堂雅集所錄鄭元祐詩中卻無本詩，故仍納入楊維禎名下。

【箋注】

〔一〕王元章：圖繪寶鑑卷五元朝：“王冕，字元章，會稽人。能詩。善畫墨梅，萬蕊千花，自成一家。凡畫成，必題詩其上。”又，王冕號煮石山農、飯牛翁、會稽外史、梅花屋主等，諸暨（今屬浙江）人。曾有用世志，至正初年北上京師，不久歸隱山中。至正十九年，朱元璋部將胡大海攻佔諸暨，王冕爲出謀劃策，受職諮議參軍，旋即病故。工於畫梅，以臙脂作没骨體。詩有竹齋集傳世。參見元詩選二集王冕小傳、全明詩第一冊王冕傳。

〔二〕拔劍王郎：杜甫短歌行贈王郎司直：“王郎酒酣拔劍斫地歌莫哀，我能拔爾抑塞磊落之奇才。”

〔三〕“南枝香少”句：寓意雙關，既實指梅花，又隱含南人地位低下之抱怨。

題王元章墨①梅

　　山陰老王腹似蟆，時吐墨汁寫②梅花。夜半月明眠不得，一枝顛影上窗紗。

【校】

① 本詩又載清初印溪草堂鈔本東維子詩集卷十二，據以校勘。印溪草堂鈔本題作題王冕墨笞梅。
② 寫：印溪草堂鈔本作“畫”。

題柯玉文竹梅圖①〔一〕

　　玉文堂上舊官紙，寫此風枝與露梢。腸斷江南鐵鈎鎖〔二〕，九淵風雨起潛蛟。

【校】

① 本詩又載清初印溪草堂鈔本東維子詩集卷十二，據以校勘。印溪草堂鈔本題作題柯玉文梅竹圖。

【箋注】

〔一〕柯玉文：即柯九思，玉文乃其堂名，用以爲號。參見東維子文集卷二十四亡兄雙溪書院山長墓志銘。玉文堂，元詩選二集甘立有懷玉文堂詩注：“柯敬仲有晉賢書黃庭内景經，因以玉文名堂。奎章學士虞伯生製文。”
〔二〕鐵鈎鎖：李煜所創畫竹筆法。明鎦績霏雪録卷上：“世傳江南李主作竹，自根至梢，極小者一一鈎勒，謂之‘鐵鈎鎖’。自云惟柳公權有此筆法。黃山谷詩云：‘江南鐵鈎鎖，最許誠懸會。’”

題趙仲穆墨桂花〔一〕

　　一葉兩葉玉片片，千粟萬粟金垂垂。道人親到蟾蜍窟〔二〕，折得天香第一枝。

【箋注】

〔一〕趙仲穆：名雍，參見東維子文集卷十六野亭記。
〔二〕蟾蜍窟：喻指月宫。

題倪元鎮雲林三樹圖①〔一〕

不見倪迂今十②載，陸莊春雨帶經鉏〔二〕。祇陀林下三珠③樹〔三〕，又④報桐孫長一株。

【校】

① 清閟閣全集卷十二外紀下録此詩，題作題雲林三樹圖。
② 今十：原本誤作“三十”，據清閟閣全集本改。按：岳雪樓書畫録卷三曹雲西溪山無盡圖卷，録倪瓚所題七絶三首，且附倪瓚跋語曰：“至正二年春三月，偶過廉夫楊君齋頭，得觀曹素貞卷，别有會心，爰題三絶於左方。時扁舟欲西，因草草也。瓚。”又，大觀録卷十七倪高士墨君圖録有倪瓚、鐵崖等人至正二十四年十一月十七日唱和詩。故所謂“不見倪迂三十載”，必誤。
③ 珠：清閟閣全集本作“株”。
④ 又：清閟閣全集本作“爲”。

【箋注】

〔一〕倪元鎮：名瓚，别稱倪迂等。參見東維子文集卷七郯韶詩序。
〔二〕帶經鉏：漢書兒寬傳：“時行賃作，帶經而鉏，休息輒讀誦，其精如此。”
〔三〕祇陀林：相傳原爲祇陀太子宅園，後贈予釋迦牟尼，釋迦牟尼於此居住，并説法。參見金剛經注。三珠樹：山海經校注卷六海外南經：“三珠樹在厭火北，生赤水上，其爲樹如柏，葉皆爲珠。一曰其爲樹若彗。”

題松石圖①

匡廬道士山陰住〔一〕，遠遠青松箇箇長。溪上一番春雨過，白雲滿地茯苓香。

【校】

① 本詩又載十六卷本玉山草堂雅集卷一。

【箋注】

〔一〕匡廬道士：指于立。于立曾學道於會稽山中，故此曰“山陰住”。參見鐵崖先生古樂府卷三龍王嫁女辭注。

題松雪翁五馬圖二首①〔一〕

其一②

趙公馬癖如鄧公〔二〕，曾騎賜馬真龍驄。漚波亭上風日静〔三〕，想像天廐圖真龍〔四〕。

其二

塞上歸來久不羈，江南春草雨中③肥。將軍鐵甲抛何處，獨趁奚官緩步歸。

【校】

① 本組詩又載清初印溪草堂鈔本東維子詩集卷十二，然分別著録：第一首題作題松雪翁五馬圖，第二首題作題子昂畫馬。
② 按：東維子文集卷三十題子昂五花馬圖詩前四句，與本詩相同。
③ 中：印溪草堂鈔本作“初”。

【箋注】

〔一〕松雪翁：指趙孟頫。參見鐵崖先生詩集乙集題松雪雙松圖。
〔二〕鄧公：指唐人李鄧公，即李行休，封鄧國公。唐太宗第十子紀王李慎後裔。參見新唐書卷七十下宗室世系表。杜甫卷四驄馬行：“鄧公馬癖人共知，初得花驄大宛種。”自注：“太常梁卿敕賜馬也，李鄧公愛而有之，命甫製詩。”
〔三〕漚波亭：又作鷗波亭，位於趙孟頫宅園中。參見明鎦績霏雪録卷上“趙松雪歸吳興”一則。

〔四〕“想像天廐”句：參見東維子文集卷三十題子昂五花馬圖。

題子昂畫桃花馬①

學士當年侍武皇〔一〕，詔騎天馬入明光〔二〕。上林三月花如雨〔三〕，吹落金鞍片片香。

【校】

① 本詩又載清鈔鐵崖楊先生詩集卷上，題作趙子昂桃花馬。

【箋注】

〔一〕武皇：指元武宗海山。
〔二〕明光：宮名。漢武帝太初四年秋構建。此借指宮禁重地。
〔三〕上林：此指宮苑。

四馬挾彈圖①

八駿瑤池一半歸〔一〕，錦袍欲脱玉腰圍。君王手挾流星彈，莫打慈烏繞樹飛。

【校】

① 本詩又載元詩選初集辛集、樓氏鐵崖逸編注卷八。

【箋注】

〔一〕八駿：相傳周穆王有良馬八匹，日馳三萬里，稱八駿。參見穆天子傳。

出獵圖

臙脂①花開春日暉〔一〕，從官游騎去如飛。分明一段龍沙景〔二〕，白雁黄羊好打圍。

【校】

① 本詩又載元詩選初集辛集、樓氏鐵崖逸編注卷八,據以校勘。臙脂:元詩選本、樓氏鐵崖逸編注本作"燕支"。

【箋注】

〔一〕臙脂:山名。參見鐵崖先生古樂府卷九望鄉臺。
〔二〕龍沙:指白龍堆沙漠。白龍堆在敦煌西,沙形如卧龍,無頭有尾,高大者二三丈,卑者丈餘。後漢書班超傳:"贊曰:定遠慷慨,專功西遐。坦步葱、雪,咫尺龍沙。"注:"葱領、雪山、白龍堆沙漠也。"參見清一統志卷二百十三安西州。

醉貓圖

飽飫主家魚餌腥,菝薖一唊誤惺惺〔一〕。夜深鼠輩翻盆盎,知是烏圓醉未醒〔二〕。

【箋注】

〔一〕菝薖:薄荷别名。參見明盧之頤撰本草乘雅半偈卷九。
〔二〕烏圓:貓之别名。參見唐段成式酉陽雜俎續集卷八。

鷹玃圖

秋老平原棘草深,皂鷹雄擊暮雲林。可憐豹虎正當道,不幸玃軀獨就擒。

題墨雁①

黄沙衰草羽②氄氄,八月天山冷不堪〔一〕。昨夜朔風吹過影,盡將秋色到天③南。

【校】

① 本詩又載元詩選初集辛集、清鈔十六卷本玉山草堂雅集卷一、樓氏鐵崖逸編注卷八、清愛日精盧鈔本鐵崖楊先生詩集卷上，據以校勘。鐵崖楊先生詩集本題作墨雁。

② 羽：鐵崖楊先生詩集本作“兩”。

③ 天：鐵崖楊先生詩集本作“江”。

【箋注】

〔一〕天山：即祁連山。參見舊唐書地理志三。

題桃花畫眉

香塵初拂寶妝奩，愁對花枝障繡簾。底是春禽太饒舌，時時催畫遠山尖〔一〕。

【箋注】

〔一〕遠山尖：喻指女子之眉。西京雜記卷二：“文君姣好，眉色如望遠山。”

題梨花白練帶鳥二首〔一〕

其一

春滿西園雪未開，幽禽踏雪不驚猜。月明錯認青鸞使〔二〕，飛入梨雲夢裏來。

其二

梨花枝枝練垂垂，驚見羅浮曳縞衣〔三〕。雲谷巢深愁隴鳥，金刀一剪翠毛稀。

【箋注】

〔一〕白練帶：唐張籍山禽：“山禽毛如白練帶。”

〔二〕青鸞使：相傳西王母以青鳥爲使。參見鐵崖先生古樂府卷二三青鳥注。

〔三〕羅浮：參見鐵崖先生古樂府卷三羅浮美人注。

錦雉圖

二月青青麥草齊，繡翎飛下五茸西〔一〕。道人莫鼓朝飛操〔二〕，紅觜啄花誰并棲。

【箋注】

〔一〕五茸：松江（今屬上海市）別名。宋朱長文吳郡圖經續記卷下往迹：“又有五茸，茸各有名，乃吳王獵所。陸魯望詩云‘五茸春早雉媒驕’，謂此也。”

〔二〕朝飛操：參見鐵崖先生古樂府卷一雉朝飛。

題丹崖生紅蓼雙鴛圖〔一〕

淺淺金沙石子灘，渚花零落露初乾。故人應得西臺□，寫得秋風障裏看。

【箋注】

〔一〕丹崖生：指唐肅。本詩蓋題於元至正二十四年（一三六四）前後。參見東維子文集卷二十三殼齋銘。

詠春鶯圖

芳日軒中春日明，碧桃花下囀春鶯。簾前一派銀潢脆，不用雙成紫鳳笙〔一〕。

【箋注】

〔一〕雙成：指西王母侍女董雙成。參見鐵崖先生古樂府卷二周郎玉笙謠注。

絕句十首①〔一〕

其一
老樹如龍蘸江尾，江中拔浪如山起。舟中②高卧是何人，仰看青天天似水。

其二
道人宴坐寒不覺，夜半鐵龍如驚鶴。天花滿城誰得知，老衲鳴鐘翠微閣〔二〕。

其三
先生高卧讀書堆〔三〕，不識山前使者來。差道淮南重招隱〔四〕，老父嬾下草玄臺〔五〕。

其四
老獻（獻，音御。捕魚人③。）扁舟出洞庭，夜讀黄老忘巴陵。青丘樵者喜相見，共閱焦君岳瀆經〔六〕。

其五④
練川川⑤上琅玕所〔七〕，深⑥似浣花溪上莊〔八〕。風前起舞鐵如意，雙鶴飛來秋滿床。

其六⑦
道人睡起天鼓罷，石盆換水種昌⑧陽。詩成寫滿白錄⑨紙，清江⑩人來好寄將〔九〕。

其七⑪
嬾人掌上玉芙蓉，酒量千鐘復萬鐘。一陣天風吹酒⑫醒，鐵龍飛下九珠峰⑬〔十〕。

其八⑭
鹿皮高冠鶴氅裾⑮，秋風江上釣鱸魚。仙官乞與青藜杖〔十一〕，夜照龜文緑字書〔十二〕。

其九⑯

句曲已無張外史〔十三〕,道人今有沈東陽〔十四〕。剪裁雲月⑰三千首,獨虎仙官下取將。

其十

鐵崖之山如削鐵〔十五〕,大龍小龍飛出穴。道人吹笛黃鶴⑱樓,不知落盡梅花雪。

【校】

① 本組詩又載清初印溪草堂鈔本東維子集卷十二,據以校勘。印溪草堂鈔本題作絶句十二首,前十首即本組詩。按:其中第七首又作爲單篇,載印溪草堂鈔本東維子集卷十二、清鈔草元閣後集。

② 中:原本作"人",據印溪草堂鈔本改。

③ 此小字注原本無,據印溪草堂鈔本增補。

④ 按:此第五首與東維子文集卷三十一附録鐵崖門生徐固又次四絶之四相似,或爲誤入。俟考。

⑤ 練川川:徐固詩作"鸚潮潮"。

⑥ 深:徐固詩作"渾"。

⑦ 按:此第六首與東維子文集卷三十一附録鐵崖門生徐固又次四絶之二相似,或爲誤入。俟考。

⑧ 昌:徐固詩作"菖"。

⑨ 籙:原本闕,據印溪草堂鈔本補。

⑩ 清江之"清",原本闕,徐固詩作"春",據印溪草堂鈔本補。

⑪ 按:此第七首又載清初印溪草堂鈔本東維子集卷十二、清鈔草元閣後集,據以校勘。印溪草堂鈔本、草元閣後集本皆題作書扇,蓋鐵崖曾以此詩題扇,故有此詩名。

⑫ 酒:印溪草堂鈔本、草元閣後集本作"醉"。

⑬ 九珠峰:印溪草堂鈔本、草元閣後集本作"小金峰"。

⑭ 按:此第八首與東維子文集卷三十一附録鐵崖門生徐固又次四絶之三相似,僅首句不同。

⑮ "鹿皮"句:徐固詩作"不向王門曳我裾"。

⑯ 按:此第九首與東維子文集卷二十九寄沈秋淵四絶句其二相似。

⑰ 剪裁雲月:印溪草堂鈔本作"裁雲剪月"。

⑱ 黃鶴：原本脱闕二字，據印溪草堂鈔本補。

【箋注】

〔一〕按：詩蓋鐵崖晚年歸隱松江時期所作，即撰於元至正二十三年（一三六三）三月前後，但又并非一時所作。繫年依據：組詩其三曰“差道淮南重招隱，老父嬾下草玄臺”，而草玄臺落成於至正二十三年三月。參見鐵崖先生詩集甲集贈姚子華箜工。

〔二〕翠微閣：未詳。崑山玉峰慧聚寺有翠微閣，參見鐵崖先生詩集丙集游玉峰與崑山顧仲瑛京兆姚子章淮海張叔厚匡廬于彥成吳興郯九成共六人聯句詩序。

〔三〕讀書堆：參見東維子文集卷二十一讀書堆記。

〔四〕淮南重招隱：借用楚辭招隱士，褒獎當時張士誠招隱徵賢。漢王逸楚辭章句卷十二招隱士：“招隱士者，淮南小山之所作也。昔淮南王安博雅好古，招懷天下俊偉之士，自八公之徒咸慕其德，而歸其仁，各竭才智，著作篇章，分造辭賦，以類相從。”，參見至正廿三年四月淮南王左相微行淞江步謁草玄閣夜移酒船宴閣所（載清鈔鐵崖楊先生詩集卷上）。

〔五〕草玄臺：即鐵崖晚年所居松江草玄閣。

〔六〕“青丘”二句：青丘樵者，不詳。青丘，在吳淞江濱。“共閱”句，范成大吳郡志卷四十五異聞：“（唐）元和九年，有李公佐者，訪古東吳。從太守元公錫，於洞庭登包山，宿道者周焦君廬。入靈洞，探仙書，石穴間得古岳瀆經第八卷，文字奇古，編次蠹蝕，公佐與焦君共詳讀之。”

〔七〕練川：又稱練祁塘，位於今上海嘉定。琅玕所：道士沈秋淵居所。參見鐵崖先生集卷四琅玕所志注。

〔八〕浣花溪：杜甫草堂所在地，位於今四川成都。

〔九〕清江：清，或作“春”。徐固詩有注曰：“春江，陳曉山也。”按明曹學佺編石倉歷代詩選卷三百四十一明詩初集六十一載陳雷詩壽陳曉山富春人號春江漁者，知“春江”指春江漁者陳曉山，富春人。又，元吳澄吳文正集卷九十二亦有贈陳曉山相士詩二首，其二曰：“六十九歲老相師，八十四翁老見之。”名字身份皆吻合。然吳澄至順三年八十四歲，其時相士陳曉山年近七十，元季若仍存世，當爲九十以上高齡。或吳澄所謂陳曉山相士，與本詩、與陳雷所指，并非同一人。

〔十〕九珠峰：指松江九峰。

〔十一〕青藜杖：劉向故事。參見麗則遺音卷四杖賦。

〔十二〕龜文: 又稱龜書,即洛書。參見麗則遺音卷二禹穴。

〔十三〕張外史: 指張雨。

〔十四〕沈東陽: 指沈秋淵,號琅玕子,東陽(今浙江 金華)人,茅山道士。詳見
　　　　東維子文集卷二十九寄沈秋淵四絶句其二。

〔十五〕鐵崖山: 位於鐵崖家鄉諸暨。參見鐵崖文集卷三鐵笛道人自傳。

卷三十二　鐵崖先生詩集辛集

卷三十二　鐵崖先生詩集辛集

雪履操[一] 有序①

　　婁有隱君子郭翼氏[二]，清極②而貧，貧極而樂也。以東郭先生故事[三]，命其所居齋曰雪履。惟東郭子之貧與履宜，履之破與雪宜。其履也，非不能華以珠[四]，以悦諸侯；神以符，以跪孺子[五]，而東郭子不屑也。方積雪封白以③曳之以歌商聲[六]，商聲滿④天地。不知曾、原氏之樂與君樂有間乎否[七]？會稽東維叟過婁，首抵其齋，爲作操一解，俾琴以歌之。辭曰：

　　雪之履兮，履吾止⑤兮。履之雪兮，雪吾潔兮。履吾納趾兮，曷華以珠？履吾脱苴兮，曷跪以符？彼徑之捷兮[八]，履則跆兮。彼閣之投兮[九]，履則羞兮。不知子之雪不癡⑥兮，履不蹈兮，允⑦貞白兮。

【校】

① 本詩又載明鈔楊維禎詩集、清鈔十六卷本玉山草堂雅集卷一，據以校勘。題下小字注“有序”兩字原本無，據玉山草堂雅集本增補。
② 清極：明鈔楊維禎詩集本作“極清”。
③ 積雪封白以：原本作“積封向而”，據明鈔楊維禎詩集本改。
④ 商聲滿：玉山草堂雅集本作“以滿”。
⑤ 止：明鈔楊維禎詩集本作“趾”。
⑥ 不知子之：明鈔楊維禎詩集本作“不如子兮”。癡：原本作“瘝”，據明鈔楊維禎詩集本改。
⑦ 允：玉山草堂雅集本作“永”。

【箋注】

〔一〕 詩撰於元至正二十一年（一三六一）二月鐵崖重游崑山之際。繫年依據：其一，詩序曰“東維叟過婁”，東維叟乃鐵崖晚年別號，本詩當作於鐵崖晚年返歸松江之後。其二，至正二十一年二月，鐵崖重游崑山，與郭翼等人唱和。本詩序曰“會稽東維叟過婁”，首抵郭翼齋，蓋爲同時之作。參見鐵崖先生詩集壬集鳳凰石注。

〔二〕郭翼：參見東維子文集卷七郭義仲詩集序。

〔三〕東郭先生：史記滑稽列傳：“東郭先生久待詔公車，貧困飢寒，衣敝，履不完。行雪中，履有上無下，足盡踐地。道中人笑之，東郭先生應之曰：‘誰能履行雪中，令人視之，其上履也，其履下處乃似人足者乎？’”

〔四〕華以珠：楚國春申君上客皆躡珠履以見趙使，以此誇富。參見史記春申君列傳。

〔五〕“神以符”二句：指張良於下邳圯上遇老父墜履事。參見史記留侯世家。

〔六〕商聲：春秋公羊傳注疏卷三：“音正則行正，故聞宮聲，則使人溫雅而廣大；聞商聲，則使人方正而好義。”

〔七〕曾、原氏：指孔子弟子曾參、原憲。莊子讓王：“原憲居魯，環堵之室，茨以生草；蓬户不完，桑以爲樞；而甕牖二室，褐以爲塞；上漏下濕，匡坐而弦……曾子居衛，緼袍無表，顔色腫噲，手足胼胝，三日不舉火，十年不製衣，正冠而纓絶，捉衿而肘見，納屨而踵決。曳縰而歌商頌，聲滿天地，若出金石。天子不得臣，諸侯不得友。故養志者忘形。”

〔八〕徑之捷：指唐代盧藏用所謂終南捷徑。參見鐵崖先生古樂府卷六金處士歌注。

〔九〕閣之投：指揚雄投閣。參見麗則遺音卷四蓍草。

鬼齋詩　爲貫酸齋學士賦〔一〕

陰陽軋，萬物苗，神胎睢盱氣無洩。天飛淵潛上下察，烏東兔西跳日月。泰山不崩海不竭，草樹春芳秋又歇。孰主張是孰區別，泯嘿聲臭不可説。槎牙真靈滿太虛，一齋收拾都無餘。神睛窺破百情狀，非寂寞，非無無。玄關混闢潛真樞，仰觀俯察龜龍初。太極老人時起居，在右在左洋洋如。荒哉誰言混沌死〔二〕，渾成有物真妖狐。尼山聖人已轍往〔三〕，回首一問不汝妄。十年面壁類欺魄〔四〕，七聖俱迷還仿像〔五〕。聽樓前，重指掌，瓣香敬爲先生上。

【箋注】

〔一〕貫酸齋學士：即貫雲石。參見鐵崖先生古樂府卷三廬山瀑布謡。

〔二〕混沌：或作渾沌。參見陳善學序刊楊鐵崖先生文集卷六崆峒子混淪歌注。

〔三〕尼山聖人：指孔丘。

〔四〕十年面壁：相傳達磨於少林寺面壁十年。參見佛祖統紀。欺魄：列子集釋卷四仲尼：“閔弟子四十人同行，見南郭子，果若欺魄焉，而不可與接。”注：“欺魄，土人也。一説云：欺魄，神凝形喪，外物不能得闚之。”

〔五〕“七聖”句：莊子集釋徐無鬼：“黄帝將見大隗乎具茨之山，方明爲御，昌寓驂乘，張若、謵朋前馬，昆閽、滑稽後車，至於襄城之野，七聖皆迷，無所問塗。”注：“七聖：黄帝一，方明二，昌寓三，張若四，謵朋五，昆閽六，滑稽七也。”

續青天歌 有引

　　昆丘外史余善〔一〕，與予談丘真師歷試死地而不可死也〔二〕：火蒸者三日夜，開如故；賜堇①酒者連觥，腹不潰，貌不變。如入内時，命弟子開方丈池，既歸池中，以爲死，池中湧沸，復起言笑。予讀史傳，孫策嘗殺于吉〔三〕，姚萇斬②王嘉〔四〕，嘉即逢隴右，吉復見鏡中。則知仙可殺而訖不可殺也。使丘可殺，彼亦未必不爲白蝙蝠之蛆出〔五〕，復起桃李葩，師門公也③之葬於郊而風雨迎也〔六〕。余酒後喜歌師之青天歌，因和以續之。師名處機，字通密，號長春子。登州栖霞山人。

　　青天子，太上身〔七〕，飡日華，吸月津，八千之歲吾一春〔八〕。況火熟我髑，鴆裂我腹。方池海涌，如浴火旭，我歌青天天趯起。金星流，艮山覆，元易生兮生又伏。

　　附録：丘真人青天歌八章

　　其一

　　青天莫起浮雲障，雲起青天遮萬象。萬象森羅鎮百邪，光明不顯邪魔旺。

　　其二

　　我初開廓天地清，萬户千門歌太平。有時一片黑雲起，九竅萬骸俱不寧。

　　其三

　　是以常教惠風烈，三界十方飄蕩徹。雲散虛空體自真，自然現出家家月。

　　其四

月下方堪把笛吹,一聲響亮震華夷。驚起東方玉童子,倒騎白鹿如星馳。

　　其五

逡巡別轉一般樂,也非笙兮也非角。三尺雲璈二十徽,歷劫年中混元斷。

　　其六

玉音朗朗絕鄭音,輕清偏貫達人心。我從一得鬼神伏,入地上天超古今。

　　其七

縱橫自在無拘束,心不貪榮身不辱。閒唱壺中白雪歌,靜調世外陽春曲。

　　其八

吾家此曲皆自然,管無孔兮琴無弦。得來驚破浮生夢,晝夜清音滿洞天。

【校】

① 茎:疑爲“茧”之誤寫。
② 斬:原本無,據文意徑補。
③ 也:疑爲衍字。

【箋注】

〔一〕元至正二十三年癸卯(一三六三)正月,鐵崖重游崑山時,曾爲余善追和張雨游仙詞題寫跋文,本詩或同時之作。參見題余善追和張雨游仙詞(載本書佚文編)。余善,字復初,或字筠谷,號崑丘外史。元季崑山清真觀道士。與張雨、鐵崖皆有交往。參見鐵崖桃核杯歌序(載陳善學序刊楊鐵崖先生文集卷六)、珊瑚網卷十一鄭元祐跋張雨手書詩。

〔二〕丘處機:王重陽弟子,“全真七子”之一。元史有傳。

〔三〕孫策殺于吉:詳見三國志孫策傳注引江表傳與搜神記。宋趙崇絢雞肋撲鏡:“吳孫策殺于吉,後被創方差,引鏡自照,見吉在鏡中,因撲鏡大叫,創裂而死。”

〔四〕“姚萇”句:晉書王嘉傳:“姚萇之入長安,禮嘉如苻堅故事,逼以自隨,每事諂之。萇既與苻登相持,問嘉曰:'吾得殺苻登定天下不?'嘉曰:'略得之。'萇怒曰:'得當云得,何略之有!'遂斬之……及萇死,萇子興字子略方殺登,'略得'之謂也。嘉之死日,人有隴上見之。其所造牽三歌讖,事過皆驗,累世猶傳之。"

〔五〕白蝙蝠:李太白全集卷十九答族侄僧中孚贈玉泉仙人掌茶詩序:"余聞荊州玉泉寺近清溪諸山,山洞往往有乳窟,窟中多玉泉交流。其中有白蝙蝠,大如鴉。按仙經,蝙蝠一名仙鼠,千歲之後,體白如雪。棲則倒懸,蓋飲乳水而長生也。"

〔六〕師門:列仙傳卷上師門:"師門者,嘯父弟子也。亦能使火,食桃李葩。爲夏孔甲龍師。孔甲不能順其意,殺而埋之外野。一旦風雨迎之,訖則山木皆焚。孔甲祠而禱之,還而道死。"

〔七〕太上:太上老君。

〔八〕"八千"句:莊子逍遙游:"上古有大椿者,以八千歲爲春,八千歲爲秋。"

元周高士碑銘題其後〔一〕

大賓仙人騎雪精〔二〕,游心物先先物成。幡校寒暑易水火,糲披九日開冥冥。上方方士盜仙靈,劉徹妄心冀珠庭〔三〕。夜夢繡衣下龍騂,食棗如瓜李如瓶〔四〕。雪精仙人不可徵,金璫玉佩游上青。八月八日歸幔亭〔五〕,青鸞白鵠交飛鳴〔六〕。黃洞朱衰授長生,不識人間臘嘉平〔七〕。金鎖上裂天阽崩,玉函書發中山卿〔八〕。赤天吐珠如日明,神州照見真圖形。

【箋注】

〔一〕詩撰於元至正十九年己亥(一三五九),或稍後。繫年依據:至正十九年五月,周高士墓被盜,本詩"八月八日歸幔亭"一句隱指此事。事後改葬吳縣胥臺鄉,本詩當題於改葬時所立墓碑。周高士:周文英(一二六五——一三三四),字上卿,鐵崖曾應其子之請,爲撰墓志銘。參見周上卿墓志銘(載本書佚文編)。

〔二〕雪精:白驢。宋司馬光溫公續詩話:"韓退處士……跨一白驢,自有詩云:'山人跨雪精,上便不論程。'"明陳繼儒筆記卷一:"洪崖跨白驢曰雪精。"

〔三〕劉徹：即漢武帝。珠庭：仙宮。隋盧師道昇天行：“玉山候王母，珠庭謁老君。”

〔四〕棗如瓜李如瓶：相傳李少君遇安期生，見“冥海之棗大如瓜，鍾山之李大如瓶”。詳見藝文類聚卷七十八引録漢武內傳。

〔五〕八月八日歸：相傳漢建安四年，武陵婦人李娥病卒，盜墓人發掘而復活，并捎回已死外兄劉伯文書信一封，約定於是年八月八日，劉伯文與家人對話。事載搜神記卷十五。又，雲笈七籤卷九十六人間可哀之曲一章序：“太子文學陸鴻漸撰武夷山記云：武夷君，地官也，相傳每於八月十五日，大會村人於武夷山上，置幔亭，化虹橋通山下。村人既往，是日太極玉皇、太姥魏真人、武夷君三座空中告呼村人……又命行酒，乃令歌師彭令昭唱人間可哀之曲。”

〔六〕青鸞白鵠：元陶宗儀南村輟耕録卷二十九降真香：“道家者流，爲人典行醮事，曰高功。其有行業精白者，則必移檄南岳魏夫人，請借仙鶴，或二隻，或四隻。青鸞導衛，翔鷺澄空，昭揚道妙，往往親見之。”

〔七〕臘嘉平：參見陳善學序刊楊鐵崖先生文集卷一臘嘉平注。

〔八〕中山卿：蓋指中山衛叔卿。參見鐵崖先生古樂府卷三上元夫人注。

龍眠居士畫捫虱圖 和韻①〔一〕

困敦游②兆稽堯史〔二〕，真卿夜降條山裏〔三〕。仙官豈榮璽書紙〔四〕，銅符傳信八子齒〔五〕，雪鼠成精真錯比〔六〕。妬女廟前空宣旨〔七〕，肯爲阿㙠三徵起〔八〕？金樏墮地③非酒鬼〔九〕，巾箱以驢行萬里〔十〕。神仙狡獪聊復耳，青羊小兒元姓李〔十一〕。（此詠唐張果老事，注見後。）

　　　附録：同前韻詩（玉山顧瑛作）

　　　開元天子宗柱史，真人謁帝明光裏。常時代步一疊紙，試衣董酒焚厥齒。擊柯傳散玉雪比，小兒漏洩混沌旨。血流仆地祈乃起，世人真僞夢似鬼。此意縱覺已萬里，誰傳捫虱誇長耳，前身虎頭今姓李。

【校】

① 本詩又載清初印溪草堂鈔本東維子詩集卷三、元詩選初集辛集、樓氏鐵崖逸編注卷五，據以校勘。題下小字注“和韻”二字原本無，據印溪草堂鈔本增

補。元詩選本注曰録自草玄閣後集。

② 困：原本作"囚"，據印溪草堂鈔本、元詩選本、樓氏鐵崖逸編注本改。原本
　　於"囚"字下注"一作柔"，印溪草堂鈔本則於"游"字下注"一作柔"。

③ 地：原本作"池"，據元詩選本、樓氏鐵崖逸編注本改。

【箋注】

〔一〕詩乃鐵崖與顧瑛唱和之作，當作於元至正七、八年間，鐵崖游寓姑蘇、崑山
　　之時。龍眠居士：指北宋李公麟。李公麟以擅長白描人物畫著稱，生平
　　見宋史文苑傳。

〔二〕困敦游兆：指丙子年。相傳張果老生於堯時丙子歲，官任侍中。故此稱
　　"堯史"。

〔三〕條山：指中條山。新唐書張果傳："張果者，晦鄉里世繫以自神。隱中條
　　山，往來汾、晉間，世傳數百歲人……果善息氣，能累日不食，數御美酒。
　　嘗云：'我生堯丙子歲，位侍中。'其貌實年六七十。"

〔四〕"仙官"句：新唐書張果傳："開元二十一年，刺史韋濟以聞。玄宗令通事
　　舍人裴晤往迎，見晤輒氣絕，仆，久乃蘇。晤不敢逼，馳白狀。帝更遣中書
　　舍人徐嶠齎璽書邀禮，乃至東都，舍集賢院，肩輿入宮。帝親問治道神仙
　　事，語秘不傳。"

〔五〕"銅符"句：明皇雜録卷下："（玄宗曰：）'嘗聞堇斟飲之者死，若非仙人，
　　必敗其質，可試以飲也。'……果遂舉飲，盡三卮……即偃而寢，食頃方寤，
　　忽覽鏡視其齒，皆斑然焦黑，遽命侍童取鐵如意擊其齒，盡墮，收于衣帶
　　中。徐解衣出藥一帖，色微紅光瑩，果以傅諸齒穴中，已而又寢。久之忽
　　寤，再引鏡自視，其齒已生矣，其堅然光白愈於前也。玄宗方信其靈異。"

〔六〕雪鼠成精：類説卷三高道傳白蝙蝠精："明皇問葉法善：'張果何人？'法善
　　曰：'混沌初分白蝙蝠精也。'"

〔七〕"姑女廟"句：明皇雜録卷下："張果者，隱於恒州條山……唐太宗、高宗屢
　　徵之，不起。則天召之出山，佯死於姑女廟前，時方盛熱，須臾臭爛生蟲。
　　聞，則天信其死矣，後有人於恒州山中復見之。"

〔八〕阿曌：武則天。印溪草堂鈔本有小字注曰："曌音照，武后諱。"

〔九〕"金榼"句：明皇雜録卷下："玄宗留之殿，賜之酒，辭以：'山臣飲不過二
　　升，有一弟子，飲可一斗。'玄宗聞之喜，令召之。俄一小道士自殿簷飛
　　下……玄宗目之愈喜，遂賜之酒。飲及一斗，不辭。果辭曰：'不可更賜，
　　過度必有所失，致龍顏一笑耳。'玄宗又逼賜之，酒忽從頂湧出，冠子落地，

化爲一檻。玄宗及嬪御皆驚笑,視之,已失道士矣,但見一金檻在地。"

〔十〕"巾箱"句:明皇雜録卷下:"昃乘一白驢,日行數萬里。休則摺疊之,其厚如紙,置於巾箱中。乘則以水噀之,還成驢矣。"

〔十一〕"青羊"句:藝文類聚卷九十四獸部中羊:"玄中記曰:千歲之樹,精化爲青羊。"同書卷七十八靈異部上仙道:"(列仙傳曰:)老子姓李名耳……出而白首,故謂之老子。云母到李樹下生老子,生而能言,指李樹曰:'以此爲我姓。'"

題張同知經良常山堂用張仲舉韻[一] 山在句容縣茅山北

良常自古神仙宅,仙侶歸尋大小茅[二]。自是三壬多壽相[三],烏知六甲有行庖[四]。楓人兩長空遺笠[五],木客雲深共結巢。月窟神游銀作棟,天門樂下玉爲梢。春浮箬葉金爲檻,夜閟丹光束口匏。詩探變風□縛律,易研至道夢吞爻[六]。根深豈受蚍蜉撼[七],志大能從螟蛉嘲[八]。亦欲掛冠神武去[九],松風高閣駐雲旄。

【箋注】

〔一〕詩作於元至正十九年(一三五九),其時鐵崖寓居杭州。張同知經:嘉定同知張經。張經任嘉定州同知,約爲元至正十九年至二十二年。又據詩末"亦欲掛冠神武去"一句,知其時鐵崖尚未辭官,故必爲至正十九年十月退隱松江之前。參見鐵崖先生集卷二歷代史要序。張仲舉:張翥。參見東維子文集卷七齊稿序。良常山:光緒重刊乾隆本句容縣志卷三山川:"良常山在(茅山)小茅峰北,舊名北垂山。秦始皇三十七年,東游會稽,刻石頌德而還,遂登句曲北垂山,埋白璧一雙。於是會饗群臣,歎曰:'巡狩之樂,莫過山海,自今以往,良爲常也。'……乃改句曲北垂山曰良常。"

〔二〕大、小茅:指茅盈、茅衷兄弟。參見鐵崖先生古樂府卷三張公洞注。

〔三〕三壬:太清神鑑卷五論腹:"肚有三壬者,貴而壽。"

〔四〕六甲有行庖:紺珠集卷六六甲行厨:"修道功深者,自然享六甲行厨,有所須,舉意即至。"

〔五〕楓人:埤雅卷十三釋木楓:"舊説楓之有癭者,風神居之。夜遇暴雷驟雨,則暗長數尺,謂之楓人。天旱,以泥封之,即雨。故造式者以爲蓋。"

〔六〕夢吞爻：三國志吴志虞翻傳裴松之注引虞翻别傳："臣郡吏陳桃夢臣與道
　　士相遇，放髮被鹿裘，布易六爻，撓其三以飲臣，臣乞盡吞之。"

〔七〕蚍蜉撼：韓愈調張籍："李杜文章在，光燄萬丈長……蚍蜉撼大樹，可笑不
　　自量。"

〔八〕能從蜋蜒嘲：此喻張經爲龍。語出揚雄解嘲："今子乃以鴟梟而笑鳳凰，
　　執蝘蜓而嘲龜龍。"

〔九〕掛冠神武：指辭官。參見鐵崖先生詩集甲集題夏伯和自怡悦手卷注。

題馬文璧畫弁山圖①〔一〕

七十二弁一弁②高而孤，兩③雷相望有如大小姑〔二〕。（周處風土記：
太湖中有大、小雷山，其中曰雷澤。）我昔攀蘿上孤弁④，曾見碧眼胡浮屠。
生綃一幅在地下⑤，三萬六頃鴟夷湖〔三〕。湖開圖，一嘆息⑥，胡僧幾歲
寄我空中書。

【校】

① 劉世珩影元刊十八卷本玉山草堂雅集卷二載此詩，據以校勘。原本題下有
　　注："一作洞庭太湖圖。"玉山草堂雅集本題作馬文璧弁山圖。
② 一弁：原本無，據玉山草堂雅集本增補。
③ 兩：原本誤作"雨"，據原注及玉山草堂雅集本改。
④ 弁：原本作"并"，據玉山草堂雅集本改。
⑤ 地下：玉山草堂雅集本作"下地"。
⑥ "湖開圖"二句：玉山草堂雅集本作"湖山開圖一嘆息"。

【箋注】

〔一〕馬文璧：名琬。參見東維子文集卷二十竹雪齋記。弁山：參見鐵崖先生
　　古樂府卷四弁峰七十二注。
〔二〕兩雷：指太湖中大雷山與小雷山。參見鐵崖先生古樂府卷三望洞庭注。
　　大、小姑：即大、小孤山。參見鐵崖先生古樂府卷三酸齋彭郎詞注。
〔三〕鴟夷湖：太湖别稱，以范蠡而得名。

古觀潮圖①〔一〕

八月十八②睡龍死〔二〕,海龜夜食羅刹水〔三〕。須臾海壁龕赭門〔四〕,
地卷銀龍薄於紙。艮山移來天子宮〔五〕,宮前一箭隨西風〔六〕。劫灰欲
死蛇鬼穴,婆留朽鐵猶爭雄〔七〕。望海樓頭誇景好〔八〕,斷鰲已走金銀
島。天吳一夜海水移〔九〕,馬蹀沙田食沙草。崖山樓船歸不歸〔十〕,七歲
呱呱啼斯道〔十一〕。(此詠趙宋觀潮事。)

練川嚴恭出宋宮觀潮圖〔十二〕,索余詩爲首唱,且曰:"得奇語始可抗浙
江之奇觀。"繼遣金露澆渴穎,飲酣,爲之吐錦囊句〔十三〕。時至正廿年秋八
月初,楊維禎在玄白亭試奎章龍香寶劑書〔十四〕。奉鳳咮者〔十五〕,玉璚
瓏也③〔十六〕。

【校】

① 本詩又載元詩選初集辛集、樓氏鐵崖逸編注卷五、明郎瑛撰七修續稿詩文
類、清厲鶚撰南宋院畫録卷五,據以校勘。七修續稿本題作楊維禎宋宮觀潮
圖詩,南宋院畫録本題作楊維楨題李嵩觀潮圖詩。

② 原本"八月十八"下有"日"字,據元詩選本、樓氏鐵崖逸編注本刪。

③ 此跋文原本無。據七修續稿本補。

【箋注】

〔一〕詩作於元至正二十年(一三六〇)八月初,其時鐵崖歸隱松江未滿一年。
蟫精雋卷八因事感慨:"玉笥張思廉憲和鐵崖宋宮觀潮圖詩自序云:'至
正二十年秋八月既望,自姑蘇來雲間,寓延慶方丈,雲谷講師出宋宮觀潮
圖徵詩……撫卷憶舊,不覺慨然,爲賦七言長詩一首。適宋仲温至,遂命
書之。'"又,清厲鶚撰南宋院畫録卷五亦録此詩,謂畫觀潮圖者爲李嵩。
又,七修續稿所録鐵崖此詩後,附有張仁近、張憲、楊基和詩。

〔二〕睡龍:蓋指"不睡龍"錢鏐,參見陳善學序刊楊鐵崖先生文集卷四警枕
辭注。

〔三〕羅刹水:錢塘江之別稱。參見明朱明鎬撰史糾卷五宋史瀛國公紀。

〔四〕海壁龕赭門:杭州枕江負海,江口兩山夾峙,南曰龕山,屬紹興蕭山縣界;
北曰赭山,屬海寧縣界;旁有小山曰鼈子山,謂之海門。參見浙江通志卷

九十七海防 杭州府。

〔五〕 艮山：西湖游覽志卷十三南山分脉城内勝迹：“艮山門，在城東而近北，俗稱壩子門。艮山者，南山之盡脉也，高不逾尋丈，今已陵夷。”按：南宋皇宮在艮山一帶。

〔六〕 宮前一箭：參見麗則遺音卷三鐵箭。

〔七〕 婆留：吴越王錢鏐小名。明張昱臨安訪古十首之二婆留井詩題下注：“錢王初生時，將棄井中，婆奮留之，故乳名婆留。既貴，以‘鏐’代‘留’字。”

〔八〕 望海樓：在杭州鳳凰山下。參見西湖游覽志卷七南山勝迹。

〔九〕 天吴：水神名。

〔十〕 “崖山”句：南宋祥興二年二月，宋張世傑兵敗崖山，陸秀夫負其主衛王昺赴海死。張世傑復收兵至海陵山，舟覆而死。詳見宋史紀事本末二王之立。

〔十一〕 “七歲”句：漢書高帝紀：“沛公至霸上。秦王子嬰素車白馬，繫頸以組，封皇帝璽符節，降枳道旁。”顏師古注：“枳音軹。軹道亭在霸成觀西四里。”按：“七歲”指南宋小皇帝。

〔十二〕 嚴恭：元詩選癸集嚴恭：“恭字景安，吴之練川人。累世仕宦，才性雅淡。築室海上，號惜寸陰齋，日以琴書自適。其游戲翰墨，則餘事也。”按：練川借指嘉定州（今上海嘉定）。又，嘉慶直隸太倉州志卷四十隱逸傳：“（嚴恭）父淑，仕爲通山縣尹。恭才藻斐然，恬淡不樂仕進……後避亂，居於青龍鎮之章堰。”又據光緒寶山縣志卷十隱逸傳，謂嚴恭居黄姚里。按：嚴恭原籍或爲富春（今屬浙江）。其山水畫當時頗有名，元人張仲深有詩嚴景安壁上畫松（子淵詩集卷二），鐵崖亦有詩讚美。參見清鈔鐵崖楊先生詩集卷上嚴景安山水。

〔十三〕 錦囊句：用李賀作詩置錦囊中典。見李商隱李長吉小傳。

〔十四〕 玄白亭：不詳。龍香寶劑：唐玄宗御用墨。參見鐵崖先生詩集壬集題柯丹丘竹注。

〔十五〕 鳳咮：硯名，此代指硯。蘇軾鳳咮硯銘序：“北苑龍焙山，如翔鳳下飲之狀。當其咮，有石蒼黑，緻如玉。熙寧中，太原王頤以爲硯，余名之曰鳳咮。”

〔十六〕 玉瓖瓏：侍女名。

題趙子昂驌馬圖①〔一〕

西家驍騎驍如龍，鼻端生火耳生風〔二〕。東家老叚老且蹇，有如征南矍鑠翁[三]。西家公子誇遠服,千里之行一日速。東家主人役老叚,不取驕騰取馴伏。主人公子性各殊,愛驕愛叚知何如。若將夔蚿②較足下[四],何③敢并轡争齊驅? 明朝④西家蹄一蹶,解鞭折臂⑤中道歇。道傍昂首鳴向天⑥,蹩躠風塵愁跛鱉[五]。坐令公子心火然,顧瞻老叚行在前。嗚呼世步誰後先,東家莫厭遲遲鞭。

【校】

① 詩又載元詩選初集辛集、樓氏鐵崖逸編注卷五、劉世珩影元刊十八卷本玉山草堂雅集卷二,據以校勘。元詩選本、樓氏鐵崖逸編注本皆題作奉題子昂驦馬圖,玉山草堂雅集本題作子昂二馬圖。

② 蚿:原本誤作"蛟",據諸校本改正。

③ 何:諸校本作"胡"。

④ 明朝:元詩選本、樓氏鐵崖逸編注本作"朝明"。

⑤ 解鞭折臂:玉山草堂雅集本作"解鞍折彎"。

⑥ 昂:玉山草堂雅集本作"仰"。天:玉山草堂雅集本作"人"。

【箋注】

〔一〕趙子昂:即趙孟頫。參見鐵崖先生詩集乙集題松雪雙松圖。

〔二〕"鼻端"句:見鐵崖先生詩集丙集飲馬圖注。

〔三〕矍鑠翁:指東漢馬援。後漢書馬援傳:"武威將軍劉尚擊武陵五溪蠻夷,深入,軍没,援因復請行。時年六十二,帝愍其老,未許之。援自請曰:'臣尚能被甲上馬。'帝令試之。援據鞍顧眄,以示可用。帝笑曰:'矍鑠哉,是翁也!'"

〔四〕夔蚿:夔僅一足,蚿有萬足,莊子描述夔與蚿之對話,用以闡發其天機自動之道理。詳見莊子集釋外篇秋水。

〔五〕跛鱉:漢嚴忌哀時命:"駟跛鱉而上山兮,吾固知其不能陞。"

曹將軍赤馬圖[一] 顧仲瑛家藏①

將軍操後之英雄[二],時平不用淩烟功[三]。氣酣落筆寫生面,最愛褒公與鄂公[四]。先皇親騎照夜白[五],氣壓群雄俱伏櫪。弟子韓幹不敢畫[六],將軍下筆千鈞力。錦繡隊中獅子花[七],千秋傳實在韋家[八]。可憐八駿今已化,一匹惟留頰赤②駬。斷縑流落桃源主[九],玉堂仙人題後楮[十]。臨風展卷話開元,白髮園人愁欲語。桃源主人求我歌,我歌一月成蹉跎。草堂老人不可作[十一],頰兮頰兮奈爾何。

【校】

① 本詩又載清鈔鐵崖楊先生詩集卷下、劉世珩影元刊十八卷本玉山草堂雅集卷二,據以校勘。清鈔鐵崖楊先生詩集本題作顧仲英所藏曹將軍赤馬圖,玉山草堂雅集本題作曹霸赤馬圖。

② 赤:玉山草堂雅集本作"血"。

【箋注】

〔一〕曹將軍赤馬圖:乃顧瑛藏品,鐵崖爲之題詩,當作於元至正七、八年間,做客玉山草堂之時。曹將軍:名霸。唐代畫師,以擅長畫馬著稱。參見鐵崖先生詩集丙集題任月山所畫唐馬卷。

〔二〕將軍操後:意爲曹霸乃曹操後裔。杜甫丹青引贈曹將軍霸:"將軍魏武之子孫。"

〔三〕凌烟功:意爲唐代名將之戰功。凌烟,閣名。唐太宗時,曾於凌烟閣爲功臣長孫無忌等二十四人畫像。參見陳善學序刊楊鐵崖先生文集卷三鄂國公注。

〔四〕"氣酣"二句:杜甫丹青引贈曹將軍霸:"凌烟功臣少顏色,將軍下筆開生面……褒公鄂公毛髮動,英姿颯爽來酣戰。"鄂公指尉遲敬德,褒公指段志玄。舊唐書皆有傳。

〔五〕照夜白:參見宋董迫撰廣川畫跋卷四書曹將軍照夜白圖及下首注。

〔六〕韓幹:參見鐵崖先生詩集丙集題跋月山公九馬圖手卷。

〔七〕獅子花:郭子儀之愛馬。杜詩詳注卷十三韋諷錄事宅觀曹將軍畫馬圖歌:"昔日太宗拳毛騧,近时郭家獅子花。"注:"杜陽雜編:代宗自陝還,命以御馬九花虬并紫玉鞭轡賜郭子儀。九花虬,即范陽節度使李懷仙所貢,額高九寸,拳毛如麟。亦有獅子驄,皆其類。"

〔八〕韋家:指閬州錄事韋諷家。杜甫韋諷錄事宅觀曹將軍霸畫馬圖:"國初已來畫鞍馬,神妙獨數江都王。將軍得名三十載,人間又見真乘黃。"

〔九〕桃源主:指顧瑛。顧瑛私園玉山草堂原名小桃源。

〔十〕玉堂仙人：鐵崖自稱。

〔十一〕草堂老人：指杜甫。

盛子昭①五馬圖〔一〕

五馬新來佛②郎國〔二〕，中有乘黄高八尺。瑶池水浴錦花浮，青海雲深頳汗滴。八風不動屬車塵，萬歲山前驕骨力〔三〕。老奚自愛瓜（"瓜"字作"瓟"，即"騧"字。）色驄，青絲絡腦嗟無匹。趙家公子金閨姿，上廄龍駒親賜騎。貌得先皇照夜白〔四〕，八駿舞影昆明池〔五〕。只今五匹傳畫師，素練拂拭生光輝。嗚呼，人生仕宦五馬貴〔六〕，何必一匹變化從③龍飛。

【校】

① 本詩又載劉世珩影元刊十八卷本玉山草堂雅集卷二，據以校勘。玉山草堂雅集本題作六斤太守五馬圖。

② 佛：玉山草堂雅集本作"拂"。

③ 從：玉山草堂雅集本作"爲"。

【箋注】

〔一〕盛子昭：名懋，嘉興（或曰雲間）人。元代畫師。參見東維子文集卷十六松月寮記。

〔二〕佛郎國：參見鐵崖先生古樂府卷七佛郎國進天馬歌注。

〔三〕萬歲山：元陶宗儀南村輟耕録卷一萬歲山："萬歲山在大内西北太液池之陽，金人名瓊花島，中統三年修繕之。"

〔四〕照夜白：杜甫韋諷録事宅觀曹將軍畫馬圖歌："曾貌先帝照夜白，龍池十日飛霹靂。"

〔五〕八駿：相傳周穆王有八駿，參見鐵崖先生古樂府卷七佛郎國進天馬歌注。昆明池：漢武帝時開鑿於上林苑中。此借指宮苑。

〔六〕五馬貴：意爲官任太守。

題牧牛圖[①]

野田不耕野穭肥，五茸春草連天齊〔一〕。牧童剪草愁淒淒，河鼓夜望河之西〔二〕。官家給牛[②]戒勿遲，牧童未必[③]憂牛飢。田烏夜啼戴勝飛〔三〕，渭上老農歸不歸。

附録：果齋鄭季明題詩[④]：

彼軒彼裳，我笠我簑。彼馳且驅，吾行且歌。嗚呼，世間榮辱如吾何，夕陽牛背青山多。

【校】

① 本詩又載十六卷本玉山草堂雅集卷一，據以校勘。玉山草堂雅集本題作又題牧牛圖。

② 牛：原本作"中"，據玉山草堂雅集本改。

③ 必：玉山草堂雅集本作"辦"。

④ 附録果齋鄭季明題詩：玉山草堂雅集本作"附録考牧圖，果齋鄭季明題"，且置於題毛寓軒考牧圖詩之後。

【箋注】

〔一〕五茸：參見鐵崖先生詩集庚集錦雉圖。

〔二〕河鼓：即牽牛星。

〔三〕戴勝：宋陸佃埤雅卷九釋鳥戴勝："釋鳥云：鵖鴔戴鵀。郭璞曰：鵀，即頭上勝也。今亦呼爲戴勝。戴勝，一名戴鵀，頭上有毛花成勝，故曰戴勝也。……三月，飛在桑間，蓋蠶生之候，月令所謂'戴勝降于桑'是也。方言曰：'鳲鳩自關而東謂之戴鵀。'似誤。蓋鳲鳩，布穀也。按今男事興而布穀鳴，女功興而戴鵀鳴，則鳲鳩與戴勝異。雄之言非。"

啄木吟[①]

啄木何處來，止我庭樹柯。庭前种樹纔一窠，縱有蝨蟲能幾何。汝不聞上林多少樹〔一〕，何不飛去啄其蠹！

【校】

① 本詩又載十六卷本玉山草堂雅集卷一。

【箋注】

〔一〕上林：秦、漢宫苑。此借指朝廷皇宫。

題履元陳君萬松圖①〔一〕

紫芝道人天思精〔二〕，南來新畫青松障。東家畫水西家山，積棄陳
縑忽如忘。突然槎牙生肺肝，元氣淋漓迫神王。嘔呼圓②瓦倒墨汁，
盡寫髯官立成仗③〔三〕。群爭十丈百丈身，氣敵千人萬人將。交柯玉鎖
混鱗甲，屈鐵金繩殊骨相。石鬥雷霆白日傾，雨走虬④龍青天上。前
身要是僧擇仁〔四〕，五百蜿蜒見情狀。天台老林亦畫松〔五〕，三株五株
成冗長。我家東越⑤大松岡，五鬣蒼蒼鬱相望〔六〕。門前兩箇赤婆娑，
上有玄禽語相向。雕龍梓客朝取材，伏虎將軍⑥夜偷餉〔七〕。安得射洪
好絹⑦百尺强〔八〕，令汝⑧陰森移疊嶂。鼓以軒轅之瑟五十弦〔九〕，共寫
江聲入悲壯。

右寫似子⑨昭異才〔十〕。子昭工畫仕女花木，余懼其情過粉黛，則氣乏
風雲，故書此詩以遺之。子昭讀此詩後，得毋激作於公孫大娘之劍乎〔十一〕！

【校】

① 本詩又載元詩選初集辛集、樓氏鐵崖逸編注卷五、劉世珩影元刊十八卷本玉
山草堂雅集卷二，據以校勘。玉山草堂雅集本題作陳履元萬松圖。
② 圓：玉山草堂雅集本作"圜"。
③ 仗：原本作"杖"，據諸校本改。
④ 走：原本作"足"，據諸校本改。虬：元詩選本、樓氏鐵崖逸編注本作"蚪"。
⑤ 東越之"越"，玉山草堂雅集本作"粤"。
⑥ 將軍：玉山草堂雅集本作"山精"。
⑦ 絹：玉山草堂雅集本作"綃"。
⑧ 汝：元詩選本、樓氏鐵崖逸編注本作"汯"。

⑨ 子：原本作“伯”，據元詩選本、樓氏鐵崖逸編注本改。按：玉山草堂雅集本無跋文。

【箋注】

〔一〕履元：佩文齋書畫譜卷五十四畫家傳十元：“陳貞，字履元，錢塘人。善畫。”又，玉山草堂雅集卷四鄭元祐陳履元畫玉山草堂圖詩：“故人陳孟公，辭如春風氣如虹。畫法師海岳，山如驀鵬樹如龍。騎箕上天二十載，有子魋鼻畫極工。”據此，陳履元蓋爲陳孟公之子。

〔二〕紫芝道人：當爲陳履元别號。

〔三〕犗官：喻指松樹。

〔四〕擇仁：宋郭若虚撰圖畫見聞志卷四紀藝下山水門：“永嘉僧擇仁，善畫松。初採諸家所長而學之，後夢吞數百條龍，遂臻神妙。性嗜酒，每醉揮墨於綃紈粉堵之上，醒乃添補，千形萬狀，極於奇怪。曾飲酒永嘉市，醉甚，顧新泥壁，取拭盤巾，濡墨灑其上，明日少增修爲狂枝枯柄，畫者皆伏其神筆。”

〔五〕天台老林：疑指林珣。林珣字季文，天台人。至正間於松江府學任教。參見梧溪集卷五寄林季文周叔彬二進士時訓松庠弟子員，以及石渠寶笈卷十元明人題錢譜襛文、卷三十三元姚廷美有餘閒圖林珣題跋。

〔六〕五鬣：能改齋漫録卷七事實五粒松當作五鬣：“名山記云：‘松有兩鬣、三鬣、五鬣者，言如馬鬣形也。’”

〔七〕伏虎將軍：或指伏虎尊師裴浩中。野人閑話：“閬州雲臺化，昔老君張天師經游之所。觀内有一道士裴浩中者，不知何許人，年逾百歲，多食松枝，或鍊氣而已。每因握固數息，冥目静坐，必有猛虎馴擾於左右，同住者亦嘗見之……後鄉里有虎暴者，競畫尊師形像以厭之，謂之伏虎尊師。”（録自三洞群仙録卷六。）

〔八〕射洪：縣名。按元史地理志，射洪縣隸屬於四川行省潼川府。又按太平寰宇記卷八十二，射洪縣盛産綾綿。

〔九〕五十弦：史記封禪書：“或曰：‘太帝使素女鼓五十弦瑟，悲，帝禁不止，故破其瑟爲二十五弦。’”

〔十〕子昭：盛懋。參見東維子文集卷十六松月寮記。

〔十一〕公孫大娘：宣和畫譜卷二唐吴道玄：“張顛觀公孫大娘舞劍器，則草書入神，道子之於畫亦若是。”

題沙時中溪山圖卷次揭曼碩先生韻〔一〕

我昔西游訪王屋〔二〕，船頭五老森如玉〔三〕。氣酣吹笛大江東，還向滄浪歌一曲。白雲壓江江雨過，江風瑟瑟啼江娥。天入西陵樹如薺，從此歸舟逸興多。春深草生西江暮，懷人欲向西江去。會稽先生留五年〔四〕，九鳳雙鸞奇絶處〔五〕。人間何地非輞川，讀書堆裏卜數椽〔六〕。先生愛此得真趣，此意能將圖畫傳。

【箋注】

〔一〕據詩中“會稽先生留五年”一句，本詩當撰於元至正二十三年（一三六三）前後，即鐵崖晚年歸隱松江五年之際。沙時中：不詳。揭曼碩：即揭傒斯。參見鐵崖文集卷五祭揭曼碩先生文。

〔二〕王屋山：位於今河南境内。鐵崖於元泰定四年赴京趕考，返鄉時，曾“度居庸，陟龍虎臺”，於路游覽山水。參見東維子文集卷十六春遠軒記。然此所謂“西游”，未詳何時。

〔三〕五老：當爲山名。廬山五老峰最爲著名。

〔四〕會稽先生：鐵崖自稱。

〔五〕九鳳：指松江九峰。參見東維子文集卷十五虚舟記。雙鸞：蓋指松江瑛溪，鐵崖又稱之爲“雙瑛”。參見鐵崖文集卷三斛律珠傳。

〔六〕讀書堆：當指亭林鎮顧野王讀書堆。參見東維子文集卷二十一讀書堆記。

題括蒼董栖碧仙峰圖〔一〕

我昔東尋蔡經宅〔二〕，麻姑之山高插空〔三〕。水簾洞前據福地，仙都觀闕深重重。豈知復有仙都峰，軒轅上帝騎髯龍〔四〕。至今獨遺倚天之石壁，石帆不動九萬①之剛風。天監仰在天柱頂，上②有石室神人宮。花開十丈長生玉井藕〔五〕，草結萬歲不老峨③眉松。成都石筍壯士擲〔六〕，丈尺何足誇神工。吾將約丹丘子〔七〕，鐵崖翁，控玉虯，駕飛鴻。高覲上帝於其中，遺迹亦有烏號弓。

【校】

① 本詩又載十六卷本玉山草堂雅集卷一,據以校勘。萬:玉山草堂雅集本作"重"。

② 上:原本作"頂上","頂"字蓋承上而衍,據玉山草堂雅集本删。

③ 峨:原本作"蛾",據玉山草堂雅集本改。

【箋注】

〔一〕括蒼:山名。隋置括蒼縣,唐廢。位於今浙江麗水一帶。董栖碧:栖碧當爲其別號。生平不詳。仙峰:仙都峰,在縉雲縣,道書爲二十九洞天,傳黄帝煉丹於此。有孤山干雲,可三百丈。詳大清一統志處州府山川。

〔二〕蔡經:參見鐵崖先生古樂府卷十小游仙之五。

〔三〕麻姑之山:方輿勝覽卷二十一建昌軍山川:"麻姑山,在城西南十五里。高九里五十步,周廻四百一十四里。至山麓有尋真亭。東隅石磴盤旋……又登萬巇,旁有石池,百餘步入山門,榜曰丹霞小有洞天。至忘歸亭,亭跨清流。其下有水簾岩,舊有龍居之,夾兩山間……路之東南隅則碧蓮池,仙壇記所謂'紅蓮變白,今又碧'之處也。玳瑁石介其左。由池畔坦途一望間有會仙亭。入觀門,澗水冬夏長流,乃蔡經宅,麻姑、王方平所會之處。"

〔四〕軒轅騎髯龍:參見鐵崖先生古樂府卷一湘靈操注。

〔五〕玉井藕:參見鐵崖先生詩集庚集泊穆溪注。

〔六〕成都石筍:杜甫石筍行:"君不見益州城西門,陌上石筍雙高蹲……安得壯士擲天外,使人不疑見本根。"宋郭知達編九家集注杜詩卷七引杜光庭石筍記云:"成都子城西曰興義門金容坊,有通衢,幾百五十步。有石二株,挺然聳峭,高丈餘,圍八九尺。"

〔七〕丹丘子:李白西岳雲臺歌送丹丘子:"白帝金精運元氣,石作蓮花雲作臺。雲臺閣道連窈冥,中有不死丹丘生。明星玉女備灑掃,麻姑搔背指爪輕。我皇手把天地户,丹丘談天與天語。九重出入生光輝,東求蓬萊復西歸。"

天姥行送僧端公東歸〔一〕

我昔上赤城〔二〕,東渡青雲梯〔三〕。青雲渺何極,天姥橫天霓〔四〕。

眉目天下秀,照曜雙戴溪[五]。兩姑誰家氏,吹笙紫雲閨。皮毛俱得道,脱落珥與笄。笑我阮郎美[六],剛被桃花迷。別來如隔世,夜夢飛青藜[七]。端公天下秀,性如甘霞醍。尚記三生會[八],宿我新招提。黄塵迷①人目,須公刮金篦[九]。歸來結蓮社,枯松柏子西[十]。

【校】

① 本詩又載十六卷本玉山草堂雅集卷一,據以校勘。迷:玉山草堂雅集本作"眯"。

【箋注】

〔一〕端公於元至正元年(一三四一)八月四日謝世,本詩必撰於此前,具體日期無從稽考。端公即釋行端,字元叟。元叟詩派當時享譽東南禪林,鐵崖與之交往頗久。參見東維子文集卷十高僧詩集序、一漚集序、送象元淑公住持南湖序。

〔二〕"我昔"句:元天曆元年,鐵崖出任天台縣令。赤城:指天台山。

〔三〕青雲梯:李白夢游天姥吟留別:"脚著謝公屐,身登青雲梯。半壁見海日,空中聞天雞。"

〔四〕天姥:太平寰宇記卷九十六江南東道八越州剡縣:"天姥山,在縣南八十里。名山志云:'山上有楓千餘丈,蕭蕭然。'後吳録云:'剡縣有天姥山,傳云登者聞天姥歌謡之響。'"

〔五〕戴溪:嘉泰會稽志卷十嵊縣:"剡溪,在縣南一百五十步……晉王子猷居山陰,夜雪初霽,四望皓然,獨酌酒,咏左思招隱詩。忽憶戴逵,時在剡,便乘小舟詣之。造門不前而返,曰:'本乘興而行,興盡而返,何必見安道耶?'今人稱爲戴溪,又曰雪溪,皆以此。"

〔六〕阮郎:指漢人阮肇。參見鐵崖先生古樂府卷三岩山水歌注。

〔七〕飛青藜:西漢劉向故事。參見麗則遺音卷四杖賦注。

〔八〕三生會:唐李源與僧圓觀三生相會事。見唐袁郊甘澤謡圓觀。

〔九〕金篦:杜詩詳注卷十一謁文公上方:"金篦刮眼膜。"注:"涅槃經:'如盲目人爲治目,造詣良醫,是時良醫即以金篦決其眼膜。'"

〔十〕柏子西:此語或雙關。一指禪宗話頭。宋釋惠洪撰禪林僧寶傳卷七南康雲居齊禪師:"昔有僧問趙州:'如何是祖師西來意?'答曰:'庭前柏樹子。'"二指鐵崖友僧柏子庭。柏子庭曾於天台傳教,又以畫枯木菖蒲著稱。參見鐵崖先生詩集乙集題柏子庭蘭。

送僧歸日本①〔一〕

　　山爲城,海爲池。高兮不可履,深兮不可窮,峭然孤據東南涯,我王仁風被遐邇,往往貨殖通其宜。其王尚禮樂,職貢多珍奇。嵯峨兩桑樹〔二〕,夜半鳴天雞。六龍推輪走天岸,八荒四極涵清輝。神魚吹濤雪山白,浪花作雨青天低。靈妃或過群龍隨,月明照見雙龍旗。巨艘何啻十餘丈,大風開帆秋葉飛。城頭鼓響,城下馬嘶,人從大唐國裏歸。

【校】

① 本詩又載清初印溪草堂鈔本東維子詩集卷二,據以校勘。印溪草堂鈔本題作送僧歸日本二首,本詩爲第一首。

【箋注】

〔一〕本詩與送日本僧(載明佚名鈔楊維禎詩集)近似,可參看。

〔二〕兩桑樹: 指海中扶桑樹。參見鐵崖先生詩集丙集題仙山圖。

春草軒詞 同胡太常賦①〔一〕

　　茅山外史海上來,拾得海月稱奇哉。按劍或爲龍鬼奪,擲手自戲仙山杯。雄雷雌雷繞丹屋,烏兔清光吞在腹。醒來不計墨淋漓,塵世隨風散珠玉。鐵崖仙客氣如虹,金橋銀橋游月宮。素娥飲似白玉醴,羽衣起舞千芙蓉。居然神宮化蛟室,坐見月中清淚滴,我方醉我玉兔傍。但覓大魁作天酒,不用白兔長生方。

【校】

① 題下小字注“同胡太常賦”下,原本又有“見吳復類編七卷內”八字,徑刪。今按吳復編鐵崖先生古樂府十卷本,卷七內實無此詩;卷六有爲華幼武所作春草軒辭,然與本詩不同。

【箋注】

〔一〕胡太常：指太常博士胡助。按：鐵崖泰定四年進京考進士時，即與胡助結
　　交。本詩當作於至正初年胡助致仕之後。又，元至正七年前後，鐵崖與胡
　　助皆曾爲華幼武春草軒賦詩，本詩則文不對題，且與鐵崖先生古樂府卷二
　　奔月厄歌後半篇雷同。疑屬錯簡，姑且保留。參見純白齋類稿卷四送胡
　　允文楊廉夫趙彦直登第歸越、東維子文集卷十七邵氏有竹居記、鐵崖先生
　　古樂府卷六春草軒辭。

虞相古劍歌爲虞堪賦①〔一〕

　　宋相虞忠肅公八世孫堪〔二〕，謁予雲間草玄閣，自云先丞相有
古遺器四：曰瓦琴、石磬、蜀王硯與此劍也。劍長古赤三，握具五
寸弱。握有二稜起，款識可辨者曰“千萬歲”。其鐔橫寸二，狀饕
餮。末甚銳。縵文爲水銀古，中末間黝漆色。芒可吹毛，星月下
出之，艷發浮尹，凜凜②然可寒鬼膽，是誠千載物也。於是酌堪以
酒，酒酣，爲作虞相古劍歌，使與古虞公劍同傳爲其家寶云。
　　吾聞虞公之③古劍，可以追騰空〔三〕，迴落日。千年宗祀④已丘墟，子
姓西來傳不失。江淮都守償⑤國讐〔四〕，八陵痛骨三千⑥秋〔五〕。采石江頭
一提出，芒寒夜走完顏酋⑦〔六〕。堪兮堪兮⑧傳八葉，價金不售山西侯⑨〔七〕。
牀頭寶匣不敢開，黄蛇上天走雄雷〔八〕，持謁雲閒鐵龍父。灑以延平
津⑩〔九〕，拭以赤菫土〔十〕。虹光一道裂蛟⑪胎，上指黄星落黄雨。嗚呼，舞
龍⑫門〔十一〕，刺魚肚〔十二〕，二豎⑬佞，何足數。我將假霜鍔，伐⑭天矛。西山斫
白額二，東海斬蛟三頭〔十三〕。然後裂蚩尤〔十四〕，殪羅睺〔十五〕，大開太陽照九
州。堪兮堪兮勿失汝劍⑮，使我徒請上方斬馬之劍⑯於朱游〔十六〕。
　　至正二十五年青龍集乙巳王正上日，抱遺叟楊維禎在雲間草玄閣書。

【校】

① 本詩又載式古堂書畫匯考卷十九、珊瑚木難卷二、明郁逢慶續書畫題跋記卷
　七，據以校勘。珊瑚木難、續書畫題跋記題作虞相古劍歌。又，序文與詩末

跋語原本無,據式古堂書畫匯考、珊瑚木難、續書畫題跋記補。

② 廪廪:續書畫題跋記作"凜凜"。

③ 吾:珊瑚木難、式古堂書畫匯考、續書畫題跋記作"昔"。之:珊瑚木難、式古堂書畫匯考、續書畫題跋記無。

④ 祀:續書畫題跋記作"社"。

⑤ 守:珊瑚木難、式古堂書畫匯考、續書畫題跋記作"督"。憤:續書畫題跋記作"憤"。

⑥ 三千:續書畫題跋記作"三十"。

⑦ 芒寒:珊瑚木難、式古堂書畫匯考作"寒芒"。芒寒夜走完顔酋:續書畫題跋記作"寒芒夜激妖氛收"。

⑧ 堪兮堪兮:續書畫題跋記作"堪子堪子"。下同。

⑨ 侯:珊瑚木難、式古堂書畫匯考、續書畫題跋記作"俠"。

⑩ 延平津:續書畫題跋記作"延津"。

⑪ 蛟:珊瑚木難作"蚌"。

⑫ 龍:珊瑚木難、式古堂書畫匯考、續書畫題跋記作"鴻"。

⑬ 豎:原本作"笠",據珊瑚木難、式古堂書畫匯考、續書畫題跋記改。

⑭ 伐:續書畫題跋記作"代"。

⑮ 原本"堪兮堪兮"下有一"甚"字,據珊瑚木難、式古堂書畫匯考、續書畫題跋記刪。"劍"字下珊瑚木難、式古堂書畫匯考、續書畫題跋記多一"兮"字。

⑯ 上方:珊瑚木難、式古堂書畫匯考、續書畫題跋記作"尚方"。劍:珊瑚木難、式古堂書畫匯考、續書畫題跋記作"具"。

【箋注】

〔一〕本詩撰於元至正二十五年(一三六五)正月初一,其時鐵崖隱居松江。虞堪:字克用,一字勝伯,宋丞相虞允文八世孫,後徙家長洲(位於今江蘇蘇州)。元季不仕,洪武中爲雲南府學教授。家富藏書。擅長畫山水。有鼓枻稿、希澹園詩傳世。參見橋李詩繫卷五虞堪、畫史會要卷四明。

〔二〕虞忠肅公:名允文。詔贈太傅,賜謚忠肅。宋史有傳。

〔三〕追騰空:指曳影劍。參見麗則遺音卷三斬蛇劍注。

〔四〕江淮都守:建炎以來繫年要録卷一百九十三:"(紹興三十有一年冬十月)戊午,知樞密院事葉義問督視江淮馬軍,中書舍人兼直學士院虞允文參謀軍事……上諭曰:'卿儒臣,不當遣。以卿洞達軍事,勉爲朕行。'允文曰:'臣敢不盡死力!'"又,同書卷一百九十五:"虞允文自鎮江還,入見,上慰藉甚渥。允文言：‘車駕進發，而敵尚有在淮東、西者。今當督淮上之兵，斷敵歸路。發鎮江、建康之兵，爲掩襲之舉，可使敵無噍類。’上從之，而敵去已遠矣。”

〔五〕八陵：宋太祖父昭武皇帝永安陵、太祖永昌陵、太宗永熙陵、真宗永定陵、仁宗永昭陵、英宗永厚陵、神宗永裕陵、哲宗永泰陵。

〔六〕夜走完顏酋：虞允文大敗金軍於采石，完顏亮退避揚州，後被其部下所殺。詳見建炎以來繫年要錄。

〔七〕山西侯：指武將。漢書趙充國傳：“秦漢以來，山東出相，山西出將。”

〔八〕“黃蛇”句：唐戴孚廣異記許旌陽斬蛟劍：“武勝之於江灘見雷公逐一黃蛇，或以石投之，鏗然有聲，雷公飛去，得一銅劍，有文云‘許旌陽斬蛟第二劍’。”

〔九〕延平津：相傳張華寶劍爲神物，自投延平津。詳見鐵崖先生古樂府卷四古憤注。

〔十〕赤堇：參見鐵崖先生古樂府卷四赤堇篇注。

〔十一〕舞龍門：當從校本作“舞鴻門”，指鴻門宴項莊舞劍事。見史記項羽本紀。

〔十二〕刺魚肚：指專諸將魚腸劍置炙魚中刺殺王僚。見吳越春秋王僚使公子光傳。

〔十三〕“西山”二句：用晉周處殺虎斬蛟事。見世説新語自新。

〔十四〕蚩尤：參見東維子文集卷十送鄧煉師祈雨序注。

〔十五〕羅睺：參見鐵崖先生古樂府卷五箕斗歌注。

〔十六〕“使我”句：朱游，漢朱雲。參見陳善學序刊楊鐵崖先生文集卷四沈劍子辭注。

張生胡琴引①〔一〕

龍首蟄驚春雲深，黃沙風平開晝陰。臙脂②勸酒日西沉，張生帳底軋胡琴。青桐柏枝③金鳳起，鸞尾梢弦瀉銀水。長門月冷清流光〔二〕，春回綠樹④花紅香。婕妤⑤起舞君王笑，賜與宮花紫金襖。春風指下十二弦⑥〔三〕，不放梨園擅名早。酒酣罷樂催贈歌，張生張生奈爾何。

【校】

① 本詩又載清初印溪草堂鈔本東維子集卷十一、玉山草堂雅集卷一,據以校勘。印溪草堂鈔本題作張猩猩胡琴引二首,第一首已見於鐵崖先生古樂府卷二,本詩爲第二首。

② 臙脂:印溪草堂鈔本、玉山草堂雅集本作"燕支"。

③ 柏枝:印溪草堂鈔本作"枝折"。

④ 樹:印溪草堂鈔本作"草"。

⑤ 婕好:印溪草堂鈔本作"健仔"。

⑥ 十二弦:原本作"十二年",據印溪草堂鈔本改。按:張猩猩爲宮廷樂師二十年,故鐵崖先生古樂府卷二張猩猩胡琴引作"春風殘絲二十年"。此處所謂"十二年"有誤,當作"十二弦"。參見注釋。

【箋注】

〔一〕張生:即張猩猩。張猩猩爲樂師,原居京城,元至正年間游寓江浙。至正七、八年間,鐵崖游寓姑蘇、崑山等地,曾爲張猩猩賦胡琴引詩,贊其琴藝,本詩蓋同時之作。印溪草堂鈔本將鐵崖先生古樂府卷二張猩猩胡琴引與本詩合爲一組,題作張猩猩胡琴引二首。

〔二〕長門:參見陳善學序刊楊鐵崖先生文集卷一長門怨注。

〔三〕十二弦:元人常用,琴首爲龍形。張昱撰宮中詞曰:"宮中無以消長日,自擘龍頭十二弦。"(載元詩紀事卷二十五。)按:鐵崖先生古樂府卷二張猩猩胡琴引與本詩所詠胡琴,或非一種,前者曰"猩猩帳底軋胡琴,一雙銀絲紫龍口",當爲"二弦"琴;本詩所述,則爲"十二弦"琴。

蹋踘歌贈劉叔芳①〔一〕

蹋踘復蹋踘,佳人當好春。金刀剪芙蓉,紉作滿月輪。落花游絲白日長,年年它宅媚流光。綺襦珠絡錦繡襠,草裀漫地綠色涼。揭門縛綵觀如堵,恰呼三三喚五五。低過不墜蹴忽高,蛺蝶窺飛燕迴舞。步矯且捷如凌波,輕塵不上紅錦靴,揚眉吐笑頰微渦。江南少年②黃家多,劉娘劉娘奈爾何。只在③當年舊城住,門前一株海棠樹。

【校】

① 本詩又載列朝詩集甲集前編第七、元詩選初集辛集、樓氏 鐵崖逸編注卷四，據以校勘。元詩選本注曰録自草玄閣後集。樓氏 鐵崖逸編注本題作“蹋踘歌”，“贈劉叔芳”爲小字注。

② 少年：列朝詩集本、元詩選本、樓氏 鐵崖逸編注本作“年少”。

③ 在：樓氏 鐵崖逸編注本作“憶”。

【箋注】

〔一〕鐵崖先生古樂府卷二有蹋踘篇兩首，注曰：“爲劉娘賦也。”劉娘或即劉叔芳，則本詩或亦作於元 至正七、八年間。

鼙婆引[一]

吳門玉帳元戎府，手擊銅龍踏哮虎。錦貂半醉金盤春，芍藥三千嬌欲語。梅卿上馬①彈鼙婆，鵾弦振振金邏迆。軟灰促節變幹②羅[二]，楓香古調翻回波[三]。四索真珠瀉銅盌，三十六竿合笙管[四]。孤鸞夜語烏絲③愁，朔風吹寒青草短。玉環流落梨園空，三郎不在華清宮[五]。凝碧池頭散花雨[六]，天上仙班奉明主。

【校】

① 本詩又載元詩選初集辛集、樓氏 鐵崖逸編注卷四，據以校勘。上馬：樓氏 鐵崖逸編注本作“馬上”。

② 幹：原本作“斡”，據元詩選本、樓氏 鐵崖逸編注本改。

③ 絲：樓氏 鐵崖逸編注本作“孫”。

【箋注】

〔一〕題下原注曰：“搜神記：琵琶，一名鼙婆。”

〔二〕軟灰促節變幹羅：疑指節拍由緩變急。參見本集阿犖來謡。

〔三〕楓香：類説卷十三琵琶録本領帶邪聲：“貞元中，康崑崙琵琶第一手。兩市祈雨，因鬭樂聲。崑崙登街東緑樓，彈一曲新番羽調緑腰……必謂街西無敵。曲罷,西市樓出一女郎抱樂器,云:‘我亦彈此曲,兼移在楓香調中。’乃下撥,聲如雷,妙絕如神。崑崙拜,謂爲師。女郎更衣出,乃僧善本,俗姓段。”回波:樂曲名。參見鐵崖文集卷三鐵笛道人自傳。

〔四〕三十六竽:元劉瑾詩傳通釋卷四君子陽陽:“簧,笙竽管中金葉也。蓋笙竽皆以竹管值於匏中,而竅其管底之側,以薄金葉障之,吹則鼓之而出聲,所謂簧也。故笙竽皆謂之簧。笙十三簧,或十九簧,竽三十六簧也。”

〔五〕“玉環流落”二句:指楊玉環與唐明皇在華清宮游宴故事。參見麗則遺音卷一乞巧。

〔六〕“凝碧池頭”句:指安禄山於凝碧池設酒張樂,樂工不從。參見雷海清(載青照堂刊楊鐵崖詠史)注。

贈胡琴師董雙清〔一〕

金剛葫蘆已半剖〔二〕,(鐵仙有琵琶名金剛瘦,又名金瓢,即金剛葫蘆半剖也①。)青絲雙緪紅牙紐。結喉乍語雕龍口,萬斛真珠傾玉斗。若無天上董雙成〔三〕,還有人間董雙清。水晶宮中秋月明,牀頭一夜銅龍聲。

【校】

① “鐵仙有琵琶”以下三句小字注,原本置於詩末,徑移於此。

【箋注】

〔一〕據本詩,董雙清乃樂師,專門演奏胡琴。
〔二〕“金剛葫蘆”句:描摹胡琴形狀。按:本詩原注云云,似有誤。據鐵崖先生古樂府卷二張猩猩胡琴引,金剛瘦是其胡琴名。且本詩亦謂“青絲雙緪”,故知“金剛葫蘆”當指二胡,而非琵琶。
〔三〕董雙成:相傳爲西王母侍女。參見鐵崖先生古樂府卷二周郎玉笙謠注。

梓工琢樂器行

吳興梓工①施氏爲余琢胡琴一具〔一〕,其巧思入神,深機應律,

非他工①所能萬一也。工畢，不求勞金，出紙求余古歌行一首，故
爲賦之。

吳興施生非樂祖，拾得東山修月斧〔二〕。人間無處斫寶輪，半破壺
盧戞銅鼓。我有西來邏逤檀，中藏天竅雷霆怒。施生刻劃古龍形，皤
腹長喉長胡語。東家坎坎作冰弦，西家錚錚斷雁柱。至今斛律得品
題〔三〕，故賈千金不輕與。施生施生天機精，伎高亦是輕千古。徑當去
修五鳳樓〔四〕，待我修書貢天府。

【校】

① 工：原作“宫”，徑改。

【箋注】

〔一〕施氏：據本詩，爲吳興（今浙江湖州）人，製作樂器，技藝卓絕。
〔二〕修月斧：參見鐵崖先生詩集甲集玄霜臺爲吕希顔賦注。
〔三〕斛律：即斛律珠，鐵崖胡琴名。參見鐵崖文集卷一七客者志、卷三斛律
　　　珠傳。
〔四〕五鳳樓：唐、五代、宋之京城皆有此樓。參見鐵崖先生詩集丙集紅酒歌謝
　　　同年智同知作注。

唐明皇按樂圖①

沉香亭前花蕚下（叶“户”②）〔一〕，天街一陣催花雨。海棠花妖睡初
著（直略切③）〔二〕，唤醒一聲紅芍藥。金鸞供奉調清平〔三〕，梨園舊曲換
新聲。阿環自吹范陽曲④〔四〕，八姨獨操傷春情〔五〕。君不見夜游重到
明月府，青鸞能歌更⑤能舞〔六〕。五雲不障蚩尤旗，回首烟中萬鼙鼓。
乃⑥知著底梧桐雨〔七〕，雨聲⑦已入淋鈴譜〔八〕。

【校】

① 本詩又載列朝詩集甲集前編第七上、清初印溪草堂鈔本東維子詩集卷二、元
　　詩選初集辛集、樓氏鐵崖逸編注卷五，據以校勘。印溪草堂鈔本題作唐玄宗
　　按樂圖二首，本詩爲第二首。列朝詩集本、元詩選本、樓氏鐵崖逸編注本皆

題作明皇按樂圖。列朝詩集本亦録兩首,詩同印溪草堂鈔本。

② 叶户:此小字注原本無,據列朝詩集本、元詩選本、樓氏鐵崖逸編注本增補。

③ 直略切:此小字注原本無,據列朝詩集本、印溪草堂鈔本、元詩選本、樓氏鐵崖逸編注本增補。

④ 曲:列朝詩集本、印溪草堂鈔本、元詩選本、樓氏鐵崖逸編注本作"笛"。

⑤ 更:列朝詩集本、印溪草堂鈔本、元詩選本、樓氏鐵崖逸編注本作"兔"。

⑥ 乃:列朝詩集本、元詩選本、樓氏鐵崖逸編注本作"那"。

⑦ 雨聲:印溪草堂鈔本作"聲聲"。

【箋注】

〔一〕沉香亭:唐玄宗開元年間以沉香木構建,故名。位於興慶宮圖龍池東。參見清王琦李太白集注卷五清平調詞注釋。花萼:樓名。與興慶宮同時構建,位於宮西。參見陳善學序刊楊鐵崖先生文集卷三五王毬歌注。

〔二〕海棠花妖:指楊貴妃。參見鐵崖先生詩集己集詠海棠。

〔三〕調清平:楊太真外傳卷上:"開元天寶花木記云:禁中呼木芍藥爲牡丹也,得數本,紅、紫、淺紅、通白者,上因移植於興慶池東、沉香亭前。會花方繁開,上乘照夜白,妃以步輦從,詔選梨園弟子中尤者,得樂十六色。李龜年以歌擅一時之名,手捧檀板,押衆樂前。將欲歌之,上曰:'賞名花,對妃子,焉用舊樂詞爲?'遽命龜年持金花牋,宣賜翰林學士李白,立進清平樂詞三篇。"

〔四〕范陽:此借指安禄山。安禄山自范陽起兵。按:相傳楊玉環私通安禄山,參見陳善學序刊楊鐵崖先生文集卷三點籌郎注。

〔五〕八姨:舊唐書后妃傳:"(楊貴妃)有姊三人,皆有才貌,玄宗并封國夫人之號:長曰大姨,封韓國;三姨,封虢國;八姨,封秦國。并承恩澤,出入宮掖,勢傾天下。"

〔六〕"君不見"二句:言明皇游月宮事。參見鐵崖先生古樂府卷二奔月厄歌注。

〔七〕梧桐雨:白居易長恨歌:"春風桃李花開日,秋雨梧桐葉落時。"

〔八〕淋鈴:唐鄭處誨明皇雜録補遺:"明皇既幸蜀,西南行。初入斜谷,霖雨涉旬,於棧道雨中聞鈴音,與山相應,上既悼念貴妃,採其聲爲雨霖鈴曲,以寄恨焉。時梨園子弟善吹觱篥者,張野狐爲第一,此人從至蜀,上因以其曲授野狐……其曲今傳法部。"

玄宗對弈圖

　　方罫提封三尺闊，萬里風烟起排拶。宮中作敵呼玉環，君王不賭龍綃襪[一]。三郎勝負機未深，阿環陰重操危心。金河面前君不見[二]，綠衣小雛誰縱擒[三]。圍中一子輸劫法，砲聲脫落臙脂甲。飛鴻遠勢漫侵天，一夜青蟻蜀天狹。環兮環兮馬嵬坡前路轉迷，錦物霜蹄窮六踏[四]。

【箋注】

〔一〕龍綃襪：相傳西王母之女態盈娘子所穿。參見鐵崖先生古樂府卷十小游仙之二注。

〔二〕金河：縣名。唐代單于大都護府所在地。位於陰山之南、黃河之北。參見太平寰宇記卷三十八關西道。

〔三〕綠衣小雛：指鸚鵡。唐明皇曾封鸚鵡爲“綠衣使者”，參見陳善學序刊楊鐵崖先生文集卷五綠衣使注。鸚鵡亂局事，參見鐵雅先生復古詩集卷四宮詞之四注。

〔四〕“環兮環兮”二句：指唐玄宗被迫於馬嵬坡縊殺楊玉環。原本有小字注：“六踏，樗蒲。”參見鐵雅先生復古詩集卷四楊太真注。

題開元王孫挾彈圖[一]①

　　開元少年意氣雄，任俠不數陳孟公[二]。文犀束帶鵠袍②小，驕馬颯踏如飛龍。側身仰望目矍矍，爲有流鶯在高樹。兩騎聯翩未敢前，看送金丸落飛羽[三]。白頭鳥喙③延秋門[四]，漁陽塵起天地昏。珊瑚寶玦散原野，空令野客哀王孫[五]。平原公子五色筆，俗吏④庸工俱辟易。寫成圖畫鑒興衰，未必奢淫不亡國。

【校】

① 本詩又載元詩選初集辛集、樓氏鐵崖逸編注卷五、清鈔十六卷本玉山草堂雅集卷一、式古堂書畫匯考卷四十六畫十六元，據以校勘。式古堂書畫匯考本

題爲趙子昂春游圖,詩末署名鐵篴道人。

② 袍: 元詩選本、樓氏鐵崖逸編注本作"被"。

③ 鳥: 當作"烏"。喙: 玉山草堂雅集本、元詩選本、樓氏鐵崖逸編注本作"啄"。

④ 吏: 元詩選本、樓氏鐵崖逸編注本作"史"。

【箋注】

〔一〕開元王孫挾彈圖: 作者當爲趙孟頫。(據本詩"平原公子五色筆"一句推
之。)開元: 唐玄宗年號,公元七一三至七四一年。爲唐代盛世。

〔二〕陳孟公: 陳遵字孟公,爲人灑脱不羈。西漢末年官至大司馬護軍。漢書
有傳。

〔三〕金丸: 指漢武帝時韓嫣所用金彈。參見鐵崖先生古樂府卷十春俠雜詞
之一。

〔四〕"白頭"句: 杜詩詳注卷四哀王孫: "長安城頭頭白烏,夜飛延秋門上呼。
又向人家啄大屋,屋底達官走避胡。"注: "頭白烏,不祥之物,初號門上,故
明皇出延秋門。又啄大屋,故朝官一時逃散……以侯景比禄山也。雍録:
玄宗幸蜀,自苑西門出。在唐爲苑之延秋門,在漢爲都城直門也。既出,
即由便橋渡渭,自咸陽望馬嵬而西。"

〔五〕野客: 指杜甫。杜甫有哀王孫詩。

王若水緑衣使圖①〔一〕

繡衣翠頂珠②冠纓,西來萬里隴山青。金雞一鳴天下白,此鳥一
鳴天下平。金精稟氣清儆直,言語分明藏不得。宮中未豫③家國事,
共愛聰明好顏色。殿上袞衣誰小戲,宮中錦褯搖虎翅。皂雕御史不
彈邪,拜賜君王緑衣使。

【校】

① 本詩又載元詩選初集辛集、樓氏鐵崖逸編注卷五、劉世珩影元刊十八卷本玉
山草堂雅集卷二,據以校勘。元詩選本注曰録自草玄閣後集。

② 繡: 諸校本皆作"緑"。珠: 玉山草堂雅集本作"朱"。

③ 豫: 元詩選本、樓氏鐵崖逸編注本作"聞"。

【箋注】

〔一〕王若水：圖繪寶鑑卷五元：“王淵，字若水，號澹軒，杭人。初習丹青，趙文
敏多指教之，故所畫皆師古人，無一筆院體。山水師郭熙，花鳥師黃筌，人
物師唐人，一一精妙。尤精墨花鳥竹石，當代絶藝也。”又據元陶宗儀南村
輟耕録卷七畫師，王淵“天曆中畫集慶龍翔寺兩廡壁，時都下劉總管者總
其事”。又，佚名輯元宮詞曰：“海晏河清罷虎符，閒觀翰墨足歡娱。内中
獨召王淵畫，搨得黃筌孔雀圖。”按：元文宗登基後，頗用文士。於天曆二
年二月立奎章閣學士院於京師，特授柯九思等爲學士院鑒書博士，王淵或
亦於此時成爲宮廷御用畫師。其傳世畫作題材多樣，包括花鳥、山水、亭
閣臺樹等等，故宮博物院、臺北故宮博物院、上海博物館等單位收藏。又，
清人吳榮光輯辛丑銷夏記卷四著録有至正二十四年九月王若水歲華宜子
圖軸，則元末王淵仍在世。按本詩又見陳善學序刊楊鐵崖先生文集卷五，
題緑衣使，略有異文，注釋參該詩。

聽鶯曲[①]

紫驑踏花雲滿足，南陌東阡日馳逐。不如幽谷黃衣郎[一]，好音綿
蠻出深木[二]。鄰家女兒愁[②]別離，楊花卻傍珠簾飛。樓前關山人未
歸，奈何奈何啼黃鸝。

【校】

① 本詩又載清初印溪草堂鈔本東維子集卷十、元詩選初集辛集、樓氏鐵崖逸編
注卷三、清鈔十六卷本玉山草堂雅集卷一，據以校勘。印溪草堂鈔本題作聽
鸎聲曲。元詩選本注曰録自草玄閣後集。
② 愁：印溪草堂鈔本作“歌”。

【箋注】

〔一〕黃衣郎：指黃鶯鳥。詩小雅伐木：“伐木丁丁，鳥鳴嚶嚶。出自幽谷，遷於
喬木。”
〔二〕綿蠻：詩秦風緜蠻：“緜蠻黃鳥，止於丘阿。”毛傳：“緜蠻，小鳥貌。”

枸杞黃鼠圖　劉廷璋家藏〔一〕

堂上先生杞作蔬,黃毛郎食珊瑚珠。黃口飛□族類殊,胡爲群桑如秦烏〔二〕。嗟嗟群桑慎勿疎,椑樆竿杪傍人徂。(椑樆,音脾犀。小樹枝也。)

【箋注】

〔一〕劉廷璋: 生平不詳。劉廷璋與張憲亦有交往,張憲玉笥集卷八劉廷璋齋居詩曰:“悠然北窗夢,情思到羲皇。”可見劉廷璋爲隱逸之人,元末在世。

〔二〕秦烏: 參見鐵崖先生古樂府卷一別鵠操注。

櫻珠詞

江南四月春歸早,紅紫千枝迹如掃。枝頭新綴珠瓔①絡,樹樹②櫻桃爛晴昊。窗前喚婢打黃鶯,莫遣食殘紅碼磃③。菱花照見白家娘(白家娘,白樂天妾④樊素也),一顆臙脂相鬥好〔一〕。青樓遠客迷芳草,三食櫻桃送春老。鳳凰在何方,銜將飛遠道。

【校】

① 本詩又載清初印溪草堂鈔本東維子集卷十一,據以校勘。瓔: 印溪草堂鈔本作“纓”。

② 樹樹: 印溪草堂鈔本作“一樹”。

③ 碼磃: 印溪草堂鈔本作“瑪瑙”。

④ 白家娘: 原本誤作“白衣娘”,據詩句改。妾: 原本無,據印溪草堂鈔本補。

【箋注】

〔一〕“菱花”二句: 宋尤袤全唐詩話卷二白居易:“樊素善歌,小蠻善舞,樂天賦詩有曰:‘櫻桃樊素口,楊柳小蠻腰。’”

蓮花坮歌 坮在太湖之西薊氏村①〔一〕

　　楝花風殘啼鳩②舌〔二〕,蓮花坮上春三月。坮上女郎齊踏歌,輕衫白苧飄香雪。青山深鎖薊家村,使君艇子恰③當門。門前滿樹櫻桃子,手摘櫻桃招使君。使君本是龍門客〔三〕,身脫宮袍岸烏幘。何處江南最有情,新買蓮花坮上宅。(坮,或作阧,山川峭絕處。音職深切。乃國名④。)

【校】

① 本詩又載列朝詩集甲集前編第七上、元詩選初集辛集、樓氏鐵崖逸編注卷四,據以校勘。"在"字原本脫,據列朝詩集本、元詩選本補。又,元詩選本注曰録自草玄閣後集。
② 啼鳩:列朝詩集本作"子規"。元詩選本、樓氏鐵崖逸編注本有小字注於"啼鳩"下:"一作子規。"
③ 恰:列朝詩集本作"泊"。元詩選本、樓氏鐵崖逸編注本於"恰"字下有小字注:"一作泊。"
④ 音職深切乃國名:列朝詩集本作"音斗"。

【箋注】

〔一〕詩當作於元至正五、六年間,其時鐵崖授學吳興蔣氏東湖書院。繫年依據:本詩吟詠之蓮花坮,位於太湖之西薊氏村,距離鐵崖所居長興縣陳瀆里應該不遠。
〔二〕楝花風殘:指春末。春有二十四番花信風,梅花風打頭,楝花風打末。詳見明楊慎撰升庵集卷八十二十四番花信風。
〔三〕"使君"二句:乃鐵崖自抒胸臆。意爲儘管曾中進士,如今卻放浪逍遥。

醉歌行 在荆秀堂醉後書遺虞允恭〔一〕

　　君擊珊瑚鈎①,我舞鐵如意。擊聲出層霄,舞勢旋九地。朝騎天駟朝青帝,解鞍自向樗②桑繫。聽我歸來歌醉歌,拔汝龍泉光斫地。

兒女何③能爲之愁,王公不能爲之勢。鐵仙自是酒中仙,一飲一斗詩
百篇〔二〕。時時醉倒百花前,不知白雪能染烏絲巔。桃花錦袍蓮葉船,
玉龍悲嘯鵾雞弦。君不見西鄰昨夜啼嬋娟,陸有肥羜水有鮮,有酒不
得到黄泉。嗚呼,人生百年三萬六千日〔三〕,安得渴④飲夸父者,與之長
繩絡日從西牽〔四〕。

【校】

① 本詩又載十六卷本玉山草堂雅集卷一,據以校勘。鈎:原本作"歌",據玉山
草堂雅集本改。

② 榑:玉山草堂雅集本作"扶"。

③ 何:玉山草堂雅集本作"胡"。

④ 渴:原本作"濁",據玉山草堂雅集本改。

【箋注】

〔一〕荆秀堂:當爲虞允恭家中堂名。虞允恭:生平不詳。按詩有"拔汝龍泉光
斫地"句,當指虞允文所遺之寶劍,見本卷虞相古劍歌爲虞堪賦,虞允恭或
與虞堪爲兄弟行。按:鐵崖又有一詩贈虞允恭,載清初印溪草堂鈔本東
維子詩集卷二,題作在荆秀堂醉後書遺虞先(生)允恭。與本詩當屬一時
之作。

〔二〕"一飲一斗"句:參見鐵崖先生詩集丙集紅酒歌謝同年智同知作注。

〔三〕"人生"句:參見鐵崖先生詩集庚集題李白問月圖注。

〔四〕"安得"二句:意爲恨不能使夸父復活,與之牽住太陽,不使西沉。即令時
光停滯。山海經校注卷八海外北經:"夸父與日逐走,入日。渴欲得飲,飲
於河渭,河渭不足,北飲大澤。未至,道渴而死。弃其杖,化爲鄧林。"

張體隸古歌〔一〕

　　遂昌明德先生常爲江陰張體孟膚賦書苑叢歌〔二〕,以孟膚之
書兼備衆體也。爲余臨石經數紙,深造中郎運筆之妙〔三〕。喜而
作隸古歌以贈,因繼遂昌歌尾云。
天巧琢,天樸鑿。篆籒興,隸古作。斟酌篆隸生八分,玉箸金蟲

露芒角〔四〕。上谷大烏逃秦籠〔五〕，鴻都翠琰追其踪〔六〕。邇來絶筆一千二百載，我朝作者林立爭雄風。就中洛①陽最清古〔七〕，弟子吳郎心亦苦〔八〕。江陰張體伯仲閒，大軸長番來牛肚〔九〕。氣酣振筆如握刀，秋聲捲紙生松濤。群仙端笏走珠珮，大娘開劍抻赤條〔十〕。秦烈火，石經滅〔十一〕，煩君寫向千仞之磨崖，萬古奎光懸日月。

【校】

① 洛：疑當作“東”。參見注釋。

【箋注】

〔一〕據詩序，本詩繼鄭元祐所賦書苑叢歌而作，故當撰於鄭元祐生前，即不得遲於元至正二十四年（一三六四）。書史會要卷七大元：“張體，字孟膚，江陰人。隸書時作顚掣執，蓋學李重光金錯刀法，而行楷亦善。又雙鈎書極純熟可喜。”

〔二〕明德先生：指鄭元祐。參見東維子文集卷二十四白雲漫士陶君墓碣銘。

〔三〕中郎：指蔡邕。

〔四〕玉箸：李斯所作小篆名。唐李綽尚書故實引書斷：“如科斗、玉筯、偃波之類，諸家共五十二般。”金蟲：鐘鼎上之蟲篆。

〔五〕上谷大烏：指王次仲。唐張懷瓘撰書斷列傳第一八分：“按八分者，秦羽人上谷王次仲所作也。王愔云：王次仲始以古書方廣少波勢，建初中，以隸草作楷法字，爲八分，言有模楷。始皇得次仲文，簡略赴急疾之用，甚喜，遣召之。三徵不至，始皇大怒，制檻車送之。於道化爲大烏飛去。”

〔六〕鴻都：書斷列傳第一師宜官：“師宜官，南陽人。（漢）靈帝好書，徵天下工書於鴻都門，至數百人。八分稱宜官爲最。”

〔七〕洛陽：未詳所指，疑爲東陽之誤，蓋指吾丘衍。書史會要卷七大元：“吾衍，字子行，號竹房，太末人，寓杭之生花坊。隱居求志，好古博學，凌物敖世，不交雜客。與趙魏公相厚善。精於篆，專法李陽冰，律以石鼓，當代獨步。”按：秦始設太末縣，三國時隸屬東陽郡，隋廢。

〔八〕吳郎：當指吳睿。書史會要卷七大元：“吳睿，字孟思，錢塘人。工篆隸，而於古隸尤精。但筆畫雕刻，人以爲病。”按：吳睿爲吾衍弟子，至正初年與鐵崖有交往。參見鐵崖撰游橫澤記（載本書佚文編）、鐵崖先生集卷四方寸鐵志。

〔九〕牛肚：同牛腰。李白醉後贈王歷陽：“書禿千兔筆，詩裁兩牛腰。”

〔十〕大娘：指公孫大娘。杜甫有詩觀公孫大娘弟子舞劍器行，又有荊南兵馬使
　　太常卿趙公大食刀歌：“鬼物撇捩亂坑壕，蒼水使者捫赤條。”

〔十一〕石經：指蔡邕所書熹平石經。

謝金粟道人惠完顔巾子歌[一]

穹廬夜生鶻産仇[二]，赤藥半吐妖狐愁。夾山大雪走鶻髏，黄羊紫
駱腥神州。麗春蒲萄大白浮，烏紗盤頂斜裹頭。合歡帶緩雙冰虹，玉
環對月光射眸。鐵崖老子閬仙流[三]，醉酣自擊珊瑚鈎。鐵冠倒騎青
石牛，雙龍叫雪銀雲收。落幘下灑梨花篘，俗人唤作東蒙丘[四]。金粟
老禿弟子儔，白頭不戴金兜鍪[五]。白粲滿車酒滿舟，來日西崐百花
洲。把仙酒，和仙謳，爲仙□□燕燕樓[六]，捧巾獻壽三千秋。

【箋注】

〔一〕按：顧瑛自號金粟道人，始於元至正十六年（一三五六），本詩當撰於此後
　　不久。又，此完顔巾乃顧瑛自製。袁華耕學齋詩集卷五完顔巾歌序曰：
　　“完顔巾，金粟道人所製，寄鐵崖先生。先生賦長歌以謝，率余同作。”參見
　　東維子文集卷七玉山草堂雅集序。

〔二〕“穹廬”句：參見陳善學序刊楊鐵崖先生文集卷六金人擊毬圖注。

〔三〕閬仙：閬苑神仙。

〔四〕東蒙：老萊子隱於山東蒙山，後因以東蒙指隱士。杜甫與李白同尋范十
　　隱居：“余亦東蒙客，憐君如弟兄。”東蒙丘，用孔子事。孔子西鄰不知孔子
　　之能，呼之爲“東家丘”。見孔子家語。

〔五〕“金粟老禿”二句：元至正十六年秋，張士誠屬下風聞顧瑛才名，欲授予官
　　職。其時顧瑛母逝去不久，顧瑛“嶄然衰絰固辭，弗獲，乃祝髮家居，日誦
　　毘耶經以游心於清净”。參見玉山草堂集卷下緑波亭記、僑吳集卷十白雲
　　海記。

〔六〕燕燕樓：蓋指燕子樓。參見鐵崖先生古樂府卷十燕子辭之四。

清雪屋①歌

淞江僧號雪屋，名清②。

雲間③清雪屋〔一〕,屋清雪皜皜。中有冰壺子〔二〕,云是太清老。蔥嶺西,虎臺東〔三〕,神仙玉橫水晶闕④,盡在一色鴻蒙中。清雪屋,何穹窿,鑿開混沌明月竅,奪得□□□□宮⑤。優曇花,大如斗⑥,桫欏樹子青如蔥⑦。彈古恒河咒千⑧遍,寶花雨落散作瑪瑙珊瑚紅。寒巖明巖爲我掃白雪〔四〕,大青小青爲我呼雄風〔五〕。冰壺子,住雪屋,心如止水〔六〕,形若槁木⑨〔七〕。只知白足弟子腰雪在⑩戶外〔八〕,不知人間黄霧迷逐鹿〔九〕。謂是時塵霧塞望也⑪。

【校】

① 本詩又載清初印溪草堂鈔本東維子詩集卷二,據以校勘。屋:原本詩題無,據印溪草堂鈔本增補。

② "淞江僧號雪屋名清"八字:原本無,據印溪草堂鈔本增補。按:此八字印溪草堂鈔本爲題下小字注,徑改爲大字。

③ 雲間:原本作"雪間",據印溪草堂鈔本改。

④ "神仙"句:印溪草堂鈔本作"神仙白玉樓,水晶闕"。

⑤ "鑿開"二句:印溪草堂鈔本作"鑿混沌竅,奪得明月宮"。

⑥ 斗:印溪草堂鈔本作"鉢"。

⑦ "桫欏"句:印溪草堂鈔本作"桫欏樹,青如蔥"。

⑧ 彈古:印溪草堂鈔本作"彈舌"。千:印溪草堂鈔本作"一"。

⑨ 印溪草堂鈔本於"形若槁木"以下又有"老師夢覓金烏浴"一句。

⑩ 在:印溪草堂鈔本作"立"。

⑪ "謂是時塵霧塞望也"八字:原本無,據印溪草堂鈔本增補。按:印溪草堂鈔本爲大字,徑改爲小字注。

【箋注】

〔一〕釋清:其字不詳,號雪屋,雲間(今上海松江)人。蓋元季在家鄉爲僧。生平不詳。

〔二〕冰壺子:蓋爲釋清別號。

〔三〕虎臺:指龍虎臺。參見本集阿犖來謠。

〔四〕寒巖、明巖:位於浙江天台山。此蓋借指高僧。唐代高僧寒山子曾避居天台寒巖。

〔五〕大青、小青:或謂龍名,或謂虎名。清孫承澤春明夢餘録卷六十八巖麓:

“盧師山,在京西三十里。山半爲秘魔巖,巖石嵌空幾二丈。舊傳隋末有
沙門曰盧師居此山,能馴伏大青、小青二龍,故名。巖下一池,二青蟄處。”
又,補續高僧傳卷十九感通篇:“德聰,姑蘇張潭人。生仰氏。初入杭淨光
院,領具戒於梵天寺。參游諸方,得心印。(宋)太平興國中,結廬華亭佘
山之東峰。有二虎爲之衛,名大青、小青,行則隨侍前後。”

〔六〕心如止水: 唐白居易祭李侍郎文:“齒牙相軋,波瀾四起。公獨何人,心如
止水。”

〔七〕形如槁木: 莊子齊物論:“形固可使如槁木,而心固可使如死灰乎?”

〔八〕白足弟子: 指僧人慧可。施注蘇詩卷五塔前古檜:“當年雙檜是雙童,相
對無言老更恭。庭雪到腰埋不死,如今化作兩蒼龍。”注:“傳燈録:‘二祖
慧可初詣達磨參求佛法,直大雪,夜侍中庭,堅立不動。遲明,積雪過膝。’
詩借用其意。”

〔九〕人間黄霧迷涿鹿: 鐵崖蓋以此喻指當時亂象。按: 蚩尤作亂,黄帝率諸侯
軍征伐,戰於涿鹿之野,時霧塞天地。詳見史記五帝本紀。

渾沌印①詞 并序〔一〕

　　槜李②錢卜者〔二〕,以香印盤決人休咎事,談余動靜皆吻合無
間。天地閟數之兆朕者,(朕,直引切。吉凶形兆,謂之兆朕。)範圍於
是盤。余神其盤,曰“混沌③印”。且爲賦混沌④詞一解,繼白嵒
山人軒轅印偈後。

混沌印,玄黄母〔三〕。混沌文,玄黄剖。錢卜叟,畫在心,象⑤在口。
天盤脱落星與斗,將軍拜香聽休咎。錢卜叟,手不工算,目不工書。
青龍白虎⑥龜,玄鳥朱杵下。雷鼓鏡,徹太虚。棋枰⑦不擲黄石〔四〕,沙
盤不書紫姑〔五〕。青鶴飛來報我⑧事,天書不以霹靂符。早知秘訣有如
此,龍馬不負滎河圖〔六〕。

【校】

① 本詩又載清初印溪草堂鈔本東維子集卷十一,據以校勘。原本題作渾沌詞,
　　據印溪草堂鈔本增補“印”字。

② 槜李: 印溪草堂鈔本作“醉李”,且於詩序後附注曰:“醉李即槜李,嘉興

郡名。”

③ 混沌：印溪草堂鈔本作“渾沌”。下同。

④ 印：原本無，據印溪草堂鈔本增補。

⑤ 象：印溪草堂鈔本作“彖”。

⑥ 青龍白虎：印溪草堂鈔本作“龍虎青白”。

⑦ 枰：印溪草堂鈔本作“桦”。

⑧ 我：印溪草堂鈔本作“吾”。

【箋注】

〔一〕詩賦於元至正四年(一三四四)，或稍後，其時鐵崖寓居杭州。按：錢惟善
　　　詩楊廉夫司令以詩美杜清碧先生達兼善郎中率吾曹同賦之二曰：“近傳水
　　　北幽居好，鞍馬相尋多出城。說易長懷白岩老，題詩只寄丹丘生。”(載江
　　　月松風集卷十一。)精通周易之白岩老，當即本詩所謂白嵒山人。又，杜清
　　　碧先生，即杜本。杜本於至正四年應召北上，中道盤桓錢塘，與錢惟善、鐵
　　　崖等交往。本詩亦當賦於此際。

〔二〕錢卜者：姓錢，檇李(今浙江嘉興)人。以扶乩爲生。

〔三〕玄黃：天地混沌之氣。焦贛易林蠱之泰：“玄黃四塞，陰雌伏謀。”

〔四〕“棋枰”句：史記封禪書：“(樂)大爲人長美，言多方略，而敢爲大言……於
　　　是上使驗小方，鬥棋，棋自相觸繫。”注：“顧氏案：萬畢術云‘取雞血雜磨
　　　針鐵杵，和磁石棋頭，置局上，即自相抵擊也’。”

〔五〕“沙盤”句：宋朱彧萍州可談卷三：“古傳紫姑神，近世尤甚，宣和初禁之乃
　　　絕。嘗觀其下神，用兩手扶一筲箕，頭插一箸，畫灰盤作字。加筆於箸上，
　　　則能寫紙。與人應答，自稱蓬萊大仙，多女子也。”

〔六〕滎河圖：參見麗則遺音卷四些馬。

贈星士吳曉庭〔一〕

雪川有客挾星術〔二〕，今秋獲遂荆州識〔三〕。一天列宿胸次藏，窮通
休咎妙推測。異哉三寸舌通靈，聲名不下嚴君平〔四〕。仰視天象驗伏
疾，寧辭徹曉行中庭。我今與君纔一見，篤志詩書尚貧賤。煩君爲我
細推詳，幾時重謁黃金殿？

【箋注】

〔一〕詩作於元至正八、九年間，其時鐵崖浪迹姑蘇、松江等地，授學爲生。按：詩末曰：“煩君爲我細推詳，幾時重謁黄金殿？”吳曉庭對此提問實有所回應，參見下篇贈相士薛如鑑。據本詩，吳曉庭爲湖州人，星相術士，元季在江浙頗著名。

〔二〕霅川：湖州（今屬浙江）別名。

〔三〕荆州識：李白與韓荆州書：“白聞天下談士相聚而言曰：‘生不用萬户侯，但願一識韓荆州。’何令人之景慕，一至於此耶！”

〔四〕嚴君平：即嚴遵。參見鐵崖先生古樂府卷八覽古之十五注。

贈相士薛如鑑①〔一〕

　　銅之鑑，僅以見妍媸。不若書之鑑，可以見是非。又不若人之鑑，可以見善惡之端、禍福之機〔二〕。河東薛相士，自稱老鑑師，一雙神瞳秋水碧，三寸長舌霹靂飛。曾相水邊遺嬰作貴子，道上擔夫爲富兒。前年東山睡漢是龍虎〔三〕，今年雁山處士非熊羆〔四〕。談言一一中，與奪無依違。見子勸以孝，見父勸以慈，見臣勸以忠，邪則正，□則欹。鑑道有如此，頗近古教規。鐵笛道人學讀詩與書，誤蒙進，賜緋衣。龍門上客一日速，十年不調官何遲。吳郎相見談出處〔五〕，許我再覿黄金墀。我心自鑑復自斷，子卿唐舉無容知〔六〕。醉來鐵笛客且去，青天月白梨花枝。

【校】

① 按：本詩又見於明解縉撰文毅集卷四，題爲贈薛相士鐵崖，文字稍有出入。當屬文毅集誤收。

【箋注】

〔一〕上一首詩贈星士吳曉庭，本詩則曰“吳郎相見談出處”，又曰“十年不調官何遲”，蓋吳氏踵門在先，薛氏造訪於後，時隔非久。此二詩當作於鐵崖失官十年左右，即元至正八、九年間。其時鐵崖寓居蘇州、松江等地。薛如鑑：星相術士。參見鐵崖先生古樂府卷六秀州相士歌、東維子文集卷二七神鑒説贈薛生。

〔二〕“銅之鑑”七句：化用唐太宗評魏徵語。新唐書魏徵傳：“以銅爲鑑，可正衣冠；以古爲鑑，可知興替；以人爲鑑，可明得失。”又墨子非攻中：“鏡於水，見面之容；鏡於人，則知吉與凶。”

〔三〕“前年”句：類説卷五十六歐公詩話渴睡漢狀元及第：“吕文穆薄游一縣，胡旦隨父宰邑，客有譽吕，舉其詩，云‘挑盡寒燈夢不成’，胡笑曰：‘乃是一渴睡漢耳。’俗語轉爲‘瞌’。吕明年中甲科，寄聲胡曰：‘渴睡漢狀元及第矣！’”

〔四〕雁山處士：指李孝光。李孝光家居雁蕩山，於至正八年應召北上。參見東維子文集卷七郊韶詩序、鐵崖先生詩集已集送李五峰先生召著作。

〔五〕吴郎：即吴曉庭。見上篇。

〔六〕子卿：姑布子卿，戰國時人，精相術。參見鐵崖先生古樂府卷六秀州相士歌注。唐舉：“舉”或作“莒”，戰國時梁人，以精通相術著稱於世。參見史記蔡澤傳注。

老人鑑歌〔一〕

吴中薛老人〔二〕，業許負氏之術〔三〕，談人禍福，愈老愈神，呼爲“老人鑑”。今年九十餘，自操舟松之滸，拜余草玄閣上，許余有三高：壽、爵、文章。且曰：“年雖及致仕，必爲國之鐵史事業，然後歸老江南。”乞詩以識。爲賦老人鑑歌一首。

老人鑑，九十三，少年挾策曾走龍虎關下稱奇男。自言一副相劍眼，兩炬射坐①光眈眈。（光眈：丁南②切，從目。見易頤卦③。視也。）城南老樹識絳人之甲子〔四〕，即令皮毛脱落天骨高巉巖。鬼幽叢中不爲死人語，嗔呼怒罵驚婪酣。寧作藥口苦〔五〕，不作鼠口甘。曾觸某王黥可貴〔六〕，曾驚某人餓弗銜〔七〕。（弗銜，官銜也。）人貓不敢妒〔八〕，笑虎不敢唧〔九〕。（敢唧：唧，怒也。）碣來拜我④草玄閣，相見大耳如旛眈。（旛眈，從耳，大耳⑤也。）許我以磻溪老漁之夢卜〔十〕，越石⑥老樵之脱驂〔十一〕。清躋當上渠禄級〔十二〕，險涉已過瞿黄龕〔十三〕。春秋筆削正一統，三史編摩金石函〔十四〕。賜金歸來車轆轆，馬驔驔⑦，故鄉守令負矢迎界上〔十五〕，上應天台⑧太史星降狐之南〔十六〕。(老人星名狐南⑨。)鐵史一笑起,螯爾持,酒爾含。老鑑飲⑩,毋⑪多談。

【校】

① 清初印溪草堂鈔本東維子詩集卷五亦載此詩,據以校勘。坐:原本作"生",據印溪草堂鈔本改。

② 丁南:原本作"南",據印溪草堂鈔本補。又,原本校本小字注文皆置於詩末,徑移於相關字詞之下。下同。

③ "頤卦"之"頤",原本作"順",據印溪草堂鈔本改。

④ 我:原本無,據印溪草堂鈔本補。

⑤ 大耳:原本無,蓋承上而脱,據印溪草堂鈔本補。

⑥ 越石:原本校本皆誤作"越谷",徑改。參見注釋。

⑦ 驒驒:印溪草堂鈔本作"驒驒"。

⑧ 天台:印溪草堂鈔本作"天官"。

⑨ 老人星名狐南:原本作"坂南用之老人星狐南",據印溪草堂鈔本删改。

⑩ 老鑑飲:印溪草堂鈔本作"飲老鑑"。

⑪ 毋:印溪草堂鈔本作"無"。

【箋注】

〔一〕詩撰於元至正二十五年(一三六五)或稍後之秋季,其時鐵崖寓居松江。繫年依據:其一,本詩序謂鐵崖年"及致仕",則當撰於鐵崖七十歲時。其二,詩中曰"螯爾持",指吃螃蟹,必爲秋季。

〔二〕薛老人:即薛如鑑。參見東維子文集卷二七神鑒説贈薛生注。

〔三〕許負:參見東維子文集卷二七神鑒説贈薛生注。

〔四〕城南老樹:宋范致明岳陽風土記:"白鶴老松,古木精也。李觀守賀州,有道人陳某,自云一百三十六歲。因言及吕洞賓,曰近在南嶽見之,吕云過岳陽日,憩城南古松陰,有人自杪而下來相揖,曰:'某非山精木魅,故能識先生,幸先生哀憐。'吕因與丹一粒,贈之以詩。吕舉以示陳,陳記其末云:'惟有城南老樹精,分明知道神仙過。'"絳人甲子:參見鐵崖先生古樂府卷三大人詞注。

〔五〕藥口苦:韓非子外儲説左上:"夫良藥苦於口,而智者勸而飲之,知其入而已己疾也。"

〔六〕黥可貴:預言英布遭黥而顯貴。詳見史記黥布傳。

〔七〕餓弗銜：指漢人鄧通。參見東維子文集卷二十七説相贈王生注。

〔八〕人貓：指唐李義府。參見陳善學序刊楊鐵崖先生文集卷三長髮尼注。

〔九〕笑虎：宋龐元英撰談藪：“王公衮，字吉老，宣子尚書之弟。先墓在會稽西山，爲掌墓人奚泗所發。公衮訴之郡，杖之而已，公衮憤甚。奚泗受杖，詣公衮謝罪，公衮呼前，勞以酒，拔劍斬之，持其首詣郡。宣子時爲侍郎，奏乞以己官贖罪，詔給舍集議，中書舍人張孝祥等議上，詔赦之，猶鐫一秩。當時公衮孝名聞天下，永嘉王十朋以詩美之。公衮性甚和平，居常若嬉笑，人謂之‘笑面虎’。”

〔十〕磻溪老漁：指姜太公。參見陳善學序刊楊鐵崖先生文集卷一楚妃曲注。

〔十一〕“越石”句：晏子春秋内篇襍上第五：“晏子之晉，至中牟，睹敝冠反裘負芻息於塗側者，以爲君子也。使人問焉，曰：‘子何爲者也?’對曰：‘我越石父者也……不免凍餓之切，吾身是以爲僕也。’……晏子曰：‘可得贖乎?’對曰：‘可。’遂解左驂以贈之，因載而與之俱歸……晏子遂以爲上客。”

〔十二〕渠、禄：指漢代館閣石渠閣、天禄閣。參見顧炎武撰歷代帝王宅京記卷六關中四漢。

〔十三〕瞿、黄龕：瞿塘、黄龕爲三峽中險絶處，夏季江水於此往復迴旋。參見水經注卷三十三江水。

〔十四〕“春秋筆削”二句：指至正初年朝廷編修遼、金、宋三史時，鐵崖撰寫三史正統辨，論正統所在。

〔十五〕負弩：史記司馬相如列傳：“乃拜相如爲中郎將……至蜀，蜀太守以下郊迎，縣令負弩矢先驅，蜀人以爲寵。”

〔十六〕孤南：當作“弧南”。唐瞿曇悉達唐開元占經卷六十八老人星占二十九：“石氏曰：‘老人星在弧南。’黄帝占曰：‘老人星，一名壽星，色黄，明大而見，則主壽昌，老者康，天下安寧；其星微小若不見，主不康，老者不强，有兵起。’”

卷三十三　鐵崖先生詩集壬集

卷三十三　鐵崖先生詩集壬集

小姑謠

　　小姑失母年十五，大嫂育之嫂如母。小姑急嫁嫁蠻郎，雙鬟私插金釵股。大嫂泣血告小姑，爾①祖儀同父上柱〔一〕，如何世閥不對當，失身去作蠻郎婦？汝貪蠻郎②多金銀，寧嫁華郎守賤貧。蠻郎金多③不到老，華郎④雖宴終吾身。小姑不聽大嫂戒，蠻郎戰没羊羅寨〔二〕。五丁一夜發郿塢〔三〕，官籍黄金官估賣。小姑還家嫂怒嗔，棄置棄置同市門〔四〕。嫁衣重繡金織孫〔五〕，今年又嫁烏將軍〔六〕。

【校】

① 本詩又載汲古閣刊鐵崖先生古樂府補卷四、清初印溪草堂鈔本東維子詩集卷十一、元詩選初集辛集、樓氏鐵崖逸編注卷二，據以校勘。爾：汲古閣刊鐵崖先生古樂府補本、印溪草堂鈔本作"汝"。
② 郎：元詩選本、樓氏鐵崖逸編注本作"婦"。
③ 金多：印溪草堂鈔本作"多金"。
④ 華郎：鐵崖先生古樂府補本、印溪草堂鈔本、元詩選本、樓氏鐵崖逸編注本作"華人"。

【箋注】

〔一〕儀同：指開府儀同三司，或儀同三司。上柱：指上柱國。按元史百官志，文散官四十二階，開府儀同三司、儀同三司位列第一第二，皆正一品；勳共計十階，上柱國爲最高階，正一品。
〔二〕羊羅寨：位於江西樂安。同治樂安縣志卷一地理志岩："羊羅岩，在縣東十里。五峰巍然，其中三峰平坦，有巖可居。延祐乙卯，寧都蔡寇竊發，邑僚與士民議守此山以爲固。"
〔三〕郿塢：即東漢董卓所築萬歲塢。參見陳善學序刊楊鐵崖先生文集卷二金谷步障歌注。
〔四〕市門：史記貨殖列傳："夫用貧求富，農不如工，工不如商，刺繡文不如倚市門。"

〔五〕織孫：即質孫。元史與服志一："質孫，漢言一色服也……凡勳戚大臣近
　　　侍，賜則服之。下至於樂工衛士，皆有其服。精粗之制，上下之別，雖不
　　　同，總謂之質孫云。"

〔六〕烏將軍：疑非實指。

題二喬讀書圖①〔一〕

喬家二女雙國色〔二〕，夜讀兵書習兵策。師昏不嫌孫與周〔三〕，捨②
此二郎誰可匹。後來詩人賦折戟〔四〕，過爲當年憂赤壁〔五〕。銅臺若使
鎖鴛鴦，定與周郎除漢賊。君不見孫家小姑嫁玄德，夜夜提刀防敵
國。（漢獻帝建安十四年十二月，孫權表劉備荆州牧云云。權以妹妻劉備，妹
才智剛猛，有諸兄風，侍婢百餘人，皆執刀侍立。備每入，心常凜凜③。）

【校】

① 本詩又載清初印溪草堂鈔本東維子詩集卷二，據以校勘。印溪草堂鈔本題
　　作題二喬讀書圖二首，本詩爲第二首。

② 捨：原本作"挨"，據印溪草堂鈔本改。

③ 印溪草堂鈔本詩後小字注稍有不同："通鑑綱目：漢獻帝建安十四年十二月，
　　孫權表劉備荆州牧云云。權以妹妻備，妹才捷剛猛，有諸兄風，侍婢百餘人，
　　皆執刀侍立。備每入，心常凜凜。綱目十四卷内。"

【箋注】

〔一〕原本附録有野航老人題二喬圖："喬公二妹皆國色，一嫁周瑜一嫁策。不
　　　緣烈火走曹瞞，鄴下三臺誇虜獲。離京妝束絶世姿，春風褭褭柳腰肢。深
　　　閨姊妹共憐愛，畫史想象如當時。嗟嗟二婦人中傑，半道傷摧瓊樹折。至
　　　今恨濃妾薄命，恨似沉沙未消鐵。念奴嬌詞歌一闋，愁絶東坡酬江月。"本
　　　詩蓋與野航老人姚文奐唱和而作。姚文奐：參見鐵崖先生詩集甲集予與
　　　野航老人既登婺之玉峰應上人招憩來青閣且乞詩爲賦是章率野航共作。

〔二〕喬家二女：指大喬與小喬。參見陳善學序刊楊鐵崖先生文集卷二喬家
　　　婿注。

〔三〕師昏：因軍權而得婚配。參見左傳卷五“齊侯欲以文姜妻鄭忽”一事。孫
　　與周：孫策與周瑜。宋謝采伯密齋筆記卷二：“軍中不言婦女。婦人在軍
　　中，兵氣恐不揚。孫策、周瑜拔皖城，納二喬，皆國色，是以師婚也。英銳
　　豪傑之氣，固足辦事，畢竟有所溺則智昏，智昏則防慮疏。策爲許貢客箭
　　傷頰，創甚，年二十六卒。瑜爲流矢中右脅，年三十六卒。”

〔四〕賦折戟：宋許顗彦周詩話：“杜牧之作赤壁詩云：‘折戟沉沙鐵未消，自將
　　磨洗認前朝。東風不與周郎便，銅雀春深鎖二喬。’意謂赤壁不能縱火，爲
　　曹公奪二喬置之銅雀臺上也。孫氏霸業，繫此一戰，社稷存亡、生靈塗炭
　　都不問，只恐捉了二喬，可見措大不識好惡。”

〔五〕“過爲”句：宋蔡正孫詩林廣記前集卷六杜牧之赤壁：“徐柏山云：‘二喬
　　事，自見於戰皖城之日，非赤壁時事也。牧之用事，多不審，觀者考之。’”

題王母醉歸圖

　　瑤池春暖波如澱，不與紅妝洗嬌面。仙娥泛月蕊宮來〔一〕，催宴璚
花開水殿。麻姑滿進九霞觴〔二〕，金盤鮓熟芙蓉香。歌雲緩繞紫鸞管，
舞飆淑洒青霓裳。阿母喜①春淡妝束，雲冠巧琢梅花玉。酒痕凝頰呼
不醒，扶上仙山雪毛鹿。綺袍半脱露香肩，飛控不動金連錢〔三〕。天風
吹夢渡弱水，含羞倦倚雙嬋娟。歸來笑拂龍鬚席，汗濕鮫綃睡無力。
玉鈎齊上水晶②簾，十二璚樓月光白。吳興畫史筆如神〔四〕，丹青貌得
瑤池真。劉郎自是識仙趣，看花同賞玄都春〔五〕。圖中仿佛一相見，何
必蓬萊問清淺〔六〕。便呼青鳥下③鸞箋，蟠桃明日重開宴。

【校】

① 本詩又載元詩選初集辛集、清鈔十六卷本玉山草堂雅集卷一、樓氏鐵崖逸編
　　注卷五，據以校勘。喜：玉山草堂雅集本、元詩選本、樓氏鐵崖逸編注本
　　作“嬉”。
② 齊：玉山草堂雅集本作“高”。晶：玉山草堂雅集本、元詩選本、樓氏鐵崖逸
　　編注本作“精”。
③ 下：玉山草堂雅集本、元詩選本、樓氏鐵崖逸編注本作“報”。

【箋注】

〔一〕蕊宫：即蘂珠宫。雲笈七籤卷十一上清章第一：“閒居蘂珠作七言。（注）
蘂珠，上清境宫闕名也。”

〔二〕麻姑：參見鐵崖先生古樂府卷三夢游滄海歌注。九霞觴：唐許碏醉吟：
“閬苑花前是醉鄉，踏翻王母九霞觴。”

〔三〕金連錢：指駿馬。樂府詩集卷二十四梁元帝紫騮馬：“長安美少年，金絡
錦連錢。宛轉青絲鞚，照耀珊瑚鞭。”

〔四〕吳興畫史：疑指錢選。參見鐵崖文集卷四跋楊妃病齒圖。

〔五〕劉郎：指劉禹錫。唐孟棨撰本事詩事感第二：“劉尚書自屯田員外左遷朗
州司馬，凡十年始徵還。方春，作贈看花諸君子詩曰：‘紫陌紅塵拂面來，
無人不道看花回。玄都觀裏桃千樹，盡是劉郎去後栽。’其詩一出，傳於
都下。”

〔六〕蓬萊問清淺：參見鐵崖先生古樂府卷三夢游滄海歌注。

劉節婦詩①〔一〕

大江東流接混茫，金山 焦山鬱相望〔二〕。鐵甕長城北枕江〔三〕，中
有三槐節婦堂②，壁立萬仞之高岡。自别母氏歸劉郎，中朝璚樹摧秋
霜。玉瑟③不奏雙鴛鴦，玉笙不吹雙鳳凰。絡緯夜啼月上房，燭光照
淚垂汪汪。紡緯給④朝暮，群雛忽成行。生處同室居，死期同穴藏〔四〕。
新阡種松三尺强，黛色已見參天長。流脂入地成琥珀，終夜吐焰如丹
光。揚雄與馮道〔五〕，不異燕趙娟，食君之禄而弗與國同存亡。嗚呼，
節婦之德不可量。節婦之髮白於雪，節婦之心化爲鐵。我歌爲繼柏
舟詩〔六〕，門户他年耀旌節。

【校】

① 本詩又載汲古閣刊鐵崖先生古樂府補卷六、十六卷本玉山草堂雅集卷一，據
以校勘。汲古閣刊鐵崖先生古樂府補本題作劉節婦。

② 堂：原本脱，據汲古閣刊鐵崖先生古樂府補本補。

③ 瑟：玉山草堂雅集本、汲古閣刊鐵崖先生古樂府補本作“琴”。

④ 給：原本作"絡"，據玉山草堂雅集本、<u>汲古閣刊鐵崖先生古樂府補</u>本改。紡
緯：<u>汲古閣刊鐵崖先生古樂府補</u>本作"紡績"。

【箋注】

〔一〕<u>劉節婦</u>：據本詩，<u>劉節婦</u>出三槐<u>王</u>氏，嫁於<u>鎮江</u>（今屬<u>江蘇</u>）<u>劉</u>郎，<u>劉</u>郎盛
年去世，節婦守寡，直至老年。

〔二〕<u>金山</u> <u>焦山</u>：位於今<u>江蘇</u> <u>鎮江</u>。

〔三〕<u>鐵甕</u>：<u>大明一統志</u>卷十一<u>鎮江府</u>："<u>鐵甕城</u>，<u>吳</u> <u>孫權</u>所築。周圍六百三十
步。<u>唐乾符</u>中，<u>周寶</u>爲<u>潤</u>帥，又築羅城二十餘里。號<u>鐵甕城</u>，言其堅
固也。"

〔四〕死期同穴：詩<u>王風</u> <u>大車</u>："穀則異室，死則同穴。"

〔五〕<u>揚雄</u>：<u>王莽</u>篡<u>漢</u>，事新朝，作<u>劇秦美新</u>。<u>馮道</u>：歷事四朝七姓，後世羞之。

〔六〕詩<u>鄘風</u> <u>柏舟</u>序："<u>柏舟</u>，<u>共姜</u>自誓也。<u>衛</u>世子<u>共伯</u>蚤死，其妻守義，父母欲
奪而嫁之，誓而弗許，故作是詩以絕之。"

乙酉二月既望游弁山黃龍洞追和東坡和^①烏城尹孫同年詩十二韻書於洞西幻住庵月禪師室就寄今烏程縣尹苗公〔一〕

昨夜蟄^②龍動，蜿尾脱春蛙。既探黑龍穴^③，再叩^④黃龍家。黃龍^⑤
一啓戶，直下千丈砑。立石爲我^⑥動，枯槎夜^⑦生花。龍公亦善幻，或
出蚓爲^⑧蛇。小兒鬥^⑨龍怒，怒挾霹靂^⑩車〔二〕。我來^⑪一題石，醉墨大
如鴉。還憶孫烏程^⑫〔三〕，有酒旨且嘉。雨暘拜龍惠，田鼓不停^⑬撾。只
今<u>烏程</u>^⑭令，渠堰築新沙。是日值春社，田父爭興猳。作詩報<u>苗</u>令，客
來早休衙^⑮。

【校】

① 本詩又載<u>劉世珩</u>影元刊十八卷本<u>玉山草堂雅集</u>卷二、<u>嘉慶</u> <u>長興縣志</u>卷八<u>山</u>，
據以校勘。<u>玉山草堂雅集</u>本題作<u>乙酉二月既望游弁峰黃龍洞，追和東坡遺
烏城尹孫同年詩。是日書遺幻住庵月禪師，就寄今烏程苗公</u>，<u>嘉慶</u> <u>長興縣志</u>
本題作<u>游卞峰黃龍洞和東坡和孫同年韻</u>。和：原本作"韻"，據<u>嘉慶</u> <u>長興縣</u>

志本以及東坡全集卷十一和孫同年下山龍洞禱晴改。

② 蟄：嘉慶長興縣志本作“震”。

③ 探黑龍穴：玉山草堂雅集本作“探黑虎穴”，嘉慶長興縣志本作“參伏虎地”。

④ 叩：原本作“和”，玉山草堂雅集本作“扣”，據嘉慶長興縣志本改。

⑤ 黃龍：原本闕，據玉山草堂雅集本、嘉慶長興縣志本補。

⑥ 爲我：嘉慶長興縣志本作“忽時”。

⑦ 夜：嘉慶長興縣志本作“解”。

⑧ 爲：玉山草堂雅集本、嘉慶長興縣志本作“與”。

⑨ 鬥：嘉慶長興縣志本作“聞”。

⑩ 怒挾霹靂：玉山草堂雅集本作“怒撼礔礪”，嘉慶長興縣志本作“即撼礔礪”。

⑪ 來：原本作“生”，據玉山草堂雅集本、嘉慶長興縣志本改。

⑫ 孫烏程：嘉慶長興縣志本作“孫進士”。

⑬ 田鼓不停：嘉慶長興縣志本作“衙鼓放晚”。

⑭ 烏程：嘉慶長興縣志本作“長城”。

⑮“是日值春社”四句：嘉慶長興縣志本作“平生中孚信，感龍若魚蝦。老夫一飽飯，作詩寄彭衙”。

【箋注】

〔一〕元至正五年乙酉（一三四五）二月十六，鐵崖游弁山黃龍洞，追和東坡詩，遂有此作。其時鐵崖受聘於長興蔣氏東湖書院，自杭州來此僅三月。

弁山：又稱卞山。據乾隆烏程縣志卷二山川，卞山在烏程縣西北十八里，高六千尺，爲吳興主山。山西北屬長興縣。黃龍洞：元陶宗儀南村輟耕錄卷二十九黃龍洞：“黃龍洞在吳興郡北，去城闉廿里，枕太湖。其山皆怪石林立，中有一石最尊，上大，其本小，危立如幢，自石上湧起，輕撼則搖動，稍加力排輒不動，人甚異之。洞旁壁立千仞，頫瞰不能見底，投以石，下應；以聲呼，則相答，深窅不測。每歲旱，郡民禱之。東坡先生曾游，題詩述龍之迹。山谷先生書黃龍洞三字，刻猶存。”

東坡和烏城尹孫同年詩：作於北宋元豐二年。元豐二年蘇軾四十四歲，此年四月二十日到湖州上任，次月至黃龍洞祈雨。詳見孔凡禮撰三蘇年譜卷二十九。又，東坡原詩題爲和孫同年卞山龍洞禱晴，載東坡全集卷十一。

據本詩題，月禪師當爲其時幻住庵（位於弁山黃龍洞西）住持。

苗公：按乾隆烏程縣志卷四職官，於“元縣令”一欄內，未見有苗姓者，蓋有缺失。

〔二〕霹靂車：即雷車。參見鐵崖賦稿卷下飛車賦。

〔三〕孫烏程：即東坡同年、時任烏程縣尹之孫氏。孫氏曾任秘書丞、著作郎等館職，其名字及生平事迹皆不詳。參見三蘇年譜卷二十九。

六客亭分題送趙季文知事湖州〔一〕

　　秋水城下碧，秋山城上青。水晶出宮闕，雲氣到車軿。風流五馬貴，六客聯華星〔二〕。美酒來東林〔三〕，朱果取洞庭。奇畫掃寒蕩，妍詞約浮萍。焉知後不繼，高堂茸殘扄。送子河風道，賓鴻集修翎。官奴重秉燭，泚筆懷蘇亭〔四〕。（六客亭在湖州郡圃中。張子野為前六客詞，東坡為後六客詞。李公擇為郡時，有張子野、劉孝叔、楊元素、東坡、陳令①舉會於碧瀾堂，子野作六客詞。張子野守郡時，有東坡、曹子方、劉景文、蘇伯固、張秉道會於此，東坡繼前作六客詞。）

【校】

① 本詩又載元詩選初集辛集、樓氏鐵崖逸編注卷四，據以校勘。令：元詩選本、樓氏鐵崖逸編注本作“君”。

【箋注】

〔一〕詩撰於元至正八年（一三四八）前後。趙季文：名渙，一名同麟。參見東維子文集卷二十九送趙季文都水書吏考滿詩。按：六客亭在湖州郡城，并非鐵崖等人送行之處，蓋因趙季文去往湖州，借以為題而已。據詩末“泚筆懷蘇亭”一句，送行賦詩當在嘉興懷蘇亭。又，詩題既曰“六客亭分題”，詩中又曰“六客聯華星”，可見與鐵崖一同聚飲賦詩者，共有六人（包括趙季文）。按元詩選，胡助、陸友、陸仁、鄭韶、天泉禪師餘澤皆有送趙季文之湖州知事詩，蓋即當時分題者。

〔二〕六客：指當年，以及當今於此聚會之六人。

〔三〕東林：指十八仙酒。參見列朝詩集甲集前編第七又湖州作四首書寄班惢齋之三注。

〔四〕懷蘇亭：在嘉興（今屬浙江）。宋張堯同嘉禾百咏中有懷蘇亭，詩末附考曰:"亭在府治東子城上,<u>宋</u>建。與<u>蘇</u>小墓相望,故名。"

題淵明圖

青青五柳宅〔一〕,家無三徑資〔二〕。在縣八十①日,胡爲遽來歸? 乃知決然逝,小爲鄉里兒。<u>東林</u>招我飲,飲亦何所辭。醉矣挾我去,終然一攢眉〔三〕。

【校】

① 八十:原本誤作"十八",徑改。參見<u>鐵崖先生古樂府</u>卷四<u>東林社</u>。

【箋注】

〔一〕五柳宅:<u>陶淵明 五柳先生傳</u>:"宅邊有五柳樹,因以爲號焉。"
〔二〕"家無"句:按下述<u>陶淵明</u>出仕及歸隱事,詳所作<u>歸去來分辭</u>。
〔三〕"東林"四句:參見<u>鐵崖先生詩集</u>丙集<u>題陶淵明漉酒圖</u>注。

江氏清遠圖

瑤臺十二層,弱水三萬里。誰復清遠中,寫此青未已〔一〕。道人橫焦桐〔二〕,幽意在流水。我欲從之游,扁舟載行李。剛風吹鐵龍,秋高爲君起。

【箋注】

〔一〕青未已:<u>杜甫 望嶽</u>:"<u>岱宗</u>夫如何,<u>齊魯</u>青未了。"
〔二〕焦桐:指焦尾琴。參見<u>鐵崖先生古樂府</u>卷四<u>焦尾辭</u>注。

鳳凰石〔一〕

<u>至正</u>辛丑花朝前三日,余偕①<u>華藏 月亭</u>登<u>玉峰</u>頂〔二〕,坐<u>鳳凰</u>

石。月亭索賦詩，爲課十有四句。

大②瀛浴火烏〔三〕，滅後失倒景。玉龍挾之飛，脱落疊浪頂。根從太始幷，勢與華嵩幷。琅食③既充腥〔四〕，玉距疑④在礦。馬争灩澦堆⑤，龜讓天梯餅〔五〕。神人不敢鞭〔六〕，怒啄欲成⑥癭〔七〕。遷輕岐陽鼓〔八〕，扛重烏獲鼎〔九〕。坐寒彭蠡磯〔十〕，沉怯景陽井〔十一〕。裘突月支頭〔十二〕，劍磨嚴顔頸〔十三〕。秦女寧受跨〔十四〕，晋士豈容醒〔十五〕。灰歷五千劫，金鏃八千頃。未知金帶恩，遠卻白羽影。會當鳴朝陽，郡⑦都有奇警。(郡都，鳳飛鳴也。)巨手一拍飛，鐵⑧師許誰請。

【校】

① 本詩又載元詩選初集辛集、樓氏鐵崖逸編注卷四，據以校勘。余偕：原本作“偕余”，據元詩選本、樓氏鐵崖逸編注本改。

② 大：原本作“火”，據元詩選本、樓氏鐵崖逸編注本改。

③ 食：元詩選本、樓氏鐵崖逸編注本作“實”。

④ 疑：元詩選本、樓氏鐵崖逸編注本作“猶”。

⑤ 堆：原本作“雄”，據元詩選本、樓氏鐵崖逸編注本改。

⑥ 成：原本闕，據元詩選本、樓氏鐵崖逸編注本補。

⑦ 郡：元詩選本、樓氏鐵崖逸編注本作“即”。

⑧ 鐵：元詩選本、樓氏鐵崖逸編注本作“欽”。

【箋注】

〔一〕元至正二十一年辛丑（一三六一）二月，鐵崖歸老松江一年有餘，十二日，有此玉峰之游，遂賦此詩。按：同游之人或有郭翼。郭翼林外野言補遺有鳳凰石詩，曰：“鐵崖鐵作心，吐句何奇警。寄語山中人，詩法當造請。”乃郭氏步此詩韵而作。

〔二〕玉峰：又稱馬鞍山。參見鐵崖先生詩集甲集予與野航老人既登婁之玉峰應上人招憩來青閣且乞詩爲賦是章率野航共作注。華藏：寺名。位於崑山西北馬鞍山巔。參見張和郎官柏詩後跋文（載文淵閣四庫全書補本吳都文粹續集卷二十二山水）。僧月亭：當爲其時華藏寺住持。

〔三〕大瀛：史記孟子列傳：“中國外如赤縣神州者九，乃所謂九州也……乃有大瀛海環其外，天地之際焉。”火烏：雲笈七籤卷七十二内丹日月第六：“夫日月者，天地之至精也。藥中即以坎男爲月，離女爲日。日中有烏，屬陰;月中有蟾,屬陽。”

〔四〕琅食:藝文類聚卷九十鳥部上鳳:“老子歎曰:‘吾聞南方有鳥,其名爲鳳。所居積石千里,天爲生食,其樹名瓊,枝高百仞,以珍琳琅玕爲實。天又爲生離珠,一人三頭,遞卧遞起,以伺琅玕。’”

〔五〕黿:指“龍形黿背”之天台石梁。餅:指天台蒸餅峰。參見鐵崖先生古樂府卷三石橋篇。

〔六〕神人不敢鞭:以神人鞭石傳説而引申。參見鐵崖先生古樂府卷四夏駕石鼓辭注。

〔七〕成瘦:韓愈、孟郊鬬雞聯句:“磔毛各噤瘁,怒瘦争碨磊。”

〔八〕岐陽鼓:指鳳翔石鼓。參見鐵崖先生古樂府卷四夏駕石鼓辭注。

〔九〕烏獲:史記司馬相如列傳:“臣聞物有同類而殊能者,故力稱烏獲。”注:“張揖曰:‘秦武王力士,舉龍文鼎者也。’”

〔十〕彭蠡:湖名。參見史義拾遺卷上建都言注。

〔十一〕景陽井:參見鐵雅先生復古詩集卷二臙脂井注。

〔十二〕月支頭:參見鐵崖詠史樂府卷二月氏王頭飲器歌注。

〔十三〕嚴顔:三國志蜀書張飛傳:“至江州,破璋將巴郡太守嚴顔,生獲顔。飛呵顔曰:‘大軍至,何以不降而敢拒戰?’顔答曰:‘卿等無狀,侵奪我州,我州但有斷頭將軍,無有降將軍也。’飛怒,令左右牽去斫頭,顔色不變,曰:‘斫頭便斫頭,何爲怒邪!’飛壯而釋之,引爲賓客。”

〔十四〕秦女:指秦穆公之女弄玉。弄玉嫁蕭史而成仙,隨鳳凰飛去。參見鐵崖先生古樂府卷十小游仙之二注。

〔十五〕晉士:指嵇康、向秀等“竹林七賢”。顔延年撰五君詠五首之五向常侍:“攀嵇亦鳳舉。”李善注:“向秀别傳曰:秀常與嵇康偶鍛於洛邑,與吕子灌園於山陽,收其餘利以供酒食之費。”(載六臣注文選卷二十一。)

題張騫乘槎圖〔一〕

春水若河漢,一絲天際來。中有槎古老,歷覽天根回。齊州九點烟〔二〕,流落蒼梧堆〔三〕。蒼梧客未返,九書爲君裁〔四〕。

【箋注】

〔一〕張騫乘槎:參見鐵崖先生古樂府卷三望洞庭注。

〔二〕“齊州”句：李賀夢天：“遥望齊州九點烟，一泓海水杯中瀉。”

〔三〕蒼梧：參見鐵崖先生詩集己集雨竹二首之一注。

〔四〕九書：九天之書。

題繆生佚寫林塘圖和倪元鎮韻①〔一〕

常熟繆貞〔二〕，字仲素，爲江浙掾史。次子佚，字叔民，年幾冠，讀書能畫。

春江帶古②郭，中有射鴨堂〔三〕。苔衣畫壁潤③，石臺花雨涼④。之子弄孤⑤翰，相見梧竹⑥蒼。思幽天機發，慮清塵夢忘。會須琴堂夜，共宿破山房〔四〕。

【校】

① 本詩又載列朝詩集甲集前編第七上、清陳撥輯虞邑遺文録卷九元、清邵松年輯海虞文徵卷二十五詩，據以校勘。韻：原本無，據列朝詩集本增補。海虞文徵本題作題繆叔民佚寫林塘圖。

② 春江：列朝詩集本、虞邑遺文録本作“清流”。古：海虞文徵本作“村”。

③ 潤：原本作“澗”，據虞邑遺文録本、海虞文徵本改。

④ 涼：列朝詩集本、虞邑遺文録本、海虞文徵本作“香”。

⑤ 孤：海虞文徵本作“柔”。

⑥ 梧竹：列朝詩集本、虞邑遺文録本、海虞文徵本作“竹梧”。

【箋注】

〔一〕繆生佚：常昭合志稿卷三十二人物志十書家元：“（繆侃）弟佚，字叔明，亦能詩善畫。嘗寫林塘圖，楊維禎、倪瓚并爲題詠。”按：本詩序謂繆佚字叔民，未詳孰是。倪元鎮：參見東維子文集卷七兩浙作者序。

〔二〕繆貞：參見東維子文集卷二十一五湖宅記。

〔三〕射鴨堂：嘉慶溧陽縣志卷三輿地志古迹：“射鴨堂，在故平陵城，唐貞元末，縣尉孟郊建。據府志，城側有小山池亭，郊嘗宿此賦詩。”

〔四〕破山房：此指興福寺。興福寺位於常熟（今屬江蘇）破山之麓。

唐子華畫山水圖 張叔温家藏〔一〕

唐侯愛山水，小景寫江南。漁磯七里灘〔二〕，草間百花潭〔三〕。江聲夏潮雨，松風鬱成嵐。此中有佳趣，北客夢幽探。

【箋注】

〔一〕詩爲張叔温藏畫而題，當作於元至正八、九年間。其時鐵崖游寓姑蘇、松江等地，與張叔温及其父華亭縣尹張德昭交往頗多。唐子華：名棣。參見鐵崖先生詩集乙集題唐子華畫。張叔温：參見東維子文集卷十九素行齋記。

〔二〕七里灘：太平寰宇記卷九十五江南東道七睦州：“七里灘，即富春渚是也。”又，方輿勝覽卷五建德府山川：“七里灘，距州四十餘里，與嚴陵瀨相接。諺云：‘有風七里，無風七十里。’”

〔三〕百花潭：在成都，杜甫草堂即在潭邊。杜甫狂夫：“萬里橋西一草堂，百花潭水即滄浪。”

題味菜齋

長興義門蔣德敏氏清修苦學〔一〕，以“味菜”名其齋，且又畫菜一本於其中。

羊踏爾若賤〔二〕，禮舍（音“釋”）爾若貴〔三〕。裴度①之食近於矯〔四〕，元修之食近於異〔五〕。孰知吾澹之常，雋永之味。更能齒決其本，天下無不可爲之事〔六〕。

【校】

① 裴度：疑誤。當作裴休。參見注釋。

【箋注】

〔一〕元至正四年至六年，鐵崖受聘於蔣氏義塾東湖書院，本詩蓋作於此時。蔣克勤：字德敏，湖州長興人。生平參見西湖竹枝集詩人小傳。

〔二〕“羊踏”句：邯鄲淳笑林：“有人常食蔬茹，忽食羊肉，夢五藏神曰：‘羊踏破菜園。'"

〔三〕"禮舍"句：指祭孔子的釋菜禮。禮記月令："（仲春之月）上丁，命樂正習舞，釋菜。"

〔四〕"裴度"句：舊唐書裴休傳："肅生三子：儔、休、俅，皆登進士第。休志操堅正，童齓時，兄弟同學於濟源別墅。休經年不出墅門，晝講經籍，夜課詩賦。虞人有以鹿贄儔者，儔、俅烹之，召休食，休曰：'我等窮生，菜食不充，今日食肉，翌日何繼？無宜改饌。'獨不食。"

〔五〕"元修"句：清王文誥輯注蘇軾詩集卷二十二元修菜序："菜之美者，有吾鄉之巢。故人巢元修嗜之，余亦嗜之。元修云：'使孔北海見，當復云吾家菜耶！'因謂之元修菜。"

〔六〕"更能"二句：宋劉清之戒子通錄卷六："汪信民常言：人常咬得菜根，則百事可做。"按：汪信民名革，宋臨川人。又，宋羅大經鶴林玉露甲編卷二論菜："真西山論菜云：'百姓不可一日有此色，士大夫不可一日不知此味。'余謂百姓之有此色，正緣士大夫不知此味。若自一命以上至於公卿，皆是咬菜根之人，則當必知其職分之所在矣，百姓何愁無飯喫。"

題倪雲林寫竹石寒雨贈錢自銘時爲虞子賢西賓〔一〕

雲林色晻①靄，竹樹氣蕭森。翠石留朝潤，青樟生夕陰。飄零滄②海夢，搖落故園心。擬就歸田計，應須賣賦金。

鐵龍仙在瑤芳所③書〔二〕。

附録：倪元鎮寫贈自銘詩并諸公之作

瑤芳樓下曾留宿，因見明琅舊日圖。錢起能詩多逸思，爲渠吟嘯不能孤。（倪瓚寫題）

疎篁結秋陰，枯樹濕寒雨。空庭鳥雀散，索索沙雞語。幽人在東沚（普雪切，水涯也），泉石相與伍。仿佛畫中真，煙蘿深幾許。（嘉陵江釣者楊孟載）

幽篁孤石是行窩，秋樹層層碧玉柯。聽雨樓中居一月，醉時揮灑若爲多。（白羊山樵張仲簡）

春林無人白石香，白雲飛來江上房。扁舟載得吳娃去，三十六灣春夢長。（雲門山樵張紳士行）

石根疎竹翠篕篕，木葉霜空海甸秋。晝靜雲林人不到，一簾煙雨夢南

州。(任洋 譚奕 仲偉題)

　　泉石膏肓二十年,每逢山水即留連。畫圖酷似幽人意,嘉樹疎篁最可憐。(吴野耕夫 錢沐自銘)

【校】

① 本詩又載十六卷本玉山草堂雅集卷一、清 陳揆輯虞邑遺文録補録卷四,據以校勘。晻:原本作"唵",據虞邑遺文録補録本改。

② 滄:玉山草堂雅集本作"江"。

③ 所:虞邑遺文録補録本作"草"。

【箋注】

〔一〕元 至正二十二年(一三六二)十二月,鐵崖在崑山爲常熟 虞子賢補書張宣公城南雜詠,并撰寫題跋。其時與虞子賢爲初次相見。本詩則書於虞氏瑤芳樓,故當在至正二十三年之後,造訪常熟虞氏之時。光緒常昭合志稿卷三十二人物志十一之三藏書家元:"虞子賢,以字行,世居支塘。家藏書史及古今法書名畫,甲於三吴。後又得朱子城南雜咏真迹,構堂貯之,顔曰'城南佳趣',崑山 秦約爲之記。宋文憲 濂謂博雅好古,絶出流俗之上。楊維楨極稱之,謂篤於士行,尤孝其親云。"錢自銘:名沐。參見東維子文集卷二十二海峰亭記。

〔二〕瑤芳所:即虞子賢 瑤芳樓。宋學士文集卷十九瑤芳樓記:"瑤芳樓者,常熟虞君子賢燕居之所也。'瑤芳'者何? 古桐琴之名,子賢以重購得之,間一撫弄,其聲寥寥然,如出金石,如聞鸞鳳鳴,如與仙人劍客共語於千載之上……子賢博雅好古,絶出流俗之上。吾友楊君 廉夫極稱其爲人,謂篤於士行而尤孝其親云。"參見鐵崖撰書評張宣公城南雜詠(載本書佚文編)。

嬉春體四絶句〔一〕

其一
燕子衝簾去①,胡蜂採蜜歸。折花香露②濕,不惜繡羅衣。

其二
水暖鴛鴦渡,風寒燕燕樓〔二〕。桃根與桃葉〔三〕,多③在曲江頭〔四〕。

其三

月過薔薇架,雕鞍未到家。小娃猶殢酒,攔路奪人花。

其四

花氣不成雨,鶯聲都是春。戎裝飛上馬,疑是漢宮人。

【校】

① 本詩又載列朝詩集甲集前編第七下、元詩選初集辛集、清鈔十六卷本玉山草堂雅集卷一、樓氏鐵崖逸編注卷六,據以校勘。去:列朝詩集本、元詩選本、樓氏鐵崖逸編注本作"過"。

② 露:玉山草堂雅集本作"霧"。

③ 多:列朝詩集本、玉山草堂雅集本、元詩選本、樓氏鐵崖逸編注本作"都"。

【箋注】

〔一〕鐵崖晚年自稱有嬉春小樂章一百篇,此四首絕句蓋屬其代表之作。參見東維子文集卷九風月福人序。

〔二〕燕燕樓:蓋指燕子樓。參見鐵崖先生古樂府卷十燕子辭之四注。

〔三〕桃根、桃葉:晉王獻之愛妾。參見鐵崖先生古樂府卷九玉蹄騘注。

〔四〕曲江:指錢塘江。參見鐵崖先生詩集甲集送錢思復之永嘉山長注。

詠新月①

何人②玉指甲,掐破青天痕?影落寒潭裏③,魚龍不敢吞。

【校】

① 本詩又載明佚名鈔本楊維楨詩集,題作新月,錄有三首,本詩爲第一首。

② 何人:明鈔楊維楨詩集本作"誰將"。

③ 裏:明鈔楊維楨詩集本作"底"。

題柯丹丘竹〔一〕

金閣龍香劑〔二〕,丹丘鐵鎖鈎〔三〕。瀟湘一片影,吹落硯池秋。

【箋注】

〔一〕柯丹丘：名九思。參見東維子文集卷二十四亡兄雙溪書院山長墓志銘。

〔二〕龍香劑：元陸友墨史卷下雜記："唐玄宗御案墨曰龍香劑。一日，見墨上有小道士，如蠅而行。上叱之，即呼萬歲，曰：'臣乃墨精黑松使者也，凡世人有文者，其墨上皆有龍賓十二。'上神之，乃以墨分賜掌文之官。"

〔三〕鐵鎖鈎：又稱鐵鈎鎖，南唐後主李煜畫竹所創筆法。參見鐵崖先生詩集庚集題柯玉文竹梅圖。

題紅梨花

嬾人天下白，流落水西橋。寫入崔徽卷〔一〕，令人意欲消。

【箋注】

〔一〕崔徽：唐代美妓。參見鐵雅先生復古詩集卷六照畫注。

卷三十四　鐵崖先生詩集癸集

絶句①

沙湖水清不可唾〔一〕，百鳥飛來玉箇箇。小娃坐怯水風寒，桃花面皮吹欲破。

【校】

① 原本題作絶句二首，本詩爲第一首；第二首又載清鈔鐵崖楊先生詩集卷上，題作龍取水，故此略去，并改詩題。又，絶句二首又載清初印溪草堂鈔本東維子詩集卷十二，題作絶句十二首，本詩與龍取水分別爲其中第十一、十二首。

【箋注】

〔一〕沙湖：江南通志卷十二輿地志山川二蘇州府：“沙湖在府東二十里，一名金沙湖。湖雖小，而與吳淞江諸水吞吐，有青邱、戴墟二浦。”

士女

小玉相呼起問春〔一〕，階前草色上羅裙。玉釵半①墮無聊賴，欲倩牙籤理亂雲。

【校】

① 本詩又載元詩選初集辛集、樓氏鐵崖逸編注卷八，據以校勘。半：原本闕，據元詩選本、樓氏鐵崖逸編注本補。

【箋注】

〔一〕小玉：指霍小玉。參見唐蔣防所撰霍小玉傳。

題畫梅①懸崖倒影

玉龍倒挂青天角〔一〕,大枝小枝光鑿金②。蓬壺③一夜月荒涼〔二〕,美人不歸清淚落。

【校】

① 本詩又載清初印溪草堂鈔本東維子詩集卷十二,據以校勘。印溪草堂鈔本題作畫梅題懸崖倒影。

② 鑿金:印溪草堂鈔本作"鑿鑿"。

③ 蓬壺:印溪草堂鈔本作"蓬臺"。

【箋注】

〔一〕玉龍:喻指梅樹。

〔二〕蓬壺:即所謂東海三神山之一蓬萊。

紅梅七首①

其一
鐵龍聲斷月黃昏〔一〕,醉愛寒香撲酒樽。仙授丹砂能換骨〔二〕,春風枝上玉生痕。

其二
卻月觀中春滿枝,淩風臺下日華遲。臨邛杯酒醉終夕〔三〕,何遜如今更有詩〔四〕。

其三
南枝北枝紅②玉瑩,水光倒浸珊瑚影。瓊樓宴罷醉和春,尺八鐵龍吹不醒。

其四
姑射仙人侍宴來〔五〕,東風沉醉九霞杯〔六〕。參差絳節回晴昊,偷眼霜禽莫見猜③〔七〕。

其五

一樹垂垂雪中老,春透南枝顏色好。百壺美酒醉東風,爲折繁花向晴昊。

其六

羅浮仙子宴瓊宮〔八〕,海色生春醉靨④紅。十二闌干明月夜,九霞帳暖睡春⑤風〔九〕。

其七

羅浮山中逢美人,冰肌玉骨雪精神〔十〕。如何也學桃花面,誤引劉郎來問津〔十一〕。

【校】

① 本組詩又載清初印溪草堂鈔本東維子詩集卷十二,其中第六首又載元詩選初集辛集、樓氏鐵崖逸編注卷八,據以校勘。

② 紅:原本脫闕一字,據印溪草堂鈔本補。

③ 猜:原本作"倩",據印溪草堂鈔本改。

④ 海色:印溪草堂鈔本作"酒色"。生春:樓氏鐵崖逸編注本作"春生"。靨:原本作"壓",據印溪草堂鈔本、元詩選本、樓氏鐵崖逸編注本改。

⑤ 春:印溪草堂鈔本、元詩選本作"東"。按:此第六首載元詩選初集卷五十六、樓氏鐵崖逸編注卷八,題作紅梅,注曰録自草玄閣後集。

【箋注】

〔一〕鐵龍:鐵崖自稱其鐵笛。

〔二〕"仙授"句:宋龔明之中吳紀聞卷五方子通紅梅詩:"方子通紅梅詩膾炙人口,其云:'清香皓質世稱奇,謾作輕紅也自宜。紫府與丹來換骨,春風吹酒上凝脂。直教臘雪無藏處,只恐朝雲有散時。溪上野桃何足種?秦人應獨未相知。'"

〔三〕"卻月觀中"三句:何遜揚州法曹梅花盛開:"兔園標物序,驚時最是梅。銜霜當路發,映雪擬寒開。枝橫卻月觀,花繞凌風臺。朝灑長門泣,夕駐臨邛杯。應知早飄落,故逐上春來。"

〔四〕何遜:南朝梁人。梁書有傳。印溪草堂鈔本附注曰:"何遜爲揚州記室,賦早梅詩:……"按:所謂早梅詩,即前注引録揚州法曹梅花盛開。

〔五〕姑射仙人:參見鐵崖先生詩集庚集玉茶注。

〔六〕九霞杯：或稱九霞觴。西王母等仙人所用。參見鐵崖先生詩集壬集題王
　　　母醉歸圖注。

〔七〕“偷眼”句：宋林逋山園小梅：“疏影橫斜水清淺，暗香浮動月黄昏。霜禽
　　　欲下先偷眼，粉蝶如知合斷魂。”

〔八〕羅浮仙子：參見鐵崖先生古樂府卷三羅浮美人注。

〔九〕九霞帳暖睡：指楊貴妃“海棠睡”。參見鐵崖先生詩集己集詠海棠注。

〔十〕冰肌玉骨：後蜀孟昶避暑摩訶池上作：“冰肌玉骨清無汗，水殿風來暗
　　　香暖。”

〔十一〕劉郎：指劉晨。參見鐵崖先生古樂府卷三苕山水歌注。

折枝海棠

金屋銀缸照夜①妝〔一〕，一枝分得錦雲鄉。梅郎底事多餘恨，怪殺
珊瑚不肯香〔二〕。

　　　　附録：題王君瑞海棠詩（鄭季明）

　　　　白日城南暖氣微，春紅渾欲著春衣。東風吹醒深宮睡，頭白君王萬
里歸。

　　　　同前：題畫詩（鄭明德）

　　　　金屋佳人睡未醒，精神扶起入丹青。信因學幻東風筆，不致昭君出
後庭。

【校】

① 本詩又載元詩選初集辛集、樓氏鐵崖逸編注卷八，據以校勘。夜：元詩選本、
　樓氏鐵崖逸編注本作“宿”。

【箋注】

〔一〕金屋：清陳元龍格致鏡原卷七十花類一海棠花：“王禹偁詩話：石崇見海
　　　棠，歎曰：‘汝若能香，當以金屋貯汝。’”銀缸照夜妝：蘇軾海棠：“只恐夜
　　　深花睡去，高燒銀燭照紅妝。”

〔二〕珊瑚不肯香：意爲海棠無香。冷齋夜話卷九劉淵材迂闊好怪：“又嘗曰：
　　　‘吾平生無所恨，所恨者五事耳……第一恨鰣魚多骨，第二恨金橘太酸，第

三恨蓴菜性冷,第四恨海棠無香,第五恨曾子固不能作詩。'聞者大笑。"

桂花

夜來夢踏蟾蜍瘦,手摘三花銀樹頂〔一〕。歸來兩袖帶天香,散作璚林金粟影〔二〕。

【箋注】

〔一〕三花銀樹: 即三花樹,又稱貝多羅樹。花大而白。
〔二〕金粟影: 杜詩詳注卷六送許八拾遺歸江寧覲省甫昔時嘗客游此縣於許生處乞瓦棺寺維摩圖樣志諸篇末:"虎頭金粟影,神妙獨難忘。"注:"發迹經: 净名大士,是往古金粟如來。阿含經曰: 金沙地下,便是金粟如來。今云金粟影,即維摩圖也。"按: 桂花色如金,小如粟,故又別名金粟,此句雙關。

題畫①

天風吹上昆侖頂,萬古乾坤春夢醒。花開高下不勝春,月華倒浸山河影。

【校】

① 本詩又載清初印溪草堂鈔本東維子詩集卷十二。

題著色芭蕉圖①

綠羅帶懸紅磬石,一幅移來摩詰手〔一〕。不如雪蕉長者樹,昨夜開花大如斗〔二〕。

【校】

① 本詩又載清初印溪草堂鈔本東維子詩集卷十二、清鈔草元閣後集本，據以校勘。印溪草堂鈔本題作題芭蕉著色畫，草元閣後集本題作題芭蕉著色圖。

【箋注】

〔一〕摩詰：王維字。

〔二〕"不如"二句：宋朱翌猗覺寮雜記卷上："筆談云：王維畫入神，不拘四時，如雪中芭蕉。故惠洪云：'雪裏芭蕉失寒暑。'皆以芭蕉非雪中物。嶺外如曲江冬大雪，芭蕉自若，紅蕉方開花，知前輩雖畫史亦不苟。洪作詩時，未到嶺外；存中亦未知也。"

題萱竹圖三絶[一]

其一

羅生萱草已滿階，況是慈親未老時。官歸擬向南園住，修竹堂前日賦詩。

其二

茅屋佳人翠袖寒[二]，手移萱草雪初乾。青裳丹棘□低護，留得明年五月看。

其三

翠箇篔裏種宜男[三]，兩見花開紫玉簪[四]。他日酒杯花下飲，又思衝雨過江南。

【箋注】

〔一〕據"況是慈親未老時"、"官歸擬向南園住"兩句推測，萱竹圖主人其時有官職在身。若屬鐵崖自指，本組詩當作於其早年爲官時期。俟考。

〔二〕"茅屋"句：參見鐵崖先生詩集庚集脩竹美人圖注。

〔三〕翠箇篔：指翠竹。宜男：萱草別名。

〔四〕紫玉簪：形容新生竹筍。

題畫竹

翛翛雪影滿坡陀，萬里湘江動白波。帝子南還鼓瑤瑟[一]，不禁翠袖暮寒多。

【箋注】

〔一〕帝子：指娥皇、女英。參見鐵雅先生復古詩集卷一漢水操注。

王若水畫檳榔枸杞圖[一]

剪剪輕風搖翠葆，團團清露滴金叢。劍南手畫今何在[二]？冷落檳榔枸杞紅。

【箋注】

〔一〕王若水：名淵。參見鐵崖先生詩集辛集王若水綠衣使圖。
〔二〕劍南：疑指北宋畫家趙昌。趙昌爲劍南（今四川劍閣以南）人。蘇軾芙蓉："淒凉似貧女，嫁晚驚衰蚤。誰寫少年容。樵人劍南老。"自注："趙昌自題其畫，云劍南樵叟。"清查慎行撰蘇詩補注卷二十五載此詩，注引歸田錄曰："趙昌寫生逼真，筆法較俗，無古人格致，然時未有其比。"

題山亭雲木圖

不到南園動隔年，飽聞雲木已參天。小亭更向雲間縛，須著揚雄草太玄[一]。

【箋注】

〔一〕"須著揚雄"句：鐵崖以西漢揚雄自比。揚雄晚年棄寫賦頌文而撰太玄經。

雲①山圖

巖姿淺澹朝如洗,樹色紛扶夏亦繁。眯目紅塵飛不到,青鞋有意過雲門〔一〕。

【校】

① 雲:清鈔草元閣後集本作"雪",與詩意不合,誤。

【箋注】

〔一〕青鞋:指草鞋。杜甫 發劉郎浦:"白頭厭伴漁人宿,黃帽青鞋歸去來。"雲門:指谷口。晉 惠遠 廬山東林雜詩:"揮手撫雲門,靈關安足闢。"

題扇上美人①

美人綽約如驚鴻,翩然飛下明月宫。不知三山隔銀海,但覺兩腋生清風。

【校】

① 清鈔草元閣後集本題作題美人扇上。

書扇寄玉巖①〔一〕

昨日追隨阿母游〔二〕,錦袍人在紫雲樓。譜傳玉笛俄相許,果出金桃不外求。(右瑶芳所書〔三〕。是日食金桃②。)

【校】

① 本詩又載列朝詩集甲集前編第七上、清初印溪草堂鈔本東維子詩集卷十二、佩文齋詠物詩選卷二百九十六、清陳焯編宋元詩會卷九十二,據以校勘。列

朝詩集本、佩文齋詠物詩選本、宋元詩會本題作書扇寄玉岊在瑶芳所書是日食金桃。

② 列朝詩集本、宋元詩會本詩後有跋，曰：“先生以洪武庚戌夏五月辛丑卒，此詩其絕筆也。”又，列朝詩集本、印溪草堂鈔本題下有小字注，前者曰“洪武庚戌夏五”，後者曰“在瑶芳所書。是日食金桃。洪武庚戌夏五”。列朝詩集流傳較廣，當作辨正。按：瑶芳所：即虞子賢瑶芳樓，位於常熟（今屬江蘇），鐵崖、倪瓚皆曾應邀小住。參見鐵崖先生詩集壬集題倪雲林寫竹石寒雨贈錢自銘時爲虞子賢西賓。然謂鐵崖在瑶芳樓留下絕筆詩，絕無可能。據宋濂撰鐵崖墓志，洪武三年庚戌鐵崖應詔抵京，“僅百日而肺疾作，乃還雲間九山行窩。疾且革，移拄頰樓中，呼左右謂曰：‘我欲觀化，一巡如何！’乃自起捉筆，撰歸全堂記，頃刻而就，擲筆曰：‘九華伯潘君招我，我當往。車馬俟吾且久。’遂泊然而逝……時大明洪武庚戌夏五月癸丑也”。可見鐵崖自京城返歸松江不久即病逝，無緣游寓常熟。鐵崖絕筆爲歸全堂記，撰於松江拄頰樓中，據此可以斷言，列朝詩集本、宋元詩會本詩後跋語純屬杜撰。又據宋濂撰鐵崖墓志，鐵崖卒於“洪武庚戌夏五月癸丑”，“六月癸亥舉柩藏焉”，即洪武三年五月二十五日去世，六月六日下葬。列朝詩集本、宋元詩會本則曰鐵崖卒於“五月辛丑”，即五月十三日，亦誤。

【箋注】

〔一〕詩撰書於元至正二十二年（一三六二）十二月，其時鐵崖應邀游寓崑山、常熟等地，作客常熟虞子賢宅。繫年依據：據詩末跋文，此詩書於“瑶芳所”。瑶芳樓主人爲常熟虞子賢，至正二十二年十二月，鐵崖爲虞子賢補書張宣公詩，并爲作評，本詩蓋同時之作。參見書評張宣公城南雜詠（載佚文編）、鐵崖先生詩集壬集題倪雲林寫竹石寒雨贈錢自銘時爲虞子賢西賓。玉巖：疑指朝天宮道士徐師昊。徐師昊號玉巖，揚州人。明洪武三年四月奉朝廷之命，自金陵航海出使高麗，隨身攜有“太倉諸子”詩。可見徐師昊與崑山、太倉一帶文人關係密切。參見高麗李穡撰送徐道士使還序（載全元文第五十六冊）。

〔二〕阿母：指西王母。參見鐵崖賦稿卷上太液池賦注。

〔三〕瑶芳：常熟虞子賢樓名。參見鐵崖先生詩集壬集題倪雲林寫竹石寒雨贈錢自銘時爲虞子賢西賓。

題米元章①拜石圖

陶公拜犬米拜石〔一〕,二子僻迂無與儔。可憐冥頑老石丈,不爲先生一點頭〔二〕。

附録: 張伯雨 題拜石圖

一代清狂海岳老,人間簪笏更須論。絶憐种放樵夫拜,不到奇章宰相門。(原注: 杜詩"未暇論簪笏,悠悠滄海情"。种放隱居嵩山,見宋真宗,只作樵夫拜。)

【校】

① 米元章: 清鈔草元閣後集本作"米芾元章"。

【箋注】

〔一〕陶公拜犬: 不詳。米拜石: 宋費衮梁谿漫志卷六米元章拜石:"米元章守濡須,聞有怪石在河壖,莫知其所自來,人以爲異而不敢取。公命移至州治,爲燕游之玩。石至而驚,遽命設席,拜於庭下曰:'吾欲見石兄二十年矣!'言者以爲罪,坐是罷去。"又,張雨撰句曲外史集卷下中嶽外史傳與上述記載稍異:"就除知無爲軍。元章性好石,無爲公廨有奇石,元章驚喜,曰:'吾當兄事之。'遂具袍笏再拜。未幾,召爲書畫學博士。尋擢禮部員外郎,以言者罷知淮陽軍。彌年,瘍生于首,即上書謝事,不允,卒於郡齋。"

〔二〕爲先生一點頭: 指生公石。參見鐵崖先生古樂府卷四虎丘篇注。

題宋徽宗畫狗兒圖

青衣行酒到穹廬〔一〕,故國池臺野鹿居。寫得宮中黄耳子①〔二〕,不如秋②雁會傳書〔三〕。

【校】

① 本詩又載玉山草堂雅集卷一。黄耳子: 原本爲墨丁,據玉山草堂雅集本補。

② 不如秋：原本爲墨丁，據玉山草堂雅集本補。

【箋注】

〔一〕青衣行酒：晉孝懷帝事。晉書孝懷帝紀：“（永嘉）七年春正月，劉聰大會，使帝著青衣行酒。侍中庾珉號哭，聰惡之。丁未，帝遇弑，崩于平陽，時年三十。”按：此以晉孝懷帝借指宋徽宗，徽宗於靖康二年被迫“北行”。詳見宋史徽宗本紀。

〔二〕黄耳子：晉陸機有狗名黄耳，曾爲機傳家書。見晉書陸機傳。

〔三〕雁會傳書：暗指蘇武故事。參見鐵崖先生古樂府卷九牧羝曲注。

題金人獻獐圖

雪後天山較獵師〔一〕，生獐祈獻血淋漓。戎王半醉停驍騎，應説將軍數肋奇〔二〕。

【箋注】

〔一〕天山：即祁連山。參見舊唐書地理志三。

〔二〕數肋：南史曹景宗傳：“景宗幼善騎射，好畋獵，常與少年數十人澤中逐麋鹿……景宗謂所親曰：‘我昔在鄉里，騎快馬如龍，與年少輩數十騎，拓弓弦作霹靂聲，箭如餓鴟叫，平澤中逐麋，數肋射之，渴飲其血，飢食其脯，甜如甘露漿。覺耳後生風，鼻頭出火，此樂使人忘死，不知老之將至。’”

昭君出塞圖〔一〕

昔日畫工爲此謀，今日畫工傳此愁。琵琶一曲青冢恨〔二〕，剖符將軍真可羞。

【箋注】

〔一〕昭君出塞：參見鐵崖先生古樂府卷二昭君曲二首之二注。

〔二〕“琵琶”句：杜甫詠懷古迹五首之三：“群山萬壑赴荊門，生長明妃尚有村。

一去紫臺連朔漠,獨留青冢向黃昏……千載琵琶作胡語,分明怨恨曲中論。"又,太平寰宇記卷三十八關西道:"青冢在(金河)縣西北。漢王昭君葬於此,其上草色常青,故曰青冢。"

嗅花士女

小玉將來玉繡毬〔一〕,麤餘仍向膽瓶留。笑渠女伴春心動,倒插宜男在鳳頭〔二〕。

【箋注】

〔一〕小玉:霍小玉。借指士女。參見唐蔣防所撰霍小玉傳。
〔二〕宜男:草名。即萱草。

題桃花錦鳩

桃花滿園書舍東,江城烟雨正濛濛。一雙錦頸①來何所,踏破②深紅與淺紅。

【校】

① 本詩又載清初印溪草堂鈔本東維子詩集卷十三,據以校勘。頸:印溪草堂鈔本作"頭"。
② 破:印溪草堂鈔本作"碎"。

贈①日本僧龕侍者〔一〕

東自扶桑到雪臺,大唐國裏國師來。龕公元是東方朔〔二〕,(龕,音呼括切,空也。又開目②也。字大徹,有渺海軒集③。)偷食仙桃今幾回〔三〕?

【校】

① 本詩又載清初印溪草堂鈔本東維子詩集卷十三,據以校勘。印溪草堂鈔本題作題日本僧虃侍者。

② 目:原本作"日",據印溪草堂鈔本改。

③ 有渺海軒集:印溪草堂鈔本作"有渺海軒"。

【箋注】

〔一〕詩撰於鐵崖晚年歸隱松江之後,即不早於元至正二十年(一三六〇)。繫年依據:楊維禎晚年詩友王逢與僧虃亦有交往,有題日本虃大徹上人眇海軒詩(載梧溪集卷四)。僧虃:字大徹,日本人。滑稽風趣,元季游寓松江一帶。有軒取名渺海,并題詩集名渺海軒。

〔二〕東方朔:以滑稽善諫著稱,漢書有傳。

〔三〕偷食仙桃:東方朔故事。參見鐵崖先生古樂府卷三五湖游注。

海雪軒①

　　馬家亭子海之邊〔一〕,一室虛明萬里天。玄圃西來花作樹〔二〕,崑崙東去玉爲田。珠宮凍合龍鱗顯②,斗帳寒生鶴夢圓。坐釣珊瑚枝上月,王猷那肯便回船〔三〕。

【校】

① 本詩又載清初印溪草堂鈔本東維子集卷八,據以校勘。按:本詩亦見於明胡奎撰斗南老人集卷三,詩名爲題海雪軒,詩中文字稍有不同,其真實作者待考。

② 顯:印溪草堂鈔本作"濕"。

【箋注】

〔一〕馬家亭子:蓋即海雪軒。據本詩,海雪軒主人姓馬,居松江濱海處。又,海雪軒主人或即鐵崖晚年弟子海雪生。參見鐵崖撰畫沙錐贈陸穎貴筆師序(載本書佚文編)。

〔二〕玄圃：相傳位於崑崙山頂，神仙所居。參見文選張衡東京賦之李善注。

〔三〕王猷：即王子猷，曾於雪夜訪戴安道。詳見世説新語任誕。

復題海雪軒①

　　海東之山太古雪，中有一室常虛明。天開元氣茫茫白，水激飛花片片輕。銀闕照空天共②色，玉龍吹浪寂無聲。冷風驚起遼東鶴，半夜飛③來聽鳳笙〔一〕。

【校】

① 本詩又載清初印溪草堂鈔本東維子集卷八，據以校勘。印溪草堂鈔本題作復題海雪。

② 共：印溪草堂鈔本作“一”。

③ 飛：印溪草堂鈔本作“蜚”。

【箋注】

〔一〕“冷風”二句：寓丁令威故事。參見鐵崖先生古樂府卷十小游仙之十六注。

庚子臘月對雪①〔一〕

　　十年南雪不著②地，三日北風天令還。想③是積陰埋日月，直教一色換江山。春秋信筆④書三尺，淮蔡奇功徹⑤九關〔二〕。莫話⑥舊時黃竹賦〔三〕，老臣⑦清淚尚潸潸。

【校】

① 本詩又載清初印溪草堂鈔本東維子集卷八、清鈔鐵崖楊先生詩集卷上，據以校勘。鐵崖楊先生詩集本題作雪。

② 著：鐵崖楊先生詩集本作“到”。

③ 想：鐵崖楊先生詩集本作“可”。

④ 筆：鐵崖楊先生詩集本作“史”。

⑤ 徹：鐵崖楊先生詩集本作“動”。印溪草堂鈔本於詩末注曰：“徹，一作動，一
作走，去聲。”

⑥ 話：鐵崖楊先生詩集本作“撰”。

⑦ 臣：鐵崖楊先生詩集本作“夫”。

【箋注】

〔一〕庚子：指元至正二十年（一三六〇）。鐵崖賦此詩時，退隱松江已一年
有餘。

〔二〕淮蔡奇功：本指唐李愬平淮蔡而安天下，此蓋借指察罕帖木兒。元史察
罕帖木兒傳：“（至正）十九年，察罕帖木兒圖復汴梁。五月，以大軍次虎
牢。先發游騎，南道出汴南，略歸、亳、陳、蔡，北道出汴東，戰船浮于河，水
陸并下……（八月）斬關而入，遂拔之。……不旬日河南悉定。獻捷京師，
歡聲動中外。以功拜河南行省平章政事，兼知河南行樞密院事、陝西行臺
御史中丞，仍便宜行事。”

〔三〕黃竹賦：穆天子傳卷五：“日中大寒，北風雨雪，有凍人，天子作詩三章以
哀民，曰：‘我徂黃竹，口員閟寒，帝收九行。嗟我公侯，百辟冢卿，皇我萬
民，且夕勿忘。’”

自題月波亭〔一〕

新卜樓居俯曲河，臨階下馬飲清波。窗虛不厭櫓聲急，臺迥偏憐
月色多。濃翠上衣新水竹，嫩黃入座舊時①鵝。夜來夢裏聽新曲，卻
是吳娃發棹歌。

【校】

① 本詩又載清初印溪草堂鈔本東維子集卷八，據以校勘。時：印溪草堂鈔本作
“池”。

【箋注】

〔一〕月波亭爲鐵崖姑蘇寓所，元至正八年（一三四八）前後借居於此，本詩蓋作

於此時。按：張雨鐵笛道人新居曰書畫船亭作詩以贈與本詩同韻,當爲
步韻之作,詩曰：“蘇州去訪揚雄宅,近水樓居似月波。東府官曹知者少,
西山爽氣望中多。臺招天上仙人鳳,池養山陰道士鵝。誰和淳風吹鐵笛,
莫愁艇子柳枝歌。”(載句曲外史集卷中)據此知月波亭又名書畫船亭,位
於蘇州城中。又,鄭元祐楊鐵崖新居書畫船亭(載僑吳集卷五)、卞思義和
楊廉夫新居韻(載元詩選三集),以及李廷臣、瞿智、郯韶、馬麐諸人和張句
曲題楊鐵崖新居詩韵(見玉山草堂雅集),均與本詩同韵,上述諸人皆爲其
時偕游之人。

苦①熱次吕敬夫韻〔一〕

去年六月如②秋九,今年岳焦海水渾。清風何處尋③三島〔二〕,赤土
連天到五原〔三〕。只欲移家住鱗屋,豈但④病渴如文園〔四〕。來鶴亭西
好水竹〔五〕,莫怪清晨來叩⑤門。

【校】

① 本詩又載清初印溪草堂鈔本東維子集卷八、清鈔鐵崖楊先生詩集卷上,據以
校勘。苦：鐵崖楊先生詩集本作“毒”。
② 如：鐵崖楊先生詩集本作“似”。
③ 尋：鐵崖楊先生詩集本作“覓”。
④ 豈但：鐵崖楊先生詩集本作“那更”。
⑤ 清晨來：鐵崖楊先生詩集本作“侵晨長”。叩：印溪草堂鈔本作“扣”。

【箋注】

〔一〕吕敬夫：名誠。參見鐵崖文集卷四題吕敬夫詩稿。
〔二〕三島：指仙山蓬萊、方丈、瀛洲。
〔三〕五原：漢書地理志下：“五原郡,秦九原郡,武帝元朔二年更名。”按：後人
　　　多以五原代指邊地,如李白千里思：“迢迢五原關,朔雪亂邊花。”
〔四〕病渴：司馬相如患有消渴疾。文園：指司馬相如。司馬相如曾任孝文
　　　園令。
〔五〕來鶴亭：吕誠來鶴亭詩卷首鄭文康題識：“公爲婁東鉅族,少力學,淹貫經

史,於世利淡然無所好。所居有園圃,若山林之勝,嘗蓄一鶴,復有鶴自來爲伍,因築來鶴亭。"

桐江^{①〔一〕}

楊子休官日日閒,桐江新棹酒船還^{〔二〕}。丁寧^②舊客兼新客,漫浪南山與北山^{〔三〕}。好懷急就^③一斗飲,佳人能唱^④五弦彈^{〔四〕}。君看此地經游輦^⑤,仿佛春風夢未殘^⑥。

【校】

① 本詩又載列朝詩集甲集前編第七上、清初印溪草堂鈔本東維子集卷八、清鈔鐵崖楊先生詩集卷上、劉世珩影元刊十八卷本玉山草堂雅集卷二,據以校勘。列朝詩集本、玉山草堂雅集本題作嬉春體五首錢塘湖上作,本詩爲第五首。鐵崖楊先生詩集本題作嬉春,爲組詩二首,本詩爲第一首。

② 丁寧:玉山草堂雅集本作"叮嚀"。

③ 懷急就:鐵崖楊先生詩集本作"客急僦"。

④ 唱:列朝詩集本、玉山草堂雅集本作"作"。

⑤ 輦:列朝詩集本、印溪草堂鈔本、玉山草堂雅集本作"輦",當從。

⑥ 印溪草堂鈔本於詩末又有小字注,曰"出八韻"。

【箋注】

〔一〕詩撰於元至正三年(一三四三)前後。繫年依據:鐵崖於元順帝至元五年以丁憂還家,服喪期滿後,於至正元年冬攜妻兒至錢塘,試圖補官而未果,遂放浪山水。據詩中"楊子休官日日閒"兩句,本詩當作於此時。其時鐵崖授學錢塘,與富春馮氏兄弟、錢塘錢惟善、道士張雨等交游密切。

〔二〕桐江:或指富春江之上游,或爲富春江別稱。此蓋指後者。至正初年,鐵崖與富春馮士頤兄弟交往頗多,曾應邀舟游富春。參見鐵崖先生詩集丙集醉歌行寄馮正卿注。

〔三〕南山與北山:指南高峰與北高峰。參見鐵崖先生古樂府卷十西湖竹枝歌之四注。

〔四〕五弦:宋陳暘樂書卷十五禮記訓義樂記:"昔者舜作五弦之琴,以歌南風。"注:"順天地之和,莫如樂。窮樂之趣,莫如琴。蓋八音以絲爲君,絲以琴爲君,而琴又以中徽爲君,所以禁淫邪、正人心者也。洞越練朱之制,雖起於羲、農,而作五弦以歌南風,合五音之調,實始於舜而已。"

吳江夜泊①〔一〕

晚②向三高祠下泊〔二〕,滿江秋色③入征袍。紅蓮水碧留容色,白鳶沙明見羽毛。海賈結樓④天上住,吳兒將艇月中操。手斟⑤白酒休辭醉,明日⑥西風泛雪濤。

【校】

① 本詩又載清初印溪草堂鈔本東維子集卷八、文淵閣四庫全書本吳都文粹續集卷二十四。印溪草堂鈔本於題下有小字注"秦清抄本"。
② 晚:吳都文粹續集本作"曉"。
③ 色:印溪草堂鈔本、吳都文粹續集本作"氣"。
④ 樓:吳都文粹續集本作"廬"。
⑤ 斟:原本闕,印溪草堂鈔本作"桐",據吳都文粹續集本補。
⑥ 日:原本作"月",據印溪草堂鈔本、吳都文粹續集本改。

【箋注】

〔一〕據"海賈結樓天上住"、"手斟白酒休辭醉"等句,本詩當作於元至正初年鐵崖浪迹江浙,授學爲生期間。吳江:大明一統志卷八蘇州府吳江縣:"在府城南四十里。本漢以來吳縣地,五代梁開平間,吳越王錢氏始奏置吳江縣。宋屬松江府。元陞爲吳江州,隸平江路。本朝洪武初復改爲縣。"
〔二〕三高祠:參見鐵崖先生詩集己集題用上人山水圖注。

游崑山報國寺①

放生池上晚披襟〔一〕,五月涼風草樹陰。玉井冰②寒船作藕〔二〕,葛陂③雨過杖成林〔三〕。雙雙并命④烟中下,瑟瑟蜿蜒夜半吟。道人當畫洗硯石⑤,自臨青李與來禽〔四〕。

【校】

① 本詩又載清初印溪草堂鈔本東維子集卷八、劉世珩影元刊十八卷本玉山草堂雅集卷二、清鈔鐵崖楊先生詩集卷上、吳都文粹續集卷二十八,據以校勘。玉山草堂雅集本題作清真放生池上爲道生元禮洗硯索詩爲賦是解,鐵崖楊先生詩集本題作賦道生元理,吳都文粹續集本題作放生池。印溪草堂鈔本於題下有小字注"清本"。

② 冰:諸校本皆作"水"。

③ 陂:鐵崖楊先生詩集本作"坡"。

④ 并:印溪草堂鈔本、玉山草堂雅集本、鐵崖楊先生詩集本作"共"。命:原本闕,據諸校本補。

⑤ 當畫洗硯石:玉山草堂雅集本作"當畫灑研石",鐵崖楊先生詩集本作"常畫灑石硯"。

【箋注】

〔一〕詩撰於元至正七、八年間,其時鐵崖游寓姑蘇、崑山等地。繫年依據:本詩或題爲放生池。吳都文粹續集卷二十八載放生池詩四首,作者四人,依次爲秦約、楊維禎、郭翼、偶桓。其中秦約、楊維禎二詩同韻,蓋爲步韻唱和之作,而秦約乃鐵崖其時所交詩友。吳都文粹續集卷二十八於偶桓放生池詩後附編者跋:"崑山縣清真觀在會仙橋東,即宋放生池也。乾道七年,道士翟守真建真武道院。淳熙元年,移常熟縣清真觀廢額改置。嘉定八年建昊天閣,陳振記。元大德間燬,延祐間重建,楊維禎記。本朝永樂初重修。"按:鐵崖清真觀碑記撰於至正九年三月,載本書佚文編。

〔二〕玉井:參見鐵崖先生詩集庚集泊穆溪注。

〔三〕葛陂:參見鐵崖先生古樂府卷二簫杖歌注。

〔四〕青李、來禽:王羲之帖中詞語,後人或稱此帖爲青李來禽帖。此帖原文參見宋朱長文撰墨池編卷五。

月伯明講經報國寺〔一〕

天泉老師教天台〔二〕,月公上足清且才〔三〕。西竺錫飛輕似馬①〔四〕,

東倉船過小如杯〔五〕。毒龍受咒將雌伏〔六〕,神馬馱經作陣回。五色珠光兜率近〔七〕,生公説法雨花臺〔八〕。

【校】

① 本詩又載清初印溪草堂鈔本東維子集卷八,據以校勘。馬:印溪草堂鈔本作"鳥"。

【箋注】

〔一〕月伯明:即釋寶月。元詩選癸集寶月:"寶月字伯明,姑胥人。明敏讀書。幼從天泉座下得悟教旨,住玉峰報國寺。"又,印溪草堂鈔本於詩題下有小字注:"澤天泉徒弟,教法華經。江湖名勝題贈。"據此可知,寶月乃餘澤高足,元季爲崑山玉峰報國寺僧人,以傳授法華經著稱。報國寺:參見本集游崑山報國寺。

〔二〕天泉老師:指鐵崖僧友、天台宗禪師餘澤。元詩選癸集天泉禪師餘澤:"餘澤字天泉,吳江陸氏子。幼棄俗,學天台氏教,研究教乘,尤博儒書。大德十一年,出世吳之永定,遷北禪,尋奉召住杭之下竺,晚住吳之大宏教寺。天泉游京師時,名王大臣,無不禮敬。會朝廷勘金書藏經,與翰林諸老往來倡和。方萬里於吾子行座上見其詩豪放,因摘奇句爲長春集,序以歸之。"按:至正初年,鐵崖與天泉禪師餘澤即有交游唱和。參見鐵崖先生詩集壬集六客亭分題送趙季文知事湖州。

〔三〕月公:指寶月。

〔四〕西竺錫飛:參見楊鐵崖先生文集全録卷四鶴籟軒志注。

〔五〕東倉:指太倉(今屬江蘇省)。

〔六〕毒龍受咒:參見鐵崖先生詩集丙集白雲窩爲僧明覺海賦注。

〔七〕兜率:即兜率陀天,意譯爲知足天。佛教傳説中彌勒菩薩之浄土。

〔八〕生公:指晉朝僧人竺道生。生平詳見高僧傳卷七。景定建康志卷四十六祠祀志三寺院:"高座寺,一名永寧寺,在城南門外。晉咸康中造,又名甘露寺。嘗有雲光法師講法華經於寺,天花散落,今講經臺遺址猶存。或云晉朝法師竺道生所居,因號高座寺。記略云:考圖志,此山得名於晉永嘉中,名甘露寺。尸黎蜜多羅爲王茂宏所敬,故留,竺生法師繼號所居爲'高座'。梁初,寶公主之,與五百年大士俱有靈光。師座山顛説妙法,天花墜焉。今號雨花臺,則故僕盧給事中名襄字贊元者所命也。寺易今名,且百年矣。"

題嘉定西隱寺〔一〕

我愛叢①林西隱西，時時醉墨寫新題。芭蕉葉老如衣破，黃菊花開與屋齊。梵語未調鸚鵡舌，香廚新供駱駝②蹄。山僧破戒可一笑，又送淵明過虎溪〔二〕。

【校】

① 本詩又載清初印溪草堂鈔本東維子集卷八，據以校勘。
② 新供：印溪草堂鈔本作"先供"。駱駝：原本空闕兩字，據印溪草堂鈔本補。

【箋注】

〔一〕嘉定西隱寺：印溪草堂鈔本於詩題下有小字注："吳僧可中庭造。"又，萬曆嘉定縣志卷十八雜記考下寺觀："西隱教寺，在城七圖。元泰定元年僧悦可建。有寂照觀堂、直節堂、壽樂亭、空翠亭、勁節軒，中有羅漢松，二百年物也。"又，萬曆嘉定縣志卷二十二文苑著録："勁節堂集，西隱寺悦可。"按：疑釋悦可字中庭。

〔二〕"山僧"二句：類説卷七廬山記三笑圖："遠公與十八賢同修淨土於白蓮社，送客過溪，虎輒聚鳴。與陶元亮、陸修静談道，不覺過虎溪，相與大笑，故作三笑圖。"

送倭僧還〔一〕　癸巳二月①

倭師自言徐福孫〔二〕，船頭見日如車輪。未將大藥到中國〔三〕，擬把榑桑種北辰。照夜毒龍光吐月〔四〕，絶河香象迹生塵〔五〕。問君一粒須②彌芥〔六〕，何處可藏五患③身〔七〕。

　　附録：成廷珪詩

　　廿年中國游方遍，看水看山念念非。海水枯時千劫壞，日輪出處一僧歸。黃梅雨打袈裟濕，白晝雲隨錫杖飛。富士巖前留語在，老松西長舊巖扉。

【校】

① 本詩又載清初印溪草堂鈔本東維子集卷八,據以校勘。題下小字注"癸巳二月"四字,原本無,據印溪草堂鈔本增補。

② 須:印溪草堂鈔本作"蘇"。

③ 五:印溪草堂鈔本作"吾"。印溪草堂鈔本於詩末有小字注:"患,一作幻,又作芥。"

【箋注】

〔一〕詩撰於元至正十三年癸巳(一三五三)二月,其時鐵崖在杭州任税務官。倭師:日本僧人,其名不詳,自稱爲徐福孫。在中國游歷二十年始歸。參見本詩後附録成廷珪詩。

〔二〕徐福:"福"或作"市",秦始皇遣之入海求仙人。參見鐵崖先生古樂府卷三上元夫人注。

〔三〕大藥:指秦始皇所求長生不死藥草。參見鐵崖先生詩集丙集題仙山圖。

〔四〕毒龍:相傳釋迦牟尼佛於過去世爲大力毒龍。詳見大智度論卷十四。

〔五〕香象:優婆塞戒經卷一:"如恒河水,三獸俱渡,兔、馬、香象。兔不至底,浮水而過;馬或至底,或不至底;象則盡底。"又,五燈會元卷三百丈懷海禪師:"如日月在空,不緣而照。心心如木石,念念如救頭。然亦如香象渡河,截流而過,更無疑滯。"

〔六〕須彌芥:須彌山,佛教爲小世界中心,四周有七山八海、四大部洲。維摩詰經不思議品:"以須彌之高廣内芥子中,無所增減。"

〔七〕五患:蓋指苦、樂、喜、憂、舍等五種身心感受,佛教稱之爲"五受根"。詳見俱舍論卷三。

贈醫士郎東生〔一〕

我憶璜溪處士家〔二〕,當時邀我飯胡麻。林中虎爲守杏子〔三〕,井上鶴來啣橘花〔四〕。老將金瘡秋刮骨〔五〕,仙人莖酒夜搥牙〔六〕。自言欲探長生藥①,海上歸來貫月槎②〔七〕。

【校】

① 本詩又載清初印溪草堂鈔本東維子集卷八,據以校勘。藥:印溪草堂鈔本
作"臼"。

② 來貫月槎:印溪草堂鈔本作"乘貫月查"。

【箋注】

〔一〕據本詩,郎東生爲松江璜溪人,行醫爲業。

〔二〕璜溪:位於松江(今屬上海市金山區吕巷鎮)。鐵崖於至正九、十年間,應
邀至璜溪吕氏塾授學。與醫師郎東生結識當在此時。

〔三〕虎爲守杏:董奉故事。參見鐵崖先生古樂府卷六醫師行贈袁煉師注。

〔四〕唧橘花:蓋指蘇耽植橘救人。參見鐵崖先生古樂府卷六醫師行贈袁煉
師注。

〔五〕老將:指關羽。關羽爲流矢所傷,良醫刮骨去毒。詳見三國志關羽傳。

〔六〕茝酒夜搥牙:詠張果老事,參見鐵崖先生詩集辛集龍眠居士畫捫虱圖注。
按:"茝"蓋爲"菫"之訛寫。

〔七〕貫月槎:參見鐵崖先生古樂府卷三望洞庭注。

贈東生太醫〔一〕

　　黃帝騎龍去不回〔二〕,天家幾度碧桃開。素書一卷留人世〔三〕,麗澤
三年見子才〔四〕。綵筆題詩盈石室〔五〕,大瓢貯藥出蓬萊。杏花村①裏
春如海,夜夜丹光照上臺。

【校】

① 本詩又載清初印溪草堂鈔本東維子集卷八,據以校勘。村:印溪草堂鈔本
作"林"。

【箋注】

〔一〕東生太醫:蓋即郎東生。參見上篇。

〔二〕黃帝騎龍:參見麗則遺音卷三鐵笛。

〔三〕素書一卷：指黃帝内經。

〔四〕麗澤：易兑：“麗澤，兑。君子以朋友講習。”

〔五〕石室：神仙傳：“王烈，字長休，邯鄲人也。烈入河東抱犢山中，得一石室，室中有兩卷素書，烈讀，不知其字，不敢取。頗諳十數字形體，歸書之，以示嵇叔夜，叔夜盡知其字。”（載藝文類聚卷七十八靈異部上仙道。）

寄常熟李伯彰大夫①〔一〕

舊是玉皇②香案吏〔二〕，南州③草木盡知名。直令孺子能馴雉〔三〕，可④但潢池不弄兵〔四〕。冠帶儀⑤中唐學士〔五〕，弦歌聲裏魯諸生〔六〕。城南有客來⑥相見，聞説大夫來勸耕。

【校】

① 本詩又載清初印溪草堂鈔本東維子集卷八、清陳揆輯虞邑遺文録補録卷四、清邵松年輯海虞文徵卷二十八詩四，據以校勘。李伯彰之“李”，虞邑遺文録補録本作“季”，疑誤。海虞文徵本題作寄李刺史，題下附小字注“彰”。又，印溪草堂鈔本於詩題下有小字注“辛亥三月”，虞邑遺文録補録本於詩題下亦有注：“龔志注云：辛亥三月。”按：明洪武四年辛亥（一三七一），鐵崖已歸道山；元至大四年辛亥（一三一一），鐵崖尚在家鄉讀書，此注必誤。又，至正辛巳年爲至正元年，其時鐵崖服喪期滿，闔家遷徙杭州不久；至正辛卯年爲至正十一年，其時鐵崖新任杭州四務提舉，皆與本詩“城南有客來相見，聞説大夫來勸耕”二句不能吻合。疑辛亥之“亥”，爲“丑”之訛寫。參見注釋。

② 皇：海虞文徵本作“堂”。

③ 州：印溪草堂鈔本、海虞文徵本作“沙”。

④ 可：海虞文徵本作“何”。

⑤ 儀：虞邑遺文録補録本作“象”。

⑥ 來：印溪草堂鈔本、虞邑遺文録補録本、海虞文徵本作“今”。

【箋注】

〔一〕詩作於元至正二十一年辛丑（一三六一）三月，其時鐵崖退隱松江一年有餘，在松江府學“主文之席”。繫年依據：參見本詩校勘記。常熟：唐以來爲縣,元元貞元年升爲州,隸屬於江浙行省平江路。今爲江蘇常熟市。元詩選癸集李伯彰:"伯彰字□□,吴郡人。"按:式古堂書畫匯考卷二十一元人贈畫師朱叔重卷有李伯彰題詩,署尾曰"吴門李伯彰"。按:常熟州隸屬於平江路,路治在今江蘇蘇州,故稱伯彰爲吴郡人,或稱吴門。伯彰實當爲常熟人。

〔二〕玉皇香案吏:唐元稹以州宅夸於樂天:"我是玉皇香案吏,謫居猶得住蓬萊。"

〔三〕馴雉:用漢魯恭事。參見後漢書魯恭傳。

〔四〕"可但"句:漢書循吏傳龔遂:"海瀕遐遠,不霑聖化,其民困於飢寒而吏不恤,故使陛下赤子盜弄陛下之兵於潢池中耳。"

〔五〕唐學士:瀛洲學士。參見鐵崖先生詩集丙集題瀛洲學士圖注。

〔六〕魯諸生:漢初叔孫通修禮樂,徵魯諸生三十餘人。見史記劉敬叔孫通列傳。

王左轄席上夜宴　辛丑冬①〔一〕

銀燭光殘午夜過,鳳笙龍管雜鳴鼉②。佩③符新賜連珠虎,觴令嚴行捲白波〔二〕。南國遺音誇壯士,西蠻小隊舞天魔〔三〕。醉歸不怕金吾禁〔四〕,門外一聲吹篳羅〔五〕。

【校】

① 本詩又載列朝詩集甲集前編第七上、清初印溪草堂鈔本東維子集卷八、元詩選初集辛集、樓氏鐵崖逸編注卷七,據以校勘。題下小字注"辛丑冬"三字,原本無,印溪草堂鈔本作"辛丑冬季",據列朝詩集本增補。

② 鼉:列朝詩集本、元詩選本、樓氏鐵崖逸編注本作"鼉",印溪草堂鈔本作"鼉"。

③ 佩:印溪草堂鈔本作"珮"。

【箋注】

〔一〕詩作於元至正二十一年辛丑(一三六一)冬日,其時鐵崖歸隱松江已有兩年。王左轄:即左丞王晟。元季伏莽志卷六逆黨傳王晟:"晟,士誠行省平章。至正二十四年,士誠欲弟士信代達識之位,使晟面數達識過失,勒其移咨省院。二十六年,明師攻湖州,晟隨五太子率師救之。既而常遇春追徐義等至界山,還攻晟,破其陸寨,餘卒不能軍,晟奔入舊鎮之東壁。遇春因戴茂降,遂馳入其營。是夕,晟亦降明。"按:王晟曾號臥雲道人,投奔張士誠後,歷任淮南行省左丞、平章。入明,任浙江布政使司左參議。參見鐵崖贈王左丞詩二首(載列朝詩集甲集前編第七上)、梧溪集卷四中吳採蓮巷重會前州牧、明太祖實録等。

〔二〕捲白波:參見鐵崖先生古樂府卷二城東宴。

〔三〕舞天魔:參見鐵雅先生復古詩集卷六習舞。

〔四〕金吾禁:韋述西都雜記金吾禁夜:"西都京城街衢有金吾,曉暝傳呼,以禁夜行。惟正月十五日夜敕許金吾弛禁,前後各一日。"(載説郛卷六十下。)

〔五〕簸羅:簸羅迴曲。詳見鐵崖先生詩集辛集阿瑩來謠。

謝賜筆〔一〕 壬寅①

昨夜文昌照南②極〔二〕,今朝客有過東維③。錦囊穎出④千年兔,彤管光⑤搖九尾龜〔三〕。墨捲風雲隨王氣,恩頌⑥雨露出天墀。老夫未⑦草平蠻策〔四〕,先寫新封楚國碑〔五〕。

【校】

① 本詩又載明佚名鈔本楊維禎詩集、列朝詩集甲集前編第七上、清初印溪草堂鈔本東維子集卷八、十六卷本玉山草堂雅集卷一、清鈔鐵崖楊先生詩集卷上,據以校勘。題下小字注"壬寅"二字,原本無,據印溪草堂鈔本增補。明鈔楊維禎詩集本題作筆,玉山草堂雅集本題作謝賜玳瑁筆,鐵崖楊先生詩集本題作御賜玳瑁筆見徵楚國公碑文,列朝詩集本題作回上張太尉,題下有小字注"一云謝賜玳瑁筆見徵楚國公碑文"。

② 昌:列朝詩集本、鐵崖楊先生詩集本作"星"。南:原本作"夜",列朝詩集本、據印溪草堂鈔本、鐵崖楊先生詩集本、玉山草堂雅集本改。

③ 客有:原本作"客省",玉山草堂雅集本作"有客",據印溪草堂鈔本改。維:原本作"淮",據列朝詩集本、印溪草堂鈔本、鐵崖楊先生詩集本、玉山草堂雅集本改。

④ 出:列朝詩集本、鐵崖楊先生詩集本、玉山草堂雅集本作"脱"。

⑤ 彤：列朝詩集本、鐵崖楊先生詩集本、玉山草堂雅集本作"斑"。光：鐵崖楊
　先生詩集本作"先"。

⑥ 頒：列朝詩集本、鐵崖楊先生詩集本作"分"。

⑦ 未：列朝詩集本、鐵崖楊先生詩集本作"來"。

【箋注】

〔一〕元至正二十二年壬寅(一三六二)，張士誠邀鐵崖撰寫楚國公碑文，以御賜
　玳瑁筆相贈，本詩即爲答謝賜筆而作。其時鐵崖闔家寓居松江。

〔二〕文昌：晉書天文志："三台六星，兩兩而居，起文昌，列抵太微。一曰天柱，
　三公之位也。在人曰三公，在天曰三台，主開德宣符也。"

〔三〕九尾龜：此指玳瑁。

〔四〕平蠻策：蓋指鐵崖所撰五論一類策文。清江貝先生文集卷二鐵崖先生傳：
　"(至正)十八年，太尉張士誠知其名，欲見之，不往。繼遣其弟來求言，因
　獻五論及復書，斥其所用之人。"按：東維子文集卷二十七所載馭將論、人
　心論、總制論、求才論、守城論，即所謂"五論"。

〔五〕楚國碑：張士德墓碑。士德爲張士誠弟，又稱張九六，屢立戰功。後遭朱
　元璋部下徐達軍所擒。至正十七年八月，張士誠降於元，詔以士誠爲太
　尉，以士德爲淮南行省平章政事，并立江淮分省江浙分樞密院於平江，以
　設其官屬。然其時張士德已被俘，後不食而死。元廷追封爲楚國公，葬於
　崑山。張士德死期及其歸葬封爵之日，難以確考。今據本詩題下注"壬
　寅"二字推斷，張士德歸葬崑山，或即至正二十二年壬寅。參見資治通鑑
　後編卷一百七十八、國初群雄事略卷六。

禁酒[一]　庚子年①

鐵史②先生遵酒禁[二]，笙歌不上小蓬臺[三]。忍看紅雨將春去，孤
負青天送月來。陶令額紗勞且裹[四]，孔融手薦豈③容裁[五]。洞庭春
色應無律，多種黃柑作酒材④[六]。

【校】

① 本詩又載明佚名鈔本楊維禎詩集、清初印溪草堂鈔本東維子集卷八、元詩選

初集辛集,據以校勘。題下小字注"庚子年"三字,原本無,據印溪草堂鈔本增補。

② 鐵史:印溪草堂鈔本作"鍈笛"。

③ 薦豈:印溪草堂鈔本作"疏未"。

④ 材:原本作"才",據元詩選本改。

【箋注】

〔一〕詩作於元至正二十年庚子(一三六〇),即楊維禎退隱松江之次年。按:鐵崖晚年蟄居松江後,以風流灑脱著稱。本詩所謂禁酒,或爲地方政府一時禁令。

〔二〕鐵史先生:鐵崖自稱。

〔三〕小蓬臺:貝瓊小蓬臺志:"會稽爲東南大郡,舊稱小蓬萊……鐵崖楊先生族出會稽,而老於淞上,即七者寮之東偏茸樓一所,顏曰小蓬臺,示不忘越也。"又,正德松江府志卷十六第宅:"小蓬臺,楊鐵崖寓所樓名,在百花潭上。別有拄頰樓、草玄閣,皆爲東吳勝概。"貝瓊鐵崖先生傳:"後止(小蓬)臺上,不復下。且榜於門曰:'客至不下樓,恕老懶;見客不答禮,恕老病;問事不對,恕老默;發言無所避,恕老迂;飲酒不輟樂,恕老狂。'"按:貝瓊所謂"七者寮",乃楊維禎當時松江居所,實爲齋名,隨其所處命名,并不固定。草玄閣亦曾爲鐵崖齋名,後來專指草玄臺,與小蓬臺、拄頰樓皆爲樓房,建於其退隱松江之後。三者相距不遠,皆在百花潭畔。

〔四〕陶令額紗:指陶淵明取頭上葛巾漉酒。參見鐵崖先生詩集丙集題陶淵明漉酒圖注。

〔五〕"孔融"句:孔融與曹操論酒禁書:"夫酒之爲德久矣,古先哲王,類帝禋宗,和神定人,以濟萬國,非酒莫以也。"(載孔北海集。)

〔六〕"洞庭"二句:宋邵博撰河南邵氏聞見後録卷十九:"安定郡王以黃柑釀酒,曰'洞庭春色'。"

挽達兼善御史① 辛卯八月歿於南洋〔一〕

黑風吹雨②海冥冥,被甲船頭夜點兵。報國豈③知身有死,誓天不與賊俱生。神游碧落青騾遠〔二〕,氣挾洪④濤白馬迎〔三〕。金匱正修忠⑤義傳,史官⑥執筆淚先傾。

附録：危太樸挽達公詩（見雅頌正音）

大將忠精貫白日，諸生攬涕讀哀詞。天胡不殞楊行密，公恨莫爲張伯儀。滿眼陸梁皆小醜，甘心一死是男兒。要知汗竹流芳日，正在□舟淺水時。

【校】

① 本詩又載明佚名鈔本楊維禎詩集、列朝詩集甲集前編第七上、清初印溪草堂鈔本東維子集卷八、元詩選初集辛集、樓氏鐵崖逸編注卷七，據以校勘。明鈔楊維禎詩集本、列朝詩集本皆題作挽達元帥，後者題下亦有小字注，與此本相同。

② 雨：明鈔楊維禎詩集本、列朝詩集本、印溪草堂鈔本作"浪"，元詩選本"雨"字下注"一作浪"。

③ 豈：明鈔楊維禎詩集本、列朝詩集本、印溪草堂鈔本作"但"，元詩選本"豈"字下注"一作但"。

④ 氣：明鈔楊維禎詩集本、列朝詩集本、印溪草堂鈔本作"怒"，元詩選本"氣"字下注"一作怒"。洪：明鈔楊維禎詩集本、列朝詩集本、印溪草堂鈔本作"秋"。

⑤ 金匱：明鈔楊維禎詩集本、列朝詩集本作"廊廟"，元詩選本"金匱"兩字下注"一作廊廟"。忠：原本作"仁"，據明鈔楊維禎詩集本、列朝詩集本、印溪草堂鈔本改。

⑥ 史官：明鈔楊維禎詩集本、列朝詩集本作"詞臣"，元詩選本"史官"兩字下注"一作詞臣"。

【箋注】

〔一〕詩當撰於達兼善卒日，即元至正十一年（一三五一）八月以後不久，其時鐵崖在杭州任稅務官。達兼善：即泰不華。其生平參見東維子文集卷十六松月軒記。按：本詩題下小字注泰不華歿於"辛卯八月"，即元至正十一年八月，此説與元史不合，元史本傳謂泰不華歿於至正十二年三月庚子。然元史此説并不可信，中華書局元史校點本於此卷後有注："是月乙巳朔，無庚子日，此處史文有誤。"又，鐵崖孤憤一章和夢庵韵曰："首哭台州師，再哭江州守。三哭天水頭，四哭淮渦口。"（詩載乾坤清氣卷二。）台州師指泰不華統領之部；江州守李黼於至正十二年二月戰歿；天水頭，則指江浙參政樊执敬戰死於杭城天水橋，時爲至正十二年七月。鐵崖依時間先

後追述上述諸人,可見泰不華戰死必在李黼之前,故疑元史泰不華傳所誤
在於其卒年與卒月。假設本詩題下所注"辛卯八月"與元史本傳所謂"庚
子"不誤,泰不華當歿於至正十一年八月二十四日,是爲庚子日。

〔二〕"神游"句:魯女生別傳曰:"李少君死後百餘日後,人有見少君,在河東蒲
坂乘青騾。帝聞之,發棺,無所有。"(載太平御覽卷九百一獸部十三騾。)

〔三〕白馬:指潮神。參見鐵崖先生詩集乙集觀濤同張伯雨賦注。

楊員外水閣①〔一〕

拾遺近換紫羅裳,南省②新陞左右郎。閒引玉笙過水榭③,時聞雜
珮出書④堂。紫薇閣閉白日静⑤,紅蓮花開清鏡⑥涼。拜賜君王⑦須一
曲,西湖仍有賀蘭塘〔二〕。

【校】

① 本詩又載詩淵、清初印溪草堂鈔本東維子集卷八、清鈔鐵崖楊先生詩集卷
上、劉世珩影元刊十八卷本玉山草堂雅集卷二,據以校勘。詩淵本、鐵崖楊
先生詩集本、玉山草堂雅集本所載皆爲組詩兩首,本詩爲第二首。詩淵本、
玉山草堂雅集本題作徐檢校水閣,後者題下有小字注"與郯九成同賦"。鐵
崖楊先生詩集本題作玉山草堂二首主者徐都事。

② 南省:詩淵本、玉山草堂雅集本作"相府"。

③ 榭:鐵崖楊先生詩集本作"殿"。"閒引"句:詩淵本作"夜静神仙歌水殿",
玉山草堂雅集本作"夜静神仙過水殿"。

④ 書:詩淵本、玉山草堂雅集本作"山"。

⑤ 静:詩淵本、玉山草堂雅集本作"永"。

⑥ 鏡:印溪草堂鈔本作"景"。

⑦ 君王:詩淵本作"相府",玉山草堂雅集本作"君恩",鐵崖楊先生詩集本作
"新恩"。

【箋注】

〔一〕詩作於元至正十一年(一三五一)至十六年之間,其時鐵崖在杭州任税務
官。楊員外:疑指楊乘。元史忠義傳:"楊乘字文載,濱州渤海人。至正

初爲<u>介休縣</u>尹，民饑散爲盜，<u>乘</u>立法招之，使自新，皆棄兵頓首，願爲良民。
其後累官<u>江</u>浙行省左右司員外郎，坐海寇掠漕糧舟免官，寓居<u>松江</u>。"按：
<u>至正</u>十六年七月，<u>楊乘</u>不受<u>張士誠</u>徵聘，在<u>松江</u>自縊而死。參見<u>南村輟耕
錄</u>卷十四<u>忠烈</u>、<u>梧溪集</u>卷二<u>過楊員外別業</u>。

〔二〕"拜賜"二句：<u>太平寰宇記</u>卷九十六<u>越州</u>："按<u>輿地志</u>，云<u>山陰</u>南湖縈帶郊
郭，白水翠岩，互相映發，若圖畫，故<u>王逸少</u>云'<u>山陰</u>路上行，如在鏡中游'
耳。<u>唐玄宗</u>朝，秘書監<u>賀知章</u>乞爲道士還鄉，敕賜<u>鏡湖</u>一曲。"按：此借指
<u>楊員外</u>。<u>楊員外</u>水閣當在<u>西湖</u>蘭塘。

梅花清夢軒

　　郊居先生被花惱，寫興未了半生勤。參橫雲①樹不知曉〔一〕，月到
竹②窗疑是君。紙帳洗空<u>巫峽</u>雨，縞衣飛落海山雲。自言夜得驚人
句，急起呵冰寫八分〔二〕。

【校】

① 本詩又載<u>清</u>初<u>印溪草堂</u>鈔本<u>東維子集</u>卷八，據以校勘。雲：<u>印溪草堂</u>鈔本作
　"大"。
② 竹：<u>印溪草堂</u>鈔本作"小"。

【箋注】

〔一〕參：星名。<u>晉書天文志</u>上："參，白獸之體。其中三星橫列，三將也。"
〔二〕八分：即隸書。

題謝氏壁〔一〕

　　<u>謝</u>家兄弟讀書堆〔二〕，不受西來浩劫灰〔三〕。三月麗春新雨露，百年
喬木舊池臺。石從玉筍班①中立〔四〕，花向金蓮步裏開〔五〕。映雪樓頭
人不見，祇應夜半鶴飛來。

【校】

① 本詩又載清初印溪草堂鈔本東維子集卷八，據以校勘。班：印溪草堂鈔本作
"斑"，蓋誤。

【箋注】

〔一〕本詩當作於鐵崖歸隱松江之後，元亡之前，即元至正十九年（一三五九）歲
末至至正二十六年之間。
〔二〕謝家兄弟：蓋指松江謝伯理、伯恒、伯鼎兄弟，參見東維子文集卷十三知
止堂記、卷十五悦親堂記。
〔三〕西來浩劫灰：當指其時中原、江西等地戰亂。
〔四〕玉筍班：參見明鈔楊維禎詩集卷中玉筍班注。
〔五〕金蓮步：參見鐵崖先生詩集丙集題錢選畫長江萬里圖注。

寄句曲外史①〔一〕

一秋不見張句曲〔二〕，聞道移家近小姑②〔三〕。近番風雨③無處士，
百年山澤有真儒。藍田種子多成玉〔四〕，丹屋流光或化烏。自寫黄庭
新帖子，白鵝應自滿④西湖〔五〕。

【校】

① 本詩又載永樂大典卷一萬四千三百八十一、詩淵、清初印溪草堂鈔本東維子
集卷八，句曲外史貞居先生詩集七卷附録卷二，永樂大典本、詩淵本皆題作
寄句曲先生，且皆爲組詩兩首，本詩爲第一首，第二首實即鐵崖先生詩集甲
集寄張伯雨。又，永樂大典本注曰録自麗則遺音。
② 姑：永樂大典本、詩淵本作"孤"。
③ 近番風雨：永樂大典本作"近日風雲"。
④ 白鵝應自滿：永樂大典本、詩淵本作"鵝群閑放向"，句曲外史貞居先生詩集
本作"白鸞應是滿"。

【箋注】

〔一〕本詩當撰於元至正九年（一三四九），或稍前。繫年依據：至正八年，張雨

游寓姑蘇,與鐵崖交往頗多。本詩曰"一秋不見張句曲",必在此後。而張雨卒於至正十年七月。

〔二〕張句曲:參見東維子文集卷七郯韶詩序。

〔三〕小姑:指杭州西湖之孤山。參見鐵崖先生詩集庚集題和靖觀梅圖注。

〔四〕藍田種玉:參見鐵崖先生詩集丙集富春圖爲馮正卿賦注。

〔五〕"自寫黄庭"二句:喻指書家張雨猶如王羲之,寫經換鵝。參見鐵崖先生詩集丙集趙大年鵝圖注。

過沙湖詩書寄玉山賢伯仲①〔一〕

五月落殘梅子雨,沙湖水高三②尺强。大風開帆③作弓滿,白浪觸船如馬狂。唱歌賣④魚赤鬐老,打鼓踏車青苧娘。故人相憶在婁下⑤,坐對玉山懷草堂〔二〕。

【校】

① 本詩又載永樂大典卷二二六六沙湖、明佚名鈔本楊維禎詩集、清初印溪草堂鈔本東維子集卷八、元詩選初集辛集、劉世珩影元刊十八卷本玉山草堂雅集卷二、樓氏鐵崖逸編注卷七、清鈔鐵崖楊先生詩集卷上、吳都文粹續集卷二十四,據以校勘。永樂大典本録自香奩集,與明鈔楊維禎詩集本皆題作過沙湖寄玉山伯仲,印溪草堂鈔本、元詩選本、樓氏鐵崖逸編注本題作過沙湖書所見,鐵崖楊先生詩集本題作過沙湖寄玉山主人匡廬仙客,吳都文粹續集本題作過沙湖寄顧玉山,玉山草堂雅集本題作過沙湖詩寄玉山賢伯仲。

② 湖:永樂大典本作"頭",明鈔楊維禎詩集本作"河"。三:印溪草堂鈔本作"二"。

③ 帆:玉山草堂雅集本作"颿"。

④ 賣:元詩選本、樓氏鐵崖逸編注本作"買"。

⑤ 憶:永樂大典本、明鈔楊維禎詩集本、玉山草堂雅集本、吳都文粹續集本作"見"。婁下:永樂大典本、明鈔楊維禎詩集本作"樓下",印溪草堂鈔本、元詩選本、樓氏鐵崖逸編注本作"樓上"。此句鐵崖楊先生詩集本作"嬾人相見在樓下"。

【箋注】

〔一〕本詩所述爲和平景象,當撰於元至正八年(一三四八)前後。其時鐵崖浪迹吳中,且與顧瑛交往頻繁。沙湖:在蘇州東,又名金沙湖。玉山伯仲:指崑山顧瑛兄弟。參見東維子文集卷十八玉山佳處記。又,鐵崖楊先生詩集本題作過沙湖寄玉山主人匡廬仙客,匡廬仙客指于立,參見鐵崖先生古樂府卷三龍王嫁女辭。

〔二〕草堂:指顧瑛玉山草堂。

孟夏三日宴周生瑞蓮堂①賦詩一首〔一〕

樓船夜泊黃姑渚〔二〕,瑞蓮堂上圍香風。銀瓶酒瀉葡萄綠,玉盤果飣櫻桃紅。佳人慣舞七柈②鳳〔三〕,壯士能吹雙鐵龍。銀潢已③有星期約〔四〕,報道仙槎路已通〔五〕。

【校】

① 本詩又載清初印溪草堂鈔本東維子集卷八,據以校勘。印溪草堂鈔本無"賦詩一首"四字。

② 柈:原本作"伴",據印溪草堂鈔本改。

③ 已:印溪草堂鈔本作"早"。

【箋注】

〔一〕周生:生平不詳。瑞蓮堂當爲周生宅園中建築。

〔二〕黃姑渚:不詳所在。

〔三〕七柈:即七盤舞,又稱盤舞,興起於漢代。參見鐵崖文集卷一啞娼志。

〔四〕銀潢:銀河。星期:七夕牛、女相會之期。

〔五〕仙槎:用張騫事。參見鐵崖先生古樂府卷三望洞庭注。

午赴嘉樹堂招陪賓何伯大憲司經歷陳子約教授諸①士文州判何舅俊民佐尊者沈氏青青演南戲破鏡重圓宋君玉子舍蔣山秀也戲文徹索題品與詩一章②并與纏頭青蚨十緡青青易名瑤水華〔一〕

巫山薄雨隨雲散〔二〕,女浦飛花逐水流〔三〕。聲傳獨如瑤草翠〔四〕,

才情渾似杜娘秋[五]。一聲鐵笛相呼起，十里珠簾不下鈎。更作雲龍蘇季約[六]，不辭重典鷫鸘裘[七]。

【校】

① 本詩又載清初印溪草堂鈔本東維子集卷八，據以校勘。諸：疑有誤。或當作
　　"褚"。參見注釋。
② 章：印溪草堂鈔本無。

【箋注】

〔一〕詩撰於鐵崖退隱松江之後不久，即元至正二十年（一三六〇）或稍後，其時
　　游寓嘉定。繫年依據：其一，嘉樹堂主人爲嘉定强恕齋，鐵崖與其父子早
　　有交往，曾爲撰堂記。晚年退隱松江之後，亦曾於至正二十年游寓嘉定。
　　其二，嘉樹堂主人所招賓客，如陳子約、褚士文，均爲鐵崖退隱之初所交。
　　參見東維子文集卷十八嘉樹堂記、楊鐵崖先生文集全録卷四哀辭叙。
　　何伯大：元季歷任判官、中書掾、浙西憲司經歷。參見王逢送何伯大判官
　　辟中書掾從丞相出師（載梧溪集卷二）、元陶宗儀南村輟耕録卷十五
　　幽圄。
　　陳子約：名公禮，潁川（今河南禹州一帶）人。至正十七年任嘉定府學教
　　授。參見光緒嘉定縣志卷十二職官志中教職。
　　諸士文：蓋爲褚士文之誤。褚士文名戻，元季任海寧州判官。參見東維子
　　文集卷三十煮茶夢。
　　俊民：憲司經歷何伯大之舅父。姓氏生平不詳。
　　破鏡重圓：南詞叙録於宋元舊篇著録有樂昌公主破鏡重圓，演陳太子舍人
　　徐德言與樂昌公主破鏡重圓故事，參見唐孟棨本事詩、太平廣記卷一百六
　　十六氣義一楊素。
　　"宋君玉"句：謂演破鏡重圓者。宋、蔣二人均不詳。
〔二〕巫山：參見鐵崖先生古樂府卷九陽臺曲。
〔三〕女浦：蓋指賢女浦。宋吳曾能改齋漫録卷十一記詩賢女浦："南康有賢女
　　浦，蓋祥符間女子，姓劉氏，夫死，誓不再嫁，父兄强之，因自沉於江，浦因
　　以取名。初號‘貞女’，後避昭陵諱，改爲‘賢女’。"或指洛浦，洛妃溺於此
　　而爲神。詳見曹植洛神賦。
〔四〕瑶草翠：指沈青青。青青改名瑶水華，故稱。
〔五〕杜娘秋：宋洪遂撰侍兒小名録秋娘："唐杜秋娘，金陵女子也。年十五，爲

浙西觀察使<u>李錡</u>妾，嘗爲<u>錡</u>詞云：'勸君莫惜金縷衣，勸君須惜少年時。有花堪折君須折，莫待花殘空折枝。'"（載説郛卷七十七上。）

〔六〕<u>蘇季約</u>：源於<u>李白</u>詩。<u>李白</u><u>魏郡別蘇少府因北游</u>："<u>魏</u>都接<u>燕</u><u>趙</u>，美女誇芙蓉。<u>淇水</u>流碧玉，舟車日奔衝。青樓夾兩岸，萬室喧歌鍾。天下稱豪貴，游此每相逢。<u>洛陽</u><u>蘇季子</u>，劍戟森詞鋒。六印雖未佩，軒車若飛龍。黃金數百鎰，白璧有幾雙。散盡空掉臂，高歌賦還邛。合從又連橫，其意未可封。落拓乃如此，何人不相從。遠別隔兩河，雲山杳千重。何時更杯酒，再得論心胸。"

〔七〕"不辭"句：西京雜記卷二："<u>司馬相如</u>初與<u>卓文君</u>還<u>成都</u>，居貧愁懣，以所著鷫鸘裘就市人<u>陽昌</u>貰酒，與<u>文君</u>爲歡。既而<u>文君</u>抱頸而泣曰：'我平生富足，今乃以衣裘貰酒。'遂相與謀，於<u>成都</u>賣酒。"

顧仲瑛玉山草堂①〔一〕

丈人家住筆峰②下〔二〕，玉氣有似③藍田山〔三〕。椰酒熟時春瀲瀲④，山香舞處花爛斑⑤。伶官石聞⑥鐘磬響，少女潮帶魚龍還。險穴已平滄海静⑦，仙家不啻白雲間。

【校】

① 本詩又載<u>詩淵</u>、<u>清初印溪草堂鈔本東維子集卷八</u>、<u>清鈔鐵崖楊先生詩集卷上</u>、<u>劉世珩影元刊十八卷本玉山草堂雅集卷二</u>、<u>文淵閣四庫全書本玉山名勝集卷二</u>，據以校勘。<u>詩淵</u>本題作<u>玉山草堂</u>，<u>鐵崖楊先生詩集</u>本題作<u>玉山草堂卷</u>，<u>玉山草堂雅集</u>本題作<u>玉山草堂題卷率姚婁東郭羲仲同作</u>，<u>玉山名勝集</u>本無題，皆載詩兩首，此爲第二首。

② 筆峰：原本作"華峰"，<u>鐵崖楊先生詩集</u>本作"玉山"，據<u>詩淵</u>本、<u>玉山草堂雅集</u>本、<u>玉山名勝集</u>本改。

③ 有似：<u>鐵崖楊先生詩集</u>本作"自是"。

④ 瀲瀲：<u>詩淵</u>本、<u>印溪草堂鈔本</u>、<u>鐵崖楊先生詩集</u>本、<u>玉山草堂雅集</u>本作"瀲灩"。

⑤ 舞：原本作"無"，據諸校本改。斑：<u>玉山草堂雅集</u>本作"褊"。

⑥ 聞：<u>玉山名勝集</u>本作"作"。

⑦ 已：原本作"以"，據諸校本改。静：<u>鐵崖楊先生詩集</u>本、<u>玉山草堂雅集</u>本

作“角”。

【箋注】

〔一〕詩當撰於元至正八年(一三四八)鐵崖做客玉山草堂之時。參見東維子文
　　　集卷十八玉山佳處記。

〔二〕筆峰:指崑山文筆峰。參見鐵崖先生詩集甲集予與野航老人既登婁之玉
　　　峰應上人招憩來青閣且乞詩爲賦是章率野航共作注。

〔三〕藍田山:參見鐵崖先生詩集甲集題夏伯和自怡悦手卷注。

璚花宴①〔一〕

　　　顧仲瑛詠璚花姬,率坐客張叔厚〔二〕、郟九成〔三〕、于彦成〔四〕、
鐵仙同賦②。

　　仙姿不是風塵物,曾向唐昌觀裏看〔五〕。雨露無恩③留上界,江山
有景住④人間。臂韝供奉⑤仙郎硯,辮髻清斯爲⑥客冠〔六〕。便恐玉山⑦
春約近,曉風⑧環珮月中還。

【校】

① 本詩又載清初印溪草堂鈔本東維子集卷八、劉世珩影元刊十八卷本玉山草
　　堂雅集卷二、清鈔鐵崖楊先生詩集卷下,據以校勘。玉山草堂雅集本、鐵崖
　　楊先生詩集本皆題作賦瓊花,無詩前小引。

② 印溪草堂鈔本以下多“出八韻”三字。

③ 恩:玉山草堂雅集本、鐵崖楊先生詩集本作“根”。

④ 景住:玉山草堂雅集本、鐵崖楊先生詩集本作“意駐”。

⑤ 供奉:玉山草堂雅集本、鐵崖楊先生詩集本作“怯捧”。

⑥ 清斯爲:諸校本皆作“清欹羽”。似誤,參見注釋。

⑦ 玉山:印溪草堂鈔本、玉山草堂雅集本、鐵崖楊先生詩集本作“玉峰”。

⑧ 風:鐵崖楊先生詩集本作“峰”。

【箋注】

〔一〕詩當撰於元至正八年(一三四八),當時鐵崖寓居姑蘇,不時應邀赴崑山,

聚宴常有璚花陪侍。璚花：或作瓊花、璚英。吳詠十章用韻復正宗架閣曰“官妓名瓊花宴者，新自揚州來姑蘇”，花游曲則稱之爲“璚英”。

〔二〕張叔厚：張渥。參見鐵崖文集卷五夢鶴幻仙像贊。

〔三〕郯九成：郯韶。參見東維子文集卷七郯韶詩序。

〔四〕于彦成：于立。參見鐵崖先生古樂府卷三龍王嫁女辭。

〔五〕唐昌觀：宋張禮游城南記：“論唐昌觀故事。張注曰：唐昌觀，又曰唐興觀，在(長安)安業坊玄都觀北，中有玉蘂花。元和中，有仙子來觀，嚴休父、元積輩俱有倡和。”

〔六〕“辮髻”句：孟子離婁上：“有孺子歌曰：‘滄浪之水清兮，可以濯我纓；滄浪之水濁兮，可以濯我足。’孔子曰：‘小子聽之，清斯濯纓，濁斯濯足矣。自取之也。’”

璚花珠月二名姬①〔一〕

春正月廿有二日，偕崑山顧仲瑛、雪川郯九成〔二〕、大梁徐師顔〔三〕，讌於吳城路義道家〔四〕。佐酒者六姝，皆蘇臺之選。内有璚花與珠月②者〔五〕，選中之絶也。義道起，持觴屬客曰：“今日名姬對名客，不可無作。”座客酒俱酣暢，璚花者捧硯，請余題首。仲瑛曰：“花、月一對雖絶，而彼此不無相妒。題品稍偏，當令偏者舉主人蓮花③巨觥連飲之。”余矢口曰④：“月滿十分珠有價，花開第一玉無瑕。”(時珠月者已出主，仲瑛有意收之。璚花者未事人也。)兩姬大喜。客皆起坐交觥，余就醉矣。明日足詩曰：

新年春色在鄰家，隊子三三聚館娃〔六〕。月滿十分珠有價，花開第一玉無瑕。蒲萄酒灔沉櫻⑤顆，翡翠裙翻踏⑥月牙。老子圍紅先點筆，詩成免飲玉蓮華⑦。

【校】

① 本詩又載明佚名鈔本楊維禎詩集，清初印溪草堂鈔本東維子集卷八，元詩選初集辛集，清鈔十六卷本玉山草堂雅集卷一、劉世珩影元刊十八卷本玉山草堂雅集卷二、樓氏鐵崖逸編注卷七、元音卷十二，據以校勘。明鈔楊維禎詩集本題爲題瓊花珠月，鐵崖楊先生詩集本題作飲路義道家，元音本題作贈瓊

花珠月。玉山草堂雅集十六卷本無題,十八卷本題作路義道招予與玉山人飲時佐尊者瓊花珠月同舉酒徵詩令曰詩不成者浮白蓮杯者三予與玉山各賦一章。

② 珠月:樓氏鐵崖逸編注本作"月珠"。按:明鈔楊維禎詩集本、鐵崖楊先生詩集本、元音本、玉山草堂雅集十八卷本皆無此詩序。

③ 蓮花:原本作"連令",據玉山草堂雅集十六卷本、元詩選本、樓氏鐵崖逸編注本改。

④ 曰:原本無,據玉山草堂雅集十六卷本補。

⑤ 櫻:原本作"樓",據玉山草堂雅集兩本改。

⑥ 踏:印溪草堂鈔本、玉山草堂雅集十八卷本作"蹋"。

⑦ 免:原本作"勉",據明佚名鈔楊維禎詩集本、元音本、玉山草堂雅集十八卷本改。玉蓮華:明佚名鈔楊維禎詩集本作"白蓮花",玉山草堂雅集十八卷本作"白蓮華"。

【箋注】

〔一〕詩當作於元至正八年(一三四八)正月二十二日。繫年依據:鐵崖闔家移居姑蘇,在至正六年歲末;其與顧瑛結識,大約始於至正七年,本詩序則曰"春正月廿有二日偕崑山顧仲瑛"等做客姑蘇路義道家。又,顧瑛路義道席上同楊鐵崖作詩有鐵崖題(即玉山草堂雅集十八卷本所載本詩詩題),亦爲當時所書,曰:"路義道招予與玉山人飲,時佐尊者瓊花、珠月,同舉酒徵口令。詩不成者,浮白蓮杯者三。予與玉山各賦一章。"(載玉山逸稿。)參見鐵崖先生詩集乙集吳詠十章用韻復正宗架閣。又,玉山遺什卷上、十八卷本玉山草堂雅集卷二載當時顧瑛和詩,題作即席贈瓊花珠月二姬與鐵崖同賦,詩曰:"爛醉城東豪士家,春風簾幕障吳娃。貝宮露冷珠生魄,瑶漢雲行月有瑕。粉蝶團香迷玉樹,銀箏倚曲按紅牙。何須騎鶴揚州去,且看尊前第一花。"

〔二〕郯九成:郯韶。參見東維子文集卷七郯韶詩序。

〔三〕徐師顏:或曰元季任兩運漕府千户,爲吳門巨室。參見陶安送海漕官徐師顏序(載陶學士集卷十二)。

〔四〕路義道:毘陵人。參見東維子文集卷十八蒼筠亭記。

〔五〕瓊花:參見上篇。

〔六〕隊子:隊列舞蹈,形式名稱多樣,宋前已見於教坊或民間,元代流行天魔舞亦屬此類。袁凱海叟集卷四贈歌舞女童:"訪得教坊新隊子,江南江北舞春風。"又,瞿佑天魔舞:"承平日久寰宇泰,選伎徵歌皆絶代。教坊不進胡旋女,内廷自試天魔隊。天魔隊子呈新番,似佛非佛蠻非蠻。"(載明詩綜卷二十二。)館娃:宫名。參見鐵崖先生古樂府卷十冶春口號之二注。

柳香綿名姬詩①〔一〕

柳家小妹②似香綿,蟠龍小髻垂青③肩。歌舌熟彈鸚鵡調④,舞腰生揉⑤鷓鴣旋〔二〕。含露荳花春未⑥透,(荳蔻花未開者,謂之含胎。詩中多用豆蔻梢頭句,以比少女也。)淩波蓮步月初弦〔三〕。片雲夢入梨化雪⑦,不與麻秋作雨⑧仙。

【校】

① 本詩又載清初印溪草堂鈔本東維子集卷八、清鈔鐵崖楊先生詩集卷上,據以校勘。鐵崖楊先生詩集本題作題柳香綿。
② 妹:印溪草堂鈔本作"姝"。
③ 小:鐵崖楊先生詩集本作"翠"。青:印溪草堂鈔本、鐵崖楊先生詩集本作"兩"。
④ 調:鐵崖楊先生詩集本作"滑"。
⑤ 揉:鐵崖楊先生詩集本作"鈕"(按:蓋爲"扭"之訛寫)。
⑥ 含露荳花春未:鐵崖楊先生詩集本作"合露豆胎春水"。
⑦ 片雲夢:鐵崖楊先生詩集本作"夢魂飛"。梨化:當作"梨花"。
⑧ 與麻秋作雨:原本作"與麻□秋雨",鐵崖楊先生詩集本作"爲麻秋作羽",據印溪草堂鈔本改補。

【箋注】

〔一〕據本詩,柳香綿爲名妓,姓柳。以腰肢柔軟、舞姿輕盈著稱。
〔二〕鷓鴣旋:一種北方舞蹈。參見鐵崖先生古樂府卷二紅牙板歌。
〔三〕淩波:參見鐵崖先生詩集庚集題仲穆淩波仙注。

楊妃襪①〔一〕

天寶年來窄袜留〔二〕,幾隨錦被暖香②簇。月生簾③影初弦夜,水浸蓮④花一瓣秋。塵玷翠盤思亂滾⑤,香粘金鞊憶微兜。懸知賜浴華清日〔三〕,花底褪兒碧眼偸〔四〕。

【校】

① 本詩又載明佚名鈔本楊維楨詩集、清初印溪草堂鈔本東維子集卷八、元詩選初集辛集、劉世珩影元刊十八卷本玉山草堂雅集卷二、樓氏鐵崖逸編注卷七、清鈔鐵崖楊先生詩集卷下,據以校勘。玉山草堂雅集本、鐵崖楊先生詩集本題作詠楊妃襪二首,本詩爲第二首。

② 暖香:明鈔楊維楨詩集本作“上熏”,玉山草堂雅集本、鐵崖楊先生詩集本作“煖薰”。

③ 簾:鐵崖楊先生詩集本作“嫌”。

④ 浸:明鈔楊維楨詩集本、印溪草堂鈔本、玉山草堂雅集本、鐵崖楊先生詩集本作“落”。蓮:鐵崖楊先生詩集本作“荷”。

⑤ 滾:印溪草堂鈔本、玉山草堂雅集本、鐵崖楊先生詩集本作“袞”。

【箋注】

〔一〕本詩蓋撰於元至正十年(一三五〇)七月,其時鐵崖寓居松江,授學爲生。繫年依據:乾隆金山縣志卷十八遺事:“呂良佐創應奎文會,鐵崖爲品第甲乙,一時文士畢至,傾動三吳。社中嘗以‘楊妃襪’爲題,鐵崖一聯云:‘安危豈係關天步,生死猶能繫俗情。’一時歎賞,以爲莫及。”按:乾隆金山縣志所引楊妃襪詩,見於清鈔鐵崖楊先生詩集卷下,詩名詠楊妃襪。然鐵崖所作楊妃襪詩,當不止一首,本詩或亦賦於應奎文會酬唱之時,而應奎文會創於至正十年七月。楊妃襪:楊太真外傳卷下:“(楊貴妃)之死日,馬嵬嫗得錦袎襪一隻。相傳過客一玩百錢,前後獲錢無數。悲夫!”(載説郛卷一百十一下。)又,劉禹錫馬嵬行:“不見巖畔人,空見凌波襪。郵童愛踪迹,私手解鬐結。傳看千萬眼,縷絶香不歇。”

〔三〕華清:宮名,即驪山温泉宮。參見鐵雅先生復古詩集卷五金盆沐髮注。

〔四〕花底褪兒:指安禄山。參見鐵崖先生古樂府卷二六宮戲嬰圖注。

和楊孟載春愁曲①〔一〕

小樓日日聽雨卧,輕雲作團拂簾過。金黄楊柳葉初匀,雪色棠梨花半破。東家蝴蝶飛無數,西鄰燕子來兩箇。玉關萬里尺書稀,羞殺牡丹如斗大②〔二〕。

　　　　附録:成廷珪和韻

　　　　小窗病酒厭厭臥,春色三分二分過。仙衣謾織藕絲長,金銅難補菱花破。花閒黃蝶也雙飛,葉底青梅纔一箇。綵筆題詩人未知,愁腸一似車輪大。

【校】

① 本詩又載列朝詩集甲集前編第七上、清初印溪草堂鈔本東維子集卷八、元詩選初集辛集、樓氏鐵崖逸編注卷四,據以校勘。列朝詩集本、印溪草堂鈔本、元詩選本、樓氏鐵崖逸編注本皆題作和楊孟載春愁曲之什,然樓氏鐵崖逸編注本有目無詩。按:本詩又載眉庵集卷四,納入楊基名下,題作春愁曲,文字有出入。筆者以爲,尚無充分證據證明此詩出於楊基筆下,何況成廷珪與鐵崖爲同輩人,亦參與唱和,故仍按原本以及列朝詩集、印溪草堂鈔本東維子集等收録。

② 羞殺:印溪草堂鈔本作"羞煞"。又,此句元詩選本作"春風不似春愁大",又有小字注曰:"一作'羞殺牡丹如斗大'。"

【箋注】

〔一〕楊孟載:列朝詩集甲集楊按察基:"基字孟載,先世蜀之嘉州人。大父仕江左,生於吳中,家天平山南赤城之下。幼穎敏絶人……試儀曹不利。會天下亂,歸隱赤山。淮張辟丞相府記室,未幾謝去。又客饒介所。王師下姑蘇,籍録諸陪臣,以饒氏客安置臨濠,旋徙河南。洪武二年放歸,尋起知滎陽縣,謫居鍾離,閑居秣陵。久之,用薦爲江西行省幕官,坐省臣得罪落職。四年,居句曲山中。六年,又起,奉使湖南、廣右。召還,授兵部員外郎,出爲山西按察副使,進按察使。後被讒奪職供役,卒於工所。孟載少負詩名,會稽楊廉夫來吳下,於坐上屬賦鐵笛歌,即效鐵體,廉夫驚喜,與俱東,謂從游者曰:'吾在吳又得一鐵,優於老鐵矣!'"按:楊基別號嘉陵江釣者,參見鐵崖先生詩集壬集題倪雲林寫竹石寒雨贈錢自銘時爲虞子賢西賓。

〔二〕牡丹如斗大:宋吳處厚青箱雜記卷七:"王文康公賦性質實重厚,作詩曰:'棗花至小能成實,桑葉惟柔解吐絲。堪笑牡丹如斗大,不成一事只空枝。'"

卷三十五　明佚名鈔本楊維禎詩集卷之上

卷三十五　明佚名鈔本楊維禎詩集卷之上

題楊妃春睡圖①

沉香亭前燕來後〔一〕，三郎鼓中放花柳〔二〕。西宮困人春最先，華清溶溶暖如酒〔三〕。雪肢欲透紅薔薇，錦襠卸盡流蘇幬。小蓮侍擁扶不起，翠被卷作梨雲②飛。蟠龍髻重未勝縮〔四〕，燕釵半落犀梳偃。晚漏壺中水聲遠，簾外日斜花影轉。琵琶未受宣喚促，睡重黎腰春正熟。不知小裯思塞酥〔五〕，夢中化作銜花鹿〔六〕。

【校】

① 楊維禎詩集不分卷，明佚名鈔本，國家圖書館收藏。全書録詩四百二十六首，其中鍾山一詩重複出現，故實際收詩四百二十五首，卷末附文四篇。今以此明鈔本爲底本，參校本主要爲樓氏鐵崖逸編注本、列朝詩集本、元詩選本、清鈔鐵崖楊先生詩集本。本詩又見於元詩體要卷二、列朝詩集甲集前編第七上、元詩選初集辛集、樓氏鐵崖逸編注卷五，據以校勘。元詩體要本題作楊妃春睡圖。
② 雲：樓氏鐵崖逸編注本作“花”。

【箋注】

〔一〕沉香亭：參見鐵崖先生詩集辛集唐明皇按樂圖。
〔二〕三郎鼓：指唐玄宗羯鼓催花。參見鐵崖先生古樂府卷二崔小燕嫁辭注。
〔三〕華清：宮名，即驪山温泉宮。參見鐵雅先生復古詩集卷五金盆沐髮。
〔四〕蟠龍髻：崔豹古今注盤髻：“長安婦人所梳，或梳隨馬髻，亦曰墮馬髻。又有盤龍髻。”
〔五〕小裯：指安禄山。塞酥：喻指楊貴妃胸乳。宋張孝祥于湖集卷二讀中興碑：“繡絅兒啼思塞酥，重牀燎香薰蘼蕪。阿環錦韈無尋處，一夜驚眠搖帳柱。”參見陳善學序刊楊鐵崖先生文集卷三點籌郎注。
〔六〕銜花鹿：相傳唐明皇時，民間貢牡丹，花面一尺，高數寸。帝未及賞，爲鹿銜去。有佞人以爲佳兆，奏曰：“釋氏有鹿銜花以獻金仙。”明皇私曰：“野鹿游宮中,非嘉兆也。"殊不知正應安禄山之亂。詳見劉斧青瑣高議前集卷六驪山記。

賦海涉①〔一〕

海風吹沙潮欲來,青蝦亂跳凝紫苔。初疑長劍斫出老蛟②血〔二〕,又疑霹靂擊破妖龍胎。蟹湯微泣瑪瑙脆③〔三〕,蜀錦亂把并刀裁〔四〕。紅冰嚼碎齒不冷,丹霞入腹鳴飢雷。坐令海水化作蒲萄醅,我當大嚼一飲三百杯。

【校】

① 萬曆刊堯山堂外紀卷七十七元、元音卷十二、元詩體要卷三載此詩,據以校勘。涉:堯山堂外紀本作"蜇"。
② 蛟:元音本、元詩體要本作"鮫"。
③ 泣:原本作"汲",據堯山堂外紀本、元音本、元詩體要本改。脆:原本作"水",元音本、元詩體要本作"髓",據堯山堂外紀本改。

【箋注】

〔一〕海涉:指"海蜇"。按:吳語"涉"、"蜇"讀音相似。
〔二〕老蛟血:因海蜇頭爲紅色,故有此說。
〔三〕蟹湯:蟹眼湯。初沸的水。北魏賈思勰齊民要術蔣:"藏菰法:好擇之,以蟹眼湯煮之。"瑪瑙脆:元人謝宗可海蜇(載其詠物詩)有句曰:"海氣凍凝紅玉脆。"
〔四〕蜀錦:喻指海蜇之晶瑩絢麗。并刀:即并州所產剪刀,以鋒利著稱。杜甫戲題畫山水圖歌:"焉得并州快剪刀,剪取吳松半江水。"

送日本僧①〔一〕

山爲城,海爲池,龍伯有國東海陲②〔二〕。我皇仁風被八③極,其王錫貢多珍奇。樗社子〔三〕,雪獅獮④,跨海來拜⑤天人師〔四〕。神鼇⑥鼓濤雪山白,浪花作雨青天低。龍驤⑦何啻萬斛重〔五〕,大⑧風開帆秋葉飛。
手提隻履葱嶺西〔六〕,七條掛在扶桑枝⑨〔七〕。城頭鼓⑩響,城下⑪馬嘶,
人從大唐國裏歸。

【校】

① 鐵崖先生詩集辛集、清初印溪草堂鈔本東維子詩集卷二、十六卷本玉山草堂
　雅集卷一、元音卷十二、元詩體要卷五、清鈔草元閣後集亦載此詩,據以校
　勘。印溪草堂鈔本題作送僧歸日本二首,本詩爲第二首。鐵崖先生詩集辛
　集本將此詩附録於送僧歸日本詩後,注曰:“又祁川録本少異,姑録附於此。”
　按:實則二詩差異頗大。

② 陲:鐵崖先生詩集辛集本、印溪草堂鈔本作“涯”。

③ 皇:鐵崖先生詩集辛集本作“王”。八:印溪草堂鈔本作“九”。

④ “樗社子”二句:鐵崖先生詩集辛集本、印溪草堂鈔本皆作一句,前者作“捷
　公捷公白雪眉”,後者作“犍公犍公白雪眉”。

⑤ 拜:鐵崖先生詩集辛集本、印溪草堂鈔本作“覲”。

⑥ 黿:鐵崖先生詩集辛集本、印溪草堂鈔本作“魚”。

⑦ 龍驤:鐵崖先生詩集辛集本、印溪草堂鈔本作“巨艘”。

⑧ 大:清鈔草元閣後集本作“天”。

⑨ “手提隻履”二句:鐵崖先生詩集辛集本、印溪草堂鈔本無。掛:原本作
　“桂”,據元音本、元詩體要本改。

⑩ 城頭鼓:鐵崖先生詩集辛集本、印溪草堂鈔本作“振法螺”。

⑪ 城下:鐵崖先生詩集辛集本、印溪草堂鈔本作“馱經”。

【箋注】

〔一〕日本僧:疑指大歲、大徹兩位日本僧人。元成廷珪撰居竹軒詩集卷一賦
　樗社之詩一首送大歲大徹二位上人歸日本國樗社之上人自號也(按:樗
　社之,疑爲樗社子之誤。):“東海有樗木,託根扶桑邊。扶桑不汝棄,屈曲
　枝相連。上拂火龍馭,下陰神黿淵。念彼擁腫物,豈無人所憐。歲公見之
　喜,日夕相周旋……”

〔二〕龍伯:山海經海經大荒東經:“有波谷山者,有大人之國。”郭璞注:“按河
　圖玉版曰:從昆侖以北九萬里,得龍伯國人,長三十丈,生萬八千歲
　而死。”

〔三〕樗社子:蓋爲大歲別號。參見前引成廷珪詩。樗社,莊子逍遙游:“惠子

謂莊子曰：‘吾有大樹，人謂之樗，其大本擁腫而不中繩墨……’莊子曰：‘……今子有大樹，患其無用，何不樹之於無何有之鄉、廣莫之野？彷徨乎無爲其側，逍遥乎寢卧其下。不夭斤斧，物無害者。無所可用，安所困苦哉！’”

〔四〕天人師：佛祖。五燈會元七佛釋迦牟尼佛：“菩薩於二月八日明星出時成道，號天人師。”

〔五〕“龍驤”句：晉龍驤將軍王濬曾造大船伐吳，因稱大船爲龍驤。蘇軾大風留金山兩日：“龍驤萬斛不敢過，漁舟一葉從掀舞。”

〔六〕隻履葱嶺：菩提達摩故事。佛祖歷代通載卷九梁：“初祖菩提達磨大師，天竺南印度國香至王第三子也……端坐而寂，門人奉全身葬熊耳山定林寺。明年，魏使宋雲西域回，遇師于葱嶺，手携隻履翩翩獨邁。雲問：‘師今何往？’曰：‘西天去。’及雲歸朝，具言其事，門人啟壙，唯空棺隻履存焉。梁武帝聞師顯化始末如此，遂親撰碑，刻石於鍾山。”

〔七〕七條：僧衣。僧衣有橫截七條，故稱。

寄康趙二同年〔一〕

榜中龍虎稱康趙〔二〕，每見除書作①要官。一代文章驚海内，百寮②風采聳朝端〔三〕。諫章長③聽尚書履〔四〕，柱史方加④侍御冠〔五〕。楊子十年名⑤不調，看花終自⑥夢長安。

【校】

① 詩淵、劉世珩影元刊十八卷本玉山草堂雅集卷二、元音卷十二、鐵崖楊先生詩集卷上亦載此詩，據以校勘。作：詩淵本、玉山草堂雅集本作“在”。

② 寮：詩淵本作“年”。

③ 諫：元音本作“課”。長：詩淵本、玉山草堂雅集本作“每”。

④ 加：原本作“知”，據元音本、詩淵本、玉山草堂雅集本改。

⑤ 楊子：玉山草堂雅集本作“揚子”。名：玉山草堂雅集本、鐵崖楊先生詩集本作“官”。

⑥ 終自：詩淵本、玉山草堂雅集本作“猶自”，元音本作“猶似”。

【箋注】

〔一〕本詩當撰於元至正八、九年間，其時鐵崖浪迹姑蘇、松江一帶，授學爲生。

繫年理由：據詩中"楊子十年名不調"一句,本詩當作於鐵崖丁憂失官十年之際。

〔二〕榜中龍虎：指鐵崖同榜進士康若泰與趙期頤。至正七、八年間,鐵崖與康若泰交往頗多,參見東維子文集卷十二新建都水庸田使司記。據錢大昕撰元進士考,泰定四年會試中進士八十六人(元史泰定帝本紀作"八十五人")。錢氏著録凡四十五人,其中著録趙姓二人：一爲"趙宜浩,山陰人。登第授昌國州判官,再調處之慶元令,江西行省管勾兼承發架閣";一爲"趙頤,字子期,陳州人。官河南行省參知政事"。又據今人桂棲鵬著元代進士研究書中元代進士顯宦考一節："趙期頤字子期,宛丘(今河南淮陽)人。出身宦家,父祐仕至江浙財賦總管府副總管。泰定四年進士。曾任陝西行臺治書侍御史、國子祭酒。至正九年官參議中書省事。次年,任禮部尚書。至正十五年官河南行省參政。仕至中書參政。"按：本詩既曰趙"作要官",曰"柱史方加侍御冠",當指陝西行臺治書侍御史趙期頤(即趙頤)。按：唐貞元八年,歐陽詹韓愈等二十三人於陸贄榜登第,時稱龍虎榜。見新唐書歐陽詹傳。

〔三〕"一代"二句：指康若泰。康若泰兩度被任命爲國子監司業。參見東維子文集卷二十九送康司業詩序。杜甫有客："豈有文章驚海内,漫勞車馬駐江干。"

〔四〕尚書履：漢書鄭崇傳："哀帝擢爲尚書僕射,數求見諫争,上初納用之,每見曳革履,上笑曰：'我識鄭尚書履聲。'"尚書,此指趙期頤。按：上引桂棲鵬文謂趙期頤於至正十年擢禮部尚書,誤。趙任禮部尚書,不遲於至正七年。詳見清沈濤常山貞石志卷二十三沈氏按語。

〔五〕侍御冠：指趙期頤。趙期頤曾任陝西行臺治書侍御史。

寄韓李二御史同年①〔一〕

楊子十年官不調,豈無詞賦列時②髦。青冥遠隔新持斧,雨露猶同舊賜袍③。共喜諸公當北道,可容獨客臥東④臯〔二〕。斗牛清夜能回首,一道豐城劍氣高〔三〕。

【校】

① 劉世珩影元刊十八卷本玉山草堂雅集卷二、詩淵、元音卷十二、鐵崖楊先生

詩集卷上載此詩，據以校勘。玉山草堂雅集本所録爲組詩兩首，題作送魯瞻司業後作再寄韓李二御史同年，本詩爲第二首。鐵崖楊先生詩集本所録爲組詩三首，題作寄黄子肅魯子肇，本詩爲第二首。

② 列：詩淵本作“到”。詞賦列時：鐵崖楊先生詩集本作“時翰到如”。

③ 袍：原本作“冠袍”，據詩淵本、玉山草堂雅集本、元音本删。

④ 東：詩淵本、玉山草堂雅集本作“江”。

【箋注】

〔一〕本詩當撰於元至正八年（一三四八）五月以後不久，其時鐵崖寓居姑蘇，授學爲生。繫年依據：玉山草堂雅集本所録詩題曰“送魯瞻司業後作，再寄韓、李二御史同年”。可見本詩作於送魯瞻司業之後不久。所謂“魯瞻司業”，指康若泰。而鐵崖送康司業詩（載東維子文集卷二十九），撰於至正八年五月。參見校勘記。韓、李二御史同年：名字生平不詳。蓋爲泰定四年進士，或泰定三年江浙行省鄉貢進士，至正年間皆任御史之職。按：鐵崖丁憂之後當予補官，然遲遲未有任命。故廣交友朋，尤其曾爲同年且有相當官職者，望能施予援手。參見本卷寄康趙二同年詩。

〔二〕卧東皋：意爲隱逸。陶淵明歸去來兮辭：“登東皋以舒嘯，臨清流而賦詩。”

〔三〕豐城劍氣：參見鐵崖先生古樂府卷四古憤注。

送僧歸日本〔一〕

東風昨夜來鄉國，又見階前吴草青。金錫躑空靈鳥逝，寶珠嗅海毒龍腥。車輪日出扶①桑樹，笠蓋天傾北極星。我欲東夷訪文獻〔二〕，歸來中土校全經。

【校】

① 元詩選初集辛集、元音卷十二、鐵崖逸編注卷七、劉世珩影元刊十八卷本玉山草堂雅集卷二載此詩，據以校勘。扶：玉山草堂雅集本作“榑”。

【箋注】

〔一〕本詩蓋作於元至正十三年癸巳（一三五三）二月前後。繫年依據：至正十三年二月,鐵崖與成廷珪在杭州賦詩送日僧東歸,與本詩有相似處:時令相同,皆爲春日。且成廷珪詩曰"日輪出處一僧歸",鐵崖詩曰"船頭見日如車輪",本詩曰"車輪日出扶桑樹"。故疑爲一時之作。參見鐵崖先生詩集癸集送倭僧還。

〔二〕按:中國古文獻在日本有較多留存,古人早有認識。歐陽修日本刀歌:"前朝貢獻屢往來,士人往往工詞藻。徐福行時書未焚,逸書百篇今尚存。令嚴不許傳中國,舉世無人識古文。先王大典藏夷貊,蒼波浩蕩無通津。"故鐵崖欲往東夷"訪文獻"。

翡翠巢①〔一〕

羅浮花使先春②到〔二〕,來傍玉樓深處巢。舞雪豔③翻楊柳絮,欹④雲輕壓海棠梢。屏開時露鴉頭⑤襪,弦斷應⑥銜鳳觜膠。卻笑雪衣娘太劣〔三〕,雕籠深鎖未全教⑦。

【校】

① 元詩選初集辛集、劉世珩影元刊十八卷本玉山草堂雅集卷二、樓氏鐵崖逸編注卷七、清鈔鐵崖楊先生詩集卷上亦載此詩,據以校勘。玉山草堂雅集本題作賦翡翠巢,鐵崖楊先生詩集本題作桃源主人翡翠巢,且載詩兩首,本詩爲第一首。

② 先春:鐵崖楊先生詩集本作"春先"。

③ 舞雪豔:玉山草堂雅集本作"舞雪亂",鐵崖楊先生詩集本作"白雪亂"。

④ 欹:玉山草堂雅集本、樓氏鐵崖逸編注本、元詩選本作"歌",鐵崖楊先生詩集本作"絳"。

⑤ 頭:鐵崖楊先生詩集本作"青"。

⑥ 應:鐵崖楊先生詩集本作"空"。

⑦ 全教:玉山草堂雅集本作"成教",鐵崖楊先生詩集本作"成交"。

【箋注】

〔一〕詩作於元至正七、八年間,其時鐵崖寓居姑蘇,授學爲生,常應顧瑛之邀,赴崑山小住。繫年依據:清鈔鐵崖楊先生詩集本亦載此詩,題爲"桃源主

人翡翠巢”。桃源主人即顧瑛，翡翠巢乃其玉山草堂中景觀建築之一。參
見東維子文集卷十八小桃源記。

〔二〕羅浮花：指梅花。蘇軾再用前韻：“羅浮山下梅花村，玉雪爲骨冰爲魂。”
　　參見鐵崖先生古樂府卷三羅浮美人注。

〔三〕雪衣娘：白鸚鵡名。參見鐵雅先生復古詩集卷四宮詞之四注。

醉和篇字韻[一]

夜來病酒朝來眠，樂府新聲已浪傳[二]。燕語鶯啼春箇箇，花枝草
蔓錦篇篇。虎頭品藻成三絶[三]，老監風流擅八仙[四]。莫唱回風到秋
葉[五]，瓊花舞袖正嬋娟①[六]。

【校】

① 劉世珩影元刊十八卷本玉山草堂雅集卷二、元音卷十二、清鈔鐵崖楊先生詩
　　集卷下亦載此詩，據以校勘。瓊花：玉山草堂雅集本作“瓊華”。正嬋娟：玉
　　山草堂雅集本、鐵崖楊先生詩集本作“更婭娟”。

【箋注】

〔一〕詩作於元至正八年（一三四八）三月十日，鐵崖與顧瑛等游賞姑蘇石湖之
　　時。其時鐵崖寓居姑蘇，授學爲生。繫年依據：至正八年三月十日，鐵崖
　　與顧瑛、張雨結伴游賞姑蘇石湖諸山，途中爲瓊花作花游曲，末句曰“寫盡
　　春愁子夜篇”，顧瑛當場唱和，本詩則爲鐵崖再和之作。參見鐵崖先生古
　　樂府卷三花游曲。

〔二〕“樂府新聲已浪傳”句：鐵崖首倡花游曲，顧瑛附和，此後鐵崖友人弟子郭
　　翼、袁華、陸仁、馬麐、秦約、于立等紛紛以“篇字韻”追和。其詩皆存，附録
　　於鐵崖先生古樂府卷三花游曲。

〔三〕虎頭：本指晉人顧愷之，此處借指顧瑛。三絶：當指詩絶、書絶、畫絶，并
　　非當年人稱顧愷之所謂才、畫、癡“三絶”。

〔四〕老監：賀知章。賀曾任職秘書監。此指道士張雨。張雨晚年提點杭州開
　　元宮，故稱。參見明劉基撰句曲外史張伯雨墓志銘（載珊瑚木難卷五）。
　　八仙：即“飲中八仙”，指唐代賀知章、李白、張旭等八位嗜酒文人。參見

杜甫飲中八仙歌、新唐書李白傳。按：當時張雨爲瓊花賦點絳唇，又爲石湖寶積寺題句，參見玉山璞稿花游曲、鐵崖先生古樂府卷三花游曲。

〔五〕回風：洞冥記卷四："（漢武）帝所幸宮人麗娟，年十四，玉膚柔軟，吹氣勝蘭。不欲衣纓拂之，恐體痕也。每歌，李延年和之，於芝生殿唱回風之曲，庭中花皆翻落。"

〔六〕瓊花：或作璚英，乃妓女。至正八年前，自揚州來到姑蘇。顧瑛、張雨、鐵崖於姑蘇、崑山等地游玩，多邀瓊花陪侍。參見鐵崖先生古樂府卷三花游曲、鐵崖先生詩集乙集吳詠十章用韻復正宗架閣之十等。

嬉春五首〔一〕 錢塘湖上作
一云賦俏唐體遺錢塘詩人學杜者①

其一

今朝立春好天氣，況是太平朝野時。走向南鄰覓酒伴，還從西墅賞②花枝。陶令久辭彭澤縣，山公秖愛習家池〔二〕。宜春帖子題贈爾，日日春游日日宜。

其二③

西子湖頭春色濃，望湖樓④下水連空〔三〕。柳條千樹僧眼⑤碧，桃花一枝⑥人面紅。天氣渾如曲江節，野客恰似⑦杜陵翁〔四〕。得錢沽酒勿⑧復較，如此好懷誰與同。

其三⑨

何處被春⑩惱不徹，嬉⑪春最好是湖邊。不須東家借騎馬，自可西津⑫買踢舡。燕子繞林紅雨⑬亂，鳧雛衝岸⑭浪花圓。段家橋頭猩色酒⑮〔五〕，重⑯典春衣沽十千〔六〕。

其四

入山十里清涼國，三百樓臺迤邐開。岳王墳前吊東度〔七〕，隱君寺裏話西來〔八〕。接果黃猿呼一箇，探花白鹿走千回。風流文采湖山主，坡白⑰應須屬有才〔九〕。

其五⑱

長城小姬如可憐〔十〕，紅絲新上琵琶弦。可人座上三珠樹〔十一〕，美酒沙頭雙玉船〔十二〕。小洞桃花落香雪,大堤楊柳掃晴烟。明朝紗帽青藜杖,更訪東林十八仙〔十三〕。

　　　　顧瑛⑲云:"先生所謂嬉春體,即老杜以'江上誰家桃柳枝,春寒細雨出疎籬'爲新體也〔十四〕。先生自謂代之詩人爲宋體所梏,故作此體變之云。"

【校】

① 列朝詩集甲集前編第七上、清初印溪草堂鈔本東維子集卷八、元詩選初集辛集、劉世珩影元刊十八卷本玉山草堂雅集卷二、樓氏鐵崖逸編注卷七載此組詩,據以校勘。玉山草堂雅集本題作嬉春體五首錢塘湖上作,列朝詩集本題作嬉春體。又,詩題下小字注"一云賦俏唐體,遺錢塘詩人學杜者",原本無,據列朝詩集本增補。印溪草堂鈔本題作娱春五首,無小字注。又,本組詩第三首亦見於鐵崖先生詩集癸集、清鈔鐵崖楊先生詩集卷上,前者題作湖上即事,後者著録爲春游湖上二首之二,列朝詩集又收入又湖州作四首之三。按:鐵崖楊先生詩集卷上以春游湖上爲題者共計三首,一爲單篇,即本組詩第二首;二爲組詩,題作春游湖上二首。

② 賞:列朝詩集本、印溪草堂鈔本、玉山草堂雅集本、鐵崖楊先生詩集本作"買"。又,本組詩第一首同於鐵崖楊先生詩集卷上嬉春二首之二。

③ 此第二首又載鐵崖楊先生詩集卷上,題作春游湖上。

④ 樓:鐵崖楊先生詩集本作"亭"。

⑤ 眼:鐵崖楊先生詩集本作"眵"。

⑥ 桃:玉山草堂雅集本作"梅"。花:鐵崖楊先生詩集本作"萼"。枝:玉山草堂雅集本、鐵崖楊先生詩集本作"株"。

⑦ 恰似:列朝詩集本作"正是",玉山草堂雅集本作"政似",印溪草堂鈔本、鐵崖楊先生詩集本作"正似"。

⑧ 得錢沽酒勿:鐵崖楊先生詩集本作"將錢沽酒不"。

⑨ 此第三首又名湖上即事,載鐵崖先生詩集癸集;又同於鐵崖楊先生詩集卷上春游湖上二首之二。清初印溪草堂鈔本東維子集卷八載此詩,亦題作湖上即事,詩題下又有注,曰"即嬉春曲其三"。

⑩ 春:鐵崖先生詩集本、列朝詩集本、印溪草堂鈔本作"花"。

⑪ 嬉:原本作"好",據鐵崖先生詩集本、列朝詩集本、印溪草堂鈔本改。

⑫ 津:鐵崖先生詩集本、印溪草堂鈔本作"陵",鐵崖楊先生詩集本作"鄰"。

⑬ 燕子繞林紅雨:鐵崖先生詩集本、鐵崖楊先生詩集本、印溪草堂鈔本作"錦頸呼春林響"。

⑭ 鼉雛衝岸：鐵崖先生詩集本、鐵崖楊先生詩集本、印溪草堂鈔本作“紫鱗衝暖”。

⑮ 橋：鐵崖先生詩集本誤作“江”。猩色酒：鐵崖楊先生詩集本作“有酒買”。

⑯ 重：鐵崖楊先生詩集本作“更”。

⑰ 坡白：原本作“髮白”，據列朝詩集本、元詩選本、玉山草堂雅集本改。

⑱ 此第五首與列朝詩集本、印溪草堂鈔本、玉山草堂雅集本截然不同。原本所錄，與又湖州作（載列朝詩集甲集前編第七上）四首之三相同；列朝詩集本、玉山草堂雅集本所錄第五首又名桐江，載鐵崖先生詩集癸集。第五首印溪草堂鈔本未錄，注曰：“第五首見前，即桐江題。”

⑲ 顧瑛：元詩選本、樓氏鐵崖逸編注本皆作“玉山主人”。又，此跋文原本無，據列朝詩集本、元詩選本補錄。

【箋注】

〔一〕本組詩當撰於元至正四、五年間，其時鐵崖失官，浪迹杭州、湖州長興等地，授學爲生。期間常與張雨、錢惟善、富春馮士頤以及求學諸生游山玩水，唱和賦詩。繫年依據：詩題下注曰“錢塘湖上作”，詩中又有“陶令久辭彭澤縣”、“長城小姬如可憐”等句，所謂“長城”，即指湖州長興。至正五年前後，鐵崖受聘長興蔣氏，在其東湖書院授學。錢塘湖：即杭州西湖。

〔二〕“陶令久辭彭澤縣”二句：實乃鐵崖自身寫照。陶令，即陶淵明。山公，指晉人山簡。山簡字季倫。世説新語校箋卷下任誕：“山季倫爲荆州，時出酣暢，人爲之歌曰：‘山公時一醉，徑造高陽池……’高陽池在襄陽。”注：“襄陽記曰：漢侍中習郁，於峴山南依范蠡養魚法作魚池。池邊有高堤，種竹及長楸，芙蓉、菱茨覆水，是游燕名處也。山簡每臨此池，未嘗不大醉而還，曰：‘此是我高陽池也。’”

〔三〕“望湖樓”句：望湖樓在西湖邊昭慶寺前，五代時吳越王建。蘇軾六月二十七日望湖樓醉書：“卷地風來忽吹散，望湖樓下水如天。”

〔四〕“天氣渾如曲江節”二句：杜甫有曲江、曲江對酒、曲江對雨、曲江陪鄭八丈南史飲等詩多首。杜陵翁：即杜甫。

〔五〕段家橋：西湖斷橋之別稱。參見鐵崖先生古樂府卷十西湖竹枝歌之五注。西湖游覽志卷二孤山三提勝迹：“元錢惟善竹枝詞有‘段家橋’之名，人以爲杜撰，然楊、薩諸詩亦稱，未爲無據也。”

〔六〕典春衣：杜甫曲江二首之二：“朝回日日典春衣，每日江頭盡醉歸。”

〔七〕岳王墳：元鄭元祐撰遂昌雜録：“（圓明）寺西則棲霞嶺，嶺下爲岳王墳，南臨湖爲褒忠寺,寺爲其孫毀,今遷寺忠烈廟後。岳墳西則沖虚宮,宋寧宗老宮人爲女冠所建也。宮西爲耿家步。”

〔八〕隱君寺:不詳所指。

〔九〕坡、白:指蘇東坡、白樂天。白居易、蘇軾皆曾出任杭州刺史,築白堤、蘇堤。

〔十〕長城:指吳王夫概城,位於長興縣(今屬浙江湖州)南。參見鐵崖先生古樂府卷二城西美人歌注。

〔十一〕三珠樹:傳説中珍木,見山海經海外南經。陶潛讀山海經之七:“粲粲三珠樹,寄生赤水陰。”

〔十二〕玉船:酒器。陸游即席:“要知吾輩不凡處,一吸已乾雙玉船。”

〔十三〕東林十八仙:指晉慧遠、雷遺民、宗炳等十八人在廬山東林寺結白蓮社。唐可朋句:“雖陪北楚三千客,多話東林十八賢。”或指酒名,參見清鈔鐵崖先生詩集卷上吕希賢席上賦注。

〔十四〕“江上”二句:出自杜甫詩風雨看舟前落花戲爲新句。桃柳枝:今杜詩傳本多作“桃李枝”。

溪舫齋①

道人自愛溪屋好,溪屋小如書畫船〔一〕。錦袍每愛月下坐,醉眼忽疑篷底眠。蘆葉秋風一雁過,桃花春水雙鷗前。何時挈家海上去,拾得驪珠如月圓〔二〕。

【校】

① 元音卷十二載此詩。

【箋注】

〔一〕書畫船:指米芾書畫船。參見東維子文集卷十八書畫舫記。
〔二〕驪珠:參見鐵崖先生詩集丙集雷公鞭龍圖爲張煉師賦注。

送秦刺史赴召史館①〔一〕

會稽太守文章伯,玉牒仙人第一籌。柱下去爲周太史〔二〕,枋頭今見晉春秋〔三〕。衰朝閏厄三分國,治鑑明開十二旒〔四〕。柱筆須裁五色詔,香烟長傍衮龍浮〔五〕。

【校】

① 元音卷十二載此詩。

【箋注】

〔一〕秦刺史:據本詩,秦刺史善於撰文,曾任會稽(今浙江紹興)太守。大約於元至正初年召赴京城史館修史。

〔二〕"柱下"句:謂秦刺史去任朝廷史官。柱下周太史,指老子。

〔三〕"枋頭"句:意爲秦刺史將效仿孫盛直筆著史。枋頭,位於今河南浚縣西,魏晉南北朝時爲軍事要地。東晉桓温北伐,戰敗於此。晉春秋:即晉陽秋,東晉孫盛撰。孫盛曾任桓温參軍,然不懼淫威,直筆著史。晉書孫盛傳:"(盛)著魏氏春秋、晉陽秋……晉陽秋詞直而理正,咸稱良史焉。既而桓温見之,怒謂盛子曰:'枋頭誠爲失利,何至乃如尊君所説! 若此史遂行,自是關君門户事。'……盛大怒。諸子遂爾改之。盛寫兩定本,寄於慕容儁。"

〔四〕十二旒:天子冠冕之制。此借指朝廷。

〔五〕"柱筆"二句:五色詔,又稱鳳詔。晉陸翽撰鄴中記:"石季龍與皇后在觀上爲詔,書五色紙,著鳳口中。鳳既銜詔,侍人放數百丈緋繩,轆轤回轉,鳳凰飛下,謂之鳳詔。鳳凰以木作之,五色漆畫,脚皆用金。"王維和賈舍人早朝大明宮之作:"日色才臨仙掌動,香烟欲傍衮龍浮。朝罷須裁五色詔,珮聲歸到鳳池頭。"

無題四首①〔一〕

其一

當軒隊子立紅靴〔二〕,龜甲屏風擁絳紗〔三〕。公子銀瓶分汗酒〔四〕,佳人金勝剪春花〔五〕。曲調青鳳歌聲轉〔六〕,舩進黃鵝舞勢斜〔七〕。五十男兒頭未白,臨流洗馬立江②沙。

其二

主家院落近連昌〔八〕,燕子歸來舊杏梁。金埒近收青海駿〔九〕,錦籠初教雪衣娘〔十〕。卷衣甲帳春容早③,吹笛西樓月色涼④。今夜阿鴻新進劇〔十一〕,黃金小帶荔枝裝⑤〔十二〕。

　　其三

　　二月皇都花滿城⑥〔十三〕,美人⑦多病苦多情。一雙孔雀銜青嘴⑧,十二飛鴻上錦箏。酒掬珍珠⑨傳玉掌,羹分甘露倒銀罌⑩。不堪容易少年老⑪,爭遣狂夫⑫作後生。

　　其四

　　天街如水夜初涼,照室銅盤碧月⑬光。別院三千紅芍藥,洞房七十紫鴛鴦。繡靴踏掬句驪⑭樣〔十四〕,羅帕垂彎女直裝⑮〔十五〕。願爾康強好眠食,百年歡樂未渠央。

【校】

① 詩淵、元詩選初集辛集、列朝詩集甲集前編第七上、樓氏鐵崖逸編注卷七、劉世珩影元刊十八卷本玉山草堂雅集卷二、清鈔鐵崖楊先生詩集卷下皆載此組詩,據以校勘。清鈔鐵崖楊先生詩集本題作無題四首效李商隱體,列朝詩集本、元詩選本、樓氏鐵崖逸編注本題作無題效商隱體四首,題下又有小字注曰:"與袁子英同賦。"玉山草堂雅集本題作無題效商隱體四首與袁子英同賦。又,詩淵本將此四首詩一分爲二:題作無題者,爲此本後三首;題作無題效商隱體者,即此本第一首。按:詩淵實有所本,此四詩原非一組,參見注釋。

② 臨流洗馬立江:列朝詩集本作"臨流洗馬走紅",詩淵本、玉山草堂雅集本作"清江洗馬走江",清鈔鐵崖楊先生詩集作"清江走馬洗紅"。

③ 早:列朝詩集本、玉山草堂雅集本、清鈔鐵崖楊先生詩集本作"曉",詩淵本作"晚"。

④ 樓:清鈔鐵崖楊先生詩集本作"流"。

⑤ "黃金"句:詩淵本作"黃銀小鞚荔枝粧",玉山草堂雅集本作"黃銀小帶荔支粧",清鈔鐵崖楊先生詩集本作"黃龍小帶荔枝粧。"

⑥ 花:清鈔鐵崖楊先生詩集本作"春"。

⑦ 美:清鈔鐵崖楊先生詩集本作"佳"。

⑧ 嘴:列朝詩集本、詩淵本、玉山草堂雅集本、清鈔鐵崖楊先生詩集本作"綏"。

⑨ 珍珠:玉山草堂雅集本、清鈔鐵崖楊先生詩集本作"真珠"。

⑩ 倒:清鈔鐵崖楊先生詩集本作"到"。

⑪ 少年老：列朝詩集本作“少年事”，詩淵本作“檀奴老”，玉山草堂雅集本、清鈔鐵崖楊先生詩集本作“潘郎老”。

⑫ 狂夫：詩淵本、玉山草堂雅集本、清鈔鐵崖楊先生詩集本作“施朱”。列朝詩集本有小字注：“一作‘不堪容易潘郎老，争遣施朱作後生’。”

⑬ 銅盤碧月：詩淵本作“同椊壁玉”，玉山草堂雅集本作“銅椊璧月”。

⑭ 踏掬：列朝詩集本作“踏踘”，當從；玉山草堂雅集本、清鈔鐵崖楊先生詩集本作“蹋踘”。句驪：玉山草堂雅集本作“鈎驪”。

⑮ 羅帕：詩淵本、玉山草堂雅集本、清鈔鐵崖楊先生詩集本作“絳帕”。裝：列朝詩集本作“妝”，玉山草堂雅集本、清鈔鐵崖楊先生詩集本作“粧”。

【箋注】

〔一〕本組詩四首，皆當撰於元至正二年（一三四二）至六年之間，其時鐵崖丁憂服闋，試圖補官未果，攜家人游寓錢塘、湖州等地，授學爲生，袁子英等從之受學。繫年理由：據“五十男兒頭未白”、“二月皇都花滿城”等詩句，大致可以推知撰於何時何地，“皇都”當指錢塘。按：顧瑛有唐宮詞次鐵雅先生無題韻十首（載大雅集卷七），其中第一、第三、第二首，分別對應於本組詩之二、三、四首。顧瑛所賦爲步韻之作，據此可知鐵崖效仿唐宮詞之無題組詩，原本排列順序與詩歌數量，皆與此本不同，而此本組詩之第一首，并不在原本無題組詩之中。詩淵將此四詩一分爲二，定有所本。（參見校勘記。）要而言之：無題四首，其實原本并非一組，第一首原題無題效商隱體與袁子英同賦，當撰於至正初年袁華在錢塘從學於鐵崖之時；後三首摘録自無題組詩十首，乃效仿唐宮詞而作，亦當作於這一時期。袁子英，名華，崑山人。參見鐵崖撰可傳集序（載本書佚文編）。

〔二〕隊子：參見鐵崖先生詩集癸集璚花珠月二名姬注。

〔三〕龜甲屏風：初學記卷二十五引漢郭憲洞冥記：“上起神明臺，上設有金牀象席，雜玉爲龜甲屏風。”

〔四〕汗酒：又稱燒酒。元卞思義汗酒：“水火誰傳既濟方，滿鐺香汗滴瓊漿。……千鍾魯酒空勞勸，一酌端能作醉鄉。”（詩載草堂雅集卷十三。）

〔五〕“佳人”句：李商隱人日即事：“鏤金作勝傳荆俗，翦綵爲人起晉風。”

〔六〕青鳳：竹。此指簫、笛一類樂器。

〔七〕黃鵝：酒。語本杜甫舟前小鵝兒：“鵝兒黃似酒，對酒愛新鵝。”

〔八〕連昌：大清一統志河南府二：“連昌宮，在宜陽縣西。唐書地理志：壽安西二十九里有連昌宮，顯慶三年置。元微之有連昌宮詞。”

〔九〕金埒：指騎射場。典出南朝宋劉義慶世說新語汰侈：“（王濟）好馬射，買地作埒，編錢匝地竟埒，時人號曰金埒。”

〔十〕雪衣娘：鸚鵡名。參見鐵雅先生復古詩集卷四宮詞之四注。

〔十一〕阿鴻：當爲演員。

〔十二〕黃金小帶荔枝裝：指官員服飾。元雜劇狀元堂陳母教子第一折：“我做了官，繫一條羊脂玉、茅山石、透金犀、瑪瑙嵌、八寶荔枝金帶。”

〔十三〕皇都：此當指錢塘。

〔十四〕句驪：即高句驪，或作高句麗。

〔十五〕女直：即女真。

題趙文敏公自作小像①〔一〕

　　三身寫影不離禪〔二〕，孟字王孫有像②賢。蚤向右軍臨繭紙〔三〕，晚從居士學③龍眠〔四〕。每懷白羽西風外〔五〕，忽見青藜太乙前〔六〕。白髮南冠元自好，底須天策畫神仙〔七〕。

【校】

① 本詩又載清初印溪草堂鈔本東維子集卷七、清鈔鐵崖楊先生詩集卷下、劉世珩影元刊十八卷本玉山草堂雅集卷二、吳興藝文補卷五十四，據以校勘。玉山草堂雅集本題作題子昂自作小像，鐵崖楊先生詩集本題作子昂自作小像，吳興藝文補本題爲題趙文敏自作小像。

② 字：鐵崖楊先生詩集本作“氏”。像：玉山草堂雅集本、鐵崖楊先生詩集本作“象”。

③ 學：玉山草堂雅集本、鐵崖楊先生詩集本作“貌”。

【箋注】

〔一〕趙文敏公：即趙孟頫。元史有傳。

〔二〕三身：佛教指法身、報身與化身。參見景德傳燈録卷五壽州智通禪師。

〔三〕右軍：指王羲之。

〔四〕龍眠居士：李公麟別號。公麟字伯時，舒州人。以白描人物畫著稱。生平見宋史文苑傳。

〔五〕白羽：白羽扇。西風：用班倢妤團扇詩典，謂趙孟頫仕新朝常恐遭棄置。

〔六〕青藜太乙：指太乙老人杖青藜見劉向，參見麗則遺音卷四杖賦。

〔七〕天策畫神仙：閻立本曾爲當年追隨天策上將軍李世民之十八學士畫像，人稱“瀛洲十八仙”。參見鐵崖先生詩集丙集題瀛洲學士圖注。

薛澱湖二首①〔一〕

其一

半空樓閣澱山寺，三面篷檣湖口船。蘆葉響時風似雨，浪花平處水如天。沽來村酒渾無味，買得鱸魚不論錢。明日垂虹橋下過〔二〕，與君停棹吊三賢〔三〕。

其二

禹劃三江東入海〔四〕，神姑繼禹澱湖開〔五〕。獨鼇負鼇戴山出〔六〕，三龍聯翩乘女來〔七〕。稽天怪浪俄桑土，閱世神牙亦劫灰。我憶舊時松頂月，夜深夢接鶴飛回。

【校】

① 正德松江府志卷二水上“薛澱湖”條附録鐵崖所作此兩首詩，據以校勘。正德松江府志本無詩題。

【箋注】

〔一〕本組詩撰於元至正九、十年間，其時鐵崖授學於松江璜溪私塾。繫年依據：詩中所述乃太平景象，且薛澱湖位於松江府，當爲鐵崖初次寓居松江期間所作。正德松江府志卷二水上：“薛澱湖，一名澱山湖，以中有澱山也。在府西北七十二里。其源自長洲白蜆江，經急水港而來，周圍幾二百里，實古來鍾水之地。”

〔二〕垂虹橋：姑蘇志卷二十橋梁：“吳江縣垂虹橋，縣東門外，一名利往，又名長橋。慶曆八年，縣尉王廷堅建，以木爲之。東西千餘尺，橋中有垂虹亭。”

〔三〕三賢：指范蠡、張翰、陸龜蒙，又稱“三高”。參見鐵崖先生詩集己集題用上人山水圖注。

〔四〕三江：指北江、中江、南江。史記河渠書：“於吳，則通渠三江、五湖。”索隱：“三江，按地理志北江從會稽毗陵縣北東入海，中江從丹陽蕪湖縣東北至會稽陽羨縣東入海，南江從會稽吳縣南東入海，故禹貢有北江、中江也。”

〔五〕神姑：澱山湖中三姑祠所祀。紹熙雲間志卷中三姑祠：“在柘湖之側。吳地志：秦時有女子入湖爲神，即此祠也……今澱山湖中普光王寺亦有三姑祠，靈甚。湖旁三數十里田者與往來之舟，皆禱焉。”又，正德松江府志卷十五壇廟：“三姑祠在府南柘湖之側。相傳秦人邢氏女入湖爲神，能役鬼工濬湖泖，以弭水患，邦人祀之。湖今陻塞，祠祀亦廢，而澱山普光王寺祠爲伽藍神。何松年記謂三姑長曰雲鶴，主沉湖；次曰月華，主柘湖；季曰降聖，主澱湖。其説近於傅會，然其神靈甚顯。嘗大旱，請勺水祈之，雨隨車至。每歲湖中群蛟競鬥，水爲騰沸，獨不入廟云。詳見會靈祠記。”

〔六〕“獨黿”句：正德松江府志卷一山：“澱山，機山西北。舊志云在薛澱湖中。山形四出如黿，上建浮屠，下有龍洞，云通太湖。山屹立湖中，亦落星、浮玉之類。傍有小山，初年僅兩席，許久之寖長，寺僧築亭其上，牓曰明極。當時好事者遂即山中所有，曰黿峰塔。”

〔七〕三龍：指前述秦時邢氏三女所乘。

丹鳳樓 上海聖妃宮①〔一〕

　　十二湘簾②百尺梯〔二〕，飛飛丹鳳與③雲齊。天垂紫④蓋東皇近〔三〕，地拂⑤銀河北斗低。笑屬秋空戎馬陣⑥，神燈夜燭海雞啼〔四〕。姮娥昨夜瑤池宴⑦，笑指⑧蓬萊水又西〔五〕。

【校】

① 本詩又載列朝詩集甲集前編第七上、清初印溪草堂鈔本東維子集卷七、鐵崖楊先生詩集卷上、崇禎松江府志卷四十七古迹，據以校勘。題下小字注“上海聖妃宮”五字，原本無，據印溪草堂鈔本增補。
② 湘簾：列朝詩集本、鐵崖楊先生詩集本作“危樓”。
③ 與：列朝詩集本、鐵崖楊先生詩集本作“五”。
④ 紫：列朝詩集本、鐵崖楊先生詩集本作“翠”。
⑤ 拂：崇禎松江府志本作“接”。

⑥ 笑靨：列朝詩集本、鐵崖楊先生詩集本作“花靨”，印溪草堂鈔本作“笑壓”。
   陣：列朝詩集本、鐵崖楊先生詩集本作“順”。
⑦ “姮娥”句：列朝詩集本、鐵崖楊先生詩集本作“仙童與報麻姑會”，印溪草堂鈔本、崇禎松江府志本作“嫦娥昨報瑶池宴”。
⑧ 笑指：列朝詩集本、鐵崖楊先生詩集本作“應説”。

【箋注】

〔一〕本詩蓋撰於元至正九、十年間，其時鐵崖授學於松江璜溪私塾。繫年依據參見本卷薛澱湖。丹鳳樓：蓋位於上海縣聖妃宮，聖妃宮又稱天妃宮。崇禎松江府志卷四十七古迹：“丹鳳樓，舊在縣東北天妃宮，宋咸淳八年青龍市舶三山陳珩書扁。元楊維楨有詩。後毀，其扁尚存。”
〔二〕“十二”句：史記孝武本紀：“方士有言‘黃帝時爲五城十二樓，以候神人於執期，命曰迎年’。”集解：“應劭曰：‘崑崙玄圃五城十二樓，此仙人之所常居也。’”
〔三〕東皇：又稱東皇太一，天神名。參見屈原九歌之東皇太一。
〔四〕“笑靨”二句：傳天妃曾顯靈滅敵，又船行海上遇風，天妃常以神燈指引。見元史祭祀志等書。
〔五〕“姮娥”二句：參見鐵崖先生古樂府卷三夢游滄海歌注。

題錢全衷綾錦墩①〔一〕

先生綾錦墩邊住，日日柴門踏錦沙。千古清風高士傳，一溪流水野人家。將軍樹老秋風裏，使者槎迴碧海涯。不鬥金園紫絲障〔二〕，鳳笙吹月醉桃花②。

【校】

① 清初印溪草堂鈔本東維子詩集卷七、正德松江府志卷二十一古迹錄有本詩，據以校勘。詩題原本作綾錦墩，據印溪草堂鈔本改。
② 花：正德松江府志本、印溪草堂鈔本作“華”。

【箋注】

〔一〕詩撰於元至正九、十年間，其時鐵崖授學於松江璜溪私塾。繫年依據參見本卷薛澱湖。正德松江府志卷二十一古迹：“綾錦墩，在盤龍塘上，錢全袞種桑之所。(附録)楊維楨詩……王逢詩：華亭東有盤龍塘，塘上姓錢人種桑……土高過客相指語，千綾萬錦登城府。懷材莫救時斂徵，存心尚念農辛苦。侍御題名綾錦墩，錢郎笑歌墩樹根。但願一絲不到體，老著布袍青苧村。”錢全袞：別名裕，字慶餘，松江(今屬上海市)人。樂與士大夫游。生平參見鐵崖楊先生詩集卷上贈錢野人裕。

〔二〕金園：指金谷園，主人爲晉豪富石崇。紫絲障：石崇與王愷鬥富故事。世説新語汰侈：“君夫作紫絲布步障碧綾裏四十里，石崇作錦步障五十里以敵之。”

寄淮南省參謀①〔一〕

　　皇帝萬年天統在，人臣②八柱地輪回〔二〕。西戎虎旅猶③傳箭〔三〕，南越④蠻王又築臺〔四〕。斗上龍光紅似電〔五〕，海中蜃氣黑成堆。白衣上客參謨⑤議，畫盡寒爐⑥鐵筯灰〔六〕。

【校】

① 列朝詩集甲集前編第七之上、清鈔鐵崖楊先生詩集卷上載此詩，據以校勘。原本題爲寄陳廉庶子，鐵崖楊先生詩集本題作寄李司徒，據列朝詩集本改。
② 人臣：原本作“臣人”，據列朝詩集本、鐵崖楊先生詩集本改。
③ 猶：列朝詩集本、鐵崖楊先生詩集本作“初”。
④ 越：列朝詩集本、鐵崖楊先生詩集本作“粵”。
⑤ 上客參謨：鐵崖楊先生詩集本作“上國參謀”。
⑥ 寒爐：列朝詩集本、鐵崖楊先生詩集本作“爐中”。

【箋注】

〔一〕詩當撰於元至正十九年(一三五九)之後，至正二十三年九月以前。繫年依據：淮南省，指張士誠所設之淮南行省，始建於至正十七年秋張士誠依附元朝之初，省治在平江(今江蘇蘇州)。而鐵崖與張士誠屬官交往，實始於至正十九年徙居杭州之後，故知本詩撰寫不得早於至正十九年。又，張士誠於至正二十三年九月自立爲吳王，本詩則曰“皇帝萬年天統在”，必在張士誠稱王之前。元季伏莽志卷六盜臣傳張士誠:"(至正十七年)八月,士誠以連敗於明,喪師失地;南寇嘉興,爲楊完者所遏,謀附元以自固……既受封,始遷入府治,乃別立參軍府及江浙、淮南二省,立樞密院,建百司。"又,本詩或題爲寄陳廉庶子、寄李司徒(參見校勘記)。陳廉庶子、李司徒:當爲張士誠屬官,蓋楊鐵崖曾以此詩書贈數人。

〔二〕"人臣"句:喻指大臣當如擎天八柱。

〔三〕傳箭:杜甫投贈哥舒開府翰:"青海無傳箭,天山早掛弓。"仇兆鰲注引趙汸之曰:"外寇起兵,則傳箭爲號。"

〔四〕"南越"句:指南方割據。臺,南越王趙佗所築粵王臺。

〔五〕"斗上"句:用豐城劍氣典。參見鐵崖先生古樂府卷四古憤注。

〔六〕"畫盡"句:參見陳善學序刊楊鐵崖先生文集卷四鐵笛行注。

禁釀①

二月山城禁榷②酤,春禽猶③自喚提壺〔一〕。烟生陸羽新茶竈〔二〕,塵滿黃公舊酒爐〔三〕。花下何勞④攜妓飲,月中無復⑤倩人扶。可憐近日諸⑥卿相,盡作⑦醒醒楚大夫〔四〕。

【校】

① 蟫精雋卷七録此詩,據以校勘。原本題作禁酒,據蟫精雋本改。又,清鈔鐵崖楊先生詩集卷上禁酒二首之二,與本詩頗多相似,可參看。

② 二月山城禁榷:蟫精雋本作"三月皇都酒禁"。

③ 春禽猶:蟫精雋本作"山禽空"。

④ 花下何勞:蟫精雋本作"月下不須"。

⑤ 月中無復:蟫精雋本作"花前何必"。

⑥ 可憐近日諸:蟫精雋本作"滿朝多少賢"。

⑦ 作:蟫精雋本作"學"。

【箋注】

〔一〕提壺:指鳥叫聲。宋邵雍詩暮春吟:"禽不通人情,唯知春已暮。亦或叫提壺,亦或叫歸去。"

〔二〕陸羽：唐人,嗜茶,曾著茶經三篇。新唐書有傳。

〔三〕黄公舊酒爐：世説新語　傷逝："王濬沖爲尚書令,著公服,乘軺車,經黄公酒爐下過,顧謂後車客：‘吾昔與嵇叔夜、阮嗣宗共酣飲於此爐,竹林之游,亦預其末。自嵇生夭、阮公亡以來,便爲時所羈紲。今日視此雖近,邈若山河。’"

〔四〕醒醒楚大夫：指屈原。

竹枝柳枝詞二首①〔一〕 有序

余家金鑒評兩枝曰〔二〕："柳枝步步嬌,不如竹枝節節高。"竹枝因此長價。余爲二枝補誚答詞,可發春雨堂前一笑〔三〕。謹用録往。

竹枝誚柳枝

竹枝誇與柳枝道,夜郎遺音我繼騷〔四〕。笑汝三眠嬌且懶〔五〕,看我孤竿節節高。

柳枝誚竹枝

柳枝自誇步步嬌,不比膝伏折汝腰。柳枝插地根到底,可怕狂風相動摇!

【校】

① 原本題作竹枝柳枝詞,"二首"兩字爲校注者徑爲增補。

【箋注】

〔一〕本組詩當作於元　至正八年(一三四八)前後,其時鐵崖寓居蘇州,授學爲生。

〔二〕兩枝：指竹枝詞與柳枝詞。按：至正初年鐵崖在杭州首倡西湖竹枝詞,此後浪迹東南城鎮,廣邀文人參與,吳中文人或以柳枝詞唱和。參見鐵崖先生古樂府卷十吳下竹枝歌七首率郭義仲同賦。

〔三〕春雨堂：位於姑蘇城内官衙。參見鐵崖先生詩集庚集陽春堂。

〔四〕夜郎遺音：唐人劉禹錫所創竹枝詞。參見鐵崖先生古樂府卷十西湖竹枝歌序。騷：指楚辭。

〔五〕三眠：天中記卷五十一柳三眠：“漢苑中有柳，狀如人，號曰人柳。一日三眠三起。（三輔故事）”

九月十六日題伯高鎮撫歸來堂①〔一〕　出家藏卷中

鐵笛道人江上來，故家猶有舊池臺。長安落葉秋前盡〔二〕，老圃②寒花節後開。笛吹③紫髯清似水，鼓攢綵棒怒如雷。憑君莫問④興亡事，酒勸長生且⑤一杯。

【校】

① 鐵崖楊先生詩集卷上載此詩，題作飲張伯高歸來堂。按：“張”蓋“章”之訛寫，參見本詩注釋。
② 老圃：鐵崖楊先生詩集本作“彭澤”。
③ 笛吹：原本作“香噴”，據鐵崖楊先生詩集本改。
④ 問：鐵崖楊先生詩集本作“説”。
⑤ 酒勸長生且：鐵崖楊先生詩集本作“好勸長星酒”。

【箋注】

〔一〕詩當撰於元至正九年（一三四九）九月十六日，其時鐵崖寓居松江璜溪，授學爲生。繫年依據：元至正九、十年間，鐵崖授學松江璜溪，始與伯高鎮撫交往。本詩於“九月十六日”題於伯高鎮撫松江居所，而至正十年九月鐵崖游寓湖州，不在松江，故當爲至正九年。又，鐵崖曾爲伯高鎮撫撰歸來堂記，本詩或一時之作。伯高鎮撫：指松江章元澤。章元澤官至“奉政大夫、海漕鎮撫”，且家有歸來堂。參見東維子文集卷十三歸來堂記。
〔二〕“長安”句：喻指章元澤早年在京城任職，晚年辭官退隱。

席上賦歌姬一首

徵①人來自莫愁村〔一〕，翠珥金瓶白玉盤（皆妓名）。但見兩行回顧牧〔二〕，不知一石可留髡〔三〕。鸚鸚紅嘴隨弦落，燕燕班衣逐鼓翻〔四〕。

報道秦樓歌入破,後園驚醒荔枝魂[五]。

【校】

① 徵:蓋爲"嬂"字之誤寫。

【箋注】

〔一〕莫愁村:在郢州石城。此處蓋爲假托。參見鐵崖先生古樂府卷十漫成之五。

〔二〕牧:蓋指唐代文人杜牧。杜牧贈別揚州妓詩頗著名,其中贈別二首之二:"多情却似總無情,但覺尊前笑未成。蠟燭有心還惜別,替人垂淚到天明。"

〔三〕留髡:史記滑稽列傳:"(齊)威王大悦,置酒後宫,召(淳于)髡賜之酒。問曰:'先生能飲幾何而醉?'對曰:'臣飲一斗亦醉,一石亦醉。'……髡曰:'……日暮酒闌,合尊促坐,男女同席,履舄交錯,杯盤狼藉,堂上燭滅,主人留髡而送客,羅襦襟解,微聞薌澤,當此之時,髡心最歡,能飲一石。'"

〔四〕"鸚鸚紅嘴"二句:喻指衆多妓女歌唱舞蹈。鸚鸚,實指鶯鶯。蘇軾張子野年八十五尚聞買妾述古令作詩:"詩人老去鶯鶯在,公子歸來燕燕忙。"詳見野客叢書卷二十九用張家故事。

〔五〕"後園"句:白居易長恨歌:"漁陽鼙鼓動地來,驚破霓裳羽衣曲。"又,"荔枝魂"借指楊貴妃。

送曹生之京①[一]

十載辭京國,長②懷玉笋班。鳳麟游璧③水[二],虎豹啟天關[三]。野④樹分秦雨,江雲隔楚山。此⑤游須努力,況子正紅顏。

【校】

① 劉世珩影元刊十八卷本玉山草堂雅集卷二、元詩選初集辛集、元詩體要卷十、樓氏鐵崖逸編注卷六、乾坤清氣卷十二載此詩,據以校勘。原本題作送吳生良游金陵,玉山草堂雅集本題作送曹生某游京師,今據元詩選本、樓氏鐵崖逸編注本、乾坤清氣本改題。按:劉世珩影元刊十八卷本玉山草堂雅集

卷二載有送吳生良游金陵，與本詩不同，原本所題，蓋屬張冠李戴。

② 長：元詩選本、玉山草堂雅集本、樓氏鐵崖逸編注本、乾坤清氣本作“常”。

③ 璧：原本作“壁”，據元詩選本、玉山草堂雅集本、樓氏鐵崖逸編注本、元詩體要本改。

④ 野：元詩選本、玉山草堂雅集本、樓氏鐵崖逸編注本、乾坤清氣本作“海”。

⑤ 此：諸校本皆作“壯”。

【箋注】

〔一〕詩當作於元順帝至元三年（一三三七）前後，其時鐵崖任錢清鹽場司令。繫年理由：據詩中“十載辭京國，長懷玉笋班”兩句，其時爲鐵崖中進士之後十年。曹生：當爲鐵崖弟子，從學於至正以前。

〔二〕璧水：宋吳自牧撰夢粱録卷十五學校：“古者天子有學，謂之成均，又謂之上庠，亦謂之璧水，所以養育作成天下之士，類非州縣學比也。”

〔三〕“虎豹”句：傳天帝宮門有虎豹把守。屈原招魂：“君無上天些。虎豹九關，啄害下人些。”

題①康節像〔一〕

太平經兩世〔二〕，好景出三天〔三〕。身在羲皇②上〔四〕，心在天地前。

【校】

① 本詩又載劉世珩影元刊十八卷本玉山草堂雅集卷二、元詩體要卷十三，據以校勘。原本題作康節像，據玉山草堂雅集本增補“題”字。

② 皇：玉山草堂雅集本作“黃”。

【箋注】

〔一〕康節：指北宋邵雍。宋元祐中賜邵雍謚康節。宋史有傳。

〔二〕“太平”句：邵雍插花吟：“頭上花枝照酒巵，酒巵中有好花枝。身經兩世太平日，眼見四朝全盛時。”

〔三〕“好景”句：邵雍不出吟：“冬夏遠難出，止行南北園。如逢好風景，亦可至三天。”原注：“西行至天街二百步，北行至天津三百步，東行至天宮四百步。"

〔四〕義皇：指伏義氏。參見鐵崖先生古樂府卷二三青鳥注。

題①陳摶像〔一〕

飄飄扶搖子，脱世一蹤②輕〔二〕。何預家國事，饒舌紫皇③星〔三〕。

【校】

① 本詩又載劉世珩影元刊十八卷本玉山草堂雅集卷二、元詩體要卷十三，據以
   校勘。原本題作陳摶像，據玉山草堂雅集本增補"題"字。
② 蹤：玉山草堂雅集本作"屣"。
③ 皇：玉山草堂雅集本作"微"。

【箋注】

〔一〕陳摶：號扶搖，世稱希夷先生。參見陳善學序刊楊鐵崖先生文集卷四華山
     隱者歌注。
〔二〕一蹤輕：孟子盡心上："舜視棄天下猶棄弊蹤也。"
〔三〕"何預家國事"二句：參見陳善學序刊楊鐵崖先生文集卷四華山隱者歌
     注。紫皇星，指宋太祖趙匡胤。元張輅太華希夷志卷上："宋太祖與趙普
     游長安，希夷逢之，笑而墮驢，曰：'真人亦在世矣。'輒握太祖之手曰：'可
     市飲乎？'太祖曰：'可。'與趙學究同往。希夷睥睨普曰：'也得，也得。'相
     隨入酒肆，普坐席左，摶怒，一手引之曰：'紫微帝垣一小星，輒據上次，可
     乎？'斥之，使居席右。已知帝王有徵矣。"（載中華道藏第四八册。）

題①明皇吹簫圖〔一〕

廷臣諫疏不須裁，笛譜新番②阿濫堆〔二〕。揀得漁陽雙玉管③，紫雲
吹斷鳳凰臺〔三〕。

【校】

① 本詩又載清初印溪草堂鈔本東維子集卷九、劉世珩影元刊十八卷本玉山草

堂雅集卷二、元詩體要卷十三,據以校勘。題:原本無,據玉山草堂雅集本增補。

② 番:玉山草堂雅集本作"翻"。

③ 管:印溪草堂鈔本、元詩體要本作"琯"。

【箋注】

〔一〕明皇:即唐玄宗。

〔二〕阿濫堆:笛曲名。"阿"或作"鷃"。參見鐵崖先生詩集甲集泛泖和吕希顏堆字韻。

〔三〕紫雲:紫雲回之略稱。參見鐵崖先生詩集丙集唐玄宗按樂圖注。

題玉山①家藏劉阮圖〔一〕

兩婿元非薄倖郎,仙姬已識姓名香。問渠何事歸來早,白髮②糟糠不下堂。

【校】

① 十八卷本玉山草堂雅集卷後二、元詩體要卷十三載此詩,據以校勘。原本題作家藏劉阮圖,據玉山草堂雅集本增補。

② 髮:玉山草堂雅集本、元詩體要本作"首"。

【箋注】

〔一〕詩題於元至正七、八年間,其時鐵崖寓居姑蘇,授學爲生。玉山:指顧瑛。其時鐵崖常應邀至崑山顧瑛草堂,爲之賞鑒書畫,題詩撰文。參見東維子文集卷十八小桃源記、玉山佳處記、書畫舫記。按:本詩字句略同鐵崖先生詩集庚集天台二女廟二首之一,可參看。

碧箫源①

碧箫彎彎②象鼻長〔一〕,天然水府成壺觴。玉姬傾面注醽醁,鐵仙入口呼瓊漿。銀河潛③通藕絲濕,冰液倒滴蓮房香。翠盤當頂漾風色,綠雲壓掌搖虹光。量吞滄溟一杯小,氣挾太華千丈强〔二〕。相如渴肺許可借〔三〕,玉川枯吻焉足當〔四〕。主人留我住一月,半池不待經秋霜。

【校】

① 元詩體要卷二亦載此詩,據以校勘。元詩體要本題作碧筩酒,似當從。

② 彎彎:元詩體要本作“蠻蠻”。

③ 潛:原本作“漸”,據元詩體要本改。

【箋注】

〔一〕碧筩:參見鐵崖先生詩集甲集五月五日……注。

〔二〕“氣挾”句:用太華玉井蓮典事,參見鐵崖先生詩集庚集泊穆溪注。

〔三〕“相如”句:西京雜記卷二:“司馬相如初與卓文君还成都,居貧愁懣,以所着鷫鸘裘就市人陽昌貰酒,與文君爲欢……長卿素有消渴疾,及還成都,悦文君之色,遂以發痼疾。”

〔四〕玉川:指盧仝。唐代詩人盧仝別號玉川子,嗜酒。其嘆昨日三首之二曰:“天下薄夫苦耽酒,玉川先生也耽酒。薄夫有錢恣張樂,先生無錢養恬漠。”又,其走筆謝孟諫議寄新茶有“一椀喉吻潤,兩椀破孤悶”句。

餘姚海隄爲判官葉敬常賦①〔一〕

天吳蜇,精衛啼。娥江之北〔二〕,蛟門之西〔三〕。大禹東來朝會稽,九河一疏錫玄②圭〔四〕。寥寥三千載③,桑田變④滄海。渟水日橫流,我思訴真宰。相門子,葉大夫。蒞政三月初,海如瓠子決,灩澦趨,紅濤黑浪爭⑤吞屠。元光白馬有祭璧〔五〕,羽山黃熊⑥無玉書〔六〕。蛟眼射赤⑦日,蜑⑧民不寧居。葉大夫,海砥柱,驅鬼鞭⑨,運神斧。五丁一力,萬夫一語。新甫取柏⑩〔七〕,崑山取石,金椎⑪築土。首鎖陽侯之咽,腳踏支祁之股〔八〕。玉繩永奠三萬六千尺,陳公堤〔九〕,白公渠〔十〕,□無足數。君不見石人夜語魯已仙⑫,河伯血面上訴天〔十一〕。葉大夫,回狂瀾,障百川。海不波,石不穿,河清海晏三千年。

【校】

① 元詩體要卷三、元音卷十二、樓氏鐵崖逸編注卷四載此詩，據以校勘。元音本題作海堤歌爲餘姚州判官葉敬常賦，樓氏鐵崖逸編注本題作海塘。

② 玄：原本作“元”，據元音本改。

③ 載：樓氏鐵崖逸編注本作“歲”。

④ 變：樓氏鐵崖逸編注本作“幾”。

⑤ 紅濤黑浪争：原本作“江濤黑浪相”，據樓氏鐵崖逸編注本改。

⑥ 黃熊：原本作“橫□”，據元詩體要本、元音本、樓氏鐵崖逸編注本改補。

⑦ 射赤：樓氏鐵崖逸編注本作“赤射”。

⑧ 蜃：原本作“屭”，據元詩體要本、元音本、樓氏鐵崖逸編注本改。

⑨ 鬼鞭：原本空闕，據元詩體要本、元音本、樓氏鐵崖逸編注本補。

⑩ 柏：原本脱，據元詩體要本、元音本、樓氏鐵崖逸編注本補。

⑪ 金椎：原本空闕，元音本、元詩體要本作“金錐”，據樓氏鐵崖逸編注本補。

⑫ 已仙：原本空闕，樓氏鐵崖逸編注本作“以仙”，據元音本、元詩體要本補。

【箋注】

〔一〕詩當撰於元至正元年（一三四一），或稍後，其時鐵崖丁憂服闋，攜妻兒寓居杭州，試圖補官。繫年理由：據元人陳旅至正二年三月望日於京城所撰餘姚州海堤記（文載光緒餘姚縣志卷八水利。陳旅安雅堂集卷七亦載此文，然未署撰期），至正元年三月，葉敬常所修餘姚州海堤重修工程結束，本詩蓋撰於餘姚海堤修成之後不久。葉敬常：萬曆新修餘姚縣志卷十五：“葉恒，字敬常，鄞人。以太學生釋褐判州。有幹局，堅忍耐事，籌畫久遠。數延見父老行誼之士，詢咨政理。姚有禦海堤，潮汐決齧，海移内地，民□□魚鱉者當姚之半。歲備海修堤，垂四十年，而患愈甚。恒乃更置石堤，堤完無敗，姚民自是遂無患海者，皆恒之功。會稽楊維禎爲文記之。至正間追封仁功侯，立廟餘姚。”（按：原本殘缺，據光緒餘姚縣志卷二十二名宦傳補。）又，本詩曰“相門子”，蓋葉恒先人曾任丞相。又據陳旅餘姚州海堤記，元順帝至元年間，葉恒由國子生釋褐，授餘姚州判官。

〔二〕娥江：即曹娥江。位於浙江紹興東南。

〔三〕蛟門：大明一統志卷四十六寧波府：“蛟門山在定海縣東四十里，一名嘉門山。出此即大海洋。古人稱‘蛟門虎蹲，天設之險’，即此地。”

〔四〕“大禹東來”二句：參見麗則遺音卷二禹穴。

〔五〕“元光”句：史記河渠書：“自（漢武帝元光三年）河決瓠子後二十餘歲，歲因以數不登，而梁、楚之地尤甚。天子既封禪巡祭山川，其明年旱，乾封少雨。天子乃使汲仁、郭昌發卒數萬人塞瓠子決。於是天子已用事萬里沙，則還自臨決河，沈白馬玉璧于河，令群臣從官自將軍已下皆負薪寘決河。”

〔六〕羽山黃熊：指大禹之父鯀。

〔七〕新甫取柏：詩集傳魯頌閟宮：“徂來之松、新甫之柏，是斷是度，是尋是尺。”注：“徂來、新甫，二山名。”

〔八〕支祁：相傳爲淮渦水神。參見鐵崖先生詩集甲集送康副使注。

〔九〕陳公堤：行水金鑑卷一百四十三：“陳公堤，在德州東南五里。歷恩縣，抵東昌，東北抵海。宋時河決澶縣，陳堯佐守滑州，築此以障水患。百姓賴之，名曰陳公堤。”

〔十〕白公渠：元李好文長安志圖卷下渠堰因革：“白公渠。太始二年趙中大夫白公復奏，穿渠引涇水，首起谷口，尾入櫟陽。”

〔十一〕“河伯”句：漢王逸撰楚辭章句卷三天問：“胡羿射夫河伯而妻彼雒嬪。傳曰：河伯化爲白龍，游於水旁。羿見射之，眇其左目。河伯上訴天帝曰：‘爲我殺羿！’”

卷三十六　明佚名鈔本楊維禎詩集卷之中

卷三十六　明佚名鈔本楊維禎詩集卷之中

雙蝶曲①

恨妾不似朝雲去,恨郎不似暮鴉歸。夜來別枕有同夢,曾化一雙蝴蝶飛。

【校】

① 元詩體要卷六亦載此詩。

雜詠二首〔一〕

其一
志公開國銅梁秀〔二〕,支老中興海國英〔三〕。倒筆池塘懸塔影,讀書閣近雜松聲。魚龍國讓黃金地,壺嶠山移白雪城〔四〕。更喜西枝傳古印〔五〕,丹書小隱篆文清。

其二
明月樓頭一斗酒,把酒仰天邀酒星。小蓬臺上橫鐵笛〔六〕,一陣天風吹酒醒。

【箋注】

〔一〕本組二詩當撰於鐵崖晚年退隱松江時期,大約爲元至正二十年(一三六〇)之後。繫年理由:據本組詩第二首"小蓬臺上橫鐵笛"一句,其時小蓬臺業已建成,而小蓬臺約建於至正二十年,參見鐵崖先生詩集癸集禁酒。

〔二〕志公:指釋保志,或作寶志,俗姓朱。南朝齊、梁時高僧,神幻傳説頗多。生平詳見高僧傳卷十。銅梁秀:源於杜甫詩。杜甫贈蜀僧閭丘師兄:"大師銅梁秀,籍籍名家孫。嗚呼先博士,炳靈精氣奔。"按:銅梁,山名。位於蜀地合州,今屬重慶市。

〔三〕支老：蓋指晉代高僧支遁。遁字道林，其生平詳見高僧傳卷四。

〔四〕壺嶠：指東海三神山之一方丈。方丈又名方壺。

〔五〕西枝：疑爲鐵崖友生別號。參見本卷至正景午大暑燕於朱氏玉井香賦詩十有二韻書似西枝玉海鶴臺三才子共和之。

〔六〕小蓬臺：鐵崖晚年於松江所建樓名。貝瓊小蓬臺志："鐵崖楊先生族出會稽，而老於淞上。即七者寮之東偏茸樓一所，顏曰小蓬臺，示不忘越也……先生晨興，披鶴氅，冠鐵冠，燕坐其上。客至不下臺。好事者就見之，相與高譚大嘑。或出桃核杯酌酒，酒半，取鐵笛作長短弄，旁若無人。觀者以爲謫仙人也。夫道山四時皆春，而小蓬臺之春亦無盡，小蓬臺之春無盡，則先生之樂又豈有盡邪！"

詠饒字韻詩寄化成訓講主〔一〕

海上樓臺蜃氣清，瓦棺閣在記前朝〔二〕。琅玕樹長枝枝秀，菩薩花開面面嬌。自信一漚漂五嶽〔三〕，不知八座續三貂〔四〕。閭丘太守相尋處，寄語豐干舌莫饒〔五〕。

【箋注】

〔一〕詩作於鐵崖晚年退隱松江時期，即元至正二十年（一三六〇）之後。繫年依據：鐵崖退隱松江之後，與化成庵住持釋訓交往頗多，曾爲其詩集撰序，本詩蓋同時之作。化成：指松江化成庵，又稱"化城永壽寺"。訓講主：即釋訓，雲間人。詩僧，爲鐵崖方外弟子。參見東維子文集卷十一漚集序。

〔二〕瓦棺閣：又名昇元閣，在金陵瓦棺寺，乃梁朝所建，高二百四十尺。參見景定建康志卷二十一城闕志二。

〔三〕"自信"句：東維子文集卷十一漚集序："（釋訓）謝曰：'吾之漚，可一而萬，萬而一矣。'"按：釋訓室名漚隱，詩集名爲一漚草。

〔四〕"不知"句：意爲無心追逐世俗所謂貴爵高官。南齊書何戢傳："上欲轉戢領選，問尚書令褚淵，以戢資重，欲加常侍。淵曰：'宋世王球從侍中中書令單作吏部尚書，資與戢相似。領選職方昔小輕，不容頓加常侍。聖旨每以蟬冕不宜過多，臣與王儉既已左珥，若復加戢，則八座便有三貂。若帖以驍、游，亦爲不少。'乃以戢爲吏部尚書，加驍騎將軍。"

〔五〕“閭丘太守”二句：唐代高僧豐干故事。閭丘太守，名胤。豐干，或作封干，唐代高僧，隱居天台山國清寺。宋高僧傳卷十九唐天台山封干師傳：“先是國清寺僧廚中有二苦行，曰寒山子，曰拾得，多於僧廚執爨。爨訖，二人晤語，潛聽者多不體解……時閭丘生出牧丹丘，將議巾車，苦頭疼羌甚，醫工寡效。邂逅干造云：‘某自天台來謁使君。’……閭丘異之，乃請干一言定此行之吉凶。曰：‘到任記謁文殊。’閭丘曰：‘此菩薩何在？’曰：‘國清寺廚執爨洗器者是。’及入山寺……閭丘入干房，唯見虎迹縱橫。又問：‘干在此，有何行業？’曰：‘唯事舂穀，供僧粥食。夜則唱歌諷誦不輟。’如是再三歎嗟，乃入廚，見二人燒柴木有圍爐之狀，閭丘拜之。二人連聲咄吒……曰：‘封干饒舌。’自此二人相攜手出松門，更不復入寺焉。”

詠燕〔一〕

誰家雙燕燕，曉語出雕梁。欲問烏衣國，烏衣幾夕陽。

【箋注】

〔一〕本詩實截取雙燕圖詩之首聯與尾聯而成。雙燕圖詩載鐵崖先生詩集己集，可參看。

詠張子正畫①〔一〕

幾年不見張公子，忽見玄都觀裏春〔二〕。卻憶雲間同作客，杏華吹篴喚真真〔三〕。

老鐵醉筆②。

【校】

① 石渠寶笈初編卷三十八錄有此詩，臺北故宮博物院藏有原圖，據以校勘。石渠寶笈初編本題作元張守中桃花幽鳥一軸，本詩書於畫上，無題。

② 詩末題款“老鐵醉筆”四字原本無，據圖像本、石渠寶笈初編本增補。

【箋注】

〔一〕詩作於鐵崖晚年退隱松江時期,即元至正二十年(一三六○)之後。繫年依據:詩末作者題款自稱“老鐵”,老鐵乃其晚年別號。張中:又名守中,字子正,一作子政,松江人。擅長山水畫。參見東維子文集卷十六野政堂記。又,石渠寶笈初編卷三十八著録曰:“素箋本,墨畫。款云:‘海上張守中爲景初先生畫。’下有‘張子政氏’一印。上方葉見泰題云……又林右題云……又范公亮題云……又顧謹中題云……又楊維禎題云……軸高三尺四寸七分,廣九寸七分。”

〔二〕玄都觀:參見鐵崖先生詩集壬集題王母醉歸圖注。

〔三〕真真:唐杜荀鶴松窗雜記:“唐進士趙顏於畫工處得一軟障,圖一婦人甚麗。顏謂畫工曰:‘世無其人也,如可令生,余願納爲妻。’畫工曰:‘余神畫也。此亦有名,曰真真。呼其名百日,晝夜不歇,即必應之。應則以百家綵灰酒灌之,必活。’顏如其言,遂呼百日,晝夜不止。乃應曰:‘諾!’急以百家綵灰酒灌之,遂呼之活。下步言笑,飲食如常。”

題吳仲圭墨荔〔一〕

腸斷紅塵白馬馱,玉環肺渴近如何〔二〕。一枝畫史親摹得,曾入梨園弟子歌〔三〕。

【箋注】

〔一〕吳仲圭:吳鎮(一二八○——一三五四),字仲圭,號梅花道人、梅道人、梅沙彌、梅花和尚等,嘉興魏塘(今浙江嘉善)人。元季四大畫家之一,善畫山水墨竹,并工詩書,人稱“三絶”。有梅花道人遺墨二卷。生平參見圖繪寶鑒卷五、元詩選二集梅花道人吳鎮。

〔二〕“玉環”句:新唐書玄宗貴妃楊氏傳:“妃嗜荔支,必欲生致之,乃置騎傳送,走數千里,味未變已至京師。”

〔三〕“曾入”句:碧雞漫志卷四荔枝香:“唐史禮樂志云:‘帝幸驪山,楊貴妃生日,命小部張樂長生殿,奏新曲,未有名。會南方進荔枝,因名曰荔枝香。’脞説云:‘太真妃好食荔枝,每歲忠州置急遞上進,五日至都。天寶四年夏,荔枝滋甚,比開籠時,香滿一室,供奉李龜年撰此曲進之,宣賜甚厚。’

楊妃外傳云：'明皇在驪山，命小部音聲於長生殿奏新曲，未有名，會南海進荔枝，因名荔枝香。'三説雖小異，要是明皇時曲。"

華亭箭〔一〕

華亭箭，華亭箭，大如指，直如線，白錫擺頭栗絲幹。開弓射天天亦然，驚落南飛幾行雁。北風蕭蕭江上山，斧斤斫盡青琅玕。陸機宅內鐵槌響〔二〕，行人吼云接丞相〔三〕。徵求到處買鵝翎，磨洗終宵後銀匠。三十萬隻工已了，三十三萬書又到。縣吏敲門夜相報，愁來坐恐青山老。華亭箭，華亭民。箭愈巧，民愈貧。府官不歸燈火起，陸機宅前人斷魂。長風夜客江前立，長吁對天向天泣。古人三箭定天山〔四〕，何須六十三萬隻。

【箋注】

〔一〕詩當作於鐵崖歸隱松江之後，張士誠之松江守臣依附朱元璋政權之前，即元至正二十年（一三六〇）至二十六年之間。其時張士誠屬官迫使轄區内百姓製造兵器，松江百姓疲於應付，鐵崖感同身受，遂賦詩抒此感慨。

〔二〕陸機宅：借指松江百姓家。下同。

〔三〕丞相：當指淮南行省或江浙行省丞相。按：元至正十六年之後，直至元亡，淮南、江浙行省左、右丞相，多聽命於張士誠。

〔四〕"古人三箭"句：指薛仁貴三箭定天山。參見麗則遺音卷三鐵箭。

贈葛指揮平松①〔一〕

丞相帳前大指揮〔二〕，輕裘緩馬②下江圻。不勞士卒③一血刃〔三〕，坐解蠻丁萬鐵④衣。荒落荒村⑤狐鼠遁，好山好水鳳凰飛。君王若問平松事，爲道徵科歲又⑥饑。

【校】

① 鐵崖楊先生詩集卷上亦載此詩，據以校勘。鐵崖楊先生詩集本題作上葛

　　指揮。

② 馬：鐵崖楊先生詩集本作"帶"。

③ 士卒：鐵崖楊先生詩集本作"軍士"。

④ 鐵：鐵崖楊先生詩集本作"甲"。

⑤ 荒落荒村：原本作"荒路荒開"，據鐵崖楊先生詩集本改。

⑥ 道徵科歲又：鐵崖楊先生詩集本作"説民間歲有"。

【箋注】

〔一〕詩當作於吳元年（元至正二十七年，公元一三六七年）四月，葛俊率兵平定
　　松江錢鶴臯聚衆造反之後不久。葛指揮：即葛俊，朱元璋屬將徐達部下，
　　其時任驍騎尉指揮，負責鎮壓錢鶴臯。參見明太祖實録卷二十三"吳元年
　　四月"一節。

〔二〕丞相：指徐達。至正二十四年，徐達始任左相國。元末爲大將軍，統軍征
　　伐張士誠。

〔三〕按："不勞士卒一血刃"，其實并非葛俊本意。葛俊平定錢鶴臯之後，本欲
　　屠城，上海知縣祝挺等勸止。詳見鐵崖文集卷四上海知縣祝大夫碑。

書畫船亭燕顧玉山李仲虞爲小璚花聯句①〔一〕

　　鳳髻新粧小步搖（李）②，畫船低倚鐵龍簫③（楊）。眉間蝶粉無④由
褪（顧），臂上守宮何日⑤消（楊）。玉筍行春⑥歌窈窕（李），金蓮舞雪
影⑦妖嬈（顧）。春風吹醒⑧璚花夢，鶴背何須廿四橋〔二〕（楊）。

【校】

① 劉世珩影元刊十八卷本玉山草堂雅集卷二、霏雪録卷下、清鈔鐵崖楊先生詩
　　集卷下載此詩，據以校勘。原本題作題華船亭，玉山草堂雅集本題作書畫船
　　亭燕玉山李仲虞爲小璚花聯句，據鐵崖楊先生詩集本改。

② 按：小字注爲聯句詩人姓氏，原本無，據玉山草堂雅集本、霏雪録增補。
　　下同。

③ 簫：霏雪録作"簻"。

④ 眉間蝶粉無：霏雪録、鐵崖楊先生詩集本作"眉邊粉蝶何"，玉山草堂雅集本

作"眉邊蝶粉何"。

⑤ 何日：霏雪録、玉山草堂雅集本作"猶未"，鐵崖楊先生詩集本作"紅未"。

⑥ 行春：原本脱，據諸校本補。

⑦ 影：諸校本皆作"步"。

⑧ 醒：原本作"着"，玉山草堂雅集本作"省"，據霏雪録、鐵崖楊先生詩集本改。

【箋注】

〔一〕詩當撰於元至正七、八年間，其時鐵崖寓居姑蘇，於其居所書畫船亭宴請顧瑛、李仲虞，一同爲陪侍妓女璚花賦詩。繫年依據：本詩題所謂書畫船亭，又名月波亭、月波樓，位於蘇州。至正七、八年間，鐵崖游寓姑蘇時曾居此樓。參見鐵崖先生詩集甲集寄衛叔剛之二。顧玉山：即顧瑛。李仲虞：名廷臣，天台人。參見東維子文集卷七李仲虞詩序。小璚花：或作璚英，妓女。參見鐵崖先生古樂府卷三花游曲。按：霏雪録卷下記載此事曰："鐵崖楊君居吳淞。一日，路義道招顧仲瑛與崖同飲，以璚花、珠月二妓糾席……仲瑛有玉山草堂，崖又有書畫船亭，燕顧仲瑛、李仲虞，爲小璚花聯句詩，云……"路義道乃鐵崖友人，當時亦居蘇州。按：上引霏雪録文中所謂"鐵崖楊君居吳淞"，有誤，當時鐵崖實居姑蘇。又，姑蘇之書畫船亭并非鐵崖所"有"，實爲借居。

〔二〕"春風"二句：因璚花自揚州來到姑蘇，故有此説。廿四橋：在揚州。鶴背：參見鐵崖先生詩集丙集題錢選畫長江萬里圖注。

鞦韆對蹴①

二八誰家美少年，綠楊陰裏戲鞦韆。兩雙玉手挽不挽②，四隻金蓮顛倒顛。紅粉面朝紅粉面，玉酥③肩并玉酥肩。游春公子揚鞭指，疑是④飛仙下九天。

【校】

① 本詩又名千秋。清人葛漱白斷言此詩爲俗人冒名之作，其輯鐵崖全集跋語十三則之詩集補遺曰："右詩集補遺二卷，上卷雜采諸本，下卷全出江南席玉照鈔本。先生詩真贋雜糅……如老客婦謡，流傳人口已五百年……但介在

疑似，姑入收羅。若席本俚惡之篇，如千秋、被盜等……雖出之婦豎，猶將浴
以蘭湯者，所亟宜屏棄也。"（載光緒刊鐵崖樂府三種卷末。）然葛氏根據詩歌
語詞內容之雅俗推斷真偽，認爲"出之婦豎"，實不足以採信。清鈔鐵崖楊先
生詩集卷上錄有此詩，題作秋千。

② 兩雙玉手挽不挽：清鈔鐵崖楊先生詩集本作"兩雙玉筍反覆反"。

③ 玉酥：清鈔鐵崖楊先生詩集本作"玉香"。下同。

④ 疑是：清鈔鐵崖楊先生詩集本作"一對"。

至正景午大暑燕於朱氏玉井香水亭名也賦詩十有二韻書似西枝玉海鶴①臺三才子共和之[一]

朱公神仙人，冰雪照肺腑。祖䘏閱羽化，祖書在册府。門掩一畝
宮，虹梁跨風渚。喬木八九株，梧桐夾槐櫸。中有玉井香，銀雲灑（音
"洗"）靈②雨。俗士不必來，佳朋來不拒。鬻茶不無童[二]，謀酒自有
婦[三]。核破玉刃③霜（大桃也），箭鶱金盤露（讀④上聲）。方響⑤歌洞仙，
白⑥題舞魔女[四]。梧溪斥琴操[五]，（主者極能評詩，謂梧溪子擬琴操爲失
體，可楷鐵雅寫珠⑦云。）海岳訂畫譜[六]。（老米爲畫家三變也。）棹歌發復
留，水花涼欲雨⑧。爲知人間世，大火虐如虎。

箕尾叟在草玄閣書[七]，東魯先生考校⑨。

【校】

① 本詩有墨迹本傳世，藏於香港中文大學文物館。王連起撰元張雨楊維禎文
信詩文卷及相關問題考略（文載香港中文大學院刊二〇〇五年第二期，總第
一一八期）附有照片，據以校勘。鶴：墨迹本作"鸛"。

② 此注音小字原本無，據墨迹本增補。靈：墨迹本作"零"。

③ 刃：墨迹本作"桃"。

④ 鶱金盤：墨迹本作"捲金莖"。小字注"讀"原本無，據墨迹本增補。

⑤ 響：原本作"嚮"，據墨迹本改。

⑥ 白：原本作"自"，據墨迹本改。

⑦ 珠：墨迹本作"昧"。

⑧ 雨：原本作"語"，據墨迹本改。

⑨ 跋文“箕尾叟在草玄閣書，東魯先生考校”兩句，原本無，據墨迹本增補。

【箋注】

〔一〕詩撰書於元至正二十六年丙午（一三六六）六月六日，其時鐵崖寓居松江。
至正景午：即至正二十六年丙午。按：此年大暑爲六月六日（丁巳）。西
枝、玉海、鶴臺：蓋爲鐵崖弟子三人之別號。

〔二〕鬻茶：漢王褒僮約有遣僮入市買茶句。

〔三〕“謀酒”句：蘇軾後赤壁賦：“客曰：‘今者薄暮，舉網得魚，巨口細鱗，狀如
松江之鱸。顧安所得酒乎？’歸而謀諸婦，婦曰：‘我有斗酒，藏之久矣，以
待子不時之須。’”

〔四〕“白題”句：杜詩詳注卷七秦州雜詩二十首之三：“胡舞白題斜。”注：“薛夢
符曰：題者，額也，其俗以白塗堊其額，因得名。舞則首偏，故曰‘白題
斜’。白題，如黑齒、雕題之類。朱注：按服虔漢書注：白題，胡名也。”舞
魔女，當指天魔舞。參見鐵雅先生復古詩集卷六習舞注。

〔五〕“梧溪”：指王逢。王逢於至正十九年以後與鐵崖交往，唱和頗多。有梧
溪集傳世。參見東維子文集卷七梧溪詩集序。

〔六〕海岳：北宋書畫家米芾號海岳外史。按：海岳訂畫譜，蓋指當時鐵崖與友
人欣賞鑒定米芾等名家書畫。

〔七〕箕尾叟：鐵崖晚年別號。

瀟湘賦①竹簫賦

　　山九疑兮鳳〔一〕，水三友兮龍〔二〕。蟠蒼龍兮飛下，挾神兮走靈雨。
儼遁迹兮簀中，殷秋聲兮欲語。帝子泣兮龍湫湫，滴紅淚兮紅不
流〔三〕。製伶倫兮鳳吹〔四〕，協天籟颼颼。湘之靈兮何許，躡金鰲兮瞰銀
渚。倩爾龍兮一鳴，音寥寥兮和予。

【校】

① 疑此“賦”爲衍字。

【箋注】

〔一〕九疑：參見鐵崖先生古樂府卷一湘靈操注。

〔二〕三友：指歲寒三友松、竹、梅。

〔三〕“帝子”二句：有關斑竹傳説。參見鐵崖先生古樂府卷一湘靈操注。

〔四〕伶倫兮鳳吹：黄帝令伶倫取嶰谷竹，斷兩節間而吹之，以爲黄鐘之宫。參見鐵崖先生古樂府卷十春俠雜詞之五注。

聽雪軒① 在龍門寺〔一〕

老夫聽雪龍門寺，淅瀝霰鳴飄雪多。龍噴雨花天作瑞，象占雲葉氣生和。月明蟹過銀沙岸，風細魚②沉玉海波。萬籟一空天地老，誰憐聲色墮江河③。

【校】

① 本詩又載清初印溪草堂鈔本東維子集卷七、正德松江府志卷十八寺觀上、嘉慶松江府志卷七十五名迹志，據以校勘。印溪草堂鈔本題作題龍門寺聽雪軒。

② 魚：原本作“雨”，據印溪草堂鈔本、嘉慶松江府志本改。

③ 墮江河：正德松江府志本、嘉慶松江府志本作“老婆娑”。“江河”二字，印溪草堂鈔本脱。

【箋注】

〔一〕本詩當作於鐵崖晚年歸隱松江之後，元亡以前，即元至正二十年（一三六〇）至二十六年之間。繫年理由：據首句“老夫聽雪龍門寺”，本詩當作於鐵崖晚年歸隱松江之後。又據正德松江府志卷十八寺觀上：“龍門寺在集仙門内橋東，宋僧如喜開山於黄土橋，淳祐元年賜額。元至正二十年遷於此。中有聽雪軒，左有龍淵，遇旱不竭。凡鄉貢舉子必於此設祖而賓興之。元季蕩毀。”知龍門寺、聽雪軒毀於元末。

送道士之上海〔一〕

先生鼓枻東南征〔二〕，不復人間有姓名。方丈有時隨海翻（去

聲)①,崆峒無地拄天傾。山前雉鬥神沙走,水口龍飛寶劍并。昨夜青
蛇仙客過,城南去詰老松精〔三〕。

【校】

① 本詩亦載清初印溪草堂鈔本東維子詩集卷七,據以校勘。印溪草堂鈔本於
　“翻”字旁有注“泛”。小字注“去聲”二字,印溪草堂鈔本無。

【箋注】

〔一〕上海: 元史 地理志:“至元二十七年以户口繁多置上海縣”,隸屬於松
　　江府。
〔二〕先生: 指道士。“先生”爲元代道士之專用敬稱。
〔三〕“昨夜”二句: 用吕洞賓故事。參見鐵崖先生詩集辛集老人鑑歌注。

題瑞石山紫陽勝迹①〔一〕

　　金銀樓閣倚雲峰,琪花玉樹開玲瓏。上清仙人佩秋水〔二〕,羅浮道
士冠芙蓉〔三〕。庵前鱗次皆鄰屋,風外笙簧響疏竹。山林城市兩忘情,
暮入青衣洞天宿〔四〕。

【校】

① 乾隆 杭州府志卷十三山川一録薩都剌 游駝峰紫陽洞詩,本詩録於其後,曰
　“楊維禎次韻”,無此詩題。

【箋注】

〔一〕詩乃鐵崖步薩都剌 游駝峰紫陽洞詩韻而作,作於元 至正三年(一三四三)
　　前後,即鐵崖寓居杭州等候補官時期。乾隆 杭州府志卷十三山川一府城
　　内紫陽洞:“瑞石山左爲紫陽洞,一名瑞石洞。在橐駝峰之側。薩天錫游
　　駝峰紫陽洞詩:‘天風吹我登駝峰,大山小山石玲瓏。赤霞日射紫瑪瑙,白
　　雲夜滴青芙蓉。飄飄雲氣穿石屋,石上涼風吹紫竹。掛冠何日賦歸來,煮
　　石籟燈洞中宿。’”又,西湖游覽志卷十二南山城内勝迹:“紫陽庵,宋嘉定
　　間邑人胡傑居此,建集慶堂。元 至元間,道士徐洞陽得之,改爲紫陽庵。

其徒丁野鶴棄俗全真,一日召其妻王守素入山,付偈云:‘懶散六十年,妙用無人識。順逆兩俱忘,虛空鎮長寂。’抱膝而逝。守素遂奉其尸而漆之,端坐如生。亦束髮爲女冠,不下山者二十年。”

〔二〕秋水:指寶劍。韋莊秦婦吟:“匣中秋水拔青蛇,旗上高風吹白虎。”

〔三〕羅浮道士:本指晉人葛洪。葛洪隱居羅浮山,故稱。此處泛指道士。參見元好問輯、郝天挺注唐詩鼓吹箋注卷六呂洞賓詩贈人首句“羅浮道士誰同流”注釋。

〔四〕青衣洞天:西湖志纂卷九吳山勝迹:“重陽庵在金地山之右馨如坊。重陽庵志:始自唐開元間,道士韓道古結茅以居,感青衣童子出現,有泉自洞中出,瀦而爲池,歲旱不竭。元大德間,西川道士冉無爲雲游至浙,觀青衣巖洞,募建三清閣、元帝殿。嗣天師廣微子書‘青衣洞天、吳山福地、十方大重陽庵’十四字,刻於石壁。”

瓊華觀①〔一〕

蕃釐觀裏飛瓊仙,曾侍玉皇香案邊。不知何緣謫下土,春長不老應忘年。遍倚欄干十二曲,夜永無人伴幽獨。泠然墜下一枝花,九朵攢頭白於玉。年年兩度香風開,千人萬人曾看來。不知何日上天去,月朗②露冷空瑤臺。後人恐負無雙號〔二〕,八仙換取如瓊貌〔三〕。游人爛醉殊未知,應被桃花李花笑。

【校】

① 明楊端輯揚州瓊華集卷一載此詩,據以校勘。揚州瓊華集本無詩題,詩前署作者名:“楊維禎,會稽人,號鐵崖。”

② 朗:揚州瓊華集本作“明”。

【箋注】

〔一〕瓊華觀:即揚州蕃釐觀。江南通志卷四十六輿地志寺觀四揚州府:“蕃釐觀在府城大東門外,即古后土祠。漢成帝元延二年建。唐政和間,賜蕃釐觀額。舊有瓊花一株,一名瓊花觀。”參見鐵雅先生復古詩集卷四宮詞之七。

〔二〕無雙：乾隆江南通志卷四十六與地志寺觀四揚州府：“相傳世無此（蕃釐
　　觀瓊花）種，宋歐陽修守郡，建無雙亭。”
〔三〕八仙：指聚八仙花。此花類似瓊花。齊東野語卷十七瓊花：“揚州后土祠
　　瓊花，天下無二本，絕類聚八仙，色微黃而有香。”

新月二首①

其一

羲之八字少一撇〔一〕，張敞畫眉只一邊〔二〕。誰把玉環分兩片，半沉
滄海半懸天〔三〕。

其二

桂魄初生印碧天，姮娥露出曲眉妍。妖蟆掩鏡微開匣，狡兔窺弓
未上弦。三寸光浮銀漢側，一鈎落影玉樓前。天文垂象明消長，有約
輪回十五圓。

【校】

① 原本題爲新月三首，因第一首同於鐵崖先生詩集壬集詠新月，故此不録，并
　　改詩題。

【箋注】

〔一〕羲之：書聖王羲之。
〔二〕張敞畫眉：參見鐵崖先生古樂府卷一眉嫵詞注。
〔三〕“誰把玉環分兩片”二句：閩書卷五鰲龍潭：“潭上有洲，形如半月，名半月
　　洲。宋進士張肩孟居此，其子動六歲，誦唐詩‘誰把玉環分兩片，半將江水
　　半浮空’之句以形容其勝。”

初三月

搯破青天玉一痕，蛾眉巧學遠山顰〔一〕。會須三五團圓夜，引領衆
星朝北辰。

【箋注】

〔一〕遠山：參見鐵崖先生詩集庚集題桃花畫眉注。

初七月

姮娥始見三五夜，不是蛾眉不是鈎。好似白蓮花一片，天風吹下碧雲頭。

梧桐月　作謝

高樹秋風立鳳凰，水晶簾動月蒼蒼。玉光浮葉懸珠露，碧影搖風洗石床。照我就來彈綠綺[一]，付誰重繫按霓裳[二]。千年古鏡階前井，天道星河夜色涼。

【箋注】

〔一〕綠綺：琴名，司馬相如所用。
〔二〕霓裳：即霓裳羽衣曲。

虹

誰染青紅帶一條，連雲和雨束天腰。玉皇欲往朝金闕，故搭長空萬里橋。

水中雲

絮團冷浸碧琉璃，舒卷還如濕未晞。蒼狗倒隨天影落[一]，玉鸞低入鏡光飛。濃遮晚浪涵秋月，淡隔晴漪漾夕暉。莫悟<u>巫山</u>臺下雨，凌波好向夢中歸。

【箋注】

〔一〕蒼狗：<u>杜甫</u><u>可歎</u>：“天上浮雲似白衣，斯須改變如蒼狗。”

聽雪

碧瓦珠跳淅淅鳴，梅邊欹枕向初更。六花作響定應密^{〔一〕}，萬物有聲無此清。洗耳不驚金帳夢，寒心偏感<u>玉關</u>情^{〔二〕}。也知非是篷窗雨，明日<u>剡溪</u>春水生^{〔三〕}。

【箋注】

〔一〕六花：指雪花。
〔二〕玉關：指<u>玉門關</u>。<u>李白</u><u>子夜四時歌</u>四首之三<u>秋歌</u>：“秋風吹不盡，總是<u>玉關</u>情。”
〔三〕“也知”二句：寓<u>王子猷</u>造訪<u>戴逵</u>故事。<u>世説新語</u><u>任誕</u>：“<u>王子猷</u>居<u>山陰</u>，夜大雪，眠覺，開室，命酌酒，四望皎然。因起仿偟，詠<u>左思</u><u>招隱詩</u>，忽憶<u>戴安道</u>。時<u>戴</u>在<u>剡</u>，即便夜乘小船就之。經宿方至，造門不前而返。人問其故，<u>王</u>曰：‘吾本乘興而行，興盡而返，何必見<u>戴</u>？’”

游絲

纖縷游空長百丈，不繯不緒自浮沉。白毫光現仙人影，空色身縈蕩子心。掛眼日迷飛絮亂，牽情風颭落花深。輕盈態度春無迹，勿引春愁上緑陰。

望夫石二首

其一①

江邊怪石古人妻,翹首巍巍望隴西。雲鬢不梳新樣髻,月鈎長掛舊時眉。衣衫歲久生苔蘚,脂粉年深污土泥。雙恨自從君去後,一番風雨一番啼。

其二

妾化蒼珉立翠岑,別君確守到如今。斷機義重懷蘆臼〔一〕,鑄鐵心堅盼藥砧〔二〕。海眼淚根雲隔絕,山頭髮落雪堆深。可憐失節孀居婦,幽骨未寒調別琴。

【校】

① 明人盧象昇忠肅集卷一題望夫石詩前有小引,曰:"咸陽古道有望夫山望夫石,前人題云:'山頭怪石古人妻,翹首巍巍望隴西。雲鬢不梳新樣髻,月鈎猶掛舊時眉。衣衫歲久成苔蘚,脂粉年深墜土泥。妾意自從君去後,一番風雨一番啼。'詩頗有情,未免色相。"按:盧象昇所引,與本組詩第一首相差無幾,然未署作者姓名。詳情俟考。

【箋注】

〔一〕斷機:樂羊子妻事。參見鐵崖先生詩集己集織錦圖二首注。

〔二〕藥砧:婦女稱丈夫的隱語。玉臺新詠古絕句:"藥砧今何在? 山上復有山。何當大刀頭,破鏡飛上天。"

石牛

怪石崔嵬狀似牛,眠雲臥月幾經秋。蒼苔遍體如毛長,細雨淋身若汗流。亂草滿堆難下口,金鞭任打不回頭。一生占斷天涯路,十二時中得自由。

冰鏡

　　風定潭光法碧瀾,曉冰如鏡玉團團。菱花一片塵消影,梅萼孤梢雪蘸寒。孝感開顔跳紫鯉〔一〕,慵粧呵手舞青鸞〔二〕。虛明正與吾心合,凜凜丹衷向此看。

【箋注】

〔一〕跳紫鯉:指晉人王祥孝感故事。參見陳善學序刊楊鐵崖先生文集卷二王孝子祥。

〔二〕舞青鸞:此當用鸞鏡典。太平御覽卷九一六引范太鸞鳥詩序:"罽賓王結罝峻祁之山,獲一鸞鳥,王甚愛之,欲其鳴而不能致……夫人曰:'聞鳥見其類而後鳴,可縣鏡以映之。'王從言,鸞睹影感契,慨焉悲鳴,哀響中霄,一奮而絶。"

冰筯

　　凍結龍芽雪霽時,鴛鴦瓦底擬流澌。朱門冷看瓊簪客,白屋閑參玉版師〔一〕。簾射水晶光眩曜,筯垂銀竹影參差。真妃把玩朝陽日〔二〕,如愛錦襁初脱兒〔三〕。

【箋注】

〔一〕玉版師:指竹筯。參見鐵崖先生詩集己集題清味齋圖三首注。

〔二〕真妃:指貴妃楊太真。開元天寶遺事冰筯記:冬至日大雪,簷溜皆成冰條,楊妃使侍兒敲下兩條看玩,稱爲"冰筯"。

〔三〕錦襁初脱兒:指安禄山。參見陳善學序刊楊鐵崖先生文集卷三點籌郎注。

浮橋

　　飛梁魚貫木蘭船,鐵鎖連環壓萬椽。日射虹腰橫棧道,霜封鰲背踏壺天。中流免使多舟楫,兩岸同歸一市廛。車馬往來無病涉,風波不阻地行仙。

筆塚〔一〕

中書投老夜臺幽〔二〕,一夢俄驚兔穴收。脱穎判花辭内苑,免冠視草葬荒丘。綵毫文墨歸黄壤,竹帛功名悮黑頭。珍重玉堂揮翰手,勒銘先記管城侯〔三〕。

【箋注】

〔一〕筆塚:原稱退筆塚,始於隋智永禪師。唐李綽撰尚書故實:"千字文,梁周興嗣編次。而有王右軍書者,人皆不曉……右軍孫智永禪師自臨八百本,散與人間諸寺,各留一本。永往住吳興永福寺,積年學書,秃筆頭十甕,每甕皆數石。人來覓書,并請題頭者如市,所居户限爲之穿穴,乃用鐵葉裹之,人謂爲'鐵門限'。後取筆頭瘞之,號爲'退筆塚',自製銘志。"

〔二〕中書:毛筆。韓愈毛穎傳:"累拜中書令,與上益狎,上嘗呼爲中書君。"

〔三〕管城侯:指毛筆。韓愈毛穎傳:"秦皇帝使恬賜之湯沐,而封諸管城,號曰管城子。日見親寵任事。"

聽雨樓〔一〕

數椽茅屋枕西郊,壁上題詩掛酒瓢。五柳莊前黄鳥囀〔二〕,百花潭上白魚跳〔三〕。牽蘿補破星難漏〔四〕,代瓦編成雪易消。寄語玉堂金馬客,逢人莫問讀書樵。

【箋注】

〔一〕詩當作於鐵崖晚年歸隱松江時期,約爲元至正二十年(一三六〇),或稍後。繫年依據:其一,詩中提及之百花潭,位於鐵崖晚年松江居所草玄閣前。其二,詩末"寄語玉堂金馬客,逢人莫問讀書樵"兩句,分明寓有拒絶徵召、無意出山之意,與其至正二十年重陽日所賦詩意能夠吻合。參見東

維子文集卷二十九至正庚子重陽後五日再飲謝履齋光漾亭履齋出老姬楚
香者侍酒之餘與紫篔生賦詩。

〔二〕五柳莊：陶淵明隱居地。此借指鐵崖晚年松江居所。

〔三〕百花潭：林世濟敬和草玄内翰先生臺字韻并呈世壽堂賢喬梓過目曰：“鐵
史新移淞上屋，子雲住蜀小亭臺。窗涵九朵山尖出，門對百花潭水開。月
下文簫騎虎去，雲間青鳥送書來。高年自得養生術，政似嬰兒初未孩。”詩
末又附鐵崖評語曰：“末句道家語也。”（載元詩選癸集癸之辛上。）按：草
玄内翰先生，指楊維禎。

〔四〕牽蘿補破：杜甫佳人：“侍婢賣珠回，牽蘿補茅屋。”

混堂〔一〕

萍實浮香護暖烟，滌除塵垢洞中仙。湯池氣浸鴻濛海，雪竇光含
混沌天。邂逅裸形同化國〔二〕，淋漓頮面引溫泉。一時人我皆清潔，不
減浴沂春盎然〔三〕。

【箋注】

〔一〕混堂：吳語，指公共浴室。明郎瑛七修類稿卷十六義理類：“吳浴，甃大石
爲池，窮幕以磚，後爲巨釜，令與池通，轆轤引水，穴壁而貯焉，一人專執
爨。池水相吞，遂成沸湯，名曰‘混堂’，榜其門則曰‘香水’。男子被不潔
者，膚垢膩者，負販屠沽者，瘍者疕者，納一錢於主人，皆得入澡焉。”按：
元季薩都剌、鐵崖、謝宗可、何孟舒皆有描述浴室之詩。薩都剌混堂詩有
句曰“一笑相過裸形國”（載静齋至正直記卷一薩都剌）。謝宗可詠物詩
中浴堂詩曰：“香泉湧出半池温，難洗人間萬古塵。混沌殼中天不曉，淋漓
氣底夜長春。波濤鼓怒喧風雨，雲霧隨陰護鬼神。却笑相逢裸形國，不知
誰是浴沂人。”然謝氏此詩又載詩淵，題作混堂，作者署名爲何孟舒。故頗
疑元季鐵崖與謝宗可、何孟舒有交往，故多同題詠物詩，且致作者混淆。

〔二〕裸形同化國：戰國策趙策二：“昔舜舞有苗，而禹祖入裸國，非以養欲而樂
志也，欲以論德而要功也。”

〔三〕浴沂：論語先進篇：“子曰：‘何傷乎？亦各言其志也。’曰：‘莫春者，春服
既成，冠者五六人，童子六七人，浴乎沂，風乎舞雩，詠而歸。’”

三角亭

夜缺一簷雨,春無四面花[一]。雅宜儒釋道,品坐一甌茶。

【箋注】

〔一〕"夜缺"二句:源自宋俞汝尚題三角亭:"奇哉山中人,來此池上宇。蕙徑斜映帶,林烟盡吞吐。春無四面花,夜欠一簷雨。寄傲足有餘,何須存廣廡。"

天窗

虚室穴空如斗大,容光高照絕纖埃。瓊硫曉補冰壺缺,銀甲晴穿雪竇開。半片白雲梁上覆,一方明月坐中來。怒龍挾雨魚鱗響,疑有遺珠隱蚌胎。

鐘樓

寶樓高起與天齊,四畔青雲盡壓低。百鳥飛來都截住,只留明月過東西。

牡丹

日烘西子眠猶暖[一],雨濕楊妃浴未乾[二]。纖手折來鶯睡起,金刀剪下也心酸。

【箋注】

〔一〕西子:指西施。

〔二〕楊妃：即楊貴妃。

白牡丹

洛陽宮粉曉粧勻，魏紫姚黃未足珍〔一〕。玉帝應班青帝瑞，花王翻見素王身。霓裳謾舞分明月，金屋嬌藏冷淡春。富貴轉頭風掃雪，誰憐玉斗碎香塵。

【箋注】

〔一〕魏紫姚黃：兩種牡丹名品。宋李格非撰洛陽名園記天王院花園子："姚黃魏紫，一枝千錢。"

雙頭芍藥

廣陵別圃無餘春〔一〕，花如桃葉連桃根〔二〕。一枝花開破幽獨，盈盈恐是鴛鴦魂。淚眼相看愁脈脈，一掬露華明曉色。漢朝不照尹邢①心〔三〕，玉頰凝情相向日。江皋解佩悄無語〔四〕，媚思含風千萬縷。後來更恨紅藕絲，亦解同心妬烟雨。畫亭縹緲聞踏歌，主人欲醉顏未酡。忽看笑月顰青蛾，月中嬋娟幽恨多。

【校】

① 尹邢：原本正文作"伊刑"，據原本旁注小字改。

【箋注】

〔一〕廣陵：今江蘇揚州。

〔二〕桃葉、桃根：晉王獻之愛妾。參見鐵崖先生古樂府卷九玉蹄騧注。

〔三〕尹、邢：指同時獲得漢武帝寵倖之尹夫人與邢夫人。參見史記外戚世家。

〔四〕江皋解佩：參見鐵崖先生古樂府卷十小游仙之十七注。

楊妃菊二首〔一〕

其一

芳亭卯酒醉宮粧,欲墜花鈿禁苑荒。白練返魂遺錦襪〔二〕,玉環啼血浣霓裳〔三〕。恨消天寶金銀氣〔四〕,嬌帶華清雨露香〔五〕。晚節能隨顏色正,禍苗安得發漁陽〔六〕。

其二

長生殿裏正芬芳〔七〕,孤負佳期卻傲霜。蓬島歸來甘晚節〔八〕,馬嵬何處覓秋香〔九〕。絕憐花貌參差似,肯着霓裳淺淡粧。一笑西風已遲莫,尚將顏色媚三郎〔十〕。

【箋注】

〔一〕楊妃菊:佩文齋廣群芳譜卷四十八花譜菊花:“大楊妃,一名楊妃菊,一名瓊環菊。粉紅千瓣,散如亂茸,而枝葉細小,嫋嫋有態。”

〔二〕遺錦襪:參見鐵崖先生詩集癸集楊妃襪注。

〔三〕玉環:楊貴妃小名。

〔四〕天寶:唐玄宗年號,公元七四二至七五六年。

〔五〕華清:宮名,即驪山溫泉宮。參見鐵雅先生復古詩集卷五金盆沐髮注。

〔六〕漁陽:今天津薊縣。安祿山於此發兵叛唐。

〔七〕長生殿:資治通鑑卷二百七唐紀二十三則天順聖皇后下:“蓋唐寢殿,皆謂之長生殿……白居易長恨歌所謂‘七月七日長生殿,夜半無人私語時’,華清宮之長生殿也。”

〔八〕蓬島:指仙山蓬萊,相傳位於東海之中。

〔九〕馬嵬:指馬嵬坡,楊貴妃死於此處。參見鐵崖先生古樂府卷二琵琶怨注。

〔十〕三郎:指唐明皇。

西施菊〔一〕

香徑芳姿浥露融,捧心吐錦翠房中。傲霜越女嬌荒白,泛酒吳妃醉眩紅。南國臺基荒夜雨,東家籬落怨秋風。黃金不鑄如花貌,空使濃粧泣故宮。

【箋注】

〔一〕詩作於鐵崖晚年退隱松江時期,即元至正二十年(一三六〇)以後。繫年
　　依據:鐵崖忘年友瞿佑有同名詩,曰:"不惜金錢買冶容,移根應自館娃
　　宫。西風冷落三秋後,故國繁華一笑中。戲蝶留連香徑晚,游人悵望壓廊
　　空。莫教野鹿偷銜去,留映蘇臺夕照紅。"(載佩文齋詠物詩選卷三百五十
　　七菊花類。)瞿佑詩與本詩押同韻,或同時之作,而鐵崖較瞿佑年長數十
　　歲,則本詩當作於鐵崖晚年。

八寶菊〔一〕

　　同苗數品蕊珠圓,約獻蠻奴九日邊。西子宮粧遺玉佩,楊妃御愛
賜金錢。花鈿門壓珊瑚枕,香屑勻分玳瑁筵。珍重一枝開一色,遍簪
列位飲中仙〔二〕。

【箋注】

〔一〕八寶菊:佩文齋廣群芳譜卷四十八花譜菊花:"八寶瑪瑙,一名八寶菊。
　　千瓣粉紅花,花具紅黃衆色。"
〔二〕飲中仙:杜甫有飲中八仙歌。

佛頂菊〔一〕

　　蓮社淵明親手①栽〔二〕,頭顱渾不染②塵埃。東籬試與③摩挲看,西
竺曾經④受記來。妙色盡從毛孔現⑤,清香直透頂門開⑥。年來九月清
霜裏⑦,再向摩耶托舊⑧胎〔三〕。

【校】

① 堯山堂外紀卷七十七元、七修類稿卷三十詩文類、嘉慶松江府志卷六疆域志
　　皆載此詩,據以校勘。親手:堯山堂外紀本、嘉慶松江府志本作"手自"。

按：七修類稿本與堯山堂外紀本全同，故此堯山堂外紀本實指兩本。

② 渾：堯山堂外紀本、嘉慶松江府志本作“終”。染：堯山堂外紀本作“惹”。

③ 試與：堯山堂外紀本、嘉慶松江府志本作“若爲”。

④ 西竺曾經：堯山堂外紀本、嘉慶松江府志本作“西域親曾”。

⑤ 毛孔現：堯山堂外紀本、嘉慶松江府志本作“枝上發”。

⑥ “清香”句：堯山堂外紀本作“慧香直奔腦門開”，嘉慶松江府志本作“慧香直奔腦門來”。

⑦ “年來”句：堯山堂外紀本、嘉慶松江府志本作“明年九月重陽節”。

⑧ 再向摩耶托舊：堯山堂外紀本、嘉慶松江府志本作“再託摩耶聖母”。

【箋注】

〔一〕詩作於元至正二十年庚子（一三六〇）重陽日，鐵崖與顧瑛等聚飲於謝伯理園亭，乘興作此。其時鐵崖歸隱松江不滿一年。繫年依據：七修類稿卷三十詩文類佛頂菊：“元人謝伯理居松之泖湖，富而好禮，搆光祿亭爲宴樂之所。九日，會友於其間。有園丁以佛頂菊花方開，獻之筵間求詩，衆爲賦之。時鐵笛道人楊廉夫在座，走筆云……座客顧仲瑛奉觴稱曰：‘先生之作，誠可謂虎穴得子矣。’”謝氏光祿亭，或作光漾亭。又按東維子文集卷二十九載鐵崖至正庚子年重陽節後五日所賦詩，詩題曰“至正庚子重陽後五日，再飲謝履齋光漾亭。履齋出老姬楚香者，侍酒之餘，與紫賁生賦詩”，詩中有句：“干時懶上平蠻策，度世惟求辟穀方。”與本詩合而觀之，本詩所詠，當爲是年重陽日初會事。佛頂菊：劉蒙菊譜佛頂菊：“佛頂菊亦名佛頭菊，中黃心極大，四傍白花一層繞之。初秋先開白色。”

〔二〕蓮社：即廬山惠遠法師所結白蓮社，陶淵明曾參與其中。參見鐵崖先生詩集丙集題陶淵明漉酒圖。

〔三〕摩耶夫人：相傳爲釋迦牟尼生母。

桂花二首

其一

憶昔仙游到廣寒，金花翠葉粟班班。明月滿天清似水，一枝秋影落人間。

其二

月窟姮娥不惜栽[一]，和香分付下天來。欲知仙豔無窮處，不隔人間朔望開。

【箋注】

〔一〕姮娥："姮"或作"恒"。漢高誘注淮南鴻烈解卷六覽冥訓："恒娥，羿妻。羿請不死之藥於西王母，未及服之，恒娥盜食之，得仙，奔入月中，爲月精。"

泮宮桂

天風吹落三秋子，種向黌宮對廣寒。葉靄春烟均染翠，花深涼露正含丹。幽香芬馥沾芹泮，細影婆娑護杏壇。從此無心步雲路，盡教詩客醉中看。

紅梅二首

其一

浪説海棠如太真[一]，緋桃紅杏減精神。何如姑射貪春酒[二]，醉逞酡顏笑北人。

其二

珊瑚鏤瓣蕊珠香，魁占風流眩衆芳。種玉春饒生錦樹，守宮夜搗賜花房。丹成絳雪姑仙服，白受胭脂越女粧[三]。月冷西湖清夢斷，醉朝迎酒到昏黃。

【箋注】

〔一〕太真：即楊貴妃。據舊唐書玄宗楊貴妃傳，楊貴妃曾"衣道士服，號曰太真"。

〔二〕姑射：即第二首詩所謂姑仙。參見鐵崖先生詩集庚集玉茶注。

〔三〕越女：指西施。

蟠梅[一]

　　鐵石芳條揉作魁，苔梅受縛曲相隨。月篩轉見橫斜影，雪壓不分南北枝[二]。五出花開憐屈節，九迴腸斷抱真姿。玉鱗交錯龍蛇舞，試看春雷奮蟄時。

【箋注】

〔一〕詩作於元至正五年（一三四五）前後，其時鐵崖游寓杭州、湖州，授學爲生。繫年依據：本詩前四句與元人韋珪詩近似，蓋效仿韋詩而作。元至正五年（一三四五）十一月十四日，鐵崖爲韋珪梅花百詠撰序，或當時採其佳句入詩。參見鐵崖撰梅花百詠序（載佚文編）。

〔二〕“鐵石”四句：變化元人韋珪詩而成。韋珪蟠梅曰：“鐵石芳條誰矯揉，從教曲折抱天姿。龍蛇影碎玲瓏月，交錯難分南北枝。”（載其梅花百詠。）

梅龍

　　一桁依依仙澗濱，臥蟠鐵幹老龍身。根盤石竇雲擎爪，花落春泥玉妥鱗。珠捧日華圓蕊小，翠含雨色古苔皴。地雷起蟄陽初復，枝北枝南總是春。

楊梅

　　煉成①鶴頂丹猶濕，剜出龍睛血未乾。若使太真知此味②，荔枝安得到③長安。

【校】

① 本詩又載清初印溪草堂鈔本東維子集卷九，據以校勘。煉成：印溪草堂鈔本

作"摘來"。

② 太真知此味：印溪草堂鈔本作"玉環當日見"。

③ 荔枝安得到：印溪草堂鈔本作"荔支應不到"。

雁來紅二首〔一〕

其一

千葉層層映晚霞，牡丹容貌豈如他。空教蝴蝶飛千遍，此物元來不是花。

其二

漢使修書寄便風，上林一箭落征鴻〔二〕。至今血染庭前草，一度秋來一度紅。

【箋注】

〔一〕雁來紅：小山畫譜卷上老少年："有紅、黃及間色三種。紅者名雁來紅，紅黃相間者名十樣錦。紅者初時紫色，至秋則紅葉心内變出黃者。"

〔二〕"漢使"二句：所述爲蘇武故事。參見鐵崖先生古樂府卷九牧羝曲注。

玉筍班〔一〕

環立瓊林燦錦袍，祖鞭分瑞長根苗。琅玕珮擁起平地，玳瑁簪齊列滿朝。雨露恩沾萌勁節，風雷會集拔清標。脱棚釋籜龍墀上，頭角峥嵘奮九霄。

【箋注】

〔一〕玉筍班：宋姚寬西溪叢語卷下："唐書載：'李宗閔知貢舉，門生多清秀俊茂，唐仲、薛舉、袁都輩，時謂之玉筍。'玉筍班，恐因此而得名。"又，明周祈撰名義考卷五玉筍班龍虎榜："李宗敏知貢舉，門生多清秀俊茂……時謂之'玉筍'。陸贄主試，得韓愈、歐陽詹、賈稜、陳羽等，皆天下孤儁偉傑之士，號'龍虎榜'。今人謂朝班爲玉筍，揭曉懸龍虎畫於榜前者，可笑也。"

貓頭筍

　　竹底狸奴劍爪牙[一]，脫棚新得錦裯遮。烏圓形相琅玕質[二]，班點皮毛玳瑁花。穿壁宛如窺穴鼠，過墙分似到鄰家。食時莫作無魚嘆[三]，尸素應慚咀玉芽[四]。

【箋注】

〔一〕狸奴：猫的別名。

〔二〕烏圓：猫的別稱。唐 段成式 酉陽雜俎續集 支動：“貓一名蒙貴，一名烏員。”

〔三〕無魚嘆：戰國時孟嘗君門客馮驩有才而不受重視，曾長歎“長鋏歸來乎，食無魚”。詳見史記孟嘗君列傳。

〔四〕尸素：“尸位素餐”之略。

卷三十七　明佚名鈔本楊維禎詩集卷之下

石將軍

甲胄英雄肖武臣，鎮安閫外立堅珉。折衝道路三丫口，埋没泥途百戰身。鐵馬風高空紫塞〔一〕，銅駝日落暗紅塵〔二〕。廢興家國功難泯，冷眼旁觀世上人。

【箋注】

〔一〕紫塞：或指長城，謂"塞"者，壅塞夷狄也。秦築長城，土皆紫色，故稱。參見風俗通。或指雁門關，謂其地多寒，草皆紫色，故稱紫塞。參見元劉履風雅翼卷二。

〔二〕銅駝：參見鐵崖先生古樂府卷七堠子辭注。

人影

隨人前後在人傍，欲待除他無計方。高舉劍鋒終不斷，滿彎弓射兩無傷。正當卓午亭亭短，纔到斜陽漸漸長。好似賢臣扶社稷，明時出顯暗時藏。

兜塵觀音

纓絡粘身不自由，改容易服更何求。雖然度得衆生盡，煩惱依然再起頭。

美人

蟬鬢輕紗映肉紅,鬢雲斜嚲立東風。金珂微露星雙隕,羅襪低移月半弓。蒼葍六花親自折[一],靈犀一點許誰通。夜來玉腕春初透,應怯微紅褪守宮[二]。

【箋注】

〔一〕蒼葍:或謂即郁金花,或謂梔子花,或謂“應是木蘭科的黃蘭”。參見歐貽宏蒼葍考(載園藝學報一九八八年第四期)。

〔二〕褪守宮:表示處女標志消失。參見鐵崖先生古樂府卷十西湖竹枝歌之九注。

籠袖宮人

雙袖籠寒立晚風,翠華已過鳳池東[一]。玉纖暗脱黃金釧,留得君王看守宮。

【箋注】

〔一〕鳳池:即鳳凰池,指禁苑中池沼。

馬上宮娃

巧蛾雙學内家粧[一],兩兩攜鞭出禁墻。汗濕臉脂花帶露,酒烘肌雪玉生香。雙鵶插鐙金蓮小,十指籠寒玉笋長。若使侍兒扶上馬,低頭猶顧錦香囊。

【箋注】

〔一〕内家粧:宮内女子妝飾。

雙陸二首[一]

其一

四角營盤擺兩軍,隨機擒縱捷如神。對門河界初三月,敵壘星分十二辰。象齒色飛明電點,馬蹄聲歇起邊塵。獨行路險防游擊,莫待無梁早問津。

其二

兩營相對一方天,盡道城門是緊關。馬去馬來星月裏,兵分兵合笑談間。運籌未滿梁先滿,着意消閑手未閑。六國戰爭能學此[二],雞鳴函谷度應難[三]。

【箋注】

〔一〕雙陸:又名"十二棋"、"六博"等,一種具有賭博性質、類似下棋的游戲。參見明周祈名義考卷八博奕。

〔二〕六國戰爭:指戰國時代。

〔三〕"雞鳴"句:史記孟嘗君列傳:"夜半至函谷關。秦昭王後悔出孟嘗君,求之已去,即使人馳傳逐之。孟嘗君至關,關法雞鳴而出客。孟嘗君恐追至,客之居下坐者有能爲雞鳴,而雞齊鳴,遂發傳出。"

水秋遷

玉壺清境架高懸,拂拂猩裙濕翠烟。勢壓星河移織女,影翻雪浪挾飛仙。結繩崄戲視平地,照鏡分明舞半天。好似湘妃雙蹴罷,湖邊就上踏青船。

竹馬[一]

玉勒絲韁調御馴,幾迴驅策迥通神。春風踏遍初無迹,汗粉生香忽滿身。振鬣欲嘶芳草徑,臨流不渡緑楊津。我今物色驪黄外[二],凡骨由來殿後塵。

【箋注】

〔一〕竹馬:兒童游戲當馬騎的竹竿。

〔二〕物色驪黄外:相傳九方皋相馬不重表象,取之於驪黄牝牡之外。伯樂稱九方皋所觀爲天機,“得其精而忘其粗,在其内而忘其外。見其所見,不見其所不見。視其所視,而遺其所不視”。詳見列子説符。

面具

搦塑形容土一坯,塗青抹粉逞風流。顔如增甲翻成醜,目不識丁聊掩羞。場上俳優活神鬼,棚中傀儡賽公侯。人生有相皆虚幻,不悮皮囊裏髑髏。

佳人手[一]

笑撚花枝力不禁,戲將楊柳弄春陰。管弦譜内調聲緩,星月樓前斂拜深。畫扇低回紅綵袖,碧窗閑整翠鈿心。幾番欲繡迴文字[二],惹起相思卻住針。

【箋注】

〔一〕按:洪邁夷堅志支乙卷五紫姑詠手:“吉州人家邀紫姑正作詩,適有美女子在其傍,因請詠手。即書曰:‘笑折夭桃力不禁,時攀楊柳弄春陰。管弦曲裏傳聲慢,星月樓前斂拜深。繡幕偷回雙舞袖,緑衣閑整小眉心。秋來幾度挑羅襪,爲憶相思放却針。’信筆而成,殊不思索,頗有雅致也。”按:本詩與上引詩近似,或爲誤入,或爲鐵崖模仿前人而作,詳情俟考。

〔二〕迴文字:即回文詩。參見鐵崖先生古樂府卷九回文字。

腰疼[一]

　　紙帳纔通一隙寒，沉疴忽起帶圍間。無錢纏得何由重，爲米折來元自閑。揖客不堪非傲物，擡身欲轉任移山。誰言此症乘虛入，老子平生欠小蠻[二]。

【箋注】

〔一〕詩當作於鐵崖晚年歸隱松江時期，即元至正十九年（一三五九）冬季以後。
　　　繫年理由：據詩中“紙帳纔通一隙寒”、“無錢纏得何由重，爲米折來元自閑”、“老子平生欠小蠻”等句推知。

〔二〕小蠻：白居易妾，以腰肢纖細柔軟著稱。參見鐵崖先生詩集辛集櫻珠詞注。

水晶筆架[一]

　　管城高架瑩光寒[二]，素壓銅龍格暫閑。內翰恩頒歸雪嶺，中書勢使倚冰山。草玄放手峰巒側，對白埋頭几硯間。一掃千軍無點涴，班超投老玉門關[三]。

【箋注】

〔一〕本詩當作於鐵崖晚年歸隱松江時期，即元至正二十年（一三六〇）之後。
　　　繫年理由：據詩中“班超投老玉門關”一句推知，其時爲鐵崖晚年辭官以後。又，“水晶筆架”蓋爲當時詩人競技詩題之一，張羽、瞿佑詠物詩中皆有同名詩作。

〔二〕管城：指筆。參見上卷筆冢注。

〔三〕“班超”句：後漢書班超傳：“超自以久在絕域，年老思土。十二年，上疏曰：‘……今臣幸得奉節帶金銀護西域，如自以壽終屯部，誠無所恨，然恐後世或名臣爲没西域。臣不敢望到酒泉郡，但願生入玉門關。’”按：班超早年貧困，代官府抄書爲生，曾投筆自歎，欲立功異域，以取封侯。

玉帶硯〔一〕

龍尾鐫瓊一線繞〔二〕,中央環抱水光搖。藍田鴝鵒間生眼〔三〕,紫石虹霓橫束腰〔四〕。寶愛守玄星尚在,珍藏露白雪遲消。翰林自是清華地,草詔應頒入早朝。

【箋注】

〔一〕詩當撰於元至正十七年(一三五七)前後,其時鐵崖任建德路總管府理官。繫年依據:玉帶硯原是文天祥家藏硯,鐵崖任建德路總管府理官時獲得并收藏,奉爲其七客寮上客之一,取名玉帶生。參見鐵崖撰玉帶生傳(載佚文編)。

〔二〕龍尾:硯名,産婺源龍尾山。蘇軾有龍尾硯歌。蘇易簡文房四譜卷三:"今歙州之山有石,俗謂之龍尾石。匠製爲硯,其色黑,亞於端。"

〔三〕藍田:此指玉。藍田山盛産美玉。參見鐵崖先生詩集甲集題夏伯和自怡悅手卷注。鴝鵒:歐陽修硯譜:"端石出端溪……有鴝鵒眼爲貴。"

〔四〕紫石虹霓:鐵崖撰玉帶生傳形容爲"紫之衣兮綿綿,玉之帶兮卷卷"。

琵琶硯

手推手卻鐫龍尾〔一〕,兩器同形款識高。妃子捧來疑奏曲,昭君抱出欲揮毫〔二〕。四弦托響摩玄石,寸墨凝香撥紫槽。試寫江州司馬恨〔三〕,對箋彈淚濕征袍。

【箋注】

〔一〕"手推手卻"句:意爲將龍尾硯石雕琢成琵琶形狀。歐陽修明妃曲和王介甫作:"馬上自作思歸曲,推手爲琵却手琶。"(載文忠集卷八。)

〔二〕"妃子"二句:相傳王昭君擅長琵琶演奏。

〔三〕"試寫"句:指效仿白居易賦琵琶行以寫恨。

銅雀硯[一]

魏苑荒臺碧草齊，玉堂磨洗建安題[二]。危臺蔽日三分國，廢瓦研霜七寶泥。夢散鴛鴦辭鄴水，眼迷鶬鶄愧端溪[三]。二喬不作楊環奉[四]，寫恨東風蜀鳥啼。

【箋注】

〔一〕銅雀：臺名，曹操修建，即詩中所謂"魏苑荒臺"。宋朱長文撰墨池編卷六硯："魏銅雀臺遺趾，人多發其古瓦，琢之爲硯，甚工，而貯水數日不燥。"
〔二〕建安：東漢末年獻帝年號，公元一九六至二二〇年。
〔三〕端溪：端硯産地。參見鐵崖撰玉帶生傳（載本書佚文編）。
〔四〕二喬：大喬和小喬，參見陳善學序刊楊鐵崖先生文集卷二喬家婿注。楊環：即唐貴妃楊玉環。

玉蟾蜍[一]

瓊蟆涵露瀉涓涓，清沁園蔬小竅圓。三足爬沙窺墨沼，一身貯水出藍田。秋探月窟無瑕寶，曉滴冰壺有眼泉。潤色兔毫宮硯側，恩沾御札賜群仙。

【箋注】

〔一〕玉蟾蜍：蟾蜍形狀的玉雕筆洗。

梅花鏡

清影橫斜寶鏡光，臺前覽月嗅無香。廣寒宮女分春色[一]，姑射仙人試曉粧[二]。幾點明窺冰未泮，一枝冷浸水中央。翠禽夢斷青鸞舞，應是師雄兩鬢霜[三]。

【箋注】

〔一〕廣寒宮：相傳在月亮上，嫦娥所居。
〔二〕姑射仙人：相傳爲姑射山上的仙子。詳見莊子逍遥游。
〔三〕師雄：趙師雄，曾於羅浮夢見梅花仙女。參見鐵崖先生古樂府卷三羅浮美
　　　人注。

線香

絲絲腦麝漸飛灰〔一〕，蟠掛蜿蜒吐火微。曉引御爐思補袞，夜焚金
縷試熏衣。輕烟裊翠穿珠箔，長日添紅暖繡闈。露月停針多乞巧〔二〕，
玉人無緒裛薔薇。

【箋注】

〔一〕腦麝：龍腦與麝香。
〔二〕乞巧：荆楚歲時記：“七月七日爲牽牛織女聚會之夜。是夕，人家婦女結
　　　綵縷，穿七孔針，或以金銀鍮石爲針，陳几筵酒脯瓜菓於庭中以乞巧，有喜
　　　子網於瓜上，則以爲符應。”

畫舫〔一〕

彩舟柳外敞交疏，晴雨天開錦繡圖。載酒長春如北海，看花無日
不西湖。乘風攜妓歌金縷〔二〕，櫂月游仙醉酒壺。若比米家船更好〔三〕，
水光山色醉模糊。

【箋注】

〔一〕據“載酒長春如北海，看花無日不西湖”二句，當時鐵崖經常乘畫舫游玩於
　　　西湖，蓋爲補官未果，浪迹杭州時期，即元至正二年（一三四二）至四年
　　　之間。
〔二〕金縷：蓋指金縷衣。全唐詩卷二十八載佚名金縷衣：“勸君莫惜金縷衣，

勸君惜取少年時。花開堪折直須折,莫待無花空折枝。"

〔三〕米家船:指米芾書畫船。參見東維子文集卷十八書畫舫記注。

菊杯舟

縛棹籬邊帶雨移,金錢壓艣似還非。五湖范蠡攜花去〔一〕,三徑陶潛載酒歸〔二〕。落日滿簪烏帽墜〔三〕,西風一片錦帆飛。採蓮艇子如相約,同泛秋江送白衣〔四〕。

【箋注】

〔一〕"五湖"句:相傳范蠡攜西施隱逸於太湖。

〔二〕三徑陶潛:參見鐵崖先生古樂府卷八覽古之二十六注。

〔三〕烏帽墜:指桓溫參軍孟嘉"落帽"之雅談。參見鐵崖賦稿卷上柱後惠文冠賦注。

〔四〕送白衣:用陶淵明白衣人送酒典。參見鐵崖先生古樂府卷八覽古之二十六注。

紗幮〔一〕

十幅生綃榻上懸,薰風透眼夢游仙。美人枕月隔秋水,醉客臥雲籠碧烟。四面明垂青瑣地,一身涼浸玉壺天。清虛也勝銷金帳〔二〕,白鳥無侵徹曉眠〔三〕。

【箋注】

〔一〕紗幮:即蚊帳。

〔二〕銷金帳:嵌金色綫的精美牀帳。宋汪元量湖州歌:"銷金帳下忽天明,夢裏無情亦有情。"

〔三〕白鳥:指蚊子。大戴禮記夏小正:"〔八月〕丹鳥羞白鳥……白鳥也者,謂蚊蚋也。"

菊枕

囊括西風貯落英,枕來蕙帳眼偏明。床頭莫嘆黃金盡,鏡裏何愁白髮生。晚節獨眠情味薄[一],秋香三嗅夢魂清。曲肱飲水同真樂[二],不負柴桑醉臥名[三]。

【箋注】

〔一〕晚節:化用韓琦九日水閣:"雖慚老圃秋容淡,且看寒花晚節香。"

〔二〕論語注疏卷七述而:"子曰:'飯疏食飲水,曲肱而枕之,樂亦在其中矣!'"

〔三〕柴桑:陶淵明故居所在爲柴桑里,此借指陶淵明。參見鐵崖先生古樂府卷二三青鳥注。

琉璃簾[一]

綵雲鍊出織吳絨,眼底通明院落中。銀蒜影搖星燦爛[二],玉鈎光射月玲瓏。一機花錦籠春晝,萬縷冰絲掛曉風。錯認妓衣愁易脆,神仙只隔水晶宮。

【箋注】

〔一〕琉璃簾:元馬祖常琉璃簾:"吳儂巧製玉玲瓏,翡翠蝦鬚迥不同。萬縷橫陳銀色界,一塵不入水晶宮。"

〔二〕銀蒜:指簾子引繩末端所懸銀質墜子,形如蒜頭,故稱。蘇軾哨遍詞有"銀蒜押簾"句。

鸚鵡杯[一]

緘默無言翅尾斜,隴禽罰爵眩生花[二]。進來綺席飛行酒,卻勝金籠喚點茶[三]。歌妓樽前揚白雪,舞仙螺內吸流霞。禰衡賦畢無狂醉〔四〕,不葬芳洲覆淺沙〔五〕。

【箋注】

〔一〕鸚鵡杯:宋羅願爾雅翼卷三十一釋魚贏:"有鸚鵡螺,形如鳥嘴,云見之者
不利。以爲杯,則謂之鸚鵡杯。"

〔二〕"緘默"二句:寓肇師罰酒故事。唐段成式酉陽雜俎前集卷十二語資:"梁
宴魏使,魏肇師舉酒勸……俄而酒至鸚鵡杯,徐君房飲不盡,屬肇師,肇師
曰:'海蠡蜿蜒,尾翅皆張。非獨爲玩好,亦所以爲罰,卿今日真不得
辭責。'"

〔三〕金籠喚點茶:寓霍小玉故事。唐蔣防撰霍小玉傳:"庭間有四櫻桃樹,西
北懸一鸚鵡籠。見生入來,鳥語曰:'李郎入來,急下簾者!'"又,元劉將
孫撰養吾齋集卷四禽笑八首之一:"鸚鵡南飛異風土,巧尋人意知賓主。
喚茶慣道小玉名,吟詩時學長城句。"

〔四〕禰衡賦:後漢書禰衡傳。"(江夏太守黃祖長子)射時大會賓客,人有獻鸚
鵡者,射舉巵於衡曰:'願先生賦之,以娛嘉賓。'衡攬筆而作,文無加點,辭
采甚麗。"

〔五〕"不葬"句:當指楊貴妃等埋葬"雪衣女"。明皇雜録佚文:"開元中,嶺南
獻白鸚鵡,養之宮中,歲久,頗聰慧,洞曉言詞。上及貴妃皆呼爲雪衣
女……上與貴妃出於別殿,貴妃置雪衣女於步輦竿上,與之同去。既至,
上命從官校獵於殿下,鸚鵡方戲於殿上,忽有鷹搏之而斃。上與貴妃歎息
久之,遂命瘞於苑中,爲立冢,呼爲鸚鵡冢。"

鞋杯〔一〕

金蓮嬌捧燕壺天,步步春風勝玉船〔二〕。脱離踏花移席上,兜籠行
酒換樽前。一巵滿泛從頭勸,三寸橫招到底圓。扶醉紅塵扶足下,笑
隨珠履進賓筵〔三〕。

【箋注】

〔一〕鞋杯:又稱金蓮杯。元陶宗儀南村輟耕録卷二十三金蓮杯:"楊鐵崖耽好
聲色,每於筵間見歌兒舞女有纏足纖小者,則脱其鞋,載盞以行酒,謂之金

蓮杯。"

〔二〕玉船：酒器名。陸游即席："要知吾輩不凡處，一吸已乾雙玉船。"

〔三〕珠履：借指上客。史記春申君列傳："趙使欲夸楚，爲瑇瑁簪，刀劍室以珠玉飾之，請命春申君客。春申君客三千餘人，其上客皆躡珠履以見趙使，趙使大慚。"

三眼茶竈

鼎足爐分瀹茗鐺，形攢兔窟透空明。灰飛火甕心星列，湯沸瓶笙品字鳴〔一〕。烏玉燎烟同一色，龍芽煮雪透雙清〔二〕。箇中風味曾參別，松竹梅邊語舊盟。

【箋注】

〔一〕瓶笙：以瓶煎茶，水微沸時所發聲如笙。蘇軾瓶笙詩引："劉幾仲餞飲東坡，中觴聞笙簫聲……出於雙瓶，水火相得，自然吟嘯，蓋食頃乃已。"

〔二〕龍芽：曾爲御用茶。宋楊萬里詩謝木韞之舍人分送講筵賜茶："何曾夢到龍游窠，何曾夢喫龍芽茶。故人分送玉川子，春風來自玉皇家。"

茶筅〔一〕

茗碗探湯驟刷鳴，一團絲竹態輕盈。龍鬚影落雲濤起，鳳翅香浮雪乳生。裔出青奴毛髮豎〔二〕，聲颭黃妳夢魂清〔三〕。一毫不剗能全節，未可雷同小器名。

【箋注】

〔一〕茶筅：烹茶時調茶所用工具。"筅"又作"笐"。宋徽宗大觀茶論笐："茶笐以觔竹老者爲之。"

〔二〕青奴：又名竹夫人，用竹青篾編成夏日取凉的寢具。黃庭堅趙子充示竹夫人詩蓋凉寢竹器憩臂休膝似非夫人之職予爲名曰青奴并以小詩取之二首之二："我無紅袖堪娛夜，政要青奴一味凉。"

〔三〕黄妳：書卷。南朝梁元帝金樓子雜記上：“梁朝有名士呼書卷爲黄妳，此蓋見其美神養性如妳媪也。”

桃花扇

武陵移出絳紈輕〔一〕，綽約仙姿掌上擎。兩面春風紅雨透〔二〕，一輪秋月彩霞明。櫻唇笑住歌聲歇，杏臉羞遮酒暈生。莫訝涼飈怒摇落，劉郎班女兩多情〔三〕。

【箋注】

〔一〕武陵：水溪名，即桃花源。
〔二〕紅雨：李賀將進酒：“况是青春日將暮，桃花亂落如紅雨。”
〔三〕“莫訝”二句：借桃花扇引申至才子才女，用以抒寫失意之情。劉郎：指劉禹錫。劉氏元和十一年自朗州承召至京戲贈看花諸君子詩曰：“玄都觀裏桃千樹，盡是劉郎去後栽。”班女：指西漢才女班倢伃。班倢伃於漢成帝時選入後宫，後失寵，賦怨歌行（又稱團扇歌），中曰：“新裂齊紈素，皎絜如霜雪。裁爲合歡扇，團團似明月。……常恐秋節至，涼風奪炎熱。棄捐篋笥中，恩情中道絶。”

竹奴〔一〕

渭川封郡出青林〔二〕，正寢虚心樂不淫。徹骨清涼憐有節，裸形消瘦見無心。紗廚獨抱冰肌滑，玉暈均沾雨露深。妬寵莫嫌多眼孔，冷宫甘得守光陰。

【箋注】

〔一〕竹奴：又名竹夫人，又名青奴，夏日用於消暑之竹器。方夔雜興詩之三：“涼與竹奴分半榻，夜將書嬾伴孤燈。”
〔二〕渭川：盛産竹而聞名。史記貨殖列傳：“渭川千畝竹……此其人皆與千户侯等。”青林：南朝梁陶弘景答謝中書書：“青林翠竹，四時俱備。”

湯婆二首^[一]

其一

湯奴垂白勝空房，帳掩梅花侍足傍。緘口難傾真肺腑，向人自有熱心腸。溫柔鄉裏春應老^[二]，安樂窩中夜未央^[三]。夢覺一團和氣減，五更如水亦炎涼。

其二

淨洗鉛華淡淡粧，向人渾似熱心腸。徐娘老去偏情重^[四]，范叔寒來共夜長^[五]。羅襪生塵春入夢，玉肌偎煖曉儲香。青奴年少休相妬^[六]，還汝紗廚薦夜涼。

【箋注】

〔一〕湯婆：錫製器皿，冬日貯熱水，用以取暖。又稱“錫夫人”。按：元人詠物詩文常以湯婆爲題，元人林景熙、陳基皆撰有湯婆傳。元佚名撰東南紀聞卷三：“錫夫人者，俚謂之湯婆。鎔錫爲器，貯湯其間，霜天雪夜，置之衾席，用以暖足，因目爲‘湯婆’。竹谷羅學溫文之曰‘錫夫人’，且贊之曰：禮云‘八十非人不暖’，則人固可以安老也。然黃太史之詩不云乎：‘小姬暖足臥，或能起心兵。’則人或適以病老也。夫人有安老之功，而無病老之患，其賢於人遠矣。孔子曰‘關雎樂而不淫’，錫夫人有焉。”

〔二〕溫柔鄉：漢伶玄趙飛燕外傳：“是夜進合德，帝大悦，以輔屬體無所不靡，謂爲溫柔鄉。語嬺曰：‘吾長老是鄉矣。’”

〔三〕安樂窩：宋邵雍所居名。

〔四〕徐娘：指南朝梁元帝徐妃。徐妃私通元帝臣子季江，季江曾有“徐娘雖老，猶尚多情”之説。詳見南史元帝徐妃傳。

〔五〕范叔：指戰國魏人范雎。范雎字叔，曾追隨魏中大夫須賈。因避罪而遠赴秦國，秦昭王用以爲相。後須賈出使秦國，范叔隱瞞身份，登門拜見。須賈見其落魄，大驚曰：“范叔一寒如此哉？”乃取隨身一綈袍賜之。詳見史記范雎傳。

〔六〕青奴：參見本卷茶筅注。

梅杖

　　玉堂茅舍隨行止，爪甲痕深碧蘚枯。閒引白雲歸庾嶺[一]，醉挑明月過西湖。一枝鶴膝投遺老[二]，六尺龍身早托孤。攜取春風長在手，也勝踏雪倩人扶。

【箋注】

〔一〕庾嶺：即大庾嶺，爲嶺南、嶺北交通要道，位於今江西、廣東兩省交界處。因道旁多植梅樹，又稱梅嶺。

〔二〕鶴膝：竹杖。劉克莊鵲橋仙足痛："不消長塵短轅車，但乞取一枝鶴膝。"

班竹杖二首

其一

　　斲得筼筜帶淚痕，吟看挑月燦玄文。此君豹變攜湘水[一]，有客龍鍾倚楚雲。九節琅玗科斗迹，一枝蒼玉鷗鵒紋。老萊戲彩扶持日[二]，不説青藜照夜分[三]。

其二

　　春泥滑道如龜背，一枝誰剪楓林翠。入手滑澤如玭珸，扶顛持危賴君輩。湘妃愁來淚盈掬，亂灑玄花上淇澳漪緑①。愛此蕭然若蒼玉，醉裏摩挲悦心目。杖兮杖兮肯與老鬢同班班，歲晚山中住幽獨。

【校】

① 此句似有衍字。

【箋注】

〔一〕此君：指竹。參見鐵崖先生詩集庚集脩竹美人圖注。

〔二〕老萊戲彩：典出孟子萬章，參見鐵崖先生詩集甲集題胡師善具慶堂注。

〔三〕青藜照夜分：西漢劉向故事。參見麗則遺音卷四杖賦。

熨斗

方柄玄魁鏡面紅，寒窗擎出炭初融。光搖流火星杓上，氣轉洪鈞掌握中。針線參差能滅迹，衣裳平貼藉收功。勢堪炙手三冬熱，莫怨炎天棄冷宫。

秧馬[一]

江上耕牛動一犁，苗車如馬出郊西。禾頭雨足生雙耳[二]，草甲泥深没四蹄。田畯點時應見喜，農夫牽處不聞嘶。罔知稼穡千金子，春驟花驄日醉迷。

【箋注】

〔一〕秧馬：種植水稻時用於插秧或拔秧，狀似馬，故稱。

〔二〕“禾頭”句：杜甫秋雨歎：“禾頭生耳黍穗黑，農夫田婦無消息。”按禾生耳爲雨多成病，鐵崖此詩恐誤用。

獸炭

獰形熾鐵破凝陰，烈焰爐中膈膊音[一]。猛虎勢炎堪炙手，火牛功盛亦灰心。焚香想像春雲熱，温酒徜徉夜雪深。赫赫向人開口笑，鳳釵光爍歲寒金。

【箋注】

〔一〕膈膊：象聲詞，形容炭在燃燒時所發聲音。

炭團

烏玉棼棼搗屑勻,混成一塊翳緇塵。鐵毬有焰紅爐夜,火砲無烟滿座春。光燦燦銷玄木瘦,圓沱沱見劫灰身。世途冷暖終灰燼,莫訝豪門炙手人。

木犀數珠

桂英聚屑小團圞,課佛聲聲憶懶殘[一]。杵熟煉形圓寶串,輪流隨手轉金丸。百單八顆香凝粟,三十六宮花謝丹[二]。拈起月龕花放下,菩提無樹夜光寒。

【箋注】

〔一〕懶殘:唐衡嶽寺僧明瓚,性疏懶,人稱懶殘。李泌讀書寺中,中夜往謁,懶殘取芋啖之,曰:"慎勿多言,領取十年宰相。"見宋高僧傳感通傳二。

〔二〕三十六宮:古人闡説各異,此處蓋指時光,即所謂"一旬爲一宮,三百六十日爲三十六宮"。北宋邵雍詩觀物吟:"天根月窟閒來往,三十六宮都是春。"參見清人查慎行撰周易玩辭集解卷首。

刷牙

鎈角穿毫咫尺長,用能礪齒舍能藏。吐珠水浴銀鬚潔,漱玉風生玉頰涼。響激瓠犀龍噀雨,净搜編貝麝生香。環妃染病根牙在[一],蘸藥穿齦被寵光。

【箋注】

〔一〕環妃:指楊貴妃,其小名玉環,故稱。傳世有楊妃病齒圖,馮子振有題,見元陶宗儀輟耕録題跋。

承露盤〔一〕

漢朝宫闕對南峰,百尺銅盤第幾重。莖鑄空銷金騕裊,杯盛初捧玉芙蓉。九天星宿層臺聳,大地山河湛露濃。病渴相如休望賜〔二〕,願憑服食貯仙容。

【箋注】

〔一〕承露盤:指漢武帝建於建章宫之金人承露盤。參見麗則遺音卷三承露柈。

〔二〕病渴相如:西漢司馬相如有消渴疾。參見鐵崖先生詩集丙集紅酒歌謝同年智同知作注。

天燈

絳紗籠燭樹青霄,似掛仙宫柱石牢。一火獨明南斗上,衆星環拱北辰高。光分紫電燒龍尾,影拂紅雲映鳳毛。□□□□□□,九重應竭萬民膏。

水燈〔一〕

金蓮撒遍照春波,泛綠流紅帶月過。龍卸火鱗流碧海,鳳啣星彩落銀河。影飛蜀錦千花燦,光奪燃犀萬點多〔二〕。好段彩雲冰鏡裹,狂風吹散夜如何。

【箋注】

〔一〕本詩題蓋當時詩人詠物主要題目之一,元人謝宗可水燈:"波明焰暖晚風間,泡影飛來鏡裏看。"

〔二〕燃犀:南朝宋劉敬叔異苑卷七:"晉温嶠至牛渚磯,聞水底有音樂之聲,水深不可測,傳言下多怪物。乃燃犀角而照之,須臾,見水族覆火,奇形異狀。"

塔燈

多寶林中金粟現，凡紅夜放七層齊。龍光電繞擎天柱，鸞影星懸步月梯。火樹影搖銀漢動，筆峰花壓翠雲低。慈明雁塔高明上[一]，萬斛金蓮繞步躋。

【箋注】

〔一〕慈明：猶慈光。贊阿彌陀佛偈："慈光遐被施安樂。"雁塔：泛指佛塔。王勃益州綿竹縣武都山浄慧寺碑："銀龕佛影，遥承雁塔之花。"

梅花燈

冰稍烈炬當元夕，漸蠟封苔凝淚痕。火噴陽春焕星斗，心融太極照乾坤。虹枝散彩風光好，龍燭浮香月色昏。卻笑金蓮眩流俗，一樽清賞暖芳魂。

蒲萄燈

馬乳青紅煖焰生，彩雲深處見仙瀛。珠丸閃色琉璃斷，寶瓣籠光翡翠層。捧日衆星隨上架，燒空一火不沿棚。水晶簾捲相輝映，偏繞龍鬚玉露凝。

船燈

元宵一舸焰光浮，也勝紅蓮綻碧流。赤壁曾聞燒戰艦[一]，濟河今復見焚舟[二]。翠篷籠火春溫酒，黃帽看緘夜爇油。一笑分明行陸地，滿城爭看錦帆游。

【箋注】

〔一〕"赤壁"句：指漢末曹操南伐，被周瑜火燒赤壁事。

〔二〕"濟河"句：左傳文公三年："秦伯伐晉，濟河焚舟。"

泡汀〔一〕①

火煉琉璃碧沁紅，龍魚舞影月朦朧。圓光照耀胚胎外，元氣包含混沌中。老蚌含珠金色界，靈犀燭怪水晶宮〔二〕。翻春借煖真奇玩，一笑浮漚夢幻同〔三〕。

【校】

① 汀：當作"燈"。參見注釋。

【箋注】

〔一〕泡汀：元人謝宗可亦有泡燈詩曰："焰吐蘭膏暎水晶，澄泓不動一漚輕。天星影落冰壺夜，神汞光凝火鏡明。碧暈浮春丹氣涇，紅雲泛暖玉華清。游魚不覺三更冷，飛入琉璃井底行。"

〔二〕靈犀燭怪：參見本卷水燈注。

〔三〕浮漚夢幻：金剛般若波羅蜜經應化非真分："一切有爲法，如夢幻泡影，如露亦如電，應作如是觀。"

仙鶴燈

一夕分明見令威〔一〕，脱胎爛爛吐清輝。通紅豹髓容丹頂，破白籠光透縞衣。星點華亭秋起舞〔二〕，火攻赤壁夜驚飛。醉挑花市閑游賞，絶勝揚州跨月歸〔三〕。

【箋注】

〔一〕令威：指丁令威。丁令威化鶴返鄉故事，參見鐵崖先生古樂府卷十小游仙之十六注。

〔二〕按：<u>華亭</u>鶴久負盛名，此以<u>華亭</u>借指鶴。參見<u>鐵崖先生詩集丙集贈陸術士子輝</u>注。

〔三〕<u>揚州</u>跨月歸：參見<u>鐵崖先生詩集丙集題錢選畫長江萬里圖</u>注。

梅花燈籠

黃昏湖上蠟高燒，骨格玲瓏壓絳綃。夜焰吐心疏影碎，春風過眼影橫搖。半開粧點和烟罩，幾度橫斜帶月挑。醉引一枝迎馬首，照冰踏雪過溪橋。

竹節燈臺

照夜長檠鐵作竿，揚明秉直玳筵間。一枝影弄金蓮炬，八九光分玉筍班〔一〕。寶燭擎鞭星燦燦，銅盤膩蠟淚潸潸。結花同報平安信〔二〕，想像君王昏醉顏。

【箋注】

〔一〕玉筍班：參見上卷玉筍班注。

〔二〕"結花"句：世傳燈花打結，預示親人來歸、家屬團圓。<u>杜甫獨酌成詩</u>："燈花何太喜？酒綠正相親。"

金釵剪燭

寶笄香地燦交加，不管烏雲墜鬢鴉。翠袖拂蛾春露笋，銀臺舞燕夜銜花。膩浮雙股輕烟細，光動一枝紅影斜。頭上①。

【校】

① 原本以下脫闕。

錦箏二首

其一

十三弦上響鏦錚〔一〕,奏樂餘音獨有情。彈破春冰金雁落,聽殘夜月彩鸞鳴。玉纖嬌按紅牙拍,銀甲輕摎白雪聲〔二〕。只怕曲終風露冷,宮中不見薛瓊瓊〔三〕。

其二

鋸鋙鑿窊按伶官,冷逼唇音徹肺肝。玄鳳噴霜天地裂,黑龍吟月水雲寒。梅花香好唾珠落,竹節聲枯叫玉殘。謾聚九州難鑄錯〔四〕,何如三弄出仙壇〔五〕。

【箋注】

〔一〕十三弦:箏之别名。箏十三弦,故稱。
〔二〕白雪:古琴曲名,亦爲歌曲名,即陽春白雪。參見樂府詩集卷五十陽春曲題解。
〔三〕薛瓊瓊:唐明皇時選入宫中爲箏長,時稱“教坊第一箏手”。參見歲時廣記卷十七賜宫娥。
〔四〕“謾聚”句:資治通鑑唐昭宗天祐三年:“全忠留魏半歲……紹威悔之,謂人曰:‘合六州四十三縣鐵,不能爲此錯也!’”
〔五〕三弄:蓋指古琴曲梅花三弄。

猿臂笛

猿臂伶工窔玉肱,叫雲傾斗不勝情。通長靈骨遺哀曲,吹裂愁腸帶哭聲。三峽弄殘湘月落,五溪響應嶂烟生〔一〕。捫蘿影失橫秋夜,驚覺空山鶴夢清。

【箋注】

〔一〕五溪:大約爲今湖南懷化一帶,南方少數族聚居地。故古人常以五溪泛指蠻瘴地區。

鶴脛笛[一]

　　仙禽脛竅按金鍾，霜竹餘清噴玉筒。入髓一聲秋唳月，斷腸三弄夜悲風。夢驚隴上梅花落[二]，怨別山中蕙帳空[三]。猿老愁聞交臂失，吹殘露涼紫芝宮。

【箋注】

〔一〕元人謝宗可有同韻詩鶴骨笛："滿竅芝香透骨濃，誰將仙蜕截星筒。從教庭下梅花落，似怨山中蕙帳空。三弄瑤林驚曉露，一聲華表泣秋風。絕勝瘞作江邊土，好奏南飛步月宫。"薩都剌亦有鶴骨笛詩，有句曰"西風吹下九皋青"，參見静齋至正直記卷一薩都剌。按：本集所載鐵崖詠物詩，詩題與謝宗可所賦同名者不少，甚至詩題詩句皆近似，或全同。可能原因不外兩種：一是皆屬謝宗可所作，誤入鐵崖集中；二是楊、謝兩人確有交往，彼此唱和，故多同題詩。又，謝宗可詠物詩集中之作品，不少存在署名權問題。明初無名氏所輯詩淵，著録何孟舒詩九十九首，多與謝宗可詠物詩相同，其詩又多見於永和本薩天錫佚詩之中。楊鐮認爲是何孟舒作於元統、至正年間，託名於薩都剌。參見楊鐮元佚詩研究一文。其真實情况有待繼續關注研究。

〔二〕隴上：南朝宋陸凱自江南寄梅一枝與范曄，有詩云："折花逢驛使，寄與隴頭人。江南無所得，聊贈一枝春。"見唐韓鄂歲華紀麗卷一。梅花落：笛曲名。

〔三〕"怨別"句：孔稚珪北山移文："蕙帳空兮夜鵠怨，山人去兮曉猨驚。"

象板

　　蠻奴獻寶巧磋成，拍拍春風滿座生。六片紅牙分樂局，兩行皓齒按歌聲。捧將玉筍連珠響，唱徹瑤花擊節鳴。執節樽前勝裁笏，紫檀垂朽不分明。

烟寺晚鐘

山頭古寺有無中,水色天光一望同。何處鍾聲敲落日,誰家帆影卸秋風。霧雲掩映彭灘遠[一],樓閣空濛廬皋東。幡影石壇渾不見,鰝鰝驚起楚天鴻。

【箋注】

〔一〕彭灘:當指彭蠡湖。彭蠡湖即鄱陽湖之别名,位於廬皋(即廬山)東南。

之字

有則無妨失則差,可人理趣更文華。清尖聲若征車澀,委曲形如去路賒。潤色詞章深有意,貫穿經史浩無涯。幸君不幸虀鹽苦,常與書生遶齒牙。

沙書

一握星媒守素屏,龍蛇撚指勢縱橫。帶將鳥篆烟雲迹,散作蟹行風雨聲。飛白變形花眩黑[一],太玄餘屑草分明[二]。當場汰去陶金藝,功著六經歸管城[三]。

【箋注】

〔一〕飛白:一種書體。筆劃絲絲露白,狀如枯筆。相傳東漢靈帝時修飾鴻都門,蔡邕見工匠用箒帚刷粉墙而受啓發,創此書體。
〔二〕太玄:蓋指西漢揚雄所撰太玄經。
〔三〕管城:即管城子,指筆。

畫梅

幾度春深蝶未知,寒稍常帶墨淋漓。玉英不逐春風落,一任樓頭鐵笛吹。

紙被

夜寒覆楮分甘貧,高臥衡茅道氣真[一]。一榻白雲清入夢,三竿紅日暖翻身。香凝燕寢猶如雪,暖逼蠻窩無限春。繡被蒙塵應見笑,梅花帳裏獨眠人。

【箋注】

〔一〕衡茅:陶淵明辛丑歲七月赴假還江陵夜行塗中:"養真衡茅下,庶以善自名。"

楊妃錦袎襪[一]

宮鞋窄窄襯香羅,舞遍霓裳踏遍歌。錦袎兜雲嬌上馬,玉鈎籠月淺凌波。出塵步褪風流足,包禍行藏露醜多。白練魂銷徒脫迹,尚憐遺臭馬嵬坡[二]。

【箋注】

〔一〕詩或撰於元至正十年(一三五〇)七月。其時鐵崖寓居松江,主持應奎文會,曾與詩社友人以"楊妃襪"爲題賦詩。參見鐵崖先生詩集癸集楊妃襪。

〔二〕"白練"二句:述楊貴妃死狀。唐玄宗避難至馬嵬驛,六軍騷亂,玄宗被迫無奈,令高力士縊殺楊貴妃於佛堂梨樹之前。

足帛〔一〕

爲助春嬌軟且光,宮鞋羅襪兩相當。一鈎暖玉紅酥滑,三尺晴雲
縞帶長。約束筍芽含粉膩,籠鬆蓮瓣落塵香。曉來侵透蒼苔露,偷掛
花枝趁夕陽。

【箋注】

〔一〕足帛:指女子纏脚所用裹脚布。

帕子

萬縷縱橫如妾恨,一生輕薄似郎恩。多時不繫纖腰舞,卻向花前
拭淚痕。

金盤露

枉分天酒玉精華,春占維揚第一家。仙掌擎秋高竹葉,歌樓醉月
壓瓊花。醍醐風味香融雪,沆瀣流漿碧沁霞。不似銅人辭漢日,獨醒
鉛淚灑官車〔一〕。

【箋注】

〔一〕"不似"二句:指金銅仙人故事。李賀金銅仙人辭漢歌序:"魏明帝青龍元
年八月,詔宮官牽車西取漢孝武捧露盤仙人,欲立置前殿。宮官既拆盤,
仙人臨載,乃潸然淚下。"

雪糕

紅糯紛紛磨齒香,金盤翠釜露泉湯。篩來雲子塵三尺〔一〕,蒸出天

花粉一筐〔二〕。北海吞氈思玉粟〔三〕，藍關駐馬夢黃粱〔四〕。裁冰剪玉誰
如此，能爲飢人補渴腸。

【箋注】

〔一〕雲子：一種白石，類飯粒。杜甫與鄠縣源大少府宴渼陂：“飯抄雲子白，瓜
　　嚼水精寒。”

〔二〕天花，指雪。唐熊孺登雪中答僧書：“八行銀字非常草，六出天花盡是梅。”

〔三〕北海吞氈：指蘇武遭匈奴單于囚禁於窖中，嚙雪吞氈，不屈不降。

〔四〕“藍關”句：韓愈左遷至藍關示姪孫湘：“一封朝奏九重天，夕貶潮州路八
　　千。欲爲聖明除弊事，肯將衰朽惜殘年。雲橫秦嶺家何在？雪擁藍關馬
　　不前。知汝遠來應有意，好收吾骨瘴江邊。”又，説郛卷二十六下青瑣高議
　　雪擁藍關：“韓退之姪湘有仙術，方退之在朝，暇日，湘種頃刻花，上擁出詩
　　一聯云：‘雲橫秦嶺家何在？雪擁藍關馬不前。’未幾，退之言佛骨貶潮州。
　　一日，途中遇雪，俄有一人冒雪而來，乃湘也。湘曰：‘憶花上之句乎？’公
　　詢其地，乃藍關。嗟嘆久之，爲續其詩，載集中。”

冰團

玉粉圓按軟更柔，烹庖金鼎恣沉浮。撈來頓在玉壺裏，好似銀河
漫斗牛。

白雁

玉奴舞墜羽衣輕〔一〕，萬里秋高片翼明。胡國霜天微見影，邊城月
夜只聞聲。素書字淡橫雲紙，銀柱行斜落粉箏〔二〕。飛入蘆花何處覓，
江空誰復向鷗盟。

【箋注】

〔一〕玉奴：楊貴妃小名。此以玉奴泛指美女。唐詩人鄭嵎津陽門詩云：“玉奴
　　琵琶龍香撥，倚歌促酒聲嬌悲。”注曰：“玉奴乃太真小字也。”參見唐詩紀

事卷六十二鄭嵎。

〔二〕“銀柱行斜”句：箏柱排列猶如雁行，故有此喻。

雁字二首[一]

其一

羽翰摩空寫素秋，自將霜信寄新愁。體翻飛白橫邊塞[二]，影帶題紅落御溝[三]。幾點連行雲作紙，八分成陣月爲鈎[四]。平沙漠漠重留篆，應使鵝群讓出頭[五]。

其二

塞上飛來便八分，縱橫揮寫黑河渾。懸針書破青山色[六]，飛白題開碧漢雲。風急影斜形草草，天清行正體真真。蘆花落日秋江晚，又踏平沙篆古文。

【箋注】

〔一〕按：本組詩多用書法術語，元人謝宗可雁字詩與此類似：“蘆花月底寄秋情，陣影南飛勢不停。一畫寫開湘水碧，半行草破楚天青。雲牋泠印蟲書迹，烟墨濃摹鳥篆形。題盡子卿心事苦，斷文無數落寒汀。”

〔二〕飛白：書體名。參見本卷沙書。

〔三〕“影帶題紅”句：指雁捎書信，暗喻御溝紅葉故事。參見鐵雅先生復古詩集卷四宮詞之十注。

〔四〕八分：書體名。多指隸書。

〔五〕鵝群：指王羲之書，王羲之曾書黃庭經與山陰道士換鵝。

〔六〕懸針：一種書法用筆，指豎法下端出鋒，如針之懸。

雁陣二首

其一

征鴻擺隊鬧紛紛，陣列龍蛇挺出群。曉度玉關衝漢雪，秋橫紫塞破燕雲。網羅天地行無失，羽翼山河勢不分。給敵帛書如奏捷，擊鵝豈獨策奇勳〔一〕。

其二

萬隊千行起遠汀,雲旗風鼓促修程。遠飛斜曳長蛇勢,暮宿分屯八卦形。衝雨楚天如赴敵,唧蘆湘渚若交兵。稻粱飽足春風暖〔二〕,準擬回翔又北征。

【箋注】

〔一〕擊鵝: 唐李愬雪夜襲吳元濟事。參見陳善學序刊楊鐵崖先生文集卷三興橋行注。

〔二〕稻粱飽足: 杜甫同諸公登慈恩寺塔:“君看隨陽雁,各有稻粱謀。”

鶯

鐵篴道人吹鐵籠①,金衣娘攜雙雌雄〔一〕。一聲初起畫橋北,雙梭又擲粉牆東。并翅不沾楊柳露,餘音輕颭落花風。主人急作鸝黃調,修入雪兒歌吹中〔二〕。

【校】

① 籠: 蓋爲“龍”之訛寫。

【箋注】

〔一〕金衣娘: 從“金衣公子”化用。王仁裕開元天寶遺事卷二金衣公子:“明皇每於禁苑中見黃鶯,常呼之爲金衣公子。”

〔二〕雪兒: 北夢瑣言逸文卷二韓定辭詩中僻典:“雪兒者,李密之愛姬,能歌舞。每見賓僚文章有奇麗入意者,即付雪兒叶音律以歌之。”

白燕二首

其一

披雪銜泥上畫梁,烏衣脱卻換霓裳。隔簾影墜玉釵小,翻幕尾分銀剪長。花院黄昏歸易見,柳塘緑暗舞難藏。<u>杜公</u>邂逅無相笑[一],<u>王謝</u>年來鬢亦霜[二]。

其二

海外晴雲拂羽翰,梨花風軟墜闌干。掠芹緑水舒銀尾,緝壘香泥污粉團。花徑飛來梅妬色,瓊臺棲處玉生寒。薰風院落調簧舌,鸚鵡羞言側眼看。

【箋注】

〔一〕<u>杜公</u>:指<u>唐</u>人<u>杜鴻漸</u>。相傳<u>杜鴻漸</u>奏羯鼓而動物隨之舞蹈。<u>宋羅泌路史</u>卷三十六<u>韶</u>説:"<u>杜鴻漸</u>罷<u>蜀</u>副帥,月夜率燕<u>錦谷</u>郵亭,奏羯鼓數曲,四山猨鳥皆翔飛忻鳴。又于别野登閣奏之,群羊與犬忽皆躑躅變旋,如其疾徐高下之節。"

〔二〕<u>王</u>、<u>謝</u>:六朝大姓,借指世家貴族。<u>劉禹錫金陵五詠烏衣巷</u>:"舊時<u>王謝</u>堂前燕,飛入尋常百姓家。"

螢火

黄昏丹鳥先秋來,零落如星點石苔。數斛流光散<u>隋苑</u>[一],一囊冷焰照<u>秦</u>灰。夜明甾歹初非燐,晚綴罘罳不是災。金井露涼留箇箇,飛蛾空自撲銀臺。

【箋注】

〔一〕"數斛"句:<u>隋書煬帝紀</u>:<u>大業</u>十二年五月,於<u>景華宫</u>徵求螢火,得數斛,夜出游山放之,光遍巖谷。

燈蛾

欺暗分明觸禍機,黃昏長自與燈期。烟花苦戀杜鴻漸[一],火樹甘焚介子推[二]。晦迹韜光生不誤,焦頭爛額死何辭。勢難撲滅灰心晚,無異趨炎世上兒。

【箋注】

〔一〕杜鴻漸:字子巽,濮州濮陽人。舊唐書有傳。相傳杜鴻漸奏羯鼓,動物隨之舞蹈。參見本集白燕二首之一。

〔二〕焚介子推:參見鐵雅先生復古詩集卷一介山操注。

悼張伯雨幻仙詩①[一]

黃篾樓頭②仙一去[二],明年黃篾掃狼烽③。不知天上修玄史[三],秖訝山中伴赤松[四]。石室秘書愁攝電[五],星池遺劍已成龍[六]。思君不見夜開户,月在金鐘玉几峰[七]。

【校】

① 句曲外史集補遺、句曲外史貞居先生詩集七卷附錄卷二載此詩,據以校勘。句曲外史集本、句曲外史貞居先生詩集本題作悼句曲外史詩。

② 頭:句曲外史貞居先生詩集本作“中”。

③ 烽:句曲外史集本、句曲外史貞居先生詩集本作“峰”。

【箋注】

〔一〕詩當作於元至正十一年(一三五一)五月作者祭奠張雨之時,其時鐵崖在杭州任四務提舉。繫年依據:其一,據玉山草堂雅集卷五顧瑛按語、劉基撰句曲外史張伯雨墓志銘(載珊瑚木難卷五),張雨卒於至正十年七月。然其時鐵崖授學於松江,未必得此訊息。次年五月,鐵崖與顧瑛、顧佐、葛元哲、釋良琦、張渥、馮郁等人致祭於張雨墓下,本詩蓋當作於致祭之時。其二,詩中曰“黃篾樓頭仙一去,明年黃篾掃狼烽”,可見本詩并非作於張

雨去逝當年。參見耕學齋詩集卷十二楊鐵崖、顧仲瑛、葛元哲約祭張貞
居，或者以他事所牽，弗果。元哲有詩，謹次韻以速成之、釋良琦游西湖分
韻賦詩序（載玉山紀游）。

〔二〕黃篾樓：張雨晚年定居杭州，黃篾樓建於西湖之畔赤山埠浴鵠灣，其中有
水軒。貯藏鼎彝書畫甚多。參見雍正刊西湖志卷十六古迹一。

〔三〕玄史：即幽文玄史，張雨所撰。

〔四〕赤松：即赤松子。事迹詳見列仙傳卷上。

〔五〕石室秘書：張雨生前曾將所著詩書藏於石室，即此所謂“石室秘書”。句
曲外史集卷下石室銘：“外史承留候之裔，修隱居之業。年六十，遷南峰靈
石澗。所著老氏經集傳、茅山志、幽文玄史與其詩若干卷，藏龍井之石室。
解所服劍，代其形合藏焉，以示道之不可傳者……大元癸未吳郡張雨造
記。”愁攝電：意爲擔心石室秘書招來神仙攝取。參見鐵崖先生古樂府卷
十小游仙之八。

〔六〕遺劍已成龍：援引張華故事。參見鐵崖先生古樂府卷四古憤注。

〔七〕金鐘：湖山便覽卷九：“金鐘峰在龍井大路東，與棋盤山左右相對。楊維
楨詩‘月在金鐘玉几峰’謂此。下爲褚家坎，又稱褚莊。”